Herbørg Wassmo wurde 1942 in Nordnorwegen geboren. Für die Tora-Trilogie erhielt sie 1987 den Literaturpreis des Nordischen Rates, die höchste Auszeichnung der skandinavischen Länder. 1989 erschien *Das Buch Dina* und wurde 1991 vom norwegischen Buchhändlerverband zum besten Roman der achtziger Jahre gekürt. Herbørg Wassmos Werke sind in elf Sprachen übersetzt. Sie gilt als angesehenste und meistgelesene Autorin Norwegens.

Von Herbørg Wassmo sind außerdem erschienen:

Gefühlloser Himmel (Band 60157)
Das Haus mit der blinden Glasveranda (Band 60158)
Der stumme Raum (Band 60159)
Das Buch Dina (Band 65051)

Dieses Buch wurde auf chlor- und säurefreiem Papier gedruckt.

Vollständige Taschenbuchausgabe Juli 1996
Droemersche Verlagsanstalt Th. Knaur Nachf., München

Titel der Originalausgabe »Lykkens sønn«

Originalverlag Gyldendal Norsk Forlag, Oslo
Umschlaggestaltung: Angela Dobrick, Hamburg
Umschlagfoto: Helga Damm, Hamburg
Druck und Bindung: Elsnerdruck, Berlin
Printed in Germany
ISBN 3-426-65048-7

5 4 3 2 1

Für Ib

Ich habe den Glauben, daß wir nicht
geboren sind, um glücklich zu sein.

FRIEDRICH NIETZSCHE

PROLOG

Jesus sagte zu ihm: Die Füchse haben Gruben, und die Vögel unter dem Himmel haben Nester; aber der Menschensohn hat nirgends eine Stelle, wo er sein Haupt hinlegen kann.
(Matthäus 8, Vers 20)

Das bin ich: eine Ameise im Heidekraut. Oder ein Vogel, der sich im Universum verirrt hat. Weit entfernt von der Erde. Dennoch ist *sie* so nah, daß ich ihren Atem an der Stirn spüre.

Sicher und breitbeinig steht sie da und streckt die Hände aus. Gleichzeitig läßt sie einen Gegenstand fallen. Ein helles Singen ist zu hören, weil Metall auf Stein trifft. Ich werde diesen Ton immer mit mir tragen.

Dann, als ich glaube, daß alles Stille ist, bewegt sich das Heidekraut. Ein trockenes, raschelndes Geräusch. Und ihre Stiefel machen sich selbständig und bewegen sich langsam rückwärts. Bis sie außerhalb des Kreises sind von dem, was ist.

In dem Kreis bin ich. Und der Mann. Er liegt im Heidekraut, den Kopf mit rotem Schaum bedeckt. Der Schaum breitet sich immer weiter aus. Das Rote ist der Kreis um uns. Um ihn und mich. Indessen geht sie rückwärts, aus allem heraus. Wir können sie nicht erreichen. Sie hat sich verselbständigt.

Ich bin weder Ameise noch Vogel. Ich bin niemand. Trotzdem werde ich gezwungen, mich zu erheben. Werde gezwungen, aus der Luft herauszuwachsen, damit sie mich sieht.

Da spüre ich ihre Hände. Sie berühren meinen Kopf. Die Schultern. Den Hals. Das Gesicht. Sie bohrt die Finger in meine Augen. Langsam. Bis alles schwarz wird. Es tut nicht weh. Dennoch bekomme ich Angst.

Sie nimmt mich in ihre Arme, als ob ich zart und schwach wäre. Hält mich. Ganz nah.

Ich spüre den Duft ihrer Haut. Sonnengetrocknetes Gras und frischer Schweiß. Gewürze und Salz. Aber ich kann sie nicht sehen, weil sie die Finger in meine Augen gesteckt hat, ein für allemal.

Ich spüre, wie sich ihre Muskeln spannen, schon ehe sie

mich von sich stößt. Im Bauch. Der Brust. Den Armen. Ich spüre ihre Schlagader. Sie ist ein starker Strom, der durchs Eis brechen möchte. Bedrohlich nahe.

Die Kälte drückt auf die Haut. Dann fahre ich allein und blind hinaus ins Universum. Voller Angst, auf die Erde zu fallen, ziehe ich die Füße unter mir ein. Bereit zu empfangen. Schlage die Hände vors Gesicht. Will mich vor dem Sturz schützen.

Dann merke ich, daß ich schwebe. In der Luft schwimme. Und ihre Stimme rauscht an meinem Ohr vorbei wie der Nachtwind am offenen Fenster: »Ich segne dich, Benjamin, du bist der Sohn des Glücks!«

Es heißt, daß die Lüge auch eine Wahrheit sein kann, die verschwiegen wird. In diesem Fall gibt es mehr Lügen, als wir uns vorstellen.

Ich erzählte nicht, wer die Finnenbüchse im Heidekraut hatte fallen lassen. Vielleicht war ich bereits auf der Suche nach meiner eigenen Wahrheit.

Vielleicht sind die wirklichen Lügen die Wahrheiten, die wir verschweigen?

Gott ist stumm. Ist Gott ein Lügner, weil er etwas verschweigt?

Es steht geschrieben, daß wir nach Gottes Ebenbild erschaffen sind.

Wenn dem so ist: Gleichen wir ihm am meisten in der Kunst des Verschweigens?

… NUR DER, DER IN ANGST IST, FINDET RUHE, NUR DER, DER IN DIE UNTERWELT STEIGT, ERLÖST DIE GELIEBTE, NUR DER, DER DAS MESSER ZÜCKT, BEKOMMT ISAAK.
(Johannes de Silentio: *Furcht und Zittern*)

Das bin ich auch: In einer fremden Stadt versuchte ich Bilanz zu ziehen. Aber nichts stimmte. Mein Leben eilte vorüber. Auf dem Kopf stehend. Rückwärts. Die Menschen, die mir auf den Straßen und Gassen entgegenkamen, trugen Masken. Jeder einzelne. Sie waren Dina, die alle möglichen Verkleidungen benutzte, um sich vor mir zu verbergen.

Der Himmel war eine riesige blanke Münze, auf die lange Reihen von Schornsteinen spuckten.

Jemand hatte mir geschrieben und mich gebeten, Dinas Cello zu holen. So wie Angehörige oder Freunde es tun, wenn einer gestorben ist. Ich ließ mich nicht dadurch beirren, ich wollte doch ihre lebenden Spuren finden.

Eine Weile ging eine Frau mit einem großen Hut und wiegenden Hüften vor mir her. Da mußte ich an etwas denken, was Anders einmal zu mir gesagt hatte: Meide Frauen, die versuchen, ihren Kopf unter einem großen Hut zu verstecken, während es gleichzeitig so aussieht, als ob sie mit nackten Hüften gingen. Sie sind nicht so schamhaft oder so nackt, wie du es dir erträumst.

Man konnte sich das Cello als eine Frau mit nackten Hüften vorstellen. Sie stand hier irgendwo, in einer fremden Stadt, an eine Wand gelehnt, den Bauch voller Weinen.

Man konnte sich sagen, falls man das Cello fände, würde man das Weinen finden. Oder den Tod. Oder beides.

Man konnte auch mit sich selbst diskutieren, ob diese Suche das Werk eines verrückten Mannes oder die verständliche Reaktion eines Kindes war. Beides war jedenfalls lächerlich.

Ich spielte nicht Cello und hatte auch nicht die Absicht, es zu lernen. Das Cello war wohl auch nicht so kostbar, daß ich den Verlust nicht hätte verschmerzen können. Aber der

Entschluß war gefaßt. Ich mußte das Instrument finden und nach Reinsnes bringen.

Alle Menschen, die an mir vorbeihasteten, alle Stimmen, die ungewohnte Sprache, das Durcheinander – wurden zu einem Inferno, das jede Pore öffnete. Ich war klein, und Dina setzte mich aufs Pferd und sagte, daß sie den Zaum halten wolle, bis wir den Hofplatz überquert hätten, aber daß ich dann selbst die Zügel in die Hand nehmen müsse.

Bereits auf dem schmutzigen, verrauchten Bahnhof hatte ich das Gefühl, in eine Unterwelt zu kommen. Ich war Orpheus. Ich sollte einer Frauenspur hinunter in das Totenreich folgen.

Auf der Fahrt durch die Stadt vergewisserte ich mich mehrmals, daß der Brief mit der Adresse in der Innentasche meines Mantels steckte. Obwohl ich dem Kutscher die Adresse schon zweimal gesagt und er bekräftigend genickt hatte.

Das Haus war groß und lag etwas abseits der Straße, von einem hohen Zaun umgeben. Der Eingang war versperrt durch ein schmiedeeisernes Tor mit Speerspitzen oben und unten. Wilder Wein und Unkraut schienen die Blumenbeete neben der Treppe übernommen zu haben. Das Haus sah nicht sehr bewohnt aus.

Ich bat den Kutscher, ein wenig zu warten, ging die paar Schritte bis zu dem Tor und fand einen Klingelknopf, der Grünspan angesetzt hatte. Es schellte murrend irgendwo im Haus. Aber nichts geschah. Ich versuchte, das Tor zu öffnen. Es gab nur ein hohes, bedrohliches Knirschen von sich und blieb verschlossen.

Ich rüttelte am Tor. Rief. In kindlicher Wut fuhr ich eine Weile so fort. Einsamkeit, Enttäuschung, Müdigkeit. Alles entlud sich in dieser harten Sprache, die ich nicht ganz beherrschte. Benjamin wollte hinein zu Dina. Hinein zu Mama!

Ich verachtete mich selbst. Aber ich konnte nicht aufgeben. Jetzt nicht.

Schließlich war dem Kutscher dieser Lärm offenbar peinlich. Er wollte sein Geld haben und wegfahren.

Da öffnete sich im Nachbarhaus ein Fenster, eine Frau kam

zum Vorschein und rief mir etwas zu. Ich verstand sie nicht. Aber das Wort »wahnsinnig« machte mir begreiflich, daß sie mich beschimpfte. Noch mehr Fenster öffneten sich. Noch mehr Stimmen. Jemand rief das Wort »Polizei«.

Da gab ich auf. Mit dem Gefühl, daß das Haus eigentlich nur in meinem Kopf existierte, kletterte ich in den Wagen.

Ich fand in der Nähe eine billige Unterkunft und konnte mehrmals am Tage zu dem Haus spazieren. Die Sonnenhitze war eine Plage. Meine dunklen Kleider auch. Natürlich konnte ich mir leichtere beschaffen. Soviel Geld hatte ich. Aber wann konnte ich sie je wieder gebrauchen, wenn hier alles vorüber war? Außerdem sagten die Leute, bei denen ich wohnte, daß es bald kalt werden könnte.

Die Pension roch nach Speck und Wurst bis in mein steinhartes Kopfkissen hinein. Die Wanzen waren ein lebendiges, unruhiges Tapetenmuster. Da saß ich lieber auf Plätzen und Märkten, während das Laub um mich herumwirbelte. Die Menschen eilten zu ihren Zielen und beachteten mich nicht. Trotzdem hatte ich das alptraumartige Gefühl, beobachtet zu werden.

Man konnte sich vorstellen, daß man kein Herz brauchte, das das Blut in die Adern pumpte. Die Einsamkeit war eine Kraft, die alles zum Zirkulieren brachte. Sie suchte jede kleinste Ecke in mir auf.

Tot! flüsterte sie.

Ich war Orpheus. Ich hatte es auf mich genommen, eine große Tat zu vollbringen. Für wen?

Die Sprache machte mich todmüde. Anfangs redeten alle mit Mutter Karens Stimme. Ich war wieder in meiner Kindheit, und sie las mir spannende Geschichten auf deutsch vor, um mir die Sprache beizubringen. Ich glaubte, sie so weit zu beherrschen, daß ich bei einfachen Gesprächen mitreden konnte. Aber nach einigen Stunden war die Verwirrung in meinem Kopf vollständig. Ich begann zu glauben, daß die Menschen Laute ausstießen, die ich mißverstehen sollte oder die mich in die Irre führen sollten.

Wenn ich mich abends unter der Dachluke ins Bett gelegt hatte, das Gesicht einem abwesenden Gott zugewandt, mahlten Stimmen und Worte in meinem Kopf. Hatten die Menschen, mit denen ich zu sprechen versuchte, verstanden, was ich fragte? Hatte ich verstanden, was sie antworteten?

Ich hoffte, daß sie am Leben wäre. Und ich hatte Angst davor.

Aber Orpheus mußte eine Gewißheit haben, die er mit nach Hause nehmen konnte.

Ich versuchte mir vorzustellen, daß sie gerade auf der Bank dort gesessen hatte oder über die Straße gegangen war. Einmal glaubte ich, sie zu sehen. Und folgte einer fremden Dame um mehrere Häuserblocks. Bis sie sich umdrehte und mich mit einem wütenden Strom von Worten überschüttete.

»Sie brauchen keine Angst zu haben! Es ist nur Orpheus!« sagte ich freundlich.

Da rannte sie. Ihre Handtasche schlug gegen den Schenkel. Es sah närrisch aus. Sie hatte zu hohe Absätze. Die Schritte waren nur winzig kleine Klicks auf dem Pflaster. Brachten sie kaum voran. Man hätte sie leicht einholen können. Sie am Arm oder sonstwo packen. Es war verlockend. Sie schien mit ihrer idiotischen Lauferei geradezu darum zu bitten.

Nach drei Tagen trabte ich immer noch durch die Straßen. Schmutz und Laub häuften sich vor meinen Schuhspitzen, als ob es Teile von mir wären, die ich loszuwerden versuchte.

Ich war zeitig aufgestanden und hatte beschlossen, mit den Leuten in den Nachbarhäusern zu reden. Rasierte mich gründlich und zog ein frisches Hemd an.

Ging von Tür zu Tür und klingelte. Stand und lauschte auf ferne mechanische Geräusche von Füßen. Große Füße in Schuhen mit Ledersohlen. Kleinere Füße mit Filzsohlen. Hohe Absätze, die metallisch und beinahe erschreckend klickten. Es wiederholte sich immer wieder. Ich war in einem Ritual mit winzig kleinen Variationen. Als spielten sie mit mir, um mich zu verwirren und mich vergessen zu lassen, warum ich da war.

Keiner kannte Dina Grønelv. Einige antworteten höflich,

aber zerstreut und schienen mich gar nicht zu sehen. Einige waren irritiert oder ängstlich und glaubten wohl, ich klingelte nur unter einem Vorwand, um sie niederzuschlagen. Andere waren kalt, korrekt und kurz angebunden. Wieder andere sahen mich an, als ob ich verrückt wäre. Ein Mann, der von Tür zu Tür ging und nach einer Frau fragte, deren Aussehen er nicht einmal beschreiben konnte.

Am Spätnachmittag war ich wieder bei der Adresse, die man mir angegeben hatte. Ich klingelte wie jeden Tag.

Da wurde das Ritual durchbrochen. Es näherten sich Schritte! Schlurfende, aber schnelle Schritte. Ein älterer Mann mit silbergrauem Bart und scharfem Blick erschien in der Tür. Wir blieben einen Moment stehen und maßen einander. Schließlich sagte er ungeduldig: »Ja?«

Ich stellte mich vor und wartete auf ein Zeichen des Erkennens. Aber der Mann sah mich ganz unbeteiligt an.

»Ich habe einen Brief bekommen, daß ich Frau Grønelvs Cello hier abholen soll«, erklärte ich.

Endlich reagierte er, indem er freundlich lächelte.

»Ach, Sie sind das? Ja, mein Name ist Karl Mayer. Ich habe tatsächlich ein Cello in Verwahrung«, sagte der Mann.

Die Situation war unwirklich. Ich wurde hektisch. Alle Fragen stürzten auf einmal heraus. Ich stammelte.

Der Mann betrachtete mich eine Zeitlang und nickte. Ohne daß ich wußte, ob er verstand, was ich sagte. Dann bat er mich in eine große, düstere Halle. Die Möbel waren Bauwerke, die Luft und Licht stahlen. Zwischen den Schränken und hochlehnigen Stühlen schrumpfte der Mann zusammen.

Es stellte sich heraus, daß er der Meister war. Er hatte Dina Meers Cello in Verwahrung genommen. In dem Augenblick, als er Dina Meer sagte, ging mir auf, daß Dina unter einem falschen Namen lebte.

Ich mußte einfach so tun, als ob ich es wüßte. Gleichzeitig mußte ich ihn dazu bringen, alles zu erzählen, was ich nicht wußte.

Zitternd vor Ungeduld gab ich ihm die Hand und sagte, daß ich erleichtert sei, ihn endlich zu Hause anzutreffen. Wir wechselten ein paar nichtssagende Worte, während ich meinen Mantel auf einen Ständer hängte, der wie ein Galgen aussah. Er sagte bedauernd, er sei ein paar Tage verreist gewesen. Dann führte er mich durch etliche Zimmer, die mit Möbeln vollgestopft waren. Schließlich landeten wir in einem Saal, in dessen Mitte auf einem dunklen Parkettboden ein enormer Flügel stand. An den Wänden hingen verschiedene Instrumente. Mehrere Violinen, eine Bratsche, Blasinstrumente.

Ich holte tief Luft. Hinten in einer Ecke erkannte ich Dinas Cello. Die Augen gingen mir über.

Der Mann sagte, er wolle einige Erfrischungen holen. Leider könne er nur etwas Einfaches anbieten, denn seine Haushälterin habe frei.

Ich ging zu dem Instrument. Faßte es an. Glattes Holz. Kühl und warm zugleich. Auf der einen Seite ein Streifen. Ich erkannte ihn wieder. Wie einen Freund. Enorme Kraft ging von dem Instrument aus. Ich hatte es vermißt.

Sturzseen von Erinnerungen. An Geheimnisse. Grauen. Trauer. Und Freude. Ich wußte nicht, daß ich weinte, bis ich ihn zurückkommen hörte.

Ihm den Rücken zugewandt, versuchte ich mich zusammenzunehmen. Hörte, daß er eine Karaffe und Gläser auf einen kleinen Tisch neben einem der hohen Fenster stellte. Im Gegensatz zu den anderen Räumen, durch die wir gegangen waren, diente dieser keinem anderen Zweck als der Musik. Keine schweren Gardinen. Keine unnötigen Möbel. Keine Teppiche.

Man bekam das Gefühl, hier schon früher gewesen zu sein. Weil *sie* hier gewesen war.

»Sie war begabt«, sagte er und wies mit der Hand zum Tisch. »Sehr begabt. Aber etwas zu alt für den Konzertsaal. Außerdem war sie eine Frau«, sagte er abschließend.

Ich bemerkte, daß er »war« sagte. Es machte mich zornig. Seltsam. Denn ich war auf dieses »war« vorbereitet, oder nicht?

Ich setzte mich.

»Es fehlte ihr etwas, die Geschmeidigkeit in den Fingern«, meinte er. »Sie war zu wild. Zu hart. War zu spät zu einem erfahrenen Lehrer gekommen.«

Er schwieg einen Augenblick, als ob er an sie dächte.

Ich fragte ihn, ob er wisse, wo sie sei. Er beugte sich kurz über das Weinglas, dann sah er mich an.

»Sie ist vor einiger Zeit weggefahren.«

»Wohin?«

»Schwer zu sagen. Es war die Rede von Paris.«

Ich versuchte an seiner Stimme zu erkennen, ob er mehr wußte, als er sagte. Aber es war unmöglich. Ich kannte ihn nicht gut genug, um dahinterzukommen, ob er log.

»Schwierige Zeiten«, murmelte er ziemlich bekümmert. »Schwierig, in diesen Zeiten in Paris zu sein ... Ich habe diese menschlichen Entwürdigungen, die anscheinend notwendig sind, nie verstanden ...«

»Was?«

»Krieg.« Er machte eine Pause. Dann sagte er – mehr zu sich selbst: »Charmant und gentil. Fiel auf. Sicher haben viele ihre Gesellschaft gesucht. Nicht alle von besserem Stand.«

Warum redete er dauernd in der Vergangenheit?

»Ist sie tot?« fragte ich.

»Nein, warum sollte sie tot sein?« fragte er verwundert. »Es sind natürlich schwere Zeiten ... Aber das ist kein Grund, daß sie nicht unter den Lebenden weilen sollte. Sie war frisch und gesund, als ich sie das letzte Mal gesehen habe, aber das Cello hatte sie aufgegeben.«

»Warum hat sie es aufgegeben?«

»Es forderte soviel. Sie sprach von einem Opfer. Hatte klare Vorstellungen.«

Ich versuchte ihm zu erklären, daß ich nicht glaubte, Dina könne das Cello aufgeben oder verlassen.

»Für mich war sie ein Mensch, der alles verließ, was man nicht unsterblich machen kann«, sagte er langsam.

Ich zeigte ihm den Brief mit der Adresse und der Unterschrift, die ich nicht ganz entziffern konnte.

»Sie hat es gewiß eilig gehabt. Die Abreise ...«

Er sah mich fragend an. Dann nickte er zu der Ecke hin.

»Das Cello«, murmelte er, »es hat keinen großen Wert, aber es ist ein schönes Instrument. Nehmen Sie es mit!«

»Wo hat sie gewohnt?« fragte ich.

Er schüttelte den Kopf.

»Hat sie auf Ihren Rat hin das Cello aufgegeben?« fragte ich.

»O nein!« meinte er erschrocken. »Aber ich sagte ihr deutlich, daß sie nicht in die großen Konzertsäle kommen würde.«

»Das war herzlos!« sagte ich reichlich unverschämt.

»Nein, notwendig.«

»Sie haben ihr alles genommen!«

»Nein, es hat ihr Mut gemacht!« sagte er leise.

»Mut? Wozu?«

»Sie selbst zu sein.«

»Dina war immer sie selbst!«

Wir sahen einander an. Sein Bart wirkte lächerlich, wie ein zerzaustes Tier.

»Sagen Sie, haben Sie diese Frau gekannt? Es muß ja wohl so sein, da sie Ihnen das Cello verehrt hat?« fragte er.

Ich stellte es fest. Ohne Verwunderung. Sie hatte mich nicht erwähnt. Hatte ihr Leben für sich behalten. Sie benutzte weder Jacobs noch Anders' Namen. Sie hatte sich tatsächlich mitten in Europa versteckt und sich Meer genannt.

Er glaubte sicher, ich hätte ihn nicht verstanden, denn er wiederholte: »Sagen Sie, haben Sie Dina Meer gekannt?«

»Nein, vermutlich nicht«, sagte ich.

Zugleich wußte ich, daß es stimmte.

»Wer sind Sie? Ein Verwandter?« fragte er.

»Ja. Vor allem ein Freund ...«

»Sie müssen ein junger Freund gewesen sein.«

Ich kam mir sehr dumm vor.

Es entstand eine Pause, während wir tranken.

»Ich glaube, Sie müssen sich entscheiden«, sagte er langsam, »ob Sie das Cello oder die Frau suchen.«

»Ich suche das Cello«, sagte ich verbissen.

»Das Cello haben Sie gefunden.«

»Sie wissen mehr über sie? Nicht wahr?«

Er schüttelte den Kopf und lächelte. Irritierend. Es fiel mir schwer, mich zu beherrschen, weil ich das Gefühl hatte, daß er mich zum Narren hielt.

»Sie hat Sie wohl auch verlassen? Nicht wahr?« hörte ich mich sagen.

Da veränderte er sich. Ich wußte nicht, was es war. Ein Schatten in den Pupillen, die Hand, die sich rührte. Eine winzig kleine Bewegung. Plötzlich wußte ich, daß es stimmte. Sie hatte ihn verlassen.

»Was veranlaßt Sie zu glauben, daß wir so familiär waren? Ich bin ein alter Mann«, sagte er mit einem Lächeln.

»Ich weiß nicht«, sagte ich.

Er lächelte wieder.

»Sie dürfen keine jugendlichen Schlüsse ziehen. Sie verstehen ... Ich habe sie kommen und gehen sehen. Sie träumen davon, berühmt zu werden. Wie ich es selbst geträumt habe. Einige kommen rechtzeitig, aber sie haben nicht genügend Talent oder nicht den Willen zum Verzicht. Andere haben den Willen und das Talent, aber sie kommen zu spät. Oder sie werden vom Leben auf irgendeine Art eingeholt.«

»Wie?«

»Oh – das kann vieles sein. Familie, Geldmangel. Liebe oder eine andere Verrücktheit ...«

»Woran ist Dina gescheitert?«

»Vor allem daran, daß sie zu spät kam. Wer Virtuose werden will, muß wie Wachs sein und gleichzeitig eine eiserne Disziplin besitzen. Außerdem darf er sich nicht mit Heimweh und Trauer belasten.«

»Hat sie das getan?«

Er sah mich an, ohne zu antworten.

»Warum ist sie nicht nach Hause gefahren?« fragte ich listig.

»Darüber weiß ich nichts«, sagte er schnell. Ein wenig zu schnell.

»Wissen Sie gar nichts?« fragte ich.

»Sie gehörte nicht gerade zu denen, die sich jedermann anvertrauen«, sagte er.

»Aber Sie sind wohl nicht jedermann. Sie sind ihr Freund und ihr Lehrer, nicht wahr?«

»Das bedeutet aber nicht, daß ich ihr Vertrauter in allen Dingen war. Was hofften Sie von mir zu erfahren?«

»Wo ich sie finden könnte.«

»Ich bedaure, daß ich dazu nicht der Richtige bin«, sagte er mit einem Seufzer.

Kurz darauf zog er seine Taschenuhr heraus und erklärte, daß sein Schüler bald käme. Er stand auf und nickte wieder zu dem Cello hin.

Als wir in der Halle standen, gab er mir seine Karte.

»Ja, es ist wahr ...«, sagte er plötzlich. »Ich kann Ihnen die Adresse von dem Theater geben, das sie häufig besuchte. Ich glaube, sie hatte viele Bekannte dort.« Er hängte den Stock über den Arm, lehnte sich gegen einen schweren Eichentisch und notierte eine Adresse auf der Rückseite der Karte.

Ich bedankte mich.

Dann stand ich mit Dinas Cello auf der Straße. Der Griff des Cellokastens war entzwei. Ich trug den Kasten unter dem Arm. Ein eiskalter Wind blies mir entgegen, als ich um eine Ecke bog. Ein paar große Ahornblätter flatterten auf mich zu und hefteten sich auf meinen Mantel.

Man konnte davon träumen, wie alles hätte werden können. Wenn man sie gefunden hätte. Aber das führte zu nichts. Orpheus war mit einem konkreten Auftrag auf der Reise. Man konnte sogar sagen, daß der Auftrag ordentlich ausgeführt war. Es stand bereits geschrieben, daß Orpheus mit leeren Händen aus der Unterwelt kam. Nun war er also auf dem Weg zurück, mit einem Cellokasten.

Ich ging zu meiner Unterkunft und dachte an die Studenten, wenn sie von ihren Reiseträumen erzählten. Auf den Festen im Regensen oder Valkendorf. Oder in den Kneipen, wenn das Bier auf dem Tisch stand. Wir träumten davon, hinaus in die Welt zu kommen, medizinische Entdeckungen zu machen und berühmt zu werden.

Ich konnte mir erlauben, über mich selbst zu grinsen. Jetzt war ich draußen in der Welt. Und nun? Waren Staub und Schmutz nicht stets der gleiche, wo immer man darauf stieß?

Sie hatte auch Reiseträume gehabt. Ich sah sie vor mir, wie sie an Bord der »Prinds Gustav« ging und den Wind mit ihrer

Hutkrempe wüten ließ. Noch immer haßte ich ihr Taschentuch, das zum Lebewohl flatterte. Ich versuchte, die Gesichtszüge vor mir zu sehen. Der Abstand zwischen uns war groß.

Was war aus ihren Reiseträumen geworden? Hatte sie Ruhe gefunden, nachdem sie mir entflohen war? Dem entflohen, daß ich mit einem einzigen Wort alles verraten konnte?

Ich quälte mich mit der Vorstellung, was die Jahre mit ihr gemacht hatten. Welche Liebhaber hatte sie gehabt? Wovon lebte sie? Wie sah sie aus? Warum war sie nicht sofort weggefahren, wenn sie doch begriff, daß sie es tun mußte? Ich versuchte mich zu erinnern, was das auslösende Moment gewesen war. Was hatte ich gesagt oder getan, das sie zu der Einsicht brachte, ich würde sie verraten? Hatte ich Schwäche gezeigt, die sie daran zweifeln ließ, daß ich es schaffte? Zu schweigen?

Ihr Cello war auf die Dauer schwer. Man konnte sich damit aufmuntern, daß man sie vor sich sah, wie sie sich auf das Pferd schwang oder die Türen schloß. Immer unterwegs. Weg von mir.

Auf diese Weise kam ich schneller zu dem Entschluß, am nächsten Tag nach Kopenhagen zurückzukehren.

Aber am nächsten Tag ging ich nicht zum Bahnhof. Ich suchte das Theater auf, dessen Adresse mir der Meister gegeben hatte. Ich konnte es nicht lassen. Zuerst stammelte ich etwas zu einem grauen Männergesicht in einer Luke in der Wand. Ich sei auf der Suche nach Dina Meer, ob er mir helfen könne. Er schüttelte den Kopf und fuhr fort, irgend etwas zu verspeisen, das in einer Papiertüte steckte. Jedesmal, wenn er in die Tüte hinabtauchte, verschwand sein Gesicht bis zum Haaransatz. Ich versuchte höflich zu sein und machte ihm klar, daß es wichtig für mich sei, jemanden zu treffen, der sie kannte.

Er übersah mich vollständig. Bis ich auf die Idee kam, einen Geldschein herauszuholen. Da versank er in Gedanken, während er an seinen Zähnen lutschte und sich blitzschnell den Schein schnappte. Dann faltete er seine Papiertüte sorgfältig zusammen, öffnete die Tür seines Kabuffs und winkte mir. Wir folgten einer Kakophonie von Lauten, die von einem übenden Orchester herrührte.

»Schröder! Erster Geiger!« zeigte er und verschwand.

Ich wartete, bis sie eine Pause machten. Dann stürzte ich zu dem Mann hin, von dem ich annahm, daß er die erste Geige spielte. Er schien nicht so unfreundlich zu sein, wie ich befürchtet hatte. Ich kam direkt zur Sache. Stellte mich als ein Verwandter von Dina vor, der nach Berlin gekommen war und sie gerne treffen wollte. Ohne zu zögern, gab er mir die Adresse des Meisters.

»Wohnt sie da?« fragte ich und verheimlichte, daß ich bereits dort gewesen war.

»Ja«, sagte er und wandte sich gleichzeitig dem Dirigenten zu, der etwas sagte, was ich nicht verstand.

Nach dem verschlissenen Bühnenvorhang und den fleckigen Stuhlbezügen zu urteilen, war dies ein kleines drittklassiges Theater. Sicher war auch das Orchester danach.

Sobald der Dirigent aus dem Weg war, fragte ich Schröder, ob er Zeit für ein kurzes Gespräch habe. Er zögerte, wollte eigentlich frühstücken. Ich bot ihm an, mein Gast zu sein, falls es in der Nähe ein Lokal gab. Aber er hatte nicht soviel Zeit. Ungeduldig wies er auf die Stuhlreihen und setzte sich.

Er war von unbestimmbarem Alter. Schmales Gesicht. Die Haare schwarz mit einem weißen Streifen, von der rechten Schläfe bis zur Stirn spitz zulaufend. Es sah seltsam aus. Er kannte Dina!

»Sie wohnt nicht mehr bei der Adresse, die Sie nannten«, sagte ich.

»Ach so«, sagte er nur und zuckte die Achseln.

»Hat sie hier gespielt?«

»Nein«, sagte er und lächelte, als ob der Gedanke lächerlich wäre.

»Wieso kennen Sie Dina dann?«

»Sie kam zusammen mit Herrn Erenst.«

»Wer ist Erenst?«

»Der Besitzer des Theaters.«

»Was machte sie hier?«

Er zuckte wieder resigniert die Achseln und warf einen Blick zur Tür.

»War bei den Vorstellungen zugegen. Hörte die Konzerte ...«

»Welche Rolle spielte Erenst?«

»Er spielte gar keine, er zeichnet und baut Häuser«, antwortete er resigniert.

»Ich würde gern mit Erenst sprechen!«

»Er ist verreist.«

»Wohin?«

»Nach Paris.«

»Ist Dina vielleicht mit nach Paris gefahren?«

Er schüttelte ratlos den Kopf. Dann drehte er mir den Rücken zu und wandte sich an einen der Musiker, der gerade hereingekommen war. Griff nach dem Bogen und fing an zu spielen. Als ob ich Luft wäre.

Man konnte natürlich viel Energie aufwenden, um offenkundig zu machen, daß die Welt unhöflich und ohne Verstand war. Ich ging von einem Orchestermitglied zum anderen und versuchte mich mit meiner Frage nach Dinas Existenz und der Adresse dieses Erenst in Paris verständlich zu machen. Ich ließ mich von diesen vulgären, uninteressierten, unfreundlichen, dummen Menschen quälen. Ungehobelt und in die Welt gesetzt, um jeden positiven Kontakt zu zerstören.

Hier hatte Dina sich also aufgehalten! Hierher war sie gekommen, um die Proben zu hören. Sie spielten sicher ebenso roh, wie sie redeten, dachte ich, als ich wieder wohlbehalten draußen auf der Straße war.

Es stank aus dem Rinnstein, und die Wagenräder ratterten über das Pflaster. Ich erinnerte mich, wie oft ich als Kind vor Wut und Entsetzen geweint hatte, und ich wünschte, ich könnte es noch immer. Statt dessen legte ich meinen Mantel auf die rauhe Steintreppe und setzte mich darauf.

Später trottete ich durch die Straßen. Aber als der Mond aufgegangen und die Gaslaternen angezündet waren, stand ich wieder vor dem Theater. Ich kaufte ein Billet, ohne mich zu erkundigen, was gespielt wurde.

Man konnte sich faule Eier wünschen.

Ich suchte meinen Platz. Als der Vorhang aufging, wurde mir klar, daß gar kein Theaterstück gespielt wurde. Das Orchester saß auf der Bühne, nicht im Orchestergraben. Ich erkannte einige wieder. Den Dirigenten und den Geiger.

Der Saal war fast voll. Das wirre Durcheinander von allen Instrumenten, die gestimmt wurden, ging mir augenblicklich auf die Nerven. Ich hatte keine Ahnung, warum ich da war. Es wäre besser gewesen, wenn ich diesen Schröder draußen abgepaßt hätte, nachdem alles vorüber war.

Eine Frau hinter mir redete ununterbrochen mit ihrer Nachbarin. Ich bekam mit, daß sie einem Mann begegnet war, der so geil und ungebildet war, daß sie es nicht aushielt. Ich drehte mich um, weil sie mich störte. Die Frau hatte ein rotes Kleid mit einem spitzenbesetzten Brustteil an. Sie gestikulierte mit Händen, die voller Ringe waren, und übersah meinen Blick.

Endlich wurde es dunkel im Saal. Die Frau hinter mir schwieg. Der erste Geiger legte zusammen mit den anderen Streichern den Bogen an. Seine Schultern gehörten nicht hierher. Nicht hinter die Violine und nicht aufs Podium. Er hätte Steinhauer werden sollen. Es belustigte mich, daß er so lächerlich fehl am Platz wirkte.

Dann kam die Musik! Kam zu mir.

Das Orchester war nicht drittklassig wie der Bühnenvorhang. Das merkte ich bereits im ersten Satz, während ich versuchte zu erraten, was gespielt wurde.

Wurde hineingezogen. Hörte auf, die über die Instrumente gebeugten Gesichter mit dem traurigen Erlebnis von vorher in Verbindung zu bringen. Die Nacken. Die Finger. Die Schatten auf dem Vorhang im Hintergrund.

Denn alles war in der Musik. Und die Musik, das war sie.

Da wußte ich, warum sie die Menschen hinter den Instrumenten ertragen hatte. Warum sie gekommen war, um bei den Proben zuzuhören. Der ältliche Cellist in seiner schäbigen

Jacke verschwand. Einer nach dem anderen im Orchester verschwand. Nur der Klang blieb.

Dina saß da oben mit dem Cello zwischen den Knien. Die Saiten weinten aus ihrem Bauch. Der Russe setzte sich plötzlich auf den leeren Stuhl neben mir. Er hatte die Wolfspelzmütze schief über das Loch im Kopf gezogen und lehnte sich an mich, während er nickte und zur Bühne hin lächelte. Als der letzte Ton verklang, klatschte er und pfiff laut. Die Leute drehten sich um und starrten. Das beruhigte mich. Er war schlechter angezogen als ich.

Waren wir die einzigen, die etwas verstanden? Die wußten, wer sie war? Oder lag es daran, daß er nicht verstand, warum das Heidekraut sich damals im Herbst rot gefärbt hatte?

In der Pause sah ich wieder die Frau mit dem roten Kleid. Die Haare waren dunkel und hingen zu beiden Seiten des Gesichts herab. Sie wirkten so schwer, als ob sie mit Teer eingeschmiert wären. Die Frau hörte einem jungen Mann in weißen Hosen und dunkler Jacke zu. Dann schüttelte sie den Kopf, nippte an ihrem Glas und verdrehte die Augen zum Himmel.

Man kann nicht immer wissen, warum man gewisse Dinge tut. Ich ging in den Lichtkreis hinein, der die Frau umgab. Zwischen sie und den Mann. Und sagte in der harten Sprache, deren ich so überdrüssig war: »Entschuldigung, Sie kennen wohl nicht zufällig Frau Dina Meer?«

Erst starrte sie mich nur an. Aber als der Kavalier versuchte sich mit Schulter und Mienenspiel dazwischenzudrängen, schien sie aufzuwachen.

»Nein«, sagte sie beinahe freundlich.

»Wer sind Sie?« fragte der Kavalier verunsichert.

Man konnte einfach beschließen, ihn von der Luft verschlukken zu lassen.

»Sind Sie sicher?«

»Ja«, sagte sie. Aber sie lächelte. Ihre Zähne waren ungleichmäßig, und sie hatte ein auffallend großes Muttermal auf der Wange. Sie war recht hochgewachsen. Hatte freche Augenbrauen und zuviel Schminke im Gesicht. Trotzdem sah sie gut aus.

»Sollte diese Frau heute abend hier sein?« fragte sie und hielt den Kavalier in Schach, indem sie die Hand auf seinen Arm legte.

Ich spürte ein Kraftfeld zwischen uns.

»Ja«, sagte ich und starrte sie an.

»Da wünsche ich Ihnen viel Glück«, sagte sie ungekünstelt.

»Sie spielt Cello«, sagte ich voller Panik, weil ich sah, daß sie gehen wollte.

»Interessant«, sagte sie, »es ist schwierig für eine Frau, mit einem solchen Instrument umzugehen.«

Ich machte die zwei Schritte, deren es noch bedurfte. Legte entschlossen meine Hand unter ihren Ellenbogen und führte sie fort von ihrem Gesprächspartner.

Da klingelte es für den zweiten Teil des Konzerts. Aber wir blieben bei einem roten Samtvorhang stehen und maßen einander. Sie war ein roter Schatten auf dem Vorhang. Ich wurde schwer davon. Wurde aufgefüllt. Ein Lederbeutel, gefüllt mit Wein oder Öl.

Ich stellte mich breitbeinig hin. Das half. Ich bewegte die Finger unter ihrem Ellenbogen. Ihre Haut war kühl und feucht. Ein Rausch überfiel mich. Ich lenkte meine ganze Kraft in die Finger. Ich sah und spürte, daß sie empfing.

»Sie sind dreist, und Sie sind kein Berliner«, sagte sie leise.

»Da haben Sie recht«, sagte ich. »Ich möchte so gerne, daß Sie die Frau kennen, die ich suche! Sie ist groß und dunkel wie Sie. Und sie bewegt sich unter Schauspielern und Musikern.«

»Diese Frau, die Sie suchen, ist sie Ihre ... Geliebte?« fragte sie und sagte das letzte Wort heftig atmend.

Man begriff, warum sie so freche Augenbrauen hatte.

»Nein. Eine gute Freundin.«

»Haben Sie keinen Treffpunkt vereinbart?«

»Nein. Ich habe sie aus den Augen verloren. Schon lange.«

»Man verliert doch keine Freunde aus den Augen«, sagte sie.

Ich hörte, daß ich etwas geweckt hatte. Nicht nur Neugierde. Es war etwas in ihrem Atem. Ich fuhr fort, während ich ihr in die Augen sah und ihre beiden Hände ergriff. Sie waren so weich. Von einer Weichheit, die man immer vermißt.

»Ich schon!«

»Wer sind Sie? Sie wirken etwas unhöflich«, flüsterte sie, ohne die Hände zurückzuziehen.

»Ich bin nicht ganz sicher«, antwortete ich.

»Sie wirken ein wenig verrückt. Freimütig, aber sonderbar ... Sie erinnern mich an jemanden, den ich ...«

Es klingelte wieder. Wir gingen gemächlich zum zweiten Teil hinein.

Nachdem wir uns gesetzt hatten, streifte ihre Hand einmal in der Dunkelheit meinen Nacken. Sie sagte etwas zu der Frau, die neben ihr saß. Ohne daß es mich störte. Ich drehte mich langsam zu ihr, um ihren Blick zu erhaschen. Aber die Dunkelheit hatte das Licht in ihren Augen gelöscht. Meine Nasenlöcher fingen jedes bißchen Duft ihres Parfums ein. Ich öffnete den Mund, um mehr davon zu bekommen. Trank ihn. Aß ihn.

Dann setzten die Violinen ein, die Celli, die Blasinstrumente.

Ich dachte nicht an den Russen. Merkte nicht, ob er noch neben mir saß. Aber Dina saß in ihrem grünen Reisekostüm mit den weiten Röcken auf dem Podium. Mit gespreizten Schenkeln und verschlossenem Gesicht.

Während ihre tanzenden Finger mir die Musik aufzwangen, flogen ihre Kleidungsstücke, eins nach dem anderen, zur Decke. Dort fingen die Kristallkronleuchter sie mit ihren zahlreichen Armen auf. Zuletzt saß sie im Hemd mit offenem Bruststück da.

Die Schatten von Dinas Kleidungsstücken fielen auf die Leute im Saal, ohne daß sie es merkten. Jemand hustete. Die Musik stieg und fiel. Ich war nicht allein. Die Stadt war vielleicht unfreundlich und schmutzig. Die Menschen waren vielleicht grotesk, roh und unzuverlässig. Aber hinter mir saß die Frau in Rot.

Die Musik kam nicht nur aus den Instrumenten. Sie saß in meinen Hüften. In der Haut. In der Leistengegend. Ich roch die Kleidungsstücke, die von den Kronleuchtern herunterhingen. Roch das Rote hinter meinem Nacken. Meine Nasenlöcher weiteten sich. Ich lehnte den Kopf zurück und schloß die Augen.

Während des Applauses spürte ich ihre Hand auf der Schulter. Als ich die Hand hob und ihre Karte entgegennahm, fielen Dinas Kleider von den dunklen Kronleuchtern herunter. Ich hatte sie über mir. Ich nahm die Karte in Empfang und drückte einen Augenblick ihre Fingerspitzen. Dann wühlte ich mich aus dem duftenden Kleiderhaufen heraus und fuhr fort zu klatschen.

»Donnerstag, fünf Uhr«, flüsterte sie, als sie sich erhob und dem Strom nach draußen folgte.

Mein Blick fiel auf ein Programm, das aus einer Hand herausragte. Mozart.

Dina suchte schnell ihre zerfledderten Noten zusammen, verließ das Podium und das Cello und führte mich hinaus zu den Menschen. Ihr Hemd flatterte ein wenig, als sie verschwand. Das Parfum war das gleiche, das die Frau in Rot benutzte.

Auf der Visitenkarte stand Frau Birthe Schulz. Die Adresse sagte mir nichts. Ich war in einer fremden Stadt.

Der Geiger war nicht zu sehen. Ich ging hinter die Bühne und fragte nach ihm. Die anderen sagten, er sei bereits gegangen. Was sollte ich überhaupt mit ihm anfangen?

Man konnte sich vorstellen, daß man ein Boot mit gehißten Segeln bei starkem Seitenwind war. Da hatte man nur die Möglichkeit, die Strecke zu kreuzen und sich Zeit zu nehmen oder die Luken zu schließen und sich den Mächten zu überlassen. Der Kiel war schwer genug. Man konnte auch zugeben, daß man kein Seemann war. Aber mit Anders' Rat im Hinterkopf, in bezug auf Frauen und Schiffe, sah ich ein, daß es am besten war, zu kreuzen.

Deshalb wartete ich bis Donnerstag, während ich eine Art Triumph im ganzen Körper spürte.

Man konnte die Zeit dazu verwenden, sich über Frau Birthe zu entrüsten, die mit jeglichem Anstand gebrochen und einem wildfremden Mann ihre Visitenkarte gegeben hatte. Aber für derlei hatte man zuviel rohe und einsame Kraft im Körper. Es war entschieden.

Und man war so verdammt dazu verurteilt, in dieser Stadt herumzulaufen und zu suchen.

Ich nahm eine Droschke. Frau Birthe Schulz wohnte in einem Palais am Stadtrand. Umgeben von großen Bäumen und Dornengestrüpp. Das Tor war oben mit Eisenspitzen versehen. Diese Frau Birthe hatte wahrscheinlich auch ihre Spitzen.

Ein Pförtner fragte, wohin ich wollte und ob ich erwartet würde. Ich nickte und zeigte ihm die Visitenkarte.

»Dritte Etage«, sagte er und verbeugte sich liebenswürdig, während er mich fünf solide Stufen mit Messinggeländer hinauf zu der schwarzen zweiflügeligen Eingangstür begleitete.

Einen Augenblick lang, als ich tief Luft holte, mußte ich daran denken, wie den Häuslerjungen wohl zumute war, wenn sie auf dem weißen Muschelsand vor dem Haupteingang in Reinsnes standen. Bis sie ums Haus gingen und den Kücheneingang benutzten. Während man die Treppe hinaufging, die das Echo vorausschickte, konnte man sich daran erinnern, daß man von der Anlegestelle die Allee heraufgekommen war und das Haupthaus wie ein erleuchtetes Schloß in der Dunkelheit hatte liegen sehen. Ehe man zu Stine ins Ausgedinge ging.

Man konnte sich eine solch trotzige Nostalgie erlauben, hier vor dem Haupteingang einer wildfremden Frau, so wie man sich gleichzeitig als ein am Boden zerstörtes Kind fühlte.

Dina! Dein Cello kann in der Hölle verrotten! sagte ich mir, als Frau Birthe öffnete. Sie war heute abend nicht rot. Sie war gelb.

Was hatte Anders damals in Bergen gesagt, als ich mit den Mannsleuten zu den Weibern in die engen Gassen hatte gehen wollen? Er hatte nichts dagegen gehabt, daß ich meine Männlichkeit beweisen wollte. Aber er hatte gesagt: »Nimm ein Messer mit und nicht mehr Geld, als du brauchst.«

Das Mädchen damals war jünger als ich gewesen. Mager und schmutzig. Sie nahm mich mit in eine kleine, dunkle Kammer, und ich mußte mich auf einen zerlumpten Bettüberwurf setzen. Dann fummelte sie an mir herum, als ob ich beschränkt wäre. Ich konnte sie schließlich abschütteln. Bezahlte reichlich und machte, daß ich wegkam. Hätte ich nicht Angst gehabt, daß es jemand sah, dann hätte ich geweint. Nicht weil das Mädchen und das Bett so schmutzig und so unappetitlich waren. Oder weil alle Träume von heißem Blut mit der Wirklichkeit nicht übereinstimmten. Sondern weil ich das Gefühl hatte, einem Mädchen auf die Finger getreten zu haben, das in einem schwarzen Tümpel lag und nach einem Zweig gegriffen hatte, um sich über Wasser zu halten.

Sie hatte eine Bluse ohne Knöpfe im Ausschnitt angehabt, und ihre Arme waren sehr mager gewesen.

Da war es besser, an Aksel und die Madame im Peder Madsens Gang zu denken.

Frau Birthe hatte runde Arme, und die Bluse war sicher mit Sorgfalt ausgewählt worden. Sie hatte eine ganze Reihe zeitraubender Knöpfe. Zwanzig, um es genau zu sagen.

Sie führte mich durch eine spärlich beleuchtete Halle in einen Salon, und ich spürte, daß mir das Herz bis zum Halse schlug. Am liebsten hätte ich sie gepackt und mich mit meiner ganzen Kraft in sie hineingebohrt. Und dann: Es getan zu haben.

Statt dessen fand ich mich auf einem weichen Sofa wieder.

Ein Hausmädchen kam mit einem Tablett mit Teetassen und Gebäck. Ich achtete auf alle Zeichen, die mir einen Anlaß geben konnten. Auf alle Zeichen, die Frau Birthe gab. Es war wie bei einer spiritistischen Sitzung.

Inzwischen nahm ich den Platz von Kandidat Grønelv am Seziertisch ein. Betrachtete den Frauenkörper mit erhobenem Skalpell. Sezierübungen bei Professor Schmidt waren gewissen Regeln und Zielen unterworfen. Es kam darauf an, Häutchen und Muskeln vom übrigen Körper zu entfernen. Vor allem kam es darauf an, Frau Birthes Blutkreislauf in der hohlen Hand aufzufangen, ohne daß Professor Schmidt einen einzigen Blutfleck auf meiner Manschette sah.

Frau Birthes Körper war mit dem Eingriff einverstanden. Trotz ihrer sittsamen Knöpfe.

»Sie haben sie nicht gefunden, Ihre Freundin?« fragte sie.

»Nein, leider nicht«, sagte ich, ohne die Augen von ihr zu wenden. Ich war mir klar darüber, daß das Gespräch nur wegen des Hausmädchens stattfand. Während der Tee eingeschenkt wurde, erfuhr ich, daß sie ein paar nette Freunde erwartete, die ich kennenlernen sollte. Und als das Hausmädchen nach einer Weile wieder hereinkam und fragte, ob noch etwas zu tun sei, bevor es gehe, winkte Frau Birthe ihr fröhlich zu und dankte, nein, es sei alles in Ordnung.

Die Tür wurde zugemacht, und ich fragte, wann die Freunde kämen. Da kletterte sie wieder auf den Seziertisch, so daß ich mit der Arbeit beginnen konnte.

»Mein Mann ist auf Reisen. Es würde sich nicht so gut ausnehmen ... nur Sie und ich«, sagte sie und schob die Teetasse beiseite. Dann bot sie Sherry an.

Nach einiger Zeit fand ich ein paar brauchbare Worte. Aber sie schien keinen Bedarf an Mitteilungen zu haben. Alles verschwand in Atem und Bewegung.

Schaum. Ich weiß nicht, wann ich den ersten Schaum gesehen habe. Er taucht in meinem Bewußtsein auf wie ein wechselndes, aber ewiges Bild. Schaum unter Frauenhänden, wenn sie melken. Schaum von großen Wellen, die gegen die Ufersteine donnern. Gegen die flachen Schären vor den großen Schären. Am Bug vorbeirauschend, wenn das Schiff das Meer durchpflügte, Stärke zeigend. Unter Stines Händen, wenn sie Seemannshandschuhe walkte. Schaum! Wenn Dina im Sommer ihre Haare in dem Bach hinter dem Fahnenhügel wusch. Schaum aus den Nüstern des Hengstes, wenn er aufsprang. Auf Frau Birthe in Berlin sprang. Ich war jederzeit in diesem Schaum. Als Bewegung in einem schweren, kraftvollen Ton. Ich trug ihn mit mir. War darin. Wollte nicht entkommen. Frauen. Der Geruch nach salzigem Tang. Lauge. Haar. Duftwasser. Wäsche von der Leine. Karna! Der Geruch von Karnas Körper, vermischt mit Blut und Eiter! Im Feldlazarett bei Düppel.

Der Schaum war alles: Freude und Furcht. Abscheulich und schön. Zu gleicher Zeit.

Heute nacht würde eine heimliche Dissektion stattfinden. Verboten und brennend. Aber genau wie die Welle sich nach dem Unwetter zurückzieht und ihren Schaum liegen läßt, genau so würde ich mich zurückziehen, ohne belastet oder zur Rechenschaft gezogen zu werden.

Hatte ich nicht eine Visitenkarte bekommen? Eine Einladung? Hatte ich nicht ein deutliches Zeichen bekommen? Hatte ich nicht alle zwanzig Knöpfe aufgeknöpft, während ich das Blut der gnädigen Frau in meinen Händen auffing?

Irgendwo mußte ich trotzdem hinein in den anderen Schaum. Des Russen. Rot. Es spritzte mächtig. Millionen von winzig kleinen Rosenblättern, die niemals ihre Pracht in voller Blüte entfalten würden. Denn das Bild war festgefroren.

Dina und er im Heidekraut. Erst weiß, dann rot.

Und dann war kein Gott mehr. Frau Birthe war seziert. Der Schaum bedeckte sie und den Russen.

Wer hatte aufrecht im Heidekraut gestanden?

Aus ihrem Mund kam ein großer Celloton. Er stieg und fiel. Als versuchte sie zu singen, vermochte es aber nicht.

Sie hatte des Russen und meinen kaputten Kopf in ihren Schoß genommen.

Als ich gehen wollte, fragte sie mich, ob sie mich wiedersehen würde.

»Das kann schon sein.«

»Mein Mann ist bis zum nächsten Donnerstag fort«, sagte sie mit leiser, korrekter Stimme.

Ich war die Welle, die sich zurückzog. Weit hinaus ins Meer. Ich betrachtete den Schaum, der zurückblieb. Graues Licht fiel schräg durch ein hohes Fenster. Frau Birthes Gesicht war ganz weiß geworden. Ich war mir selbst fremd.

Es war bereits ein neuer Tag.

ERSTES BUCH

1. Kapitel

DENN WO VIEL WEISHEIT IST, DA IST VIEL GRÄMEN, UND WER VIEL LERNT, DER MUSS VIEL LEIDEN.
(Der Prediger Salomo, Kapitel 1, Vers 18)

Der Junge stand mit irren Augen auf dem Hof. Er schrie etwas hinaus. Eine Art Zorn. Zuerst hoben sie den Kopf. Erstaunt. In der Küche und im Stall. Im Gesindehaus und in den Wirtschaftsgebäuden. Sie kannten die Stimme und kannten sie auch wieder nicht.

Stine war am schnellsten zur Stelle. Und sie deutete auch seine Worte als erste. Allmählich standen alle da, die gehen oder kriechen konnten. Sogar Mutter Karen und Jacob wickelten sich aus den alten Leichentüchern und aus längst vergessenen Geschehnissen und standen dabei. Aber sie sagten nichts, denn sie hatten nicht das Recht zu reden.

»Die Finnenbüchse hat den Russen erschossen! Den Russen ... in den Kopf! In den Kopf!«

Das Echo hallte wider von Hügeln und Bergen. Warf sich auf ihn zurück, als ob es ihn warnen wollte, ihn beruhigen. Ihn bitten zu schweigen. Aber er wiederholte es immer heftiger. Bis Stine ihn in den Arm nahm und drückte.

Nun wußten es alle. Der Junge lief den Männern voraus, um ihnen die Stelle zu zeigen. Rief, erklärte und weinte. Daß der Russe plötzlich vor ihnen zwischen den Bäumen verschwunden war. Er, Benjamin, war auf einen Felsen geklettert, um zu sehen, wo der Russe sich versteckt hatte. Da hörte er den Knall. Und sah, wie der Russe in das Heidekraut sank. Die Flinte lag auch im Heidekraut. Dina hatte ihn gebeten, zu den Leuten hinunterzulaufen und Hilfe zu holen. Aber keiner konnte dem Russen helfen. Er hatte ein zu großes Loch im Kopf.

Rahel im Alten Testament nannte ihren Sohn, der sie das Leben kostete: Benoni, Sohn des Unglücks. Aber der Patriarch Jacob änderte das und nannte ihn: Benjamin, Sohn des Glücks.

Niemand erfuhr jemals, was Dina im Sinn hatte, als sie ihren Sohn Benjamin nannte. Und niemand erfuhr jemals, was Jacob Grønelv, der als Vater in den Kirchenbüchern stand, von der Sache hielt. Aber alle konnten sehen, daß der kräftige, etwas klein geratene Junge Augen wie ein alter Mann hatte und daß die Stirn Furchen für mindestens zwei Eimer Setzkartoffeln aufwies.

Daß er einen klugen Kopf besaß, war ihm von Nutzen, auch wenn er die Nerven derer angriff, die auf seine verzwickten Fragen nach allem, was auf der Erde, im Wasser und im Jenseits existierte, antworten sollten.

Daß er von einem Lappenmädchen, die für einen unehelichen Beischlaf und für eine Geisterbeschwörung mit dem Tode hätte bestraft werden müssen, genährt und großgezogen worden war, konnte man dem Jungen nicht anlasten. Auch nicht, daß seine Mutter mächtig und eher gefürchtet als geliebt war. Mächtig in ihrem Talent, Gewinne zu machen und alles zum Blühen zu bringen, was Profit abwarf. Wenig geliebt, weil man vor ihren wasserfarbenen Augen kriechen mußte. War das Wetter gut und befand sie sich draußen auf dem Meer, waren die Augen weich und hatten einen grünlichen Schimmer. Aber war der Himmel in Aufruhr, dann war die Iris zugefroren.

An einem Tag im Spätherbst, Benjamin war elf Jahre alt, wurde er sich klar darüber, daß die Unterirdischen ihm zuarbeiteten und daß keinem, der oben auf der Erde weilte, zu trauen war. Bis zu dem Tag, als sich das Heidekraut auf der Landenge von Menschenblut rot färbte, hatte er an eine Art Schutz geglaubt, zumindest für sich selbst. Jetzt wußte er, daß alles passieren konnte. Alles! Es wurde ihm auch klar, daß er der einzige war, der das wußte.

Es war, als ob man irgend etwas unter Mutter Karens Vergrößerungsglas betrachtete. Die Buchstaben in der Bibel oder eine Ameise, die Hanna auseinandergenommen hatte. Die Nähe war zu groß, zu deutlich. Nichts glich sich selbst. So klar zu sehen machte ihn rastlos wie tauenden Schnee.

Nun war das Heidekraut schon vorher ziemlich rot gewesen. Es war ja Herbst. Und der Mann, der still auf der Erde lag, hatte ihm Dina gestohlen. Er empfand deshalb keinen Verlust. Insofern war alles einfach unwirklich, und im Grunde konnte man damit leben.

Nicht ertragen konnte er, daß Dina dort war.

Um es wiedergutzumachen, gab er ihnen zu verstehen, ohne es direkt zu sagen, daß der Russe sich selbst in den Kopf geschossen hatte.

Dina hatte genug damit zu tun, Leichenwache zu halten. Auf der Hochebene konnten Bären sein, die das frische Blut witterten und angelaufen kamen. Sie hatte einen schwachen Herbstwind im Gesicht und eine tiefstehende Sonne im Nacken. Die Sonne wärmte nicht mehr.

Zu Hause auf Reinsnes wurde die Leichenwache bei geöffneten Fenstern und Laken davor fortgesetzt. Zwischen flackernden, tropfenden Kerzen. Es war eine harte Arbeit für die Männer gewesen, den großen Russenkörper die Treppe hinauf und in den Saal zu tragen. Dort wollte sie ihn haben.

Sie brach mit jeglichem Schamgefühl, wusch und richtete die Leiche selbst her. Als ob sie einmal mit diesem Körper und allen seinen Geheimnissen verheiratet gewesen wäre. Zuerst schickte sie das Dienstmädchen hinaus, das dastand und bei dem Anblick schwankte. Dann nickte sie kurz Tomas und dem Knecht zu, bedeutete ihnen, daß sie gehen sollten.

Als sie allein war, deckte sie den oberen Teil von Leos Kopf mit sauberen Tüchern ab und bandagierte ihn. Ganz fest. Der untere Teil des Gesichts wurde ausgespart. Der Mund stand halb offen und drückte Verwunderung aus. Er schien einen verirrten Gedanken auf der Flucht widerzuspiegeln. Der Amorbogen war ruhig und blau. Er hatte sich endlich beruhigt.

Leo Zjukovskij wurde in einen standesgemäßen Sarg gelegt und vor der Steinkirche begraben. Und das, obwohl er kein Rechtgläubiger war, sondern Katholik, Spion, Fremder und etwas, was noch schlimmer war.

Bei der Beerdigung wurde an nichts gespart. Die Leute meinten, daß Dina weniger Aufwand hätte treiben können. Und daß es unpassend war, daß der Pfarrer einen Mann begrub, der allem Anschein nach Hand an sich selbst gelegt hatte.

Aber der Pfarrer begrub ihn. Denn Dina Grønelv hatte ihre eigenen Gesetze für das, was sich geziemte. Und sie hatte genügend Mittel, um sie durchzusetzen.

Und der erste Nachtfrost des Jahres stach seine Nadeln durch sie alle.

2. Kapitel

»Jetzt sitzt sie bestimmt wieder ein Jahr lang im Saal, das kenne ich schon«, war Olines Rede am Tag nach der Beerdigung. Der Tag war schon weit fortgeschritten, und Dina hatte sich noch nicht blicken lassen.

Weder Stine noch eines der beiden Hausmädchen wagten zu antworten. Es konnte gefährlich werden, ganz gleich, welche Partei man ergriff.

»Gott ist Zeuge, daß sie nicht gerade eine Stütze ist, wenn etwas passiert! Tea! Da ist noch ein Dreckrand im Topf. Du hast vergessen, ihn mit kaltem Wasser auszuspülen, bevor du ihn abgewaschen hast!«

Das Mädchen blickte argwöhnisch, murrte aber nicht. Nahm nur den Topf mit zur Kaltwassertonne im Windfang.

»Sie wird wohl wieder monatelang nachts hin und her laufen, weiß ich doch«, sagte Oline, indem sie die Luft durch die zusammengekniffenen Mundwinkel einsog. Es klang wie Sturm, der unter das Dach zu kommen versucht, um alles abzureißen.

Noch immer antwortete niemand. Stine war damit beschäftigt, die Tücher zusammenzulegen, mit denen sie die Schüsseln mit den belegten Broten zugedeckt hatten.

Sie bezog die Energie aus einem verborgenen Ort. Es war nicht die Energie, wie Frauen sie oft haben, wenn sie dazu verurteilt sind, viele Jahre im Haus zu sein. Nein, die Energie war eher wie ein breiter Fluß. Immer derselbe gleichmäßige Strom. Kommend, gehend, immer zur Stelle. Wenn man Stine arbeiten sah, verstand man den unendlichen Kreislauf der Planeten besser. Stines Arbeit war größer als sie selbst.

»Sie war heute nacht im Keller! Ich habe es deutlich gehört. Und den Schlüssel hat sie einfach auf die Bank geschleudert. Jeder hätte ihn nehmen können! Jetzt stehen da oben wohl wieder an allen Wänden leere Flaschen herum! Aber ich will keinen Mucks davon hören, auch nicht um drei Ecken herum! Habt ihr verstanden?« fügte Oline drohend hinzu.

Aber dann knickte die tüchtige Oline in der Mitte ein. Sie

war ein steifgefrorener Bettbezug auf der Leine gewesen, in kaltem Winterwetter. Nun wehte ihr plötzlich eine Südwestbrise direkt ins Gesicht. Der aufgeblähte Bettbezug brach entzwei. Oline fiel auf der Torfkiste in sich zusammen und hielt die nicht ganz saubere Leinenschürze vors Gesicht.

»Armer Mensch! Armer Mensch!« klagte sie hinter der Schürze. »Was soll jetzt werden? Was soll jetzt werden?«

Sie waren sich nicht sicher, ob sie über den Russen trauerte oder über Dina. Und sie wagten nicht zu fragen.

Dina kam abends vom Dachgeschoß herunter, ging ein paarmal durch die Räume, blieb vor verschiedenen Dingen stehen und nahm sie in die Hand.

Dann kam sie in die Küche und holte sich etwas zu essen. Aß im Stehen neben dem Küchenschrank. Trank Wasser aus einer Schöpfkelle, das sie sich aus dem Eimer im Windfang geholt hatte. Die ganze Zeit schien sie über ein Rechenproblem zu grübeln, das sie nicht zu lösen vermochte. Sie hatte tiefe Furchen zwischen den Augenbrauen und am Mund. Aber die Haare waren ordentlich frisiert und im Nacken zu einem Knoten zusammengedreht. Die Augen sahen aus, als ob ihr jemand stundenlang Sand hineingeblasen hätte. Sie wirkte beinahe erstaunt und etwas verlegen, wenn sie den Blick mit einem anderen tauschen mußte. Als würde sie ihn nicht kennen oder als entdeckte sie, daß sie nicht am rechten Ort war.

Aber alle waren erleichtert, weil Dina durch das Haus ging und weil sie antwortete, wenn man mit ihr sprach.

Anders war in Strandstedet gewesen, als *es* geschah. Und als er abends nach Hause kam, lag die Leiche des Mannes im Saal.

Er empfand eine gewisse Trauer. Aber im übrigen war dem Vorfall nicht zu trauen. Nachdem der Mann endlich aus dem Haus gekommen war und auf dem Friedhof lag, war er jedoch beinahe zu einem Freund geworden.

Weil er tot war?

Anders hatte immer viel zu tun gehabt. Nun wurde es noch

mehr. Unten bei den Lagerhäusern. Bei dem Frachtschiff »Mor Karen«. Außerhalb des Hofes.

Wenn er zu den Mahlzeiten zu Hause war, saßen Dina und er einander gegenüber. Er war der entfernte Verwandte, der höflich die Schüsseln und das Salzfaß weiterreichte. Er kannte seinen Platz, Anders. Aber er ließ sich nichts anmerken. Speicherte es nur. Als dünnen Staub auf dem Gesicht. Er ließ sich beim Samstagsbad im Waschhaus nicht entfernen. Ständig legten sich neue Schichten der gleichen Art Staub schön obenauf. Die Schichten kannten ihren Platz.

Anders hatte das Gefühl, mit Gespenstern am Tisch zu sitzen. Trotzdem aß er. Bediente sich. Kaute. Ließ sich bedienen. Kam mit alltäglichen Bemerkungen. Und erhielt ab und zu erstaunlich alltägliche Antworten. Er wurde gelegentlich hektisch, wenn Dina und er allein im Zimmer waren und auf die Suppe oder den Nachtisch warten mußten und nichts hatten, womit sie sich beschäftigen konnten. Da fing er womöglich ohne Grund an, die letzten Neuigkeiten von der Theke im Laden oder aus Strandstedet zu erzählen. Sie sah ihn oft mit einer fernen Freundlichkeit an. Aber trotzdem wurde es ihm jeden Tag eingehämmert! Sie sieht dich nicht.

Anfangs saß der Junge wie eine Maus zwischen ihnen, weil Dina ihn holen ließ. Dann fand er den Weg zurück zu Stines weißgescheuertem Tisch. Dort gab es werktags keine Tischdecke. Dafür konnte man atmen und essen.

Benjamin hatte lange Zeit im Ausgedinge bei Stine und Tomas geschlafen. Am dreizehnten Tag nach der Beerdigung, drei Stunden nach Mitternacht, wurde er von der tiefen, gebieterischen Stimme des Russen ins Himmelbett geholt. Nur im Nachthemd, bewaffnet mit Mutter Karens Vergrößerungsglas an einer Schnur um den Hals, taumelte er aus dem warmen Bett im Ausgedinge und hinaus auf den Hof.

Grasbüschel und vereiste kleine Steine begegneten seinen Fußsohlen wie schimmernde Glasscherben. Ihm war glühend heiß, obwohl die Nacht so kalt war, daß weißer Atem vor seinem Mund stand.

In dem großen Haus waren nur die zwei Fenster im Saal erleuchtet. Ein schwacher gelber Schein, der ihm sagte, daß Dina Wachskerzen angezündet hatte. Er hatte früher schon auf dem Hof gestanden und zu Dinas Fenstern geschaut. Er hatte sogar versucht, zu ihr hinaufzukommen. Aber das war lange her. Jetzt war er groß. Große Jungen sprangen nicht ins Bett zu ihrer Mutter.

Es war dunkel. Trotzdem erkannte er undeutlich die einzelnen Häuser. Das Brunnenhaus mitten auf dem Hof. Die Bäume, die sich zur Erde neigten, die Blätter, mit denen der Wind spielte, schwer von gefrorenem Tau. Das spröde Geräusch blieb im Kopf haften. Einige Bäume standen halbnackt da, wie gerupfte Vogelscheuchen gegen den Himmel.

Er wußte nicht, wo das Licht herkam. Aber es lag auf den Grashalmen zu seinen Füßen. Es bewegte sich. Ging er geradeaus, dann war es da. Ging er zur Seite, war es da. Die Unterirdischen wollten ihm wohl den Weg zeigen.

Die Stimme des Russen war nah und fern zugleich. Sie forderte etwas von ihm, aber er wollte nichts davon wissen. Deshalb versuchte er gute Gedanken zu denken, während er ging.

Die Schnitzereien über der Haustür bekamen Augen, Maul und Drachenzähne. Die Gedanken wurden zu Steinen, die mit der Stimme des Russen mahlten. Er öffnete die Tür. Das Haus war eine Schale oder eine Fata Morgana. Es war bestimmt, daß er nicht in diesem Haus schlafen sollte. Er wollte sich nicht erinnern, wie es dazu gekommen war.

Aber heute nacht galt das nicht. Er stand da und hielt die schmiedeeiserne Klinke in der Hand. Der Frost machte sie zu einem Sensenblatt.

Dann war er drinnen. Die Stimme des Russen war jetzt ruhiger. Als wüßte sie, daß sie ihren Willen bekam. Die Gerüche waren anders als im Ausgedinge. Stines Kräutergeruch war nicht so stark. Hier im Haus kletterten die Gerüche übereinander und kämpften um ihren Platz. Einige waren alte, vergessene Gedanken. Andere waren wiederzuerkennen. Aschenbecher, Zigarren, Bücher und Rosenwasser. Alle Gerüche trafen sich in den Fluren. Versteckten sich in den Schaffellmänteln und in Schals, die unter der Treppe hingen. Die Wände rochen nach allen Menschen, die hier in hundert Jahren gelebt hatten. Die er aus den Geschichten kannte, welche die Leute erzählten.

Was er berührte, knarrte. Langgezogene Laute, die ihn einzäunten. Jeder der schwarzen ovalen Rahmen im Treppenhaus hatte wenigstens ein Paar Augen, die ihn anstarrten. Alle auf einmal. Er wollte nicht mehr wissen, wer sie waren, auch wenn er die Namen kannte. Die Augen waren Irrlichter, die im Dunkeln böse leuchteten. Er wagte nicht, den Blick nach unten zu richten. Da würden sie ihn anzünden und ihn auf der untersten Treppenstufe in einen Nachtschwärmer verwandeln.

Mit zusammengepreßten Lippen betete er Mutter Karens Gebet und stieg jedesmal eine Stufe höher.

»Vater unser, der du bist im Himmel, geheiligt werde dein Name, dein Reich komme, dein Wille geschehe ... und vergib uns unsere Schuld, wie auch wir vergeben unsern Schuldigern ...«

Die Tür zum Saal knackte ein bißchen. Die Kerzen in dem hohen Leuchter neben dem Bett flackerten wild in dem Luftzug. Die Stimme des Russen kam vom Bett. Hier drinnen war sie Donner und Feuer wie bei dem Tier in der Offenbarung. Er sah ihr an, daß sie die Stimme auch hörte. Sie richtete sich halb in den Kissen auf. Eine schwarze Woge auf dem vielen Weiß.

Sie öffnete und schloß den Mund mehrmals. Er trat näher und legte sie unter Mutter Karens Vergrößerungsglas. Ihre Nasenflügel waren blauweiß, und das Weiße in den Augen war blutunterlaufen. Sie war eine Wachspuppe mit miserablen Farben. Einen Augenblick gönnte er es ihr. Dann fing er an zu zittern.

»Ich komme ... weil der Russe so furchtbar nach mir ruft«, flüsterte er und tastete sich schwankend zwischen einem Stuhl und dem Bett vor.

Sie starrte ihn mit hellen, weit offenen Augen an, aber er merkte, daß sie ihn nicht fortschicken würde.

Das Überschlaglaken raschelte wie verwelktes Espenlaub,

als sie die Decke zur Seite schlug, um ihm Platz zu machen. Sobald er ihren warmen Körper spürte, beruhigte sich die Stimme des Russen. Das Laken schmiegte sich weich an die Haut, und Friede kehrte ein.

»Er ist nicht freundlich«, sagte er nach einer Weile.

»Pst«, machte sie leise in sein Ohr. »Pst, pst ...«

»Warum ruft er mich nachts?« fragte er und gab nicht auf.

»Ich weiß nicht.«

»Aber er weckt mich, und ich habe Angst.«

»Es gehört wohl dazu.«

»Warum, Dina? Warum ist es so gekommen?«

»Es mußte sein.«

»Aber Dina, warum?« weinte er.

»Das weiß keiner.«

»Was sollen wir mit ihm machen?«

»Nichts, Benjamin, nichts.«

»Aber wenn er auch andere nachts ruft? Wenn er ihnen alles erzählt?«

»Er hat nichts zu erzählen«, sagte sie und zog die Decke fest um ihn. »Er hat seinen Frieden.«

»Woher weißt du das?«

»Ich weiß es einfach.«

Er gab allen Widerstand auf. Spürte, wie ihre Wärme und die Düfte sich um ihn legten. Er war ein Küken unter dem Flügel der gesprenkelten Henne. Er war in einem von Olines Worten. Es hieß »Glückseligkeit«. Wollte nicht daran denken, warum er sich trotzdem so wenig wohl fühlen konnte. Wollte sich nicht damit quälen, daß er sich nicht erinnern konnte, wann er Dina zuletzt so nahe gewesen war und ob er es überhaupt jemals gewesen war. Es blieb so wenig, woran man jetzt denken konnte.

Er schlief mit der Nase in Dinas Armbeuge und den Knien zwischen ihren Schenkeln ein. Die Hände verwickelten sich in ihrem Hemd, bis er die Spalte zwischen ihren Brüsten fand. Ihre Wärme war Honig und Liebkosung nach stechenden Frostschmerzen in den Fingerspitzen. Wenn die Nacht doch ewig dauern würde.

Die Nacht dauert nie ewig. Sie hat einen Finger, der am Morgen kratzt und den Tag vorbereitet, als ob es der letzte wäre.

Stine hatte draußen und drinnen nach Benjamin gesucht. Hanna wurde auf die Suche geschickt, und die Leute auf dem Hof beteiligten sich allmählich auch. Daß er im Saal bei Dina sein könnte, darauf kam keiner. Das war ein Ort, an dem man nicht nach verschwundenen Dingen suchte.

Aber die Rufe drangen bis in den Saal. Dadurch wurde das Aufwachen recht peinlich. Er taumelte aus dem Bett und wollte hinunterlaufen. Aber sie hielt ihn zurück.

»Nein, Benjamin.«

Erst sah er sie trotzig an. Dann senkte er den Blick. Ihr Nachthemd war über den Brüsten offen. Er hatte sie so noch nie gesehen. Sie war eine fremde Frau mit dicken blauen Adern und Furchen um den Mund.

Er fing an zu weinen.

Sie zog ihn zu sich ins Bett. Sanft. Unbeholfen. Wie eine Tiermutter, die entdeckt, daß das Junge im Begriff ist, aus dem Verschlag zu fallen. Dann stand sie auf, zog den Morgenrock über und ging auf den Flur. Er hörte sie mit jemandem sprechen. Olines Stimme klang laut und bekümmert da unten.

»Benjamin ist bei mir«, rief Dina die Treppe hinunter.

Ein warmes Echo floß durch seinen Kopf und Körper. »Benjamin ist bei mir ... Benjamin ist bei mir ...« Er weinte, weil er nicht wußte, wie er den Worten Dauer verleihen konnte. Und weil er sich so schämte.

Sie kam wieder herein und stand eine Weile am Bett. Dann reichte sie ihm ein Taschentuch und zog ihn an den Haaren. Er wagte nicht, ihrem Blick zu begegnen. Spürte ihre Finger um seine Hand. Sie drückte zu. Er drückte zurück.

»Ich bin gekommen, weil er so laut gerufen hat«, sagte er zur Erklärung.

»Ja«, sagte sie.

»Ich laufe nachts nicht rum, weil ich Angst habe. Aber er macht einen schrecklichen Lärm«, sagte er widerborstig.

Ihr Blick. Warum sah sie ihn so an?

»Ich brauche nicht mehr in das Bett von irgend jemand zu kriechen!« sagte er verzweifelt.

Sie antwortete nicht. Blieb nur stehen.

»Du sollst mit mir reden, Dina!« tobte er, während er die Nägel in ihre Handflächen bohrte.

»Es ist auch viel Lärm in dir, Benjamin«, sagte sie endlich.

»Nicht soviel wie in dem Russen!«

»Wer hat Benjamin erzählt, daß man sich schämen muß, wenn man Angst vor seinen Träumen hat?«

»Niemand«, sagte er verwirrt.

»Warum bist du dann so wütend?«

Er saß mit gesenktem Kopf zwischen den Kissen.

»Nur Dummköpfe mit wenig Verstand fürchten sich nicht vor ihren Träumen!« sagte sie bestimmt und löste sich aus seiner Hand. Dann stellte sie den Wandschirm vor den Waschtisch und fing mit ihrer Toilette an.

Der Seifenduft sickerte in den Raum, und er dachte schaudernd daran, daß sie sich mit kaltem Wasser wusch. Er bewegte nur die Augäpfel, als ihre Hand nacheinander die Kleidungsstücke holte, die sie auf einen Stuhl neben dem Wandschirm gelegt hatte. Sie kam hervor, während sie Hjertruds Brosche an der Bluse befestigte. Mit konzentriertem, gesenktem Blick und sicheren Fingern.

Man würde sich ein Leben lang daran erinnern: Dina, wie sie vor dem Wandschirm mit dem Bild von Leda und dem Schwan steht und die Brosche zwischen den Brüsten befestigt.

»Warum sagst du, daß nur Dummköpfe keine Angst haben? Hast du Angst?«

»Ja.«

»Wann?«

»Ständig.«

»Wovor?«

»Vor allem, was nicht ist. Vor dem, was ich nicht tue.«

»Was ist das?«

»Daß ich irgendwo hinfahren muß ... zu einem Meister, bei dem ich Cello spielen lernen kann.«

Sie blieb mitten im Zimmer stehen. Sie war wohl selbst erstaunt über das, was sie gesagt hatte.

Er zuckte zusammen, auf der Hut, als ob sie die Hand gehoben hätte, um ihn zu schlagen.

»Du redest Unsinn! Du kannst doch Cello spielen«, sagte er schnell.

»Nein«, sagte sie und kam zum Bett. Zog ihn an den Haaren und sagte: »Auf mit dir, du Langschläfer!«

Er spürte, wie die Tränen tröpfelten, es war schmachvoll.

»Nun«, sagte Dina leichthin. »Es wäre jetzt wohl langsam Zeit, die Hose und die Jacke anzuziehen. Wie?«

Er nickte und dachte daran, wie peinlich es war, daß die Hose nicht in dem Haus war, in dem er geschlafen hatte. Und deshalb mußte er weinen.

Sie verschwand aus dem Zimmer.

Als sie mit den Kleidern zurückkam, hatte er einen Entschluß gefaßt.

»Kann ich hierbleiben und heute nacht hier schlafen?« fragte er überstürzt.

Sie reichte ihm die Kleider und drehte ihm dann den Rücken zu.

»Nein. Aber du kannst in der Südkammer schlafen.«

»Ich will hier schlafen!«

»Nein. Du mußt deine eigene Kammer haben.«

»Warum?«

»Du bist elf Jahre alt.«

»Da pfeif' ich drauf!«

»Aber ich nicht.«

»Ich kann auch in dem Abstellraum schlafen«, und er nickte zu der großen Kleiderkammer, in der noch immer Jacobs Chaiselongue stand.

»Nein.«

»Warum nicht? Weil sie sagen, daß Jacob dort schlafen mußte, wenn du böse auf ihn warst?«

»Wer sagt das?«

Er sah ihre Augen und überlegte schnell.

»Das weiß ich nicht mehr!«

»Du sollst nicht Dinge sagen, bei denen du nicht sicher bist, wo du sie herhast.«

»Nein. Aber Jacob ist tot, er braucht keinen Platz.«

Es wurde sehr still. Warum wurde es so still?

»Du hast einmal gesagt, daß im Ausgedinge keine Toten sind, obwohl Niels sich da aufgehängt hat«, sagte er hastig und atemlos.

»Ja.«

»Dann ist auch Jacob nicht in der Kleiderkammer!«

»Nein. Aber die Toten brauchen einen Platz.«

»Der Russe? Liegt er hier?« fragte er flüsternd und schwang seine knochigen Jungenbeine aus dem Bett.

Sie begann das Bett zu machen, ohne zu antworten.

»Ich brauche nicht viel Platz«, sagte er bittend.

Sie stupste ihn in die Schulter und sagte: »Du brauchst viel mehr Platz, als du ahnst. Du darfst in der Südkammer schlafen. Und wenn du einmal nicht schlafen kannst, weckst du mich, und wir spielen zusammen eine Partie Schach.«

»Ich kann nicht Schach spielen«, murmelte er.

»Du hast einen klugen Kopf, ich werde es dir beibringen«, sagte sie aufrichtig sanft, und er begriff, daß das Gespräch beendet war.

»Du sollst nicht wegfahren!« sagte er so schnell, daß sich die Worte in den Schwanz bissen.

»Habe ich das gesagt?«

»Du hast gesagt, du hättest Angst, daß du fahren müßtest.«

»Jetzt ...«

»Fahr nicht! Du hast doch soviel Angst, Dina. Oder?«

Sie stand gebeugt über dem Bett mit einem Kissen in den Händen. Dann drehte sie sich langsam um.

»Denke nicht daran, Benjamin. Ich verspreche dir, daß ich es dir rechtzeitig sagen werde, wenn ich einmal soviel Angst bekomme.«

Er war sich nicht ganz klar darüber, daß Jungen solche Gespräche mit ihrer Mutter eigentlich nicht führten. Aber er ahnte es. Denn er erzählte nichts davon, als er unter Stines und Tomas' Lampe im Ausgedinge saß.

Stine erwähnte sein Verschwinden mit keinem Wort. Aber Tomas konnte sich nicht enthalten zu sagen: »Du haust nachts zu deiner Mutter ab, wie?«

Der Junge beugte den Kopf über den Teller mit Brei.

Hanna sah von einem zum anderen und witterte Unfrieden.

»Ich ziehe hinauf ins Haupthaus«, sagte Benjamin und gab sich mutig.

»Die Herrlichkeit wird sicher nicht lange dauern, sie will keinen ...« Tomas hielt inne, aber er hatte bereits genug gesagt.

»Das geht den Tomas einen Dreck an!« flüsterte Benjamin und warf den Löffel in die Schüssel, daß der Brei nur so spritzte. Sein Gesicht befand sich einen Augenblick in Auflösung. Dann sauste er in die Kammer. Sie hörten ihn wild dort drinnen poltern.

Tomas wußte nicht, was er machen sollte, deshalb ging er in die Kammer und packte den Jungen am Ohr, um ihm zu zeigen, wer der Herr im Hause war.

»Laß mich los!«

»Du sollst dich bei Tisch anständig benehmen«, zischte Tomas und schüttelte ihn mit zusammengebissenen Zähnen.

»Tomas kann sich bei Tisch auch nicht anständig benehmen. Er redet über Dinge, die ihn nichts angehen!«

»Es geht mich wohl etwas an, wenn du frech und vorlaut bist, so daß es alle hören. Du mußt erzogen werden wie andere Kinder.«

»Du bist nicht mein Vater!«

Tomas ließ den Jungen los. Die Hand blieb in der Luft hängen.

Benjamin stand noch lange da und blinzelte, nachdem die Tür sich geschlossen hatte und er allein im Raum war. Er begriff nicht, warum er es nicht fertigbrachte, einen Gedanken zu Ende zu denken. Die rohen Paneelbretter hatten so schrecklich viele Astlöcher. Er zählte sie von der Ecke bis zum Bett und in einer möglichst geraden Linie bis zur nächsten Ecke. Auf diese Weise drehte er auch den Körper. Und die Füße. Es war wichtig, die Füße mitzudrehen.

Die Welt war so häßlich blauschwarz jenseits des Fensters.

3. Kapitel

Der Lensmann wollte den Behörden keine Mitteilung von dem tragischen Tod des Russen machen. Nachdem Benjamin allen erzählt hatte, was geschehen war, gab es keinen Grund, irgend jemanden unnötig zu behelligen. Aber er wollte mit Dina darüber sprechen, wohin sie die Habseligkeiten des Russen schicken sollten. Der Lensmann war klug genug, um zu begreifen, daß noch mehr dahinter steckte. Er war jedoch der Meinung, daß es nur Verwirrung stiften würde, wenn es den Leuten zu Ohren käme.

Ein Jagdunfall konnte ein Selbstmord sein. Aber da der Russe hier keine Angehörigen hatte, die darauf bestanden, daß man Klarheit in die Sache brachte, entschied der Lensmann, daß Theorie in diesem Fall Theorie bleiben sollte. Falls er etwas mit Spionage oder großer Politik zu tun hatte, würde es jedenfalls nur Unfrieden und Krach geben, wenn er versuchte, darin herumzustochern. Und hatte es etwas mit seiner Tochter Dina zu tun, dann ging es niemanden etwas an. Wenn Herr Leo einen Korb bekommen und ihn das zu sehr bedrückt hatte, nachdem er bereits entlarvt worden war und im Gefängnis gesessen hatte, dann war das schlimm genug. Man mußte nicht noch die Öffentlichkeit mit hineinziehen.

Lensmann Holm bedauerte die ganze Sache. Er hatte den Mann gemocht. Eigentlich hatte er die vage Hoffnung gehegt, daß der Russe dazu ausersehen war, Dina zu zähmen, auch wenn er wahrscheinlich nicht viel an irdischen Gütern besaß. Er war sogar bereit zu vergessen, daß man den Russen eingesperrt hatte. Aber jetzt war es auf jeden Fall zu spät.

Der Lensmann nahm sich viel Zeit und war außerordentlich ruhig, als er an der Saaltür anklopfte, um mit Dina zu sprechen.

Sie empfing ihn nicht wie einen Vater, der kam und nach ihr sah, sondern als den Lensmann, der er nun einmal war. Ihr Empfang war weder herzlich noch unwillig.

Er verwickelte sich in eine lange Einleitung und wußte nicht, wie er zu einem Ende kommen sollte. Schließlich mußte sie ihm helfen, damit sie es hinter sich brachten.

»Er hatte ja nicht viel bei sich. Nur Kleider und Bücher. Ja, und ein silbernes Messer. Soviel ich weiß, hat er keine Nachkommen. Da ist nicht viel nach Rußland zu schicken.«

»Recht muß Recht bleiben«, sagte der Lensmann.

Sie zuckte die Achseln.

Er hatte sich in dem Saal nie wohl gefühlt. Er mochte es nicht, daß sie ein Schlafzimmer für Gespräche und Verhandlungen benutzte, auch wenn es noch so sehr ein standesgemäßer Raum war. Es war eine Unsitte, Himmelbetten und Musikinstrumente mit ernsten Worten und wichtigen Angelegenheiten zu vermischen. Das hatte er schon damals so empfunden, als er im Saal stand und sie zwingen wollte, zu Jacobs Beerdigung zu gehen. Er bereute es übrigens. Er hätte es ihr gerne gesagt. Aber es wurde nichts daraus. Statt dessen räusperte er sich und sagte: »Was ist eigentlich passiert? Was hat den Schuß ausgelöst?«

Sie hob ein wenig den Kopf. Als ob sie auf ein Geräusch von draußen lauschte. Etwas erstaunt sagte sie: »Willst du, daß ich sage, ich hätte ihn erschossen?«

Er schauderte bei dem Gedanken. »Spaße nicht mit so etwas. Ich will nur, daß in den Papieren steht, wie es geschehen ist. Glaubst du, daß er es willentlich getan hat?«

»Nein. Er wußte wohl nicht, wie die Büchse funktionierte ...«

»Hast du gesehen, ob er sie über der Schulter trug? Ob er daran gestoßen ist?«

»Nein.«

Er nickte. »War Benjamin nicht auch dabei?«

»Nach dem zu urteilen, was er sagt, nicht. Aber du weißt ... Kinder sehen das, was sie sehen wollen.«

»Weißt du nichts? Habt ihr nicht darüber gesprochen?«

Sie sah ihn an, antwortete aber nicht.

»Gut«, sagte er. »Man muß mit dem Jungen reden. Können wir ihn jetzt nicht hereinrufen?«

»Nein, es ist nicht richtig, ihn damit zu belasten.«

»Es muß sein.«

»Glaubst du, daß Benjamin ihn erschossen hat?«

»Nein, um Himmels willen!« rief der Lensmann. Es klang wie ein Fauchen aus der Tiefe seiner Lungen. Die Stille legte sich um ihn und war nicht auszuhalten. Er mußte die Sache zu einem Ende bringen.

Benjamin Grønelv wurde feierlich zu seinem Großvater, dem Lensmann, hereingeführt, um zu erklären, wie es zugegangen war, daß Herr Leo ein Loch in den Kopf bekam. Eigentlich hatte er es gleich gewußt, als er das blaue Kajütboot zum Landungssteg herangleiten sah. Daß er eine Erklärung abgeben mußte.

Dina entschuldigte sich. Sie wolle nicht Zeuge sein, wie man ein Kind fertigmache, zischte sie, als Benjamin zur Tür hereinkam.

Die Situation wurde so schwierig, daß der Lensmann sich nicht mehr zu helfen wußte. Anders wurde geholt, um die Rolle des Beisitzers zu übernehmen.

Nach soviel Zeit, wie es bedurfte, um einem Pferd das Zaumzeug anzulegen, hörten sie Dina über den Hofplatz reiten. Die Hufe gaben einen weicheren Klang, sobald sie über Äcker und Wiesen ritt. Benjamin wußte genau, wo sie war, er hörte es an dem jeweiligen Laut, den die Hufe gaben. Es hatte auch etwas mit dem Echo von den Bergen zu tun. Die Berge riefen sie zu sich.

Daran dachte er. Es war ein starker Gedanke.

Anders wollte den Jungen auf den Schoß nehmen, als er seine Angst sah. Aber er mußte berücksichtigen, daß das Ganze demütigend genug für ihn war, auch wenn er nicht auf seinen Knien saß. Deshalb begnügte er sich damit, die Hand auf seine Schulter zu legen und laut und deutlich zu wiederholen, was er flüsterte.

»Es gab einen fürchterlichen Knall«, fing Benjamin an, während es aus all seinen Öffnungen tröpfelte und rann. Er konnte es nicht wegwischen, sich nicht retten, denn Hände und Füße unter dem Tisch waren wie abgestorben.

»Ja«, sagte der Lensmann sichtlich verlegen. »Wo warst du da?«

»Ich weiß nicht. Ich bin fortgerannt. Und dann ...«

»Und dann?«

»Dann ... dann lag er einfach da. Es war alles rot um ihn herum.«

Er legte den Kopf auf den Tisch, auf beide Hände. Es roch nach Harz. Er dachte daran, daß es nach Harz roch. Es war ein ganz gewöhnlicher Gedanke.

»Warst du mit deiner Mutter zusammen?«

»Nein«, antwortete es von der Tischplatte.

»Wo war sie, als es passierte?«

»Das weiß ich nicht genau ... Sie stand wohl im Gebüsch ...«

»Und du?«

»Ich bin gerannt ...«

»Warum bist du gerannt?«

»Der Knall! Begreifst du das nicht ...?«

»Sitz gerade, damit ich verstehen kann, was du sagst, Junge! War keiner dabei?«

»Nein ...«

Er hob langsam den Kopf. Und nahm die Hände vom Tisch. Die Zeit blieb stehen. Er sah sich in des Lensmanns großen, ernsten Augen schweben.

Aber das machte nichts. Denn er hatte endlich eine Erklärung für alles gefunden.

»Nein. Es war keiner dabei. Jeder war für sich. Ich habe Beeren gepflückt und gegessen.«

Da niemand etwas sagte, dachte er intensiv an die Worte und wiederholte sie noch einmal. Es hörte sich ganz ordentlich an.

Der Lensmann seufzte. Er hatte seine Pflicht getan. Er füllte die Papiere mit großer Sorgfalt aus. Da stand nun, daß Leo Zjukovskij, im Russischen Reich beheimatet, auf einer Reise durch die Nordländer in dem Distrikt von Lensmann Holm seinem Leben durch einen unachtsamen Schuß ein Ende gesetzt hatte. Der Mann war auf der Jagd gewesen, und es gab für den Augenblick, als der Schuß fiel, keinen Zeugen. Dina Grønelv und ihr minderjähriger Sohn Benjamin hatten den Schuß gehört und waren sofort zu der Unglücksstelle geeilt. Aber sein Leben war nicht mehr zu retten gewesen.

Der Lensmann las das Ganze vor. Seine Stimme wurde rauh, als er die Worte las »sein Leben war nicht mehr zu retten gewesen«.

Anders nickte unmerklich. Dann war es vorüber.

Da erst merkte der Junge, daß seine Hose naß war.

Er ging als letzter zur Tür hinaus und gelangte unbemerkt in seine Kammer, um sich trockene Sachen anzuziehen.

Am Nachmittag, nachdem der Lensmann von Land abgelegt hatte, lief Anders mit dem Gefühl herum, bei einer großen Sünde mitgemacht zu haben. Er wußte nicht, was er Benjamin Gutes tun sollte. Als einziges fiel ihm ein, ihn mit auf die Landspitze zum Fischen zu nehmen, ihm braunen Zucker zu geben und Kautabak, falls er ihn vertrug.

Der Junge verschlang den Zucker und lutschte den Tabak, bis ihm schlecht wurde. Und als er sich ausgekotzt hatte, ging es ihm offensichtlich wieder gut.

Aber Anders beobachtete ihn einige Tage, um zu sehen, wie es sich entwickelte. Manchmal dachte er, daß sie bei ihm sein sollte, sie, die seine Mutter war. Aber er verstand sie nur zu gut. Ein paarmal war er drauf und dran, es ihr zu sagen. Er wußte jedoch nicht, wie er es anstellen sollte.

So blieb es dabei.

Dinas Russe war fort. Und Anders fühlte sich einer großen Sünde schuldig, so seltsam das auch sein mochte. Er hatte den Mann wirklich gern gehabt. Ihn bewundert. Ihn beneidet. Dieser Bursche war in allem so flink gewesen. Hatte das Eisen geschmiedet, solange es heiß war. Ein Mann, der nicht auf gut Wetter oder eine günstige Gelegenheit wartete. Er war einfach drauflosgegangen. Und hatte Dina für sich gewonnen. Das war das einzige, was er an dem Mann auszusetzen hatte. Trotzdem hatte er wahrhaftig gewünscht, der Mann wäre nie geboren worden.

Und nun war er nicht mehr.

Nachdem Benjamin die Daunendecke, die Muscheln, Mutter Karens Vergrößerungsglas und die Schreibsachen hinüber ins Hauptgebäude gebracht hatte, schnupperte er sich durch das ganze Haus. Er mußte die ungewohnten Gerüche in sich aufnehmen, um sich wieder heimisch zu fühlen. Es dauerte mehrere Tage. Er verbrachte Stunden in Mutter Karens Kammer. Schaute auf Jacobs Gemälde mit dem munteren Schnurrbart in dem schönen Gesicht. Es sah so aus, als ob Jacob sein Lachen immer versteckte.

Er schaute in den ovalen Spiegel über der Kommode, um herauszufinden, was er von Jacob geerbt hatte. Aber er gab es auf und entschloß sich, die Jagd aufzunehmen, wenn er einen Bart bekam.

Oline war äußerst zufrieden.

»Der Junge ist wieder ins Haus gezogen«, sagte sie zu allen, die es hören wollten. »Er ist kein Häuslerkind mehr, er ist der einzige Sohn auf Reinsnes!«

Stine sagte gar nichts. Aber sie kam täglich und brachte ihm Kleinigkeiten, die er vergessen hatte, oder wünschte, daß er Aufträge für sie erledigte oder ihr kleine Arbeiten abnahm. Das ärgerte Oline maßlos.

»Benjamin ist kein Knecht«, fauchte sie eines Tages, als Stine ihn holen wollte, damit er ihr beim Kelleraufräumen half.

»Nein«, sagte Stine. »Aber er ist stark und schnell. Und Hanna ist unstet und schwach.«

Oline nahm es auf sich, Benjamins Status zu retten, und sie warf Stine viele harte Worte an den Kopf. Dina kam an der halboffenen Küchentür vorbei, als Oline gerade sagte: »Du kannst heimgehen und dem Mädchen beibringen zu arbeiten, so daß Benjamin nicht damit geplagt wird! Er ist viel zu lange wie ein Stallknecht behandelt worden.«

Als Dina hereinkam, schwieg Oline und drehte sich wieder zum Küchenschrank um, wo sie gerade dabei war, Fisch zu klopfen. Der große Holzklopfer platschte gierig in die Fischfarce. Der neue gußeiserne Herd in der Küche war gut eingeheizt, und die Probefrikadellen zischten bereits in der Pfanne.

In allen Ecken duftete es nach den Frikadellen und einer Spur Muskat.

»Es hat Benjamin nichts geschadet, mit anzupacken«, sagte Dina.

Oline schwieg bedrohlich.

»Benjamin schläft nachts nicht besonders gut. Er träumt. Es macht nichts, wenn er mich nachts wachhält, denn ich schlafe selbst nicht viel. Deshalb ist er in die Südkammer gezogen. Aber er kann ruhig mal arbeiten.«

»Ich bin nicht gekommen, um Unfrieden zu stiften«, sagte Stine.

»Du hast noch nie Unfrieden gestiftet«, sagte Dina. »Und Oline hat so viel zu tun, sie braucht sich nicht auch noch um Benjamin zu kümmern.«

»Aber es ist einfach schlimm«, sagte Oline. »Einfach schlimm! Daß der Sohn von der Herrschaft auf seinem eigenen Hof im Ausgedinge aufwachsen soll und alle Arbeit übernehmen muß, die andere nicht tun wollen.«

Sie war gerührt über ihren eigenen Mut und machte einen Mund wie ein Posthorn, um die richtige Würde zu zeigen.

»Es gibt genug feine Herren in der Welt«, sagte Dina kurz, »Benjamin weiß, wer er ist. Das fehlte noch, daß er untätig die Hände in den Schoß legt.«

Oline schluckte die Antwort hinunter und schwor sich, nie mehr ihren Mund aufzumachen.

Und das hielt sie sogar bis zum Abend.

Zuerst glaubte er, daß er nur zuzugreifen brauchte bei Olines Leckerbissen, Stines offenen Händen und Augen, Dinas resoluter Nähe, die man sich erst verdienen mußte. Aber das war nicht einfach. Es war ebenso schwierig, sich den Frauen des Hofes gegenüber richtig zu verhalten, wie auf einem strammen Seil zwischen der Stallwand und der Scheunenbrücke zu balancieren. Oft fiel er herunter und wurde blau und gelb und verletzte sich bei dem Sturz.

Es konnte sein, daß er des Spiels müde wurde. Oder daß der Russe auch am Tage rief und schrie. Da ging er auf die Kais zu

Anders. Er fragte nicht, noch plante er etwas für andere. Man konnte ihn alles fragen und bekam eine sachliche Antwort. Er war mit niemand verwandt, mit niemand verheiratet, niemandes Vater, auch kein Freund des Pfarrers. Er hatte nur einen festen Platz an Dinas Tisch, stand ihren Frachtschiffen vor und dem Handel mit Bergen. Das war alles. Niemand konnte es Anders verwehren, zu bleiben oder zu fahren, wann er wollte. Niemand versuchte Anders dazu zu bewegen, den Keller aufzuräumen. Deswegen hatte Anders auch gut lachen.

Eines Tages fragte er ihn, wie er nach Reinsnes gekommen sei. Und Anders antwortete mit dem Pfeifenstiel zwischen den Zähnen und dem seltsam vorstehenden Unterkiefer, verzogen zu einem Lächeln: »Daran war ein Schiffbruch schuld, mein Junge! Schiffbrüche sind etwas sehr Wichtiges für die Menschen. Es geht um Leben oder Tod. Man kommt oft an einen neuen Ort nach einem Schiffbruch ... Es ist nun mal so. Ich kam hierher nach Reinsnes.«

»Ist es schon lange her, daß du Schiffbruch erlitten hast?«

»Meine seligen Eltern haben Schiffbruch erlitten, nicht ich. Ich war damals noch ein kleiner Junge.«

Dann erzählte er die Geschichte von Jacobs erster Frau Ingeborg, die sich der beiden Brüder, Niels' und seiner selbst, angenommen hatte. Er tat das so lebendig, daß Benjamin grüßte, als er an ihrem Gemälde im Flur vorbeiging.

Oline hatte ihm oft eine detaillierte Einführung in die verwandtschaftlichen Verhältnisse der Reinsnes-Familie gegeben. Aber sie malte mit anderen Farben als Anders. Ihre unzähligen Geschichten und eingeflochtenen Details waren zwar spannend, sie nahmen jedoch nie ein Ende. Anders indessen hatte eine Art zu erzählen, die einen erkennen ließ, was groß und was klein war. Aber wenn er Zeit hatte, Anders' und Olines Berichte zusammenzusetzen, fügten sie sich gewissermaßen ineinander.

Er hörte auf, Jacob als den unglücklichen Mann zu sehen, der zu früh gestorben war, wie Oline das wollte. Jacob war ein lustiger Seemann gewesen, der an Land ging und erst die eine und dann die andere heiratete. Und als er dessen müde war, fiel er eine Felswand herunter. Aber immer besaß Jacob Anders' Respekt und Olines Liebe.

Es war ein schöner Gedanke: »Jacob ist mein Vater.«

»Hätte man noch einen Vater, würde man vielleicht zu den Lofoten kommen«, sagte er eines Tages, als Anders und er in der Andreasbrygge saßen und unter einer großen Lampe Netze flickten.

»Nun ... dem steht nichts im Wege ... du kannst zu den Lofoten segeln, sobald du trocken hinter den Ohren bist. Ob mit oder ohne Vater. Es kommt darauf an, was du für eine Veranlagung hast. Das ist das Entscheidende«, antwortete Anders mit einem Seitenblick.

»Wozu braucht man Väter? Ich meine, wozu brauchen diejenigen, die welche haben, ihre Väter?«

»Weiß der Teufel. Aber es kann so vieles sein ...«, sagte Anders, nachdem er gründlich nachgedacht hatte.

Dann stopfte er die Pfeife und fing an, von seinem Vater zu erzählen.

»Er konnte einen heißen Teller voller Brei so schnell drehen, daß nicht einmal das Butterauge herausschwappte! Daran kann ich mich gut erinnern.«

»Das ist doch unmöglich!«

»Nicht für meinen Vater«, sagte Anders. »Er hatte überhaupt keine Angst, sich die Finger zu verbrennen. Ja, ja ... er ist ertrunken ...«

»Hannas Vater hat sich aufgehängt?«

Anders nahm es mit Ruhe. »Ja«, sagte er nur.

»Warum ist es immer so?«

»Es ist nicht immer so. Es sieht für einen nur so aus, wenn man von Reinsnes ist«, sagte Anders.

»Bist du der Vater von jemandem?«

»Nicht, daß ich wüßte.«

»Weiß man so etwas nicht?«

»Nein. Es ist nicht gut für Männer, alles genau nachzuprüfen.« Anders spuckte aus, um das Lachen zu bezwingen.

»Warum bist du nicht mein Vater?« sagte der Junge und sah den Mann scharf an.

»Da mußt du Dina fragen.«

Anders schnitt den Faden mit dem kleinen Messer ab, das an einem Ring am Finger befestigt war. Ein spitzer Schnabel, der plötzlich zuschlug.

»Bestimmen die Frauen, wer Vater werden soll?«

»Nicht immer, glaube ich. Aber Dina macht das sicher.«

»War Jacob so ein einzigartiger Vater?«

»Tja ... ich weiß nicht, ob sie ihn wegen der Vaterschaft genommen hat. Dina war so jung, als sie damals hierherkam.«

»Warum hat sie ihn dann genommen?«

Anders fing an zu schwitzen. Und der Faden war zu Ende.

»Jacob war in jeder Beziehung ein untadeliger Mann. Und er besaß Reinsnes. Ich glaube, der Lensmann wollte ihn gern als Schwiegersohn haben. Aber darüber möchte ich nicht reden, Benjamin. Du solltest deine Mutter fragen ...«

Er überhörte das letztere als unnötiges Geschwätz und sagte: »Wollte Dina denn Jacob haben?«

»Ich glaube schon ...«

»Was sollte sie mit einem Mann, der einfach starb?«

»Niemand konnte wissen, welches Schicksal Jacob beschieden war. Vielleicht war es vor allem der Lensmann, der bestimmte, wen Dina heiraten sollte.«

Es wurde still. Dann sagte der Junge sehr entschieden: »Das kann ich nicht glauben!«

Anders mußte lachen. »Es ist einige Jahre her, Benjamin.«

Benjamin antwortete nicht, spielte nur mit dem Netz, ohne das große Loch zu beachten, das er gefunden hatte.

»Du hättest mein Vater sein sollen«, sagte er.

»Warum?«

»Das fühlt man einfach ... Damit wir zusammen zu den Lofoten fahren könnten.«

Der Junge sah ihn mit einem nackten Blick an.

Der Mann hatte Schwierigkeiten, den Rauch richtig aus der Pfeife zu ziehen.

»Glaubst du, daß ich dann anders geworden wäre?« fragte Benjamin.

Anders nahm die Pfeife aus dem Mund, hustete lange und sah ihn an. Darauf schüttelte er bedächtig den Kopf.

»Nein, ich glaube, du wärst in jedem Fall genau du selbst geworden.«

»Da kannst du doch mein Vater sein!«

Anders zögerte ein wenig, dann streckte er ihm die Hand hin.

»Ja, gut! Wenn du meinst, daß es dich glücklich macht. Aber ich glaube, es bleibt am besten unter uns, denn es steht nicht in den Kirchenbüchern.«

Sie gaben sich die Hand und nickten ernst.

4. Kapitel

Reinsnes hatte viele unsichtbare Bürden bekommen. Die alten Holzwände nahmen sie auf. Versteckten sie in den Ritzen. Zwischen dem ewigen Atem toter Menschen in einem alten Haus. Zwischen Moorbüscheln und alten Lappen, die sich von früher dort befanden.

Dann wurde das Haus mit Körpern und Stimmen gefüllt, um die Trauer zu dämpfen. Dina lief nachts nicht oben hin und her oder saß im Gartenhaus und trank Wein, wie Oline prophezeit hatte. Und morgens lagen keine halbgerauchten Zigarren und leere Flaschen im ganzen Haus herum. Offensichtlich war alles bleich und sauber wie der Neuschnee auf den Feldern und Wiesen.

Manchmal wachte Benjamin von dem Weinen des Russen auf. Gelegentlich auch von seinem eigenen. Dann ging er in den Saal zu Dina. Sie spielten Schach gegen die Dunkelangst und gegen das, was niemand wiedergutmachen konnte.

Seitdem nur noch Anders, Dina und Benjamin auf dieser Seite des Dachgeschosses schliefen, waren für Anders alle Geräusche offenbar. Er wachte oft von dem Weinen des Jungen auf. Dann hörte er es über die Fußbodenbretter huschen und in den Türen jammern. Drinnen wurde im Ofen nachgelegt. Da spürte er, wie eiskalt seine Kammer war und wie klamm die Bettwäsche. Und er sehnte sich danach, von alldem fortzusegeln. Weil es ihn an etwas erinnerte, was er nie gehabt hatte. Anders konnte mit weit offenen Augen daliegen und auf die schwarze Wand starren, wenn er wußte, daß die beiden anderen gegenüber im Gang wach waren.

Eines Morgens war der Junge nicht zum Frühstück gekommen. Aber der Kandidat, der Benjamin und Hanna unterrichtete, saß am Tisch.

»Ich glaube, er hat die Nacht zum Tage gemacht. Ob das den Lerneifer fördert, wenn man nachts immer wach ist?«

Dina sah den jungen Kandidaten Angell scharf an.

»Benjamin wird von Alpträumen geplagt. Wir halten sie ihm vom Leib, indem wir Schach spielen«, sagte sie und reichte

Anders mit beiden Händen die Brotschüssel, ohne daß er darum gebeten hatte. Die eine Hand glitt über sein Handgelenk.

Anders war nicht sicher, wie er sich verhalten sollte. Er hatte schon lange gesehen, daß ihre Augen blutunterlaufen waren und der Mund auf jeder Seite tiefe Furchen bekommen hatte. Er senkte den Blick, um ihr verstörtes Gesicht in Frieden zu lassen.

»Es war heute nacht so kalt, daß das Wasser in der Tonne unter der Dachtraufe gefroren ist«, sagte er munter und gab die Brotschüssel weiter an den Kandidaten.

»Es geht ernstlich auf den Winter zu«, sagte der Kandidat liebenswürdig und war froh, daß der kleine Ausrutscher keine schlimmen Folgen hatte.

Zu irgendeinem Zeitpunkt vor Weihnachten hörte Hanna auf, für Benjamin das »Hannakind« zu sein. Es hatte sicher etwas mit dem Russen und Dina zu tun. Er hatte sie lange heimlich studiert. Es gab ihm ordentlich zu denken. Zum Beispiel, wie sie aussehen würde, wenn sie starb. Ohne Kopf zum Beispiel. Er konnte sich mit Mutter Karens Vergrößerungsglas an sie heranschleichen, als ob sie ein Insekt wäre. Unmöglich, sich Hanna als eine tote Fliege auf der Fensterbank vorzustellen. Aber er ließ sich nicht täuschen. Denn bei dem Russen war es auch so gewesen ... unmöglich, ihn sich tot vorzustellen.

Oder war es nur so, weil er den Gedanken nie gedacht hatte? Er war damals klein gewesen. Hatte nur gewöhnliche Gedanken gedacht.

Eines Tages saßen sie an dem großen Eßzimmertisch. Er betrachtete Hanna, die sich bemühte, eine Weihnachtskrippe aus Papier auszuschneiden. Sie hatte einen winzigen Flaum auf der Oberlippe. Als ob sie eine Katze wäre. Man konnte ihn unter dem Vergrößerungsglas studieren, ohne daß sie sich darum kümmerte.

Da kam Dina herein. Das Innerste in Hannas Augen verschloß sich, und sie bekam einen mürrischen Ausdruck.

Er mochte das nicht. Deshalb dachte er daran, daß ihre Füße

unglaublich klein waren und daß sie runde, nach innen gerichtete Knie hatte. So wurde sie bestraft, ohne daß er ihr einen Schaden zufügen mußte.

Das Schwierigste bei Hanna waren die Augen. Sie waren braun wie Kaffeebohnen und segelten allein in einer großen runden Kaffeetasse, die mit Milch gefüllt war. Wenn sie blinzelte, verschwand alles in einem Wald von schwarzen Augenwimpern. Niemand konnte so lange und eindringlich blinzeln wie Hanna.

»Du magst Dina nicht?« sagte er über den Tisch, als Dina wieder gegangen war.

»Warum sollte ich Dina nicht mögen?« fragte Hanna und blinzelte lange und schön.

»Das sehe ich«, behauptete er und legte sie wieder unter das Vergrößerungsglas.

Zwei dunkelbraune Kaffeebohnen wurden sichtbar. Sie funkelten ihn an. Dann blinzelte sie noch einmal.

»Wenn du über alles reden mußt, was du siehst, meinetwegen«, sagte sie mitten im Blinzeln.

Solche Antworten konnten die Wut so weit treiben, daß sie einen Stein zerbrach. Aber diesmal nahm er sich viel Zeit.

»Du magst Dina nicht, weil ich in die Südkammer gezogen bin«, stellte er fest.

Hanna spitzte den Mund und schnitt zwei Engelsflügel aus, ehe sie zu erkennen gab, daß sie verstanden hatte. Dann seufzte sie und sagte: »Du bist ja gar nicht umgezogen, denn du treibst dich ständig bei uns unten herum.«

»Ist es zuviel?«

»Nein, aber ich verstehe nicht, wieso das etwas mit Dina zu tun hat.«

»Sie ist meine Mutter! Niemand hat eine Mutter, die reitet und sogar nach Bergen fährt. Aber ich habe eine!«

Sie äffte ihn nach, knüpfte die Schürzenbänder ordentlich um den Hals und fuhr in ihrer Arbeit fort.

»Eines Tages gehe ich von hier weg. Daß du es nur weißt!« sagte er.

Sie schnitt den Glorienschein des Jesuskindes aus, während

sie mit einem tiefen Seufzer sagte: »Du bist in letzter Zeit ein richtiger Dreckskerl!«

Er blieb mit offenem Mund sitzen.

»Warum?«

»Dina hier und Dina da! Du hast nur noch Dina im Sinn. Sie ist nicht irgendeine Frau! Sie ist – ein Satan!«

»Wer sagt das?«

»Die Männer im Laden.«

»Du lügst«, schluchzte er, legte das Vergrößerungsglas mit einem Knall weg und lief zur Tür hinaus.

Hanna schnitt zwei Füße und zwei Arme des Jesuskindes aus, während sie darauf wartete, daß er zurückkam. Da er es nicht tat, ging sie ihm nach. Ohne etwas überzuziehen. Sie fand ihn in der Scheune. Dort stand er und fuhrwerkte mit den Armen im Heu herum, als ob er alle Tiere allein füttern sollte.

»Verstreu doch nicht das Heu!« sagte sie versöhnlich.

Da ging er auf sie los. Stieß sie unsanft herunter auf den staubigen Boden und zog sie an den Haaren, bis sie weinte.

»Da kannst du sehen, was du für ein Satan bist, du auch!« rief er und sank neben ihr auf die Knie.

Sie gab ihm eine kraftlose Ohrfeige. Er verteidigte sich, indem er sie festhielt und seinen Kopf in ihren Bauch bohrte. Aber sie hatte sich bereits ergeben. Er hörte es an ihrem Atem. Er hatte die größte Lust, sie zu kneten und noch mal zu kneten, bis alle Laute verstummten. Aber das schaffte er nicht, solange sie weinte.

Es endete damit, daß er lieb zu ihr war. Er untersuchte sie, streichelte sie, roch an ihr und spielte die heimlichen Spiele, die nur sie beide kannten. Die Spiele, die vor langer Zeit entdeckt worden waren und dazu geführt hatten, daß sie nicht mehr in demselben Bett und in derselben Kammer schlafen durften.

Mitten im Spiel merkte er, daß es nicht mehr so war wie früher. Denn er hatte Dina und den Russen im Heidekraut liegen sehen. Das gab dem Spiel einen schlechten Beigeschmack. Gleichzeitig bekam er Lust, Dinge mit ihr zu tun, die er aber nicht wagte. Und einer, der nicht wagte, war ein Waschlappen.

Nach einer Weile hörten sie Stine über den Hof rufen. Hanna ordnete ihre Kleider und rannte davon, ohne ein Wort zu sagen. Aber er wußte, daß sie in gewissem Sinn Freunde waren. Es konnte nicht anders sein. Er hatte das Gefühl, einer großen Gefahr entronnen zu sein. Deshalb machte er sich daran, die Pferde zu striegeln.

Es wurde ein Tag für ungewöhnliche Begegnungen. Dina kam wegen eines Pferdes, und als Tomas etwas später den Stallgang betrat, hörte er Benjamins helle Stimme zwischen dem Striegeln und dem Pferdeatem.

»Du brauchst dir nicht mühsam einen Mann zu suchen, Dina, auch wenn der Russe fort ist.«

Dinas Stimme war für Tomas kaum wahrnehmbar. Das Pferd stampfte. Die Geräusche kamen aus einer anderen Seite der Welt. Er ging näher und blieb stehen. In dem Stallgang festgenagelt. Die Arme fielen wie Bleigewichte herunter. Er spürte sie nicht.

»Nein, wir werden das hier schon schaffen«, sagte der Junge. »Ich bin bald erwachsen, jedenfalls konfirmiert. Und ich habe übrigens Anders gefragt, ob er nicht solange mein Vater sein kann.«

»Oh?«

Dina hustete Heustaub.

»Er hat gesagt, daß es in Ordnung ist«, fügte der Junge hinzu.

»Und das habt ihr beide ganz allein ausgemacht?«

»Ja, ich wollte dich nicht damit belästigen.«

»Und was soll er als dein Vater tun?«

»Tja, ich habe ihn danach gefragt. Sein Vater schaffte es, einen Teller mit Brei umzudrehen, ohne daß das Butterauge herausfiel. Aber Anders kann es nicht. Es ist auch nichts, was man lernen kann. Deshalb mußte er eben Frachtschiffer werden, nach Bergen fahren und solche Sachen machen. Das geht ja auch. Ich kann Bücher mitnehmen, damit es nicht zu langweilig wird.«

»Das kannst du vielleicht.«

Es wurde eine Weile still, während sie dem Pferd die Decke auflegten.

»Hast du oft daran gedacht, daß du gerne einen Vater gehabt hättest?« hörte Tomas sie sagen.

»Nein, nein, nur ab und zu. Nicht so oft ...«

»Was hat Anders noch gesagt?« fragte sie.

»Ach, es macht einen teuflischen Spaß, mit ihm über viele Dinge zu reden. Er lächelt so ruhig, es steckt viel Lächeln in ihm. Hättest du damals Anders geheiratet, als du Jacob zum Vater für mich genommen hast, dann hättest du jetzt einen Mann, der noch lebt«, sagte er. »Aber das konntest du ja nicht wissen«, fügte er hinzu.

»Es war halt so, Benjamin, daß Jacob mich haben wollte und nicht Anders.«

»Er hat nicht ganz dazugehört. Er sagt, daß das alles so gekommen ist, weil Jacob Reinsnes besaß und ein ganzer Kerl war und weil der Lensmann ihn haben wollte.«

»Rede mit Anders nicht soviel darüber«, sagte sie.

»Ich muß doch mit ihm reden, wenn er mein Vater ist.«

Tomas kam plötzlich zu sich. Schlich zur Tür hinaus und ging hinunter zu den Bootshäusern.

5. Kapitel

Weihnachten kam mit all seiner Aufregung und dem Spektakel. Mit Mahlzeiten, Gesellschaftsspielen und Whiskygläsern. Einige erinnerten sich an das Weihnachtsfest, als der Russe getanzt und gesungen hatte.

Die Lensmannfamilie war wieder da. Die Jungen rannten die Treppe rauf und runter und zu den Türen hinein und hinaus. Oline rief ihnen nach, Tea holte ihnen Sachen und räumte hinter ihnen auf. Benjamins Kammer war eine rotierende Höhle mit nassen Wollsocken, Rauch von der Dampfmaschine und verbotenen Zigarrenstummeln. Geruch nach verschwitzten Nacken und süßem Kakao mit Sahne. Es roch nach Weihnachten und Jungen bis hinaus auf den Gang. Wollflusen flogen sorglos von der einen Ecke zur anderen, je nachdem, ob es nach drinnen oder nach draußen zog.

Man mußte auf dem Gang im Dachgeschoß drei Toiletteneimer aufstellen. Am zweiten Weihnachtstag sagte Tea, daß sie nicht verstehe, wie soviel Wasser aus den Leuten herauskommen könne. Es sei in diesem Jahr mehr als im vorigen, meinte sie.

Gelächter und Streit gingen bei den Jungen so schnell ineinander über, daß niemand zu vermitteln brauchte. Sie waren jetzt auch ein Jahr älter geworden. Sonst war alles beim alten.

Man zog vor, keine große Geschichte daraus zu machen, daß Benjamin in aller Stille bereits am ersten Feiertag hinunter in Mutter Karens Kammer zog.

Er schlafe so schlecht, sagte Dina im Vorbeigehen. Aber die Lensmannjungen starrten Benjamin an, als Dina das sagte. Nur alte Leute schliefen doch schlecht. Aber sie machten sich nicht lustig über ihn. Es war gewissermaßen eine ernste Sache – schlecht zu schlafen. Schlimmer war, daß Benjamin sich vom Spiel zurückzog.

Er saß freiwillig in der Kammer und las.

Beim ersten Hochwasser nach Neujahr brachten sie die »Mor Karen« ins Wasser. Die Leute waren von nah und fern gekommen, und ein paar verspätete Weihnachtsgäste waren bei dem aufregenden Ereignis auch dabei. Die Frauensleute hatten das Schiff gründlich mit Schmierseife gescheuert, und sie scherzten, daß die Läuse in Anders' Koje sehr widerstandsfähig seien. Er ulkte zurück, daß es an der ständigen Bettwärme liege. Die Mädchen waren über eine solche Dreistigkeit empört und benutzten die Gelegenheit, Anders zu knuffen und zu kneifen.

Dina stand am offenen Kajütfenster. Sie war überraschend erschienen. Der Tag war mild, aber bleigrau, denn die Sonne war noch nicht gekommen. Trotzdem war sie um die Mittagszeit eine Ahnung im Süden und ließ die kleinen Inseln aufleuchten.

Die Mädchen hoben den Kopf, als Dina nach Anders rief. Ein heller Ruf.

Benjamin lag der Länge nach im Ruderboot und fischte kleine Seelachse zwischen den Ufersteinen. Auch er hörte den Ruf. Und meinte, der Tag werde zusehends besser.

Die Mädchen, die einen solchen Spaß mit Anders gehabt hatten, waren mit dem Putzen fertig und suchten nun ihre Putzlappen und Holzeimer zusammen, um an Land zu rudern. Aber sie warfen ein oder zwei Blicke zu der Kajüte, in die Anders gerade hineinkletterte.

»Du hast mit den Mädchen gescherzt«, sagte sie, als er hereinkam.

»Man hat soviel Spaß, wie man sich selbst macht«, lachte er.

»Ich habe einen Schluck Rum mit, um zu feiern, daß du klar für den Lofotfang bist.«

»Oh«, sagte er nur und setzte sich auf die Koje. Er betrachtete sie von der Seite, als sie einschenkte.

»Du bist nicht besonders scharf auf ein Glas?«

»Doch, es kommt nur so unerwartet. Es ist lange her ...« fügte er leise hinzu.

»Es ist viel geschehen.«

»Gewiß ist viel geschehen«, bekräftigte er.

»Aber nun gibt es wieder genügend Tageslicht, so daß man leben kann!« sagte sie und setzte sich zu ihm und reichte ihm das Glas. Es war dieselbe Koje, in der sie gelegen hatte, als sie im Foldmeer den Embryo herausblutete.

»Wie meinst du das?« fragte er, während er an den Embryo dachte, den er über die Reling hatte gehen lassen.

»Daß jetzt lichtere Zeiten kommen.«

»Ja, das ist wahr«, murmelte er und wartete.

»Warum siehst du mich so an?« fragte sie.

»Weil ich nicht weiß, was du von mir willst.«

Sie warf den Kopf zurück. So war sie ihrem Pferd zum Verwechseln ähnlich, wenn es festgebunden draußen auf der Weide wieherte, dachte er.

»Wir haben miteinander nicht mehr darüber gesprochen, soweit ich mich erinnern kann.«

»Nein«, bestätigte er.

Sie wog das Glas in ihren Händen.

»Du bist manchmal zu scharfsinnig für mich, Anders«, sagte sie plötzlich.

»Das ist doch sehr ... Was meinst du überhaupt?«

»Du redest wenig von dem, was du siehst«, antwortete sie und balancierte das Glas zwischen einer waagerechten und einer senkrechten Handfläche.

»Von was?«

»Von mir zum Beispiel.«

»Das geht mich nichts an«, murmelte er.

Er betrachtete sie verlegen. Die Frauen lachten, während sie an Land ruderten. Das Gekräusel der Ruderboote gluckerte gegen den Schiffsrumpf. Ein stark salziger Geruch lag in der Luft. Sie waren allein. Dina und er.

Irgendwo wurde eine Spannung geboren. Er senkte den Blick.

»Ich möchte, daß du Reinsnes für mich verwaltest. Ich reise nach Süden. Vielleicht bin ich fort, wenn du von den Lofoten zurückkommst«, sagte sie.

Er schluckte bedächtig und setzte das Glas mit Fuß und Inhalt ruhig auf den kleinen Tisch, der mit einem Bolzen am Boden fest verankert war. Anders mußte sich recken, um hinzugelangen.

»Wohin willst du reisen?«

»Nach Kopenhagen. Vielleicht noch weiter. Ich fahre mit dem Dampfer bis Trondhjem.«

»Du willst nach Kopenhagen fahren ... Darf man fragen, in welcher Angelegenheit?«

»Man kann nie zuviel fragen«, erwiderte sie trocken.

Ein violettes Licht. Die Hände in ihrem Schoß waren voller Unruhe. Ovale, glänzende Fingernägel auf dunklem Wollstoff.

»Hast du Schwierigkeiten?« fragte er.

Da nahm sie seine Hände und kam näher. Es ging ihm unter die Haut und machte ihn rastlos.

»Es ist so eng hier. Verstehst du das?«

»Verstehen und verstehen ... Wie lange gedenkst du wegzubleiben?«

»Das weiß ich nicht.«

»Was ist eigentlich los?« sagte er und wollte aufstehen.

Da beugte sie sich vor und ergriff seine beiden Handgelenke. Sie war stark.

Er genoß es und wurde dabei unruhig. Als sie nicht antwortete, sagte er: »Es scheint, daß ich das tun muß, was du willst. Ich frage dich! Ist es der Russe, der zuviel in Reinsnes herumspukt?«

»Was willst du damit sagen?« flüsterte sie.

»Ich meine: Ist deine Trauer über Leo Zjukovskij so groß, daß du außer Landes fliehst?«

»Trauer?«

»Alle konnten sehen, daß er der Mann war, den Dina sich als Hausherrn auf Reinsnes vorstellte. Ich habe es auch gesehen.«

Er wollte seiner Stimme einen einfachen, alltäglichen Klang geben. Aber er wußte nicht recht, wie.

»Trauer?« wiederholte sie und betrachtete irgend etwas durch das Kajütfenster. »Hier ist es so eng ... Es ist immer die gleiche Plage. Die Jahreszeit. Die Feldarbeit. Die Leute. Die Bilanz.«

»Und das hast du erst entdeckt, nachdem Leo ging?« fragte er leise.

»Ich habe es vorher wohl auch gesehen ... du hättest sicher das gleiche gedacht, wenn du ständig dazu verurteilt gewesen wärst ...«

»Das habe ich«, gab er zu.

Sie schwiegen eine Weile.

»Aber ich bin nicht der Richtige, um Reinsnes für dich zu verwalten. Ich bin ja so wenig zu Hause.«

»Ich kann dich nur bitten.«

»Das meinst du nicht im Ernst?«

»Doch.«

»Und wenn du heiratest, könnt ihr ja zu zweit den Hof bewirtschaften«, sagte er auf gut Glück.

Es flog ein Schatten über sie beide. Eine Möwe im Flug vor dem Fenster.

»Das hat mir der eine oder andere schon früher geraten«, sagte sie.

»Und was hast du geantwortet?«

»Es ist lange her ... Ich habe gefragt, ob sie mir jemanden vorschlagen könnten.«

»Konnten sie?«

»Ja.«

»Wen?«

»Dich, Anders.«

Das Blut schoß ihm ins Gesicht. Aber er zwang sich dazu, sie anzusehen. Wartete auf einen höhnischen Blick: Er kam jedoch nicht.

»Tja, die Leute können die unglaublichsten Dinge sagen. Ich erinnere mich, daß sie sich ihr Teil dachten ... als du schriftlich festgelegt hattest, daß ich das Frachtschiff bekommen sollte.«

»Vielleicht haben sie richtig gedacht«, sagte sie langsam.

»Richtig?«

»Daß du es hättest sein sollen.«

»Man kann jederzeit denken«, sagte er und fuhr eiligst fort: »Und jetzt gedenkst du nach Kopenhagen zu reisen, weil es hier so eng ist.«

»Hättest du ja gesagt? Wenn ich dich gebeten hätte?«

»Wenn du mich gebeten hättest?«

Er fuhr sich hilflos mit der Hand durch die Haare.

»Wenn ich dich gefragt hätte?«

»Ja«, sagte er einfach.

Sie seufzte.

»Deinetwegen? Oder wegen Reinsnes?« fragte sie.

Er sah sie lange an, ehe er antwortete: »Ich muß dir sagen, daß ich nicht wegen Reinsnes so hart arbeite!«

»Was glaubst du, wie es mit uns gegangen wäre?« fragte sie.

»Schlecht!«

»Warum?«

»Du wärst dem Russen begegnet. Und ich wäre nach Bergen abgehauen«, sagte er ehrlich.

»Und wenn ich dem Russen nicht begegnet wäre?«

»Dann hätte es gutgehen können ...«

»Jetzt siehst du nicht mehr viel von dem Russen.«

»Nein, ich nicht, aber du, glaube ich«, sagte er.

»Was veranlaßt dich, das zu glauben?«

»Du hast mindestens zwei graue Haare bekommen, die ich hier im Dämmerlicht sehen kann. Du läufst nachts herum, und du bist mager geworden wie ein Dorsch, der gerade gelaicht hat. Es sind nur noch die Augen und der Schwanz übrig. Und jetzt willst du fortgehen. Hinaus in die großen Tiefen.«

Sie mußte lachen. Sie sahen sich mit einer Art lachendem Ernst an.

»Und wenn ich dich jetzt fragte, ob du mich haben willst?« sagte sie plötzlich.

Er überlegte lange, daß dies unmöglich mit rechten Dingen zugehen könnte, ehe er sagte: »Wenn du mich fragtest und dann nach Kopenhagen führst?«

»Wenn ich dich fragte und mit dir nach Bergen führe?«

»Ich muß nein sagen«, flüsterte er.

»Warum?«

»Ich kann nicht mit einer leben, die an eine Leiche denkt.«

Sie schlug so hart zu, daß sie beide in der Koje umfielen. Dann hob sie die Hände und schlug noch einmal. Von jeder Seite. Sein Glas flog auf den Boden. Schaukelte hin und her. Das Geräusch sagte ihm, daß es noch ganz war. Ehe er sich besann, lag er auf ihr. Der Schweiß brach ihm aus, während er ihre Hände umdrehte, bis er sie fest im Griff hatte.

»So!« sagte er keuchend.

Ihr Körper unter ihm! Er wußte nicht, wer von ihnen zitterte. Beide?

Dann ergab sie sich. Erst tat er so, als ob er es nicht merkte. Er hätte gewünscht, daß es noch lange andauerte. Aber er löste den Griff und richtete sich auf. Beschämt glättete er ihre Kleider. Ohne sie anzusehen.

»Ich bete um Einsicht und Verstand«, murmelte er, stellte sich mühsam auf die Beine und ging hinaus.

Draußen an Deck begann er zu schlottern. Es fing in den Knien an und kletterte den ganzen Körper hinauf. Er wollte das Hemd zuknöpfen, das bei der Rauferei aufgegangen war. Aber er vermochte es nicht. Statt dessen hielt er sich an der Reling fest. Er atmete schwer. Es kam ihm vor wie eine Ewigkeit.

Da geschah es: »Anders!«

Sie rief leise von drinnen.

Er warf den Kopf zurück und starrte auf die Bergspitzen. Da hörte er es noch einmal deutlich.

»Anders!«

Augenblicklich wollte er in die Kajüte stürzen. Aber irgend etwas ließ ihn im Lauf umkehren.

»Es geht in Ordnung. Ich werde Reinsnes für dich verwalten!« rief er heiser.

Dann sprang er über Bord und watete an Land.

Das Ruderboot mit dem fischenden Benjamin wäre beinahe in dem Strudel gekentert. Der Junge rief ihm etwas nach.

Er glitt auf den vereisten Steinen aus, fuchtelte wild mit den Armen und zerrte an dem Tang, der versuchte, ihn da unten zu behalten. Er schwankte die Allee hinauf, während das Meerwasser in Bächen an ihm herunterlief. Stapfte über den Hofplatz, für jedermann sichtbar. Zielbewußt wie ein brünstiges Walroß spuckte er nach rechts und links und keuchte.

Keiner hatte Anders je so gesehen. Nicht nur, daß er von der Taille abwärts naß war und Grünzeug und Tangbüschel an seinen Stiefeln baumelten. Ein unglaublicher Anblick! Aber Anders war wütend. Oder wie sollte man es nennen?

Zum ersten Mal fuhr Anders ohne Freude zu den Lofoten. Ohne der Heimkehr sehnsüchtig entgegenzufiebern. Er verfluchte sich selbst, daß er so war. Gleichzeitig wurde ihm klar, daß er in diesen Jahren manches Traumgesicht gehabt hatte.

Aber zu träumen war eine Sache. Ernst zu machen eine andere. Dina war nicht für ihn bestimmt, das hatte er immer gewußt. Er konnte ein Frachtschiff in Sturm und Schneetreiben segeln und es über Wasser halten, aber er konnte nicht mit offenen Augen auf eine lange Fahrt gehen mit einem Schiff, das kein Ruder hatte.

So war das! Deshalb fuhr sie nach Kopenhagen und er zu den Lofoten.

6. Kapitel

Benjamin hatte tote Körper gesehen. Tote Gesichter. Es war an und für sich nicht so schrecklich. Schlachten war eigentlich schlimmer. Denn die Tiere wurden so übel zugerichtet. Mutter Karens totes Gesicht glich der matten, weißen Vase, die im Eßzimmer auf der Anrichte stand. Klare Glasur mit gelben Schattierungen und Strichmustern kreuz und quer. Er sah das Gesicht so deutlich vor sich, daß er nicht darüber nachdachte, wie tot und weit weg ihr Körper war.

Mit dem Russen war es anders. Er rief ohne Gesicht. Deshalb war es so schwer, ihn loszuwerden. Er wurde gewissermaßen zu einem geschlachteten Tier.

Man konnte sich vorstellen, daß Oline heimlich den Russen in allen Schüsseln anrichtete, wenn frisches Fleisch auf den Tisch kam. Er wußte nicht, woher er solche Gedanken hatte, und sie machten Oline zu einem Ungeheuer. Aber manchmal überfielen sie ihn so stark, daß ihm alles hochkam und er um Entschuldigung bitten und zu dem kleinen Häuschen rennen mußte.

Wenn Oline den ganzen Mann derart verwertet hatte, daß nur noch der verletzte Kopf und die Stiefel übrig waren, dann sollte man doch meinen, daß man damit fertig war. Aber es wuchs völlig in seinen Kopf hinein. Die Stiefel knirschten nachts, wenn er sich im Bett umdrehte, und die Rufe kamen von einem Seegespenst.

Am Tage nach solchen Nächten konnte er stundenlang in Mutter Karens Kammer sitzen und seine Daumennägel untersuchen, ohne sie zu sehen. Bis der Kandidat oder ein anderer verlangte, daß er etwas Vernünftiges tun sollte. An den eiskalten Morgen, an denen niemand den Ofen geheizt hatte, konnte man sich vorstellen, daß man ein Mönch war, der in seiner Zelle saß und Buße tat.

Er merkte sich die Tage, so wie sie in Mutter Karens Bauernkalender aufgezählt waren. Es war kein Holzstab, sondern ein Stück eingerahmtes Kalbsleder, das mit Schriftzeichen und unbeholfenen Bildern bemalt war. Es hatte immer über ihrem Sekretär gehangen.

Bereits am Neujahrstag, lange bevor die Sonne zurückkehrte, war er zeitig aufgewesen, um zu sehen, ob der Himmel rot war. »Wird der Himmel rot am Neujahrsmorgen, gibt es viel Weinen und Klagen, und es wird gewiß ein großer Krieg kommen«, stand im Kalender.

Er hatte geseufzt, als er sah, daß draußen Schneetreiben und Tohuwabohu war und nicht einmal die Eiszapfen sich wohl fühlten. Er wußte nicht recht, was es mit diesen Kriegen, von denen die Leute redeten, auf sich hatte. Aber eines war sicher. Die Leute starben wie die Fliegen. Nicht alle starben an einem Loch im Schädel. Anders meinte, daß die meisten im Krieg verhungerten.

Man konnte die zerlumpten, abgemagerten Körper vor sich sehen, wie sie umhertaumelten und an allem nagten, was sie zu fassen bekamen. Aber das vermittelte ihm irgendwie nicht das große Kriegserlebnis. Dazu gehörten Pferde und Uniformen.

Manchmal sah er sie vor sich. Die Soldaten. Sie lagen rücklings auf den Schlachtfeldern, mit großen roten Löchern im Kopf.

Aber das stimmte auch nicht. Der Krieg war in diesem Winter sozusagen ungefährlich geworden. Beinahe ebenso friedlich, wie es in der Kirche war! Wenn man an all das dachte, was in Wirklichkeit passieren konnte. Er stellte die Zinnsoldaten auf, die er von Anders bekommen hatte. Aber er konnte nichts mit ihnen anfangen. Deshalb fegte er sie in eine Ecke und holte sich ein Buch, das von den Abenteuern in den großen Wäldern Amerikas handelte.

Im Februar fing er an, das Licht zu untersuchen, das über das Fensterbrett in Mutter Karens Kammer kletterte. Er saß geduldig auf dem Boden und wartete, bis die Strahlen seine bloßen Füße erreichten. Er stellte fest, daß er früher nie richtig dabeigewesen war, wenn das Sonnenlicht kam.

Einerseits war es feierlich, andererseits grauenvoll, so daß man beinahe weinen mußte. So war es auch, wenn er die Grabreihen auf dem Friedhof betrachtete, während die Leute ringsum über Alltägliches schwatzten. Da begriff er, daß nur er den Tod kannte.

Er sehnte sich danach, mit jemandem über das Sonnenlicht zu reden. Die Worte lagen zu weit hinten im Kopf. Es nützte auch nichts, daran zu denken.

Er hatte Hanna einmal anvertraut, daß er immer bis hundert zählte, wenn er den dunklen Weg zum Örtchen ging, oder bis tausend, wenn er an dunklen Herbst- oder Winterabenden zum Sommerstall ging. Das war ein Gesetz. Warum, wußte er nicht. Aber er wußte, wenn er nicht bei hundert den Abortschlüssel umdrehte, dann kamen alle Unterirdischen, um seine Feinde zu werden. Wohin das führen würde, war ihm nicht klar. Deshalb konnte er es Hanna auch nicht so deutlich erklären, daß sie es verstand. Sie hatte trotzdem zugehört und andauernd geblinzelt.

»Auf das Örtchen mußt du gehen, aber warum gehst du ohne Grund in den Sommerstall, wenn es so unheimlich ist?« fragte sie.

»Man muß die Stätte aufsuchen, wo man geboren ist«, antwortete er und blies den Reif von einem winterlichen Halm, den er zwischen die beiden Daumen klemmte. Es klang so, als ob ein Schwein mit der Peitsche getrieben würde.

»Du sollst nicht darüber reden, daß du im Sommerstall geboren bist. Das ist Gotteslästerung. Oline sagt das ausdrücklich.«

»Ich rede auch nicht darüber. Du fragst und schwatzt wie eine Elster.«

Er hätte wissen müssen, daß sie nichts begriff. Sie tadelte immer seine Geschichten oder verzerrte sie. Sie hatte auch rein gar nichts von den Unterirdischen und deren Wesen verstanden. Er bereute es, daß er ihr etwas gesagt hatte, und fürchtete, daß sie ihn eines Tages abpassen und ihn am Zählen hindern könnte. Um herauszufinden, was geschehen würde, wenn er nicht bis hundert kam! Das sähe ihr ähnlich.

Aber sie wußte ja nicht, daß er Bekanntschaft mit der Sonne gemacht hatte und daß er daran dachte, die Schritte bis zu der Stelle, wo die Stiefel des Russen im Heidekraut gelegen hatten, zu zählen.

Am 24. Februar las Benjamin in dem Bauernkalender: »Mattheis bricht's Eis. Gibt's keins, so macht er's.«

Er hatte lange darauf gewartet, daß Anders ein Lebenszeichen von sich gab. Wie es alle Väter taten. Aber es kam nichts. Wahrscheinlich lag es daran, daß Anders an dem Tag, als sie das Frachtschiff für die Fahrt zu den Lofoten klarmachten, so wütend auf Dina gewesen war.

Man konnte sich fragen, was Anders sich gedacht hatte, als er Dina zurief, daß er Reinsnes für sie verwalten wolle, wenn er es dann nicht einmal fertigbrachte, einen Brief zu schicken!

Keiner hatte Anders jemals vorher ins Meer springen sehen. Es war ein häßlicher Anblick gewesen, den großen Mann an Land waten zu sehen, mit kaltem Meerwasser bis unter die Arme. So völlig unnötig, denn er, Benjamin, hatte ja in dem Ruderboot gelegen und darauf gewartet, sie beide trockenen Fußes an Land zu bringen.

Und dann fuhr er einfach zu den Lofoten. Natürlich hatte Anders auf Wiedersehen gesagt und ihn in die Wange gekniffen, aber es war unheimlich.

Dazu kam noch, daß in Dinas Nähe alles verhext war, nicht nur für ihn. Man wünschte sich wirklich, daß Anders einen Brief von den Lofoten schickte.

Keiner hörte etwas. Benjamin glaubte, daß es das Jüngste Gericht sein könnte, denn Anders war nicht der Mann für einen so langandauernden Zorn. Er versuchte, an Dina heranzukommen, aber sie sagte, daß Anders nie ein großer Schreiber gewesen sei. Die Art, wie sie das sagte, war auch ein Jüngstes Gericht.

»Gibt's kein Eis, so macht er's!« Er deutete den Kalender so, daß Mutter Karen ihn zu großen Aufgaben ausersehen hatte. Er wurde müde davon. Nicht so, daß er schlafen konnte. Aber so müde, daß er nicht mehr imstande war, Angst zu haben.

Das Schlimme war ja nicht nur, daß der Russe Tag und Nacht rief, sondern auch, daß Dina in der Reisekiste herumwühlte und an den Schubladen zog. Eines Tages hörte er sie oben im Saal, er lief hinein zu ihr, ohne anzuklopfen. Sie stand über der

Kiste gebeugt und legte Sachen hinein. Er ging mit Fäusten auf sie los und sagte häßliche Dinge, die er sofort wieder vergaß. Etwas wie, daß sie ihn wohl mit dem Russen allein lassen wollte, wenn das Jüngste Gericht käme. Sie hatte kein Wort gesagt. Nicht, daß er es erwartet hatte. Aber es war schwer mit dem vielen Eis. Und er fühlte sich nicht eher sicher, bis er sah, daß sie die Reisekiste wieder in Jacobs Nebenraum schob.

Er setzte sich darüber hinweg, daß Tomas und er noch immer keine Freunde waren, und fragte ihn, ob auf den Lofoten so entsetzlich viel zu tun sei, daß die Leute nicht einmal einen Gruß schickten. Aber Tomas schien nicht richtig zu verstehen. Jedenfalls antwortete er unbestimmt, daß die Lofotfahrer oft vergäßen, einen Gruß zu schicken, ob es nun gut oder schlecht stand.

»Anders nicht«, sagte Benjamin.

»Es sieht aber so aus, als ob Anders auch nicht besser ist«, antwortete Tomas grinsend.

»Vielleicht hat er Schiffbruch erlitten?«

»Nein, *da* wären die Leute mit der Nachricht schon längst gekommen«, sagte Tomas voller Überzeugung.

Dieses Gespräch machte es Benjamin ganz unmöglich, in das Ausgedinge zu gehen, wenn er wußte, daß Tomas da war.

Der Kalender zeigte die Georgsmesse an: »Georgs Zeit, Tag und Nacht sind gleich weit.« Und er hatte immer noch nichts von Anders gehört.

Anders hatte sich darauf vorbereitet, wie es sein würde, wenn sie nicht mehr in Reinsnes war. Hatte Pläne gemacht, wie er mit den Tagen und Nächten fertig werden würde. Er bildete sich ein, daß die einsamen Mahlzeiten nicht abschreckend waren. Derartige Gedanken hatten bisher seine Zeit kaum in Anspruch genommen. Nun waren sie das letzte, was er aus dem Weg räumen mußte, bevor er einschlief, und das erste, zu dem er Stellung nehmen mußte, wenn er aufwachte.

Es war einfach, »einen Nagel an der Wand zu haben und seine Sachen daran aufzuhängen«, sagte er zu sich selbst und fügte im gleichen Atemzug hinzu: Es kam nicht so sehr darauf an, wie es einem erging, sondern wie man es *nahm*. Mit einem Sprichwort ausgerüstet und einem Trost, der knapp unter die Haut ging, hatte er, noch ehe er die Lofoten verließ, schon geplant, möglichst bald nach Bergen zu fahren. Er beschwor die Sehnsucht nach der anstrengenden Strecke gen Süden herauf. Und er erinnerte sich an den Unterschied zwischen Unglück und Unglück.

Trotzdem konnte er es nicht verhindern, daß das Land vor ihm sich verdunkelte, als er in den Sund hineinfuhr und zu Hause war. Er legte das Ruder bei, nahm den Südwester ab und pfiff vor sich hin, wie er es zu tun pflegte, wenn Reinsnes in Sicht kam.

Zuerst hielt er es für eine Art Fata Morgana. Aber als Anton sagte: »Ich glaube, sie steht diesmal an der Landungsbrücke«, wurde er hellwach und begriff, daß Dina wirklich dort stand. Es war ein Schock. Er hatte gemeint, daß an einem Wort von Dina nicht zu rütteln sei.

Er war gewohnt, sich der Jahreszeit und dem Wind anzupassen. Es war schwer genug, aber es gab einem reichlich Zeit für Gedanken. Deshalb war der Anblick Dinas auf der Landungsbrücke so überraschend, wie wenn der Winter ohne Vorwarnung in den Sommer überging.

Aber er gab acht, sich so aufzuführen, wie er es immer getan hatte, solange ihn die Leute sahen. Er nahm ihre Hand und lächelte sie an. Aber wandte sich möglichst schnell Benjamin und seinen Fragen zu, warum er nicht geschrieben hatte.

»Ich bin nun mal kein Schreiber«, gab er zur Antwort.

Er überließ es den anderen, sich um seine Siebensachen zu kümmern, packte den Jungen am Nacken und ging von der Landungsbrücke hinauf, während er von dem Päckchen erzählte, das er ihm mitgebracht hatte. Auf diese Weise konnte er davonkommen.

An den schwarzen Zweigspitzen der Bäume hingen gefrorene Wassertropfen. Die Krähen wüteten im Mist auf den Äckern und Wiesen. Es ging gewiß auf lichtere Zeiten zu.

Der Junge fragte und bohrte. Anders antwortete und lachte.

Er konnte sie direkt hinter sich hören. Sie hatte sicher neue Stiefel an. Es knarrte leicht bei jedem ihrer Schritte. Aber er drehte sich nicht um.

Die Kästen mit dem zum Kochen bestimmten Kabeljau waren gehörig bewundert und an Häusler und gute Kunden verteilt worden. Was sie in Tonnen eingesalzen hatten, sollte in den Erdkeller. Aber sie hatten auch ein paar Kästen mit Fisch, der als Boknafisk* aufgehängt oder leicht gesalzen werden sollte. Die Männer erzählten ausführlich von dem vielen Fisch, der auf den Lofoten an den Trockengerüsten hing, und schlugen sich übermütig auf die Hosentaschen.

Eine ganze Armada von Ruderbooten lag allmählich am Landungssteg. Alle, die das Frachtschiff und den Fembøring an der Landspitze hatten vorbeifahren sehen, kamen unter einem Vorwand schnellstens herbei. Um zu sehen, ob die Lofotfahrer entlaust waren oder einen Bart bekommen hatten, wie es hieß.

Heimkehr und Møljemat** waren genau das richtige. Die Männer brachen zeitig auf. Nur Anton schlief im Hauptgebäude. Die übrigen fuhren heim oder lagen im Gesindehaus.

Der Kandidat hatte ein paar Tage freibekommen und war nach Strandstedet gefahren. Die Mädchen klapperten noch in der Küche und in der Anrichte, und Benjamin war mit der Steuermannsmütze, die Anders ihm mitgebracht hatte, ins Obergeschoß gegangen. Er hatte mit der Mütze bei Tisch gesessen, ohne daß jemand Anstoß daran genommen hatte.

Anton hatte dreimal gegähnt und gute Nacht gesagt. Jetzt knirschten seine Schritte oben im Flur.

Dina saß wie gewöhnlich auf der Chaiselongue, die Arme auf der Rückenlehne. Ihre Zigarre lag halbgeraucht im Aschenbecher. Die Augen waren halbgeschlossen. Anders räusperte

---

* Boknafisk: nicht völlig getrockneter Fisch. (A.d.Ü.)

** Møljemat: zerbröckeltes Flachbrot in fetter Brühe mit Dorschleber. (A.d.Ü.)

sich ein wenig, und dann sagte er ruhig, daß er gerne das Glas Rum hätte, das er damals nicht ausgetrunken hatte, bevor er zu den Lofoten fuhr.

Sie schien überrascht zu sein, besann sich aber schnell und rief in die Anrichte hinaus nach Tea.

Müde und erschöpft steckte Tea den Kopf zur Tür herein.

»Anders möchte heute abend Rum haben«, sagte Dina.

Das Mädchen schaute erstaunt auf die Flasche, die neben Dina stand, aber sie kam mit Gläsern und schenkte ein.

»Kann ich jetzt Feierabend machen?« fragte sie und knickste andeutungsweise.

»Da mußt du Oline fragen.«

»Sie schläft schon.«

»Dann kannst du Schluß machen. Es war heute viel Arbeit. Danke!« sagte Dina freundlich.

Tea sah sie mit einem raschen Blick an.

»Es macht ja auch Spaß«, sagte sie und lächelte ein wenig, knickste noch einmal und war fort.

»Es ist jetzt bis in den späten Abend hell«, sagte Anders unbeholfen.

Sie antwortete nicht sofort.

Er mußte husten. Dann begann er vorzurechnen, was sie auf den Lofoten verdient hatten. Wollte Zahlen und Abrechnungen für sie holen, so daß sie es selbst begutachten könnte.

»Die Zahlen können wir uns morgen ansehen«, sagte sie.

Dann erhob sie sich und nahm sich am Rauchtisch eine neue Zigarre. Er wollte sie gerade daran erinnern, daß da noch eine lag. Aber da strich sie dicht an ihm vorbei und faßte ihn an der Schulter. Wie sie es früher auch gemacht hatte. Sogar wenn jemand es sah. Ehe der Russe starb.

Anders hatte im kalten Fell geschlafen und lange an den Händen gefroren. Sein Blick fiel auf ihre Knöchel, als sie sich achtlos setzte, ohne die Röcke zu ordnen. Sie zeichneten sich deutlich durch die Strümpfe ab. Sie hatte Hausschuhe an. Die Wölbung des rechten Ristes wuchs unter dem Rocksaum hervor. Es wirkte so seltsam auf ihn.

Es dauerte so lange, wie man braucht, um ein Glas Rum in

geziemenden Schlucken zu trinken, bevor ihm aufging, daß er etwas sagen mußte. Er lehnte sich zurück und sah sie an.

»Waren viele Reisende hier, während ich fort war?«

»Wie im Winter nicht anders zu erwarten«, sagte sie und beantwortete seinen Blick.

»Und sonst? Alles in Ordnung?«

»Wie gewöhnlich.«

Sie zog tief und genießerisch an der neuen Zigarre.

»Du bist nicht gefahren«, stellte er endlich fest.

»Nein.«

»Warum nicht?«

»Mir wurde plötzlich klar, daß ich noch warten sollte. Jedenfalls bis zum Sommer. Und mit dir fahren, wenn du nach Bergen fährst.«

Die Uhr an der Wand bewachte sie. Das Pendel nagte an seinem Verstand.

»Es ist auch wegen Benjamin ...«, sagte sie.

»Ich bin froh, daß du es dir anders überlegt hast!«

Er war erstaunt über sich selbst. Daß er es einfach gesagt hatte.

»Ich hätte das nicht sagen sollen, was ich damals im Schiff gesagt habe«, murmelte er.

Sie zuckte die Achseln und blies Rauchringe in die Luft, denen sie mit weit offenen Augen folgte.

»Ich hätte nicht zuschlagen sollen«, sagte sie, ohne ihn anzusehen.

»Es kam etwas ... plötzlich, ja. Du hast hart zugeschlagen!«

Er versuchte zu lächeln, aber es gelang ihm nicht recht.

»Benjamin hat mir erzählt, daß du ihm versprochen hast, sein Vater zu sein.«

Er wurde langsam rot, aber nickte.

»Er wollte es so ...«, sagte er.

»Ja.«

Das Uhrpendel nagte.

Anders hatte Nerven wie ein alter, pulvertrockener Pechdraht. Man mußte nur zusehen, daß er hielt. Er selbst hing an dem einen Ende des Drahtes. Er holte tief Luft.

»Das, was du mich gefragt hast ... ehe ich zum Fischfang fuhr. Sicher gibt es nichts darüber zu spekulieren.«

Er straffte den Nacken.

»Ich habe darüber nachgedacht, als ich fort war ... Ich glaube, ich nehme an«, fuhr er fort.

»Anders?«

Das Rauchzimmer war dazwischen. Der Teppich, den Mutter Karen aus Kopenhagen bekommen hatte. Dick und mit Blumenranken in Olivgrün und Weinrot. Er saß am Rauchtisch. Sie auf der Chaiselongue mit dem Rücken zum Fenster. Kein Mond. Nur das nackte, blauschimmernde Fenster.

»Ja!« antwortete er.

»Du weißt, was du sagst?« flüsterte sie nach einer Weile.

Er nickte und räusperte sich. Der Körper saß unbeweglich.

»Und was bekommst du?« fuhr sie fort.

»Nein, das kannst nur du mir sagen.«

»Ich weiß nicht, was ich zu geben habe.«

Sie flüsterte immer noch, als ob die Seidentapete Ohren hätte.

»Wir müssen abwarten«, sagte er mehr zu sich selbst als zu ihr.

»Du wirkst nicht besonders froh.«

»Ich weiß nicht, was ich bin, Dina. Jahrelang habe ich nicht gewagt, den Gedanken zu denken ...«

»Glaubst du nicht, daß wir es schaffen?«

»Wenn du es wirklich willst.«

Sie legte die Zigarre weg und kam zu ihm. Er zog sie an sich und legte ihren Kopf an seine Schulter und strich ihr zögernd über die Haare.

»Rieche ich noch nach Fisch, oder habe ich den Geruch abgewaschen?«

»Du riechst nach Anders«, sagte sie nahe bei ihm.

»Wie kannst du wissen, daß ich nach Anders rieche?«

»Das weiß ich jetzt.«

»Es hat lange gedauert.«

»Es hat so lange gedauert, wie es dauern mußte. Bist du noch mein Bruder?«

»Nein.«

»Warum nicht?«

»Weil ich nicht alles allein regeln kann.«

Er saß im Rauchzimmer auf Reinsnes. Seit seiner Jugend hatte er geträumt, Herr in diesem Raum zu sein. Der Rauchtisch mit dem Pfeifenständer und den Zigarrenkästen. Der Schrank mit den uralten holländischen Stielgläsern. Und es wurde ihm klar, daß es gar nicht darauf ankam. Die Freude lag bestimmt nicht in den Dingen.

Er spürte ihre Wärme. Ihren Kopf an seinem Hals. Während sie so saßen, stiegen Bilder in ihm auf. Von Dina und Jacob. Dina und dem Russen. Dina, wenn sie sich in der Musik einzäunte.

»Aber da ist noch eine Sache, die ich dich fragen muß ...«

»Ja?«

»Hast du mich gekauft, Dina?«

»Warum sagst du so etwas?«

»Weil die Leute es glauben werden.«

»Die Leute?«

»Ja. Dieselben, die lange geglaubt haben, daß da etwas im Gange war.«

»Und was wäre in diesem Fall der Preis gewesen?«

»Reinsnes.«

»Und ich? Was sollte ich dafür bekommen?« sagte sie und erhob sich von seinem Schoß.

»Einen Mann, der sich um Reinsnes kümmert. Und deinen Sohn.«

»Anders! Warum sagst du das jetzt?«

Sie stand mit geballten Fäusten vor ihm. Er beugte sich vor und sah sie nicht an.

»Damit du sagst, wie es sich verhält.«

Die Worte waren ein Echo von Kellerraum zu Kellerraum in seinem Innern.

Sie holte tief Luft, womit sie ihre heftige Gemütsbewegung verriet.

»Du glaubst, daß du mich jetzt im Griff hast?«

Sie fegte zu der Chaiselongue.

»Nein«, sagte er, »aber ich bin zu alt, um mich im Nebel mit einem offenen Boot aufs Meer zu begeben, ohne Land zu sichten. Deshalb muß ich wissen, woran ich mit dir bin. Denn ich bin nicht käuflich. Es ist mir nicht wichtig, das Haus hier mit Silber und Plüsch zu besitzen. Ich habe das, was ich brauche, wenn ich mich unter ein Segel begeben kann und Ruder an Bord habe.«

»Dann ist es ja gut!« antwortete sie und betrachtete den Kronleuchter.

»Ich will dich nicht zwingen, mir zu sagen, daß du mich liebst, Dina. Ich will nur wissen ... Es gilt ja den Rest des Lebens ... das auch.«

Sie suchte mit der Hand nach der erloschenen Zigarre und fand sie. Die Finger zitterten ein wenig, und das Gesicht leuchtete weiß. Er stand auf und zündete die Zigarre für sie an.

Das Pendel der Wanduhr rief und rief.

Es war ihm klar, daß er sich danach sehnte, von ihr zu hören, daß sie ihn liebte. Um da herauszukommen, fragte er: »Wie war er? Leo? Was hat er dir versprochen?«

Er ging langsam durch das Zimmer und setzte sich wieder. Noch sagte sie nichts. Er wußte nicht, was er erwartet hatte. Wut? Daß sie ihn verhöhnen würde und ihm sagen, daß seine Eifersucht unangebracht war? Irgend etwas. Nur nicht das, was geschah.

Sie war ganz heraufgekrochen auf der Chaiselongue und hatte die Arme um sich geschlungen. Ein wirrer Menschenball.

Er ging noch einmal hin und rettete die Haare vor der glühenden Zigarre.

»Dina«, rief er leise und sank auf die Knie vor ihr nieder.

Zuerst versuchte er, die Arme auf die Chaiselongue zu legen. Aber das war schwierig. Da konnte er ebensogut die Arme um sie legen.

»Dina, rede mit mir, rede ... hörst du?«

Sie jammerte wie ein altes Positiv, das lange draußen in der Kälte gestanden hatte, bis man es wieder hereingenommen und zu hart darauf gespielt hatte.

»Wenn du weinen mußt, dann tue es, aber rede mit mir, hörst du!« bat er.

»Er ist nicht da«, sagte sie hilflos. »Er ist fort! Die anderen sind da. Nur er ist fort! Kannst du verstehen, daß es so sein muß? Ich habe geglaubt, daß ich ihn hatte ... aber es ist nicht so.«

»Sollte er jetzt hiersein, Dina?«

»Ja.«

»Von welchen anderen hast du gesprochen?«

Sie schüttelte den Kopf und wiegte sich sachte von einer Seite zur anderen in ihren Röcken.

»Warum willst du mich haben, Dina?«

»Weil ich dich vor langer Zeit schon hätte haben sollen.«

»Wie lange?« fragte er mit rostiger Stimme.

»Benjamin hat recht. Du hättest es sein sollen, nicht Jacob!«

»Ist deine Liebe so unstet, Dina?«

»Liebe?« fragte sie verwundert vor sich hin.

»Ja, oder wie du es nennen willst. Du hast in mir nur einen Burschen gesehen, der ab und zu in Jacobs Haus war.«

»Und du? Wann hast du ... Liebe gezeigt? Ich kann mich an nichts anderes erinnern, als daß du darauf bedacht warst, dort zu stehen, wo es nicht brannte.«

»Ich habe wohl nicht an die Möglichkeit gedacht ... Wann hast du mir Zeichen gegeben, die ich nicht verstand? Es muß schrecklich lange hersein.«

»Du bist immer wie der Wind durch das Haus gefahren. Bevor man sich daran gewöhnt hatte, daß du mit am Tisch saßest, warst du schon wieder auf dem Meer, viele Seemeilen entfernt.«

»Wann hast du mich zum ersten Mal gesehen? Ich meine ...«

»Als wir nach Bergen fuhren. Ich wußte sicher nicht, was daraus werden würde. Außerdem ...«

»Außerdem war Leo da.«

»Ja«, sagte sie hart.

Er stand auf. Versuchte es mit Würde zu tun. Es hätte gewiß nichts geschadet, wenn er über sich selbst gelacht hätte. Aber er tat es nicht.

»Wen siehst du jetzt?«

»Ich habe geglaubt, du wolltest um mich freien, als du so auf den Knien lagst«, sagte sie.

»Wen siehst du?« wiederholte er. »Mich oder den Russen?«

»Kannst du nicht endlich damit aufhören? Oder willst du mich zwingen, alle Fußbodenbretter sauber zu lecken, auf denen Leo gegangen ist?«

»Hätte es nur Gerede über Fußbodenbretter gegeben ...«

»Wenn du mich fragst, so finde ich, du solltest sie selber ablecken«, fauchte sie.

Dann war sie fort, ehe er einen einzigen Gedanken hatte fassen können.

Nachts glaubte Anders, daß der Russe in schweren Stiefeln auf dem Gang herumlief, während er alles einsammelte und mitnahm, was mit Dina zu tun hatte. Ihren rechten Mundwinkel, der sich so seltsam kräuselte, wenn sie lächelte. Den Wirbel vorne am Haaransatz. Die Brüste.

Der Russe steckte alles in seine Reisetasche und schleifte Dina im Gang hinter sich her. Und in tiefem Schlaf ertappte Anders sich bei dem Wunsch, daß der Mann nicht tot wäre, so daß er ihn mit bloßen Händen zur Tür hinaus befördern könnte.

Beim Morgengrauen erwachte er davon, daß der Südwestwind seine Fenster wusch. Er lag eine Weile wach und fühlte sich so steif wie ein Lofotfischer. Dann erinnerte er sich an den gestrigen Abend.

Alles in allem war er vermutlich so veranlagt, daß er jeden Morgen als einen neuen Anfang sah. Es hatte etwas mit dem Tageslicht zu tun.

Er ruderte wegen der Abrechnungen und der Aufträge zum Frachtschiff hinaus. Dann paßte er Dina ab, als sie zum Kontor hinunterging. Die Papiere trug er in einer Ölleinenmappe unter dem Arm, damit dem Handlungsgehilfen und auch der Handvoll Gestalten längs der Wand klar war, daß er geschäftliche Dinge zu erledigen hatte.

Sie sah auf, als er zur Kontortür hereinkam. Sagte sogar seinen Namen.

»Anders!« sagte sie.

Aber sicherheitshalber schloß er die Tür. Vorbereitet auf eine Springflut und noch Schlimmeres.

»Willst du die Geschäftspapiere heute durchgehen?« fragte sie.

»Ja«, sagte er, »ich will sie weghaben, damit wir nicht auch darüber uneins werden.«

»Sind wir uneins?«

»Ich glaube schon.«

»Worüber?«

»Wer von uns beiden, du oder ich, hinter Leo saubermachen soll.«

Er sah, wie ihre Augen schmal wurden und die Hände um das Geschäftsbuch griffen, das vor ihr auf dem Tisch lag.

Deshalb fuhr er gleich fort: »Ich habe mir überlegt, daß ich es machen muß. Und wenn Dina es nicht verschmäht, will ich sofort damit beginnen. Willst du mich heiraten, Dina Grønelv?«

Sogleich stand sie hochaufgerichtet neben dem Tisch. Wie ein Soldat, der plötzlich einen Befehl bekommen hat.

»Ja!« rief sie beinahe böse.

Er wußte nicht genau, wo er die Arme hatte. Als er sie fand, machte er etwas, was am Tage zuvor undenkbar gewesen wäre. Er ging zum Schrank, in dem Dina die Schnapsgläser und den Kommissionsschnaps aufbewahrte. Dann reichte er ihr ein leeres Glas.

»Hier! Halt fest!« sagte er.

Beider Hände zitterten. Er schenkte ihr randvoll ein, bis der Rum über ihre Hände rann. Dann beugte er sich darüber und leckte ihn auf.

Sie rührte sich nicht. Die Zeit blieb stehen. So etwas hatte er noch nie gemacht.

»Ich fange gleich an«, murmelte er in ihre Hände. »Ich will endlich den Rum haben, den du mir versprochen hast, ehe ich zum Fischfang fuhr!«

»Wenn wir Rum auf diese Weise trinken, machen wir Konkurs«, sagte sie.

»Da machen wir Konkurs«, bekräftigte er.

Indem er sich aufrichtete und in ihre Augen hineinfloß, stellte er sich vor, daß er ihren Mund fand. Aber er berührte sie nicht. Lange starrten sie einander an. Dann begann sie plötzlich zu lachen, daß ihr die Tränen über das Gesicht liefen.

Im Laden konnten sie hören, daß über die Bilanz des Lofotfischfangs laut gelacht wurde. Zuerst hörten sie Dinas dunkles Lachen, dann stimmte Anders ein, daß es dröhnte. Es war offensichtlich eine gute Abrechnung gewesen.

7. Kapitel

Die Neuigkeit von Dinas und Anders' Hochzeit wirkte wie eine Art Bestätigung, nicht nur für Oline.

»Man weiß, was man weiß. Aber das geht niemanden etwas an«, hatte sie geantwortet. So hatte sie ihre Ehre gerettet. Denn in Wahrheit hatte sie nichts geahnt. Keine nächtlichen Wanderungen, keine vertraulichen Blicke oder Liebesbezeugungen hatten etwas Besonderes verraten. Für Oline war das eine Hinterlist ohnegleichen. Und sie war nicht reif für die Vergebung.

Die Gelegenheit, sich Respekt zu verschaffen, ergab sich, als Tea erzählte, daß man ihr gesagt hatte, sie solle das Brautbett nicht im Saal herrichten, sondern in dem zweitgrößten Zimmer, in dem Johan geschlafen hatte, wenn er in der letzten Zeit zu Hause war.

Zuerst geriet Oline in eine wortreiche Verzweiflung darüber, daß Seeleute einen so verschrobenen Kopf haben konnten, nicht zu begreifen, daß man das Himmelbett da nicht hineinbekam.

Anders erklärte, daß mit dem nächsten Dampfer ein neues Bett aus Trondhjem kommen würde. Und daß es nicht so groß war wie das alte. Oline öffnete den Mund – und schloß ihn wieder. Der Mann stand da und lächelte! Und es war ein neues Bett bestellt worden. Ohne daß man *ihr* Bescheid gesagt hatte, daß neue Laken und Bettbezüge genäht werden mußten. Was war das für ein Benehmen?

Anders bedauerte, er habe nicht gewußt, wie ernst die Sache sei. Er verstehe sich nicht auf derartiges.

»Aber sie hätte es wissen müssen! Ein Mannsbild hat keinen besseren Verstand. Aber nun weiß Er es!« schmetterte Oline.

»Oline soll nicht so böse sein. Es findet sich schon noch ein Ausweg«, sagte er gutmütig.

»Ich muß mit ihr selbst darüber reden. Wir müssen das Nähmädchen außer der Reihe holen.«

»Aber das Haus ist doch voller Laken. Können wir nicht ...?«

»Mein Gott! Es ist doch nicht die Rede von einer Schiffskoje!

Ist Er sich nicht klar darüber, daß wir ein Brautbett für die Herrschaft richten müssen? Und daß der Pfarrer den Segen erteilen soll? Ist Er nicht ganz bei Trost?«

Zum Auftakt von Anders' erster Anordnung im eigenen Haus hatten Dina und er keine Zeugen.

Sie hatte ihn eines Abends, als alles still war im Haus, in den Saal gebeten, und die beiden waren die einzigen, die noch auf waren. Anders lauschte mit strahlendem Gesicht den einleitenden Tönen von Mendelssohn auf Lorchs Cello.

Der Raum lauschte mit schweren, vorgezogenen Gardinen. Anders hatte sich auf die äußerste Kante des Stuhls zwischen den Fenstern gesetzt.

Er beobachtete sie durch dichte, helle Augenwimpern, während sie Arme und Finger über die Saiten bewegte. Den Bogen führte. Die Finger der linken Hand waren kleine Tiere, die über die Saiten liefen, um sich plötzlich zur Ruhe zu legen und zu zittern. Um wieder lange Sprünge in Freiheit zu machen. Ihr Gesichtsausdruck rührte ihn. Er wurde mitgerissen. Konnte sich nicht wehren, obwohl er nichts von Musik wußte oder verstand.

Ein altes Gefühl von Entbehrung überkam ihn gleich einer Welle, wenn Dina den Kopf zurückwarf und den Rhythmus suchte, ehe sie ihn in das Instrument legte. Das Gesicht lauschte, und der Mund bewegte sich, als stieße er stückweise kleine, erstickte Rufe aus.

Als die letzten Töne in den Gardinen und in dem Bettvorhang verschwanden, blieb sie sitzen, die Hand mit dem Bogen schlaff herunterhängend. Vornübergeneigt, als wartete sie auf etwas.

Dann stellte sie das Instrument weg, ohne ihn anzusehen.

»Es war ein Trost, zuzuhören ...«, sagte er leise.

Er bereute die Worte, ehe er sie fertig ausgesprochen hatte. Sie hörten sich so an, als spräche er zu einer Fremden, die versucht hatte, ihn zu unterhalten.

»Hast du gehört, was es war?«

Er schüttelte den Kopf und wartete, daß sie es sagte. Aber

das tat sie nicht. Er wurde unsicher, und die Stille war nicht gut. Weil er nicht wußte, was sie gespielt hatte. Er fragte sich, ob sie dachte: Nicht einmal das weiß er ...

»Es ist vielleicht Zeit, daß Oline und die Mädchen ihre Nachtruhe bekommen«, sagte er und stand auf, um zu gehen.

Da wandte sie sich mit einem kleinen Lächeln zu ihm.

»Willst du alles bis nach der Hochzeit aufheben, Anders?«

Das wilde Frühlingslicht durchbrach die dichten Gardinen und malte ihnen schwarze Schatten auf Hals und Wangen.

Sie stand zu nah. Es gelang ihm nicht, seine Hände zu heben und sie zu berühren. Die Fußbodenbretter klammerten sich an seine Knie, und die Blumenranken schlängelten sich aus der Tapete und schnürten sich um seinen Hals. Eine Antwort fand er nicht.

Deshalb ergriff er ihre Hand und führte sie entschlossen durch den Raum. Hinaus in den dunklen Gang, wo der Schein vom Treppenaufgang sich an die Wände schmiegte.

Drinnen in der Kammer ließ er sie los und zog die Gardinen vor. Er konnte die Poren um ihre Nasenflügel sehen, als er ihr die Bettkante anbot. Sie setzte sich.

»Du hast ein schmales Bett, Anders«, flüsterte sie. Er bemerkte, daß sie zur Wand sah, und es fiel ihm ein, daß Benjamin auf der anderen Seite schlief. Aber sie erwähnte es nicht.

»Nicht auf das Bett, sondern auf den Mann kommt es an«, flüsterte er zurück und setzte sich zu ihr.

»Wo hast du das gelernt?« fragte sie.

»Das habe ich nicht gelernt. Ich muß versuchen, es jetzt zu lernen«, sagte er und sammelte ihre Haare in seiner Hand. Als ob er wissen wollte, wieviel sie wogen.

»Im Saal ist es gemütlicher«, sagte sie.

»Für mich ist es keine Gemütlichkeit.«

»Was meinst du damit?«

Er faßte sie mit beiden Händen behutsam um den Kopf. Begann mit einem Wort. Gab es auf. Holte tief Luft. Dann formulierte er die Frage mit einer Stimme, die von etwas ganz Alltäglichem zu reden schien: »Wie viele haben die Seligkeit in deinem Bett im Saal gefunden oder dort auf dem Totenlager gelegen, Dina?«

Der Atem verriet ihn. Aber er hielt immer noch ihren Kopf.

»Anders! Fängst du jetzt wieder an? Du weißt, daß ich verheiratet war«, sagte sie.

»Das weiß ich.«

»Was ist es dann?«

»Die Seekrankheit auf dem Foldmeer. War sie Jacobs Geschenk, so lange nach seinem Tod?«

Sie riß sich los aus seinen Händen und schnaubte.

»Bring jetzt alles auf einmal vor und werd fertig! Aber erst möchte ich dich fragen: Habe *ich dich* damit gequält, was du auf dem Weg nach Bergen oder in der Schiffskoje getrieben hast? Habe ich dich zur Rede gestellt, weil du ein Leben gelebt hast, ehe wir beide einig wurden? Wie?«

Er schüttelte den Kopf.

»Nein, das hast du nicht. Aber ich bin nicht der Mann, das Bett mit dem Russen zu teilen. Auch wenn ich mich entschlossen habe, dich mit ihm zu teilen.«

Er glaubte, daß sie zuschlagen würde. In Erinnerung an das letzte Mal hob er blitzschnell die Hand zum Schild. Sie hatte jedoch einen Ausdruck, als ob sie allein auf einer Schäre säße und ihn durch Nebel und Schlechtwetter sähe.

Er legte den Arm um sie.

»Ich möchte nicht, daß wir anfangen, uns deswegen zu streiten, aber ich fühle mich ... verloren da drinnen.«

Sie antwortete nicht. Da nicht. Aber sie mußte etwas verstanden haben, denn sie drängte sich dicht an ihn. Er blieb sitzen und wiegte sie.

Nach einer Weile begann er ihre Schuhe aufzuschnüren. Ließ die Hände über ihre Knöchel gleiten, die Waden, die Schenkel. Ihre Köpfe stießen zusammen.

Langsam zog er den Rock hoch und legte ihn in schöne Falten um ihre Hüften. Wie wenn er mit dieser Arbeit seine Gesellenprüfung machen sollte.

Er untersuchte lächelnd die Spitzen des Unterrocks und legte das Gesicht in ihren Schoß. Er dachte, wie seltsam es doch war, daß ihre Düfte immer dort gewesen waren. Jetzt gehörten sie ihm. Und warme Haut. Durch dünnen Stoff. Gegen das Gesicht. Ihr Blut pochte und pulsierte ganz nahe bei ihm.

Dann spürte er ihre Hände auf sich. Sie zog ihn aus. Als ob sie lange Buch geführt hätte über jedes Schnürband und jeden Knopf, die sich an seinen Kleidern befanden. Er schwang sich aus dem Bett und ließ sich die letzten Kleidungsstücke ausziehen. Sie hielt ihn einen Augenblick von sich entfernt und betrachtete ihn. Sie schien nach etwas Bestimmtem zu suchen. Einem Muttermal oder einem anderen Merkmal. Und während sie die Fingerspitzen über sein Glied gleiten ließ, sagte sie mit dunkler Stimme: »Ich habe es immer gesehen. Du hast einen schönen Körper, Anders.«

Er lachte lautlos, und der ganze Mann bekam eine Gänsehaut. Jede einzelne Stelle genoß es, wenn sie berührt wurde. Er versteckte sich bei ihr. Schloß die Augen und spielte Blindekuh auf ihrer Haut. Tief in seinem Innersten wurde eine zarte Freude entfacht. Dann verlor er die Kontrolle in einer fürchterlichen Stärke, die er nicht bändigen konnte. Der Raum drehte sich.

Die Bettwäsche war glatt und kühl. Er zog Dina mit sich unter die Decke. Wollte sie wärmen. Sie beschützen. Aber zuerst wollte er sie haben.

Das schmale Junggesellenbett war eine kleine Welt für sich, die im Universum umhersegelte. Sie war bei ihm! Und die Furcht, nicht zu genügen, die er gerade noch gehabt hatte, entschwebte mit ihr, verdampfte.

Sturzseen kamen. Hart. Es schäumte in den Stößen, bis sie knurrte und schwer in seinen Armen wurde. Er wußte nicht, daß es bei Frauen auch so war. Er hatte geglaubt, daß es nur bei Männern so war. Es schob alle seine Wände fort.

Als das Meer sich zurückzog, waren da nur noch Treibholz, duftender Tang und nasse, runde Steine in der Ebbe. Und großer Atem. Unendlich großer Atem, der sich als satter Tau ringsum auf allen glatten Flächen niederschlug.

Benjamin begriff endlich, wozu Väter da waren. Er hatte die nächtlichen Geräusche aus Anders' Kammer gehört. Er schlief mit Anders ein und wachte mit dem Russen auf.

Mitten in diesen Geräuschen vernahm er sie. Auf endlos grünem, regennassem Ödland. Mit schleimigen, schwarzen Schnecken, regungslos und überall.

Dafür hatte man gewiß Väter. Leo war sozusagen auch eine Art Vater. Ehe alles aufhörte, waren Dina und er ein Knäuel im Heidekraut gewesen. War es mit Anders und ihr auch so? Es beunruhigte ihn. Denn man mußte wohl einander feind sein, wenn man es so trieb.

Diese Fragen und das Bild von den Schnecken weckten in ihm Schuldgefühle. Weil er wahrscheinlich mehr wußte als sie. Viel mehr. Und er konnte Anders nicht warnen. Hatte sich ihn ja selbst als Vater eingehandelt.

Er mußte Anders die ganze Zeit im Auge behalten. Denn er war in Gefahr und wußte es nicht.

Als Dina ihn am Nacken packte und sagte, daß Anders und sie heiraten wollten, begriff er, daß sie sich entschlossen hatte, Anders zu schonen.

Er hatte geschluckt und genickt. Sie hatte gefragt, ob er sich darüber nicht freue.

»Es ist sicher besser«, hatte er geantwortet.

»Besser?«

»Ja, da muß er nicht ... sterben.«

Sie hatte so seltsam ausgesehen, daß er im gleichen Augenblick bereute, es gesagt zu haben. Aber sie hatte ja gefragt. Die Leute sollten nicht soviel fragen.

»Sterben ...?« flüsterte sie und war seinem Kopf fürchterlich nahe.

Er schluckte und nickte.

»Benjamin soll so etwas nicht denken«, sagte sie.

»Ich muß doch denken, weißt du, Dina.«

Er wollte sich an ihr vorbeischlängeln.

»Aber freust du dich nicht, daß er dein Vater wird?«

»Er ist schon lange mein Vater. Und nun ist er auch deiner«, murmelte er. Ohne zu wissen, ob es klug war, das zu sagen.

»Möchtest du lieber, daß wir nicht heiraten?«

»Es ist so am besten«, sagte er möglichst erwachsen.

Es wurden Vorbereitungen zu einer großen Hochzeit getroffen. Einladungen gingen nach Grøtøy, Kjerringøy, Tjeldøy, Trondarnes, Bjarkøy und Strandstedet.

Johan war auch eingeladen worden und hatte dankend angenommen.

Der Mai bemächtigte sich der nackten Berghänge und wirkte wie ein Wunder auf dem Humusboden. Er ließ die Fische im Sund aus dem Wasser emporschnellen und fiel nieder als Sonnenschein und Regen.

Das Brautbett wurde dort hergerichtet, wo Anders es bestimmt hatte. Und die Braut lief nicht in Unterhosen durch die Zimmer, um sich auf einen Baum zu retten. Es stand keine Mutter Karen auf der Treppe und weinte, weil alles so völlig außer Kontrolle geraten war.

Der Mief nach Zigarren, ungewaschenen Kleidern und Körpern war ein Kampf, den man gewinnen mußte. Oline hatte fünf Mädchen eingestellt. Aber der tote Jacob war untröstlich und taumelte von Zimmer zu Zimmer. Er hängte sich an die Finger der Dienstmädchen, drückte den Rauch in den Öfen nach unten und legte tote, unappetitliche Fliegenleichen auf die Fensterbank. Obwohl man alles gerade mit Schmierseife abgewaschen hatte.

Der Hochzeitstag kam mit Schneetreiben. Eine ganze Wand, hinein in den Sund.

Benjamin hatte am Morgen das Kammerfenster geöffnet und gelacht. Die Schneeflocken mit den offenen, warmen Händen gefangen und zugesehen, wie sie schmolzen. Dann legte er die nassen Handflächen an das Gesicht. Der Russe hatte ihn in dieser Nacht vergessen.

Beim Mittagessen saß er zwischen Dagny und der Pfarrersfrau. Es war der Platz für einen Erwachsenen. Dina und Anders saßen am oberen Tischende. Er sah, daß sie nicht viel aß. Aber die Augen lächelten.

In den letzten Tagen hatte seine Stimmung zwischen Freude und Angst vor dieser Heirat geschwankt.

Man konnte froh sein, weil sie bestimmt nicht reisen würde, wenn sie verheiratet war. Sie würde auch Anders nicht erschießen. Jetzt nicht, wo sie ihn gerade geheiratet hatte. Aber eine Sache verdunkelte alles. Er mußte darauf gefaßt sein, mit dem Russen allein zu bleiben, denn sie hatte wohl keine Zeit mehr für anderes, wenn sie verheiratet war.

Es wurde ihm sogar manchmal schwarz vor Augen, weil er vergaß zu atmen. Er hatte gute Zeichen gesammelt. Das Schneetreiben am Morgen nahm er als ein gutes Zeichen. Schnee um diese Jahreszeit war ungewöhnlich. Und das Ungewöhnlichste war oft segensreich. Aber nicht immer.

Er hatte Angst gehabt, bis sie endlich im Boot saßen und zur Kirche fuhren. Da war das Feierliche über ihn gekommen. Wenn er Anders ansah, dann verstand er, was Mutter Karen eigentlich mit dem Feierlichen gemeint hatte. Es hing damit zusammen, daß das Innerste der Leute auf irgendeine Weise sichtbar wurde. Als Anders einen Arm um Dina legte und einen um ihn, während sie in dem mit jungem Laub geschmückten Boot saßen, kam das Feierliche bei Anders zum Vorschein. Man konnte es als ein Licht über den Wangenknochen sehen.

Er war nicht sicher, ob Dina es sah.

Dann saßen sie beim Hochzeitsmahl, und alle sahen froh aus. Dina sah jedenfalls anders aus. Sozusagen gut. Aber bei ihr konnte man nie ganz sicher sein.

Johan blickte streng drein. Aber nur, weil er es wollte. Man konnte leicht feststellen, daß ihm das Essen schmeckte.

Tomas indessen war schweigsam und aß mit den besten Manieren, die er gelernt hatte. Versorgte sich mäßig mit Getränken und gab acht, Bestecke und Gläser in der Reihenfolge zu nehmen, die Stine ihm gesagt hatte. Er hatte sich so gründlich rasiert, daß sein Kinn mehrere blutige Schnitte aufwies. Der Anzug war etwas knapp über der Brust. Er hatte ihn aus Tromsø bekommen, nachdem Stine gewissenhaft Maß an ihm genommen und alles ausgerechnet hatte. Ein unverschämter Preis für ein lumpiges Kleidungsstück, hatte er gesagt.

Mehr als einmal ließ er ein blaues und ein braunes Auge auf Stine ruhen. Wenn sie nickte, wußte er, daß er sich aufgeführt hatte, wie es sich gehörte. Er kaute langsam und gemächlich. Viel schöner als die Pfarrersfrau. Man konnte sich nur wundern, daß eine so vornehme Frau alles so schnell herunterschlang.

8. Kapitel

Der Frühling bekam einen Rückschlag und strafte alle, die draußen tätig waren. Das Laub hielt sich zurück, und die Blumen falteten die Deckblätter wieder zusammen.

Eines Abends saßen sie im Salon rund um den Tisch mit der großen Lampe darüber. Anders, Johan, Dina, Kandidat Angell und Benjamin. Die Erwachsenen lasen Zeitung oder die Post. Benjamin brütete über einer Rechenaufgabe, die bis zum Abendessen fertig sein sollte. Die rechte Hand glitt über die grüne Plüschdecke, während er den Bleistift in der linken hielt.

Er hatte gemerkt, daß Kandidat Angell sowohl mit Dina als auch mit Johan einer Meinung sein wollte. Seltsamerweise begriff der Kandidat nicht, daß dies unmöglich war. Er bewunderte Johan, weil er Pfarrer war, deshalb stimmte er ihm zu. Aber Dina mochte er, und deshalb stimmte er auch ihr zu.

Anders las in der *Tromsø Stiftstidende,* daß in Bergen die Preise für Exportfisch festgelegt waren. Der Nordlandseelachs war auf 96 Schilling per Våg* gestiegen. Der Dorschrogen stand bei sechs Speziestaler und dreißig Schilling per Tonne.

Johan und Kandidat Angell fingen an, von etwas Unglaublichem zu reden, das sie über den russischen Zaren gelesen hatten. Er wollte die Leibeigenschaft abschaffen nach dem Motto: »Besser Reformen von oben nach unten als von unten nach oben mit Aufruhr und Blutvergießen!«

Etwas stimmte nicht mit dem Wort. Blutvergießen. Es war unberechenbar. Setzte sich in den Hals, so daß man kaum atmen konnte. Er versuchte zu begreifen, daß der Zar von Rußland gut und gefährlich zugleich war.

Anders äußerte sich am deutlichsten. Er fand, daß der Zar klug handelte. Aber Kandidat Angell war nicht sicher. Er war der Meinung, das russische Volk sei ein Raubtier, das man nur mit Gewalt bändigen könne.

Johan sagte, sowohl der Krimkrieg als auch der Pariser Friede hätten gezeigt, was mit Rußland los sei. Das russische

---

* 1 Våg = 17,932 kg. (A.d.Ü.)

Volk sei durch den Krieg und den Frieden gedemütigt worden. Aber das Imperium bestehe. Deshalb brauche das Reich einen Zaren, der mehr als ein gewöhnlicher Mensch sei.

Benjamin konnte jetzt unmöglich seine Rechenaufgabe lösen.

»Ich verstehe nicht, wie sich das bewerkstelligen läßt«, warf Dina ein.

»Was?« fragte Anders.

»Zar zu sein und gleichzeitig menschlich.«

»Sie essen und trinken und vermehren sich wie andere Geschöpfe auch«, sagte Anders.

»Dina meint, ein Mitmensch zu sein«, berichtigte Johan.

Anders runzelte die Stirn.

»Es ist schön, daß wir dich haben, Johan, zum Erklären«, sagte Dina.

»Ja, ja, ist schon gut«, sagte Anders friedfertig und gab Dinas Arm einen kleinen Klaps. »Ich gehe davon aus, daß man nicht Mensch sein kann, ohne zugleich eine Art Mitmensch zu sein«, fügte er hinzu.

»Die Sünde und die Grausamkeit haben nichts Mitmenschliches an sich. Und die Geschichte der russischen Zaren hat ihre Grundlage in der Grausamkeit«, meinte Johan.

»Die Sünde ist sicher richtig verteilt«, murmelte Anders.

»Wie beurteilt man das bei der Geistlichkeit, lieber Johan?« fragte Dina.

Er sah deutlich, daß Johan sich in seiner Haut nicht wohl fühlte. Er spielte mit dem Pfeifenreiniger. Schlug ihn mit voller Wucht auf die Fingerkuppen und wurde ganz rot im Gesicht.

Johan wollte der Klügste sein. Klüger noch als Anders. Es war schwer zu erkennen, was Anders davon hielt. Man konnte ja nicht fragen.

Es wurde sehr still am Tisch. Es war am besten, keinen anzusehen. Er hatte ja seine Rechenaufgabe.

Da fing Dina an zu reden, als ob sie vergessen hätte, daß sie Johan etwas gefragt hatte: »Es müßte interessant sein, sich dort an Ort und Stelle umzusehen. Es ist ein so großes Land ... mit einem so unfaßlichen Reichtum. Nicht nur an Landgütern.

Auch an Kunstschätzen, Musik! Hier bei uns wird alles so klein, für die Sünder und auch für andere Leute. Es wird so klein mit diesen kleinen Sündern.«

Das hätte sie nicht sagen sollen! Da wollte sie wohl doch reisen?

Sie dachte doch nicht etwa daran, in das Land des Russen zu reisen? Gute Mächte. Gott, der gezeigt hatte, daß das Feierliche aus Anders herauskommen und sich ohne weiteres auf sie alle legen konnte. Er mußte ihr sagen, daß sie nicht fahren sollte. Sonst würde es ein schlechtes Jahr voller Not geben, und der Frühling würde nie kommen.

Verstand der Herrgott solche offenkundigen Dinge?

Er mußte irgend etwas erfinden, damit sie vergaß, daß sie hatte reisen wollen. Sein Blick fiel auf die Zeitungsseite, die ihm zugewandt war. Dort stand etwas über die Engländerin Florence Nightingale. Er fing laut an zu lesen, daß sie in der Türkei mit ihrer Lampe über die Schlachtfelder gegangen war und für die verwundeten Soldaten mehr getan hatte, als nur für ihre Seelen zu beten. Sie hatte ihr ganzes Leben den Feldlazaretten geweiht, dem Gestank und dem Blut. Sie hatte Generäle mit ihrer scharfen Zunge zurechtgewiesen, wenn sie gegenüber dem verwundeten Feind keine Gnade kannten. Jetzt war der Krieg zu Ende, den keiner gewonnen hatte, den aber alle verloren hatten. Jetzt war der Engel mit der Lampe nach England heimgekehrt. Gewiß, mit dem Leben davongekommen, jedoch krank und niedergeschlagen und ohne Glauben an das Gute im Menschen.

Alle waren still, nachdem er gelesen hatte. Deshalb konnte er fragen: »Was ist das für ein Gutes, an das sie nicht mehr glaubt?«

»Sie ist ja im Krieg gewesen«, sagte Anders, »und da zeigt sich nicht viel vom Guten im Menschen.«

»Wieso? Zeigt es sich hier besser, wo kein Krieg ist?« fragte er.

Anders legte die Zeitung in den Schoß.

»Jedenfalls schießen wir hier nicht«, sagte Johan.

Die Geräusche aus der Küche und der Anrichte wurden

furchtbar wichtig. Er griff mit beiden Händen nach der Tischkante. Dann kniff er den Mund fest zusammen. Es kostete zuviel Mühe, aufrecht zu sitzen. Man konnte sich ein bißchen an den Tisch lehnen, dann ging es vielleicht vorüber. Die Übelkeit sah keiner. Aber alles war wie abgestorben. Die Arme, die Beine.

»Benjamin«, sagte Dina mit klarer, sicherer Stimme.

Sie war aufgestanden.

Da kam er aus dem Berg heraus. Wenn er nur niemanden anzusehen brauchte, dann ging sicher alles gut, während er die Füße vorsichtig auf den Boden stellte. Er mußte nur aufstehen.

Er übergab sich nicht. Weit gefehlt. Er machte ein paar unsichere Schritte. Der Boden kam ihm entgegen.

Dann war sie da. Ging mit ihm hinaus.

Die Männer blieben mit dem russischen Zaren, den Fischpreisen und der Lady mit der Lampe sitzen.

Die Rufe kamen aus einer tiefen Grotte. Trotzdem wußte er, wer rief. Seine Augen hingen in einem Fischnetz fest. Er bekam sie nicht los. Sie waren so alt. Und triefend. Vertrugen kein Licht. Konnten nicht loskommen. Die Nacht hinterließ ihre Spuren in einem schimmernden Muster, das im Licht lebte. Das Fischnetz war eine Häkelgardine vor dem offenen Fenster.

Der Russe hielt ihn fest. Die Rufe waren überall. Ein brennender Druck in den Gehörgängen und im Kopf. Das Echo zitterte noch vorn in den Lippen. Der Russe rief seine Frage. Immer wieder. In einem Kauderwelsch, das nicht zu verstehen war. Der Mann war manchmal so nah, daß man den Atem aus seinem Mund spürte, und manchmal so fern, daß man ihn gar nicht sah.

War er nah, fiel man in ein rotes Loch, das immer größer wurde, so wie sein Ruf immer wilder wurde.

War er fern, konnte man immerhin so gut atmen, daß man sich rettete. Er schluckte alles, was sich in der Mundhöhle angesammelt hatte, und schwang sich aus dem Bett. Um die Augen zurückzuholen.

Da begriff er, daß er auf einer Geröllhalde stand und auf

Dina und den Russen hinuntersah, die sich wie Würmer im Heidekraut wanden. Sie rissen und zerrten an des anderen Kleidern und Gliedmaßen. Sie schienen sich nicht entscheiden zu können, ob sie fern oder nah sein sollten, Freunde oder Feinde. Kämpften, um loszukommen. Klammerten sich fest.

Zuletzt schwamm der Kopf des Russen in Rot. Er lag ruhig da, die Beine gespreizt. Als wäre er eine ausgestopfte Vogelscheuche in einem Acker, die umgefallen war. Die Flinte lag auch im Heidekraut, und ihr Echo weinte von den Bergen. Aller Lärm war in Wolle gepackt, und der Vogel, der im Gebüsch flatterte, bewegte die Flügel so langsam, daß man glauben konnte, er falle zur Erde.

Er mußte den Mund aufmachen, um die nicht auszuhaltende Stille herauszulassen.

Dann stand sie plötzlich da. Stand in seiner Kammer auf der Matte, nur im Hemd und mit bloßen Füßen. Er versuchte ihre Zehen zu bezwingen, damit sie nicht näherkam. Denn sie war immer noch im Schrei des Russen. Gleichzeitig wollte er, daß sie ihn umarmte. Sie war Heu und Tang in einem. Sie war ein großer Baum mit schwarzem Laub. Gefährlich hoch. Trotzdem mußte man hinaufklettern. Glatte Zweige. Tief drinnen im Stamm klopfte es. Wie von einem Vogel, den jemand dort eingeschlossen hatte. Poch, poch.

Er kletterte sehr hoch. Es schwankte mächtig da oben.

Kurz darauf war Anders auch da. Er trug einen blauen Schlafrock und hatte Augen, die sich um einen wanden. Er glich nicht sich selbst. Die Hände waren flüchtende Krähen, die nach Zweigen und Ästen griffen. Es knackte und brach überall. Anders fiel und kletterte. Fiel und kletterte wieder hinauf. Man verstand, daß der Baum auch nichts für Anders war.

Endlich bekam man die Augen von der Gardine los, so daß man weinen konnte.

»Was erschreckt dich so?« fragte Anders.

»Der Russe! Er ist Zar geworden. Er liegt einfach da und ruft und fragt!«

»Was fragt er?«

Es wurde gefährlich. Anders fiel durch den Fußboden und

stürzte sich vermutlich zu Tode. Begriff sie nicht, daß sie ihn aufrecht halten mußte?

Anders wußte ja nicht, daß er nicht fragen sollte.

»Das weiß Dina! Das weiß sie doch! Sie kann ja Russisch.«

Ihr Gesicht. Wurde so flach. Es war wohl nie dagewesen. Jetzt ging sie! Sie fuhr weg. Sie nahm die Hutschachtel mit und ruderte zum Dampfer. Somit war das Schlimmste eingetreten!

Aber sie ging nicht. Und sie ließ auch Anders da.

Eines Tages paßte Dina Tomas im Stall ab und sagte ihm, daß er die Büchse und das Schießpulver nicht offen herumhängen lassen solle, sondern einschließen. Er versprach zu tun, was sie sagte. Aber als er nach dem Grund fragte und den Bescheid erhielt, daß es wegen Benjamin sei, konnte er mit seiner Meinung nicht hinter dem Berg halten.

»Der Junge muß sich daran gewöhnen, erwachsen zu werden, auch wenn sich der Russe erschossen hat.«

»Es bleibt bei dem, was ich gesagt habe«, erwiderte sie.

»Wir können ihn nicht das ganze Leben vor der Büchse bewahren, er hat doch das Zeug zu einem richtigen Mann.«

»Ich habe gesagt, was ich gesagt habe.«

Tomas sah sie lange an. Dann teilte er das Heu in passende Bündel für die Pferde, und eine Wolke von uraltem, vertrocknetem Sommerstaub umgab ihn.

»Was sagt Anders dazu?« fragte er.

»Anders braucht keine Büchse.«

»Nein, er jagt nicht, der Bursche«, sagte er. Es lag Spott darin.

»Was Anders tut, darüber soll Tomas sich den Kopf nicht zerbrechen! Es geht hier um Benjamin.«

»Ich habe mich lange um Benjamin gekümmert. Hat Sie das nicht bemerkt?«

»Vielen Dank für die Mühe, Tomas!«

»Es war wohl nicht mehr als recht und billig. Ich glaube, wir haben ihn beide umsorgt, von Anfang an.«

»Tomas!«

»Hat Sie Angst, daß ich Anders erzähle, wie es sich verhält?«

Sie hatte sich schon abgewandt, um zu gehen. Jetzt erstarrte sie. Mit erhobenem Arm drehte sie sich mit einer solchen Wucht um, daß er glaubte, sie würde zuschlagen.

»Und was könnte Tomas sagen?« rief sie und kam so nahe, daß er ihren Atem auf seinem Gesicht spürte.

Er antwortete nicht. Stand nur fest auf dem Stallboden.

»Dina steht im Heu«, bemerkte er schließlich.

»Was würdest du Anders sagen?« wiederholte sie.

»Daß es mein Junge ist!«

Sie schloß einen Augenblick die Augen. Als sie ihn wieder ansah, war sie ruhig: »Und du glaubst, daß Tomas auf Anders' Hof alt würde, wenn er mit solchen Neuigkeiten käme?«

»Nein«, sagte er kurz.

»In diesem Fall solltest du an deine eigenen Kinder denken und welche Art Glück sie mit einem Vater haben würden, der solches Geschwätz verbreitet. Benjamin braucht dich nicht.«

»Früher brauchte er mich. Da waren Stine und ich ...«

»Dafür sei euch Dank! Aber du hast keinen Grund, dich jetzt zu rächen. Geht es dir nicht gut genug? Wohnst du nicht wie ein Graf mit Kachelofen und Kronleuchter? Hast du nicht zu essen und genießt du keinen Respekt? Hast du noch mehr zu fordern? Wie?«

Er sank ein wenig in sich zusammen während der langen Rede. Eine Weile sah jeder in eine andere Richtung.

»Wenn aus uns etwas geworden wäre ...«, fing er an.

»Es ist nichts aus uns geworden«, unterbrach sie ihn.

»Ein Wort? Kannst du mich nicht zu Wort kommen lassen?«

»Es ist gefährlich, dich zu Wort kommen zu lassen. Du hast ein Gedächtnis wie ein Pferd. Und schlägst nach hinten aus.«

»Hast *du* vergessen?« fragte er.

»Ich vergesse nichts! Gar nichts!«

Da ging die Tür zum Vorraum. Als ob sie es abgesprochen hätten, stieg Dina mit einem schnellen Schritt vom Heuhaufen herunter, und Tomas bückte sich, um einen Armvoll aufzuheben.

»Es bleibt also dabei!« sagte sie laut und deutlich, indes der Stalljunge zur Tür hereinkam.

Als Tomas zur Zwischenmahlzeit ins Ausgedinge ging, traf er eine strahlende Stine. Dina war dagewesen und hatte erzählt, daß sie einen neuen Webstuhl aus Bergen mitbringen würde. Denn bei Stines jetzigem Webstuhl riß immer der Kettfaden. »Es geht nur mit den zehn Fäden in der Mitte. Eine halbe Kette habe ich auslassen müssen«, sagte sie.

Tomas nickte. Dann nahm er die Mütze ab und wusch sich die Hände.

9. Kapitel

Im Laufe des Winters kamen Anders und Benjamin einmal während einer Arbeit ins Gespräch.

»Ich glaube, du mußt diesen Sommer nach Bergen fahren, Junge!«

Anders sagte es ohne Not. Die Augen wurden einem so verdammt naß davon.

Er sollte gegen Bezahlung arbeiten und bei den Männern schlafen. Aber jede Wache, bei der er die Fische füttern mußte, sollte vom Lohn abgezogen werden. Anders und er hatten sich darauf die Hand gegeben, ohne Dina erst zu fragen.

Während Benjamin das Geheimnis, das Anders und er miteinander teilten, für sich behielt, spürte er, daß er anfing erwachsen zu werden. Eines Tages sah er deutlich, daß der Flaum auf der Oberlippe gewachsen war, lang und dunkel in nur einer Nacht. Feierlich nahm er Anders' Rasiermesser und kletterte auf einen Stuhl, um sich in dem großen Kommodenspiegel besser sehen zu können. Aber die Hand in dem Spiegelbild war unsicher. Es ging so schlecht, daß er sich in die Nase schnitt. Blutend mußte er Dina um Hilfe rufen. Sie schimpfte nicht, sah nur auf das Rasiermesser und wischte so lange, bis die Wunde nicht mehr blutete.

»Es war nur so ein Einfall«, sagte er schwach und versuchte zu grinsen.

»Ja, sicher. Es verheilt wohl diesmal. Aber das nächste Mal mußt du vielleicht die ganze Nase opfern.«

Er nickte und schlüpfte an ihr vorbei und hinaus.

»Es dauert nicht mehr lange, bis du dich ständig damit herumplagen mußt!« rief sie ihm durch das Treppenhaus nach.

Da konnte er es nicht lassen, sondern blieb stehen und rief zurück: »Du weißt nicht, was ich weiß! Worüber wir, Anders und ich, uns einig sind!«

Sie kam bis zum Treppengeländer.

»Was ist das?«

»Du wirst schon sehen!« rief er und war durch die Haustür verschwunden.

Den ganzen Winter und Frühling fragte und bohrte er nach allem, was mit Bergen zu tun hatte. Er suchte Bücher und Bilder heraus, die einstmals von Bergen gekommen waren. Kandidat Angell war nicht mehr zu gebrauchen, denn er war nie weiter südlich als in Trondhjem gewesen.

Wenn Anders fort war, ging alles drunter und drüber, denn dann waren keine gescheiten Leute auf dem ganzen Hof. Deshalb war es eine Erleichterung, als Dina ihm eines Tages verriet, daß sie von der Bergenfahrt wußte. Sie antwortete wenigstens auf seine Fragen – wenn die Fragen kurz waren.

Er merkte schnell, daß er sie besser nicht über Bergen ausfragte, wenn Dina und er nachts wach waren, weil der Russe rief. Sie bekam dann so häßliche Augen.

Als die Vögel mit dem Nestbau begannen und das Vieh auf die Weide gelassen wurde, dachte er, wie seltsam es doch war, daß man soviel Freude empfinden konnte, wenn man soviel über alles wußte.

Als der Abreisetag nahte, begriff er zwar, daß Hanna sich nicht ebenso freute wie er, weil er mitfahren durfte. Aber damit mußte sie sich eben abfinden. Sie hatte kein Recht, so fürchterlich zu schimpfen.

»Du mußt verstehen, daß ich ein Mann bin und du eine Frau bist«, sagte er und holte tief Luft, um unter jeden Arm eine Holzschachtel zu nehmen.

»Ich erinnere mich, daß du geschrien und dich wie wild gebärdet hast, wenn deine Mutter wegfuhr«, bemerkte sie und wischte sich das Gesicht ab.

»Das ist lange her«, sagte er nachsichtig und trat sehr männlich auf.

»Es ist nicht sicher, daß ich noch hier bin, wenn du wiederkommst!«

»Wo gehst du hin?«

»Es ist noch nicht entschieden.«

»Nun, da kann ich dich nicht besuchen, wenn ich nicht weiß, wo du bist«, sagte er grinsend.

»Du bist ein Trottel!«

»Das bist du auch! Wenn du selbst abhaust, weil du nicht willst, daß ich irgendwo hinfahre.«

»Es ist dann niemand mehr da, mit dem ich zusammensein kann«, sagte sie.

Er setzte seine Last mit ergebener Miene ab.

»Du kannst mitkommen, wenn ich so erwachsen bin, daß ich bestimme.«

»Das dauert noch ewig, du wächst ja so langsam!«

»Ich kann doch erwachsen werden und bestimmen, auch wenn ich nicht so groß werde«, fauchte er und stupste sie an. »Ich bin jetzt größer als du, du Drecksmädchen!« rief er, nahm seine Last auf und lief eilig den Hang hinunter.

»Ich habe es doch nicht so gemeint«, rief sie zahm hinterher.

Sie wurden wieder Freunde, ehe er abfuhr. Keiner von ihnen hatte Sinn für anderes. Er versprach ihr eine Puppe mit Porzellankopf und richtigen Haaren. »Nur zum Spaß«, sagte sie, denn sie war ja zu groß für Puppen.

Er überlegte, daß sie wohl viel kosten würde und daß er nicht seekrank werden durfte, damit die Heuer für die Puppe reichte.

An dem Morgen, als sie nach Süden segelten, war der Wind wie bestellt, aber die Sonne war noch nicht zu sehen. Anders stand am Steuerruder und war er selbst. Er könne im Meerestreiben viel besser denken, behauptete er.

Benjamin hing über der Reling und schaute auf die kleinen Inseln, Strände und Buchten, die er noch nie gesehen hatte. Die Welt öffnete sich und wurde unendlich, während er ununterbrochen denen, die es hören konnten, zurief: »Verdammt! Wie schnell wir fahren. Das hätte Hanna sehen sollen!«

Anders schaute hinauf zur Kajüte, in der Dina sich aufhielt. Sie hatte nicht ein böses Wort gesagt über sein dreistes Versprechen, daß der Junge mit nach Bergen fahren durfte. Sie hatte beinahe froh ausgesehen.

»Es wird anstrengend für dich, Anders, die ganze Familie dabeizuhaben«, hatte sie gesagt. »Wir wissen ja nicht, ob der Junge seefest ist.«

»Das erfahren wir noch früh genug«, erwiderte er und war erleichtert, daß sie seine Allianz mit dem Jungen nicht übel aufgenommen hatte.

Der Steuermann Anton war bemerkenswert fügsam dafür, daß er eine Frau und einen Jungen mitnehmen mußte. Alle Fragen von Benjamin schienen ihn zu interessieren, und er fühlte sich noch unentbehrlicher als früher.

Sie hatten meistens guten Wind. Aber nicht so gut, daß der Junge seekrank wurde. Jeden Tag machte er einen bestimmten Strich auf einem Brett des Fischstapels. Dann spuckte er in die Hände und begab sich pfeifend an eine Arbeit, die ihm zugeteilt worden war. Er rollte die Taue auf, bis sie so ordentlich lagen wie Sandwurmhaufen.

Wenn er nicht die festen Arbeiten verrichtete, die Anders ihm gegeben hatte, saß er mit dem Fernglas auf dem Trockenfischstapel und kommentierte Dinge, die er sah. Oder er saß mit einem Buch in der Kajüte, während die Takelage jammerte und die Möwen schrien. Er spielte mit den Männern Karten. Sie ließen ihn gewinnen und hatten ihren Spaß dabei.

»Deine Mutter hat besser Karten gespielt, als sie das erste Mal nach Bergen fuhr«, sagte Anton.

»Sie war auch etwas älter und verheiratet«, meinte Anders und schielte hinauf zur Kajüte.

»Damals war sie doch sechzehn?« fragte einer.

»Jedenfalls kann ich mich erinnern, daß Jacob es nicht mochte, daß sie unter dem Segel lag und Karten spielte«, sagte Anton.

»Schluß damit«, sagte Anders kurz.

Nicht das, was Anders sagte, war so verwunderlich. Sondern die Art, wie die Leute es aufnahmen. Plötzlich sprachen sie alle von etwas anderem oder fingen an zu pfeifen und wandten sich ihren Dingen zu.

Als sie einmal an Häusern und Kais vorbeifuhren und Anders und Dina erzählten, daß dort Bekannte wohnten, bat Benjamin, daß sie an Land gingen.

»Nein, es stimmt ja, wir müssen machen, daß wir nach

Bergen kommen, ehe es zu spät ist und keiner mehr unsere Waren haben will«, berichtigte er sich selbst, bevor er eine Antwort bekam.

»Aber auf der Rückfahrt werden wir einen Überfall machen und in Betten schlafen und auf Stühlen sitzen«, sagte Anders und ließ sich darüber aus, wie zufrieden er dieses Jahr mit der Ladung war. Tatsächlich hatte er einige Pächter abweisen müssen, die schlechteren Fisch mitgeben wollten, als es den Anforderungen entsprach.

»Daraus kann Feindschaft entstehen. Es ist ja kein Spaß, seinen Fisch unterbewertet zu bekommen. Die Leute haben keinen anderen Verdienst. Aber du weißt, wir müssen darauf achten, daß das Schiff aus Reinsnes in Bergen einen guten Ruf hat. So erhalten die Leute prima Ware. Nicht wahr, mein Junge?«

Die Warenprüfer in Bergen waren ihre eigenen Herren, egal für wen sie arbeiteten. Ihr Wort war Gesetz. Hatten sie eine Partie als besten holländischen Rundfisch sortiert, dann war das ein Gesetz, das niemand umstoßen konnte.

Anders hielt eine lange Rede über diese Dinge.

»Der König bei den Warenprüfern in Bergen, siehst du, Benjamin, ist der holländische Rundfisch. Er muß die richtige blaue Farbe haben, sauber sein und soll nicht länger als eine Elle sein. Er darf nicht mehr als anderthalb Pfund wiegen. Besser nur ein Pfund! Verstehst du, Junge? Bremer Rundfisch ist wirklich hervorragend, aber zu groß für einen Holländer. Er geht nach Bremen, Holland und ins Mittelmeer. Das wäre amüsant, einmal dort zu sein, was? Dann gibt es noch den Brosme. Haut und Fleisch sollen strahlend weiß sein, und der Fisch muß bis zum Schwanz aufgeschnitten sein. Das ist erstklassige Ware für Holland! Dort ist es verdammt flach!«

Wenn Anders guten Klippfisch haben wollte, nahm er es sehr genau, achtete darauf, daß er der Länge nach aufgeschnitten und gesalzen wurde, solange er noch frisch war, und daß er vierundzwanzig Stunden in einem Holzgefäß gewässert worden war. Dann wurde er auf saubere Klippen zum Trocknen gelegt. Niemals auf Gras oder sumpfigen Untergrund. Danach wurde er gewaschen und aufgestapelt, nicht höher als eine Elle.

Fleischseite auf Fleischseite. Aber nicht gestapelt, ehe er trokken genug war.

»Ich bringe keinen Fisch nach Bergen, der auf dem Fußboden des Packhauses gesalzen wurde, darauf können die sich verlassen.«

Man konnte sich nur darüber wundern, daß Anders auf See soviel sprach. Über Fisch. Besonders wenn man meinte, getrocknete Fische sähen alle gleich aus, welchen Namen sie auch haben mochten.

Auf der ganzen Strecke nach Süden gab der Russe keinen Laut von sich. Die Welt war gewaltig weit und groß.

Die Leute an Land wußten nicht, daß die Berge und Gebirge so spitz aussahen, wenn sie nicht selbst in der hellen Sommernacht daran vorbeigefahren waren.

Und dann war da der Geruch des Meeres. Immer. Bis weit in den Schlaf hinein. Ein übermächtig großer Geruch. Die Leute wurden gewiß anders durch ihn.

Die Nacht veränderte sich übrigens auch. Je weiter man nach Süden kam, desto blauer wurde sie. Und die Leute redeten verschieden von Ort zu Ort, wo sie den Anker warfen und an Land gingen, um sich mit frischen Lebensmitteln und mit Wasser zu versorgen.

Er hatte von der babylonischen Sprachverwirrung gelesen, aber daß es in ein und demselben Land so sein sollte, das war merkwürdig.

»Das Land ist lang wie ein Darm. Deswegen ist das so«, sagte Anton und schnitt eine dünne Scheibe von dem Schaffleisch ab, das in einem zerrissenen Leinentuch am Mast hing.

»Nein«, sagte Benjamin, »es ist so, weil es einmal zu der Verwirrung in Babel kam und niemand mehr verstand, was der Nachbar sagte, und sie deshalb in alle Welt ziehen und überall neu beginnen mußten!«

Anton vergaß zu kauen.

»Das ist ja eine teuflische Sache!« sagte er ernst und steckte das Messer in die Scheide. »Wenn es sich so verhält. Warte nur, bis du das Geschrei der Damen in Bergen hörst. Sie waren sicher unter den ersten, die Babel verlassen mußten!«

Als sie nach Bergen kamen, war es mehr als nur der Dialekt, der ihn lauschen und staunen ließ. Er mußte sich zusammenreißen, damit er nicht vergaß zu atmen. Ab und zu schlürfte er mit viel Geräusch mehrere Mundvoll Luft, um bis zum nächsten Mal still und unsichtbar zu sein. Mitten in dem Trubel bemerkte er plötzlich Dinas neuen Hut.

»Der ist so schön wie der Garten Eden«, sagte er anerkennend.

Aber als sie ihn am Arm nehmen wollte, sprang er zur Seite.

»Nein, verzeih mir die Sünde! Ich kann mich nicht an eine Frau anlehnen! Das muß Dina doch verstehen?«

Er ging neben Anders, die eine Hand in der Jackenöffnung, die andere auf dem Rücken.

Zuerst interessierte ihn alles, was im Stadthafen Vågen geschah. Die Boote. Die Segel. Das konnte noch angehen. Denn man sah es auf Abstand, so daß man darüber denken konnte, was man wollte. Aber als sie an Land kamen, stürzte so vieles auf ihn ein, daß es unmöglich war, Ordnung hineinzubringen. Unendliche Reihen von Dächern, Kais und Hausgiebeln. Karren und Wagen, mit und ohne Pferd. Geschöpfe jeder Art. So seltsam angezogen, daß man glauben konnte, es handele sich um ein Gemälde. Die Damen hielten meistens einen Schirm über ihren Kopf. Er hatte gemeint, daß dies vorzugsweise eine Gewohnheit war, die Lensmanns Dagny sich zugelegt hatte.

Auf dem Fischmarkt ging es einfacher zu. Sogar die Gerüche kamen ihm bekannt vor. Aber dort waren solche Heerscharen von Menschen, die kamen und gingen, daß er an Ameisen denken mußte, die hin und her eilten. Ohne daß er recht wußte, was sie trieben. Auf dem Markt klapperten die Holzschuhe auf dem Pflaster, und die Leute waren sehr beschäftigt, genau wie zu Hause. Jedenfalls die, die standen oder liefen. Diejenigen, die in den Kaleschen saßen, sahen alle aus, als führen sie mitten im Sommer zur Weihnachtsfeier beim Pfarrer.

Er verstand, warum man sich ordentlich anziehen mußte, ehe man in Bergen an Land ging. Anders hatte Uhr und Uhrkette auf die lange Reise mitgenommen, damit er in der Sonnenglut mit offener Jacke gehen konnte.

Über die Berge rund um Bergen konnte man nur lachen. Sie sahen aus, als ob sie nicht allein stehen könnten und Menschen in ihrer Nähe brauchten. Es war komisch, daß die Berge so nahe dran waren. Aber die Leute waren es sicher gewohnt, daß sie bis ans Dach reichten. Man konnte sie eigentlich nur als Steinhaufen ansehen. Er erwähnte es gegenüber Anders, während Dina vor sich hin sah.

»Ich glaube, das solltest du niemandem gegenüber erwähnen, der aus Bergen stammt«, sagte Anders grinsend.

Einmal liehen sie sich einen Wagen und fuhren herum, als ob sie einiges zu erledigen hätten. Anders erinnerte Dina manchmal daran, daß sie früher schon hier gewesen waren. Und sie lächelte mit hellen Augen. Er wurde warm und froh davon, daß sie sich ansahen. Obwohl er eigentlich keinerlei Grund hatte. Denn sie sprach nicht mit ihm.

Je größer die Häuser waren, an denen sie vorbeifuhren, desto größer waren auch die Gärten und die Bäume. Nur im Stadtinnern waren die Häuser so dicht zusammengeklebt, daß man glauben konnte, die Leute hätten nicht genug Geld, um eine eigene Hauswand zu bauen, sondern müßten sich an den Nachbarn anlehnen.

Als sie zu ihrem Logis spazierten, das sie auf dem Land gemietet hatten, überkam Benjamin ein großes Staunen. Er mußte es ihr verständlich machen. Deshalb blieb er stehen und blinzelte zu den Dächern.

»Daß sie so große Städte bauen! Daß es möglich ist, so unglaublich viele Dinge zu kaufen und zu verkaufen, die die Leute brauchen können!«

10. Kapitel

Auf der Fahrt nach Norden fragte er Anders, woher er den Namen Bernhoft habe.

»Die haben seinerzeit Kjerringøy gebaut«, sagte Anders. »Aber sie haben wenig Freude daran gehabt.« Anders' Familie mütterlicherseits kam von den Schöningen auf Grøtøy. Bei Søren und Sophie war er immer willkommen.

Die Grøtøy-Leute waren bei der Hochzeit in Reinsnes gewesen, und jetzt wollte man den Gegenbesuch machen.

»Wir haben stets zusammengehalten, Søren und ich. Søren hat während des Krimkriegs Pech gehabt. Die Galeasse, vollbeladen mit Mehl, blieb im Eis stecken und kam mit der Ladung erst heim, als der Preis so gefallen war, daß Gewinn und Verlust sich ausglichen. Ja, ja, es ist auch gegangen«, sagte Anders, und sah vor sich hin.

Sie segelten durch das Foldmeer und in den engen Schiffsweg nach Grøtøy hinein. Die Abendsonne hatte mit einem einzigen Strahl das Meer in Brand gesteckt, und die Wand der Lofoten wurde schwarz hinter den Holmen. Die unzähligen Holme und kleinen Inseln hielten die Dünung auf Abstand. Aber sie hörten den ewigen Gesang des großen Meeres wie eine Warnung.

»Am unheimlichsten ist es, wenn innerhalb der Holme alles still ist, während draußen das Meer brummt, als ob es die tiefen Töne einer Kirchenorgel wären. Dann dauert es nicht mehr lange, bis der Wind sich dreht und zuschlägt«, erzählte Anton. »Ja, man muß auf die Segel aufpassen, damit man nicht plötzlich auf Grund läuft und das Steuerruder lose in der Hand hält. Die Fahrrinne bei Grøtøy hat Unterwasserschären und tückische Gründe genug, um den Bug einer ganzen Armada zur Umkehr zu zwingen.«

»Es wird wohl nicht so schnell passieren«, meinte Anders.

Die Insel Grøtøy lag direkt am offenen Meer, aber der Handelshof war der Schiffsroute und dem Festland zugekehrt. Das große weiße Hauptgebäude hatte in jeder Etage zehn Fenster in einer Reihe, und eine Veranda auf Pfählen erstreckte sich über die gesamte Fassade. Eine starke Mauer hielt das Meer von dem großen Garten mit Gartenhaus fern. In einem großzügigen Kreis rund um das Haupthaus lagen die Kais und kleineren Häuser. Reges Leben herrschte überall. Boote, Gerätschaften und Menschen. Aber es gab wenig Grund und Boden, und es war ziemlich öde, verglichen mit den weitläufigen Feldern zu Hause.

Benjamin ging zwischen den Häusern herum und machte sich bekannt. Vergaß, daß er bald erwachsen war, und stellte viele Fragen. Aber er rannte nicht, er ging. Da gab es Bäume, die er noch nie gesehen hatte. Man erklärte ihm, daß sie aus fernen Ländern hergebracht und hier angepflanzt worden waren. Sobald man ihn mit Saft und Kuchen versorgt hatte, ging er wieder die kleinen Felsen hinunter zu den Lagerhäusern.

Die Insel war so klein. So eng. Und trotzdem hatten sie alles. Die Menschen waren anders als zu Hause. Oder waren sie es nur, weil sie Gäste hatten? Es war überall so ordentlich. Er merkte es besonders auf den Kais. Alles war gestapelt oder aufgerollt, nichts lag auf dem Boden herum. Nicht wie in Reinsnes. Dort konnte man die Sachen um sich herum ausbreiten, ehe man eine Arbeit begann, und dann alles liegen lassen bis zum nächsten Tag, falls es nicht gerade jemanden störte.

Nur an einem Ort ging es in Reinsnes strenger zu, und das war die Küche. In Grøtøy gab es dort zwei kichernde Mädchen mit Schürze. Die eine hatte Zöpfe und war jünger als er. Nicht viel. Die ältere hatte bereits einen Busen, und sie trug ein zu enges Mieder. Aber sie war die bessere, auch wenn sie einen halben Kopf größer war als er. Es war gemein, aber nicht zu ändern. Sie hatte kurze blonde Haare wie ein Junge. Er fing in ihrer Nähe an zu schwitzen. Deshalb ließ er die beiden beim Kartoffelschälen in Ruhe.

Nachdem er stundenlang die Insel durchforscht hatte, setzte er sich zu den Erwachsenen ins Wohnzimmer. Søren interessierte sich brennend für die Bemühungen der Lofotkommission, ein freiheitliches Gesetz zu bekommen, das drei Dinge festlegen sollte: Ein freies Meer für alle. Freien Fischfang für alle, wo auch immer sie aus dem Königreich Norwegen herkamen. Und eine öffentliche Aufsicht, damit dieses Gesetz eingehalten wurde.

Søren lobte Herrn Ketil Motzfeldt in den höchsten Tönen, der als Vater dieses Gesetzes galt. Anders sagte nicht viel, meistens redeten die anderen. So war es immer mit Anders.

»Und die Besitzer der Fischerdörfer? Wo stehen sie in dem Gesetz?« fragte Anders endlich.

»Sie stehen da, wo alle Menschen stehen«, antwortete Søren.

»Trotzdem werden die Schnellsten mit den besten Booten auch die ersten auf dem Feld sein. Und es wird genauso sein wie vorher, daß du rudern mußt, bis du Blutgeschmack im Mund hast und die Hände in den Seemannshandschuhen kochen«, meinte Anders und grinste.

»Ja, aber du wirst nicht fertiggemacht und ausgenommen, wenn du in ein Fischerdorf kommst und nicht für eine Fischerhütte bezahlt hast.«

»Aber alle kommen zu dem gleichen alten Platz, was auch geschehen mag«, meinte Anders.

»Wir werden sehen! Jedenfalls *besitzt* keiner das Meer, auch wenn sie den Strand und die Häuser besitzen!«

»Es ist eigenartig, daß du dich so glühend dafür interessierst, wo du doch selbst soviel Strand und Häuser besitzt«, sagte Dina.

»Ja, das finde ich auch«, seufzte Sophie. »Er fährt zu den Sitzungen und legt sich ganz unnötig mit den Großkopfeten auf den Lofoten an.«

»Die neue Zeit ist nicht nur für die großen Herren«, sagte Søren nachdenklich.

Dina beobachtete ihn aus den Augenwinkeln. Benjamin wurde unruhig.

»Du denkst an die kleinen Leute, Søren«, sagte sie. »Wo hast du das gelernt? Hier auf Grøtøy?«

»Gelernt? Man muß Gerechtigkeit nicht lernen, wenn einem der Gedanke in die Wiege gelegt worden ist. Niemand soll Luft, Feuer und Meer besitzen.«

Anders deutete an, daß es vielleicht nicht schlimmer war, das

Meer zu besitzen als die Nistplätze der Eiderenten und die Moore mit den Multebeeren. Aber er beharrte nicht auf seiner Meinung. Stellte sie nur zur Diskussion.

Glücklicherweise sagte Dina nichts mehr. Aber hie und da beobachtete sie Søren. Man konnte sich wünschen, daß sie es nicht tat.

Vom Hofplatz hörte man Musik und Gelächter, die jungen Leute hatten sich zum Tanz aufgestellt. Der Abend war warm. Fenster und Türen standen offen. Junge und Alte waren auf den Beinen. Dienstboten und Seeleute, Verwandte und Tagelöhner. Niemand dachte daran, ins Bett zu gehen. Die Leute hatten ein Gesicht wie Honig.

»Du, Benjamin, du hast dich sicher ausgetobt. Oder hast du gar nicht gesehen, daß wir hier zwei junge Mädchen zu Nutz und Frommen haben?«

Nicken konnte er gewiß.

»Du solltest sie zum Tanz auffordern«, sagte Sophie freundlich.

Zum Glück fing Søren im gleichen Augenblick wie Anders an zu reden: »Für dich ist ja jetzt die Zeit vorbei, wo du dich auf der Jagd nach Mädchen im Land herumtreibst?«

Anders antwortete nicht, lächelte nur.

»Ich erinnere mich, daß du einmal gesagt hast, heiraten wäre nichts für dich, deshalb hast du ja auch nicht daran geglaubt, daß etwas daraus würde. Jetzt hast du also geheiratet, Anders! Da wollen wir mal anstoßen auf die Liebe in Reinsnes.«

Die Erwachsenen hoben die Gläser. Es war trotzdem so, als bewachten sie einander. Er zog an einem Faden im Sweater. Das hätte er nicht tun sollen. Am Ärmel lief eine Masche herunter.

Sophie sah es sofort und holte eine Nadel. Er mußte den Sweater über den Kopf ziehen, damit sie die Masche wieder aufnehmen konnte.

Das war der Unterschied zwischen Reinsnes und Grøtøy. Zu Hause würde niemand auf die Idee kommen, mitten in einem Prosit auf die Liebe zu nähen. Oder wenn Dina spielte.

Er schielte verlegen zu Dina, um zu sehen, ob der Faden

alles zerstört hatte. Aber ihr war nichts anzumerken. Beinahe. Er bereute es trotzdem, daß er bei der Wärme den Sweater angezogen hatte.

»Ich habe gehört, daß du versucht hast, dich bei einem Mädchen hier auf Grøtøy einzuschmeicheln, aber sie hat in Bergen direkt vor deiner Nase geheiratet«, sagte Sophie gutgelaunt, während sie verstohlen zu Dina schaute, ehe sie sich wieder mit dem Faden beschäftigte.

»Das ist jetzt eine Ewigkeit her«, lachte Søren und wollte kein weiteres Gerede darüber. Obwohl es nicht ihm galt.

»Ich bin nie der erste gewesen, wenn es ums Freien ging«, lächelte Anders und erhob sich, um sein Glas zu füllen, wie er es zu Hause gewohnt war.

»Nein, das hat wohl seinen Sinn gehabt, aber um so spät dran zu sein wie Anders, dazu gehört Geduld«, lachte Søren.

Dina richtete ihren Ärmel. Søren hätte das nicht sagen sollen. Er hätte es absolut nicht sagen sollen! Benjamin wäre gerne aufgestanden und zur Tür hinausgehuscht. Aber da war die Sache mit dem Sweater. Er war noch nicht fertig. Und er mußte sich ja auch für die Arbeit bedanken.

»Ja, die Jugend«, lachte Anders.

»Du warst wohl nie jung«, sagte Sophie.

»Ich erinnere mich nicht so genau ...«, murmelte Anders.

»Ich glaube nicht, daß Dina auf dieses Gespräch sehr großen Wert legt«, sagte Søren und erhob sein Glas zu Dina hin.

Nein, nein, er hätte das nicht sagen sollen. Der Sweater war fertig! Warum trödelte er noch damit herum?

»Auf Reinsnes haben wir keine Angst davor, daß die Leute reden und wir es hören. Schlimmer ist es mit dem, was im Stockfinstern entlang des Schiffsweges gesprochen wird, denn darauf können wir nicht antworten«, sagte Dina.

»Nein, um Himmels willen ...«, sagte Sophie beschämt und betrachtete ihre Fingerspitzen.

Das Gespräch verstummte. Die Stille erinnerte an tote Fliegen auf der Fensterbank. Søren drehte einen Augenblick die Daumen, dann sagte er: »Wir kennen Dina nicht so gut, wie wir Anders kennen. Sie muß es nicht falsch auffassen, daß wir in aller Freundschaft ein Späßchen machen.«

Sophie seufzte und bemerkte, es werde in der Nacht wohl Regen geben ... nach so einem Abend. Dann reichte sie ihm den Sweater. Ihr Lächeln war ganz flach.

Er bedankte sich. Während er den Sweater über den Kopf zog, hatte Anders das Glas abgesetzt und war zu dem großen Lehnstuhl gegangen, in dem Dina saß. Gerade als Benjamins Augen aus dem Pullover auftauchten, nahm Anders eine Zigarre vom Rauchtisch, als ob er zu Hause wäre. Leckte sorgfältig daran. Anders hatte einen so schönen Mund zum Zigarrelecken. Er hatte das schon früher gesehen. Jetzt mußte er beinahe nicken, während Anders' Lippen sich um die Zigarre legten. Dann zündete er sie an, nahm ein paar tiefe Züge und reichte sie Dina.

»Dina macht es einem Mann unmöglich, sich daran zu erinnern, was man früher für einen Blödsinn getrieben hat. Es ist unwichtig. Und die Mädchen wurden ja auch gut ohne meine Hilfe verheiratet«, sagte er.

Anders blieb einen Augenblick vor ihr stehen, dann quetschte er sich neben sie in den Lehnstuhl. So etwas Kindisches hatte man noch nicht gesehen. Das war sicher. Trotzdem konnte man fröhlich werden bei dem Anblick. Denn Dina lächelte ihn an und machte Platz.

Ein Windstoß fegte durch die Gartentür herein. Gottes Finger strichen über das Dina-Gesicht. So kam es. Daß Dina ihr Gesicht Anders zuwandte.

Später, nachdem er das eine Mädchen am Zopf gezogen und mit dem anderen gesprochen hatte, kam Sophie heraus und fragte, ob er nicht nach oben gehen wolle, denn es sei spät geworden. Er schämte sich, weil die Mädchen es hörten. Da erschien Anders in der Tür und sagte: »Benjamin ist bald erwachsen! Er war ein ganzer Kerl in Bergen. Solche Burschen schlafen nicht viel.«

»Ich habe nur gemeint ...«, begann Sophie, aber Anders ergriff ihre Hand und sagte, sie solle mit ihm tanzen.

»Ist er dein Vater?« fragte das eine Mädchen bewundernd.

»Ja«, sagte er. Er konnte nicht verstehen, warum es nicht stimmen sollte.

»Ja, Anders ist mein Vater«, wiederholte er.

Die Mädchen sahen Anders nach.

»Du siehst ihm aber nicht ähnlich«, sagte die mit den Zöpfen.

Das hätte sie nicht sagen sollen! Warum sagte sie das? War die ganze Welt aus den Fugen geraten? Aber er fraß es in sich hinein und antwortete nicht.

»Du ähnelst deiner Mutter, Dina Grønelv. Sie ist schrecklich schön!« sagte die mit den kurzen Haaren und legte den Kopf zur Seite.

Da fiel es ihm ein, daß er mit ihr tanzen wollte. Die andere konnte ruhig wie ein verlassenes Mädchen zusehen. Er schwang Botelette herum und trat ihr gar nicht so oft auf die Füße. Und sie tanzte nicht besser als er.

»Ich bin nicht sehr geschickt«, sagte sie atemlos.

»Ich auch nicht. Da geben wir nichts drauf!« sagte er und war so unglaublich froh, daß er regelrechte Stiche im Hals spürte und tiefer, wo es auch sein mochte.

Als sie nach oben gekommen waren und gute Nacht gesagt hatten, schloß Anders die Tür zwischen den Kammern zu. Gleichwohl wußte er von ihnen.

Er begrub das Gesicht zwischen Dinas Brüsten und schwamm mit ihr zum Meer. Der Russe war trotzdem dabei, in einem Pfuhl von zähem Teer, der widerlich roch. Er wollte ihn abschütteln und im Meer versinken lassen. Es sollte wohl erlaubt sein, mit Dina in Ruhe zu schwimmen. Aber der widerliche Geruch war die ganze Zeit da. Er rief es Anders zu. Doch der Abstand war zu groß, um die »Mor Karen« dort, wo Anders die Schiffsroute bewachte, zu heben.

Ein großes, gräßliches Geschöpf, eine Mischung aus Wurm, Rabe und Möwe, kreiste die ganze Zeit über ihnen. Stieß herunter und fuhr wieder zum Himmel.

»Sie gehört dir nicht. Siehst du das nicht?« sagte der Vogel in sein Ohr. »Sie muß reisen, denn sie ist schwarz.«

Es wurde garstig. Ekelhaft. Mit ihr zu schwimmen. Er wollte sie loslassen und wollte sie nicht loslassen. Sie schwamm mit. War fürchterlich schwer. Er wollte wieder nach Anders rufen. Aber vermochte es nicht. Was sollte er tun? Sie schwamm mit. Sie gehörte ihm nicht, und sie wollte reisen.

Der Vogel zog das Federkleid aus und ließ es auf ihn fallen. Er sah, es war und war wieder nicht – der Russe.

»Du mußt etwas sagen!« rief er zu dem Geschöpf. Aber der Vogel antwortete nicht, watete nur an der Strandlinie entlang. In dem widerlichen Geruch!

Da war das Mädchen mit den Zöpfen. Es zündete ein großes Feuer zwischen den Steinen an. Die Wärme schlug ihm ins Gesicht, daß es brannte. Es brannte in seinem Bauch. Und dort hatte er keinen Namen. Und alle Bäume am Meeresstrand standen in hellen Flammen.

»Damit man immer einen anderen heiraten muß«, sagte das Mädchen höhnisch. Es löste seine Zöpfe. Das Haar schwamm durch den Funkenregen. Schwamm ihm entgegen. Dünne goldene Fäden auf dem schwarzen Meer.

Dina sagte mehrmals hintereinander seinen Namen. Als ob sie ihn gerade gefunden hätte und nicht genau wüßte, wer er war.

Er wurde groß und innen hohl. Seine Augen sahen durch das Meer. Es wirkte ganz normal. Bis hinunter zum Grund. Als ob er durch eine Fensterscheibe sähe.

Er konnte auch nach oben sehen. Durch Meer und Luft. Vom Grund aus. Es war nicht merkwürdig. Dort war der Himmel aufgerissen. Anders fiel unendlich langsam durch das Loch. Wie ein Papiervogel, den man zum Dachfenster hinausschickt. Er landete in frisch gewaschener und in der Sonne getrockneter Wolle, während er seufzte und stöhnte. Denn er war so lange im Eismatsch auf dem Lofotmeer gewesen.

Er spürte Anders' Schmerzen in den abgestorbenen Fingern. Es schmeckte qualvoll und gut zugleich. Ganz einfach. Wie es so ein Frostschmerz tut – drinnen im Warmen.

Als er nach Hause kam, war der Herbst gut und voll beruhigender Gerüche. Er konnte über den Hof stolzieren und in den Laden hinein und Geschichten von Bergen und der Welt erzählen.

Das war, ehe er erfuhr, daß er im nächsten Herbst in Tromsø zur Schule gehen sollte. Er hörte es eines Tages, als er in Mutter Karens Kammer saß und die Tür nicht zugemacht hatte. Die Türen waren öfter nicht geschlossen.

Anders las Dina laut aus der Zeitung vor. Giæver & Søn inserierten alten Portwein, Muskateller, Himbeeressig und Lampenöl zu günstigen Preisen. Dann war es eine Weile still, bis er weiterlas. Von einem nicht eingelösten Brief der Oberpostdirektion an Dina Grønelv von Pfarrer Johan Grønelv, Einlösesumme 12 Schilling.

Anders' Stimme klang etwas eigenartig. Als ob er versucht hätte, den Satz auswendig zu lernen, es aber nicht geschafft hätte.

»Warum hast du den Brief nicht eingelöst, Dina?« fragte Anders.

»Weil ich weiß, was drinsteht«, antwortete sie, als ob sie von der Windrichtung redete.

»Du weißt, was drinsteht?«

»Ja.«

»Aber um Himmels willen ... bist du verrückt geworden?«

»Es handelt sich um das gleiche wie das letzte Mal.«

»Na schön. Und was war das?«

»Er wollte eine kleine Summe haben, um nach Kopenhagen zu fahren und noch mehr Theologie zu studieren.«

Anders machte sich klein.

»Davon weiß ich ja gar nichts.«

»Nein, das fehlte gerade noch. Ich wollte dich damit nicht belästigen.«

Nur noch die Wanduhr ging. Sie hackte den Atem der beiden in die Wände und füllte seine Ohren mit einem unerträglichen Lärm.

»Kannst du ihm nicht ein wenig helfen, Dina?«
»Nein!«
»Das ist doch nicht dein Ernst?«
»Doch!«
»Das ist nicht wahr, Dina!«
»Johan hat in all den Jahren mehr als genug bekommen. Er hat nichts gearbeitet, hat mit den Büchern unterm Arm in der Stadt herumgebummelt. Jetzt ist ein anderer dran, der etwas lernen soll. Es wird teuer.«
»Wer?«
»Benjamin.«
Die Zeitung fühlte sich unwohl. Sie raschelte. Und große Füße rumorten unter dem Tisch da drinnen.
»Was für Pläne hast du mit Benjamin, wenn ich fragen darf?«
»Gymnasium in Tromsø! Er soll fremde Sprachen lernen, das Abitur machen. Allein das Schulgeld kommt auf 32 Speziestaler. Dazu kommen dann noch Kost und Logis.«
»Kost und Logis! Tromsø! Aber Dina, er ist doch noch ein Kind!«
»Er kann nicht hierbleiben ...«
»Weiß der Junge davon?«
»Noch nicht. Aber wir haben früher schon mal darüber gesprochen.«
»Er ist zu jung«, sagte Anders. Seine Stimme klang, wie wenn er den Befehl gab, vor Anker zu gehen. Nicht böse. Weit gefehlt. Aber man konnte einen Anker nicht aufhalten.
Dina hielt den Anker auf. »Es empfiehlt sich, früh zu beginnen.«
»Aber Kandidat Angell ist doch ein guter Lehrer.«
»Benjamin soll nicht so lange in Reinsnes bleiben, daß er zum Schluß nichts anderes kennt.«
War das Anders, der lachte?
Wer lachte da?
»Aber Dina, es eilt doch nicht. Er hat das Leben noch vor sich.«
»Niemand soll genötigt sein, jahrelang auf einer Schäre zu sitzen!«

»Empfindest du es so?«

Schritte in dem Zimmer. Wo wollten sie hin? Warum blieben sie nicht ruhig sitzen?

»Es wird hart für ihn, Dina.«

»Ja«, sagte Dinas Stimme.

Das Wort schrumpfte in seinem Kopf zu einem Nichts zusammen. Und in diesem Nichts war eine Nuß. Sie schmerzte und wollte raus. Er wollte aufstehen und zu den Stimmen hineingehen. Aber er tat es nicht. Nein, es war unmöglich.

»Ich nehme an, daß du es ihm sagst, daß er von zu Hause weg muß.«

Anders' Stimme war schrecklich nah.

»Ja«, sagte Dina.

Es war nicht daran zu denken, irgendwo hinzugehen.

»Ich erfahre es, wenn alles entschieden ist«, sagte Anders, als spräche er in eine Blechkanne. Es war nicht zum Anhören.

»Anders, fasse es nicht so auf.«

»Wie soll ich es denn auffassen?«

»Ich meine doch nur, daß es besser ist, wenn ich die Sache mit Benjamin regele.«

»Ja, du bist die Mutter!«

Es drangen schmatzende Laute durch den Türspalt. Da stopfte Anders sich wohl die Pfeife. Er stopfte die Pfeife! Die Leute machten die seltsamsten Dinge.

Als es eine Weile nach Pfeife gerochen hatte, sagte sie: »Warum bist du wegen der Angelegenheit so böse?«

»Ich bin nicht böse. Ich komme mir nur wie ein Dummkopf vor, der nichts zu sagen hat. Du zwingst uns alle, Dina. Du wirst sehen, daß es zu nichts Gutem führt. Ich weiß, daß du gewohnt bist, allein zu bestimmen. Aber du hast es selbst gewollt, daß ich jetzt bei dir bin, und da mußt du dich damit abfinden, daß ich auch ein Wort mitreden möchte.«

»Das tust du doch auch«, sagte sie allzu freundlich.

»Nein, du hast mit keinem Wort angedeutet, daß du den Jungen wegschicken willst. Und du hast mich nicht gefragt, was ich davon halte, falls du daran interessiert bist.«

»Ich hätte es tun sollen. Es ist so ungewohnt für mich, einen Mann zu haben.«

Er sah es vor sich, wie sie in Anders' Gedanken ein und aus schlüpfte. Wie eine Raubkatze. Sie konnte sich so schmal machen, daß sie in die engste Steinmauer flog, bevor man etwas anderes als den Schwanz sah.

»Aber die Alpträume, Dina!«

»In Reinsnes ist er krank geworden.«

Sie sagte, daß er krank war. Sie wußte doch, daß es nicht stimmte. Der Russe war krank. So krank, so krank! Gänzlich zugrunde gerichtet. Log sie, um sich zu retten? Log Dina auch, wie alle anderen?

Er stand in Mutter Karens Kammer und streckte die Hand aus. Wollte sich damit trösten, daß er die Lampe mit der grünen Glaskugel über dem Cherub des Herrn streichelte. Etwas mußte man doch haben. Er spreizte die Finger. Alle auf einmal. Dann war es geschehen. Mutter Karens Lampe wollte ihn auch nicht haben. Sie rächte sich! Grüne Glassplitter steckten in seinen Waden. Dann tröpfelte der Russe in winzig kleinen roten Kugeln aus ihm heraus, während es nach Öl roch.

Er stand noch lange so, nachdem sie von allen Seiten gekommen waren und angefangen hatten zu reden.

Oline sollte nicht so schreien, dachte er. Oline und er waren die einzigen auf Reinsnes, die schrien. Aber es war viel schlimmer, wenn sie es tat. Unheimlich. Denn sie hatte sozusagen das Recht dazu. Sie war Oline.

»Gott der Allmächtige strafe den, der die Gottesgabe mißbraucht!« schrie sie und war puterrot im Gesicht.

Offenen Türen war nicht zu trauen. Jetzt passierte es wieder. Er sollte vielleicht hinunter ins Ausgedinge ziehen. Aber dort war es auch nicht geheuer. Dort war Tomas.

»Die Frau kann nicht so mit dem Mehl aasen, wie sie es tut!«

Ein Strom von kreischendem Verdruß floß aus ihrem Mund, und die Tränen rannen. Es war wohl Absicht, daß nur Tea Zeuge war. Aber man konnte nicht umhin, zu hören, wenn man Ohren hatte. Dina war längst unten im Stall mit dem kleinen Holzeimer mit Mehl.

»Sie hat gar nicht so viel genommen. Es war kaum der Boden bedeckt ...«, murmelte Tea.

»Dir werde ich helfen!« schrie Oline.

Kurz danach hörte man es klatschen. Wie von einem nassen Spüllappen, der auf den Tisch geschleudert wurde. Er konnte sich natürlich sehr männlich benehmen und grinsen und meinen, daß das alles nur Weibergezänk war. Aber es war nicht so einfach.

»Ich habe selbst gesehen, was sie genommen hat! Es ist lästerlich! Eine große Sünde! Der alte Brauch, dem Pferd nichts von den Gottesgaben zu geben, gilt auf Reinsnes nicht mehr. Aber das rächt sich! Wir haben es ja alle zusammen gesehen. Wie es sich rächt, daß Dina Korn und Mehl mit zu den Pferden nimmt.«

Er entschloß sich, erwachsen zu sein und in die Küche zu gehen. Dann würde sie vielleicht den Mund halten. Aber Oline beachtete ihn nicht. Sie ging nahe an die zurückweichende Tea heran und begann zu flüstern. Drohend und laut, als ob sie Geisterbeschwörung betriebe.

»Woran liegt es, daß man auf Reinsnes so wenig Glück mit

den Menschen und den Pferden hat? Wie? Jawohl, das möchte ich in aller Unschuld fragen. Erst ist das Pferd durchgegangen und hat sich losgerissen, so daß Jacob in die Schlucht stürzte. Dann mußte Dina selbst ihr Reitpferd schlachten. Mehrere Jahre hatten wir Gespenster und kranke Arbeitspferde. Denke an meine Worte, Mädchen! Ich kann sie vor dem Pfarrer wiederholen! Es liegt daran, daß Dina die Gottesgaben mißbraucht. Das rächt sich!«

Er fragte, ob etwas gepichte Schnur in der Schublade liege. Er hätte sie so gerne gehabt, um einen Messerschaft damit zu umwickeln, der zu glatt war.

Aber sie sah ihn nicht. Er befand sich mitten in einem Sturm.

»Dina braucht ein Pferd!« brüllte er und spürte, daß er zitterte.

»Brauchen!« schnaubte Oline, als ob sie mit Tea spräche. »Und warum haben wir immer Pech mit dem Pferdekauf hier auf dem Hof? Das letzte Arbeitspferd hat so schlechte Unterschenkel, daß es eine Schande ist. Das sagt Tomas! Und was glaubst du, woher es kommt? Der Hengst ist regelrecht zusammengesackt, und bei jeder Frühjahrsbestellung geht er schwerer. Und er hat Spat und Koliken gehabt.«

»Das kommt auch auf anderen Höfen vor«, meinte Tea blaß.

»Du sollst nicht so reden! Koliken kann Dina besonders gut kurieren. Sie gibt dem Pferd einen Eßlöffel Milchsäure, verquirlt mit einem halben Liter Wasser oder mit einem halben Liter Essig, und sie schmeckt die Mischung selbst ab«, sagte er drohend und ging auf Oline zu.

Aber sie war heute wild. Nicht zu bremsen.

»Sie hört mit dem Füttern auf und setzt sich zu dem Tier und reibt den Bauch mit warmen Tüchern«, sagte Tea, um ihm zu helfen.

Oline sah aus, als ob sie ihnen am liebsten ins Gesicht gespuckt hätte. Aber statt dessen kniff sie die Augen zu schmalen Schlitzen zusammen, aus denen sie Feuer und Schwefel spie.

»Sie beleidigt die Gottesgabe! Das rächt sich! Ich habe den Mehlsack unter dem Vorratsschrank hinter einer Kiste versteckt, damit sie ihn nicht findet. Ich konnte mir nicht vorstellen, daß sie danach fragen würde. Das hat sie auch nicht getan. Aber frische Mehlspuren zeigen ganz deutlich, daß sie das Versteck gefunden und ausgeraubt hat! Was hältst du davon? Wenn eine Hausfrau sich so erniedrigt, daß sie die Gottesgabe aus ihrer eigenen Speisekammer stiehlt! Um sie dem Pferd zu geben!«

Wenn sie seufzte, konnte man denken, jemand werfe riesengroße Heilbuttköpfe in eine Salzkiste.

»Was ist eigentlich so einzigartig an einem Pferd? Kann eine lebende Seele mir erzählen, was so einzigartig an einem Pferd ist? Im Unterschied zu Kühen, die Milch und Butter und Kälber geben? Reitpferde sind zu nichts nutze! Das letzte Fohlen ist krummbeinig und hat ein Kreuz wie eine Glucke! Das ist die Strafe! Für den Mißbrauch der Gottesgabe! Wie kann Anders es wagen, auf dem wilden Meer zu fahren, wenn er eine Frau hat, die die einfachste von allen Regeln bricht!«

»Du sollst nicht so von Dina reden! Sonst . . . sonst erschieß' ich dich!« rief er.

Da kam sie endlich wieder ein bißchen zu sich. Sie schloß den Mund, so daß die Wangen zitterten, und starrte ihn an.

»Gott erbarme sich unser! Und des armen, armen Jungen! Und nun wird er auch noch weggeschickt!« schluchzte sie und schlang die Arme um ihn.

Er war in einer Welt von Süß und Sauer und Weizenmehl.

Man konnte wohl wieder anfangen zu denken. Es war vorüber.

Er ging zu Anders, um ihn vor Olines Strafgericht zu warnen. Auf diese Weise konnte er etwas unternehmen, auch wenn es nicht viel half.

Anders war auf den Kais und überprüfte alles, was mit zu den Lofoten sollte.

Er runzelte die Stirn und sagte: »Hat Dina das gehört?«

»Nein, sie war im Stall.«

»Damit sollte man sie nicht belästigen. Oline ist so voller Aberglauben.«

»Es war nicht schön anzuhören«, sagte er.

»Vergiß es! Oline muß ab und zu schimpfen. Sie ist eine Dampfmaschine. Sie funktioniert am besten, wenn sie Dampf ablassen kann. Bleib lieber hier und hilf mir, die Stapel zu zählen.«

Anders grinste ein bißchen, aber man konnte doch sehen, daß er etwas bestürzt war.

»Die Lofotfahrer haben, im Gegensatz zum Pferd, ihr zweihundert Jahre altes Recht auf drei Monate Kost«, sagte er und entfaltete eine Liste und las vor: »Ein Bismerpfund* Butter, dito Gammelost** und zwei Melkeoster***. Zwei Våger Flachbrot. Ferner zwei Bismerpfund Gerste zur Heringsuppe. Ebenso einen geräucherten Schinken vom Kleinvieh oder gesalzenes Fleisch. Zwanzig Lefser und eine halbe Vierteltonne Hering. Einen Anker**** Apfelmost, eine Kanne Branntwein und einige Mark***** Tabak. Jedermann soll auch frei Mehl haben zum gemeinsamen Breikochen und Sirup nach Bedarf.«

»Werden sie das alles essen?«

»Und noch mehr. Wenn man eine gute Mannschaft haben will, muß man eher zuviel als zuwenig planen. Die Mannschaft kann ich mir selbst beschaffen, ungeachtet dessen, was Oline sagt, aber den Fisch steuert der Herr. Kommt der Fisch in großen Schwärmen, nützt es nichts, wenn man keine willige Mannschaft hat.«

»Es könnte Spaß machen, zu sehen, wie es ist ...«

»Unheimlich viele Mannschaften. Ich glaube, gehört zu haben, daß zwanzigtausend Mann zu den Lofoten zum Fischfang kommen. Jeder Mann hat seine Ausrüstung. Das gibt viele Flachbrotschachteln und Kisten. Und massenhaft Seemannskleidung und Fellbeinlinge. Die Seehandschuhe hängen am Boot im Wasser, um sauber zu bleiben und nicht zu vereisen.«

---

* 1 Bismerpfund = 12 Pfund. (A.d.Ü.)

** Gammelost: »alter Käse«, sehr scharf, aus geronnener saurer Milch hergestellt. (A.d.Ü.)

*** Melkeost: brauner Käse aus gekochter Molke. (A.d.Ü.)

**** 1 Anker = 38,6 Liter. (A.d.Ü.)

***** 1 Mark = ¼ Kilogramm. (A.d.Ü.)

Man konnte geradezu zwanzigtausend grauweiße Loddenfischer* im Verband draußen im Vestfjord vor sich sehen. Es wurde einem richtig ernst bei dem Gedanken. Seltsam, daß ihm das noch nie jemand erzählt hatte.

»Wenn Oline jammert, daß Dina dem Pferd die Gottesgabe gibt, dann sollst du wissen, daß es deine Mutter war, die Berechnungen darüber angestellt hat, wieviel Käse und Butter und Schnupftabak jedes Jahr für die Lofotfahrer gebraucht wurden. Damals fing ich an mit der Befrachtung für den Weiterverkauf. Oline denkt halt nur an die Küche in Reinsnes, die Arme ... Dina und ich sehen das etwas anders.«

»Dina und ich« hatte er gesagt. Das brachte alles wieder ins rechte Lot. Anders war dabei. Da mußte es Oline sein, die sich irrte.

»Ich will dir sagen, Junge, auch wenn du zum Lernen nach Tromsø mußt, fischen, das ist Freiheit und Abenteuer! Das gibt einen guten Schlaf. Das gibt vereiterte Finger und unerhörten Lebensmut. Wenn der Fang schlecht ausfällt, ist es dennoch ein Segen, von zu Hause fortzukommen. Alles andere, was man nicht mehr reparieren kann, muß bis nach dem Fang warten.«

»Kann ich mitkommen zu den Lofoten?«

Er sah, daß Anders nicht wußte, was er sagen sollte. Trotzdem wiederholte er seine Frage.

»Ich werde mit Dina reden«, versprach Anders vage.

Aber sie wußten es beide. Es war nicht daran zu denken.

Anders räusperte sich und sagte: »Du hast einen klugen Kopf, Junge. Davon mußt du Gebrauch machen, bevor du alt und närrisch wirst.«

»Du hast auch einen klugen Kopf, Anders. Du bist deswegen nicht nach Tromsø in ein fremdes Haus geschickt worden!«

»Nein, das war nicht üblich, als ich jung war. Man war froh, wenn einen jemand in Kost nahm. Außerdem ist es nicht mein Geschäft, Bücher zu lesen.«

---

* Loddenfischer: Fischer, der während der Laichwanderung von Lodde oder Kaplan, dem Hauptnahrungsmittel des Dorsches, auf Dorschfang ist. (A.d.Ü.)

»Ich will auch Schiffer werden, Anders. Sag es Dina, daß wir das entschieden haben.«

»Dina glaubt nicht, daß du dich zum Schiffer eignest.«

»Warum? Ich werde es ihr beweisen.«

»Ich glaube auch nicht, daß du zum Schiffer taugst.«

»Soll ich in Tromsø verkümmern, weil ich nicht zum Schiffer tauge?«

»Nein, du bist der glücklichste Junge, den ich kenne. Wir glauben, daß du noch etwas Großes wirst.«

»Was soll ich werden?«

»Das findest du allmählich sicher selbst heraus. Jedenfalls etwas Großes!«

»Ich habe geglaubt, daß du mein Vater wärst und mitbestimmen würdest. Und jetzt bestimmt doch nur sie!«

Man konnte es nicht ändern, daß man böse wurde. Jetzt war es gesagt und nicht mehr zurückzunehmen. Anders schaute zu Boden.

»Sie weiß es besser, deine Mutter.«

»Du weißt, wie es mit Johan gegangen ist. Er liegt nur in seinem Talar auf der Chaiselongue und bettelt um Geld!«

Anders mußte lachen.

»Es stecken andere Fähigkeiten in ihm, er ist nicht Dinas Sohn«, sagte Anders gutmütig.

»Wie meinst du das?«

»Du bist aus anderem Stoff, Benjamin.«

»Woher weißt du das?«

»Das sehe ich dir an, wenn du wütend wirst. Ja, und auch wenn du freundlich bist.«

»Aber wir sind doch beide Jacobs Söhne, Johan und ich, und du weißt, wie es mit Jacob ging. Jetzt hängt er nur noch als Zierde an der Wand und spukt in dem Abstellraum vom Saal.«

»Wer sagt, daß er spukt?«

»Dina sagt, daß er dort ist.«

»Jetzt?« fragte Anders nachdenklich.

»Er ist nicht gefährlich.«

»Nein, natürlich nicht.«

Anders stopfte die Pfeife fertig und zündete sie an.

»Glaubst du an Spuk und Gespenster, Anders?«
»Das sind Geschöpfe, die mich nicht sehr belästigt haben.«
»Mich belästigen sie.«
»Was für welche?«
»Der Russe. Er kommt, um mit mir nach Tromsø zu schwimmen. Dort habe ich niemanden, mit dem ich nachts Schach spielen kann.«
»Du träumst immer noch von dem Russen?«
»Ja.«
»Womit vertreibt er sich die Zeit?«
»Er ruft und fragt.«
»Was fragt er?«
»Ob ich sein Zeuge sein kann.«
Das hätte er nicht sagen sollen! Wußte es in dem Augenblick, als er die Worte ausgesprochen hatte. Wären sie doch ungesagt geblieben!
»Quält es dich noch, daß der Lensmann dich damals soviel gefragt hat?«
»Ich weiß nicht...«
»Du kannst nicht vergessen, daß er sich erschossen hat?«
»Es war die Büchse.«
Er wiederholte es mehrmals, so daß kein Zweifel aufkommen konnte.
»Ja, es war die Büchse«, bestätigte Anders.
»Glaubst du, daß es recht ist, daß die Menschen einander erschießen?« fragte er, obwohl er wußte, daß er nicht fragen sollte.
»Es ist zu rechtfertigen, aber nicht hier.«
»Wieso?«
»Man kommt für den Rest des Lebens ins Zuchthaus. Nur im Krieg geht es an, Menschen zu erschießen.«
»Kennst du keinen, der jemanden erschossen hat?«
»Nein, gottlob!«
»Denk mal nach. Denk mal unheimlich gut nach!«
Er hatte das Gefühl, in ein Messer zu laufen. Er konnte es nicht lassen. Er hatte es gesagt.
»Hör jetzt auf, Junge! Darüber brauche ich nicht nachzudenken.«

Man konnte ganz unbeteiligt auf eine kleine Kreatur schauen, ein Käfer mit schwarzem Rücken war es wohl, er bewegte sich langsam über eine Planke. Schwarze glänzende Schale. Plötzlich mußte er etwas tun. Es wurde so leer in ihm drin. Nicht auszuhalten. Er stand auf und zertrat den Käfer mit der Ferse.

»Das war nicht gerade schön. Er hatte dir doch nichts getan«, sagte Anders leise.

»Tote Russen sind auch nicht schön, und sie haben einem auch nichts getan«, sagte er und hatte das Gefühl, daß er in eine Tonne gestürzt war. Sie wippte vor und zurück. Der Boden war so verdammt uneben.

»Nein, das leuchtet ein«, sagte Anders.

»Wieso, glaubst du, kann sie ... sie herumlaufen, als ob nichts wäre?« hörte er sich sagen.

»Sie läuft nicht herum, als ob nichts wäre. Sie gibt nur nicht auf«, sagte Anders und hatte ein sehr großes Gesicht. Man konnte sich vorstellen, daß Anders alles wußte.

Aber Anders wußte nichts.

»Sie hat ja dich!«

Es war merkwürdig einfach zu sagen: »Sie hat ja dich.«

»Du hast mich auch, Benjamin.«

»Wer Dina gehört, kann keinem anderen gehören!«

»Vielleicht will sie es deshalb, daß du hinaus in die Welt kommst und etwas anderes lernst, als nur Dinas Sohn zu sein.«

»Glaubst du das?«

»So ungefähr, ja«, sagte Anders, während er etwas seltsam dreinschaute.

»Und der Russe?«

»Er bleibt hier. Wenn nicht, dann mußt du mich benachrichtigen, dann komme ich und rede mit ihm.«

»Und wenn du auf den Lofoten bist?«

»Dann komme ich auch von den Lofoten.«

»Das dauert lange.«

»Es läßt sich machen. Inzwischen mußt du es allein schaffen, so gut es geht. Das kann man von einem ganzen Kerl verlangen.«

»Findest du, daß ich wie eine Frau bin, die sich vor einem toten Russen ängstigt?«

»Ich habe größere Burschen als dich gesehen, die von einem kleineren Unglück in Angst und Schrecken versetzt wurden«, sagte Anders ernst.

»Hast du manchmal Angst, Anders?«

»Das kommt schon vor.«

»Dina sagt, daß alle Angst haben.«

Anders war erstaunt. Er wußte nicht viel. Er glaubte immer nur das Beste.

»Oh, sagt sie das?«

»Sie sagt, daß sie selbst Angst hat.«

»Wovor hat sie Angst?«

Er hatte zuviel gesagt. Man sollte nicht immer soviel mit den Leuten reden. Man sollte nicht mit den Leuten reden, um sich zu retten. Man mußte ein anderes Thema finden. Ganz unverfänglich. Deshalb sagte er: »Es sind wohl ganz alltägliche Dinge, die nicht so gefährlich sind.«

Anders nickte und fragte nicht weiter. Er war in vieler Hinsicht ein einzigartiger Vater. Wußte, daß es bei allem eine Grenze gab. Statt dessen erzählte er eine Geschichte von einer Segelfahrt, bei der er dabeigewesen war. Er hatte eine solche Angst gehabt, daß er sich übergeben mußte, ohne seekrank zu sein.

»Es ist vergessen, wenn du Land siehst und gerettet bist«, fügte er mit einem Lächeln hinzu.

Bereits am nächsten Tag teilte Anders Benjamin mit, daß er leider in Grammatik geknetet und in Zahlen gebraten werden sollte, bis er auf die Lateinschule nach Tromsø kam. Er hatte keine Zeit zu verlieren, deshalb mußte die Fahrt zu den Lofoten auf ein anderes Jahr verschoben werden.

»Sie ist nicht gut!«

Er konnte es sich wohl erlauben, so etwas zu einem zu sagen, der sein Vater sein sollte.

»Es wird seine Gründe haben«, sagte Anders und drehte sich um.

Er saß oft in Mutter Karens Kammer und dachte daran, daß man sich nicht an alles erinnern sollte. Es war kein Segen dabei. Je mehr er es dachte, desto mehr erinnerte er sich.

Manchmal kamen die Gedanken in die Bücher, die er las, und zerstörten alles. Die Gedanken redeten zu ihm mit einer ängstlichen Stimme, die seine eigene war. Quer durch die Märchen und Romane hörte er sich selbst alles erzählen, an das er sich nicht erinnern mochte.

Es war beinahe schlimmer als die Schreie des Russen.

Gelegentlich sah er sich von außen. Wie ein Staubkorn, das jemand unter Mutter Karens Lupe gelegt hatte. Ab und zu glaubte er, daß er sich eigenhändig dorthin gelegt hatte. Und daß der Teil von ihm, der das gemacht hatte, ein unüberwindlicher Riese war, der mit dem ganzen Sternenhimmel als Umhang über den Schultern durch den Weltraum stapfte. Aber meistens hatte er das Gefühl, derjenige zu sein, der unter der Lupe lag. Zuweilen war er auch eine Motte, die durch das Zimmer flog, ohne daß jemand den Blick zu heben vermochte.

Er überlegte oft, warum er tat, was sie bestimmte. Oder bestimmte sie gar nicht? Versuchte er selbst zu erraten, was sie für ihn wollte?

Mitunter sah er ganz deutlich, daß es nicht ihre Schuld war. Oder irgendeines anderen Schuld. Aber er wagte nicht, darüber nachzudenken, denn dann wurde alles seine eigene Schuld. Weil er ein Feigling war. Weil er nicht so brav war, wie er sein sollte. Weil er schrie und weinte, schlimmer als Oline, ohne ein Recht dazu zu haben.

An richtig schlechten Tagen dachte er, daß Johan der bessere Sohn Jacobs war. Und der, auf den Mutter Karen besonders stolz gewesen war. Johan war ein guter Mensch, bestimmt. Wenn er schlug, hatte er Grund dazu. Guten Grund.

Nach Anders' und Dinas Hochzeit hatte er einmal versucht, mit Johan ins Gespräch zu kommen. Man hatte ja nur diesen einen Bruder. Und Johan hatte an diesem Tag so froh gewirkt. Deshalb war er Johan unaufgefordert nachgegangen, als er am Strand spazierenging. Aber dann wurde deutlich, daß man den anderen störte. Man konnte ja so tun, als ob man nichts merkte, und ausharren. Aber es war nicht das gleiche. Und nun kam es an den Tag, was für ein schlechter Mensch man im Vergleich zu seinem Bruder sein konnte.

Plötzlich hatte er es gesagt. Er war erwachsen genug, um zu wissen, daß man so etwas zu den Leuten nicht sagen konnte: »Diesmal mußt du hier auf Reinsnes allein schlafen, denn Dina hat sich jetzt mit Anders verheiratet.«

Johan stand auf einmal regungslos zwischen den Steinen, während die Wellen gegen die Felsen schlugen. Die Sonne färbte das Meer grün dort draußen, wo es tief und ganz ruhig war. Es wehte nur ein schwacher Wind. Aber innerlich fror man. Johan war so bleich wie der Muschelsand, auf dem er stand. Unheilverkündend. Ein weißer Bruder, der ein wenig im Wind flatterte.

»Was willst du damit sagen?« fragte dieser Bruder, beinahe ohne die Lippen zu bewegen.

Er wußte, daß Johan die Antwort nicht ertragen konnte. Deshalb antwortete er: »Du hast doch früher bei Dina geschlafen, als sie noch im Ausgedinge wohnte! Nicht wahr?«

»Wie kommst du denn darauf, Junge?«

Johan trat einen bedrohlichen Schritt vor. Man konnte nur zurückweichen und das Herzklopfen bis in die Fingerspitzen spüren.

»Ich habe es gesehen!«

Johan packte ihn an der Schulter. Die Nägel bohrten sich in die Haut. Es tat fast gut. Sie hatten etwas gemeinsam.

»Schweig! Du hast so etwas niemals gesehen!« rief Johan und kniff noch fester.

Er mußte doch schreien. Aber das machte nichts. Man durfte ruhig schreien, wenn man gekniffen wurde. Da wußte man jedenfalls, warum man schrie.

»Ist das so schlimm?« heulte er, riß sich los und lief voraus.

Aber immer wieder drehte er sich um und rief ihm weitere Worte zu, die bewirkten, daß Johan ihm nachlief und nicht daran zweifelte, daß der Junge etwas gesehen hatte.

»Du sagst diese grausame Lüge zu keinem Menschen«, keuchte Johan.

»Es ist keine Lüge! Aber wenn du deswegen solche Angst hast, kann ich es ja seinlassen, darüber zu reden!« konnte man seinem Bruder zurufen. Es war so einfach. Auf diese Weise hatte man etwas gemeinsam mit ihm. Johan konnte nicht davon loskommen, ohne an ihn zu denken. Daran zu denken, daß sie beide etwas wußten.

13. Kapitel

Die Familie des Lensmanns kam zum Vorweihnachtsbesuch. Die Stimmung bei Tisch war gespannt. Die Jungen waren im Schlitten mit Tomas zu den Häuslerstellen gefahren, um die Weihnachtsgeschenke zu überbringen.

Nichts wurde besser, als der Lensmann beim Heilbutt bemerkte, daß nachts soviel Unruhe herrsche. Die Leute gingen zu den Türen rein und raus. Es sei eine Unsitte.

»Benjamin leidet immer noch unter Schlaflosigkeit«, sagte Anders kurz.

Dina saß steif und abweisend da und stocherte im Essen.

»Jede Nacht?« fragte Dagny.

»In letzter Zeit«, räumte Anders ein.

»Das ist bedenklich! Wird er nicht ... etwas verweichlicht?« sagte der Lensmann und nahm sich noch einen zweiten Nachschlag.

»Es ist die Sache mit dem Russen«, sagte Anders leise und reichte dem Lensmann die Fischschüssel.

Es duftete nach Lorbeer und Essig. Das Fischfleisch war weiß und fest, die Oberfläche wie unebenes Perlmutt und an den Seiten Streifen von fetter Haut.

»Aber das ist doch jetzt lange her«, meinte der Lensmann und bediente sich.

»Er war dabei. Auch einen erwachsenen Mann hätte das mitgenommen«, meinte Anders.

»Kurz danach war er doch so stark«, sagte Dagny. Sie wünschte zutiefst, daß es bei Tisch friedlich zuging.

Einen Augenblick sah der Lensmann sie an, während er kaute. Dann nickte er und sagte mit Nachdruck: »Man darf sie nicht zu sehr verwöhnen, sonst werden sie schwierig.«

»So wie ich?« fragte Dina.

»Schon gut«, sagte der Lensmann.

Anders und Dagny begannen gleichzeitig zu sprechen, ihre Sätze kollidierten in der Luft.

»Warst du dabei, als er fiel?« fuhr Dina fort.

Der Lensmann war unangenehm berührt, aber er hielt sich zurück.

»Schon gut ...«, wiederholte er freundlich.

»Warst du dabei, als Hjertrud zu Boden sank?« flüsterte Dina.

Lensmann Holm erblaßte und griff sich plötzlich ans Herz.

»Dina, Dina, gib doch Frieden«, bat Dagny und erhob sich halbwegs vom Stuhl. Ihr Messer fiel herunter. Der silberne Schaft war mit Sand gefüllt. Er sang lange unter dem Tisch, nachdem er schon stillag.

»Warst du dabei, als Jacob in den Abgrund stürzte?« fuhr Dina ungerührt fort. Sie hatte beide Hände vor dem Teller geballt und sah starr auf die geschlossenen Augen des Lensmanns.

»Dina ...«, bat Anders.

»Warst du dabei, als Niels sich an der Decke erhängte?«

Reif umgab sie.

»Wenn du dabeigewesen wärst, hättest du vielleicht eine schlaflose Nacht verbracht. Sei nicht so verständnislos!« sagte sie.

Sie schob den Stuhl zurück, faltete ihre Serviette zusammen und legte sie neben den vollen Teller. Dann nickte sie jedem einzelnen zu und verließ das Zimmer.

Anders hielt aus, solange die Mahlzeit dauerte. Aber dann entschuldigte er sich, er sei müde, und sagte gute Nacht. Oben im Gang mußte er vor der Tür stehenbleiben und sich zusammennehmen, ehe er hineinging.

Sie zog sich hinter dem Wandschirm aus. Er ging hin und blieb stehen und sah nur ihren Schopf, bis sie innehielt und ihn anschaute.

»Ich ertrage diesen Streit zwischen dir und deinem Vater nicht!« sagte er ohne Einleitung.

»Und was gedenkst du da zu tun?«

»Ich werde fort sein, wenn sie kommen, falls du nicht dazu beiträgst, daß ein Mann es bei Tisch aushalten kann«, sagte er und zog sich Jacke und Hemd in einem aus.

Sie hängte die Bluse über den Wandschirm, ohne zu antworten. Er sah nur die Hände und ihre Haare in dem sparsamen Licht.

Draußen schneite es. Er zog die Gardinen vor und entkleidete sich vollends.

Nachdem er seine Meinung gesagt hatte, wurde er weicher. Aber sie war weiterhin unzugänglich. Schließlich war es nicht mehr auszuhalten.

»Eine andere Sache ... und die ist wichtiger: Wir können den Jungen nicht nach Tromsø schicken in dem Zustand, in dem er sich befindet. Er schläft ja überhaupt nicht mehr!« sagte er.

»Es wird leichter, wenn er an andere Dinge denken kann, als wenn er hier herumläuft«, antwortete sie.

Anders merkte, daß sie wütend wurde.

»Du bist zu hart zu dem Jungen.«

»Was meinst du, daß ich tun soll?«

»Laß ihn zu Hause, bis er sich gefangen hat.«

»Und wenn er sich nicht fängt?«

Anders sah auf ihren Rücken, während sie sich die Haare bürstete. Wie so oft, wenn er sie beobachtete, hatte er einen verlorenen Ausdruck im Gesicht.

»Und wenn es so bleibt? Für immer? Soll er hier in Reinsnes herumlaufen mit seinen Alpträumen?«

»Hast du versucht, mit ihm zu reden? Über das, was so schlimm ist?«

»Ich weiß, was schlimm ist«, sagte sie müde und kam hinter dem Wandschirm hervor.

»Der Russe, ja. Aber hast du ihm gesagt, daß es nicht seine Schuld ist?«

Sie drehte sich schnell um und sah ihn an.

»Von Schuld ist nicht die Rede!«

»Nein! Aber versteht er das? Wir müssen ihm helfen ...« Er schwieg eine Weile, dann sagte er langsam: »Vielleicht bist du nicht die Richtige für diese Aufgabe, Dina.«

»Wie soll ich das verstehen?«

»Daß du dort warst und ihn gefunden hast. Daß es besser

gewesen wäre, wenn ein anderer mit ihm über diese Sache gesprochen hätte.«

»Und wer sollte das sein? Der Pfarrer?« sagte sie höhnisch.

»Nein. Ich!«

Sie sah ihn prüfend an, während sie die Bürste weglegte, ohne darauf zu achten, wo sie landete.

»Du hältst ja große Stücke auf dich, Anders.«

Er spürte den Hieb.

»Ja. Du nicht? Hältst du keine großen Stücke auf mich?«

Sein Gesicht zerbarst in einer Art Lächeln.

»Doch. Und das ist nett von dir, Anders«, sagte sie geistesabwesend.

Als sie im Bett lagen, sagte sie vor sich hin: »Du solltest zu Hause sein. Nicht ich.«

»Aber wie sollte das gehen? Sollen deine Leute mich besuchen, wenn du fort bist?«

»Vielleicht müssen sie es.«

»Was willst du damit sagen?«

»Ich glaube, daß ich reisen muß.«

Die Stille war das einzige im Raum.

»Schon wieder, Dina? Wohin?« flüsterte er endlich.

»An einen Ort, wo ich bei einem Meister Cellounterricht nehmen kann.«

»Cello? O Gott!«

Er hörte nur ihren Atem. Es war so kalt.

»Du hast mir schon früher damit gedroht«, sagte er und holte so tief Luft, daß es ein wenig erleichterte. Dann fuhr er fort: »Es dauert hier also nicht mehr lange? Du bereust bereits? Die Heirat?«

Sie schüttelte den Kopf und verbarg sich bei ihm.

»Was regt dich auf? Ist es der Russe, der das ganze Haus immer noch in Atem hält?«

»Es ist so eng.«

»Das hast du auf dem Schiff damals auch gesagt. Da wolltest du mich haben, um dem abzuhelfen. Aber nun taugt es auch nicht mehr!«

»Ich kann nichts dafür.«

»Wer kann denn etwas dafür?«

Sie antwortete nicht. Lag ganz ruhig da, als ob sie ihn glauben machen wollte, daß sie schliefe. Das machte ihn wild. Aber Anders ließ seine Wut nicht gerne heraus.

»Trauerst du noch?« fragte er schließlich.

»Was ist ... trauern?« fragte sie zurück.

»Ich weiß, was es ist. Für mich ... Aber ich weiß nichts von deiner Trauer, Dina.«

»Ich auch nicht«, sagte sie kaum vernehmbar.

Er fühlte sich todmüde. Trotzdem ließ er nicht locker. Mußte einen Zugang zu ihr bekommen.

»Vielleicht kannst du es herausfinden. Du mußt ja ein ganzes Leben lang getrauert haben. Zuerst deine Mutter, dann Jacob. Dann Leo ... Vielleicht hättest du es herausfinden sollen, ehe du mich um die Heirat gebeten hast, Dina.«

Man hörte Schritte auf der Treppe. Dagny und der Lensmann sprachen leise miteinander und schlossen die Tür zum Saal vorsichtig hinter sich. Dina atmete ein paarmal schwer, nachdem es ruhig geworden war.

»Die Heirat hat nichts mit meiner Trauer zu tun«, sagte sie.

»So? Wie wäre es, wenn du mich fragen würdest, ob Leo immer noch Gast auf Reinsnes ist?«

»Fängst du schon wieder damit an, Anders?«

»Nein!« sagte er.

Sie lagen dicht beieinander unter dem großen Federbett. Unbeweglich. Es verging eine so lange Zeit, daß er seine Lage ändern mußte.

»Ein Heringsnetz für deine Gedanken«, sagte er und umarmte sie.

Sie antwortete nicht. Aber hielt ihn umfangen. Das war schon etwas.

»Dina?«

»Ja?«

»Glaubst du nicht ... es gelingt uns einmal ... ein wenig Liebe, oder was du willst ...«

Er stockte.

»Liebe ...«, fing sie an.

»Ja, mir fällt es leicht, das zu sagen«, murmelte er.

»Warum?«

»Ich für mein Teil fühle sie.«

Sie fuhr ihm über Haar und Nacken. Er kam sich ganz armselig vor.

»Es kann doch kein Irrtum sein?« sagte er gegen ihre Hand.

»Nein, Anders, nein, nein, es ist kein Irrtum!«

Er hatte sie etwas gefragt. Verstand sie es nicht? Schließlich seufzte er und sagte: »Vielleicht solltest du über ihn reden. Über Leo.«

Sie antwortete nicht. Aber er spürte, daß die Worte in ihr arbeiteten. Sie hielt den Atem an. Er grub sie aus der Decke aus, um ihr in die Augen zu sehen. Aber es war zu dunkel. Er ahnte sie einen Augenblick wie zwei ferne Sterne. Dann verschwanden sie vor ihm.

»Nein, können wir jetzt schlafen, Anders? Es war ein langer Tag«, sagte sie und wollte wieder unter das Federbett.

»Machst du dir Vorwürfe, daß er sich erschossen hat? Und daß Benjamin es gesehen hat?«

»Können wir jetzt schlafen, Anders?« wiederholte sie.

Er zwang ihr Gesicht zu ihm hinauf.

»Nein! Warum willst du weg?«

Er war wütend. Er hörte es selbst. Wütend, weil er Angst hatte.

Da setzte sie sich auf, das Kinn auf den Knien, die Arme um sich geschlungen. Wiegte sich sachte zur Seite. Er versuchte, sie in den Arm zu nehmen. Aber sie machte sich frei. Während sie die Hände vor sich hielt, als ob sie einen Schlag erwartete, kamen die Worte stoßweise: »Wenn ich dir sage ... daß er es ... nicht selbst getan hat ... was wirst du dann machen, Anders?«

»Was meinst du damit?«

»Das, was ich sage ...«

»Daß es ein Unglück war?«

»Nein.«

Es stimmte etwas nicht mit den Schatten bei der Tür. Er begriff nicht, woher sie kamen.

»Dina ...?«

»Ja.«

»Du meinst doch nicht etwa ...?«

»Doch!«

Es war dunkel. Anders war ein kleiner Junge und saß auf Mamas Schoß. Aber Mama war vor vielen Jahren ertrunken. Die Zeit hatte keine Bedeutung mehr. Er fand ihre Hand. Ihre Finger verflochten sich ineinander. Lösten sich voneinander und fanden sich wieder.

»Hat der Junge es gesehen?« hörte er sich fragen. Weit entfernt.

»Ich weiß es nicht«, antwortete sie so leise, daß er eine Weile in die Dunkelheit lauschen mußte, ehe er es begriff.

Dann flocht er die andere Hand in die ihre. Drückte, daß die Knochen schmerzten. Aber sie spürte es sicher nicht.

»Was wirst du jetzt machen?« fragte sie.

Er räusperte sich mehrmals. Dann merkte er, daß es kalt war, und er breitete das Federbett besser um sie beide.

»Das weiß der Teufel!« entfuhr es ihm schließlich, und er drückte sie an sich. Als wäre es das einzige, was er wußte.

Die Zeit kam wieder zu ihnen zurück. So wie der Sand zurückblieb, wenn die Ebbe einsetzte.

»Was hat er dir getan?« sagte er schließlich.

Sie schüttelte den Kopf. Das Schütteln pflanzte sich als ein Zittern im ganzen Körper fort. Er konnte nicht ausmachen, ob sie weinte. Aber das Gesicht an seiner Brust war trocken.

»Dina?«

»Mußte er immer wieder fortgehen? Es kamen Schlangen und Feuer ...«

»Und das sagst du! Die damit droht, mich zu verlassen! Soll ich die Büchse laden ...?«

Sie sah ihn an. Die Augen glänzten in der Dunkelheit.

»Ja!« sagte sie fest. »Hast du genug Liebe dazu? Dann tu es! Bis jemand es wagt, gehen wir alle im gewohnten Trott. In alle Ewigkeit. Jemand muß es wagen!«

Sein Blick war starr.

»Das ist nicht dein Ernst!«

»Tu es, Anders! Nimm es von mir! So! Es steht geschrieben,

daß die Liebe nie umsonst ist! Daß sie alles überlebt. Es galt nicht für mich. Er kommt nicht mehr ...«

Anders spürte, daß das Herz seinen Körper zerschlug. Mit gewaltigen Schlägen teilte es Knochen, Knorpel und Fleisch, bis allein der Kopf dalag und in Dinas Schoß rollte.

»Herr, mein Gott, bewahre uns beide!« keuchte er und hielt sie mit schlaffen Armen umfangen.

Er hatte im Unwetter, mit Wellen so hoch wie Kirchen, am Ruder gestanden. Hatte Männer, die mit dem Messer aufeinander losgingen, getrennt. Hatte den Teufel und alle guten Mächte angerufen, wenn die Stöße zu heftig wurden. Aber er hatte nie jemanden im Arm gehalten, der ...

Sollte das jedoch sein Leben sein, dann nahm er es an.

»Was wirst du jetzt machen?« brach ihre Stimme in seine Gedanken ein. Fremd und hart.

»Ich halte dich im Arm, bis du mir alles erzählt hast, was ich wissen muß. Und dann werde ich dich immer noch halten! Aber geh nicht von mir! Hörst du! Verlaß mich nicht!«

»Vermagst du das alles zusammen zu tragen?«

Er antwortete nicht sofort, aber dann sagte er ganz fest: »Ich kann alles tragen, was du mit mir zusammen tragen willst! Alles, von dem ich etwas weiß!«

»Jetzt weißt du es!«

Sie lachte mit heiseren Stößen und machte sich frei aus seinen Armen. Dann war sie aus dem Bett, ehe er sie daran hindern konnte. Schlurfend, wie jemand, der etwas sucht, ohne vollständig wach zu sein.

Sie beugte sich unter das Bett nach dem Nachttopf und hockte sich darüber. Er hörte, daß es lief. Dann mischte sich das Geräusch mit Weinen.

Er kam auf die Beine und setzte sich zu ihr in den feuchten Dunst von Urin und Schweiß. Wußte nichts anderes zu tun, als ihre Haare mit den Fingern auszukämmen. Als sie fertig war, half er ihr wieder ins Bett.

Er zündete mit zitternden Händen eine Kerze an. Setzte sie auf den Stuhl hinten bei der Tür, damit sie sich nicht gestört fühlte. Ging zum Waschtisch. Goß Wasser aus der Kanne auf ein Handtuch und wrang es ungeschickt über der Waschschüssel aus.

Als er zurück zum Bett kam und ihr mit dem nassen Tuch über Gesicht und Hals fuhr, murmelte sie etwas, das er zuerst nicht deuten konnte.

»Ich habe sie alle getroffen. Den Patriarchen. Die Jünger. Johannes. Judas. Simon Petrus. Sie sind noch hier. Lüge, Leugnen und Verrat. Ich glaube, daß sie es nicht einmal selbst wissen. Und Christus ist nur ein Kind, auch wenn noch so viele Huren zu seinen Füßen liegen!«

Sie machte eine Pause, als wüßte sie nicht, wie sie den Rest sagen sollte.

»Aber du ... Anders! Du hast eine zu schwere Last bekommen. Das schaffst du nicht!«

Sie schüttelte den Kopf und gab ihm das Handtuch.

»Alles wiederholt sich. Wir haben immer die gleichen Taten begangen. Immer. Und du hast es erst heute nacht erkannt. Aber jetzt – jetzt hast du es gesehen! Anders!«

Er legte das Handtuch auf den Boden.

»Ich erinnere mich, daß ich dachte, Leo sei ein Mensch, der nie lange bei jemandem bleiben würde ... Aber ich habe geglaubt, daß es dir recht war. Mein Gott! Dina, hätte ich etwas tun können ... ehe es zu spät war?«

Sie schüttelte den Kopf.

Er faßte sie hart bei den Schultern und sagte: »Dann müssen wir einfach entscheiden, daß es jetzt noch nicht zu spät ist, Dina!«

Irgendwo außerhalb seiner selbst hörte er, daß Pferd und Schlitten zum Hof hereinschwenkten. Fackelschein spritzte Blut auf die Gardinen. Kurz darauf wurde vorsichtig die Haustür geöffnet und drei Paar schwerfällige Füße versuchten den Weg ins Bett zu finden.

Schneeflocke um Schneeflocke setzte sich außen auf der Fensterscheibe fest. Bildeten eine große Scholle. Sie wurde zu schwer und fiel herunter. Ohne einen Laut. Dann konnte man eine Weile hinaus in die Nacht sehen. Bis neue Flocken wieder neue Schollen bildeten. Es wiederholte sich wie ein Gesetz.

Am nächsten Morgen betrachteten sie sich gegenseitig mit aufmerksamen Blicken. Als hielte keiner von ihnen es für möglich, daß der andere da war. Und das, obwohl sie ineinander verschlungen geschlafen hatten. Wenn jemand am Tage zuvor Anders erzählt hätte, daß man mit einem solchen Wissen weiterleben konnte, dann hätte er es geleugnet.

Trotzdem standen sie auf. Sie zuerst. Dann er. Ging hinter den Wandschirm und umarmte sie. Nichts wurde gesagt.

Beim Frühstück sah er auf ihre Hände, die Butter auf ein Stück Brot strichen. Lange Finger, die sich um das Messer krümmten und die das Roggenbrot auf dem Teller festhielten. Und plötzlich sah er, wie die Hand die Finnenbüchse an die Wange legte. Hörte den Schuß. Es hallte durch das ganze Haus, ohne daß jemand den Kopf hob.

14. Kapitel

Benjamin hatte alte Leute sagen hören, daß die Zeit allzu schnell vorübereile. Es ging ihm bereits ebenso. Seitdem er wußte, daß er nach Tromsø geschickt würde. Das ganze Leben hieß nur noch Lernen und Kandidat Angell. Als gehörte er nicht mehr zu den Lebenden.

Anders fuhr zu den Lofoten und anschließend nach Bergen, allein. Er war überhaupt nicht mehr da. Und sie hatte gewiß den Blick auf etwas anderes gerichtet, das keiner sah. Hanna hatte so viele Pflichten, daß man glauben konnte, sie sei bereits im heiratsfähigen Alter.

Er bereute allmählich, daß er Tomas so lange aus dem Weg gegangen war. Auch wenn es bei dem Burschen nur Dränagearbeiten gab, sobald die Erde frostfrei war. Tomas' Antrag war genehmigt worden, und er hatte die Hilfe der Landwirtschaftsgesellschaft in Anspruch genommen, um seinen eigenen Boden zu dränieren und mehr Ertrag zu erzielen.

Jetzt hatte Tomas Dina dazu überredet, ein reinrassiges »Ayrshire«-Bullenkalb in Trøndelag zu kaufen. Man redete von diesem Kalb, als ob es das einzige auf der ganzen Welt wäre. Anders sollte es mitbringen, wenn er von Bergen kam.

Ein Vergnügen war bereits der neue Webstuhl für Stine.

»Segensreicher Webstuhl! So ein kräftiger Baum mit gutem Handgriff. Breit, aber leicht zu handhaben, wie ein Wunder«, sagte Stine wiederholt.

Damit niemand Zweifel über die Eigentumsverhältnisse bekommen sollte, hatte Dina Stines Namen in den Baum schnitzen lassen. Sie könnte ihn nach Amerika schicken, wenn sie wollte.

Die Frauen kamen mit Garn, Flicken und Töchtern zum Hof, um den Webstuhl leihweise zu benutzen. Denn er sollte nicht von einem Ort zum anderen gebracht werden. Sie logierten in dem größten Raum des Gesindehauses, der eigentlich der Aufenthaltsraum für die Tagelöhner war. Aber die Männer meinten sicher, daß es in einer Webstube mit Frauen lustiger zuging, auch wenn sie abends wegen des beißenden Rauchs ihrer Pfeifen auf den Treppenpodest hinausbefördert wurden.

Die fremden Frauen tauschten Flicken aus, halfen einander beim Aufziehen der Kette und beim Abschneiden. Sie lachten, schwatzten und sangen. Sie ließen ihn an frische Butter denken oder an rieselnde Bäche im wilden Gebirge.

Die Mädchen kamen nicht alle auf einmal. Nein, sie kamen wie kleines Gekräusel gegen die Landungsbrücke. Allein oder zu zweit. Es fing mit dem Rascheln der Röcke an, wenn sie die Allee hinaufgingen. Dann: fröhliches Lachen und leise Rufe beim Abort und dem Gesindehaus. Nachts Geflüster an offenen Fenstern. Und perlende, helle Stimmen am Tag. Nicht nur er beobachtete genau, was die fremden Gestalten trieben. Alle Männer auf dem Hof taten es. Er hörte sie fragen, ob sie jemanden an der Landspitze abholen sollten. Oder reichlich Holz hacken. Oder die Haken für die Lampen befestigen. Der jüngste Knecht wollte endlich das Regal für die Flickenkörbe schreinern, damit man die Flicken nicht mehr um die Füße hatte. Es war leicht, auf Reinsnes Männerhilfe zu bekommen, wenn Stines Webstuhl für die fremden Mädchen aufgestellt war.

Er fand einen Vorwand, um ihnen zuzusehen. Eine hatte eine so schmale Taille, daß man kaum glauben konnte, daß sie zusammenhielt. Alle beugten sich über den Webbaum und zogen, daß das Mieder zitterte.

In den Laden strömten mehr Männer als gewöhnlich. Es fing bereits im Februar an. Sie kamen in kleinen und großen Booten, um die Frauen, Schwestern und Verlobten zu sehen. Oder sie hofften, jemandem zu begegnen. Alle kauften Schnupftabak und Sirup und sonst noch allerlei, sobald sie das Boot hochgezogen hatten.

Kandidat Angell vergaß sich auch ab und zu. Lehnte sich aus dem offenen Fenster und legte mitten im Diktat eine Pause ein. Immer, wenn eine von den Fremden vorbeiging.

Es war an einem der letzten Tage im Mai. Er stand mit ausgebreiteten Armen auf einem soliden Hocker und wurde im

Kreis herumgedreht. Falls er Bewegungen machte, die er nicht machen sollte, piekste es böse von -zig Stecknadeln.

»Steh still, dann geht es schneller!« sagte das Nähmädchen.

Er nahm an, daß es die einzige Möglichkeit war, dem Feind eher zu entkommen.

»Benjamin ist im letzten Jahr nicht sonderlich gewachsen«, sagte sie, den Mund voll von den verhaßten Stecknadeln. Sie hatte eine blaue Schürze an, die Haare waren zu einem strengen Knoten im Nacken gedreht. Er wünschte sich, daß sie die Nadeln herunterschluckte. Alle auf einmal. Das war wirklich ein niederträchtiger Gedanke. Aber ganz natürlich. Je mehr er daran dachte. Eine Weile stand er besonders ruhig, damit Gott ihm vergab.

»Wenn er so wenig ißt und nachts so schlecht schläft, kann er ja auch nicht wachsen«, sagte Tea und betrachtete ihn, als ob er schon ganz zusammengeschrumpft und tot wäre.

»Womit schlägst du dich herum, junger Mann?« fragte der Feind einschmeichelnd und stach ihn ein wenig in den Arm.

Er antwortete nicht. Es fiel ihm etwas Besseres ein. Er schneuzte sich in den Ärmel, so daß es einen weißen Streifen gab. Danach mußte er natürlich niesen. Das war nicht geplant. Er bereute es sofort, denn alles geriet durcheinander, und die Nadeln mußten neu gesteckt werden.

Stine warf ihm die Sache mit dem Schneuzen leise vor und holte aus der Küche einen Lappen, um den Streifen abzuwischen.

Er sagte nichts. Ließ die anderen einfach dummes Zeug über ihre Angelegenheiten reden und darüber lamentieren, daß er nicht gewachsen war. Er würde sie gewiß nicht daran hindern.

Dina kam herein und begutachtete ihn mit zur Seite geneigtem Kopf.

»Sollte er nicht besser Sachen haben, die ihm jetzt passen?« fragte sie.

»Kleider müssen auf Zuwachs berechnet sein. Sonst kann er halbnackt in Tromsø herumlaufen, ehe es Weihnachten ist«, sagte das Nähmädchen und zeigte, daß die Hosen und die Ärmel der Hemden herausgelassen werden konnten.

Stine und Tea pflichteten dem Nähmädchen bei. Sie hatten den großen Wandspiegel von der Wand im Flur heruntergenommen und hielten ihn nun vor Benjamin hin. Die Kleider und er sahen aus, als ob sie geliehen wären.

Dina nickte, aber er merkte gut, daß sie ihn gar nicht angeschaut hatte. Sie kümmerte sich nicht darum, daß er wie eine Vogelscheuche aussah. Aber es war ihm egal.

Er ließ sich von dem Nähmädchen unter Stines sanft einschätzendem Blick im Kreis herumdrehen. Er war eine Holzfigur, die angezogen und nach Tromsø geschickt werden sollte. Vorher mußte er noch in die Kirche und über das Glaubensbekenntnis samt Erklärungen geprüft werden. Aber das sollte ruhig geschehen, solange nur Anders rechtzeitig zur Konfirmation von Bergen zurückkehrte.

Hanna verstand sich auf nichts anderes als auf ihre Arbeit. Es kam vor, daß sie ganz still bei ihm saß. Daß sie zuhörte, wenn er vorlas. Aber nur, weil sie nicht gern allein war. Ein paarmal war sie sogar während seines Vorlesens eingeschlafen.

Er durfte sie nie mehr untersuchen. Sie nörgelte herum, daß sie jetzt für so etwas zu groß seien. Er blieb die Antwort schuldig. Es war sowieso nichts dagegen zu machen. Aber manchmal zwirbelte er ihre Haare. Im Nacken. Es wurde ihm sonderbar warm dabei. Sie wollte jedoch nicht so lange stillsitzen. Es konnte ihm egal sein. Er würde auf alle Fälle bald reisen.

Am liebsten war er für sich allein. Denn es gab so vieles, worüber man nachdenken mußte. Im übrigen verhielt es sich so, daß die Dinge einfach vorbeiflossen und nicht mehr vollständig zu fassen waren. Er glaubte, daß es den gleichen Grund hatte wie die Tatsache, daß er nicht mehr wuchs. Sogar der dünne Flaum, den er anfangs auf der Oberlippe entdeckt hatte, wuchs nicht mehr.

Solange er nur in Mutter Karens Kammer saß und keinen Lärm machte, kümmerte sich niemand um ihn. Wenn er jeden Tag etwas länger dort drinnen saß, würden sie es vielleicht gar nicht merken, falls er eines Tages verschwunden war.

Er hielt sich oft im Sommerstall auf. Dort fiel immer ein bläuliches Licht durch das kleine Fenster. Es roch nach Kühen, Mist und Klee. Er konnte dort in der offenen Tür sitzen und verwickelten Gedanken nachhängen, wer er war, was die anderen glaubten, wer er war, und wer er werden mußte, damit sie nichts entdeckten.

Man konnte sich die Frage erlauben: Für wen lebt man? Lebt man um seiner selbst willen? Oder weil man ein Zeuge sein muß, der nichts verrät?

Er fand nie eine Antwort. Gewöhnte sich nur an die Unruhe. Sein Kopf war glattweg zu groß geworden für den Körper. Es nützte nichts, daß er nach Stines Beispiel den Nacken aufrichtete.

Er wußte nicht, wann er es zuerst gedacht hatte. Daß keiner ihn jemals retten konnte. Er mußte sich selbst retten. Dieser Gedanke wurde zu weißen Maden, die in sein Rückgrat krochen. Es wimmelte nur so von ihnen, und sie vermehrten sich ständig. Schließlich konnte er sich kaum noch aufrecht halten. Hätte er es doch gewagt, sich richtig zu ängstigen. Aber das konnte er nicht. Daran würde er sterben. So gab es statt dessen nur Unruhe und Maden. Wenn die Maden alles verzehrt hatten, verstand es sich von selbst, daß es leer war. Man konnte ja nicht die ganze Zeit daran denken, aber man wußte es trotzdem. Daß es leer war.

Er hatte gesehen, daß auch Dina auf Anders wartete. Sie ging Tag für Tag auf den Fahnenhügel. Sie war so dünn, daß sie die Fahnenstange hätte sein können. Deshalb kümmerte sie sich auch nicht darum, wie er aussah oder wie ihm zumute war. Warum sollte sie? Sie hatte genug mit sich zu tun.

Er hatte versucht, mit ihr zusammen auf dem Fahnenhügel zu sein. Hatte auf sie gewartet. Als ob es ein Treffpunkt wäre. Nur für sie beide. Aber eigentlich wußte er ja, daß sie gar nicht nach Anders Ausschau hielt. Sie ging wegen des Russen dorthin.

Sie war nie böse, wenn er ihr nachkam, aber sie sagte nicht viel. Stand nur da, die Haare wie ein schwarzes Großsegel um den Kopf. Wenn die Sonne schien, beschattete sie beide Augen mit der Hand. Als ob es ein verabredeter Gruß wäre.

So standen sie auch im Wind, als das Frachtschiff mit vollen Segeln in den Sund hineinglitt. Er rief und schrie und lief ins Haus, um die lange Hose und die große Jacke und die weiße Hemdbrust anzuziehen. Er kam sich vor wie ein verspäteter Zugvogel. Hatte sozusagen die Schutzfarbe angenommen. Jetzt würde er bald selbst über das Meer fahren.

Die Stiefel waren reichlich groß, er mußte den Gang verändern, um nicht über Stock und Stein zu stolpern. Er hatte Anders' Ankunft entgegengefiebert. Aber er fühlte sich trotzdem nicht froh. Deshalb lachte er mehrere Male laut und johlte. Danach stand er zusammen mit den anderen am Strand und wartete.

Die Ruderboote wurden zu Wasser gelassen. Eins nach dem anderen. Die Stimmen flogen mit dem Wind über die kleinen Wellen und die Schaumkronen, lange nachdem die Worte gesagt worden waren.

Dann geschah das, worauf Tomas seit Monaten sehnlichst gewartet hatte: Der Stier wurde mit der gleichen Aufregung in Reinsnes an Land gebracht, als ob er ein Neger aus Afrika wäre. Er hatte einen unruhigen Magen, denn sie hatten auf der Heimfahrt schlechtes Wetter von Süden her bekommen. Der Verschlag, in dem er stand, und der Junge, der ihn halten mußte, waren bis obenhin verdreckt.

Anders schien erleichtert zu sein, als sie dem Prachtexemplar von einem Stier endlich das Halfter angelegt und ihn an Land befördert hatten. Dann befahl er, das Boot gründlich zu säubern.

»Ein Stier ist auch ein Mensch, aber er hat nichts in einem Boot zu suchen«, grinste Anders, als das Boot an die Steine stieß.

»Er heißt Tore Hund und hat dreißig Speziestaler gekostet«, sagte Tomas zu allen, die es hören wollten.

»Eine enorme Summe für ein Tier«, sagte einer von den Häuslern, während er sich über den Stier beugte und an ihm herumfingerte.

Die anderen Männer verfolgten es interessiert, aber die Frauen schauten weg, dorthin, wo etwas anderes los war. Der Stier brüllte böse und richtete sich in dem Karren hoch auf.

»Wir werden es wieder hereinholen«, sagte Tomas stolz.

»Was kostet ein Sprung?« fragte ein anderer.

»Sechs Speziestaler«, sagte Tomas und tätschelte den hitzigen Stier.

»Du wirst von billigeren Stieren unterboten werden«, sagte der Mann.

»Den Häuslersleuten gebe ich Rabatt«, sagte Tomas leise.

Einen mächtigeren Jungstier habe noch niemand gesehen, meinten alle, die um ihn herumstanden.

Da kam Dina zum Strand. Sie gab Anders die Hand und hieß ihn willkommen. Rund um den Stier und Tomas wurde es still. Jetzt waren Dina und Anders der Mittelpunkt.

Es war lange neblig und feucht gewesen. Aber Anders war wie eine Wolldecke, die man an Land bekam. Er merkte es ihr an, als sie die Landungsbrücke verließen. Anders hatte das Gefühl, während sie die Allee hinaufgingen, daß der Russe auf seinem Rücken so leicht war, daß er ihn nicht spürte. Und später, als er die Ellenbogen auf den Tisch stützte und anfing von allem zu erzählen, was er gesehen hatte, konnte er leichter atmen als vorher.

Man konnte wohl nicht klagen, auch wenn man in Kisten und Koffer gepackt wurde, um fortgeschickt zu werden. Es hätte schlimmer sein können. Wenn sie es wäre, die reiste.

Eines Nachmittags standen Anders und Benjamin am Taubenschlag und sahen zu, wie die Tauben hin und her flogen. Da sagte Anders plötzlich: »Ich hole dich Weihnachten. Es ist ja nur eine kurze Zeit bis Weihnachten! Ich werde dich holen, auch wenn das Wetter sehr schlecht sein sollte.«

Er mußte nicken, es war ja gut gemeint.

Die Lensmannfamilie kam zur Konfirmation. Dagny lobte ihn, wie tüchtig er beim Glaubensbekenntnis und den umständlichen Erklärungen des Katechismus gewesen war.

Der Lensmann meinte, daß er es noch weit bringen werde mit einem so guten Kopf. Er hatte ihm bereits am Abend vorher goldene Manschettenknöpfe überreicht.

Oscar und Egil prügelten sich nicht länger mit ihm. Es war Schluß mit dem Spaß. Oline rief nicht mehr durch das Haus, daß die Lensmannjungen im Begriff seien, Benjamin umzubringen. Oscar und Egil verfolgten Dina. Sie sprachen mit ihr und über sie, als ob sie sie besäßen. Er gewöhnte sich nie daran, daß sie sozusagen die Schwester der Jungen war. Daß er selbst der jüngste war, machte die Sache nicht besser.

Er setzte sich zur Wehr, indem er sich mit Dagny befreundete. In diesem Sommer veränderte sie sich in seinen Augen. Von einer, die immer tröstete und zudeckte, zu einer, die einfach herrlich war. Gefährlich. Eine, in deren Nähe man sein mußte. Das Haar. Ihre Schwere, wenn sie sich über das Bett beugte, um gute Nacht zu sagen. Ja, denn sie hielt an diesem Brauch fest, auch wenn sie schon viel zu groß dafür seien, wie sie sagte.

Sie war eine ferne Wolke. Er empfand es als unerträglich schön. Er gebrauchte alle Kniffe, sowohl die, die er gelernt, als auch die, die er nicht gelernt hatte, um Dagnys Aufmerksamkeit auf sich zu ziehen.

Nachdem sie aus der Kirche gekommen waren, versammelten sich die Frauen vor dem Mittagessen innerhalb und außerhalb des Gartenhauses. Er schlenderte an der offenen Tür vorbei. Die Schatten der Blätter tanzten über Brust und Gesicht. Er floß hinein in die Düfte. Zwischen die Röcke und die Oberteile. Es war nicht besonders männlich. Aber man konnte es doch eine Weile genießen?

Dagny beugte sich zu ihm, um die Manschettenknöpfe zu sehen, die er bekommen hatte. Berührte seine Hand. Es war ein wenig seltsam. Sie sagte etwas wie, daß er sich gut herausgemacht habe.

Sein Kopf wurde zu einem weichen Klumpen. Seine Hand hob sich. Sie konnte nichts dafür, daß sie ihre Brust streifte. Dagny rührte sich nicht. Blieb stehen und drückte seine Hand an sich. Als ob sie mitmachte. Daß niemand es sehen sollte. Da wurde er zu einem Welpen, der die Nase in den Ausschnitt ihres Kleides steckte. Ganz schnell. Dann war es vorüber.

Aber der Duft blieb tagelang haften.

15. Kapitel

Tomas sagte, es sehe so aus, als ob das Jahr 1859 ein gutes Erntejahr würde. Vor allem für Kartoffeln und andere Knollengewächse. Nachtregen und schöne Tage hatten das Gras hoch und grün werden lassen. Benjamin war bei der Heuernte dabeigewesen und hatte geschuftet. Die Bücher interessierten ihn in dieser Zeit nicht. Die Erwachsenen waren damit einverstanden. Sie waren sich überhaupt einig, wenn es um ihn ging.

Eines Tages kam eine Frau von Bjarkøy, um Stines Webstuhl zu leihen. Sie hatte ein Geschöpf bei sich mit hüftlangen blonden Zöpfen und blasser Haut. Er hatte ein solches Mädchen noch nicht gesehen. Ganz anders als Hanna.

Trotzdem vereinnahmte Hanna sie für sich. Bei der Arbeit. Wenn sie die Flicken für den Webstuhl zurechtschnitten und über etwas kicherten, wovon die anderen keine Ahnung hatten. Sie gingen zusammen aufs Örtchen. Und ihr Lachen lag wie verrücktes Möwengeschrei über dem Hof.

Jetzt, da Hanna in dieser Else Marie eine Freundin gefunden hatte, konnte sie ihn dafür strafen, daß er nach Tromsø reisen würde. Ohne daß er sich wehren konnte.

Ein paarmal versuchte er sich den beiden zu nähern, um mit der Neuen zu reden, aber Hanna flüsterte ihr etwas zu, so daß sie mit der Hand vor dem Mund kichern mußte.

Eines Morgens ging er zeitig über den Hofplatz und sah sie. Else Marie. Sie stand am Brunnen und zog den Wassereimer hoch. Die lose herunterhängenden Haare gingen in die tiefstehende Sonne über. Sie war barfuß. Das Licht überflutete sie und zeichnete ihren Körper deutlich unter dem dünnen Leinenstoff ab. Er sah sich schnell um, dann war er im Nu bei ihr.

Sie hörte ihn nicht, denn die Kurbel und der Henkel des Eimers kreischten um die Wette. Als er von hinten kam und ihr die Kurbel aus der Hand nehmen wollte, um ihr zu helfen, fuhr sie zusammen und ließ alles los. Er spürte, wie die Eisenkurbel ihm die Haut von der Hand schlug. Und der Eimer landete mit einem dumpfen Knall im Brunnen.

Er blieb stehen und hielt sich die Hand, während sie sich prüfend ansahen.

»Ich wollte dir helfen«, sagte er.

»Ach so.«

»Else Marie? So heißt du doch?« fragte er und ergriff die Kurbel. Sie war blutig.

»Ja«, sagte sie schüchtern. Und im nächsten Augenblick: »Hilf, Himmel! Er blutet!«

Er fing an zu kurbeln.

»Du blutest!« wiederholte sie.

»Ach was.«

»Ich sehe es doch. Soll ich dich verbinden?«

»Unsinn.«

Er kurbelte wie verrückt, und sie sagte nichts mehr.

»Schneidest du gerne Flicken zurecht?«

»Nein.«

Dann schien ihr etwas schrecklich Komisches einzufallen. Sie krümmte sich, fing an zu kichern und sah ihn mit lustigen blauen Augen an. Ganz anders als Hannas Augen. Er stand so nahe, daß er die kleinen hellen Sommersprossen auf ihren Armen und auf der Nase sehen konnte. Ja, bis herunter in den Halsausschnitt, der nicht sittsam geschlossen war.

Er wandte die Augen von ihr ab und kurbelte emsig weiter. Der Eimer prallte auf den Brunnenrand und spritzte sie beide naß. Dort, wo ein dunkler Fleck entstand, klebte das Kleid an ihrem Körper fest. Vorne, in der Mitte. Er mußte unbedingt hinsehen. Sie hatte so seltsame Rundungen. Alles an ihr war rund.

»Weißt du, wer ich bin?« sagte er und nahm den Eimer vom Haken.

»Ja.«

»Wer bin ich?«

»Du bist Benjamin Grønelv auf Reinsnes«, sagte sie.

»Woher weißt du das?«

»Das wissen alle.«

»Macht es dir etwas aus?«

Sie legte beide Hände auf den nassen Rockschoß und betrachtete ihn mit halbgeschlossenen Augen.

»Nein«, sagte sie.

»Warum willst du dann nicht mit mir reden?«

»Das habe ich nicht gesagt ...«

»Ich werde dir etwas zeigen. Beim Sommerstall. Nach dem Abendessen. Wenn du die Kühe gemolken hast und alles ruhig ist. Aber du mußt dasein, ehe die Sonne hinter Kobbholmen untergeht, sonst klappt es nicht.«

»Um wieviel Uhr ist das?«

»Das mußt du selbst herausfinden.«

»Wo ist Kobbholmen?«

Er drehte sich um und deutete auf eine kleine Insel.

»Was willst du mir zeigen?«

»Das kann ich nicht sagen.«

Sie kicherte und beugte sich über den nassen Rock. Hob ihn hoch und ließ ihn wieder fallen. Man konnte sehen, wie er nach innen gesaugt wurde. Es bewirkte etwas bei ihm. Sein Atem stockte.

Er legte das Tragejoch über die Schultern und hängte beide Eimer ein. Er packte sie am Henkel und sagte: »Es ist etwas Unterirdisches.«

In dem Augenblick, als er es gesagt hatte, wußte er, wie töricht es war. Aber es war zu spät. Um es zurückzunehmen. Er schluckte und spürte, daß er rot wurde. Dann machte er, so schnell er konnte, mit den vollen Eimern kehrt und trug sie die Treppe zum Gesindehaus hoch.

Am gleichen Tag half er Tomas, die Heureuter auf einem Handkarren von den entfernten Wiesen zu holen. Man mußte sie erst ein Stück tragen, auch wenn man eine Mordsschramme an der Hand hatte. Tomas hatte kein besonderes Mitleid mit dergleichen.

Der Wechsel vom Lernen und von der Konfirmationsfeier zur Landarbeit mit Tomas war betrüblich. Er sagte es nicht. Es hätte sowieso nichts genutzt.

Wie konnte er nur so dumm sein, vor Else Marie mit den Unterirdischen zu prahlen? Er hatte wohl sonst nichts vorzuweisen!

Außerdem fühlte er sich nicht wohl in Tomas' Gesellschaft. Fühlte sich beobachtet, als ob der andere ihm ständig beweisen wollte, daß er kein ganzer Kerl war. Tomas hatte etwas an sich, das ihn veranlaßte, Umwege zu gehen. Er konnte nicht sagen, was es war.

Die Landarbeit hatte an dem Tag begonnen, als er an der offenen Stalltür vorbeigekommen war und Tomas' Stimme da drinnen gehört hatte: »Der Junge ist blaß und armselig und sitzt nur da und lernt. Er wird noch krank davon werden.«

Dinas Antwort verstand er nicht. Gleich darauf hörte er, wie Schritte sich der Tür näherten. Er machte sich aus dem Staub und empfand einen enormen Widerwillen. Warum sprach sie mit Tomas über ihn. Warum tat sie das?

Für diesen Tag hatte er den Auftrag bekommen, Heureuter hereinzuholen.

Er kratzte sich am ganzen Körper und spürte Tomas' Augen auf sich ruhen. Aber er mußte sich damit abfinden, daß Tomas eine Art Gespräch führte.

»Es ist warm heute«, sagte Tomas.

»Ja.«

Dann trug jeder ein paar Pfähle und legte sie auf den Handwagen.

»Du fährst bald nach Tromsø, um zu lernen.«

»Ja.«

»Das wird sicher Spaß machen.«

»Ich weiß nicht.«

»Es ist leicht, Wissen zu tragen, weißt du ... leichter, als Pfähle zu tragen.«

»Mmm.«

»Du wirst dich wohl zurechtfinden.«

»Ja.«

»Für Hanna wird es langweilig werden.«

»Mmm.«

»Kommst du Weihnachten nach Hause?«

Er ließ die Pfähle wie eine Lawine in den Karren stürzen. Dann richtete er sich auf. Sein Gesicht war ein dunkelroter Knoten.

»Warum fragst du?« sagte er.

Das war nicht richtig. Trotzdem hatte er es gesagt. Er konnte sehen, daß Tomas' Blick flackerte und er nicht wußte, was er sagen sollte. Man konnte Mitleid mit ihm haben. Aber das wollte er nicht!

Der Mann legte seine Bürde ruhig ab, schaute herunter auf die Wiese und sagte: »Weil ich dir nur Gutes will.«

Man konnte nur lachen über ein solches Benehmen von einem erwachsenen Mann.

»Ich habe gehört, daß du zu Dina gesagt hast, ich würde nicht zu harter Arbeit taugen!«

»Wann?«

»Vorhin ... im Stall.«

»Ich habe gesagt, daß du mehr an der frischen Luft sein solltest, nicht nur über den Büchern hängen.«

»Was geht dich das an?«

Tomas fuhr mit der Zungenspitze über die Lippen.

»Nein, es ist wohl so ...«

Diesmal flüsterte er. Es war ungemütlich. Als ob Tomas wüßte, daß einer von ihnen bald sterben würde. Daß es wichtig für ihn war, genau diese Worte zu sagen: »Ich will dir nur Gutes. Nein, es ist wohl so ...«

Er schluckte. Der Zorn verrauchte. Irgendwie war es vollkommen verrückt. Niemand sollte Pfähle schleppen und sich etwas anhören müssen, gegen das er sich nicht verteidigen konnte. Das man nicht verstand. Plötzlich ergriff er den Wagen, obwohl er erst halbvoll war, und zog ihn in wilder Eile hinter sich her zum Stall hinauf. Die Pfähle tanzten, und die Sonne stach. Man mußte sich retten.

Als er mit dem Wagen am Gartenzaun vorbeistürmte, sah er Else Marie zusammen mit Hanna. Sie saßen auf der Gartenbank und schnitten ihre ewigen Flicken für die Fußmatten. Er pfiff, obwohl er außer Atem war. Hanna beachtete ihn nicht. Else Marie hob die Hand. Nur ganz wenig. Aber es genügte.

Er stürmte mit den Pfählen zum Stall. Schob sie in den Hohlraum unter dem Boden. Die Wunde an der Hand fing wieder an zu bluten. Es wurde ringsum so rot. Plötzlich wurde ihm übel. Das Blut lief. Rot. Er hatte es früher nicht gesehen. Daß sein Blut schön war. Er fühlte sich verschwitzt. Es tropfte von seinem Gesicht.

Else Marie! Else Marie! Else Marie! schrie er innerlich. Aber er gab acht, daß kein Laut nach außen drang. Statt dessen setzte er sich. Schneuzte sich mit der Hand, die nicht blutete. Das half ein bißchen.

Als er die nächsten Pfähle holen ging, standen die Mädchen am Gartenzaun und glotzten. Hanna warf ihm einen hämischen Blick zu. Dann beugte sie sich zu Else Marie und flüsterte ihr etwas zu. Sie kicherten hinter vorgehaltenen Händen.

Man konnte nichts dafür, daß jetzt etwas riß. In einem. Er wußte nicht, was es war. Plötzlich. Ein böser, kleiner Kobold? Der die Augen trocken werden ließ wie Zunder. Der den Kopf zu einem Schlangennest machte. Der die Wut zu einem dicken Klumpen zusammenballte. Er ließ den Wagen nahe am Zaun los. Dieser war so hoch, daß die Schafe nicht darüberspringen konnten. Weiß gestrichen. Und jede Planke endete in einer Spitze.

Ehe er wußte, was er tat, hatte er sich über den Zaun gebeugt, Else Marie um die Taille gefaßt und sie zu sich herübergehoben. Er begegnete Hannas dunklem Blick, während er Else Marie auf den Boden stellte. Es benahm ihm den Atem.

Da zwang er sich dazu. Holte so tief Luft, daß es um seine Ohren stürmte und brauste. Dann hob er das fremde Mädchen noch einmal hoch. Streckte die Arme weit nach oben. Ihre Schuhe schrappten an den Planken. Ihr Atem war ein langer Seufzer, als er sie in den Wagen setzte. Er warf sein Gesicht zu Hanna herum und wollte grinsen. Aber er wußte nicht, ob er es tat.

Else Marie hatte einen Streifen Blut von seiner Hand. Rot um die ganze Taille. Jetzt war sie sein!

Er faßte die Handgriffe und raste mit dem Mädchen im Wagen den Hang hinunter.

Sie kam am gleichen Abend wirklich zum Sommerstall. Er hatte sich hinter einem Gebüsch versteckt und sah sie den Pfad heraufkommen. Sie war so schrecklich hell. Er wußte nicht, daß Menschen so sein konnten. Als sie an den Sträuchern mit wilden Himbeeren vorbeiging, reckte sie sich und pflückte ein paar Beeren, die sie auf einen Halm aufzog. Das war nicht schön. Daß sie Hannas Himbeeren nahm. Aber es war nicht sein Fehler.

Plötzlich fühlte sie sich beobachtet. Sie hielt inne und richtete sich auf. Schaute in seine Richtung, ohne ihn zu sehen. Es kitzelte süß. Kleine Stöße unten im Bauch. Bis in beide Schenkel. Dann fiel ihm ein, daß er ihr nichts Unterirdisches zu zeigen hatte.

Am besten brachte er es bald hinter sich. Er kam aus dem Gebüsch heraus und hob die Hand. Sie kam ihm langsam mit den roten Beeren auf dem Halm entgegen. Als sie ganz nahe war, sah er, daß ihr Gesicht verschwitzt war. Kleine Perlen auf ihrer Haut, auf Oberlippe und Stirn. Darunter war die Haut völlig weiß mit diesen seltsamen, kleinen Punkten.

Er konnte die Hand ausstrecken und ihr Gesicht mit den Fingerspitzen berühren. Jetzt. So.

Sie stand ganz ruhig da und warf einen Blick hinauf zu seinen Fingern. Es sah merkwürdig aus. Er mußte ein wenig lachen, ohne daß sie etwas gesagt hatten. Sie lachte auch. Sie war ebenso klein wie Hanna, obwohl sie sicher fünfzehn Jahre alt war. Während sie so standen und er den Zeigefinger über ihre Wange, Nase und Stirn führte, begann er ihr zu erzählen von der blaugekleideten Huldra, die von den Unterirdischen auf die Erde kam, um sich in den Bächen der Menschen zu waschen.

Er hatte die Geschichte nie gehört, aber das machte nichts. Denn sie war da. Um erzählt zu werden. Allmählich merkte er, daß sie aufhörte zu atmen.

»Huldra stand unter einem großen Wasserfall, und das Wasser rann an ihr herunter«, erzählte er.

Sie atmete immer noch nicht. Sah ihn nur mit fürchterlich großen Augen an. Sie wird daran ersticken, dachte er. Und das war seine Schuld. Er konnte nichts dafür, daß er es genoß, wie sie dastand und erstickte, während er erzählte.

Als man schon fast annehmen konnte, daß es aus war mit ihr, weil sie anfing zu schwanken, atmete sie wieder. Beim letzten Schwanken war sie näher gekommen. So nah, daß sie die Hände vorstrecken mußte, um nicht auf ihn zu fallen.

Die Wärme ihrer Hände! Er hatte sicher noch nie etwas so Seltsames gespürt. Sie waren lebendig. Schrecklich lebendig.

Er legte seine Fingerspitzen erneut auf ihr Gesicht. So ein leichtes Gesicht. So licht! Vielleicht wohnte das Licht in ihr und ließ sie schweben? Vielleicht war er der einzige, der das wußte?

»Huldra zog den blauen Rock aus, als sie aus dem Wasser kam. Er war naß geworden. Sie hängte ihn zum Trocknen über ein Birkengestrüpp. Genau so ein Birkengestrüpp wie das hier«, sagte er und zeigte darauf. Entsetzlich schnell zeigte er darauf. Denn er konnte es sich nicht leisten, ihrem Gesicht lange fernzubleiben.

»Dann legte Huldra sich ins Gras, um zu schlafen. Aber das hätte sie nicht tun sollen. Da war ein dunkler Junge, der sie sah und meinte, sie sei so schön, daß das Sonnenlicht in ihr wohne. Er wollte sie haben und wußte nicht, daß sie eine Huldra war. Und gerade, als er ihre Wange berührte, genau so ... da wachte sie auf und merkte, daß sie nackt war. Und sie schämte sich so sehr, daß ihre Scham drinnen im Berg, wo die anderen waren, verspürt wurde. Und dann kamen sie und verzauberten den Jungen, so daß er nie wieder er selbst wurde. Und sie konnte nicht mehr heim in den Berg gehen. Sie sitzt immer nackt unter dem Wasserfall und friert oder wandert im Gebüsch herum ... Pst! kannst du es hören, Else Marie? Wie sie jetzt umhergeht? Pst!«

Sie lauschte und schaute etwas ängstlich drein. Da nahm er ihre Hand. Sie lachte nicht ein einziges Mal. Und die Dämmerung legte sich dicht um sie beide. Es roch nach ungenutztem Sommer und Kühen. Noch immer hatte sie kein Wort gesagt.

Er überredete sie, daß sie sich ins Gebüsch setzten. Dann streckte er prüfend die Hand aus nach dem Halm, den sie in der Hand hielt. Da kam sie zu sich und reichte ihm eine Beere. Er schüttelte den Kopf und hob die Beere hinauf zu ihrem

Mund. Sie öffnete den Mund und steckte die Beere hinein. Eines von den winzigen Bläschen war zerquetscht worden. Der rote Saft malte einen Punkt auf ihr Kinn. Er mußte ihn wegnehmen. Als er dann fest an seinem Finger klebte, leckte er ihn einfach ab.

Sie sah ihn die ganze Zeit an. Nur ihn. Er fing an zu zittern. So sitzen und angesehen werden, während man Himbeeren verspeiste, ohne etwas über etwas zu sagen.

Als die Beeren alle waren, fragte sie immer noch nicht nach dem, was er ihr versprochen hatte zu zeigen. Aber man konnte nicht sicher sein, daß sie es vergessen hatte. Deshalb umfaßte er ihre Taille mit beiden Händen. Nur leicht. Vertrauenswürdig. Sie sollte sich nicht bedroht fühlen. Da geschah etwas. Sie schloß die Augen. Kniff sie nicht zusammen, als ob sie nichts sehen wollte. Nein, sie glitten einfach langsam zu. Leicht, leicht. Wie winzig kleine Schwingen breiteten sich die Wimpern auf den Wangen aus. Sie waren so hell, daß man sie fast nicht erkennen konnte. Und die Augenlider waren ganz weiß mit blauen Adern. Als ob jemand einen sehr kleinen Pinsel benutzt und sie angemalt hätte. Und unaufhörlich zitterten sie und versuchten, ihre Angst zu verbergen.

Er schluckte noch einmal und faßte sie an. Vorne, wo die Brust war. Nicht direkt, sondern mehr von der Seite, so daß es ebensogut ein Versehen sein konnte. Es war beinahe nicht auszuhalten, daß sie eine Ewigkeit nur mit zitternden Augenlidern dasaß und nichts sagte.

Er wollte gerade den obersten Knopf des Kleides öffnen, als es in den Büschen unten am Hang knackte und Hannas Stimme ertönte: »Ich weiß, wo ihr seid! Ich weiß, wo ihr seid!«

Else Marie war augenblicklich auf den Beinen und sprang den Pfad hinunter. Er spürte eine Art Krampf. Im Unterleib und im Gesicht. Als ob er grundlos anfangen wollte zu weinen. Die Welt war ganz blau. Er hörte das Knacken der Zweige noch lange, nachdem sie fort war.

Es konnte ihm egal sein. Kurz darauf hörte er sie unten lachen.

Er ging in den Sommerstall zu den Kühen. Sie atmeten ihn an und strichen mit den Mäulern um die Grasbüschel, die er mitgenommen hatte. Er faßte die warmen Körper der Reihe nach an.

»Ich bin Benjamin Grønelv auf Reinsnes. Kennt ihr mich?« flüsterte er jeder einzelnen zu. Sie kauten stehend und liegend, je nachdem. Einige sahen ihn groß an und nickten.

»Aber jetzt muß ich fort.«

Die letzte Kuh schnaubte ihm feucht ins Gesicht.

»Ich tauge nicht dazu, Pfähle zu transportieren.«

Die Kuh wandte sich entschieden ab.

Ohne daß es ihm bewußt war, trat er sie mit voller Wucht in den Schenkel und schrie: »Ich werde es euch zeigen. Euch zeigen! Hört ihr?«

Da geschah es.

Alle Kühe reckten den Hals und rissen das Maul gegen die Decke auf. Die Schatten der vielen großen Köpfe waren furchterregend. Das Muhen brach mit grausamer Gewalt los und schlug ihn zu Boden in die Jaucherinne. Zitternd und verschreckt blieb er liegen und spürte, wie die Kuhfladen zwischen den Fingern hervorquollen. Durch die Kleider drangen. Die Tiere brüllten. Stampften. Holten Luft und brüllten weiter.

Er rappelte sich auf und verzog sich rückwärts zur Tür.

Die Augen! Sie folgten ihm. Glühten ihn leer an. Es wurden immer mehr, bei jedem Schritt, den er machte. Zum Schluß waren sie ein einziges mächtiges Kuhauge.

Da fühlte er hinter sich die Tür. Taumelte hinaus und schob den Riegel vor.

Die Bäume standen wie Gespenster um ihn herum. Sie sahen und hörten. Sie griffen nach ihm, kratzten und flüsterten. Trotzdem mußte man quer hindurchlaufen. Zum Fluß. Er schaute eine Weile auf die schäumende Vertiefung, in deren Mitte eine Quelle war. Dann zog er die Kleider aus und warf sich hinein.

Er mußte seinen eigenen Schatten waschen. Er roch nach Mist.

Sein Körper schwamm hinaus in das kalte Wasser. Er fand

die tiefste Stelle und tauchte unter bis zum Hals. Ließ das Wasser strömen. Vorbei und vorbei. Eiskalt und klar. Das Brausen und Schäumen machte ihn schwindlig. Alles war so zerbrechlich. Alles zerbrach. Man mußte es aushalten. Es dauerte nie lange. Jemand flüsterte ihm etwas zu. Erst glaubte er, daß es das Wasser war. Oder die Unterirdischen. Dann begriff er. Es war der Russe.

Er wußte nicht, wie lange er dort gesessen hatte. Der Körper war weggewaschen. Er spürte keine Kälte. Arme und Beine waren weg. Er war ein Kopf, der in einem Fluß lag und eisklare Gedanken dachte, die davonströmten. Helle Kuhaugen starrten ihn aus einem mächtigen violetten Himmel an.

ZWEITES BUCH

1. Kapitel

WENN DAS KIND ENTWÖHNT WERDEN SOLL, HAT DIE MUTTER DIE KRÄFTIGERE NAHRUNG BEREIT, DAMIT DAS KIND NICHT VERHUNGERE. WOHL DEM, DER DIE KRÄFTIGERE NAHRUNG BEREIT HAT.
(Johannes de Silentio: *Furcht und Zittern*)

An einem dunkelblauen Herbsttag fuhr die »Mor Karen« in den Tromsøsund ein. Benjamin sollte ein ordentlicher Mensch und vielleicht ein gelehrter Mann werden.

Anders hatte nicht viel übrig dafür, daß manche etwas lernen sollten, worum sie gar nicht gebeten hatten. Er nahm seinen Südwester ab und wies die Richtung. Als sie in den Hafen glitten und sich nach einem passenden Ankerplatz umsahen, hörte Anders plötzlich, daß Benjamin hinter ihm etwas sagte. Es klang mehr nach einer Beschwörung als nach einer Belehrung.

»Die Bjarmer kamen im Jahr 1250 hierher, weil die Tataren ihnen das Land in Rußland weggenommen hatten. Håkon Håkonsen sagte, wenn sie Christen würden, könnten sie bleiben. Dann bauten sie die Kirchen in Ofoten und in Tromsø. Und dann kamen die Leute, um zu kaufen und zu verkaufen. Nun sitzt Dina auf Reinsnes und schickt mich hierher! Ohne den geringsten Dreck zu verkaufen!«

Anders hatte zwar die Verantwortung für das Schiff, aber Benjamins Worte brachten ihn etwas durcheinander.

»Wo zum Teufel hast du das her?« fragte er endlich, nachdem er den Männern vorne, die den Anker klarmachten, einen kurzen Befehl zugerufen hatte.

»Einiges habe ich mir gedacht, und einiges habe ich sicher gelesen, wie alles andere auch«, sagte der Junge altklug und nahm ebenfalls die Mütze ab. Der Steuermann umschiffte eine große englische Brigge und eine russische Lodje, und Anders rief, daß sie den Anker werfen sollten.

Wie so oft zuvor, wenn Benjamin Dinge sagte, die Anders

noch nie gehört hatte, war es ihm, als ob er ein wenig Weisheit geschenkt bekäme. Er erinnerte sich an Mutter Karen. Aber sie war alt gewesen und viel in der Welt herumgekommen. Dieser Bursche war nur ein Junge.

Als sie zum Land ruderten, zeigte Anders auf die Häuser und Kais und nannte ihre Namen. Dort waren das Magazinhaus und die Landungsbrücke Seiner Majestät des Königs, die beide etwas abgesondert lagen. Dort waren Kaufmann Giævers imponierende Kaianlagen und die Piers und Lagerhäuser von Figenschau und Steenson. Ebeltofts Kais und der Pfarrhof lagen unmittelbar vor dem Stadtkern.

Die Häuser lehnten sich aneinander in dem blauen Licht. Dazwischen waren gelbgrüne Wiesen und Baumgruppen. Einige von den großen weißen Häusern hatten Lattenzäune um ihre Gärten, in denen schön gewachsene Ebereschen standen. Den sanften Hang hinauf wanden sich Straßen und Pfade wie ein Spinnennetz. Es verschwand in dem blauweißen Nachmittagshimmel.

Entlang des Strandes lagen kleine Hütten, die entweder nicht angestrichen waren oder deren Farbe abgeblättert war. Betrüblich dünne Rauchsäulen stiegen aus den miserablen Schornsteinen in die Luft. Auf der anderen Seite des Sundes war alles schrecklich grün.

Die Häuser standen in Reih und Glied mit einer breiten Straße dazwischen. Es waren weniger, und sie waren kleiner als in Bergen. Aber sie hingen auf die gleiche Weise mit Toreinfahrten und Schuppen zusammen. Einige waren Wand an Wand gebaut, als ob sie Angst hätten, allein in der Welt zu bleiben.

Sie folgten dem Wagen, der Kisten und Kleinkram für einen ganzen Winter beförderte, während Anders ihm die Häuser, Schilder und Straßen zeigte und beim Namen nannte.

»Warte nur, bis es dunkel wird und sie Licht anzünden! Es ist großartig!«

Aber zuerst mußte er den Hang hinauf und in das Haus des Gerbers. Ein ockergelbes, zweistöckiges Haus mit braun gestrichenen Schnitzereien um die Fenster. Hätte er nicht mit der

Kiste und seinen Siebensachen hier einziehen müssen, dann hätte er gemeint, es sei ein schönes Haus. Nichts klapperte oder war locker, wenn der Wind daran rüttelte. In den Fenstern standen Geranien, und die Angeln des Tores bewegten sich lautlos.

Man brauchte nicht zu befürchten, daß einem die Dachziegel auf den Kopf fielen, wenn man vorbeiging. Sie waren mit Bolzen befestigt. Selbst die Haustür kreischte nicht.

Trotzdem war da etwas, das sich mit einem Mal wie ein Zittern in ihm festsetzte, als er hereinkam. Als wäre es seit langem bestimmt. Daß er hier war.

Es war etwas mit dem Geruch. Einen solchen Geruch hatte er bis jetzt nicht gekannt. Kein Stallgeruch. Kein Pulvergeruch. Kein Geruch von Lauge oder Nachttopf. Keine feuchte Wolle oder verfaultes Fleisch. Aber vielleicht etwas von allem zusammen. Als der Gerber nach Hause kam, wurde der Geruch so stark, daß er glaubte, Anders würde ihn bemerken. Aber Anders sagte nichts.

Frau Andrea hatte sie empfangen, als sie mit ihrem Reisegepäck kamen. Sie war groß und dunkel, mit Hüften, die man nicht lange ansehen konnte, ohne daß man schlucken mußte. Es war zuviel. Wenn er die kleine Wasserkaraffe, die zu Hause auf dem Nachttisch stand, auf ihre Hüfte setzte, würde sie vielleicht stehenbleiben. Vorne hatte sie auch viel.

Er schaffte es sozusagen nie ganz, sie von vorne mit Blicken zu messen, weil er dann rot wurde. Das Kleid war streng geschnitten und bis zum Hals hinauf zugeknöpft. Braun, mit einer silbernen Filigranbrosche als Abschluß. Man konnte den Schmuck sehen, wenn man sie von vorne anschauen wollte.

Dennoch war es nicht zu vermeiden, daß man rot wurde. Die Haare waren streng aus dem Gesicht gekämmt. So straff, daß die Haut auf der Stirn hochgezogen wurde und die Augen schräg standen wie bei einer Katze.

Dinas Haare waren nie straff. Aber man sah auch nicht soviel von ihrem Gesicht, ohne daß sie es wollte. Anders' Gesicht war schrecklich sichtbar, trotzdem konnte man nicht in seine Augen sehen.

Dinas Augen waren nicht zu umgehen, das war das Schlimmste und das Beste, wenn man mit ihr zusammen in einem Zimmer war.

Am ersten Abend, den er in dem ockergelben Haus verbrachte, dehnte Andrea sich mit jeder Minute aus. Sie wogte zwischen ihnen. Es lag wohl an der Art, wie sie ging. Als Wellenkamm über die Schären, wenn der Wind von Westen wehte. Ungestüm und langsam zugleich. Mit einem Vibrieren, das man nur ahnte. Oder vielleicht waren es die schrägen Augen? Man konnte auf den Gedanken kommen, daß sie eine Hexe oder etwas ähnliches war. Nein, das eigentlich nicht. Er hatte keine Angst vor ihr. Es war ganz anders. Er konnte es nicht richtig ausdrücken. Bekam Lust, die Haferflockenmakrone in ihrer Hand zu sein, um die sie nach kurzem Zögern die Lippen schloß.

Eine Weile überlegte er, ob Anders auch solche Dinge dachte. Aber er war wie immer.

Als sie kamen, hatte ein vertrocknetes Wesen in blauem Kleid und mit einem weißen, bis zu den Augen heruntergezogenen Kopftuch hinter Andrea gestanden. Die Gestalt nickte mehrmals, ohne einen Laut von sich zu geben. Dann hatte sie Anders und ihm die Hand gegeben und war irgendwo im Haus verschwunden.

Anders hatte recht. Die Straßenlaternen auf dem Markt und vor der Bäckerei Røst waren ein herrlicher Anblick. Er hatte große Kais in Bergen gesehen, so daß die Holstbrygge und die Wadelbrygge ihm nicht einmal mitten am Tage imponierten. Aber die Öllampen waren ein Wunder.

Bereits in der ersten Woche lernte er, daß man sich unter den Laternen traf, Rolltabak rauchte und zusah, wie die Mädchen kicherten.

Er hatte in seinem ganzen Leben noch nie so viele Mädchen auf einmal gesehen! Sie standen in kleinen Gruppen zusammen, die Hände im Muff versteckt und die Nasen im Pelzkragen oder Schal. Sie hüllten sich in immer mehr Schichten, im selben Maße, wie der Frost zunahm. Die Mädchen unter den Öllampen in Tromsø waren nicht zu fassen und nicht zu begreifen!

Die Uhr auf dem Rathaus war auch erleuchtet. Als wäre es eine zwingende Notwendigkeit in dieser Stadt, daß die Leute immer genau wußten, wieviel Uhr es war.

Sie kamen aus einer bestimmten Straße. Die Mädchen. Am frühen Nachmittag waren es die kleinen Mädchen von der Søndre-Schule, die unruhige Schatten unter den Laternen warfen. Sie ärgerten und beklagten sich über die Jungs von der Nordre-Knabenschule, die fluchten, spuckten und stichelten und später im Jahr Schneebälle warfen.

Manchmal kam eine ungepflegte Gestalt vorbei. Mit dem Gang eines Arbeiters, der aus der Kneipe kommt. Aber er war sicher nüchtern. Es war der Oberlehrer Hans Baade Theting, der daherschwankte, mit den Armen fuchtelte und vor sich hin brabbelte, als ob er dem »Tollhaus« entsprungen wäre. Niemand fürchtete sich vor ihm. Man ging nur auseinander, um Unannehmlichkeiten zu vermeiden. Es kam auch vor, daß einer sich dreist vor ihn hinstellte, um ihn zu foppen. Aber der Mann fuchtelte nur mit den Armen, während er schimpfte, daß die »Kanaille« es noch für ihre Streiche bekommen würde. Nach ein paar Püffen mit dem Stock aufs Hinterteil lüftete der Oberlehrer geistesabwesend seinen Hut und ging weiter, als ob er vergessen hätte, daß er wütend war.

Einige Lehrer wurden verachtet, andere bewundert. Und auf einige war man eifersüchtig. Letzteres betraf diejenigen, die die Mädchen in der Søndre-Schule unterrichteten, oder Fräulein Thesen und Fräulein Bræck.

Rektor Blum war Zeitungsmensch und nicht für voll zu nehmen. Er arbeitete an seinen Artikeln, während sie deutsche Übersetzungen schrieben. Er hatte sich gewissermaßen in seinen eigenen Kopf zurückgezogen. Aber Körper und Augen waren da. So konnte man sich nicht darauf verlassen, daß er nichts sah. Es war nicht zu spaßen mit ihm. Er strahlte eine Art Respekt aus. Wahrscheinlich kam es daher, daß er in der *Tromsø Stiftstidende* schrieb. Man konnte es irgendwie nicht übersehen.

Gleich das erste Mal, als er auf den Bürgersteigen in der Fr. Langes gate zu Schiffer Withs Haus am Strand ging, mußte er widerwillig zugeben, daß er diesen Verbannungsort mochte. Er vergaß alles, was er sich so fremd und erschreckend vorgestellt hatte.

Die Gerüche. Das Menschengewimmel. Die Geräusche aus den Handwerkerhütten unten am Wasser, die Schiffe mit den fremden Flaggen und den Männern in ungewohnter Kleidung, die an Land gerudert wurden. Er liebte sogar die steilen Berge auf der anderen Seite des Sundes, die ihn daran hinderten, das Meer zu sehen. Sie waren eine Art Schutz. Wurde man in die Welt geworfen, dann war es gut, wenn einen nichts an Reinsnes erinnerte.

Zuerst hatte er das Gefühl, jemand habe ihn in ein Märchen versetzt. Er wußte nicht recht, wie er sich verhalten sollte. Als ihm klar wurde, daß niemand kam, um ihn aus dem Märchen herauszuholen, entschied er, daß die Stadt da und dort für ihn geschaffen war. Manchmal war sie ein Kapitel in einem Buch, das er las.

Aber sobald Anders heimfuhr, begriff man, daß man das Buch nicht einfach zuklappen und aus der Sache herauskommen konnte. Er mußte jahrelang hier leben und wohnen. Er mußte sich unterwerfen.

Jeden Abend, wenn der Gerber nach Hause kam und sie sich zum Essen an den Tisch setzten, dachte er, daß das Haus verhext sei. Er war mit einem Drachen und einer verhexten Frau, die einen unbegreiflichen Ausdruck im Gesicht hatte, eingesperrt. Das Haus hatte viele Räume, in die er nicht gehen durfte. Denn wenn er es tat – geschah das Furchtbare.

Sie hatten zu Anders gesagt, er habe das beste Zimmer bekommen. Mit zwei hohen Fenstern, die leer auf einen Schuppen und einen Bretterzaun starrten. Und mit einem schwarzen Ofen, der die ganze Zeit nach Ofenschwärze roch, weil er so glänzen sollte.

Er mußte mit dieser großen dunklen Frau bei Tisch sitzen, die ihrem Mann nie zeigte, wer sie eigentlich war. Er räusperte sich und fegte mit einem gejagten Ausdruck über alle Dinge. Als mißtraute er allem. Oder als hätte er Angst, daß sie plötzlich irgend etwas sagen würde, was er nicht ertrug. Etwas Entsetzliches, das den Zauber brach.

Eigentlich konnte man nicht wissen, ob es dem Gerber gefiel oder ob es ihm mißfiel, ihn im Hause zu haben. Keiner von beiden machte jemals eine Andeutung, aus der er hätte seine Schlüsse ziehen können. Die Worte waren irgendwo eingesperrt. Es war sicher schon vor einer Ewigkeit bestimmt worden, welche Worte gesagt werden durften.

Solange Anders da war, führten sie sich einigermaßen normal auf. Aber sobald er abreiste, veränderten sie sich jeden Tag ein wenig mehr. Sie wurden immer unwirklicher. Er bekam viele Beweise dafür. Andrea war zum Beispiel imstande, mit einem im Nacken verborgenen Auge zu sehen. Sie drehte sich jedesmal blitzschnell um, wenn er sich ausmalte, daß er die kleine Wasserkaraffe auf ihre Hüfte stellen könnte, während sie ihm den Rücken zuwandte.

Es war nicht nur der Geruch im Haus, an den er sich gewöhnen mußte. Der Mann hatte unheimliche Hände. In der ersten Woche waren sie fast normal. Dann wurden sie im Laufe der Tage allmählich kupferrot. Aber einmal abgesehen von der Farbe hatte der Handrücken schwarze Haare. Bis zu den Fingergelenken.

Er versuchte, nicht auf die Hände des Gerbers zu sehen. Aber das war nicht leicht.

Das Essen war auch unwirklich. Oder verhext. Es schmeckte immer gleich, egal wie es aussah. Das war gar nicht so seltsam. Denn die Stimmung bei Tisch war, wie man sich denken kann, auf dem Meeresgrund. Dunkle, schwankende Wälder aus Tang und glitschige Steine, Abgründe und Spalten. Kreaturen schwammen umher mit offenen Mäulern und scharfen Flossen. Das dunkle Eßzimmer, an dessen Wänden sich gewöhnliche braune Blumen hochrankten, bestand eigentlich aus wogendem Tang und schleimigen Körpern. Der Raum war bis zur Decke gefüllt mit Worten, sie würden niemals gesagt werden. Kein Wort konnte dort überleben. Nicht einmal mit Kiemen.

Geheimnisse schwammen herum, so daß man nicht richtig sehen konnte. Etwas erinnerte ihn an die Felle der Lofotfischer, wenn sie zwei Monate in Gebrauch gewesen waren. Der Geruch auch. So wie es wahrscheinlich riecht, wenn du nie die Kleider ausziehst, bevor du ins Bett gehst.

Aber es war merkwürdig, wie schnell man sich daran gewöhnte. Er war es jetzt so gewohnt, daß bei Tisch keine Gespräche geführt wurden, daß er zusammenzuckte, als wäre er beim Mogeln erwischt worden, wenn sie plötzlich etwas über das Wetter sagten. Es war nichts Gefährliches dabei. Das Wetter war entweder gut oder schlecht. Der Wind kam entweder von Norden oder von Südwesten. Oder beides.

Das unheimliche Gefühl rührte daher, daß die Worte sicher etwas anderes bedeuteten. Etwas Grausames! Auch wenn es so klang, als drehten sie sich um das Wetter.

Manchmal erlebte er, daß gelächelt wurde. Dafür war sie zuständig. Und sie lächelte immer ihm zu. Nie dem Mann. Als es zum ersten Mal geschah, bewirkte es eine Spannung unten im Bauch. Die Tatsache, daß ihre Augen auf ihm ruhten. Daß ihr Mund sich seitlich verzog, so daß er hineinsehen konnte. Sie wurde zu einem großen Tier, auf dem Sprung, ihn zu packen. Nicht um ihn zu verschlingen. Aber um ihn aufzuschlecken.

So war es auch, als sie zum ersten Mal in seine Träume kam. Die gekräuselten Mundwinkel fertig zum Handeln, warf sie sich sozusagen auf ihn. Alles wurde schwer und unaussprechlich von verbotenen Bildern. Die näher und näher kamen. Bis er verschwand. Zwischen den großen, fleischigen Lippen.

Aber das war nachts. Bei Tisch hielt sie die Lippen immer fest zusammen. Als ob sie Zahnschmerzen hätte. Außer wenn sie lächelte. Er konnte sich nicht erinnern, daß sie über etwas lächelte, was gesagt wurde, oder weil sie freundlich sein wollte. Sie lächelte nur, wenn sie sich blitzschnell umdrehte und offenbarte, daß er sie von hinten beobachtete.

Sie konnte bei der Anrichte stehen und Besteck und Geschirr ordnen. Plötzlich erstarrten die Bewegungen, sie drehte sich um, und die Lippen verzogen sich. Dann zeichnete es sich ab, ihr Lächeln. Und er wurde willenlos hineingezogen.

Schon gleich, als er in das Haus kam, wußte er, daß keiner den anderen anfaßte. Deshalb war es ein Urteil. Es einmal zu wagen und sie anzufassen. Wenn sie ihm halbwegs den Rücken kehrte.

Er hatte von Wölfinnen und Hexen gehört, die ihr Doppelleben lebten. Tagsüber als gewöhnliche Menschen und nachts als Wölfe. Das paßte! Er wurde schwer und groß, wenn er daran dachte.

Er wußte, daß er sie entlarven konnte, falls er sie in dem Augenblick anfaßte, wenn sie so dastand und sich unbeobachtet fühlte. Dann würde das Grausame geschehen.

Die Stadt Tromsø war mehr als Frau Andrea. Da gab es Pflichten und die ewige Suche nach Bestätigung für viele Schüler, nicht nur für Benjamin Grønelv auf Reinsnes.

Rektor Blum hatte 1858 durchgesetzt, daß die sogenannte erweiterte Schule gegründet wurde. Dinas Sohn war einer von neunzehn Schülern, die von außerhalb kamen und bei fremden Leuten oder entfernten Verwandten wohnten. Ihm sollte Wissen und Disziplin beigebracht werden. Noch bevor er das dritte Jahr beendete, sollte er das 9. Buch von Herodot, Werke von Plato, die Olynthischen Reden von Demosthenes und Homers Ilias, 5.-7. Buch, durchgearbeitet haben, außerdem Formenlehre, Syntax und Grammatik. Das Lateinpensum war umfassend: Livius' 1. Buch ab Kapitel 44 und Phädrus, Buch 2, 4 und 5. Virgils Äneis und Horaz gehörten ebenfalls zum Pensum. Alle vierzehn Tage mußten Aufsätze in Deutsch, Englisch und Französisch geschrieben werden. Sie mußten Geographie, Arithmetik und Geometrie pauken. Alles drehte sich um das Abschlußexamen. Sie sollten geprüft werden in Latein: Aufsatz, Übersetzung und mündlich. Außerdem norwegischer Aufsatz, Geschichte, Religion, Griechisch, Geographie, Arithmetik und Geometrie. Und in Singen und Deklamation mußten sie eine Prüfung ablegen. Das letztere liebte er sehr.

Jeden Monat gab es Vermerke von der Lehrerkonferenz. Ferner ein tägliches Sündenregister im Klassenbuch. Für all diese Zucht und Weisheit gab Dina 36 Speziestaler aus. Er bekam fast täglich vom Katheder herab zu hören, was für ein großes Opfer das für die »lieben Eltern« war.

Man lernte ständig neue Kniffe, um den zahlreichen entsprechenden Strafen zu entgehen, falls man sich nicht unterwarf.

Das erste Gebot war absolutes Schweigen, wenn ein Lehrer anwesend war und nichts gefragt hatte. Das zweite Gebot war Höflichkeit, ohne zu kriechen. Er lernte schnell, daß alle Speichelleckerei früher oder später von der Nemesis eingeholt wurde. Entweder in Gestalt der Lehrer oder der Mitschüler.

Aber es ging gut, wenn man kein Talent zum Kriechen hatte.

Indessen mußte man viel lernen, was das Mundhalten betraf. Auf Reinsnes waren es nur Dina und Stine, die nicht viel sagten. Und sie taten es aus freien Stücken. Er hatte gelernt, auch wenn es ihm niemand direkt gesagt hatte, daß jeder das Recht hatte, seine Meinung zu vertreten, ohne Repressalien befürchten zu müssen, sofern man Flüche und Beschwörungen in Olines Gegenwart vermied.

Vielleicht hatte der Lateinlehrer recht, wenn er ihn ein ungezügeltes Orakel nannte. Aber es war keine Todsünde, solange man den Willen zeigte, sich zu bessern.

Es war eine Schule für die Söhne der Handelsherren und Beamten. Aber einige hatten auch einen Handwerker oder einen Seemann zum Vater. In Tromsø war es gewiß keine Erniedrigung, mit den Händen zu arbeiten. Aber der Unterschied war doch da.

Die aus den nichtprivilegierten Häusern kamen, verrieten sich immer. Auch wenn sie versuchten, ihre Sprache zu ändern. Besonders deutlich war es bei denen, die aus einem Haus kamen, wo eine nachlässige Sprache beim Mittagstisch nicht scharf gerügt wurde. Es entstand ein verwirrendes Sammelsurium von sogenannter gebildeter und ungebildeter Rede.

Er begriff allmählich, was der Lensmann meinte, als er ein paarmal brüllte, weil Dina ihm erlaubt hatte, wie ein Stallknecht zu reden. Aber es verhalf ihm nur dazu, seine Redseligkeit zu kontrollieren.

Einiges war schön, anderes war vulgär. Er fühlte sich mehr hingezogen zu Schneider Becks Sofus als zu den anderen. Sofus fluchte ganz leise und hielt sich zurück, wenn er gebildet sprechen sollte. Auch er zeigte ein stummes Interesse an den Mädchen unter den Laternen. Man konnte sogar seinen Geruch mögen. Der Bursche war frisch gehobeltes Holz und Harz.

Mit seiner breiten Nase, der langen, dürren Gestalt und dem mürrischen Gesicht war Sofus ein Mensch, auf den man rechnen konnte. Aber darüber sprachen sie nicht.

2. Kapitel

Frau Andrea war viel jünger als der Mann. Er verspürte eine Art Triumph bei dem Gedanken. Man konnte nicht wissen, was sie am Tage machte, denn da war er in der Schule. Er überlegte, ob er fragen sollte. Aber das ging nicht. Auf irgendeine Weise mußte er es herauskriegen. Es war sicher bestimmt.

Der Mann arbeitete in seiner Gerberei unten am Wasser. Aber er war deswegen nicht minder gefährlich. Im Gegenteil. Man konnte sich vorstellen, daß er über einem dampfenden Kessel stand und mit einem mächtigen Rührlöffel in einer siedenden Masse aus Blut und Knochen rührte. Er wußte ja, daß man Leder gerbte. Aber alles andere? Wo blieb es? Man mußte es doch loswerden, auch wenn es noch so garstig war, daran zu denken. Und er wurde es sicher los, der Gerber. Deshalb hatte er so unwirkliche Hände.

Er hatte noch nie solche Hände gesehen. Die Hände des Gerbers wuchsen gleichsam jeden Tag ein wenig. Manchmal hatte er den Eindruck, er könnte sie durch die Wand des Schlafzimmers sehen. Sie waren schwere Wunden, die sich unter einer großen Decke, die er noch nicht gesehen hatte, auf ihren Körper legten. Gelegentlich tauchte die Vision auch auf, wenn er Zeuge wurde, wie der Gerber die Hände vor sich auf dem weißen Tischtuch faltete und das Tischgebet sprach. Der eine Zeigefinger hatte einen Nagel wie eine Kralle. Das war das Geheimnis! Dort hatte sie ihr Gift versteckt und hielt sie alle an sich gefesselt.

Zuerst glaubte er, daß sie ihn nicht sah. Nicht richtig. Dina und die anderen zu Hause sahen ihn, auch wenn sie es nicht ständig zeigten. Das hatte er immer verstanden. Er hatte seine heimlichen Verstecke auf Reinsnes, aber irgendwie wurde ihm immer Bescheid gesagt.

Hier war keiner, der fragte. Sie sahen ihn nicht an, wenn sie mit ihm redeten. Sie waren nicht wirklich.

Niemand sonst kam ins Haus. Nur die Alte, die sowohl Köchin als auch Hausmädchen war. Sie wohnte Wand an Wand in einem kleinen Anbau, der so aussah, als ob er einmal ein Stall oder ein anderes Nebengebäude gewesen wäre. Sie hätte mit im Haus wohnen können, denn es mußte mindestens fünf Schlafzimmer haben. Jedenfalls hatte der Gang des Obergeschosses fünf Türen. Aber sie wußte sicher, was sie tat, die Alte, wenn sie jeden Abend das Haus verließ.

Auf Reinsnes gingen viele Menschen ein und aus. Manche hatte er noch nie gesehen, wenn sie plötzlich auftauchten. Alle, selbst der Pfarrer, kamen in die Küche und in den Laden. Man mußte nicht unbedingt dort etwas zu erledigen haben, auch wenn man es oft vorgab.

Hier war es anders. Nach einem Monat bei den Gerbersleuten war er bisher nur im Eßzimmer, im Treppenhaus und in seinem Zimmer gewesen.

Auf Reinsnes hatten die Türen und Schränke Schlösser und Haken. Aber nur, damit man etwas zum Anfassen hatte, wenn man sie öffnete. Nicht einmal die Kontortür unten im Laden wurde abgeschlossen und der Schlüssel irgendwo versteckt. Nun ja, der Weinkeller war abgeschlossen, und der Schlüssel hing bei Oline am Schlüsselhaken oder lag oben bei Dina, weil sie ihn nicht an seinen Platz gehängt hatte.

Im Haus des Gerbers schloß man alle Türen ab, bevor man schlafen ging. Jeder Raum hatte seinen Schlüssel, der auch benutzt wurde. Abends lag er still in seinem Bett und hörte, wie die Schlüssel umgedreht wurden. Dann kamen Schritte die Treppe herauf, die Tür zum Schlafzimmer der Wirtsleute knarrte, der Gerber räusperte sich, und zuletzt hörte er, wie der Schlüssel auf der Innenseite der Tür umgedreht wurde.

Bereits in den ersten Wochen begriff er, daß an dem Tag, da das Ritual aus irgendeinem Grund unterbrochen wurde oder nicht in gleicher Weise vor sich ging wie am Abend vorher, das »Schreckliche« geschehen würde.

Er lag unter der Decke und hielt die Luft an, bis alles ruhig wurde. Er zählte die Schritte auf der Treppe und die Schlüssel, die umgedreht wurden.

Trotzdem war er nicht darauf vorbereitet, als es wirklich geschah. Eines Abends gegen Weihnachten. Das Geräusch des letzten Schlüssels blieb aus.

Die Nacht war bedrohlich wie der Sarg, der zu Hause zur Scheunendecke hochgezogen war und von dem niemand wußte, wer darin liegen würde. Man konnte natürlich aufstehen und die Lampe anzünden, um sich zu retten. Aber dazu mußte man es ja wirklich tun. Das schaffte er nicht.

Man konnte sich selbst sagen, daß man nur einzuschlafen brauchte. Es war nicht sicher, daß der Fluch ihm galt. Es konnte eine Falle sein, die der Gerber ihr gestellt hatte. Die Tür nicht abzuschließen. Aber tief im Innern wußte er, daß es ihm galt.

Er wußte nicht, ob er die Geräusche aus dem Schlafzimmer der Wirtsleute schon früher gehört und sich nur daran gewöhnt hatte wie an alles andere. Aber nach einer Weile waren sie nicht mißzuverstehen. Sie drangen in sein Ohr und schufen eine Spannung, der er nicht entrinnen konnte.

Jemand wimmerte. Jemand stöhnte.

Man mußte sich zusammennehmen und sich auf irgendeine Art retten. Er stand auf in dem kalten, dunklen Zimmer. Zog sich ein paar Sachen an. Spürte eine leere Wärme, als er die Füße in die Wollsocken steckte. Der Unterleib und die Hände waren ganz steif. Die Steifheit war das wichtigste. Er wollte sie und wollte sie auch wieder nicht.

Er tastete sich zu den Fenstern und zog die Gardinen weg. Der Mond schien herein und verwandelte alles. Es war ein offenkundiges Zeichen. Und die Geräusche! Es trieb ihn hinaus.

Er ging, ohne den Boden zu berühren. Er öffnete die Tür, ohne daß ihn irgendein Mensch sehen oder hören konnte. Er existierte nicht. Es war ein schwebendes, aber steifes Gefühl, nicht ganz dazusein.

Dort draußen wurden die Geräusche deutlich. Halberstricktes Wimmern und grobes Stöhnen. Er hatte es die ganze Zeit gewußt! Daß der Gerber sie entlarven würde, erkennen, daß sie Gift in seinen Zeigefinger gepflanzt hatte.

Jetzt war die Zeit gekommen. Der Gerber brauchte einen Zeugen! Er wollte sie erschießen!

Das hatte er die ganze Zeit gewußt. So mußte es sein.

Er überlegte nicht, ob er es wagen sollte. Deshalb tat er es! Öffnete die Tür zu ihrem Schlafzimmer. Sie glitt leise auf. Sie nahm teil an dem Urteil. War dabei. Er mußte durch. Er war hier, um es durchzustehen.

Zuerst war alles nur Chaos und Dunkelheit. Aber der Mondschein drang durch die Gardinen. Der breite Rücken des Gerbers zeichnete sich durch das weiße Nachthemd ab. Seine Beine waren knorrige Kiefernstämme. Sein Körper arbeitete mit der Kraft eines großen, unsichtbaren Blasebalgs. Er hörte es wohl. Es war nicht wirklich. Plötzlich richtete der Gerber sich auf und schwang sich ein wenig zur Seite.

Er hielt etwas in der Hand. Eine Art Werkzeug. Eine Finnenbüchse! Ein Messer? Er hatte ihr eine Falle gestellt. Sie hatte ihm gezeigt, daß sie eine Wölfin war. Deshalb mußte er sie töten.

Ihre Schenkel! Der Mondschein lag weiß auf ihnen. Fürchterlich weiß.

Der Mondschein legte sich auch auf das, was der Gerber in den Händen hielt.

Niemand konnte so etwas lose in der Hand haben. Es sollte am Körper sitzen. Da hatte sie ihn wohl dazu verdammt. Ganz lose. Das war das Urteil!

Jetzt wollte der Gerber sich rächen. Er hielt die Rache in der Hand!

Sie begriff sicher, daß alles vorbei war. Sie stöhnte, indes der Mann sich über sie beugte und auf sie einhieb. Er hielt sie mit dem einen Arm unten und bearbeitete sie mit dem anderen.

Der Raum strotzte von all den Worten, die niemals gesagt werden würden. Strotzte von der Rache des Gerbers und ihrem Stöhnen.

Es war unmöglich, dem zu entkommen. Man mußte es einfach überstehen. Nicht schreien. Nur still sein. Auch in dem Augenblick, als er sie im Krampf zappeln sah. Die Beine zu jeder Seite von des Gerbers breitem Rücken. Der Mond tauchte es ganz in Weiß.

Der Gerber erstarrte jäh mit dem erhobenen Werkzeug. Merkte er, daß da jemand stand? Aber nein. Er beugte sich hinunter und jagte es wieder zwischen ihre Schenkel. Die Bewegungen. Das Stöhnen! Sie lebte noch!

Man mußte nur regungslos dastehen und Zeuge sein. Sie führten eine Art Tanz auf. Und waren zueinander verurteilt. Es war das Ende. Bald kam der Knall. Und das Blut.

Plötzlich stöhnte sie, als ob sie erstickte, und die Beine fielen herunter und hingen ganz schlapp über der Bettkante.

Man war bereits in einem Grab. Nichts glich der Stille. Man mußte nur darauf warten, daß die Erdklumpen herunterstürzten und einen begruben.

Der Gerber hatte ihn überlistet, Zeuge zu sein. Jetzt war er wie sie beide. Nicht wirklich.

Er machte die Tür nicht wieder zu. Ging nur über den Flur und in sein Zimmer. Aber der Geruch von den beiden haftete in Haut und Haaren. Der Atem des Gerbers war sein Atem. Der Geruch ihres Bettes wurde sein Geruch. Er konnte dem nicht entfliehen. War jetzt da drinnen. Bei ihnen im Bett.

Am Morgen danach war alles geschehen. Trotzdem war alles wie vorher. Denn sie war noch nicht tot. Er hörte sie durch die Wand. Sie redete mit dem Gerber. Ganz alltäglich. Ein Beweis, daß nichts wirklich war.

Man mußte sich so verhalten wie immer. Zum Frühstück hinuntergehen. Essen. In die Schule gehen. Nur indem man ganz gewöhnliche Dinge tat, konnte man sich erlösen. Er setzte einen Fuß auf die nächsttiefere Treppenstufe. Dann den anderen. Hielt sich am Geländer fest.

Er stand am Rand und sollte in den Heuhaufen springen. Es war schwindelerregend hoch. Er konnte nicht feststellen, ob Heu da war. Jetzt sprang er. Oh!

Die Tür zum Eßzimmer mußte geöffnet werden. Das war Arbeit. Er mußte sie schnell öffnen, damit sie es nicht merkten, daß er wie sie geworden war.

Als er hereinkam, saßen sie schon da. Das hatte er nicht erwartet. Daß sie schon dasaßen. Denn somit konnten sie ja beobachten, daß er zum Tisch ging, den Stuhl zurückzog und sich setzte.

Wenn man erst saß, ohne etwas umgeworfen zu haben, konnte man nicht aufstehen. Da mußte man sitzen bleiben.

Der Gerber räusperte sich und murmelte: »Guten Morgen.«

Sie bewegte den Mund, ohne ihn anzusehen.

Sie wußte es! Sie hatte ihn in der Türöffnung gesehen!

Sie reichte ihm die Brotschale. Das Brot war sicher vergiftet. Trotzdem mußte er ein Stück nehmen. Er nahm sich Butter aus der viereckigen Butterdose mit Goldrand und der Aufschrift »smør« in verschnörkelten Buchstaben. Die Butter war steinhart und machte ein Loch in das Brot, weil sie sich nicht schmieren ließ.

Er streckte die Hand nach der Marmelade aus. Johannisbeer. Fürchterlich rot. Sie floß gleichsam über den ganzen Raum. Ihm wurde übel, und er streckte die Hand nach dem Käse aus. Er lag in einer anderen viereckigen Dose mit der Aufschrift »ost« in verschnörkelten Buchstaben. Es stand geschrieben, was man sollte.

Es stand sicher geschrieben, daß er jede Nacht in der Tür stehen sollte, um aufzupassen, daß der Gerber kein Messer und keine Finnenbüchse benutzte.

Deswegen hatten sie ihn ins Haus genommen.

Oder war es nur sie? Hatte sie gesehen, wozu man ihn brauchen konnte?

Er kaute, während er nacheinander auf die beiden viereckigen Dosen schaute. Man gewöhnte sich daran.

Aber das Milchglas vermochte er nicht hochzuheben. Die gleiche Farbe wie der Mond und ihre Schenkel. Man konnte die Milch nicht ohne weiteres trinken.

Nachdem er erlöst das Stück Brot bezwungen hatte und bis zur Tür gekommen war, sah er es: ihr Lächeln. Es breitete sich über das Gesicht aus. Über den ganzen Raum. Die Lippen wogten ihm entgegen, ohne die Zähne zu zeigen. Ihre Augen! Schläfrig, aber schrecklich wachsam. Wie bei einer Katze.

Der Gerber räusperte sich und sagte: »Ja, ja. Das Wetter ist gar nicht so schlecht!«

Er warf sich zur Tür hinaus, machte sich mit zitternden Händen fertig zum Weggehen und lief davon. In der Tasche brannte der Schlüssel. Er hatte die Haustür nicht abgeschlossen, wozu man ihn ermahnt hatte.

Er fing an mit dem Kissen auf dem Kopf zu schlafen. Trotzdem waren die Geräusche da. Auch im Schlaf. Er wußte, womit sie sich beschäftigten. Es kam so weit, daß er statt des Gerbers das große Werkzeug in die Hand nahm und die Bewegungen ausführte. In sie hineinstieß. Einige Nächte arbeiteten sie zusammen. Der Gerber und er. In anderen Nächten war er allein mit ihr. Sie war weich und groß. Ihre Mundwinkel waren in Auflösung begriffen. Es entstand ein mächtiger Spalt, in den er das Werkzeug hineinjagen konnte. Sie wimmerte und seufzte, während sie die ganze Zeit ihre fleischigen Lippen entblößte.

Am Tage konnte man nicht mit dem leben, was die Nacht wußte. Er wagte kaum, sie bei den Mahlzeiten anzusehen. Der Gedanke, sie zu berühren, war der erste, mit dem er aufwachte, und der letzte, bevor er einschlief. Man mußte sterben, wenn man es machte.

Trotzdem: Er wußte, daß er es machen mußte!

Wenn er im Haus war, mußte er ständig an eine Möglichkeit denken, sie mit der Hand zu erreichen. Gleichzeitig mußte er alle Fallen umgehen, die sie stellte, damit er es machte. Er begann ihren Körper als ein Zeichen unter dem engen Kleid zu sehen. Es war wichtig, jederzeit die Zeichen zu sehen.

Er war nur sicher, wenn sie nicht sahen, daß er ein Gesicht hatte.

3. Kapitel

Ein Verwandter des Gerbers starb. Die Zeichen konnten nicht deutlicher sein. Er wußte, daß es seine Schuld war. Er hatte lange genug gewünscht, daß etwas geschah, damit er eine Gelegenheit bekam.

Es mußte irgendwo im Schlafzimmer sein. Das Werkzeug des Gerbers.

Er konnte keine Reue darüber empfinden, daß der Tod seine Schuld war, als Andrea mit ausdruckslosem Gesicht erklärte, sie müßten zur Beerdigung fahren. Es werde vier Tage in Anspruch nehmen. Aber er werde mit Essen und allem anderen versorgt wie gewöhnlich. Die Köchin sei ja da.

Am gleichen Nachmittag saß er über lateinischen Deklinationen und wartete darauf, daß es Abend wurde. Da kam die Köchin in ihren grauen Filzpantoffeln angeschlurft und sagte, daß sie zu einer Versammlung der Freien Gemeinde gehe. Sie habe das Abendessen gerichtet, es stehe im Eßzimmer unter einem Tuch.

Er konnte es nicht lassen, er lächelte sie an. Das hätte er nicht tun sollen. Sie betrachtete ihn mißtrauisch und sagte: »Er muß die Haustür zuschließen!«

Er beeilte sich, wieder ernst zu sein.

Als er hörte, daß sie ging, war Schluß mit der Existenz der Verben und Deklinationen. Er sauste zum Fenster, um zu sehen, ob sie tatsächlich die Straße hinunterwatschelte, die schäbige Handtasche fest im Griff.

Dann stand er wieder in der Scheune. Das Heu lag da. Er brauchte nur zu springen. Er wußte ja, was für ein Gefühl es war. Der Sog. Das Prickeln. Die Spannung. Wagte er es? Schaffte er es?

Vielleicht war die Tür verschlossen? Vielleicht hatten sie Papier zwischen die Kommodenschubladen gesteckt, um ihn zu entlarven? Oder noch schlimmer: Vielleicht war sie gar nicht gefahren? Lag im Bett und wartete? Er hatte ja nicht gesehen, daß sie das Haus verließ. Vielleicht wollten sie ihn in das Schlafzimmer locken? Damit sie ihn erledigen konnten?

Er lief ein paarmal im Kreis durch das Zimmer. Aber er mußte einen Entschluß fassen. Schlich auf den Gang und bis zu der Tür. Er hatte das Gefühl, daß das Blut wie mächtige Wasserfälle durch die Gehörgänge brauste und hinaus auf den Boden.

Vorsichtig legte er die Hand auf die Messingklinke und drückte sie herunter. Sie gab nach, ohne zu jammern. Die Tür gab auch keinen Laut von sich, als sie ins Zimmer schwenkte. War es eine Falle? Daß die Tür nicht verschlossen war? Sie schlossen sie doch sonst immer ab.

Dann war er drinnen. Der Raum weitete sich. Eisblaues Licht strömte durch das Fenster herein und legte sich auf den Bettüberwurf.

Sie war nicht im Bett!

Er machte die Tür zu und stahl sich in das Zimmer. Das Haus bewachte seine Schritte. Es roch ganz anders nach Schlafzimmer als zu Hause. Sommer und Heuernte drangen niemals bis hierher.

Das Bett war ein Gespensterschiff. Hoch und düster. Über einer Kommode hing ein großer Spiegel schräg von der Wand. Er zuckte vor seinem eigenen Spiegelbild zusammen. Eine undeutliche Gestalt mit zu langen Ärmeln und einem kreideweißen Gesicht. Die Augen waren weit offen und dunkel. Er wollte aus dem Zimmer rennen. Aber eine unbekannte Macht war stärker. Er blieb.

Der Kopf dröhnte wie eine Steinlawine. Es fiel ihm ein, daß er vergessen hatte zu horchen, ob die Köchin zurückgekommen war. Sie konnte ja etwas vergessen haben.

Er lief auf den Gang und lauschte die Treppe hinunter. Aber nein. Kein Geräusch. Kein Krach aus den Wohnzimmern oder der Küche. Kein Klicken einer Tür. Er schlich in das Zimmer zurück und holte tief Luft, ehe er den nächststehenden Nachttisch aufmachte. Er enthielt einen Nachttopf mit Deckel. Es roch unmißverständlich, auch wenn der Topf sicher leer war.

Er zog die kleine Schublade darüber auf und fand eine mit

gelber Seide bezogene Schachtel. Sie enthielt ordentlich aufeinandergelegte bestickte Taschentücher. Es kam auch ein kleines Kästchen mit Ringen und Broschen zum Vorschein. Es war also ihr Nachttisch! In einer langen, flachen Pappschachtel befand sich eine halbfertige Kreuzsticharbeit mit winzigen Stichen, die ein Mädchen mit einem Lamm darstellte. In dem Lamm steckten viele Nadeln. Das Stickgarn lag fein säuberlich in kleinen Strängen daneben. Rot, gelb, blau, orange und schwarz. Unter der Pappschachtel waren noch ein paar Briefe, mit einem Seidenband umwickelt. Sie konnten liegenbleiben.

Der Nachttisch des Mannes war verschlossen! Er hatte es gewußt. Trotzdem wurde er zornig. Er rüttelte und zerrte an dem Handgriff. Aber das Schränkchen ließ sich nicht öffnen. Er mußte sich setzen, wagte es aber nicht, sich auf das Bett zu setzen. Ein Schemel stand am Bettende. Auf ihn sank er nieder. Der Hals war voller Kalk und Sand. Er starrte geradeaus und begegnete seinem Spiegelbild über der Kommode. Die Haare sträubten sich. Ein Ausdruck wie bei einem Verrückten. Er hatte sich freiwillig da hineinmanövriert!

Die Lust kam in Wellen. Heftig. Dem mußte abgeholfen werden. Man mußte die Kleider lockern und sich selbst helfen. Während er auf alles zusammen starrte. Das Glied wurde groß in seiner Hand.

Er war in ihre Falle gegangen. Konnte nicht anders. Er fiel über seinem eigenen Schoß zusammen, als der Erguß kam.

Klickte da die Haustür?

Konnte man an seinem eigenen Herzschlag ersticken? Man mußte nur aufstehen. Die Hose hochziehen. So! Es brannte noch da unten. Naß und klebrig. Er ging in sein eigenes Zimmer. Aber sie hatte ihn trotzdem.

Ermattet sank er auf sein Bett und schlief ein.

Am nächsten Tag in der Schule dachte er nur an eine Sache: wie er den verschlossenen Nachttisch öffnen könnte. Nachmittags saß er allein im Eßzimmer, aß einen Salzhering mit Kartoffeln und fühlte sich mutig.

Die Schularbeiten gingen ihm schnell von der Hand. Aber die Worte wollten in seinem Kopf nicht haftenbleiben. Dann wurde es Abend.

Zuerst vergewisserte er sich, daß er wirklich allein im Haus war. Stieg in den Keller und fand eine Feile, eine Ahle und einen Hammer. Egal, wo er war, er spürte die Gerüche aus ihrem Schlafzimmer.

Es war noch unheimlicher als am Tag vorher. Er legte Feile, Ahle und Hammer auf die Kommode und klopfte vorsichtig erst das Bett ab. War es warm? Nein. Dann hob er den Bettüberwurf und schaute darunter. Dunkel!

Er holte die Lampe aus seinem Zimmer und stellte sie auf die Kommode. Das Licht flackerte im Spiegel.

Vor dem Messingbeschlag der Nachttischtür schwand ihm für einen Augenblick der Mut. Er atmete tief durch und versuchte es zuerst mit der Ahle. Es hatte keinen Zweck. Das Schloß war zu kompliziert, als daß er damit fertig werden konnte. Die Feile war zu groß, und an den Hammer war nicht zu denken.

Plötzlich hatte er eine Idee! Er richtete sich schnell auf und rückte den Nachttisch ein wenig von der Wand ab. Ganz richtig. Die Rückseite bestand aus einem Holzbrett, das aufgenagelt war. Er drehte die Rückseite in den Raum hinein, um besser daran zu kommen.

Aber es zeigte sich, daß es ohne Zange nicht zu machen war. Die Nägel saßen zu fest. Er schaffte es so weit, daß der Nagelkopf frei wurde, aber dann saß alles bombenfest.

Hatte er im Keller nicht eine Zange gesehen? Er legte die Feile weg und ging mit der Lampe hinunter in den Keller. Sie qualmte fürchterlich, weil er sie nicht geradehielt. Das ganze Haus bestand aus knackenden, dunklen Ecken.

Was war das? Ging da jemand? Verstört stolperte er die schmale Kellertreppe hinauf und lauschte. Aber nein. Alles war still.

Er fand keine Zange, aber es fiel ihm ein, daß er eine Zuckerschere an der Küchenwand hatte hängen sehen. Die konnte sich als nützlich erweisen. Er holte die Schere.

Er war geworden wie sie, wie der Gerber und Andrea, dachte er. Dann ging er zum Angriff über, den Kopf in einem roten Nebel. Er breitete sich bis zum Unterleib aus. War eine gewaltige Kraft, die ihm den Atem benahm und ihn vollständig mit prickelnder Erwartung erfüllte.

Das Brett glitt weg, und er konnte mit der Hand in den Nachttisch greifen. Es waren zwei Ablagen da. Auf der unteren Papiere und Bücher, die nach Geschäftsbüchern aussahen. Auf der oberen in einem ziemlichen Durcheinander ein kariertes Stück Stoff. Er zog es heraus und merkte, daß etwas darin war.

Er öffnete die Schlinge.

Das Werkzeug des Gerbers fiel auf den Boden.

Zuerst starrte er es an, ohne sich zu rühren. Dann nahm er es vorsichtig in die Hand. Der Gerber war ohne Werkzeug zu der Beerdigung gefahren!

Es war weich, glatt, aus hellem Leder. So lang wie seine ausgestreckte Hand. Es hatte einen fein geformten Kopf und am Ende zwei große Beutel.

Er lag auf den Knien und hielt es in der Hand. Es war aus sechs Lederstreifen gefertigt. Sie waren in ihrer einzigartigen Form sorgfältig der Länge nach geschnitten und mit braunem Seidengarn mit kleinen Stichen zusammengenäht.

Die Fingerspitzen glitten über die Naht. Sie war kaum zu sehen. Vermutlich mit Sägemehl gefüllt. Fest, aber doch geschmeidig.

Massenweise kamen Hengste aus dem Spiegel. Sie liefen mit des Gerbers Werkzeug unter dem Bauch. Sie hatten ein Ziel. Hufe und flatternde Mähnen. Muskeln, die unter dem Fell kämpften. Lautes Wiehern. Sie donnerten dem Ziel entgegen. Das Ziel war sie. Im Bett. Der Ort für des Gerbers Werkzeug. Lippen.

Bilder flogen wie Ohrfeigen um seinen Kopf. Dann rannte er zu den Pferden und gehörte dazu. Das Ding des Gerbers war warm in seiner Hand. Er starrte es an. Roch daran. Folgte ihm in sie hinein. Wurde stark. Drinnen in ihr mit all den wiehernden Pferden, die darauf warteten, daß sie an die Reihe kamen.

Es war eine Notwendigkeit! Dorthin zu kommen. Ganz und gar dorthin! Das war es, was er wollte.

Er beförderte das Werkzeug und das Brett vorsichtig wieder an ihren Platz, drehte den Nachttisch um und ging mit der Zuckerschere nach unten. Er hatte das Gefühl, eine steile Geröllhalde im Stockdunkeln herunterzuklettern, obwohl er die Lampe dabeihatte. Das Glas war vollständig verrußt.

Die Feile, die Ahle und den Hammer legte er in seine eigene Nachttischschublade in der Hoffnung, daß niemand sie brauchte.

Das Feuer im Ofen war ausgegangen, und ein kalter Mond sah durch das Fenster. Den Kopf voll roter Hautfalten, ging er zurück in das Zimmer des Gerbers.

Er mußte in ihrem Bett liegen. Wie er es bewerkstelligen sollte, daß später niemand seine Anwesenheit entdeckte, war ihm nicht klar. Aber er mußte es tun.

Starke Kräfte kämpften in ihm und ließen ihn aufschluchzen. Er schlüpfte unter die Decke auf der Seite, wo ihr Nachttisch stand. Bohrte das Gesicht in die Kissen und atmete ihre Gerüche ein. Unheimlich. Nahe. Herrlich. So deutlich.

Er hatte es gespürt, wenn sie ins Eßzimmer kam. Manchmal lag ihre Witterung wie eine Ahnung in den Gängen. Aber hier war sie alles. Schwer. Körper, Atem und Nacht.

Er blies das Licht aus und schlang die Arme um Kissen und Decke. Das war sie! Sie war warm. Sie berührte ihn und liebkoste ihn und machte ihn zu einem gewaltigen Sack aus Leder mit seidenen Nähten.

Es tat weh. Trotzdem ertrug sie es. Behielt ihn da. Und er genoß es, bis er nicht mehr konnte und sich ergab.

Zum ersten Mal war es nicht nur ein Spiel, das ihn beschämte. Es war blutiger Ernst. Er hatte den Zwang gespürt, in ihrem Bett zu liegen!

Man konnte sich vorstellen, daß der Gerber ihn entlarven und an einem Kronleuchter aufhängen würde. Oder ihn grün und blau schlagen. Oder dem Rektor eine Mitteilung machen. Oder einen Brief an Dina und Anders schreiben. Es war alles egal. Er war unbesiegbar. Ein erwachsener Mann, der seinen Samen auf sie und das Laken ergoß.

Er wachte auf, als er Schritte auf der Treppe hörte. Die Köchin. Auf dem Weg nach oben, um ihn zu wecken! Er wagte nicht zu atmen. Seine Augen starrten bereits auf die Türklinke, ehe er richtig wach war. Er war im Bett der Wirtsleute eingeschlafen! Er würde entlarvt werden!

Die Köchin klopfte an die Tür seines Zimmers. Das Geräusch sprengte die Welt in Stücke. Er schaffte es gerade noch, von dort, wo er war, nicht zu antworten, um es überstehen zu können.

Ein paar Schritte dort draußen. Oder sie verlegte nur das Gewicht von einem Fuß auf den anderen, während sie auf seine Antwort wartete. Dann rief sie noch einmal: »Es ist sieben Uhr! Er muß aufstehen!«

Er hielt die Luft an. Sie warteten alle beide. Jetzt wird sie die Tür öffnen! Und sehen, daß das Bett leer ist! Er fing an zu beten. Daß sie gehen sollte. Vergaß, daß es in einer so schmachvollen Situation kaum klug war, den Herrn auf sich aufmerksam zu machen.

Da hörte er sie zum dritten Mal rufen. Scharf. Dann wurde es einen Augenblick still. Bis er erhört wurde und es auf der Treppe knarrte.

Er war sofort auf den Beinen. Wollte sich einen Überblick über das Bett verschaffen. Aber es war zu dunkel. Er stieß das Herz weit hinunter in den Bauch, denn es hämmerte wie verrückt. Währenddessen glättete er die Bettdecke wie ein Blinder, der versucht, eine Spur zu verwischen. Er dachte daran, daß er die Lampe mit in sein Zimmer nehmen mußte.

Es war keinen Moment zu früh. Die Köchin kam abermals die Treppe herauf. Er hustete laut und deutlich, damit sie hören konnte, daß er aufgestanden war, und hoffte, daß sie keine Fragen stellte. Aber sie rief nur: »Ist Er heute krank?«

»Nein«, rief er mit einer Stimme, die bisher noch keiner gehört hatte. »Ich komme, ich komme!«

Sie murmelte etwas, und es knarrte wieder auf der Treppe.

Während er versuchte, sich auf der harten Schulbank neben seinem Banknachbarn zurechtzufinden, fing die Unruhe an: Wenn die Köchin hinauf in das Schlafzimmer ging und den beschädigten Nachttisch und das benutzte Bett entdeckte!

Als der Lehrer fragte, ob er krank sei, da er so blaß aussehe, gab er bereitwillig zu, daß er sich elend fühle, und er durfte nach Hause gehen. Da konnte er das Schlafzimmer inspizieren und alle Spuren tilgen. Im Hellen.

Die Schuhe der Köchin und ihr Mantel waren fort. Erleichtert begab er sich in das Verbotene. Es war, wie er gefürchtet hatte, ganz deutlich sah man, daß jemand im Bett gelegen hatte. Eine Delle von seinem Kopf war ein untrügliches Zeichen, auch wenn er die Überdecke darübergezogen hatte. Er richtete es, so gut er konnte. Aber Bettenmachen hatte zu Hause nicht zu seinen Pflichten gehört.

Er wartete, bis es Abend wurde und die Köchin fortgegangen war, bevor er den Ledersack des Gerbers an seinen Platz legte und die Nägel wieder einschlug. Er hatte das Gefühl, einen Mitverschwörer versteckt zu haben. Einen, der alles wußte.

Er dachte daran, daß sie nach Hause kommen würde und sich in das Bett legen, in dem er gelegen hatte. Während er an seinen Schularbeiten saß, dachte er daran.

An dem Abend, als sie von der Beerdigung zurückkamen, war er in Pettersens Lokal und spielte Theater, wie es hieß.

Der Norwegischlehrer hatte ihn gebeten, Gedichte von Wergeland vorzutragen.

»Benjamin Grønelv hat eine gute Stimme, und er hat Talent zum Deklamieren«, sagte der Lehrer.

Er stand also auf dem Podium und legte sein Geheimnis in jedes Wort. Das Gedicht war Stella, der »himmlischen Braut«, gewidmet. Die Worte formten sich von selbst in seinem Mund. Man mußte sie nur herauslassen:

Ein Fühlen – oh, gleich dem sachten
Stoß, der brachte
Welten in Bewegung, der Sonnen
ließ erstrahlen, die Wellen schwellen
von Prometheus' Feuer, des Glut
noch glimmet in der Pflanzen bleichem Blut

Es spielte keine Rolle, daß die Jackenärmel zu lang waren und die Hosenbeine auf die Schuhe fielen. Der Applaus war kräftig und anhaltend.

Man mußte möglichst vermeiden, vom Podium herunterzuschwanken. Man mußte sicher gehen. Auf der vordersten Bank saßen etliche Mädchen. Er streifte sie mit einem Blick, als er in der Pause zum Büffet ging, um sich eine Tasse Schokolade zu holen.

Sie starrten ihn an. Allesamt! Ihn! Er zwang sich, an ihnen vorbeizugehen, als er mit der vollen Kakaotasse zurückkam. In der Mitte saß ein rothaariges Mädchen mit einem Pelzbesatz an den Jackenärmeln.

Da sah er es! Sie hielt den Ledersack des Gerbers in der Hand. Man konnte nichts dafür, daß man den kochendheißen Kakao verschüttete.

Die Rothaarige erhob sich rasch, versteckte das Werkzeug in den Rockfalten und nahm ihm die Tasse ab. Noch immer starrte sie ihn an. Es war so schnell passiert. Er verbeugte sich verwirrt und sagte: »Danke!«

Da spürte er den brennenden Schmerz auf der Hand. Er verzog das Gesicht. Sie holte ihr Taschentuch hervor, während sie die Tasse in der anderen Hand hielt. Ihre Brust hob und senkte sich. Wie zwei Tiere. Sie hatte weiße, rundliche Finger, die ihm behutsam den Handrücken abwischten.

»Du hast wunderbar vorgetragen!« sagte sie. Ihre Augen waren schrecklich blau. Aber man vergaß nicht, daß sie des Gerbers Werkzeug versteckte.

»Danke! Willst du meinen Kakao haben?« sagte er atemlos.

Sie knickste und trank gleich einen Schluck. Dabei verbrannte sie sich auch. Er sah es wohl. Sie versuchte es zu verbergen. Aber ihr Blick ließ ihn nicht los.

Als sie aus der Tasse auftauchte, hatte sie einen hellbraunen Streifen auf der Oberlippe. Er hatte die größte Lust, ihn abzulecken. Aber statt dessen lächelte er sein schönstes Lächeln.

»Ich bin Charlotte Wickstrøm«, sagte sie etwas verschämt. Aber allein die Art, wie sie ihren Namen sagte, zeigte ihm, daß er wissen sollte und mußte, wer sie war.

Sie schielte hinüber zu den Freundinnen, als ob sie alles auf Grund einer Wette in Gang gesetzt hätte. Deshalb verbeugte er sich so vorschriftsmäßig, wie er es gelernt hatte, und sagte seinen Namen.

»Das weiß man«, sagte sie altklug und liebkoste des Gerbers Werkzeug zwischen den Kleiderfalten.

»Man kennt doch die Familie Grønelv auf Reinsnes«, fügte sie hinzu.

»Ach so«, sagte er matt.

»Man kennt Dina Grønelv.«

Er wollte sie gerade fragen, wer »man« sei, aber es kam nicht dazu. Denn jetzt streckte sie die Zungenspitze heraus und leckte den Kakaostreifen ab. Ihm wurde ganz schwindlig bei dem Anblick. Die Hand brannte. Aber er sah nicht hin. Ihre Zunge war rosa. Er versuchte sich an die Hand zu gewöhnen und blieb kerzengerade stehen.

Da errötete sie und blickte zu Boden. Und als sie kurz nickte und zu den Freundinnen ging, wurde ihm klar, daß sie glaubte, er habe sie nachgemacht. Er hatte wahrscheinlich wie sie die Zunge herausgestreckt und hatte damit genießerisch den Mund abgeleckt. Man konnte so etwas nicht wiedergutmachen. Was sollte man sagen?

Er wollte ihr nachgehen, aber sie war bereits in der Menschenmenge verschwunden. Er würde sie suchen. Ihr erklären, daß er sie nicht nachgeäfft, sondern sich nur den Mund abgeleckt hatte. Das mußte er. Denn sie war ein Zeichen. Sie lief davon mit des Gerbers kostbarem Werkzeug im Rock.

Als er von dem »Hegelundssaal« in der Skippergata 12 nach Hause ging, dachte er an zwei Dinge: Daß sie jetzt von der Beerdigung zurückgekommen waren. Und daß Charlotte Wickstrøm mit dem Werkzeug des Gerbers auf und davon war. Der Gerber wußte wahrscheinlich alles. Hatte gesehen, daß er gewaltsam in seinen Nachttisch eingedrungen war und in ihrem Bett gelegen hatte.

Todernst knirschte es im Schnee und weinte unter den Schuhsohlen.

Mit trockenem Mund und flimmerndem Blick schloß er die Tür von dem ockergelben Haus auf und schlich sich in das Obergeschoß. Als er halbwegs oben war, passierte es. Sie kam auf den Flur und redete mit ihm!

»Hat alles geklappt, während wir weg waren? Hat Er sein Essen bekommen?«

Er murmelte etwas und nickte mehrmals.

»Der Mann ist in der Werkstatt, um nach dem Rechten zu sehen«, sagte sie katzenfreundlich und sah zu ihm auf. Direkt zu ihm!

Der Schweiß! Er war ein Narr, der verzweifelt versuchte, eine Springflut aufzuhalten. Das Gesicht. Die Oberlippe, von der er vor über einem halben Jahr die Haare abrasiert hatte. Tropfte. Und die Nase. Sie brannte.

Mußte sie die Lampe so hochhalten?

»Es macht wohl nichts, wenn wir etwas später zu Abend essen? Aber wir wollen auf ihn warten.«

»Nein, nein, nein«, rief er hastig.

Er stürmte die Treppe hinauf.

Als sie ihn zum Essen rief, war der Gerber noch nicht da.

»Er ist mit der Arbeit so zurück, deshalb kommt er erst später«, sagte sie und schenkte Milch in sein Glas.

Für einen Augenblick ein süßer, dunkler Schatten vor allem. Er legte sicherheitshalber das Brot auf den Teller. Konnte nichts sagen. Es stimmte etwas nicht mit seiner Zunge.

Auf der Anrichte stand ein Samowar aus Messing, der ihn eiskalt anblitzte, als er versuchte, seine Blicke dorthin zu retten.

Die Lampe über dem Tisch brannte. Sie schwankte ein wenig. Warum schwankte sie? Und warf Feuer in sein Gesicht.

Er lehnte sich auf dem Stuhl zurück und starrte den Samowar an. Dann schluckte er einen Bissen Brot hinunter, ohne zu kauen.

Er war wohl entlarvt. Merkte es ihr an. Er brauchte sich nur noch zu ergeben. Er seufzte laut. Trank die Milch sehr schnell aus und dachte an ihre Schenkel im Mondschein.

Sie reichte ihm den Milchkrug. Sein ganzer Körper fing Feuer, als er den Henkel ergriff und ein paar Finger ihre Finger berührten. Er hielt den Krug mit gestrecktem Arm direkt über dem Tisch, bis sie die Hand zurückzog. Bei der Bewegung glitzerte das Silber matt zwischen ihren Brüsten.

Des Gerbers Werkzeug lag plötzlich zwischen ihnen auf dem Tisch. Man konnte gewiß dem rothaarigen Mädchen dankbar sein. Da fing es an zu tanzen! Mächtige, satte Stöße auf dem weißen Tischtuch.

Ihre Augen! Man mußte ihnen ausweichen. Da versteckten sie sich hinter schweren Augenlidern. Ihre Lippen wuchsen aus dem Gesicht heraus. Sie bewegten sich. Wollten ihn haben. Sie saugten ihn hinein. Und des Gerbers Werkzeug tanzte.

Er wußte es. Er war entlarvt!

Man konnte nicht wissen, ob es Tod oder Lust war. Aber jedenfalls nutzte es wenig, zu entwischen. Ihre Lippen zogen sich zur Seite. Die Vorderzähne wurden sichtbar. Die Spalten in den Mundwinkeln zitterten.

Des Gerbers Werkzeug dröhnte. Bis das Milchglas umfiel.

Sie stand auf und kam um den Tisch. Beugte sich über ihn, mit einer Serviette in der Hand.

Jetzt galt es! Es fiel ihm in letzter Sekunde ein. Daß er sie zuerst berühren mußte. Er hob die Hand. Schaffte es. Legte sie auf ihren bloßen Hals. Sie war ganz weich. Und warm.

Sie hielt einen Augenblick inne. Dann legte sie die Serviette zwischen ihn und den Teller, um die Milch aufzusaugen. Er saß vollkommen ruhig. Ließ seine Hand auf ihrem Hals liegen.

Die Hand bewegte sich mit ihr, wenn sie wischte. War ein Teil von ihr. Merkwürdig.

Als sie fertig war, legte sie die Serviette auf seinen Teller. Dann griff sie nach dem Krug und schenkte das Glas wieder voll.

Da machte er es! Stieß das Glas um!

»Jetzt ist aber Schluß!« hörte er sie sagen. Ihre Haut war schwer, als sie sich mit der Serviette über ihn beugte. Es floß weiß über seine Hand und tropfte auf den Schoß. All das Weiß drang durch die Hose hindurch und klebte an den Schenkeln.

Sie wischte es sorgsam auf, ohne ihn anzusehen. Sagte etwas von Hose wechseln. Faßte seine Kleider an. Die Finger waren hungrig. Sie waren auf ihm. Drückten. Berührten ihn. Er bog den Kopf zurück. Die Arme fielen neben dem Stuhl herunter.

Hinter geschlossenen Augenlidern ahnte er ihren Schatten. Einen schwülen Schatten. Er war sicher gefährlich. Aber nicht zu vermeiden. Er atmete schwer.

Er spürte so etwas wie Schmerz. Aber es war keiner.

Der Ofen war seit mehreren Stunden kalt. Das Zuschließen und die Rituale mit Türen und Schritten die Treppe hinauf. Der Schlaf war ein Teil des Hauses. Ein Teil von den vagen Windstößen gegen die Fenster.

Sie kam in das Zimmer, ohne daß er die Tür hatte aufgehen hören. Aber er hörte, daß sie von innen zuschloß. Es war pechschwarze Nacht. Trotzdem lag ein flackerndes Licht auf ihr. Zuerst auf den Falten ihres Morgenrocks, dann auf dem Körper, der in dünnen weißen Stoff gehüllt war. Ihre Haut breitete sich aus. Gewaltige Dünungen, denen entgehen zu wollen nutzlos war. Samt, der in großen Mengen von der Decke herunterfiel und ihn begrub. In ihrem Duft begrub. Er erkannte ihn wieder. Und wußte, daß er ihn haben mußte.

Zuerst war sie eins mit der Dunkelheit und der herrlichen Verdammnis. Tod und Schrecken. Man ließ sich hindurchführen. Ohne Widerstand. Überließ sich ihrer feuchten Wärme.

Verbarg sich. Kroch in sie hinein. Wimmerte leise. Machte Bewegungen wie ein Fisch, der noch nicht wußte, daß er schwimmen konnte. Bevor er es tat. Er gehörte jetzt ihr.

Und sie ließ ihn Milch über all ihre weißen Tischdecken verschütten.

4. Kapitel

Am Morgen war er zeitig auf. Wie einer, der aus Angst vor einer Arbeit nicht mehr schlafen kann. Seine Arbeit bestand darin, aus dem Haus zu kommen, ehe die anderen aufwachten.

Er wanderte durch die leeren Straßen und sah zu, wie die Stadt sich allmählich belebte. Bis herunter zur Kirche. Die Strandgata rauf und runter. Vorbei an dem Haus der Hebamme und dem Haus von Lensmann Irgens, vorbei an Kaufmann Giævers Haus. Man konnte die Häuser zählen und sie nach Größe oder Farbe katalogisieren. Man konnte versuchen, sich an Namen von Leuten oder Gebäuden zu erinnern.

Schließlich stand er am Strand zwischen den alten Kirchhütten. Hier war er noch nie gewesen. Ein Mann, der offensichtlich nicht im Bett gewesen war, schaute argwöhnisch, als er an ihm vorbei nach Hause torkelte. Es roch streng nach Pisse und altem Abfall. Eine Katze von undefinierbarer Farbe sprang aus einem Bretterzaun und fauchte. Weil er beinahe über sie gestolpert wäre.

Er befand sich auf dem Grund eines Brunnens. Verloren. Und er besaß die ganze weite Welt! Er konnte nicht mehr zu dem ockergelben Haus gehen. Nie mehr! Der Gerber würde ihn aufschlitzen. Die Därme herausziehen. Das Blut würde die Treppe hinunterfließen. Die Haut würde er ihm abziehen und seidenweiche Werkzeuge, gefüllt mit Sägemehl, daraus herstellen. Es war ein Trost, daß man wußte, wozu sie bestimmt waren.

Den Kopf und sein Glied würde der Gerber sicher abschneiden und in einer Kammer verstecken. Vielleicht salzte er beides in einer Vierteltonne ein, als wären es Heringe. Nach einiger Zeit würde er beides hervorholen und in aller Heimlichkeit verzehren, wenn die Köchin in der Versammlung war.

Niemand würde ihn vermissen. Abgesehen von der kleinen Charlotte Wickstrøm. Sie würde ein paarmal nach ihm fragen. Dann würde sie ihn über anderem vergessen.

Indem er an Charlotte dachte, versuchte er sich zu erinnern, ob ihm jemand erzählt hatte, wo sie wohnte. Er konnte sie vielleicht dazu bringen, ein gutes Wort bei dem Gerber für ihn einzulegen. Aber er gab es auf. Da müßte er ja zuerst die ganze Geschichte erzählen. Und die war nicht wie Wergelands Gedichte. Absolut nichts für Charlotte Wickstrøm. Denn sie verstand noch nichts von dem Werkzeug des Gerbers.

Er trabte die Stadt hinauf zur Schule. Spürte, daß Schneematsch und Schmutz die Schuhe durchnäßt hatten. Es war eine Art Reinigung, wenn auch eine unangenehme.

Was sagte Oline immer? Die Leiden des Menschensohnes sind die Reinigung des Menschen. Man konnte an seinen eiskalten Füßen spüren, wie sehr Christus gelitten hatte.

Er durfte nur hier gehen. Um vielleicht gereinigt zu werden. Aber die Gedanken waren ebenso bedrückend wie vorher. Die Gedanken galten nur dem Lederwerkzeug und ihrer Haut. Und einem gewaltigen Druck. Da unten.

Man konnte sich fragen, ob man sich jemals daran gewöhnte.

Er würde alles leugnen. Ungeachtet dessen, was der Gerber beweisen konnte, würde er alles leugnen. Es war der einzige Ausweg. Oder sollte er die gleiche Taktik anwenden wie der Gerber? Das Schweigen. Nicht ein Wort. Stumm essen und sich zurückziehen? Ob der Gerber ihn schlug? Ihn zum Krüppel schlug? Es war egal. Der Gerber würde einen von ihnen sowieso töten. Vielleicht beide. Zum Schluß.

Nein, nein! Sie würde es nicht zulassen. Sie würde ihn verstecken.

Er faßte ein wenig Mut. Entschloß sich, in die Schule zu gehen. Dann mußte man sehen, wie es weiterging. Mitten in diesen Gedanken stieß er an einer Hausecke mit einem steinharten Körper zusammen. Beide fielen hin und verloren die Mappe mit den Büchern.

Er hörte einen Fluch und sah eine blutende Nase. Es war Sofus Beck. Nachdem sie alles wieder zusammengerafft hatten, standen sie auf und bürsteten den Schnee ab.

»Du hättest ja aufpassen können!« fauchte Sofus und suchte nach etwas, um es vor die blutende Nase zu halten.

»Danke, gleichfalls!«

Nach kurzem Schweigen fanden beide, daß die Situation schlimm genug war. Er reichte Sofus sein Taschentuch. Der nahm es, ohne zu danken, und hielt es sich vor die Nase. Aber sie wollte nicht aufhören zu bluten.

»Man kann Schnee nehmen. Das hilft«, sagte er und stieß Sofus eine Handvoll Schnee ins Gesicht. Ohne lange zu fakkeln. Das Blut versiegte.

»Mein Vater kennt einen Mann, der Blutungen zum Stillstand bringen kann«, sagte Sofus.

»Jetzt kennst du auch einen«, sagte er und grinste.

Sie sprachen sehr männlich über alles mögliche, während sie weitergingen. Die Lehrer und die Aufgaben. Das konnte man sich erlauben. Der Tag forderte schon genug von einem.

Entweder lag es an Sofus, oder es war etwas anderes, aber er ging nach der Schule wieder zu dem ockergelben Haus. Was auch geschehen würde, es war besser, es hinter sich zu bringen, als draußen in der Kälte herumzulaufen.

Man konnte sich bestimmt daran gewöhnen, eine klebrige Schnecke in der Wagenspur zu sein. War man so häßlich, daß niemand einen anfassen wollte, hatte man wohl seine Ruhe.

Sie hatte ihn angefaßt! Das stand fest.

Beim Mittagessen wurde es ungemütlich. Der Gerber redete. Fragte, ob er angefangen habe, sich so hart in Zucht zu nehmen, daß er aus dem Haus gehe, ehe die anderen aufgestanden waren. Wenn er das fortsetzen wolle, dann müsse man die Brote unter einen Teller für ihn hinstellen, damit er nicht verhungere.

Der Gerber hatte noch nie so viele Worte auf einmal gesagt, seit er im Hause war.

»Ich hatte jemand versprochen, etwas zu tun. Arbeit ...«

Der Gerber grunzte, faltete zwei gelbe Hände und sprach das Tischgebet.

Sie aß die Frischfleischsuppe, ohne aufzusehen. Sehr wenig auf dem Löffel, wie es sich gehörte. Ohne die Zähne zu zeigen. Sie schob den Löffel zwischen die Lippen.

Ihm stockte der Atem. Aber man mußte ja etwas unternehmen. Er griff zum Löffel.

Der Gerber hatte vielleicht eine Waffe unter dem Tisch versteckt. Wartete nur auf den richtigen Augenblick. Wenn man es am wenigsten erwartete. Wartete sie auch darauf?

Sie verkleckerte etwas Suppe vom Löffel in den Teller. Kleine Tropfen. Saß, als ob es wichtig wäre, den Tropfen zu lauschen. Sie sah ihn nicht an. War sie auf seiten des Gerbers? Hatten sie alles abgesprochen? Nein, sie beschützte ihn. So war es.

Die Fleischstücke waren sehr klein geschnitten. Trotzdem war das eine oder andere groß genug, daß es etwas auseinanderfiel und man das rote Fleisch sah, mit Fettperlen darauf. Man konnte nicht hinsehen. Es setzte sich in den Unterleib.

Sie hatte starke Augenwimpern. Dunkel, wie alter Stacheldraht. Jetzt lagen sie auf ihren Wangen. Sie war blaß. Man konnte an Christi Dornenkrone denken. Die Dornenkrone saß auf den Wangen. Ihrer Sünde wegen.

Ihre Brust hob und senkte die Silberbrosche. Hob und senkte sie, bis er anfing zu zittern. Da geschah es. Sie hob die beiden kleinen Dornenkronen und sah ihn an. Direkt an.

Er fiel. Er fiel und fiel, während er die Schenkel zusammenpreßte und aufhörte zu atmen.

Aber es kamen viele Tage und Nächte. Er ging in die Schule und paukte. Er ging mit Sofus zu den Laternen und beobachtete die Mädchen. Aber er tat es nur, um sich zu verstecken.

Manchmal gelobte er Buße und Besserung. Es hielt so lange, bis die abendlichen Rituale des Hauses näher rückten. Da kam die Unruhe. Die Lust. Die Sehnsucht.

Am gefährlichsten war es an den Spätnachmittagen, wenn der Gerber nach dem Essen noch mal in die Gerberei ging und die Köchin zu einer Versammlung.

Er zog sich ganz aus, löschte das Licht und legte sich ins Bett. Der Wille zu wachsen war sehr stark. Er selbst war der Balken, der das ganze ockergelbe Haus trug.

5. Kapitel

Sie hatte ihm einmal versprochen, Bescheid zu geben, wenn sie reiste. Das war wohl in den Wind geschrieben.

Er erfuhr es nach und nach, als er im Sommer nach Hause kam. Oline war ein alter Frachtkahn, der nicht recht wußte, was er ihm liefern sollte. Aber allmählich brachte sie alles in einen Zusammenhang, so daß er es begriff.

Dina war abgereist. Im Mai, nachdem Anders nach Bergen gefahren war. Erst war sie jede Nacht im Saal auf und ab gegangen, eine ganze Woche lang. Dann hatte sie plötzlich, ehe man sich's versah, gearbeitet. In wenigen Tagen hatte sie die Erbschaft geregelt. Die Bilanz gemacht und die Papiere in dem alten Geldschrank geordnet. Den Verkäufer im Laden in alles eingeweiht und ihm bis zu Anders' Rückkehr die Vollmacht gegeben.

Dann packte sie ihre Hutschachtel, die Reisekiste und das Cello in einer Zeit, die die Sonne brauchte, um ihre eigene Bahn draußen am Horizont zu kreuzen.

»Der Austernfischer war längst nach Norden gekommen und bewachte sein Nest im Ackerrain. Aber Dina verließ alles und fuhr mit dem Dampfer nach Süden«, sagte Oline.

Er hatte ja immer gewußt, daß sie reisen würde. Jetzt hatte sie es getan.

Oline erzählte, daß der Lensmann einen Brief von ihr bekommen hatte, in dem sie ihm die Vollmacht gab, Anders alle Rechte und Pflichten betreffs Reinsnes und des »Jungen« auf unbestimmte Zeit zu übertragen. Man konnte es so verstehen, daß es ein Teil der Erbschaft war. Eine Kopie des Briefes befand sich in einem großen, versiegelten Umschlag mit Anders' Namen darauf im Geldschrank des Kontors.

Er konnte natürlich hinuntergehen und sich den Brief ansehen. Von außen. Der Schlüssel steckte ja. Es war nicht so wie in dem ockergelben Haus.

Man sagte ihm auch, daß der Lensmann zuerst entlang der ganzen Schiffsroute hatte telegraphieren wollen, um sie aufzuspüren und nach Hause zu holen. Aber Dagny hatte ihn davon abgebracht. Statt dessen telegraphierte er nach Bergen, um Anders zu benachrichtigen. Er bekam eine überraschend besonnene Antwort:

»Meine Frau hat sich entschlossen, ins Ausland zu reisen, um Cellospielen zu lernen. Ich selbst bin bald auf dem Heimweg, so Gott will. Dein sehr ergebener Schwiegersohn Anders.«

Gott wollte wohl, daß Anders nach Hause kam. Aber war ansonsten streng. Er nahm das Frachtschiff »Mor Karen« auf der Fahrt von Bergen nach Norden. Mit Mannschaft und Fracht.

Benjamin stand am Ufer, als Anders mit dem Dampfer kam. Schämte sich, weil die Leute sahen, daß er weinte. Aber er konnte nicht ganz entscheiden, worüber er weinte. Dina war fortgefahren, aber nicht tot. Anders kam mit leeren Händen und seiner Habe beraubt, aber er war nicht tot. Viele standen da und weinten um die, die tot waren.

Anders ging durch die Schar, die sich am Ufer versammelt hatte. Umarmte alle, die einen der Ihren verloren hatten. Er hatte einmal gesagt, daß sich bei einem Schiffbruch alles veränderte. Er wußte das wohl von früher.

»Da bist du ja, Benjamin. Jetzt komme ich ohne ein Geschenk für dich aus der Stadt«, sagte er. Aber man konnte nicht ahnen, was er dachte.

Es wurde nicht viel darüber geredet, daß Fahrzeug und Fracht nicht versichert waren, wie der Lensmann es ihm ausdrücklich empfohlen hatte. Den Menschen nützte es wenig, versichert zu sein. Sie waren und blieben fort.

Anders bat die Hinterbliebenen zu einem Gedenktag nach Reinsnes. Für die Unterbringung wurde gesorgt. Auf dem Fußboden oder in Betten. So konnten sie einen Tag und eine Nacht zusammensein. Und es wurde an nichts gespart. Der Pfarrer kam und sprach den Menschen gut zu.

Besonders schwierig war es für die Witwe von Peter Olai auf

einer der Häuslerstellen. Sie saß mit sechs kleinen Kindern und Schulden auf einer Landspitze. Anders sorgte dafür, daß eine Sammelbüchse für sie aufgestellt wurde, im Laden und wo die Leute sonst noch hinkamen. Er hatte keine Anteile zu verteilen, denn die Kassette mit dem Geld lag auf dem Grund des Foldmeeres.

»Sehr schlechtes Wetter und Sturm. Viel Seegang. Der Mast brach wie Reisig. Wir kamen vom Kurs ab. Das Steuer stieß gegen eine Schäre. Dann lagen wir im tobenden Meer!«

So sprach einer, wenn der Herr das Seine gefordert hatte.

Anders und das Ruder hatten sich auf die gleiche Schäre gerettet. Er wurde nach ein paar Tagen von einem Fischer gefunden. Der Küchenjunge wurde auch gefunden. Er bekam ein Grab an Land. Von den anderen hörte man nichts mehr.

Nach dem Gedenktag legte sich eine tödliche Stille über den ganzen Hof. Dann ruderte Anders hinaus, um für den Eigenbedarf zu fischen. Zwei Tage, ohne etwas zu trinken und zu essen im Boot zu haben. Er hatte den Dreiruderer genommen. Allein. Es war einfach Wahnsinn.

Als er nachts nicht an Land kam, fing Oline an zu weinen und rief den Herrn an. Die Leute pflegten zu sagen: »Gott ist stark, aber drei Mann in einem Dreiruderer sind auch etwas.«

Oline machte ihre eigene Variante daraus: »Lieber Gott, wenn nur ein einziger Mann in einem Dreiruderer ist, dann müssen wir ein wenig auf dich setzen! Und laß das gute Wetter halten!«

Sie konnten von Land aus das Boot beobachten. Ein schwimmender Schatten. Bald vor der Anlegestelle, bald draußen im Sund. Man konnte sich wohl fragen, was man am gescheitesten tat, wenn man eine entflogene Mutter hatte und einen Vater, der zum Fischen flüchtete. Man konnte darüber grinsen. Aber davon wurde es nicht besser. Zuletzt sagte er sich, daß er, wenn er in Anders' Haut steckte, sich danach sehnen würde, daß jemand zu ihm hinausruderte und ihn zur Vernunft brachte. Deshalb ruderte er hinaus, um zu hören, ob es ihm leidlich gutging. Es dauerte drei Stunden. Hin und zurück. Mit rudern und allem.

Man konnte nicht sagen, daß das Gespräch zwischen ihm und Anders besonders tiefsinnig war.

»Willst du hier den Rest deines Lebens verbringen, Anders?« rief er laut über den Abendnebel, als er nahe genug war.

»Es sieht ganz danach aus, Junge!«

»Womit vertreibst du dir die Zeit?«

»Es gibt unheimlich viel Seelachs.«

»Kannst du an Bord kochen?«

»Nein, aber die Möwen leben gut bei mir.«

»Wirst du den Leuten an Land auch etwas Fisch gönnen?«

»Dazu habe ich mich, zum Teufel, noch nicht entschlossen.«

»Wie lange brauchst du zu dem Entschluß?«

»Wartest du? Auf mich?«

»Ja. Aber das macht nichts. Es gibt zur Zeit nicht viele Leute, auf die ich warte.«

»Nun, dann ist es ja gut.«

Die Boote stießen aneinander.

Anders hatte einen stahlgrauen Bart, und die Nase war eine einzige Fleischwunde. Daran war die Sonne schuld.

»Du siehst aus wie ein Seegespenst«, erlaubte er sich zu sagen, während er die beiden Dollborde festhielt.

»Ich bin ein Seegespenst!« sagte Anders. »Voll und ganz in der heißesten Hölle, im Keller und im Speicher und in allen kleinen Häuslerstellen in der grüngebrannten, glühendheißen, teufelsverbrannten Hölle! Ich bin ein Seegespenst! Und der Teufel und der Herrgott selbst können sich ihre Mückenstiche darauf kratzen, daß sie so ein Seegespenst nicht erledigen werden. Sie können vor und zurück und überall hinschauen, aber sie sollen begreifen, daß Anders in diesen Jahren nicht wie ein geduldiger Trottel herumgelaufen ist, um vor die Hunde zu gehen! So! Mach dein Boot fest, Teufelsjunge! Und komm zu mir ins Boot!«

Ohne große Mühe tat er das, was das Seegespenst von einem Vater befahl.

Als er sich gesetzt hatte und ein Paar Ruder ergriff, fuhr

Anders fort: »Glaubst du nicht, daß sie das verdammte Cello mitgenommen hat? He, Junge? Was glaubst du? Verstehst du das? Wie kann eine Frau im innersten Balsfjord so dumm sein? Gleichgültig, ob sie deine Mutter ist oder nicht! Sie hat, vergib mir die Sünde, sie hat das Pulver mit dieser Sache nicht erfunden! Nun fahren wir los! Wir rudern direkt durch Gletscher und heiße Hölle!«

Anders hörte in diesem Sommer auf, er selbst zu sein. Bekam weiße Haare. Aber die Wut nahm allmählich ab. Später erwähnte er sie selten: das Frachtschiff »Mor Karen« und Dina. Wenn er es tat, dann nur, weil es zu der Geschichte gehörte, die er genötigt war vorzutragen.

Im Alltag machte Anders so weiter, als ob ihm niemand etwas getan hätte. Aber er hörte auf, in die Kirche zu fahren. Man konnte es verstehen, sofern man ihn gut kannte. Er war ein Seegespenst geworden.

Es war beinahe eine Erleichterung, im Herbst nach Tromsø zurückzukehren. Er gewöhnte es sich ab, daran zu denken, daß Dina nicht mehr da war und Anders ein Seegespenst geworden war.

Wenn man sich sagte, daß sich dies alles in einem Raum befand und Tromsø in einem anderen, glaubte man es zum Schluß.

Der Herbst war gar nicht so schlecht, wenn auch unheimlich.

Es lag daran, daß jeder Tag genügend Anforderungen stellte und Reinsnes weit weg war.

Und dann gab es auch noch Andrea. Er hatte vielleicht gewußt, daß es geschehen mußte. Ja, eigentlich war es bestimmt, daß es noch viel schlimmer kommen sollte.

Andrea hatte es nicht ausdrücklich versprochen. Aber er hatte geglaubt, daß sie ihn beschützen würde. Nicht, daß sie den Gerber erschießen sollte. Das sollte sie nicht! Sie sollte ihn nur bitten, den großen Berg Felle in die verfärbten Hände zu nehmen und die Stadt zu verlassen. Dann würde auch sein Geruch verschwinden.

Danach könnten sie das ockergelbe Haus anstreichen. Weiß. Er könnte lernen, und sie könnte alle notwendigen Dinge erledigen. Und niemand brauchte zu wissen, wie es sich verhielt. Denn es war nicht verboten, einen Untermieter zu haben.

Aber an dem Tag, kurz vor Weihnachten, als der Gerber früher als erwartet von der Gerberei nach Hause kam und seine kurze Rede hielt, war sie aus seinem Zimmer gegangen, ohne das geringste zu sagen. Er wußte, daß es nichts miteinander zu tun hatte. Daß Dina fort war und Andrea einfach aus dem Zimmer ging. Er war erwachsen genug, um es zu begreifen. Man hätte sich daran gewöhnen können, daß Leute verschwanden. Wenn nicht die Leere entstanden wäre.

Der Gerber tötete ihn nicht.

Hieb ihm nichts ab.

Drohte nicht, dafür zu sorgen, daß er von der Schule flog oder sonst etwas.

Der Gerber hielt eine Art Rede und weinte dabei. Dort bei seinem Bett. Er hatte es die ganze Zeit gewußt: Der Gerber war nicht wirklich.

Die Köchin rettete ihn. Sie richtete ihm für die Tage, bis er Weihnachten nach Hause fuhr, ein Bett in ihrem Anbau. Aber er konnte sich nicht erinnern, daß sie ein Wort sagte. Es roch nach Kampfer und Jod. Das machte ihn ganz krank. Aber es brauchte ihn nicht zu bedrücken. Er hatte jetzt keine Angst mehr davor, daß etwas geschehen würde. Es war ja geschehen.

Als er nach Hause nach Reinsnes kam, erfuhr er, daß Hanna zu Anders' Verwandten nach Grøtøy sollte. Um mehr Benehmen zu lernen.

Er konnte nichts dafür oder dagegen tun.

Hanna war ein wenig seltsam nach dem Sommer mit Else Marie, deshalb war sie nichts mehr für ihn. Jetzt triumphierte sie sicher, daß sie reisen würde. Das sah ihr ähnlich.

Als ob Grøtøy ein Ort wäre, zu dem zu reisen sich lohnte.

Man hätte sich daran gewöhnen können, wenn nicht die Leere gewesen wäre.

6. Kapitel

»Es ist unwahrscheinlich, wie du wächst, Junge! Ich glaube, du mußt dieses Jahr zu den Lofoten mitkommen«, sagte Anders.

Da brauchte er nicht gleich nach Weihnachten nach Tromsø zu fahren.

Anders sagte nicht alles, was er wußte oder sah, er bestimmte einfach.

»Wir müssen dir die Schwermut abgewöhnen«, sagte Anders. »Außerdem müssen wir uns an Leute wenden, die wir kennen, damit du ein neues Zimmer bekommst, in dem du wohnen kannst. Es ist eine Kleinigkeit«, fügte er hinzu.

Er wußte nicht recht, was er sich unter dem Lofotfischfang vorstellen sollte. Er hatte gehört, wie Anders ausführlich von der Freiheit, den Wellen, der Kameradschaft und dem Fisch erzählte. Märchenhafte Mengen Silber direkt aus dem schwarzen Meer. Aber er hatte vergessen zu erzählen, daß es auch eine Hölle war mit stechenden Frostschmerzen in den Fingern, mit Rotz und nassen Fellbeinlingen. Und wunden Händen. Die Hände lösten sich auf, sahen so aus, wie Mutter Karen sie seiner Erinnerung nach bei den Aussätzigen in der Bibel beschrieben hatte. Wenn sie stundenlang draußen in der salzigen Gischt lagen, fühlte er seine Hände nicht mehr. Und es war auch gut so. Dann plötzlich, wenn sie in die Hütte kamen und ihre Ruhe haben wollten, schlug der Teufel zu. Dann konnte er nichts anderes tun als fühlen.

Es zeigte sich schnell, daß er ein schlechter Schiffsjunge war. Er legte sich gewaltig ins Zeug, um es allen recht zu machen, daran lag es nicht. Aber wenn irgend etwas umgestoßen werden konnte, dann stieß er es um. Konnte etwas zerbrechen, dann zerbrach er es. Er verlor Fischhaken und Hammer im Meer. Warf die Bottiche mit den Langleinen um und den Kaffeekessel. In seinem Rausch von Trauer und blindem Eifer schaffte er es nicht, etwas zu lernen.

Zuerst schielten sie auf seine Bücher, die er mitgenommen hatte, und empfahlen ihm, sie am Mast zu hissen, damit die

Möwen auch etwas lernen konnten. Als sie sahen, wie ungeschickt er bei jeglicher praktischer Arbeit war, mußte er zunächst stumme Seitenblicke ertragen. Dann fingen sie leise an zu sticheln, so daß es weh tat.

Es wurde so beängstigend, daß er ihre Worte laut für alle wiederholte, um sie auf diese Weise ungefährlich zu machen.

Lange ließen sie ihn einigermaßen in Frieden. Er hatte das ekelhafte Gefühl, daß er ihnen leid tat. Außerdem war da noch der Respekt vor Anders.

Eines Samstagabends brach es los. Anders hatte im Dorf etwas zu erledigen, und die Männer hatten den Topf mit der Fischsuppe auf den Boden neben den Herd gestellt.

Er kam herein und wollte seine nassen Sachen zum Trocknen aufhängen. Dachte wohl daran, daß seine Handschuhe nicht in den Topf fallen durften. Aber indem er nahe heranging, um die Handschuhe über dem Ofen aufzuhängen, passierte es. Er trat auf den Henkel des Topfes. Die Dorschbrühe ergoß sich auf den Fußboden.

Die Männer hatten bereits einige Schnäpse gekippt, während sie auf das Essen warteten. Einige hatten viele gekippt. Wut und Enttäuschung über das unachtsam verschüttete Essen waren wie ein Funke im trockenen Heu.

Es begann damit, daß zwei ihn auf jeder Seite packten und schworen, daß er die verdorbenen Fischstücke und die ganze Leber vom Boden auflecken sollte. Ein dritter wußte eine bessere Strafe: »Wir taufen den Hexenbengel in der Lebertonne! Wir taufen ihn in der Lebertonne!«

Sie zogen ihn hinaus in den Köderraum. Augenblicklich schloß er die Augen und versuchte die Luft anzuhalten, solange sie ihn untertauchten. Sie holten ihn in angemessenen Pausen wieder hoch, damit er nicht erstickte.

Nach getaner Arbeit verschnauften sie und überzeugten sich von seiner Verfassung. Zitternd stand er da und schielte sie an, den Kopf verklebt mit lauter eiskalter Leber. Er wagte nicht, sich zu rühren, aus Angst, daß es eine weitere Strafe auslösen könnte.

Als sie bemerkten, wie übel er aussah, schien sie der Teufel zu reiten. Einer rief, daß sie den Teufelskerl so reinwaschen sollten wie einen Klippfischfelsen bei Sonnenaufgang. Es löste bei den anderen einen ganzen Chor der Erweckten aus: »Ja, ja, ja!«

Sie banden ein solides Tau um seine Mitte, schleppten ihn an den Rand des Kais und hievten ihn hinaus. Das war keine schlechte Strafe im Februar.

Bereits als er in der Tonne steckte, war er darauf vorbereitet gewesen, zu sterben. Jetzt war er tot. Der Schock, als das eiskalte Wasser ihm den Atem benahm und das Wasser sich über seinem Kopf schloß, bewirkte, daß er eine Weile für sich selbst verschwand. Dann öffnete er die Augen und Ohren im Jenseits und hörte einen leisen Glockenklang aus der Tiefe. Er hörte ihn nicht nur. Er sah auch, wie der Glockenklang sich bewegte. Es war schön.

Man konnte gut sterben. Aber man sollte das Geräusch nicht vergessen.

Zu diesem Zeitpunkt kam Anders über die Bucht gerudert. Er sah ihn für einen Augenblick, als sie den Körper wieder in die Höhe zogen. Sie mußten in panischer Angst gezogen haben. Es ging so schnell, daß das Trommelfell im Begriff war, in seinem Kopf zu verschwinden. Trotzdem nahm er Anders wahr. Er stand zwischen den Ruderbänken. Hatte die Ruder in der Hand. Sie hingen senkrecht ins Wasser. Wie gerupfte Flügel.

Anders' Stimme war eine gewaltige Lawine, die aus allen Ecken der Welt gleichzeitig kam. Brachte ein schweres Unwetter mit, das die Luft zerriß und das letzte Tageslicht in Stücke schlug.

Die Männer wurden von dem Ernst erfaßt. Sie hatten sicher nicht beabsichtigt, ihn wieder ins Meer fallen zu lassen, aber keiner wollte zu denen gehören, die das Tau hielten. Diesmal fuhr er bis zum Grund. Aber es dauerte nicht lange, bis es kräftig unter den Armen ruckte und es wieder aufwärts ging.

Unter beklemmender Stille wurde er an Land gezogen. Erst

war er steif und ruhig. Dann spie er, wie tot er auch sein mochte. Die Männer standen auf dem Kopf, und der Himmel lag im Meer. Alles drehte sich in rasender Eile im Kreis.

Er sollte also nicht nur sterben, er sollte auch umgestülpt werden.

Sie trugen ihn in die Hütte und zogen ihm die Kleider aus. Anders befahl warmes Wasser, wollene Wäsche und Felle.

Der Küchenjunge kreischte, er habe keine Schuld. Er wollte sich verdrücken und an Land rudern. Aber Anders' Stimme zerriß die Luft: »Es gibt heute abend keinen Landurlaub! Alle bleiben in der Hütte. Ich glaube, ich habe noch etwas, womit ich mir die Hände wärmen kann!«

Ein hitziges Gemurmel breitete sich aus. Aber alle blieben.

Er wurde eingepackt und in die Koje gelegt. Anders pickte die vier Männer heraus, die bei dem Spaß mitgemacht hatten. Er war jetzt ruhig. Rief sie namentlich auf, als ob er der Pfarrer wäre und ihnen das heilige Abendmahl geben wollte.

Er hörte das alles, während er mit geschlossenen Augen dalag, die Scham wie eine Tüte über dem Kopf. Erst Geräusche, die er vor Erschöpfung nicht verstand. Alles purzelte durcheinander, wie Stecknadeln in einer Blechschachtel. Dann war es, als schlüge Oline Fleischteig in dem Holztrog. Als erstes mußte Anders Platz zwischen Schemeln, Werkzeug und Tonnen geschafft haben. Dann waren es wahrscheinlich seine Fäuste, die die Männer trafen.

Man vergaß, wie erledigt man war, und schlug die Augen auf.

Der erste der Männer nahm die Schläge mit einem träumerischen Gesicht hin. Allmählich fingen die anderen an, dazwischen zu gehen. Da wurde Anders zu einer mächtigen Windmühle. Er schwenkte Arme und Beine heftig um sich, machte systematisch Jagd auf Ziele aus Fleisch. Er hätte nie geglaubt, daß bei Anders so etwas möglich war.

»Er ist verrückt geworden«, brachte einer heraus, ehe er einen Schlag mitten ins Gesicht bekam, so daß er ganz still wurde und lautlos hinter einem Stapel Kisten zu Boden sank.

Anders nahm sich den nächsten Mann vor. Sie hätten ihn sicher erledigen können. Wenn sie etwas gehabt hätten, um ihn zu erledigen. Aber es war, als verlören sie alle Kraft angesichts dieses heiligen Zorns. Sie ließen sich vollständig zusammenschlagen.

Einer von ihnen, der bei der Taufe in der Lebertonne nur zugesehen hatte, keuchte schließlich von einem Kistenstapel herunter: »Hör auf, Anders! Hör um Gottes willen auf!«

Da stürzte Anders sich mit einem wilden Geheul auf ihn. Der andere war kein großer Mann. Aber stämmig und stark. Außerdem war er einigermaßen nüchtern. Man konnte das Schlimmste befürchten. Aber als Anders sich schließlich erhob, und alles, was ihm an Gliedern und Kleidern gehörte, mitnahm, lag der Mann mit dem blutigen Gesicht nach unten auf dem ungehobelten Fußboden. Er wischte sich langsam das Gesicht ab, damit er etwas sehen konnte, und zwang sich ein Grinsen ab, um eine gewisse Würde zu behalten, und prustete: »Jawohl, Anders. Wir haben verstanden, daß du Ordnung halten kannst. Wir haben es verstanden. Der Junge ist kein Fischer, aber er hat verdammtes Glück mit seinem Stiefvater! Ich werde zusammen mit dir auf den Jungen aufpassen. Aber hör jetzt auf!«

Sie mußten einzeln zu ihm ans Bett kommen und ihm die Hand geben. Das war ungemütlich. Er kriegte kein Wort heraus. Und er erzählte Anders nie, daß sie ihn einen Hexenbengel genannt hatten. Überzeugt, daß es bei dem armen Kerl, der das gesagt hatte, um Leben oder Tod gehen würde.

Später wurde er wie ein Kleinod behandelt, das man sich anstecken konnte. Anders hatte den Männern eine Seite gezeigt, die sie nie vorher gesehen hatten. Allerdings lief er tagelang mit verbundenen Händen herum. Er versuchte es unter den Seehandschuhen zu verstecken. Ein Riese zu sein ging auf die Knochen.

Aus dem Ganzen lernte man, daß Anders sich seinetwegen in eine Windmühle verwandelt hatte und daß erwachsene Männer sich so schämen konnten, daß man es sah. Sie waren wie die Kormorane auf den Felsen. Alle wenden sich auf einmal um, wenn der Wind sich dreht.

Er fühlte sich schuldig, weil sie sich so schämten. Und

vergab ihnen allen. Was sollte er sonst auch tun? Es war schwierig genug, so wie es war.

Diese ekelhafte Stimmung. Das Schweigen heftete sich an ihn. Der üble Geruch, der aufstieg, als eine neue Fischsuppe gekocht wurde. Er würde ihm für immer die Freude an frisch gekochtem Dorsch nehmen.

Als sie von den Lofoten nach Hause kamen, voller Fischschuppen und Heimweh, hatte Oline Else Marie in Dienst genommen. Sie sollte Hanna ersetzen und die Haushaltsführung in einem großen Haus lernen.

Heimzukommen nach dem intensiven, harten Männerleben war so, wie von einer fieberhaften Krankheit zu genesen. Er vergaß beinahe, daß Dina nicht da war.

Erst gab es das Lofotbad im Brauhaus zusammen mit den Männern. Die Sonne warf jedesmal feurige Schwerter durch den Dampf, wenn die Tür aufging. Die Frauen holten Wasser und trugen Holz. Für einen kurzen Augenblick sahen sie einen Mann, wie er war. Nackt.

Man konnte deswegen leicht zu Tode erschrecken. Es war etwas ganz anderes, zwischen den Badebottichen herumzuschlendern und ein angekleideter Junge zu sein, als nackt einer von den Männern zu sein. Der Körper war zwar voll ausgewachsen, aber er sah trotzdem nicht so fertig aus. Es war beschämend. Das mußte keiner sehen.

Ein Trost, daß er in die Höhe geschossen war. Jemand hatte bereits am Strand gesagt: »Ich glaube, Benjamin hat sich gestreckt, die Füße und der Bart sind länger geworden!«

»Wir haben ihn mit Lebertran gefüttert und haben ihn auf den Fischgerüsten gestreckt«, erwiderte Anders gutmütig.

Dabei blieb es. Aber es war eine Schande, daß sie von ihm sprachen wie von einem Kalb.

Er hatte es schon vor langer Zeit gemerkt, daß es etwas Besonderes war, wenn alle Männer auf einmal badeten, während die Mädchen ein und aus gingen und sie bedienten.

Einzeln kamen die Männer mit triefenden Haaren und rasiertem Bart aus dem Brauhaus heraus. Einige hatten die Hosenträger noch nicht in Ordnung oder knöpften das Hemd zu. Es war ihnen darum zu tun, ihre Behaarung zu zeigen. In aller Ehrbarkeit natürlich. Die Haare quollen überall hervor. Er hatte gesehen, daß sie nach den Mädchen griffen, wenn diese vorbeigingen. Was sie sich an einem gewöhnlichen Tag im Jahr nie erlauben würden. Am Badetag blieben die Mädchen stehen und lächelten. Vielleicht waren Mädchen so: Ließen sich nur an ein oder zwei Tagen anfassen. Dann kam die Leere.

Sie waren verboten. Aber sie waren es auch wieder nicht. Falls man wußte, wie es rechtens zuging. Oder falls man genug Haare und einen Bart hatte.

Jetzt hatte er immerhin mit den Männern zusammen im Brauhaus gebadet. So gut es ging. Nackt!

Es war undurchdringlich da drinnen. Dampf und Seifengeruch. Tea schöpfte mehr heißes Wasser in den Holzbottich, während er sich hinter einem gespannten Segel anzog. Anders war an der Reihe, daß man ihm den Rücken schrubbte, und er schwatzte friedfertig mit den anderen. Man konnte sein Planschen hören, während er Tea damit aufzog, daß sie so unsanft war.

»Du hast so grobe Hände, ich glaube, du hast Streit mit deinem Liebsten gehabt.«

»Pah, ich habe keinen Liebsten, aber wenn du willst, kannst du es gerne mit mir versuchen!« schmetterte sie in den Raum.

Das Lachen erzählte, daß sie mit der schlagfertigen Antwort zufrieden waren. Anders lachte mit. Man sah seinen Rücken dort in dem Bottich, die behaarten Arme und Beine hatte er vorgestreckt. Wenn er Anders' Sohn wäre, dann wüßte er wenigstens, was er in späteren Jahren zu erwarten hätte. Jacob hing an der Wand und hatte nur ein schönes Gesicht. Es war unmöglich zu sagen, was die Zukunft in bezug auf seinen Körper in sich barg. Aber man mußte zusehen, daß man erwachsen wurde.

Er war dabei, das Hemd anzuziehen, als ein rosiges Gesicht, umgeben von goldenen, zerzausten Haaren, in dem Spalt zwischen dem gespannten Segel und der Wand auftauchte. Zwei weit offene blaue Augen blitzten wie eine hochschnellende

Forelle. Er starrte zurück. Es war nur ein Augenblick. Das Gesicht wurde dunkelrot und verschwand. Es war Else Marie von Bjarkøy.

»Du darfst den Schiffsjungen hinter dem Segel nicht stören, Mädchen!« rief einer, der Trond hieß.

»Ich wußte nicht... Ich sollte nur die Schmierseife vom Wandbrett holen«, verteidigte sie sich.

Die Männer lachten. Er kannte das. Als ob ihn jemand mit einem Grashalm am ganzen Körper kitzelte. Die Haut wurde zu einer Gänsehaut unter dem sauberen Hemd. Er steckte die bloßen Füße in die Holzschuhe und trottete aus seinem Versteck heraus, um zu beweisen, daß sie ihn nicht nackt gesehen hatte.

Das Mädchen war fort. Aber ihr Gesicht lag wie ein Schleier über allem, was er anschaute. Er stand in der offenen Tür und wollte sie herbeizaubern. Wollte, daß sie nah an ihn herankam. Wie ein Kleidungsstück. Wie ein Wind. Auch wenn es nur kurz währte.

Aber niemand sollte es sehen!

Er erschien bei Oline in der Küche, um ihr das Geschenk zu verehren, das er von den Lofoten mitgebracht hatte. Aber es war eigentlich für Else Marie.

Sie war dabei, Zwiebeln für die Leberkasserolle zu hacken. Er war barfuß in den Holzschuhen. Kam direkt aus der Kälte. Sie sah auf, mit Tränen in den Augen. Das war schön. Aber es waren wohl die Zwiebeln.

Man konnte sich vorstellen, wie Anders sich verhalten würde. Deshalb stellte er sich gerade hin, umarmte Oline und gab ihr das Paket mit dem Kleiderstoff. Während er sich an sie schmiegte, konnte er in Ruhe das Mädchen bei dem Zwiebelbrett betrachten. Gute Rundungen. Besser, als er sie in Erinnerung hatte. Hatte er überhaupt an Else Marie gedacht? Es war schwierig, das jetzt zu wissen. Er war so weit weg gewesen. In Tromsø und auf den Lofoten. Aber nun tat er es bestimmt. An sie denken.

Er redete mit Oline, ohne rot zu werden.

»Das ist doch viel zuviel«, sagte sie und strich mit beiden Händen über den Kleiderstoff. »Danke und nochmals danke«, fügte sie hinzu, und er mußte sich drücken lassen und sich die Rede anhören, daß er ein gutherziger und ein herzzerreißend aufmerksamer Mensch sei.

Es machte nichts, daß Else Marie es hörte.

»Ich sehe, du hast Hilfe bekommen«, sagte er.

»Das ist Else Marie. Sie soll bis zum Herbst hierbleiben«, sagte Oline und nickte dem Mädchen gnädig zu.

Er schritt durch die Küche, so gut das in den Holzschuhen möglich war. Gab ihr die Hand, wie er es gelernt hatte, sich neuen Dienstleuten gegenüber zu verhalten. Ihre Hand war kalt und feucht. Die Zwiebel war stinkender Anstand.

Ihre blonden Haare waren an den Schläfen zerzaust. Aber im übrigen in zwei langen Zöpfen gebändigt. Genau wie damals, als er mit ihr im Wagen den Hang hinunterlief. Sie hatte nicht so viele Sommersprossen wie im Sommer. Aber es wohnte noch mehr Licht in ihr, als er in Erinnerung hatte. Er konnte sich vorstellen, daß es das Unterirdische war.

Er machte sich so oft in der Küche zu schaffen, daß Oline sich zu einer Bemerkung veranlaßt sah. Nicht in scherzendem Ton. Nein, weit gefehlt! Es war eine deutliche Warnung.

»Benjamin ist meines Wissens ein Mann und kein Küchenmädchen!« sagte sie nach vielen täglichen Küchenbesuchen. Sie kniff die Augen zu zwei schmalen Schlitzen zusammen, durch die sie argwöhnisch blickte.

Er versuchte so weit ein Mann zu sein, daß er Else Marie zublinzelte, wenn Oline es nicht sah. Aber das Mädchen wagte nicht, ihn anzusehen.

Er hielt sich von der Küche fern und paßte Else Marie ab, wenn sie in den Nebengebäuden oder sonstwo etwas zu tun hatte. Allein der Gedanke an sie machte den Tag wild und schön.

Er steckte auch den Kopf zur Treppe hinunter und rief nach warmem Wasser und Handtüchern oder was auch immer. Wenn er vermutete, daß die anderen beschäftigt waren und nur sie damit kommen konnte. Die beiden ersten Male stand sie wie eine Wildkatze in der Türspalte mit dem, was sie brachte. Wieder fort, ehe er ihr danken konnte. Aber beim dritten Mal war er blitzschnell bei ihr und nahm sie in den Arm.

»Warte, Else Marie«, sagte er atemlos und schloß die Tür zum Gang.

»Es ist soviel zu tun«, sagte sie und war außer Atem, sie auch.

»Was machst du?«

»Die Südkammer abstauben, bevor jemand mit dem Dampfschiff kommt«, sagte sie.

Es war viel Meer und Sonne in ihr. Er drückte sie gegen den Türrahmen und zog sie an sich. Fest. Falls sie auf den Gedanken käme, fortzulaufen.

Sie wollte es auch – zuerst. Dann wurde sie ganz ruhig. So ruhig, daß man sich fragte: Was sollte man jetzt tun?

Ihrer beider Atem ging unregelmäßig. Er hob die Hand und streichelte ihre Wange. Da seufzte sie und verlegte das Gewicht auf den einen Fuß. Die ganze Zeit hatte sie auf eine bestimmte Stelle an der gegenüberliegenden Wand geschaut.

»Kannst du nicht nach dem Abendessen zum Sommerstall kommen?« flüsterte er endlich.

»Ich glaube nicht, daß es geht.«

»Warum? Du hast es doch schon gemacht.«

»Oline.«

»Oline gehören nicht deine Abende.«

»Nein, aber ...«

Er wußte nicht, wo er es herhatte, denn es war ein lächerlicher Gedanke, trotzdem sagte er sehr männlich: »Aber mir gehört Oline und alles zusammen.«

Sie sperrte die Augen auf. Sah ihn an und fragte: »Gehört den Leuten auf Reinsnes die Köchin und alles?«

»Ja«, sagte er und tat es lachend ab als einen Scherz.

»Da wage ich nicht, zum Sommerstall zu kommen«, sagte sie, riß sich los und schlüpfte aus der Tür.

Er machte Jagd auf sie. Lauerte ihr auf. Machte kein Geheimnis daraus, daß er ihr bei den Wassereimern und den Holzkörben half.

Es war ihm natürlich bewußt, daß sie eine Magd auf dem Hof war, aber es bedeutete nichts. Er mußte sie haben.

Eines Tages wurde er zu Oline in die Anrichte gerufen. Sie hatte sich auf einen der brokatüberzogenen Lehnstühle gesetzt, die dort standen, weil sie werktags nicht gebraucht wurden.

»Ich sehe und höre, Benjamin«, sagte sie.

Er stand bei der Tür und wußte, was kommen würde.

»Du versuchst immer wieder, Else Marie für dich zu gewinnen.«

Am besten muckte man nicht auf.

»Ich will dir eins sagen, Benjamin! Ich habe die Verantwortung für dieses Mädchen übernommen.«

Er brauchte nur dazustehen, bis sie fertig war.

»Du bist erwachsen, Benjamin! Du weißt, warum die Leute über meinen Kopf gehen müssen, um in die Mädchenkammern zu gelangen. Was glaubst du, warum keine, abgesehen von der armen Stine, und das war im Kontor beim Laden... Was glaubst du, Gott vergib mir, warum keine auf Reinsnes ins Unglück gekommen ist? Ja, das werde ich dir erzählen. Deshalb, weil Oline aufpaßt und einen so leichten Schlaf hat wie ein Sommervogel.«

»Ich werde Else Marie nichts tun.«

Die Röte bedeckte nicht nur sein Gesicht, sondern den ganzen Körper.

»Beweise es mir!« sagte sie streng.

Dann versank sie in Gedanken, und es sah fast so aus, als ob sie gleich anfangen würde zu weinen.

»Mein Gott, wie du dem seligen Jacob gleichst...« Dann schlug sie ohne Vorwarnung zu: »Aber der Teufel soll dich holen, wenn du der Else Marie nachstellst und sie ins Unglück bringst.«

»Aber Oline...«

»Hat dir niemand erzählt, daß man keiner Magd nachläuft, wenn man das Erbrecht auf Reinsnes besitzt?«

»Nei-ein.«

»Jetzt habe ich es dir erzählt«, sagte sie und klatschte die Hände auf die Schenkel, daß alles bebte. Dann stand sie auf.

Er wußte nicht, was in aller Welt er tun sollte, um wieder Gnade vor ihren Augen zu finden.

»Ich mag Else Marie so schrecklich gern«, flüsterte er.

Es war, als ob die Sonne in Olines Gesicht aufging. Mit offenen Händen kam sie auf ihn zu.

»Benjamin, Benjamin, du bist ganz der Jacob«, sagte sie und fuhr mit der Hand schnell über die Augen. »Aber das mußt du verstehen, die Liebe ist in deinem Alter noch so unstet. Und du willst das Mädchen doch nicht zugrunde richten? Ihr häßliche Gerüchte anhängen? Geschwätz und üble Nachrede über sie ausstreuen, wie?«

»Nein«, sagte er.

Es war etwas nicht in Ordnung in seinem Hals.

»Laß sie in Frieden. Sie ist mit Evert Steinbakken von Hasseløya verlobt und soll hier Hauswirtschaft lernen. Sie ist übrigens mindestens zwei Jahre älter als du. Du bist noch kein richtiger Mann. Aber gut wie Gold ...«

Sie weinte beinahe wieder. Allein das konnte einen dazu bringen, daß man sich schämte.

Es war wohl so, daß man nichts haben sollte. Jedenfalls fuhr er nach Tromsø, ohne Else Marie im Sommerstall getroffen zu haben. Man konnte höchstens lachen und sich sagen, daß es auch nicht die Jahreszeit dafür war.

7. Kapitel

Anders hatte nicht gefragt, warum er vor Weihnachten mit dem Gerber aneinandergeraten war.

Manchmal schien es so, als ob Anders alles wüßte. Dann wieder war er überzeugt, daß Anders nichts wußte. Es gab so vieles, was die Leute nicht wissen sollten. Der Kopf wurde bis zu einem gewissen Grad damit angefüllt, daß man für nichts anderes mehr Platz hatte.

Aber Anders hatte nichts gesagt. Sorgte nur dafür, daß jemand seine Kiste und den Kleinkram in dem ockergelben Haus holte und alles zu Kaufmann Sørensen brachte, der nahe am Markt wohnte. Dorthin kam er jetzt.

Das Zimmer lag oben im Speicher. Er war dort ganz für sich mit einem dunklen Trockenboden zwischen dem Zimmer und der Treppe. Bei Sørensens waren sie jeden Tag sieben Personen bei Tisch. Mit ihm wurden es acht. Die Mutter sprach am meisten. Sie wußte alles über alle und wollte gerne, daß alle anderen es auch erfuhren. Er fragte sich, ob sie wußte, warum er vom Gerber weggezogen war. Wußte er es selbst?

Er beruhigte sich damit, daß sie, wenn sie es gewußt hätte, es längst ausgeplaudert hätte.

Man mußte arbeiten, um für seine Sünden zu büßen, das stand gewiß in der Bibel.

Es war Mitte März, und der Rektor bedauerte, daß er durch Krankheit soviel Unterricht versäumt hatte. Aber wenn er es nachholen und ein Examen ablegen wollte, würde man es ihm erlauben.

Krankheit? Er wollte gerade fragen. Aber zum Glück stellte man dem Rektor zur Unzeit keine Fragen. Es war sicher Anders gewesen. Er hatte schon früher gemerkt, daß Anders einen Sinn für einfache Erklärungen hatte.

Er mußte nur anfangen zu lernen.

Es war zu hell, um hinauf zu dem ockergelben Haus zu spazieren und zu sehen, ob dort noch jemand wohnte.

Er wußte, welchen Weg der Gerber zur Arbeit und wieder

nach Hause ging. Deshalb ging er nicht dort entlang. Ein paarmal mußte er sich umdrehen, weil er meinte, ihren Duft zu spüren. Aber es war immer eine andere.

Ungefähr zu der Zeit, als er von den Lofoten zurückkehrte und sich nicht mit Else Marie treffen konnte, weil sie Oline gehörte, brach eine Art Krankheit in ihm aus. Oder vielleicht war es nur die Leere, nachdem Andrea aus dem Zimmer gegangen war, ohne ihn zu verteidigen.

Jedenfalls, wenn er den Duft einer Frau wahrnahm, mußte er unbedingt herausfinden, woher der Duft kam. Auf die gleiche Weise, wie ein fetter Mann immer nur ißt und ißt. Auch wenn er so satt ist, daß er am liebsten brechen möchte, muß er immer weiter essen. Als böte das Essen Schutz und Rettung von allem Übel.

Ungeachtet dessen, was sie sagten oder taten, ob sie ihn abwiesen oder aufmunternd anlächelten. Diese Geschöpfe existierten, er mußte aus ihnen klug werden, ehe sie verschwanden.

Andrea war bereits verschwunden, auch wenn sie wahrscheinlich noch in dem ockergelben Haus wohnte.

Kaufmann Sørensens Haus war weiß gestrichen und voller Leben. Kindergeschrei, Lachen und gute Zeiten. Das erste, was er bemerkte, waren die unverschlossenen Türen.

»Es ist nichts so schlimm, daß nicht etwas Gutes daran wäre!« sagte Madame Sørensen, wenn etwas auftauchte, das sich als recht unangenehm erwies.

Der Mann trieb Handel mit den Russen. Und jetzt sollte ein königliches Dekret erlassen werden, das es erlaubte, Holz aus der Gegend von Archangelsk nach Norwegen zu transportieren. Dadurch wurden die Geschäfte für ihn wesentlich einfacher.

Sørensen steckte die Daumen in die Weste, als ob er selbst das Dekret geschrieben hätte. Und es wurde mit einem Fleischgericht gefeiert, daß die Soße nur so auf die Tischdecke spritzte. Trotzdem konnte man dasitzen und überlegen, was Andrea aß.

Bei der Familie Sørensen waren es zu viele, und sie waren zu laut, als daß man seine Freude daran haben konnte. In Reinsnes waren sie auch viele. Aber es war ein Maß in allem. Zu Hause konnte man die Türen schließen, auch wenn man sie nicht abschloß.

Es lief darauf hinaus, daß er oft bei Sofus saß und dort lernte. Die Sørensen-Kinder brauchten allzuviel Gesellschaft.

Er war gewachsen, das hatte er ja die ganze Zeit gewollt. Aber er war dennoch nicht zufrieden mit seinem Äußeren. Es hing mit den Handgelenken und den Schultern zusammen. Als er im Sommer nach Hause kam, brauchte er neue Kleider. Er weigerte sich, auf einen Hocker zu steigen, als er anprobieren sollte. Er grinste nur ein bißchen und kniff das Nähmädchen in die Wange.

Ab und zu dachte er an Hanna. Und an Else Marie. Aber sie waren weit fort.

Als er Weihnachten nach Hause kam, erfuhr er, daß Else Marie geheiratet hatte. Und Hanna war unentbehrlich auf Bjarkøy geworden. Er dachte, daß Mädchen doch ein seltsames Leben lebten. So schnell, auch wenn es langsam aussah.

Er roch die neuen Mädchen auf Reinsnes und faßte sie ein wenig an. Aber mit Maßen, denn Oline hatte ja ein Auge auf jeden Finger. Und wenn er das nächste Mal nach Hause kam, wären sie weg.

In Tromsø hatte er Charlotte Wickstrøm. Aber sie war nur zum Beschnuppern unter den Laternen. Sie wollte nicht mit ihm oben auf der Insel spazierengehen. Oder vor ihm auf dem Schlitten sitzen, wenn sie die Hänge hinunterfuhren.

»Mama mag das nicht. Die Polizei kann uns den Schlitten wegnehmen, wenn wir so schnell fahren«, sagte sie und steckte die Hände in den Muff.

Trotzdem hing er ihr an den Fersen, allein wegen des Geruchs.

Er mußte ja auch lernen. Und mit Sofus Rolltabak rauchen. Das war eigentlich kein Leben. Aber die Zeit verging, wie die Alten sagten. Bald wurde er wohl alt, ohne jemandem begegnet zu sein, den er anfassen konnte.

Die letzten beiden Male, als er in Reinsnes gewesen war, hatte er Anders nicht gefragt, ob er etwas von Dina gehört habe. Keiner sprach mehr von ihr. Nicht einmal heimlich. Aus Rücksicht auf Anders.

Anders wurde ein richtiges Seegespenst. Er sagte nicht viel, aber tat um so mehr. Eines Tages, als sie im Rauchzimmer saßen, sagte er dennoch: »Du bist jetzt im dritten Jahr in Tromsø. Im Sommer sind es zwei Jahre, daß sie weggefahren ist.«

Er hätte gern gefragt, was Anders dachte, aber er schaffte es nicht. Und als er im pechschwarzen Januar wieder nach Tromsø fuhr, wußte er immer noch nicht, was Anders dachte. Er hatte das Gefühl, daß es seine eigene Schuld war. Früher, als Kind, hatte er nach allem gefragt. Und Anders hatte immer geantwortet.

Eines Nachts träumte er, daß er hinunter nach Stranda ging. Er ging einem Geruch nach. Zur Gerberei. Der Gerber stand auf einem Brett, das über eine Wanne aus Holzrinde gelegt war. In der Wanne schwamm Leder in allen Formen und Größen. Es sah glitschig aus. Er rief dem Gerber einen Gruß zu, aber das hätte er wohl nicht tun sollen, denn der Gerber fiel in die Wanne und blieb eine ganze Weile verschwunden. Sie kamen von allen Seiten gelaufen und zogen ihn herauf. Der Gerber war vollkommen ockergelb. Er schaute ihn eine Weile an. Dann brauchte man sich nur noch mit den Sørensens an den Tisch zu setzen und so zu tun, als ob man nicht dort gewesen wäre.

»Ist Gerber Magnus tot?« fragte der älteste Junge, er wurde an diesem Tag vierzehn Jahre alt und hatte das Werkzeug des Gerbers geschenkt bekommen. Es lag in Packpapier eingewickelt auf dem Tisch.

Hinterher konnte man darüber lachen, aber im Traum war es keine Spur komisch gewesen.

Auch der Seufzer von Madame Sørensen war nicht komisch. Sie sagte: »Ja, der arme Kerl ... er wurde ganz unkenntlich durch die Farbe ...«

»Iß schön, Freundchen! Verschütte keine Milch!« sagte sie zu dem Kleinsten.

Im Traum sagten die Leute die merkwürdigsten Dinge. Das Komische war, daß das, was sie sagten, dem glich, was sie auch sonst sagten. Es war wirklich zum Lachen.

Er hatte nicht gewußt, daß der Gerber Magnus hieß.

Im Traum hatte er gedacht: Manchmal muß man umziehen, oder die Leute müssen sterben, ehe man erfährt, wie sie heißen.

Er war immer noch nicht oben bei dem Haus gewesen und hatte geschaut, ob Andrea da war.

In dieser Nacht wurde ein Sohn von Sørensens krank. Vielleicht überlegte er deshalb, ob er Arzt werden sollte. Er hatte allerdings schon daran gedacht, bevor er Weihnachten nach Hause fuhr. An dem Tag, als der Rektor ins Klassenzimmer gekommen war und ihnen mitgeteilt hatte, daß in der Stadt eine Seuche, eine Epidemie, ausgebrochen war. Die Leute sagten, daß sie aus Trondhjem komme. Deshalb wurde sie Trondhjem-Krankheit genannt. Sie fing mit Halsschmerzen an und endete mit dem Tod.

Jetzt war Frühling. Sørensen hatte seinen Sohn mit an Bord eines Schiffes gehabt, das von Trondhjem kam. Erst war viel Krach, dann wurde es entsetzlich still. Man konnte hören, wie sie davon sprachen, daß sie es versäumt hatten, ihn mit Höllenstein zu pinseln, und nun war es zu spät.

Er hatte es ja die ganze Zeit gewußt. Daß er Søren hieß. Aber auch wenn er es nicht gewußt hätte, bestand jetzt kein Zweifel mehr. Denn Madame Sørensen machte ihrem Mann schwere Vorwürfe. In der gleichen Nacht, als Søren starb.

»Du hättest Søren nicht dorthin mitnehmen sollen! Es ist deine Schuld! Deine Schuld! Immer mußtest du den Jungen überallhin mitnehmen. Søren ist nicht mehr, jetzt muß er auf den kalten Friedhof! Es ist deine Schuld!«

Die Dachkammer lag direkt über ihrem Schlafzimmer. Der Name Søren war das einzige, was in der Welt existierte. Man konnte nicht schlafen, es blieb einem nichts anderes übrig, als eine Weile aufzustehen und darüber nachzudenken, ob man Doktor werden sollte.

Die nächtliche Sonne schwang sich zu ihm herein. Es war in dieser Nacht so licht da oben auf dem Dachboden. Ein einzigartig schönes Licht. Aber viel Lärm von den Möwen. Sie hatten sicher Nester auf dem Dach. Er steckte sich Wattepfropfen in die Ohren. Die arme Madame Sørensen hatte so laut geschrien. Es waren bestimmt alle aufgewacht. Einige weinten jedenfalls.

Nach einiger Zeit sah er Sørensen mit flatternder Jacke und ohne Hut die Straße hinuntergehen. Vom Dachfenster aus war er eigentlich nur ein schwarzer Punkt. Er sah so aus, als ob jemand von ihm fortgereist wäre. Und das stimmte auch in gewisser Weise. Aber wie schlimm es auch kam, so gehörte doch Madame Sørensen nicht zu denen, die einfach aus dem Zimmer gingen. Der Fehler war nur, daß sie einen auch nicht verteidigte. Deshalb mußte Sørensen aus dem Haus.

Er war in der Schule, als sie mit Søren zum Friedhof fuhren. Es war ihm egal. Er konnte ja doch nichts daran ändern.

Aber er dachte, daß er ein freundliches Wort zu dem Jungen hätte sagen sollen. Ehe er starb. Er war oft in sein Zimmer heraufgekommen. Wollte schwätzen und seine Bücher ansehen.

Deshalb hatte er vielleicht die Eingebung, daß er Doktor werden sollte.

Bereits im Februar hatte die Gesundheitskommission gewisse Regeln aufgestellt: Man achte auf Sauberkeit und frische Luft! Bei der Beerdigung der Toten, die an der Halskrankheit gestorben sind, muß auf Trauerhaus und Leichengefolge verzichtet werden, die Beerdigung hat schnellstens zu erfolgen, die Bettwäsche und die Kleider des Kranken müssen gereinigt, die Zimmer geputzt und gründlich gelüftet werden.

Noch viele sollten an der Kehlkopfdiphtherie sterben. Zu viele, als daß er ihre Namen behalten konnte. Trotzdem wurde der Kopf voll.

Und das Weinen. Sie weinten so schrecklich in Tromsø. Søren war erst vierzehn. Der älteste, der starb, war dreiundzwanzig.

An dem Tag, als die Zeugnisse ausgeteilt wurden und der Rektor eine Rede für die halten wollte, die bestanden hatten und fertig waren, sprach er fast nur von denen, die in der Blüte ihrer Jugend dahingerafft worden waren. Und Sofus Beck war an diesem Tage nicht da. Der Rektor wußte wohl Bescheid. Man wußte es sofort. Sofus war an der Reihe.

Sofus war einer, mit dem man gut auskam. Sie hatten viel gelacht, wenn sie nicht lernten oder nach den Mädchen schauten, die Arm in Arm vorbeigingen. Manchmal waren sie bis auf die Höhe der Insel gegangen und rund um den See, und er hatte Sofus erzählt, daß er damals gar nicht krank gewesen war, sondern auf den Lofoten. Und Sofus hatte geschworen, es keinem zu verraten. Es gab natürlich einige Dinge, die man auch Sofus nicht erzählte.

Man mußte wieder hindurch. Durch die Reinigung. Die Sørensens waren alle hellrot und blitzblank von dem vielen Waschen. Wenn man zu ihnen gehörte und Sofus Beck besucht hatte, dann mußte man sich reinigen. Sie wollten nicht noch mehr Kinder verlieren.

Obwohl er sich gereinigt hatte, ging er doch zu Sofus, um ihn zu sehen, bevor er starb. Er wollte ihm erzählen, daß etwas Wahres an dem war, was Dina gesagt hatte. Daß die Toten immer bei einem waren, ohne Unterschied. Er war alt genug, um zu verstehen, daß man sich vor allem selbst damit tröstete. Sofus hatte ja genug mit sich zu tun. Aber die Mutter ließ ihn gar nicht herein. Sie umarmte ihn und weinte heftig.

»Die Gesundheitskommission sagt«, schluchzte sie, »daß niemand Sofus besuchen soll. Der arme Kerl.«

Er sagte, daß es nichts mache, denn sie seien ja die ganze Zeit zusammengewesen und alle müßten irgendwann einmal sterben. Aber das hätte er nicht sagen sollen. Es war merkwürdig, wie man genau die falschen Worte fand, wenn man glaubte, etwas sagen zu müssen. Sie fing so schrecklich an zu weinen.

Er wagte nicht, sie zu berühren.

Es war keine richtige Beerdigung. Die Vorschriften der Gesundheitskommission verboten es. Er war erwachsen und begriff, daß es so sein mußte, um das Leben anderer zu retten.

Aber er ging zum Friedhof und blieb außerhalb des Zaunes stehen. Die Mutter von Sofus weinte, während sie ihm zunickte. Daß sie ihn an einem solchen Tag überhaupt sah!

Jetzt mußte man einfach abwarten. Und falls man davonkam, konnte man es als ein Zeichen nehmen, daß man Arzt werden sollte.

An jedem Tag, der verging und an dem er nicht krank wurde, dachte er daran, daß er zu ihr in dem Ockergelben gehen wollte. Aber es wurde nichts daraus.

Der Gerber wurde auch nicht krank und starb. Es starben nur junge Menschen. Sofus war der sechzehnte.

Es war genug jetzt.

Anders kam und holte ihn mit dem neuen Frachtschiff, das »Svanen« hieß.

»Zum Teufel noch mal! Was haben sie mit dir gemacht?« sagte er sofort, als er die Dachstube betrat.

Es ließ ihn daran denken, daß Madame Sørensen aufgehört hatte zu sagen: »... daß nicht etwas Gutes daran wäre!«

Nach einer Weile reichte er Anders das Zeugnis, um es wettzumachen, daß er nicht so großartig aussah. Sie schauten es sich gemeinsam an, während Anders sich über die Stirn strich und sagte: »Ganz schön! Ganz schön! Aber komm! Hier kannst du nicht länger bleiben!«

Womit er recht haben konnte.

DRITTES BUCH

1. Kapitel

JEDE BEWEGUNG DER UNENDLICHKEIT GESCHIEHT IN LEIDENSCHAFT, UND KEINE REFLEKTION KANN EINE BEWEGUNG ZUSTANDE BRINGEN. LEIDENSCHAFT IST DER EWIGE SPRUNG INS DASEIN, DER DIE BEWEGUNG ERKLÄRT.
(Johannes de Silentio: *Furcht und Zittern*)

Man kann sich fragen, wie eine Wahl getroffen wird. Oder ob es überhaupt eine Wahl gibt. Nachdem ich monatelang mit Anders gesegelt war, sah ich ein, daß ich weder Seemann noch Kaufmann war. Ich weiß nicht, ob Anders enttäuscht oder erleichtert war, als ich ihm eines Tages sagte, daß ich nach Kopenhagen wolle, um zu studieren. Er versuchte jedenfalls nicht, mich davon abzubringen. Und er mahnte mich nicht, daß es zu teuer würde.

Auf Johans Empfehlung wurde ich bei der Witwe in der Bredgade, wie alle sie nannten, einquartiert. Denn sie hieß eigentlich Noresgade, was schon ein gutes Zeichen war. Johan hatte dort vor vielen Jahren gewohnt. Madame Frederiksen war nicht besonders wohlhabend, aber gewiß vornehm. Als erstes stellte sie fest, daß ich meinem Bruder nicht glich. Es vergingen mehrere Monate, bis ich begriff, daß es zu meinem Vorteil gemeint war.

Die Stadt erschreckte mich zuerst. Aber ich konnte ja nicht in dauernder Angst leben, ich mußte mich einfach der Neugierde und den Sinnen hingeben. Nur wer sich selbst in einer solchen Situation befunden hat, weiß, wie mir zumute war, als ich zum ersten Mal das Vestibül der Universität betrat.

Dann wurde ich in das Studentenleben eingeweiht und lernte die Studentenlieder. Ich blätterte ein bißchen in dem Buch von Møller mit Betrachtungen über die Weiblichkeit, ohne daß ich bereit war, vor irgend jemandem zuzugeben, daß ich etwas Neues lernte. Ein Student sollte nichts zugeben, er sollte studieren und ewige Problemstellungen diskutieren. Er sollte in die Bierkeller gehen und zum Ball eingeladen werden.

Ich schaute auf die hohen Bäume mit den dicken Stämmen und den mächtigen Kronen wie auf neue Bekanntschaften. Sie wurden mein unmittelbarer Kontakt zum Himmel, wie es zu Hause die Berge gewesen waren. Die Bäume zu Hause verursachten mir, schon von Kindheit an, einen Metallgeschmack im Mund, wenn ich sah, wie der Herbst sie in gespreizte Äste verwandelte. Die Bäume in Kopenhagen waren imstande und behielten die Blätter bis weit in den Winter hinein. Sie ließen sich verwandeln und vom Frost glasieren, aber sie hielten fest.

Diese Gedanken konnte ich natürlich mit keinem der Studenten, die ich traf, teilen. Ich verstand plötzlich, daß ich es seit Mutter Karens Tod auf mich genommen hatte, zu denken wie ein alter Mann.

Ich gewöhnte mich an die hohen Häuser, das Menschengewimmel und die Sprache und wurde ruhig. Aber darunter lag eine Art Fieber nach dem großen Erlebnis. Worin es bestehen sollte, wußte ich nicht genau.

Was ist schon gegen des Studenten Mut
St. Peters Wut?
Ob die Welt nun fällt oder steht,
Er zwischen alter Zeiten Liedern geht
Und ruhig zählt des Berges Jahr
Bei Tag und Nacht und immerdar.
Wenn Sklavengeschlechter kämpfen um Sold,
Sind klare Gedanken all sein Gold
Und all sein Gut.

Das war Møllers Botschaft im Studentenliederbuch. Ich ging zum Studentenkollegium im Regensen und sang mit, während die Seidel mit dem bayrischen Bier die Runde machten wie Friedenspfeifen.

Später bekam ich Zutritt zum Valkendorfkollegium. Dort hatte man meist seine eigene Flasche, und die Feste waren von reichlichem Taschengeld geprägt.

Dort lernte ich Aksel kennen. Den Pfarrerssohn vom Limfjord, mit einem Vater, der Grundtvig* kannte. Aksel hatte große Freude daran, der schlimmste von allen dänischen Pfarrerssöhnen zu sein. Blond, groß und ironisch. Mit einer Stimme wie ein Donnerwetter und Geschichten wie von einem Kanalarbeiter.

Wir fanden uns allmählich. Lernten zusammen für das Philosophikum und hörten die Vorlesungen bei Sibbern oder Rasmus Nielsen. Außerdem hatten wir ernsthaft vor, alles zu lernen, was man in Zoologie, Physik, Botanik und Chemie von uns forderte. Denn das brauchten wir, um die Zulassungsprüfung zum Medizinstudium zu bestehen, das alle nur »Kantussen« nannten.

Die Lehrer sagten, daß man in den »Anblick der Natur und ihre Wunder« eingeweiht würde. Die Wunder waren eher trokken, deshalb entdeckten wir schnell, daß Kopenhagen noch andere Wunder zu bieten hatte, die ein Studium wert waren.

Aksel hatte Kontakte. Wir gingen auf Bälle. Aber ich lernte sehr schnell, daß man Mädchen auf einem Ball nicht anrühren darf. Sie sind irgend jemandes Töchter. Man konnte nicht einmal mit ihnen tanzen, ohne daß man sich in ihre Bücher einschrieb. Einer, der vom Nordpol kam, fand das etwas beängstigend. Aber man gewöhnte sich daran. Und es gab dort oft gutes Essen und Getränke.

Ich lernte noch einmal tanzen. So wie ich es gelernt hatte, erschreckte ich ja die Elefanten, meinte Aksel. Wir übten unter Flüchen und Radau in den Korridoren im Valkendorf. Aksel war ein deutlicher Versager im Vergleich zu mir. Er behauptete, daß man auf dänischen Pfarrhöfen nicht tanzte.

Nur wenige Studenten studierten aus echter Begeisterung. Die meisten aus unserem Semester waren vor allem heilfroh, daß sie von zu Hause weggekommen und der Schuldisziplin entronnen waren und sich in der königlichen Stadt amüsieren konnten. Romane und Erzählungen waren gewiß etwas, das nur den Damen vorbehalten war, nicht den Männern.

Männer studierten, hörten Vorträge und diskutierten über

---

* Grundtvig: dänischer Geistlicher und Dichter, 1783-1872. (A.d.Ü.)

die Politik. Es war ein Schock und eine Enttäuschung für mich. Aber ich achtete sorgfältig darauf, es nicht zu zeigen.

Trotzdem war es die Dichtung, die Aksel und mich zu Blutsbrüdern machte. Eines Abends gegen Ende des Jahres versuchte ich mit Aksel über mein trostloses Weihnachten bei der Witwe in der Bredgade zu sprechen. Ich hatte mich nämlich bemüht, Flauberts »Madame Bovary« im Original durchzuakkern.

Wir saßen in der »Apotheke«, und ich versuchte, ihm verständlich zu machen, daß Flaubert nur bestätigte, was ich vorher schon gewußt hatte. Aksel durchschaute, daß ich klüger sein wollte, als ich war, aber er nahm es gelassen hin.

»Der intelligente Mensch ist auf die Erde gekommen, um sich damit abzufinden, ja sogar einen Segen darin zu sehen, daß alles sich wiederholt«, sagte ich mit tragischer Stimme.

»Für mich ist das in Ordnung«, sagte er.

Ich überhörte die offenkundig respektlose Antwort und fuhr mit dem Vortrag fort. Er ertrug es mit geringfügigen Anzeichen von Langeweile.

»Nicht nur die kleinen trivialen Dinge wie Nahrung aufnehmen, sie aus dem Körper wieder ausscheiden, das eine Bein vor das andere setzen, sich verlieben, intrigieren usw. Auch die Routine der Generationen wiederholt sich und ist ein ewiger Kreislauf. Und alles hat ein einziges Ende. Nämlich den sinnlosen Tod!« sagte ich mit zwei Atemzügen.

Aksel gab acht, genau dann zu seufzen, wenn ich atmete. Außerdem verbesserte er ein paarmal mein Dänisch.

»Das ist klar, ich verstehe, daß der Dichter uns auch die große Tragödie zeigen will. Aber ich habe die Form durchschaut. Sie ist banal.«

»Du bist zu kleinkariert! Zu bürgerlich! Ich habe gelesen, daß die Bürgerschaft die Dichter einsperren will.« Er lachte schallend.

»Bürgerlich? Ich?« sagte ich indigniert.

»Warum bist du so böse? Es geht doch nur um die Dichtung, nicht wahr? Was ist denn so besonders an diesem Buch?«

»Es nimmt es auf sich, unanständig zu sein«, sagte ich mürrisch.

»Wie?«

»Ach, da ist diese Emma«, sagte ich ungeduldig und wollte wieder zur Philosophie kommen.

Aber das wollte Aksel nicht.

»Erzähl, was du an ihr unanständig findest«, sagte er eifrig.

»Na ja«, sagte ich zögernd, »das ist nicht so einfach zu erklären.«

»Du meinst, daß man über solche wie Emma nicht schreiben kann?« fragte Aksel grinsend.

»Sie brachte ihren Mann, einen Arzt, dazu, eine Operation nach den modernsten Prinzipien durchzuführen. Die Operation ist ihm nicht gelungen. Wir beide, die wir Ärzte werden wollen, finden es vielleicht interessant. Aber insgesamt glaube ich, daß ich es besser gemacht hätte. Das Buch, meine ich«, prahlte ich.

»Zuerst mußt du ja mal aufhören, Jungfrau zu sein«, sagte er gutmütig.

Ich hielt einen Augenblick inne und errötete. Man konnte nie voraussehen, auf was für Ideen dieser Pfarrerssohn kam.

»Du hast das Buch nicht gelesen«, sagte ich gereizt.

»Nein, ich habe es nicht gelesen. Und dein Redestrom langweilt mich. Laß uns lieber über Baudelaire sprechen«, meinte Aksel.

»Das wird schwierig«, gab ich zu.

»Warum? Du rezitierst ja seine Gedichte, wenn du drei Bier intus hast!«

»Das ist etwas anderes«, sagte ich.

Ich konnte mit niemandem über Baudelaires Gedichte sprechen. Ich schämte mich, daß sie einen solchen Eindruck auf mich machten. Es stimmte, daß ich ein paarmal Gedichte von ihm vorgetragen hatte. Das bereute ich jetzt. Für mich bedeuteten die Gedichte reine Magie. Ich verlor mich in Schilderungen langer Leichenzüge. Und in seiner Hoffnung, die ihre schwarze Fahne in seinen gebeugten Schädel pflanzte.

»Das Beste an Baudelaires Gedichten sind die Frauen«, sagte

ich in dem Versuch, ein gemeinsames Interesse zu finden. Aber es stimmte.

»Na und?« sagte Aksel.

»Das Tierische. Das Unmenschliche und Rücksichtslose, Gewaltsame und Gefährliche.«

»Du meinst, daß man sie mit ins Bett nehmen kann und die Lebenden dann nicht mehr vermißt?« fragte er.

»Ich weiß nicht«, sagte ich unbestimmt.

Aksel zuckte die Schultern.

»Ich glaube, daß du Poesie gar nicht magst, Mann! Du prahlst nur mit allem, was du meinst und weißt, wie ein gewöhnlicher Norweger«, lachte er.

Ich protestierte beleidigt. Und versuchte zu erklären, wie die Gedichte auf mich wirkten.

»Wirst du geil davon?« fragte er und wurde munter.

»Mmm, ja ...«

»Geil von Baudelaires Gedichten! Dort gibt es doch nur Würmer und Tod. Nicht wahr? Wieso geil?«

»Ich bekomme Lust, Dinge zu tun ...«

»Mit Frauen? Oder ...?«

»Alles! Alles machen!« sagte ich.

»Donnerwetter!« rief er beeindruckt.

So lockte er mich aus meiner Schale.

»Ich kannte einmal eine Frau ...«, fing ich an.

»Ja?« sagte er atemlos und leckte den Bierschaum von den Lippen.

»Andrea ... Sie war ... Sie kam nachts zu mir herein.«

»Nein! Wann war das?«

»Es ist schon lange her«, sagte ich vage.

»Mist! Was hat sie gemacht?« fragte er großzügig.

»Faßte mich an und ...«

»Und?«

»Ja, das weißt du doch ... Alles!«

In dem Maße, wie ich sein Gesicht beobachtete, während ich von dem Lederdildo des Gerbers erzählte, kamen mir Zweifel, ob die Geschichte überhaupt wahr war. Vielleicht hatte ich sie nur erfunden? Geträumt?

»Sie muß ja pervers gewesen sein«, sagte Aksel mit leuchtenden Augen.

»Meinst du?«

»Kann es sein, daß sie ...? Nein! Hör auf, Mann! Du hast die Geschichte erfunden, um mich zu schockieren!« sagte er entschieden.

Ich antwortete nicht. Schüttelte nur den Kopf.

»Wie war sie?« fragte er nach einer Weile.

»Brutal«, sagte ich.

»Ja, ja, aber wie?«

»Ich erinnere mich nicht mehr so genau.«

»Du lügst! Du erinnerst dich! Du genierst dich nur!«

Er versuchte es mit einem Lachen.

»Es war schrecklich«, sagte ich plötzlich. Das hatte ich eigentlich nicht sagen wollen.

»Inwiefern?«

»Der Mann warf mich aus dem Haus.«

»Das hätte ich auch gemacht«, sagte Aksel.

»Er weinte.«

»Weinte? Pfui!«

»Ich habe mir gewünscht, daß er stirbt«, sagte ich.

»Man wünscht den Leuten nicht den Tod«, sagte Aksel.

»Doch, ich.«

»Das glaubst du nur. Erzähl mir nicht, daß du so mutig warst! Du warst sicher völlig verängstigt. Der Teufel soll dich holen, Junge, daß du es trotzdem gewagt hast.«

»Es bleibt unter uns«, sagte ich drohend.

»Klar, Mann!«

Aksel reichte mir seine riesige Pranke.

In diesem Augenblick war ich in einer Art Welle. Wir besaßen etwas gemeinsam. Aksel und ich. Vielleicht war es das große Wort, das kam und ging. Glück? Oder wie sollte man es nennen?

Als wir das Lokal verließen, fing Aksel an zu witzeln, daß man sich einmal die Zeit nehmen sollte, in die »Gäßchen« zu gehen.

»Ich glaube, ich weiß ein sauberes Etablissement«, sagte er vage.

Ich sah ihn mit großen Augen an. Nach und nach kam heraus, daß er nur davon gehört hatte. Aber er wisse, welche Straßen ... Sie seien leicht zu entdecken. Die Damen. Sie säßen in den Fenstern.

»Das habe ich schon gesehen«, sagte ich keck.

Zwei waren doppelt so mutig wie einer. Wir zählten unser Geld. Es sah ganz zufriedenstellend aus.

»Was kostet es?« fragte ich.

»Weiß ich nicht. Wir nehmen nicht das teuerste.«

Wir spazierten wahrhaftig in die Holmensgade. Dort hatten wir beide gesehen, daß die Damen sich sogar auf der Straße zeigten. Wir klopften an die Türen der beiden Häuser, von denen Aksel etwas wußte. Aber sie waren sicher alle beschäftigt, denn keine machte auf. Und es ließ sich auch keine im Fenster blicken.

»Die Feinen haben diese Straße umgetauft«, grinste Aksel.

»Wie hieß sie früher?«

»Ulkegade. Eine Straße, die die Seeleute aus aller Welt kannten. Es wurde denen zuviel, die am richtigen Ende der Straße wohnten. Aber es hat sicher wenig genützt, den Namen zu ändern.«

Wir lachten und stapften durch den Schneematsch.

»Egal, wie die Straße heißt, wir können hier nicht die ganze Nacht rumlaufen«, sagte ich.

Er sah etwas beschämt drein, da er es ja war, der sich auskennen wollte.

»Du hast mir erzählt, daß du ein richtiger Draufgänger bist«, foppte er mich.

»Das war in meiner Jugend«, grinste ich.

»Und das soll ich dir glauben?« lachte er übermütig.

»Magstræde! Da gehen wir jetzt hin!« rief ich aus und zog ihn am Ärmel.

»Nein, weißt du, dort empfangen sie in Plüschzimmern und haben strenge Madames, die einen Herrenhut tragen. Dort ist es bestimmt teuer!« sagte Aksel.

»Was der Junge doch für ein Wissen von der Welt besitzt ...«, murmelte ich.

Wir landeten im Peder Madsens Gang. Ein schmaler Durchgang, der von der Schwanenapotheke hinunter zur Grønegade führte.

Ein enger, schmutziger Graben von einer Straße, die Warnungen an die gute Gesellschaft regelrecht herausschrie. Jedenfalls, wenn sie weiblichen Geschlechts waren. Zu beiden Seiten eines Schweinesteigs mit offenem Rinnstein, angefüllt mit Abfall und Mist, standen drei- und vierstöckige Häuser und hielten sich aneinander fest.

Mir fiel plötzlich ein, daß ein Professor in einer Vorlesung erwähnt hatte, daß im Laufe von fünf Jahren nur neunzehn von achtzig neugeborenen Kindern in dieser Gasse das sechste Lebensjahr erreicht hatten.

Ich erinnerte Aksel nicht daran. Wozu sollte es gut sein? Verdammt, warum mußte ich mich so für Zahlen interessieren? Ich gruselte mich aber dermaßen, daß er glaubte, ich würde alles bereuen.

»Kalte Füße?« fragte er scherzend.

»Überhaupt nicht!«

Zwei, drei saßen in den offenen Fenstern und hatten uns bereits entdeckt. Es war zu spät, um umzukehren. Ich sah Aksel an und wollte ihn fragen, ob wir uns trennen sollten. Aber ich hatte Angst, er würde ja sagen. Jetzt konnte man bedauern, daß man mit seiner Erfahrung so angegeben hatte. Ich räusperte mich und lächelte die erstbeste Fensterdekoration an. Sie hatte ein großes, aufgedunsenes Gesicht und Haare, die mitten auf dem Kopf kunstfertig zu einem Heuhaufen aufgetürmt waren. Sie saß in ihrem Arbeitsgewand da. Ein weites weißes Kleid, das sie mit einem Spitzenkragen und einer Brosche aufgeputzt hatte. Sie war nicht fett, aber etwas rundlich. Trotzdem fand ich, daß sie nett aussah. Um mit ihr einen Schwatz zu halten. Um mit ihr ins Bett zu gehen? Nein!

Aksel war sicher anderer Meinung. Oder wollte er sich nur hervortun? Er schüttelte den Schneematsch ab, steckte den Kopf zu ihr ins Fenster hinein und sagte: »Schönes Wetter!«

Sie lächelte und stand auf. Die Frau in dem Fenster auf der anderen Seite der Gasse winkte mir zu. Sie rauchte Pfeife und war bestimmt nicht mehr ganz jung. Ganz bestimmt waren sie es nicht ...

»Bitte! Kommt herein in mein Geschäftszimmer!« rief es über die Gasse.

Die beiden Frauenzimmer fingen an, sich um uns zu streiten. Für sie war es sicher ganz alltäglich. Ich versuchte Aksel zum Weitergehen zu bewegen. Aber er hing nur mit einem blöden Grinsen herum.

Da ging die Tür auf, und die Madame kam heraus. Es wurde augenblicklich still zwischen den beiden Fenstern.

»Bitte! Kommt herein! Kümmert euch nicht um Jenny. Sie ist ein Schreihals!« sagte sie und nickte der anderen, die nicht zu ihrer »Geschäftsstelle« gehörte, böse zu.

Dann standen wir in einem kleinen Gang, wo man die Hand nicht vor den Augen sah. Aber wir waren wenigstens zusammen. Das Herz rutschte mir in die Hose. Ich spürte den Adamsapfel wie einen Auswuchs und wußte nicht, was ich sagen sollte.

Die Madame öffnete eine Tür, und gelbes Licht aus einer winzig kleinen Stube voller Fransen, Quasten und Vorhänge fiel drohend auf uns. Als ob das nicht genug wäre, kam eine Pygmäenausgabe von einem Hund dahergesprungen und zeigte eine Reihe spitzer Zähne. Mit Hängebauch und geifernd.

»Er ist froh, wenn Fremde kommen«, sagte die Madame.

Der Raum war vollgestopft mit Möbeln. Eine Kommode mit drei Blumenvasen, einem Pfeifenständer und einer halbvollen Flasche. Ein runder Tisch mit einer Decke in allen Regenbogenfarben und vier Gläsern. Hinter dem Tisch: ein Sofa mit einer gut gebauten Frau und noch einem Hund auf dem Schoß. Dieser war offensichtlich räudig, verhielt sich aber freundlich. Auf zwei von den drei Stühlen rund um den Tisch saßen Frauen in weiten weißgelben Kitteln und mit geschminkten Gesichtern. Sie nickten und lächelten einladend, als ob sie auf der Bühne im Königlichen Theater säßen.

Das gelbe Licht kam aus einer Paraffinlampe über dem

Tisch. Das einzig Schöne in dem Raum. Sie ähnelte der Lampe im Eßzimmer auf Reinsnes. Die Arme, die den Kolben und die Kuppel hielten, hatten die Form von Rosenranken, und der Schirm war gelb. Am Handgriff darunter hingen drei verstaubte Wollpompons. An der braunverräucherten Wand hing ein Porträt des Königs. Ein Fenster konnte ich nicht entdecken. Es roch nach einer Mischung von gebrauchtem Rosenwasser und Schweiß mit einem frischem Zusatz von rohen Zwiebeln. Jede der Damen hatte ein Bier vor sich stehen und eine Schale mit grünem Kleingebäck.

Verwirrt ließen wir uns einen Stuhl anbieten, während die Damen und die Hunde auf dem Sofa zusammenrückten. Aksel hatte große Probleme, seine Beine unter den Tisch zu befördern. Der Tisch war zu niedrig und der Stuhl zu hoch. Aber der Tisch bot die einzige Möglichkeit, die Beine unterzubringen. Er setzte sich auf die äußerste Stuhlkante, lehnte sich zurück und schob sie vorsichtig darunter.

Wer konnte ahnen, daß es so viele sein würden. Ich schaute zu Aksel. Aber er saß wie unbeteiligt da.

»Das ist Thilde, das ist Olga, und das hier ist Birthe. Mit wem haben wir es zu tun?«

Madame bewegte die Hand mit einer imponierenden Geste. Sie hatte auch ein weites Kleid an, aber es war kein typisches Arbeitskleid. Braunschillernd mit gelben Litzen, die in Spiralen von der Passe nach unten liefen. Die Spiralen auf der Brust zitterten, wenn sie sich bewegte. Man konnte die Augen nicht davon lösen. Ihr Gesicht war streng. Beinahe schön. Das Alter schwer zu bestimmen. Sie war ein geteertes Piratenschiff in Betrieb.

Die jüngste Dame war vielleicht fünfundzwanzig, vielleicht jünger. Sie sah normal aus. Aksel schaute sie an, auch wenn sie nicht schön war.

Die mit dem Hund, die Birthe hieß, war entsprechend aufgetakelt. Der Bauch bebte, wenn sie nur die winzig kleinen, dicken Hände vom Tisch nahm und in den Schoß legte.

Man kann es ja nicht hier machen. Vor aller Augen, dachte

ich und spürte mein Glied. Wie ein Regenwurm in der trockenen Wüste.

Ich sah, daß Aksel anfing nüchtern zu werden. Dadurch fühlte ich mich noch einsamer.

Die Damen blickten uns fragend an. Ich wich geschickt ihren Blicken aus. Schließlich sagte die Madame: »Wollen die Herren ein Bier haben, bevor wir ins Geschäftszimmer gehen?«

»Was kostet es?« brachte ich hüstelnd hervor.

Sie nannte den Preis und machte uns darauf aufmerksam, daß das Bier gratis war.

»Für jeden?« fragte ich und hatte die Führung übernommen.

»Für jeden«, sagte die Madame und schickte einen Blick zur Decke.

»Soviel haben wir nicht«, sagte ich einfältig.

»Nein, soviel haben wir nicht«, sagte Aksel erleichtert und nickte mehrmals.

Madame sah uns an. Von oben bis unten.

»Hier wird bar bezahlt, und es gibt auch nichts unter dem festgesetzten Preis«, sagte sie bestimmt. Es war deutlich, daß sie uns nicht glaubte.

»Wir haben zusammen nicht mehr als die Hälfte davon«, sagte ich und stand auf. Aksel sprang ebenfalls auf.

Er hatte seine langen Beine nicht einkalkuliert. Die Damen griffen blitzschnell nach den Bierseideln und den Schalen mit den grünen Plätzchen. Wir standen wie Zinnsoldaten, die gerade den Krieg glücklich überstanden hatten.

Die Damen sahen einander an, sie hatten sich offenbar vorher mit den Augen verständigt.

»Ihr seid sehr jung«, sagte die Madame katzenfreundlich.

»Na ja«, sagte Aksel zögernd.

»Sie sind schön, besonders der Dunkle mit den wunderbaren Augen«, sagte Madame, als ob sie von den Hunden spräche.

Die Dicke auf dem Sofa lachte, daß alles bebte. Die Madame sah sie mit einem Blick an, der einen Stier hätte töten können. Augenblicklich wurde es still. Alle nahmen der Reihe nach einen Schluck aus ihrem Bierseidel. Als ob es ein Ritual wäre.

Die Madame zündete sich eine Pfeife an. Sehr langsam, während sie uns durch den Rauch betrachtete.

»Der Große ist nicht so schön, aber er hat gute Schultern«, sagte sie und nickte den Damen auf dem Sofa zu.

»Einverstanden«, sagte die Dicke mit freundlicher Stimme.

»Es nützt nichts«, sagte die Jüngste und kicherte hemmungslos hinter einer vorgehaltenen Hand.

Sie hat Pickel und schlechte Zähne, dachte ich rachsüchtig und wollte gehen.

»Warten Sie, meine Herren!« sagte die Madame.

Ich spürte bereits eine Gänsehaut auf meinem Rücken.

Sie ging zum Sofa und flüsterte mit der Dicken, dann drehte sie sich zu uns um und sagte weich: »Wieviel habt ihr denn dabei?«

Wir sahen uns an, Aksel und ich. Mit hochroten Köpfen. Dann steckten wir die Hände in die Taschen und fischten heraus, was wir besaßen. Als wir das Geld auf den Tisch legten, beugten sich vier Köpfe gleichzeitig darüber und begannen zu zählen. Schließlich tauchten sie wieder auf.

Die Madame sagte trocken: »Für dieses Geld geht man nicht ins Geschäftszimmer, meine jungen Freunde. Für eine so schlechte Bezahlung bekommt man höchstens Damen am Volden oder auf den Friedhöfen.«

Sie nickte uns gnädig zu. Darauf richtete sie mit einem Finger ihre Haare.

»Ich nehme sie mit ins Geschäftszimmer«, sagte sie zu den Damen, als ob wir taub wären.

Die Dicke wollte protestieren, besann sich aber. Die beiden anderen sahen aus wie vom Himmel gefallen.

»Aber Mutter, das kann doch nicht dein Ernst sein«, sagte die Dicke.

Die Madame seufzte und sagte: »Heute ist Sonntag. Man kann an einem Sonntag ja mal ein gutes Werk tun.«

Jetzt war es zu spät. Alles war zu spät. Aksel fing auch noch an zu schwitzen. Wir wurden in einen kleinen, dunklen Raum geleitet, der ebenfalls keine Fenster hatte. Ich dachte, wenn ein

Brand ausbräche, würden wir verbrennen und in der Hölle wieder aufwachen, denn es gab keine Fluchtmöglichkeit.

Ich hatte viel von Herzklopfen gehört. Hatte es auch selbst schon gehabt. Natürlich. Aber gerade jetzt war das Herz ganz ruhig im Körper. Ich wagte auch nicht zu atmen. Klinisch tot.

Mitten im Raum stand ein Bett, dessen Inhalt bei der Dunkelheit nicht auszumachen war. Hinter einem Wandschirm konnte man einen Waschtisch erahnen. Die Madame hatte einen kleinen Leuchter mit einer Kerze dabei, den sie auf einen Hocker hinter dem Wandschirm stellte.

»Bitte, macht es euch bequem!« sagte sie und nickte zum Bett.

Aksel stieß mich in die Seite, als ich einfach stehen blieb. Ich konnte gerade noch sehen, daß er versuchte zu grinsen.

Ich setzte mich auf die äußerste Bettkante und starrte auf die Madame hinter dem Wandschirm. Sie goß Wasser in eine Schüssel. Dann riß sie den geteerten Schiffsrumpf mit den Spiralen herunter. Einen Augenblick sah ich durch die Ritzen des Wandschirms ihre Konturen und eine Unendlichkeit von Falten. Dann ließ sie quälend langsam den weißen Kittel über den Kopf fallen. Aksel schluckte direkt neben meinem Ohr.

Dann ging es los. Sie kam hinter dem Wandschirm hervor, das spärliche Licht der Kerze im Rücken. Die Hüften und die Schenkel zeichneten sich durch das dünne Gewand ab. Es wogte. Nicht nur sie. Der ganze Raum.

Langsam begann sie Aksel auszuziehen, während sie mit ihm redete, als ob er einer ihrer Hunde wäre.

»So so, jetzt sollst du mal sehen, wie schön das wird!« sagte sie und gab ihm einen Klaps auf den Arm für jeden Knopf, den sie aufknöpfte.

»Schau, so schön wird es werden. Aber nun mußt du dich erst mal waschen. Das ist wichtig. Alle wissen das. Schau, wie schön es werden wird.«

Sie zog uns aus. Von der Taille abwärts. Wir halfen sogar. Ich konnte Aksel nicht ansehen. Ich heftete den Blick während der Waschzeremonie auf die Wand. Hätte Aksel doch protestiert. Dann hätte ich auch protestiert. Aber er tat so, als ob das alles nichts wäre. Es sah beinahe so aus, als schliefe er.

Das Bett war zu klein für drei. Wir waren im Begriff, Schiffbruch zu erleiden. Da nahm die Madame die Bettdecke mit einem Laken darauf und breitete beides auf dem Fußboden aus.

Sie legte sich zwischen uns und faßte uns an, als ob wir ein Körper wären. Sie hatte die gleiche Geschicklichkeit wie Oline, wenn sie Weißbrotteig knetete.

Ich glaube, daß ich mich als erster ergab. Trotzdem kam Aksel zuerst dran.

Plötzlich drehte sie Aksel das Hinterteil zu und zerrte ihr Gewand hoch. Ein weißer Berg wurde sichtbar. Er bewegte sich in koketten Kreisen über dem nach Luft schnappenden Aksel.

Sie kniete zu meinen beiden Seiten und bearbeitete mein Glied, während sie Aksel das Hinterteil bot! Dann holte sie die Brüste aus ihrem Kleid hervor.

»Komm her!« befahl sie und legte sich mit zwei prallen Hautsäcken auf mich.

Ich glaube nicht, daß ich betete. Aber ich hätte es tun sollen. Gnade uns armen Sündern!

Aksel! Langsam bewegte er sich auf den Knien hinter ihr. Langsam kam ein Rhythmus in Gang. Sein Gestöhne war abwechselnd jämmerlich und grausam. Sie redete beruhigend auf ihn ein. Drehte sich halb um und half ihm wohl.

Und dann war der Teufel los. Aksel hievte sich auf sie wie ein wildes Tier. Drückte sie auf mich und machte weiter wie ein Verrückter. Ich starb eine Zeitlang, eingeklemmt zwischen ihren mächtigen Brüsten.

Man braucht nicht jeden Tag daran zu denken, aber man vergißt es nie.

Dann lag Aksel da. Sein Atem war eine Lokomotive, die versuchte, die Fahrt zu verringern.

Ich glaube, ich hatte später nicht den Mut, ihm zu sagen,

wie phantastisch sie waren. Seine Stöße. Wie, zum Teufel, kann man so etwas sagen? Man sollte es ja nicht einmal gemerkt haben.

Mich bekam sie nicht in Gang. Ich war nahe dran, vor Scham zu weinen. Aksel ging hinter den Wandschirm, als er begriff, wie mir zumute war. Es nützte nur nichts. Sie hätte mich die ganze Nacht bearbeiten können. Ich war wieder in dem ockergelben Haus. War eine wilde, genießende Macht unter Andreas geschickten Händen. Aber sobald sie mir hineinhelfen wollte, fiel ich zusammen. Immer wieder.

Schließlich gab sie es auf. Tätschelte mir die Schenkel und sagte tröstend: »Ja, ja, du bist so schön und so jung. Deine Zeit kommt noch. Sie kommt noch, du wirst sehen!«

Die Scham war ein Schlag, den ich nie vorher gespürt hatte.

Als wir auf der Straße standen und ich in dem kalten Wind zitterte, sagte Aksel: »Wir brauchen einen Schnaps!«

»Nein, ich gehe nach Hause«, murmelte ich.

»Verdammt, wenn du mich jetzt verläßt! Ich habe so etwas noch nie gemacht.«

Wir fanden einen Keller, der noch offen war, und schlichen in die dunkelste Ecke. Dann vermieden wir es, uns gegenseitig genau zu betrachten. Wir erlaubten uns, eine Weile Vogelscheuchen zu sein. Ich jedenfalls. Aksel hatte die Probe ja bestanden.

»Du mußt das Geld zurückbekommen, das du ausgelegt hast«, sagte er plötzlich und starrte in sein Glas.

»Wieso denn?« murmelte ich und starrte in meines.

»Verflucht, ich hätte es auch nicht geschafft, ihn in ein Loch zu stecken, das noch voll vom Samen eines anderen war ...«

Später erwähnten wir die Demütigung nie mehr. Nicht einmal, als ich versuchte, ihm Anna wegzunehmen.

Doch, ich hörte davon! Daß der schwedisch-norwegische König Carl erst vor kurzem König Frederik VII. in Kopenhagen getroffen und mit heiligem Brudereid gelobt hatte, Preußen und Österreich hinwegzufegen.

Aber es blieb bei den Fanfaren und den großen Worten. Die Norweger und die Schweden zeigten sich nirgends, als es ernst wurde.

Ich war so unerfahren in der Welt. In meinem zweiten Halbjahr wurde deutlich spürbar, daß es eine Schande war, sich als Norweger in Kopenhagen aufzuhalten. Trotz Universität, Bier und Aksel. Dänemark stand allein gegen zwei große, blutrünstige Armeen.

Ich redete ungern in meiner Muttersprache. Übte kurze dänische Sätze und freundliche Blicke und hielt im übrigen den Mund. Verriet mich die Sprache, warf man mir die Schwäche Carls XV. und der schwedisch-norwegischen Regierung vor, die für die Verteidigung eines Bruders kein Blut vergießen wollten, als der Krieg ausbrach.

In den Kneipen und im Studentenmilieu wurden derbe Geschichten erzählt und Moritaten von Königin Viktorias Liebe zu Bismarck gesungen. Von den vielen Schwangerschaften der Königin, und bei welchem Engländer Bismarck sich bedanken konnte. Und von dem feigen Napoleon III., der vor lauter Angst kaum wagte, einen Furz zu lassen, geschweige denn eine Kanonenkugel gegen die preußischen Linien abzufeuern.

Kaufleute und Kleinhändler kauften noch immer die norwegische *Adresseavisen,* weil sie mit Annoncen gespickt war. Aber die Leute fingen an, über den Krieg zu lesen, wo sie etwas fanden. Kleine Zettel, die überall herumflogen. Oder sie hörten die letzten Neuigkeiten in den Kneipen.

Am 13. November hatte der Reichsrat eine neue gemeinsame Verfassung für Dänemark und Schleswig beschlossen. Die Deutschen bekamen das, worauf sie warteten. Und der Winter setzte ein.

Die Leute sagten es auf ihre Weise: »Bismarck kommt mit Blut und Eisen.«

»Karna!« rief ich aus, als sie sagte, wie sie hieß. »Niemand heißt Karna!«

»Doch, ich!« sagte sie mürrisch.

Sie saß in einem Viehwagen und hielt die Hand eines verwundeten Leutnants. Es stank nach Blut und Kot bis zum Straßenrand, wo ich mit den Zügeln in der Hand ging.

Ich habe es vielen zu verdanken, daß ich Karna traf. Den preußischen und österreichischen Truppen zum Beispiel. In der Nacht zum 1. Februar 1864 überschritten sie die Eider. Oder vielleicht sollte ich Bismarck danken. Dem zynischen Hirn hinter der Besetzung Schleswigs.

Die Studenten wußten schon im Dezember, daß die Dinge auf höchster Ebene gärten. Aber wir konnten uns den Ausgang nicht vorstellen. In Kopenhagen glaubten alle, daß der Festungswall Dannevirke jeden einzelnen Preußen aufhalten würde.

Wir diskutierten die Kriegsaussichten, wenn wir uns bei einem Glas in den Kneipen trafen. Nicht nur ich, eine Unschuld aus den Nordländern, konnte mir vom Krieg kein rechtes Bild machen. Dem häßlichsten von allen Heroismen.

Während meiner ganzen Kindheit und Jugend hatte ich gerätselt, was im Krieg geschah, ohne daß jemand mir eine Antwort geben konnte. In den Kneipen von Kopenhagen erzählte man Geschichten vom alten General C. J. de Meza, der Klavier spielte, im Schlafrock herumlief und ängstlich um seinen Magen besorgt war, während alle anderen sich tapfer schlachten ließen.

Wenige kannten Bismarck. Ich habe mich immer gefragt, ob der Mann Schach spielte. Ob er glaubte, daß das Leben ein Schachspiel war.

Indessen hatte das dänische Heer sich vom Dannevirke zurückgezogen und verschanzte sich bei Düppel. Es schlich davon wie eine Bande verurteilter Diebe, in schlechter Verfassung und ohne Hoffnung. Diejenigen, die nach Kopenhagen kamen und fähig waren zu reden, erzählten, daß sie Tag und Nacht aufrecht gestanden hatten, ohne ordentliches Essen und vernünftige Kleider, während Schnee, Schneematsch und Kälte dem Körper zusetzten und der Tod aus dem österreichischen Lager sie im Auge behielt.

Ein gewisser verhaßter Herr aus dem Ministerium war zur Besichtigung gekommen – in Galoschen und mit aufgespanntem Regenschirm! Der König war getürmt, und der Rest des Nordens saß mit geschlossenen Augen an seinen wohlgedeckten Tischen und sprach seine Repliken: »Es ist zu schrecklich! Es ist schade! Wie tragisch!«

Obwohl ich es hörte, verstand ich es nicht. Es blieben nur spannende Geschichten. Und man sah viele blankgeputzte Stiefel, Waffen und blaue Uniformjacken auf den Straßen. Einige sprachen davon, sich freiwillig zu melden. Die Universität hatte eine lange Tradition, wenn dergleichen anstand.

Nach einem Studententreffen im Innenhof des Regensen, bei dem Gesang und Bier uns zu einstimmigen Helden in Pulswärmern und mit Studentenmütze gemacht hatten, meldete ich mich zum Kriegsdienst. Aksel wollte sich auch melden. Aber er hatte eine Mutter, die kam und es verhinderte. Das hatte ich nicht.

Da ich Norweger war und außerdem Medizinstudent, landete ich statt auf dem Schlachtfeld im Sanitätsdienst und mußte Körper für das Lazarett auflesen.

Zuerst faßte ich es als Degradierung und Hohn auf. Aber ich war kaum ein paarmal über die blutgetränkte Erde gelaufen, als ich begriff, daß ich mit diesem Einsatz Glück gehabt hatte. Wenn man so positive Worte für eine eiskalte Hölle benutzen darf.

Wenn sie gewußt hätten, was für ein gutes Kanonenfutter mein junger Körper war, hätten sie mir wohl die Waffe in die Hand gedrückt und mich an die vorderste Front geschickt.

Aber sie glaubten sicher nicht an den Krieg, auch die Generäle nicht.

Wir wurden in einem Stall einquartiert. Die Tiere waren ein Teil der Wärme. Das alte Heu ebenfalls. Wir wuschen uns nach Kräften in dem Brunnentrog auf dem Hof, nachdem wir ein Loch in das brüchige Eis gehackt hatten.

Paul las zusammen mit mir die Körper auf. Wir streiften weit umher. Bei der ersten Runde bis zu dem Vorposten in den Schneehütten mit Strohdach und zu der verhaßten Schanze. Es gab übrigens zehn davon. Sie waren alle gleich verhaßt. Wir hatten solche Angst, daß wir kaum redeten. Die Kälte schlug uns um die Ohren und fror uns in den Kleidern fest. Trotzdem rann der Schweiß in Strömen und erstarrte zu Eisklumpen.

Wir wurden zwar nicht hinausgeschickt, wenn es besonders schlimm dröhnte. Aber wir waren es, die danach kamen und alles sahen. Wenn es eine Weile gedröhnt hatte und die preußischen Granaten ihr Teil bekommen hatten.

Der Feldscher und wir. Zuweilen war er so dreckig und zerlumpt, daß man glauben konnte, er sei ein verirrter Landstreicher. Er lief mit seinem kleinen Kasten herum, saß auf dem Wagen und nickte einen Augenblick ein. Einmal fiel er herunter und zog sich eine Schnittwunde am Kopf zu. Ich verband ihn, so gut ich konnte, während er mich als Idioten und Krüppel beschimpfte.

Ich bot mich an, ihn auf dem Wagen festzubinden, damit er in Ruhe schlafen konnte. Aber es krachte so fürchterlich, daß einem alle Sinne schwanden.

Sie marschierten zur Schanze. Wankten und krochen zurück. Unsere Jungs. Auf und neben dem Wagen. Sie waren gewiß alle tot. Auch die, die gingen.

Eines Tages hörte ich eine Stimme sagen:

»Die preußischen Stellungen sind vierhundertfünfzig Meter von den Schanzen entfernt.«

Er bekam keine Antwort.

So war das. So traf ich Karna.

Als die Preußen mit fünfzehntausend Mann zum ersten Mal über die Insel Als kamen, verwirrte der Herrgott das Ganze mit Schneetreiben und einem segensreichen Unwetter. Aber sie bombardierten uns und gruben sich in unserer Nähe ein. Die preußischen Granaten waren ein zusammenhängender, verfluchter Sonnentag, der Tod und Verderben auf uns spuckte. Am 9. April gab die dänische Artillerie keinen Laut mehr von sich.

Da das Hospital überfüllt war, erhielten wir die Anweisung, die Verwundeten rings auf den Höfen und in provisorischen Lazaretten unterzubringen. Dazu gehörte auch ein kleiner Hof neben der Kirche. Wir waren viele kleine, völlig verängstigte Helden, die Hunderte von verwundeten Soldaten trugen oder fuhren.

Der alte Alptraum von dem Russen wurde in die Ecke gestellt. Man tat nur das, was man mußte, mit einer gewissen mechanischen Selbstkontrolle.

Hinterher konnte man nachdenken. Zum Beispiel über die Gerechtigkeit. Hatte ich mit dem Gedanken gespielt, die Medizin mit der Juristerei zu vertauschen? Unsinn! Die Zeit bei Düppel lehrte mich, daß die Gerechtigkeit lächerlich und nutzlos war. Die Medizin war in Wirklichkeit nur Erste Hilfe, aber es war immer noch besser, ihr sein Leben zu weihen.

Der Tod war das einzig Dauerhafte. Ich hatte jedoch zuviel Angst, es zuzugeben. Die Angst war ein schwarzes Pferd. Es trampelte mich ein ums andere Mal nieder. Aber ich erhob mich wieder. Wagte nichts anderes.

Der ruhelose Schlaf in dem Stall, in dem wir einquartiert waren, ließ mich Dina in einem ganz anderen Licht sehen.

Wenn die unter Eid stehenden Preußen und Österreicher Hunderte von dänischen Männern schlachten oder zum Krüppel machen konnten, weil sie hinausgeschickt wurden, ein Stück Erde zu verteidigen, warum durfte *sie* dann nicht einem einzigen Russen eine Kugel in den Kopf schießen, weil er ihre Pläne durchkreuzt hatte?

Es lag ein Trost darin, Dina aus dieser Perspektive zu sehen. Der Russe war übel zugerichtet gewesen, denn die Kugel war aus kurzer Entfernung abgefeuert worden. Aber er bekam einen humanen Tod. Kurz und effektiv!

Eines Nachts handelte der Alptraum nicht von dem Ruf des Russen, sondern von Dina, die in einer Felduniform voranritt. Sie war ein Heerführer, der rasch und human jeden einzelnen preußischen und österreichischen Soldaten tötete. Mit der Finnenbüchse! Treffsicher und effektiv jagte sie ungehindert Generäle hinter den feindlichen Linien. Machte Jagd auf Epauletten und goldene Schnüre, so wie sie Hüte sammelte. Sie hatte einen Herold bei sich, der männlichen Schmuck vom Schlachtfeld der Eitelkeiten auflesen sollte.

Ich erwachte in dem provisorischen Bett und war mir klar darüber, daß nicht die treffsichere Dina meinen Traum zum Alptraum gemacht hatte. Oder die namenlose Horde von Soldaten hinter ihr. Nein, es war meine eigene Rolle. Denn ich war der zu Tode erschrockene Herold zwischen den Pferdefüßen und den Leichen: Ich trug alle Medaillen und den Uniformschmuck in einem Sack auf dem Rücken.

Ich war so uralt in meinem Kopf geworden.

Das Feldlazarett siedete vor Blut, Eiter und Bitterkeit. Bis in die Beinstümpfe, den Brand und die entstellten Gesichter. Ja, bis in den Tod. Konnte man auf dem Schlachtfeld nichts ausrichten und hatte man allen Glauben daran verloren, daß der Krieg zu gewinnen war, dann konnte man wenigstens Haß und Verzweiflung durch den Mund ausleeren.

Ich, der ich niemals Demütigungen ertrug. Bei Düppel lernte ich sie zu ertragen. Ich fühlte mich dreifach gedemütigt: Meine Landsleute hatten sich feige zurückgehalten, während die Dänen sich verzweifelt wehrten. Dina versteckte sich irgendwo hinter der feindlichen Grenze, ohne daß ich wußte, wo. Und diejenigen, denen ich meine ganze Zeit und meinen Arbeitseinsatz gab, verhöhnten mich, sobald ich den Mund auftat. Falls sie nicht so schwer verwundet waren, daß sie nicht dazu fähig waren. Sie ertrugen mich so lange, wie sie zu krank waren, um etwas bewußt wahrzunehmen. Aber sobald es ihnen besserging und der Haß aufflammte, ließen sie mich wissen, wer ich war.

Warum blieb ich? Zum Teufel, ich hatte mich freiwillig

gemeldet! Irgendeinem Papier einen Namen gegeben! Ich kannte wohl nicht den Unterschied zwischen Angst und Wut. Vielleicht war beides zusammengewachsen. Eine der Frauen, die auf dem Hof arbeitete, den wir als Lazarett benutzten, nannte mich den »guten Norweger«.

Ich machte mir nicht die Mühe, sie zu fragen, was sie damit meinte.

Die Frauen auf dem Hof arbeiteten Tag und Nacht, um für uns und die verwundeten Soldaten das Essen zuzubereiten und uns auch sonst zu versorgen.

Ich mußte etwas anderes haben als nur Blut und Angst. So schaute ich sie mir an. Spürte ihren Geruch. Machte sie zu einem Lagerfeuer, nach dem ich mich sehnte, wenn ich über die bereiften Wiesen und Felder lief. Damit konnte ich das andere ein wenig auf Abstand halten. Die Kanonen. Die Brände. Die entstellten Körper der Männer.

Die am Abend vom Schlachtfeld zurückkamen und noch einigermaßen intakt waren, dachten sicher wie ich. Sie rauchten und kniffen die Mädchen, tranken und schliefen. Ab und zu sangen sie. Einer hatte ein altes Positiv mit.

Frauen waren wie Musik. Schrecklich gegenwärtig. Unter der Haut. Und trotzdem unzugänglich. Um provoziert oder gerührt zu sein. Ein Zustand. Nie von Dauer. Sie kamen ja früher oder später, um den Raum wieder zu verlassen.

Die Bücher und Träume indessen konnten einen mitnehmen. Sogar hierher. In die Hölle.

Ich weiß nicht, ob ich irgendwelche Träume hatte, seit ich Karna tötete.

Er rief nach seiner Mutter, der erste, den ich im Lazarett sterben sah. Später merkte ich, daß Männer das oft tun, wenn sie sterben.

Der rechte Arm und die Schulter waren zerschossen. Das Gesicht war grau, mit blonden Haarsträhnen in der Stirn. Die Augen blutunterlaufen und das einzig verzweifelt Lebendige an ihm. Bei dem vielen Blut, das er verloren hatte, und bei seinen großen Schmerzen war es unglaublich, daß er noch einen Laut von sich gab.

»Mama! Mama!« stöhnte er und tastete mit der einen Hand, die er noch hatte, kraftlos nach Karna.

Eine jämmerliche Stimme.

»Geh nicht! Geh nicht! Mama, mach das Licht nicht aus! Geh nicht fort!«

Karna Dons wiegte ihn und flüsterte ihm etwas zu.

Sie war Magd auf dem Hof gewesen. Bevor wir kamen. Vor Bismarck. In meinem Alter. Gut gebaut. Ihr Haar hatte die Farbe eines großen, falben Pferdes. Das Gesicht ernst und blaß. Schon als sie dem armen Kerl die Treppe hinauf und in das provisorische Feldbett half, begriff ich, wie stark sie war.

Es war etwas mit ihrem Schoß, als sie den armen Burschen an sich zog. Die Hände. Durch harte Arbeit geschwollen und rot. Ihre Augen sahen immer auf einen Punkt über meinem Kopf, wenn sie sich mir zuwandte.

Plötzlich wurde ich von der Lust übermannt, mit Karna zu schlafen. Es benahm mir alle Vernunft. Im selben Augenblick, als ich sie mit dem Tod im Arm sah, war ich gefangen.

Die blaue zerknitterte Wachstuchschürze, die von einer harten Nachtwache erzählte. Die aufgekrempelten Ärmel, die eine winterweiße Haut und Grübchen an den Ellenbogen entblößten. Die kurzen, kräftigen Finger, die sich um das Menschenbündel in ihren Armen spreizten. Der Gestank nach Tod, der sich mit den Körpergerüchen mischte. Alles setzte die Lust in Gang.

Ich spürte, wie ich darauf wartete, daß der Mann in dem Bett starb, damit ich an die Reihe kam. Ich wollte sie haben.

Seitdem dachte ich nur noch an Karnas Körper. Als wir nach ein paar Stunden die Leiche hinausgetragen hatten, paßte ich sie ab. Sie wollte Bandagen und Laken in dem kleinen Nebengelaß holen, das wir als Depot benutzten.

Ich schlich hinein und schloß die Tür zu. Dann drückte ich sie gegen die Regale und ließ meinen Händen freien Lauf. Ich weiß nicht, warum ich mich so dumm verhielt. Ich hätte mit List und Charme sicher auch das bekommen, was ich wollte.

Sie schrie nicht einmal. Drückte nur das Knie in meine Leistengegend, bis ich sie losließ.

Am gleichen Abend merkte ich, daß ihr Blick auf mir ruhte, als wir unten in der engen Küche beim Essen einander gegenübersaßen. Plötzlich drehte sich alles, ich stürzte hinaus und übergab mich. Alles war Auflösung und Besessenheit.

Als ich wieder hereinkam, zitternd und in elender Verfassung, nickte sie freundlich. Sie schien sich damit abgefunden zu haben, daß alle Männer, die sterbenden und die anderen, sich an ihr vergreifen wollten.

Karna wurde ein strenger Bleigeschmack im Mund und eine murrende Lust. Sie verbreitete keine Gerüchte über mich bei den anderen Mädchen. Das hätte ich gemerkt. So war die Tat im Depot nicht nur meine Scham. Solange sie mich nicht verriet, war es auch die ihre. Das wußte sie wohl.

Dann war ich mit Paul und dem verängstigten Pferd vor dem Wagen draußen. Alles stieg und fiel im naßkalten Dampf und Gestank des Leids. Sie gehörte dazu! Ich fuhr den offenen Karren mit den Körpern zu ihr. Trug sie zu ihr hinein. Und sie ließ sie in ihrem Schoß sterben, wenn sie nach der Mutter riefen.

Bereits am nächsten Tag begegnete sie meinem Blick über einem wimmernden, zerfetzten Körper. Ich nutzte es nicht aus. Ich wartete.

Wir waren die begehrtesten Hilfskräfte im ganzen Lazarett für die Sterbenden. Unsere Hände suchten sich über einem verwundeten Soldaten. Streiften einander, wo es ging. Aber ich hielt mich weit entfernt von dem Depot, wenn sie dort war.

Ich wartete.

Wir hörten, daß es Studentenunruhen gegeben hatte. Man hatte die Königsfamilie angespuckt. Aber ich entging der Teilnahme. Meine Tage und Nächte gehörten Düppel. Ich wartete auf Karna, während das dänische Heer auf der Stelle verharrte und betete, daß die Schanze hielt. Wie sie es im '48er Krieg gemacht hatten.

Aber sie wurden nicht erhört. Es floß viel Blut. So viel, daß Fahnenflucht und Meuterei an der Tagesordnung waren. Wir bekamen sie herein wie gejagte Kinder, im Schock und wahnsinnig vor Todesangst. Einige hatten sich selbst verstümmelt, um davonzukommen.

Ich hatte Freiwache, als die Preußen am 18. April Düppel stürmten. Während die Kanonen noch dröhnten und ein Brand nach dem anderen Himmel und Erde versengte, paßte sie mich an der Pforte ab. Führte mich hinter die Häuser und in ihre kleine Kammer. Karna Dons.

Sie hatte Haken an der Tür und in einer Ecke ein schmales Bett. Darüber hing ein Glanzbild des Erzengels Gabriel, mit einer Fackel in der Hand und einem Kranz auf dem Kopf.

Sie war nicht so gut gebaut, wie ich mir eingebildet hatte. Die Brüste waren nicht so groß. Aber warme Erhöhungen in einer kalten Welt. Sie hatte eine helle Haut, und die Adern waren Signale unter meinen Händen, wo auch immer ich herumstreifte.

Die Säfte rannen wie Wasser aus ihr, als ob sie sie seit dem Tage aufgespart hätte, an dem ich sie im Lager versucht hatte zu nehmen.

Wir sagten sicher kein Wort. Hoben nur hie und da den Kopf, bis die Kanonen sich wieder beruhigten. Dann versuchten wir von neuem, einander zu finden. Die ganze Zeit schwamm ich in einem Ledersack mit Andrea und des Gerbers Dildo.

Trotzdem war ich bei Karna. Ich weiß nicht, ob es ihr viel bedeutete. Aber sie trug es mit Fassung. Wie sie auch den Tod mit Fassung trug.

Danach aßen wir Kartoffeln mit Hering und tranken billigen Schnaps dazu. Ich genierte mich und wollte gerne herausfinden, wie ihr zumute war. Aber ich wagte nicht zu fragen.

Als die Flasche fast leer war, fing ich plötzlich wie ein Feigling an zu weinen. Weinte und stammelte etwas von Krieg und Tod. Sie nickte. Mit trockenen, freundlichen Augen. Ich hätte sie lieben können für die Art und Weise, wie sie es aufnahm. Aber es gelang mir nicht. Sie lastete schwer in meinem Körper. Ich wußte nicht, ob es gut oder schlecht war. Sie war bereits ein Teil von mir. Mein Gewissen und meine Trauer. Und dennoch wußte ich nichts.

Ich weiß nicht, was ich erwartete, als ich über das Schlachtfeld lief und den Wahnsinn aus nächster Nähe sah, bis ich Bleigeschmack im Mund verspürte. Ich weiß nur, daß ich von dem Russen gründlich kuriert wurde.

Am gleichen Tag, an dem Karna ein Teil von mir wurde, trugen Paul und ich einen Mann, der von Granatsplittern getroffen worden war, über den Friedhof bei der Kirche von Düppel. Der Mann hatte keine Nase mehr, und die Zähne lagen wie eine schlecht aufgezogene Perlenkette außerhalb des Mundes. In all dem Roten. Er rief nicht einmal nach seiner Mutter.

Ich indessen schrie, so daß ich buchstäblich Pauls Wasser erschreckte. Oder vielleicht lag es daran, daß die Kanonen so nah waren. Jedenfalls rief ich zu dem Mann ohne Gesicht: »Alles wird wieder gut mit dir. Bleib still liegen. Deine Mutter kommt! Sie kommt bald!«

Die schmiedeeiserne Pforte war offen und kreischte über den kahlen Friedhof. Es sah so aus, als ob die Reihe der zugeschneiten Gräber das einzig Planmäßige in der Welt wären. Auf der Steinmauer lag eine friedliche Schneedecke, und die Eiszapfen glitzerten an dem Dach des kleinen Häuschens neben dem Ziehbrunnen. Die Bäume rund um die Kirche waren ihrer Blätter beraubt und streckten die Zweige gegen einen roten Himmel, der das Dröhnen der Bombardements und die Rufe da draußen fraß.

In meinem leeren Kopf schwamm ich ziellos umher. Wie ein altes Wrack. Plötzlich durchzuckte mich ein Gedanke: Dina, hilf mir, damit ich nicht ohnmächtig werde. Erschieß diesen Mann! Hilf ihm zu sterben! Schnell!

Dann liefen wir mit dem Menschen über Kies und gefrorenes Gras. Meine Bitten und sein Blut rannen um die Wette. Und die Erde trank es zwischen unseren nassen Füßen.

Später, wenn das Bild auftauchte, sah ich eher die Winterlandschaft als den Menschen. Ich sah nicht die Resultate eines sechsstündigen Granatfeuers, das die Dänen nicht beantworteten. Sah nicht die wahnsinnige Angst in allen Augen, denen ich auf dem Weg begegnete. Nicht den Pulverrauch über dem übermächtigen Heer der Preußen, das der Schanze näher war als unser Heer. Ich hörte nicht die wütenden Kommandorufe und die Schmerzensschreie. Mein Verstand sagte mir, daß das alles da war.

Aber was ich wirklich sah, war eine Winterlandschaft in völliger Stille und Männer, die mit makabren, langsamen Bewegungen umeinandertaumelten. Und der rote Schnee. Durchsetzt mit schwarzen Kratern aufgewühlter Erde.

Am 18. April verloren die Dänen fünftausend Mann. Von all denen, die ich auf der Bahre trug, war der ohne Gesicht am deutlichsten für mich. Zusammen mit dem armen Teufel, der in Karnas Schoß starb, jagte er den Russen fort.

Statt dessen kam Karna.

Eines Tages flickten wir ein armes Kind zusammen, auf das der Krieg getreten war. Es hatte Hannas Augen. Das rührte mich. Aber nur einen Augenblick. Dann ging ich weiter. Zum nächsten Bett.

Am anderen Tag waren das Mädchen und seine Zigeunerfamilie verschwunden. Sie wurden auch fahrendes Volk genannt.

Ich überlegte, ob ich mich retten sollte und nach Hause nach Reinsnes fahren. Ärzte konnten nur wenig ausrichten, solange es Bismarck gab.

Aber ich fuhr nicht.

Als ich nach Kopenhagen kam, lag ein Brief von Anders da. Er erklärte mir, warum er mir weniger zum Unterhalt schickte. Er hatte einen Kredit aufnehmen müssen. Das Meer war ohne Fische, und das neue Frachtschiff kostete soviel. Zum Schluß erwähnte er, daß Hanna geheiratet hatte und jetzt auf den Lofoten wohnte.

Als es Sommer wurde, hielt ich inne und dachte: Jetzt ist es Sommer in Reinsnes! Ich sah die Sonne vor mir, wie sie über den kleinen Inseln niedersank und wieder hochstieg, ohne im Meer zu verschwinden. Und plötzlich konnte ein intensiver Geruch von sonnenverbranntem Tang weh tun, egal wo ich mich befand.

Aber es war eigentlich nur eine vage Trauer darüber, daß die Zeit vergangen war ohne mich. Ich konnte mich nicht einmal deutlich an Hannas Gesichtszüge erinnern.

Reinsnes war ein Ort, über den ich etwas in einem Buch gelesen hatte.

Als die Londoner Konferenz Ende Juni ergebnislos abgebrochen wurde und mit ihr der Waffenstillstand endete, hatte ich die kindliche Hoffnung, daß Dina, wo sie auch sein mochte, telegraphieren oder schreiben würde: Komm! Wir fahren zusammen nach Reinsnes!

Aber sie tat es nicht.

Dann gingen die Preußen über Als, und der demütigende Friede war eine Tatsache. Am 30. Oktober wurden Schleswig und Holstein mit einem Federstrich an den Kaiser von Österreich und an den König von Preußen abgetreten.

Ich entschloß mich, nie mehr ein Wort auf norwegisch zu sagen. Und ich wollte meinen Fuß nie mehr auf schwedischen Boden setzen.

Kopenhagen war wie gelähmt. Viele dachten an ihr gespartes Geld und rannten zur Bank, andere horteten Lebensmittel oder verließen die Stadt. Gegen Ende des nächsten Herbstes sagte Aksel, daß ich Fortschritte im Dänischen machte. Das war ja wohl das mindeste. Saß ich doch in einem verratenen Vaterland und wollte Medizin studieren.

Ich hatte nicht gedacht, daß ich als Held nach Kopenhagen zurückkehren würde. Weil ich Körper bei Düppel aufgelesen hatte. So war und ist der Mythos über die Tapferkeit.

Ich hatte auch nicht damit gerechnet, daß Karna ebenfalls nach Kopenhagen kam. Ihr Körper war in Kopenhagen nicht der gleiche wie bei Düppel. Ich verstand es und verstand es nicht.

Der Rausch, im Studentenmilieu ein Held zu sein, stieg mir möglicherweise zu Kopf. Einmal ließ ich mich vollaufen und rief Aksel und den anderen Zechkumpanen zu: »Kennt ihr eine Mörderin?«

Aber sie kannten keine Mörderin. Sie starrten mich an, als ob ich verrückt geworden wäre.

Ich wurde so wütend, daß ich auf den Tisch schlug und brüllte: »Wo zum Teufel bleiben alle die Mörderinnen auf Erden? Könnt ihr mir das sagen?«

Sie vermochten nicht einmal den Kopf zu schütteln.

»Er ist so seltsam, seit er den Preußen begegnet ist«, murmelte Aksel und bat mich, den Mund zu halten.

Zwei nahmen mich in ihre Mitte und brachten mich nach Hause zu der Witwe in der Bredgade.

Natürlich wußte ich, wo sie waren. Die Mörderinnen. Im Zuchthaus oder im Gefängnis. Ich arbeitete eine Zeitlang im Zuchthaus. Da stieß ich auf einige. Ohne klüger zu werden. Nur verwirrt. Darüber, wie unschuldig sie waren. Unterwürfig. Unglücklich. Zerbrochen. Gedemütigt. Oder roh und ekelhaft mit der Sprache eines verwahrlosten und gehaßten Kindes. Sie glichen Dina nicht. Sie hatte Augen und Gedanken wie Glas.

3. Kapitel

Eines Nachts stritten Aksel und ich mit einem Studienkameraden. Claus. Wir feierten die Mannhaftigkeitsprobe, daß wir stundenlang Leichen seziert hatten. Därme und Organe herausgezogen, Zeitungspapier und Stroh hineingestopft und das Ganze wieder zugenäht hatten. Wir waren durstig und begeistert und fühlten uns großartig wegen unseres Wissens über den Menschen.

Claus fing an von den bekannten Persönlichkeiten zu reden, die wir geöffnet hatten und die alle Zeichen weit fortgeschrittener Syphilis aufwiesen.

»Pfui«, sagte Aksel, als Claus in die Details ging.

»Ich nenne ja keine Namen«, verteidigte er sich.

»Wir melden dein Geschwätz dem Oberarzt, dann sieht es böse für dich aus«, sagte Aksel.

»Ich wußte nicht, daß solche Leute in die ›Gäßchen‹ gehen«, sagte Claus.

»Jetzt weißt du es«, sagte ich und versuchte zu verbergen, daß mir übel war. Um die Wahrheit zu gestehen, mir war den ganzen Tag übel gewesen.

»Arme Teufel! Der eine war ein Geistlicher!« sagte Claus.

»Schweig! Daß dich bloß keiner hört! Oder du bist ein ebenso armer Teufel«, sagte Aksel und blickte sich um.

Claus begann, von dem generellen Mangel an Moral und Intelligenz bei den verstorbenen Wissenschaftlern zu sprechen.

»Aber ein Geistlicher in den ›Gäßchen‹!« rief er zum Schluß aus und konnte sich nicht beruhigen.

Aksel und ich wechselten einen Blick.

»Bist du schon mal dagewesen?« fragte ich plötzlich.

»Wie?«

»Bei den öffentlichen Frauenzimmern?«

»Wie bitte?«

»Nun, ich frage ja nur«, sagte ich.

»Dort geht man doch nicht hin«, sagte er verwirrt.

»Irgendwo muß man seine Tugend verlieren«, sagte ich provozierend.

»Jetzt hör aber auf«, sagte er und sah Aksel hilfesuchend an.

»Doch!« sagte Aksel und wollte ihm keineswegs helfen.

Es hätte peinlich werden können, denn wir merkten, daß er keiner von uns war, und ich bekam Lust, ihm ein wenig in den Därmen herumzustochern.

Aber Aksel ergriff die Initiative und fing an, von seiner Heimatstadt zu erzählen, von der Doppelmoral der Bürger und von seinem Vater, der ihnen jeden Sonntag in der Kirche ihre Sünden vergab. Es war die gleiche Tonart, aber unschuldiger. Aksel hätte Diplomat werden sollen.

Statt dessen schluckte er belegte Brote und rohe Eier mit einem Mal herunter, wie ein beherrschter Wolf oder ein großer Hund. Das heißt: Er öffnete den Mund ganz weit und schaffte es irgendwie, alles zusammen in der Mundhöhle unterzubringen, ohne den Bart zu bekleckern. Dann schloß er den Mund und kaute wie besessen.

Eine strenge Erziehung hatte ihre tiefen Spuren hinterlassen, denn er redete nicht während dieses Vorgangs. Und er hielt den Mund geschlossen. Aber der restliche Körper war in Trance. Zitterte wie in Kälte und Krampf. Kopf und Hals vollführten zielgerichtete Zuckungen, die sich im ganzen Körper fortpflanzten. Als der gewaltige Mundvoll gut unten angelangt und versiegelt war, nahm er einen kräftigen Schluck Bier. Das heißt, genau einen halben Krug.

Dann fuhr er fort mit seinen wilden Geschichten über den Liebhaber der Richtersfrau, ohne Rücksicht darauf zu nehmen, daß Claus und ich, während er kaute, Freunde geworden waren. Und wir sprachen über die Aussicht, einen Kandidatenplatz in einem der Krankenhäuser zu bekommen, wenn wir fertig waren.

Da fiel mein Auge auf Cecilie. Sie war gerade zur Tür hereingekommen, um Bier zu bringen. Nun beugte sie sich über die Theke zu uns, so daß der Spalt zwischen den Brüsten im Ausschnitt zum Vorschein kam. Ganz gebannt von Aksels Eßtechnik, ließ sie das Bier über den Rand des Krugs laufen, während sie ihn anstarrte.

Schließlich fand ich, daß es schade um das Bier war, und legte meine Hand auf die ihre. Sie war eiskalt von dem dunklen Bier. Cecilie sah mich an. Ich wußte augenblicklich, daß etwas Einzigartiges in mein Leben getreten war.

Sie wurde ein Fieber in mir. Lange. Ich hörte auf, zu Karna in die Store Strandstræde zu gehen. Und der Krieg rückte in weite Ferne.

Nach der ersten Begegnung in ihrem Bett, während die Freundin auf der Arbeit war, hatte Cecilie sich entschlossen, Doktorsfrau auf Reinsnes zu werden.

Ich war skeptisch, aber Cecilie war praktisch und sinnenfroh. Sie schenkte mir Bier ein, wusch meine Sachen, nahm mich in ihr Bett, wenn die Freundin nicht zu Hause war, und schimpfte mich aus, wenn sie fand, daß ich nicht so war, wie ich sein sollte.

Wenn wir Krach hatten, und das geschah ziemlich oft, machte sie zusammen mit der Freundin ihre Späßchen auf meine Kosten. Sie liebte es, um die Gunst des Publikums zu buhlen. Da wußten es alle, wenn wir Streit hatten. Es löste eine Art läuternde Wut bei mir aus. Mehr als einmal kam es vor, daß ich sie hart anpackte, wenn wir allein waren. Aber sie sah mich nur mit blitzenden, trotzigen Augen an und hielt aus. Kurz bevor sie mich anspuckte, ließ ich sie natürlich los. Es war unmöglich, für den Streit vernünftige Gründe zu finden. Wie in einem Vulkan entstand er in einem Innern, über das wir keine Kontrolle hatten. Er brach mit großer Kraft aus und erlosch.

Ich weiß nicht, ob sie auch spürte, wie die Lava um sie herum erstarrte. Dicker und dicker bei jedem Ausbruch.

Wir hatten einige ordentliche Prügeleien, zu denen nicht einmal Aksel Vergleichbares kannte. Im Umgang mit Hanna hatte ich ein paar kleine Kniffe gelernt. So nutzte ich Cecilies lange Haare aus. Aber immer, wenn ich glaubte, ich hätte sie, setzte sie ein Knie oder einen Ellenbogen an einer sehr verletzlichen Stelle ein. Es war deutlich, daß auch sie etliche schmutzige kleine Tricks gelernt hatte. Einmal drückte sie den Daumen auf mein eines Auge, so daß ich mehrere Tage nicht richtig sehen konnte.

Nicht genug damit, ich mußte sie auch trösten, als ihr aufging, daß sie mich fast zum Blinden gemacht hätte. Allmählich wurde mir klar, daß ich zuviel Energie für äußere Dinge in meinem Verhältnis zu Cecilie verbrauchte, so daß ich nie einen vernünftigen Gedanken fassen konnte.

Aksel kam mit eindringlichen Ermahnungen, daß ich mir eine Geliebte aus besseren Kreisen anschaffen sollte.

»Man schlägt sich nicht mit Frauen«, sagte er eines Tages väterlich, als wir aus unserer Ecke flüchten mußten, weil Cecilie und ihre Freundin uns das Bier derart verleideten, als wäre Arsen darin.

»Schaff dir eine Freundin wie Anna an«, fügte er hinzu.

Ich vermochte nicht mit ihm zu diskutieren. Es war früher Abend. Es regnete. Und das Leben war sauer. Ich hätte ihn natürlich fragen können, was Anna ihm gab. Das, was ich von ihr wußte, war nicht gerade prickelnd. Eine allzu schöne Professorentochter, die man nur auf einem Ball treffen konnte, im Tivoli oder auf der Alhambra. Oder noch schlimmer, im Königlichen Theater.

Seitdem Anders angefangen hatte zu sparen, hatte ich kein Budget für derlei. Auch keine Geduld.

Deshalb sagte ich nur: »Halt den Mund, du bürgerlicher Hoflecker!«

»Ich will nicht mit dir streiten. Du hast nicht den nötigen Grips für einen anständigen Angriff«, verhöhnte er mich.

Was mich und Cecilie rettete, war ein Sergeant aus des Königs Heer mit einer frischen Narbe auf der Stirn. Frauen werden offensichtlich von Narben angezogen. Oder von verwundeten Männern. Verstehe das, wer kann.

Es war keineswegs die Schuld des Sergeanten. Daß es aus war. Es fing schon eine Woche vorher an. An dem Tag, als ich bei ihr war und ein Brief, den ich von Anders bekommen hatte, aus meiner Tasche fiel.

Zum ersten Mal stand in einem Brief von Anders eine Bitte. Nicht ungebührlich vorgetragen. Und in der geschraubten, altmodischen Sprache eines Mannes, der sich für gewöhnlich nicht schriftlich mitteilt. Er wollte gern, daß ich nach Hause kam, wenn ich fertig war. Oder wenn ich eine Pause machen wollte. Zwischen den Zeilen las ich seinen Kummer über Reinsnes. Ich wurde zu Hause gebraucht.

Cecilie konnte ich nichts von dem Inhalt des Briefes wiedergeben. Ich glaube, ich schämte mich. Sah ein, daß ich dank Anders' harter Arbeit vier Jahre in Kopenhagen gelebt hatte. Vielleicht hatte er auch ein wenig Angst, daß ich zu nichts nütze wäre, wenn ich nach Hause kam. Genau wie Johan.

Während Cecilie schwatzte, wie schön es sein würde, wenn wir nach Norwegen reisten, versuchte ich, den Brief von Anders wegzustecken.

Ich konnte mir nicht vorstellen, daß ich den Rest meines Lebens in Nordland zubrachte und vereiterte Finger aufschnitt und Rezepte für Pillen und Pulver schrieb. Aber das konnte ich Cecilie nicht erklären. Sie wollte mir den Brief wegschnappen. Verlegen scheuchte ich sie fort.

Zuerst war sie verletzt und beleidigt und behauptete, daß ich ein Geheimnis vor ihr hätte.

»Es ist nur ein Brief von meinem Stiefvater«, sagte ich mutlos.

»Warum kann ich ihn dann nicht lesen?«

»Weil er mir gehört!« sagte ich kalt und merkte, daß ich im Begriff war, Cecilie aus meinem Leben zu entfernen.

Ich weiß nicht, ob sie es merkte. Sie wechselte jedenfalls die Strategie. Fing an, mich über Reinsnes auszufragen, die Leute dort, die Orte, die Schiffe, das Meer.

Zuerst war ich geschmeichelt, daß sie so ruhig zu meinen Füßen saß, während ich erzählte und dick aufstrich. Ich nahm die besten Geschichten, die schönsten Orte und die Menschen, die mir am meisten bedeuteten. Ich hatte einen hochroten Kopf und war eifrig wie ein Schuljunge, den man endlich das abfragt, was er kann.

Dann fragte sie nach Dina. Vorsichtig zuerst. Denn sie hatte früher schon gefragt und keine klare Antwort bekommen. Aber jetzt, wo ich sowieso erzählte, wurde sie mutiger.

»Wie ist sie, deine Mutter?« fragte sie.

»Sie ist im Ausland. Das habe ich dir doch schon erzählt ... Ich habe sie viele Jahre nicht gesehen.«

»Warum? Seid ihr zerstritten?«

»Keineswegs. Ich bin ja auch nicht zu Hause.«

»Warum willst du nicht über deine Mutter sprechen?« fragte sie. »Sind wir nicht ein Liebespaar? Stehe ich dir nicht am nächsten in dieser schrecklichen Welt?«

Gerade solche Aussprüche irritierten mich immer wieder. Die Menschen sollten sich nur so nahe sein, daß man es aushalten konnte. Und ich habe es nie leiden können, mehrere Fragen auf einmal gestellt zu bekommen. Ich erinnerte mich an einen Kandidaten, der uns in Tromsø unterrichtete. Er feuerte immer alle Fragen auf einmal ab. Und schloß damit jede Antwort oder ein Gespräch aus.

Und gerade, als ich mich bemühte, ihr so zu antworten, daß es keinen Streit gab, merkte ich, wie unendlich satt ich sie hatte.

»Warum willst du nicht über deine Mutter sprechen?« nörgelte sie.

Ich überfiel sie, statt zu antworten. Zwischen ihren Schenkeln, während ich an ihrer Brust saugte, brannten andere Bilder. Dina, die sich hinter dem Wandschirm wusch. Ich sah ihren Schatten und spürte ihren Duft. Wie ein Ausschnitt aus einem grausigen Bild tauchte des Russen zerschossener Kopf auf. Und der Kopf des Soldaten in Karnas Schoß. Alles hatte den gleichen Rhythmus wie der Körper unter mir im Bett. Es schwamm in Cecilies Haar. Zuletzt leerten der Russe und der Soldat ihr Blut stoßweise zwischen uns aus. Bis wir ganz ruhig und festgeklebt darin lagen.

Aber ich erzählte nichts. Cecilie war bereits abgeschrieben. Sie war kein Mensch, dem man seine Seele anvertrauen konnte, ohne daß sie zerbrochen wurde.

Wir kämpften noch eine Zeitlang. Bis der Sergeant kam. Ich kann mich nicht erinnern, daß ich traurig war. Nur, daß ich den Sergeanten nicht mochte.

Die Diskussionen, die Zechgelage, das Lachen, der Pfeifenrauch. Sie gaben mir das Gefühl, dazuzugehören. Es hielt eine schwelende Sehnsucht von mir fern, die ich nicht begriff.

Aber als ich Cecilie los war, stand Reinsnes plötzlich klar vor mir. Ein Vogel auf dem Flug über die Inseln. Ein Steckling im Blumengarten. Das Laub, das sich im Wind auf die andere Seite drehte. Regen! Der Geruch von Staub, Büchern und Lavendel.

Noch diskutierten die Studenten eifrig über Kierkegaards höhnische Spitzen gegen das offizielle Christentum, seine Idee, daß nur das Martyrium des einzelnen etwas wert war. Er hatte es selbst bekräftigt, indem er sich völlig verausgabt hatte. Fiel auf der Straße um und starb. Auch wenn er schon seit November 1855 tot war, so waren die Studenten noch nicht fertig mit ihm.

Einige verziehen ihm die Fußtritte nie, die er Grundtvig versetzt hatte.

Sie sammelten sich um Grundtvigs These: Erst der Mensch, dann der Christ, das allein ist die Ordnung des Lebens.

Der unerschütterliche Enthusiasmus der Menschen, wenn sie Stellung für oder gegen die Gedanken und Schriften anderer nahmen, verwirrten mich. Ich entdeckte immer etwas bei den großen Denkern, das ich nicht verstand. Und es erschien mir fruchtbarer, durch Diskussionen zum Verständnis zu gelangen, als sich einseitig begeistert oder ablehnend zu engagieren. Ich konnte mich weder für Kierkegaard noch für Grundtvig entscheiden.

In meiner Naivität glaubte ich anfangs, daß diejenigen, die sich so sachkundig äußerten, diese beiden persönlich kannten. Aber allmählich stellte sich heraus, daß sie ihnen nie begegnet waren. Sie hatten nur von ihnen gehört. Einige taten so, als ob sie sich in Schriften und Artikeln bestens informiert hätten, was jedoch keineswegs der Wirklichkeit entsprach. Und immer wieder entlarvte einer den anderen.

Ich glaube, ich wurde zunächst von der Debatte angezogen. Als Beispiel für Mutter Karens Theorie, daß Worte falsch sind oder im besten Fall verdreht. Und daß es gefährlich ist, Bücher zu lieben, ohne sich dieser Tatsache bewußt zu sein. Auf diese

Weise gab es keinen Grund, daß das eine weise Wort das andere ausschloß. Als ob das Leben sich in Parzellen und Waldschneisen aufteilen ließe und nach genauen Markierungen abgeholzt werden könnte. Als ob einige bestimmen könnten, wieviel Fisch sie aus dem Meer herausholen würden. Oder ihren eigenen Glauben und ihre Zweifel festlegen könnten, bevor sie auf die Probe gestellt wurden. Als ob Nächstenliebe und Thesen irgend etwas miteinander zu tun hätten.

Ein paarmal war ich in Borchs Kolleg und hörte von einem, dessen Namen sich viele merkten. Er hieß Georg Brandes. Ich glaube, ich war ein besserer Zuhörer als Diskussionsteilnehmer. Wenn einer gute Argumente für Grundtvig vorbrachte, dann dachte ich daran, daß Kierkegaard der wirklich sachliche Denker von den beiden war. Das bessere Gehirn. Aber für mich als Medizinstudenten endete es stets damit, daß ich mich selbst blockierte, weil ich diese Gehirne nicht von innen gesehen hatte. Und hätte ich sie gesehen, dann hätte ich nicht genug Wissen besessen, um das, was ich sah, zu deuten.

Ich wog das Für und Wider ab, wie es einer tut, wenn er die Wahl zwischen einem saftigen Stück Fleisch und anschließendem Dessert oder einer einfachen Zwiebelsuppe und einem guten Glas Wein hat. Es kommt sicher auf den Zeitpunkt und deine Verfassung an, was du wählst.

Wenn einige Leute gute Argumente für Kierkegaards Vortrefflichkeit und seine eindeutige Satire vorbrachten, dann verteidigte ich Grundtvig immer als den besseren Menschen, als denjenigen, der am wahrhaftigsten lebte.

Ich besorgte mir Schriften, Reden und Artikel von und über die beiden, ohne daß ich einer Klärung näher kam. Und ich war und blieb neutral und fand, daß ich beide brauchen konnte, ohne daß ich recht wußte, wofür.

Aber es gab auch andere Themen, die ich gerne diskutieren wollte. Das eine hieß Schuld, und ich provozierte es, sooft ich nur konnte. Es endete meist damit, daß wir uns wie Köter über religionsphilosophische Fragen stritten.

Das andere Thema hieß Frauen. Es war ein schwieriges

Thema, weil die Studenten es immer durch Aufschneiderei verfälschten, um sich zu verstecken.

Aksel und ich wußten voneinander. Aber Aksel diskutierte solche Dinge nicht. Er handelte. Oder ließ es sein.

Ich konnte kaum ein weibliches Wesen sehen, ohne es als ein Geschenk des Himmels zum Gebrauch für meine Phantasie zu betrachten. Ich träumte nicht ständig von konkreten Unternehmungen. Keineswegs. Ich kannte meine Grenzen. Ich nahm die Frauen mit in meine Träume. Die besten Exemplare speicherte ich und holte sie bei passender Gelegenheit hervor. Und deren gab es viele. Ich katalogisierte sie nach Farbe, Größe und Alter. Ich konnte ihr Bild hervorzaubern, wann ich wollte. Manchmal so deutlich, daß ich keinen Unterschied gesehen hätte, wenn sie plötzlich zur Tür hereingekommen wären. Aber meist waren sie verschönert und halb verborgen zwischen Blüten und Draperien. Oder in eine vulgäre Stellung oder Situation gesetzt. Oder unschuldsrein und passiv. Je nachdem, was ich brauchte.

Ab und zu versuchte ich mit Aksel über meine Sammlung zu reden, er versuchte es jedoch mit einem Scherz abzutun.

»Aber Aksel, sie denken anders. Sie sind anders! Sie klammern sich fest in deinen Gedanken, obwohl du es nicht willst.«

»Du sprichst soviel von den Frauen. Man sollte meinen, du kennst sie auch inwendig!« sagte er.

Ich kam mir vor wie ein Hermaphrodit.

»Vielleicht solltest du wieder in die ›Gäßchen‹ gehen, da kannst du abhauen, wenn du fertig bist«, sagte er und lachte schallend.

»Davon ist gar nicht die Rede«, sagte ich sauer. »Warum gehst du übrigens nicht mehr dorthin? Anna ist doch nicht verfügbar?«

Ich wünschte fast, er würde zuschlagen. Aber er tat es nicht. Sah mich nur verächtlich an.

»Entschuldige!« sagte ich nach einer Weile.

Wir schlenderten im Wind an den Seen entlang. Etliche

liefen Schlittschuh auf dem Eis. Drehten sich hierhin und dorthin, als ob sie herausgeputzte Enten wären.

»Man kann nicht in die ›Gäßchen‹ gehen nach dem, was man bei der Sektion eines Geistlichen gesehen hat«, sagte er trocken.

»Und wenn du keine Angst vor Syphilis hättest?« fragte ich.

»Na ja ...«, sagte er und wand sich.

»Hat es dir gefallen?« fragte ich.

»Benjamin, halt den Mund, Mann!«

»Was hat dir gefallen? Die Gerüche? Der Schreck? Der große Schinken?« drängte ich.

»Die Gerüche? Nein! Das andere? Das Licht war ja aus.«

Ich nahm mich zusammen, um nicht zu lachen.

»Meinst du, daß es dir egal ist, mit wem du ins Bett gehst? Wenn das Licht aus ist?«

»Natürlich nicht.«

»Was meinst du denn? Was willst du erleben?«

Er zuckte die Schultern.

»Ich mag deinen philosophischen Unsinn nicht«, sagte er bestimmt.

»Aber du mußt doch irgendwelche Ideen oder Träume haben, was das Bordell dir geben kann, wenn du behauptest, der einzige Grund, daß du nicht hingehst, sei die Angst vor Krankheiten. Gleichzeitig belehrst du mich, daß ich mir eine Geliebte zulegen soll, die dieses Gewerbe nicht betreibt!« rief ich.

»Pfui, das habe ich nicht gesagt! ... Aber es ist klar. Es ist ... tja ... es ist eben bequem.«

»Nicht spannend?«

»Schweig endlich!« sagte er und ging.

Ich lief ihm nach auf dem vereisten Weg. Schlitterte lange Stücke. Die ganze Zeit hatte ich das Gefühl, ihm die Kleider vom Leib gerissen zu haben. Öffentlich.

Am nächsten Tag im Vorlesungssaal steckte ich ihm im Vorbeigehen einen Zettel zu. Darauf hatte ich gekritzelt: »Der Grund, warum *ich* nicht dorthin gehe, ist, daß ich Angst habe, es nicht hinzukriegen. Aber wir sind ja zwei, und wenn der eine es nicht hinkriegt, ist es für den anderen nicht so schlimm. Ärzte können untersuchen, ob die Ware infiziert ist oder nicht.«

Ich sah, daß er den Zettel lächelnd in die Tasche steckte. Dann hob er die Hand zum Zeichen, daß er mir verziehen hatte.

4. Kapitel

Wir ließen die Tour in die »Gäßchen« sein. Statt dessen sorgte Aksel dafür, daß ich bei Annas Eltern zum Mittagessen eingeladen wurde.

Der Professor war ein lebhafter Bursche mit einem großen Backenbart. Wenn er vor den Studenten stand, pflegte er sich auf die Zehen zu heben, um dann mit einem lauten Knarren auf den Absätzen zu landen. Dieses Ritual störte mich dermaßen, daß ich seinem Vortrag kaum folgen konnte.

Aksels Vater und der Professor waren Studienkollegen gewesen. Das konnte der Grund für Aksels unschuldsreine Liebe zu Anna sein. Aber das sagte ich nicht. Jedenfalls hatte er eine Einladung zum Mittagessen bekommen, die auch für den »Studenten aus den Nordländern, den Wind und Wetter am meisten ausgesetzten Gegenden Norwegens« galt.

Als ich Aksel fragte, wie er das geschafft hatte, sagte er lachend: »Ich muß dich retten vor solchen wie Cecilie und Karna und wie sie sonst noch heißen. Du mußt in anständige Kreise kommen. Außerdem gibt es noch einen zweiten Grund«, erklärte er.

»Und der wäre?« fragte ich voll banger Ahnungen.

»Du hast einen so starken *Willen*, daß die Menschen, mit denen du verkehrst, ein schlechtes Gewissen bekommen und glauben, daß es ihr Fehler sei, wenn dir etwas nicht so gelingt, wie du es haben willst. Außerdem bist du oft sauer gewesen, wenn ich ohne dich zu Anna gegangen bin. Deshalb bist du eingeladen worden!«

Der Professor hatte eine standesgemäße Wohnung in der Store Kongensgade. Ein kleines schwarzweiß gekleidetes Stubenmädchen öffnete und nahm uns Hut und Mantel ab. Ich hatte anläßlich dieses Ereignisses Handschuhe angezogen. Aber das sah nur die kleine Schwarzweiße.

Erwartungsvoll versuchte ich sie anzulächeln. Da zischte Aksel neben mir mit zusammengekniffenen Lippen: »Das ist das Mädchen ...«

Sie nahm die Schokoladenschachtel, die wir gemeinsam gekauft hatten, entgegen, knickste und führte uns ins Zimmer.

In der Wohnung mischten sich imponierender Geschmack mit wohnlicher Menschlichkeit. Einige Möbelstücke trugen das ehrwürdige Gepräge, aus C. B. Hansens Geschäft am Kongens Nytorv zu stammen. Aus einer beiläufigen Bemerkung der Hausfrau ging hervor, daß der Möbelschreiner zum königlichen »Hofstuhlmacher« ernannt worden war.

Schon in der Diele hatte ich den schweren Zigarrenrauch wahrgenommen. Da fühlte man sich gleich ein bißchen heimisch. Ich mußte an Reinsnes denken. Die Räume. Die Geräusche. Die Gerüche. Die Bilder. Besonders das von Jacob. Die Messingleuchter und Lampen. Das Bullern der Öfen. Alle Erinnerungen liefen darauf hinaus, daß die Dinge und die Menschen zusammengehörten.

Ich war Anna und Sophie schon früher begegnet. Aber nur flüchtig. Ein Händedruck auf der Straße. Sie kamen nie zu den Studentenfesten. Es war, als hielte Aksel diese Anna versteckt, so daß sie nicht richtig existierte.

Sophie und die Mutter redeten am meisten. Auf diese Weise waren wir bereits beim Hauptgericht angelangt. Aber bevor das Dessert auf den Tisch kam, hatte ich mich entschlossen, Kontakt mit Anna aufzunehmen.

Sie sagte nicht viel, aber ich merkte, daß sie mich unter gesenkten Augenlidern beobachtete. Sie war sehr schlank, aber der liebe Gott hatte ihr trotzdem weibliche Formen gegeben. Die Hände waren schmal, mit schönen langen Fingern, die das Besteck gut im Griff hatten. Das Gesicht war ganz golden, auch jetzt mitten im Winter. Die gleiche Hautfarbe, wie ich sie bei Neugeborenen mit Gelbsucht gesehen hatte. Sie wirkte fremd, wie auch die übrige Familie. Es war wohl doch etwas an dem Gerücht, das besagte, daß sie Juden seien.

Ihre Haare waren dunkelbraun und glatt. Nur um das Gesicht lockten sie sich. Dank der Brennschere oder dank der Hilfe Gottes. Bei Frauen mußte man es nicht so genau wissen. In all dem Goldenen und Braunen waren die Augen ein Schock.

Ich begriff nicht, daß ich ihnen, als ich sie zum ersten Mal sah, ausgewichen war. Intensive blaue Augen, die alles durchbohrten, worauf sie gerichtet waren. Aber es gab vieles, was ich vorher nicht bemerkt hatte. Die Nase zum Beispiel. Sie war gebogen und streng, mit großen, nervösen Nasenlöchern. Die Schultern wirkten wie eine Mauer gegen alles und jedes.

Aksel sah mich an und lächelte. Aber irgendwie verunsicherte es mich grenzenlos.

Sophie interessierte sich für Grundtvigs Lehre und ließ sich darüber aus, wie wichtig es sei, dem Volk Bildung zu vermitteln. Sie selbst wollte als Lehrerin in seinem Sinne wirken. Wenn sie nur mehr Wissen besäße.

Der Professor nickte stolz.

»Mein norwegischer Freund begeistert sich mehr für Kierkegaard«, sagte Aksel und sah mich an, als ob er mich foppen wollte.

»Ich sehe nicht ein, daß man nicht beide bewundern kann«, sagte ich und merkte, daß ich rot wurde.

»›Furcht und Zittern‹ ist so fürchterlich«, flüsterte Anna entzückt.

»Dann ist es auch nichts für kleine Frauenzimmer«, lachte der Professor.

»Was findet Anna denn so fürchterlich?« fragte ich, während ich das Gefühl hatte, daß Aksel und Annas Familie in dem großen Schrank verschwanden und die Tür hinter sich schlossen.

»Das mit dem Opfer ... ist so fürchterlich. Abraham, der seinen eigenen Sohn Isaak opfern will«, sagte sie, indes ihre Blicke mich durchbohrten.

»Aber das war Gottes Befehl. Ich habe es dir doch erklärt, liebe Anna«, versuchte der Professor.

Sie überhörte ihren Vater, sah mich statt dessen an und sagte: »Ein Gott, der solche Befehle gibt, kann nicht erwarten, daß die Menschen besser werden, auch nicht in Tausenden von Jahren!«

»Aber liebe Anna!« sagte die Mutter erschrocken, wandte sich an ihren Mann und meinte in klagendem Ton: »Ich habe ja gesagt, Anna hat nicht die Nerven, solche Schriften zu lesen. Sie nimmt alles so ernst. Es ist zu schlimm. Solche Schriften dürften nicht ...«

»Soll ich Gott nicht ernst nehmen, Mutter?« unterbrach Anna.

Ich dachte, daß sie das nicht hätte sagen sollen. Sie hätte die Mutter nicht aus dem Schrank herauslassen sollen.

»Was glauben Sie, warum Kierkegaard das geschrieben hat?« Ich wandte mich an Anna.

»Weil die Heilige Schrift ihn empört hat. Die Geschichte steht ja in der Bibel.«

»Er hätte die Schrift in Ruhe lassen sollen und lieber allgemeinverständlich schreiben, damit die Leute begreifen, was er will«, sagte Aksel.

»Ich spüre auch einen Drang, die Rätsel, die in der Bibel stehen, zu lösen«, sagte ich. »Da ist es doch nicht verwunderlich, daß eine Persönlichkeit wie Kierkegaard es versucht.«

»Was beschäftigt Sie am meisten?« fragte Anna, als ob nur wir beide anwesend wären.

»Sünde und Schuld.«

»Nicht die Angst wie bei Kierkegaard?«

»Nein ... aber es ist wohl dieselbe Sache.«

Ich zögerte, weil ich plötzlich erstaunt darüber war.

»Ich muß schon sagen, ihr jungen Leute habt düstere Tischgespräche«, sagte Annas Mutter und seufzte. »Nein, bei Grundtvig ist es menschlicher. Er ist ein Wunder an Aufklärung für das Volk. Er glaubt an eine bessere Welt, wenn wir selbst nur wollen!«

»Wären doch alle Mächtigen dieser Welt so wie Grundtvig!« fuhr sie fort und begann mit einer langen Rede über den niederträchtigen Bismarck.

Er hatte die Treue der Pfarrer, Lehrer und Beamten in Schleswig und Holstein abgeschrieben, nachdem diese Gebiete Preußen einverleibt worden waren. Und ohne Grund hatte er diejenigen entlassen, die den Eid nicht ablegen wollten.

»Mit Rücksicht auf die Menschheit sollte man Herrn Bismarck erschießen«, sagte Aksel finster.

Plötzlich empfand ich ein so heftiges Unbehagen, daß mir am ganzen Körper der Schweiß ausbrach. Ich wußte lange Zeit nicht, wovon gesprochen wurde. Schließlich beugte ich mich über den Tisch zu Anna und fragte mitten in einen Satz des Professors hinein: »Was hält Anna von Grundtvig?«

Es wurde still um mich. Ich hatte mich offenkundig danebenbenommen.

»Ich kenne ihn nicht«, sagte sie gleichgültig.

»Anna ist nur an Musik und Dichtung interessiert«, sagte Sophie mit einem Seufzer.

»Welche Musik liebt Fräulein Anna?« fragte ich und sah sie direkt an, während ich mich gleichzeitig vor ihrem Blick schützte.

»Ach, ich liebe Musik eigentlich nicht, die anderen glauben es nur, weil ich ein wenig Klavier spiele.«

»Nein, meine liebe Anna, wie kannst du so etwas sagen!« rief die Mutter aus.

Ich mußte in die Serviette husten. Rot und verschwitzt tauchte ich wieder auf und versuchte die Würde zu wahren. Aber ich war gezwungen, ein Taschentuch herauszuholen und mir die Nase zu putzen. Indessen war es teilnahmsvoll ruhig am Tisch. Nicht einmal Aksel kam mir zu Hilfe. Als der Puls sich wieder beruhigt hatte, sagte ich ziemlich blöde: »Ich habe mir immer gewünscht, ein Instrument zu spielen.«

»Dann braucht man es ja nur zu tun«, sagte Anna.

»Es ist wohl nicht so einfach?«

»Es kostet viel Zeit. Im Prinzip ist es das gleiche wie Decken häkeln oder Nackenschützer für die Sessel.«

»Aber Anna! Musik ist doch Kunst!« rief der Professor aus.

»Finger über die Tasten zu bewegen hat wenig mit Kunst zu tun«, sagte sie, und es sah beinahe so aus, als ob sie gähnen wollte.

»Nicht? Was ist Kunst dann?« fragte ich neugierig.

Einen Augenblick sah sie verwirrt aus, dann kam es: »Kunst ist jener Ausdruck, der nicht durch die Natur, sondern allein durch die Feinfühligkeit des Menschen hervorgebracht wird.«

»Glauben Sie, daß das Erleben der Kunst die Gestalt gibt?« fragte ich.

»Nein, aber ohne Erleben sowohl auf seiten dessen, der ausführt, wie auch dessen, der empfängt, ist sie unsichtbar und ohne Wert.«

»Meinen Sie, daß die Kunst in verborgenen Grabkammern ohne Wert ist, weil niemand sie sieht?«

»Nein. Denn die Menschen träumen davon, sie zu sehen.«

Ich hielt die Luft an. Anna war eine Offenbarung.

Ich hätte Aksel am liebsten quer über den Tisch zugerufen: Zum Teufel, jetzt verstehe ich, warum du nicht in die »Gäßchen« rennst. Aber ich wagte es nicht. Es wäre auch eine verdammt schlechte Äußerung gewesen.

Ich hatte wirklich vor, in diesem Sommer nach Hause zu fahren. Mit der vagen Vorstellung, Anders und Reinsnes einen Dienst zu erweisen. Möglicherweise war ich beeinflußt von Grundtvigs Volksbildungsgedanken. Sein Anhänger Schrøder und andere gründeten Volkshochschulen und gewannen die Bauern für die Idee.

In Kopenhagen versuchten viele sogenannte Intellektuelle, das Ganze zu bagatellisieren und zu verhöhnen. Aber mit der Zeit wurden nicht wenige von dem Gedanken der Volksbildung ergriffen. Alle wollten sie hinaus und das Volk durch Aufklärung erlösen. Womöglich vermischte ich das Heimweh mit dem Missionsgedanken.

Aber mir schwirrte dauernd Kierkegaards Wort im Kopf herum: »Der Ritter des wahren Glaubens ist Zeuge, nicht Lehrer ...« Es war ein Urteil, dem ich mich nicht entziehen konnte. Außerdem hatte ich keine Gelegenheit gehabt, mit Anna allein zu sprechen. Es war ein magerer Trost, daß es Aksel gewiß ebenso erging.

Die Schwestern traten immer gemeinsam auf. Ich hatte das sichere Gefühl, daß Sophie den Aufpasser spielen mußte, weil mein Ruf nicht sehr vorteilhaft für mich war. Trotzdem wurden wir so vertraulich, daß ich die Damen duzte und den Arm um sie legte.

Als Aksel und ich eines Tages mit Anna und Sophie im Tivoli gewesen waren, fragte Anna, ob ich einen norwegischen Dichter mit Namen Ibsen kennen würde.

»Ich habe über ihn in der Zeitung gelesen«, antwortete ich.

»Ich habe sein letztes Buch gelesen! Wir haben es zu Hause. ›Peer Gynt‹. Du kannst es dir leihen.«

»Danke!« sagte ich.

»Er lebt außer Landes. Wie du. Aber er hat wohl andere Gründe.«

Ich zuckte die Achseln und hatte Bedenken, einen norwegischen Dichter zu lesen. Ein Dichter konnte unmöglich Norweger sein. Nichts, was ich als Dichtung wertschätzte, glich dem, was norwegisch war. Jedenfalls nicht, seitdem ich bei Düppel Körper aufgelesen hatte.

Wer weiß, ob ich es gesagt hätte. Aber ich vergaß es, denn Karna stand plötzlich vor uns auf dem Bürgersteig in der Ny Vestergade. Sie trug einen großen Korb. Er sah schwer aus. Was machte sie hier?

Eine Gruppe kam hinter ihr und ging vorbei. Sie nahm den ganzen Bürgersteig ein, so daß wir stehenbleiben mußten. Karnas und meine Blicke trafen sich. Ich weiß nicht, was sie sah, aber als ich grüßte, ging sie einfach weiter.

»War das nicht Karna?« fragte Aksel.

»Doch!« antwortete ich. Es entstand eine Pause, dann sagte ich: »Weiß Anna, wo Ibsen im Ausland lebt?«

»Hast du sie gekannt?« fragte Anna.

»Wen?« fragte ich.

»Sie, das Dienstmädchen mit dem Korb.«

»Ach ja, die. Ich glaube, sie hat im Feldlazarett bei Düppel gearbeitet«, antwortete ich.

Anna sagte nichts mehr dazu. Aksel auch nicht. Er hätte viel sagen können, wenn er gewollt hätte.

Als wir die Damen nach Hause begleiteten, bekam ich das Buch. »Peer Gynt«.

Ich weiß nicht, ob es daran lag, daß ich mit Annas Augen sah, aber ich legte das Buch nicht eher beiseite, als bis ich die letzte Seite gelesen hatte. Ich verachtete und bewunderte diesen Peer. Und ich war sehr empfänglich für den verspielten Rhythmus. Aber gleichzeitig irritierte er mich. Selbstbetrug. Feigheit. Lüge. Sogar der Humor irritierte mich. Er wirkte unbehaglich auf mich.

Nachts träumte ich von Karna. Aber ich konnte sie nicht richtig wiedererkennen. Etwas stimmte nicht. Ich wachte auf und blieb in Gedanken liegen. Da begriff ich, daß Karna im Traum Cecilies Gesicht gehabt hatte. Oder war es Hannas Gesicht?

Es lief darauf hinaus, daß ich sie an einer Schnur um den

Hals trug. So wie das Silberkreuz, das Mutter Karen Johan vererbt hatte. Ich träumte, daß ich im Regen auf dem Kai im Nyhavn stand und mit Karna spielte, als ob sie ein Amulett wäre. Ließ sie spielerisch durch die Finger gleiten. Plötzlich machte ich eine jähe Bewegung, ohne es zu wollen. Die Kette riß. Karna glitt ins Wasser. Die Kette brannte in meiner Hand und glitt hinterher.

Als ich aufwachte, dachte ich an etwas, das ich gelesen oder gehört hatte. Oder vielleicht brachte mich der Traum dazu, den Gedanken zu formulieren: Man muß sich selbst viel vergeben haben, ehe man anderen vergeben kann.

Ich wußte nicht, ob Karna noch bei ihrer Großmutter in der Store Strandstræde wohnte. Aber ich ging am nächsten Abend dorthin.

»Sie hat Nachtwache im Frederiks-Hospital«, sagte ihr Bruder und starrte mich neugierig an.

»Wann kommt sie nach Hause?«

»Morgen früh.«

Wir blieben stehen und schauten einander an.

»Du bist schon lange nicht mehr hier gewesen«, sagte er endlich.

»Ja. Wirst du sie von mir grüßen?«

»Ja. Kommst du wieder?«

Ich überlegte.

»Vielleicht«, sagte ich.

Am nächsten Tag schlenderte ich nach den Vorlesungen durch die Straßen. Ich war Aksel aus dem Weg gegangen und hatte die Universität verlassen, ohne mit ihm zu reden. Ich war mir klar darüber, daß er es seltsam finden mußte. Ich vermied auch die üblichen Treffpunkte. Sorgte dafür, daß das Wahrzeichen des Studentenreviers, der runde Turm, die ganze Zeit außer Sichtweite blieb.

Dann nahm ich meinen ganzen Mut zusammen, setzte mich an den Gammel-Strand und kritzelte einen Brief an Anna. Das Problem war nur, ihn abzuliefern.

Zuerst ging ich zum Kongens Have und bildete mir ein, daß ich im Sonnenschein spazierte. Dann ging ich zu Annas Haus.

Das gleiche Mädchen öffnete wie damals, als ich zum Mittagessen eingeladen war. Sie knickste und erkannte mich wieder, während sie mich mit erstaunten Blicken maß. Ich trug weder Mantel noch Hut und sah sicher aus wie ein Student, was ich ja auch war.

»Möchte der Herr warten?« fragte sie.

Ich nickte. Sie ließ die Haustür offen und ging ins Haus. Ich setzte mich auf die Steintreppe und spitzte die Ohren. Um sofort aufspringen zu können und stramme Haltung anzunehmen, wenn jemand kam. Wer dieser »Jemand« sein würde, das Mädchen oder Anna, war mir nicht klar.

Als Anna in der Tür stand, wußte ich, daß ich es erwartet hatte. Errötend begegnete ich ihren Augen.

»Guten Tag!« sagte sie mit einer Art Frage in der Stimme.

Stammelnd wiederholte ich, was schon in dem Brief stand.

»Ich wollte gerade zur Klavierstunde gehen. Wir können das kurze Stücke vielleicht – zusammen gehen.« Sie schaute aufmerksam über die Schulter zurück, als ob sie erwartete, daß jemand sie hereinholen würde. Dann fuhr sie fort: »Sie können schon vorausgehen, bis zum Kongens Have!«

Sie sagte einen Treffpunkt, den ich nicht erfaßte, weil das Blut so heftig in den Ohren pochte. Dann war sie weg.

Ich schwankte die Treppe hinunter und die Straße entlang. Jetzt wußte ich, daß ich es gewagt hatte, verbotene Dinge zu tun, gewagt hatte, mich allein mit ihr zu treffen, ohne daß jemand es ahnte.

Ich ging in den Garten hinein. Stand gleich neben dem Eingang, um sie kommen zu sehen. Zog mich etwas zurück und wartete zwischen den großen Bäumen. Atem und Herzschlag waren durcheinandergeraten. Ich verhöhnte mich selbst deswegen, aber es nützte nichts.

Nicht viel später sah ich sie. Eine dunkle Gestalt in einem halblangen, flatternden Umhang. Ihr Rock wölbte sich über dem Pflaster. Das Klappern ihrer Absätze war eine Fanfare. Hier kommt Anna zu dir! hieß das.

Als sie sich näherte, wurde sie vom Licht verwandelt. Sie kam hervor aus der dunklen Erscheinung und war eine Offenbarung aus leichtem, gelbem Stoff. Die Sonne verlor ihre Macht unter den Baumkronen.

Ich hätte sie am liebsten an mich gerissen. Es war, als ob die Glieder sich befreien wollten und ihrem eigenen Willen folgen. Aber ich wußte, daß sie keine Karna war. Keine Cecilie. Keine Hanna. Sie war die Tochter des Professors, auch wenn sie noch so sehr eingewilligt hatte, mich allein zu treffen. Falls ich daran dachte, daß sie Aksels Anna war, so wurde es mir doch nicht wirklich bewußt.

Sie lächelte rasch, als sie in den Schatten getreten war.

»Ich habe nicht viel Zeit, eine halbe Stunde. Ich muß tatsächlich zur Klavierstunde«, sagte sie schnell.

Als ob ich daran gezweifelt hätte.

»Wir können auf dem Pfad hier zwischen den Bäumen gehen. Dort gibt es auch eine Bank«, fuhr sie fort.

Ich hatte noch immer kein Wort gesagt. Nickte nur und folgte ihr.

»So! Du hast also ›Peer Gynt‹ gelesen? Und du glaubst, daß er über dich geschrieben hat?« sagte sie über die Schulter.

Es dauerte ein paar Sekunden, ehe ich mich daran erinnerte, daß ich so etwas in dem Brief an sie geschrieben hatte. Verspottete sie mich? Oder war es ihr ernst?

»Es hat etwas mit dem Exil zu tun«, stammelte ich und stockte.

»Das wußte ich!« rief sie aus. »Ich wußte, du würdest ihn mögen! Alle die Menschen, die er verriet! Alle die Proben, die er nicht bestand!« Trotzdem war ich nicht darauf vorbereitet, als sie direkt zur Sache kam: »Hast du jemanden verraten?«

»Ach ...«, sagte ich ausweichend.

»Ich habe es so verstanden, daß der Gedanke an Peer Gynts Verrat dich veranlaßt hat, mir zu schreiben.«

Ich konnte ihre Stimme nicht deuten. Sie war neutral wie ein Laut in der Natur. Dennoch barg sie *alle Fragen* in sich.

»Ja«, gab ich zu.

»Ja? Und du willst trotzdem nicht darüber sprechen?«

»Ich wollte dich treffen, Anna«, hörte ich mich sagen.

Wir waren zu der Bank gekommen. Ich wischte sie sauber und bat sie mit einer Handbewegung, Platz zu nehmen, denn ich wollte galant sein. Sie setzte sich wortlos. Ich plazierte mich auf die äußerste Kante. Mit dem ganzen Körper ihr zugewandt.

»Du hast mich doch mehrmals getroffen ...«, begann sie.

»Nicht allein.«

Wir saßen eine Weile, ohne etwas zu sagen. Die Worte, die ich hatte sagen wollen, waren weg. Da sah sie mich an und sagte: »Nein. Du hast recht. Nicht allein.«

Ich hatte ein Gefühl, als ob sie mich berührt hätte.

»Bist du mit Aksel auch nie allein?« stellte ich sie auf die Probe.

Sie sah mich schräg an und lächelte. Ich wußte nicht, wie ich es auslegen sollte.

»Das ist etwas anderes.«

»So?«

»Wir kennen Aksel.«

»Tatsächlich?« fragte ich und dachte an Aksel hinter der Madame im Peder Madsens Gang.

»Du hast keinen besonders guten Ruf«, sagte sie. Als ob sie wüßte, was ich dachte, aber gleichzeitig Aksel vergäbe.

»Wieso?«

»Sophies Freundinnen gehen zu den Studentenfesten im Regensen«, sagte sie, und damit schien alles erklärt.

»Im Valkendorf ist es genauso«, sagte ich. Auf diese Weise zog ich Aksel mit hinein.

»Das weiß ich.«

»So?«

»Daß er dort wohnt, bedeutet nicht alles.«

Mehr konnte ich dazu nicht sagen.

»Was sagen Sophies Freundinnen über mich?«

»Daß du viele Geliebte hast«, erwiderte sie ehrlich.

»Und was noch?«

»Daß du klug und über alle Maßen schön bist, aber daß du nicht in gesitteten Studentenkreisen verkehrst.«

Ich hätte sagen können, daß ich viel mit Aksel zusammen war. Aber ich hielt mich zurück.

»Und weiter?« fragte ich statt dessen.

»Daß du wieder nach Hause fährst, wenn du fertig bist.«

»Hast du nach alldem gefragt?«

»Ja.«

»Warum?«

»Weil es mich interessiert hat.«

»Warum?« flüsterte ich und wagte nicht, sie anzusehen. Nur ihre Hände. Sie hatte starke, kräftige Daumen. Die Handgelenke waren kühn wie bei einem Jungen. Die Nägel kurz geschnitten und gebogen. Hätte ich es nicht besser gewußt, dann hätte ich geglaubt, daß sie viel mit den Händen arbeitete.

»Warum, Anna?« bat ich.

»Weil du anders bist. Ich glaube, weil du mich gefragt hast, was Kunst ist ... Oder, daß ...«

Sie brach ab und trat nach irgend etwas auf dem Boden.

»Darf ich deine Hand nehmen? Ich möchte deine Hand halten. Ich mußte sie die ganze Zeit ansehen, weißt du. Es ist wichtig für mich, deine Hand zu halten.«

Da lächelte sie und verbarg ihre Augen.

»Ja, die eine. Ich habe ja noch die andere für mich.«

Natürlich begnügte ich mich nicht mit der einen. Ich rutschte näher und ergriff beide Hände. Ganz schwindlig, aber mit einem ungetrübten Gefühl der Freude. Duft nach Waldboden. Naß und frisch nach dem Regen. Und nach ihr. Lavendel? Rosenwasser? Was wußte ich. Es bedurfte keines Namens. Ihr Haar? Fremd und spannend. Und doch, als ob ich jede Nacht mit seinem Duft auf dem Kissen geschlafen hätte.

»Du bist anders«, sagte sie beinahe lautlos.

»Wie?«

»Du sprichst sozusagen ... mit mir ... über das, was in mir lebt.«

Ich bekam große Lust, sie durch den Weltraum zu tragen.

»Ich möchte so gerne ... verstehst du ... Ich möchte so gerne diskutieren ...«, stotterte ich.

»Ja? Peer Gynt?«

»Nein.«

»Was dann?«

»Ich möchte so gerne über das Wesen der Liebe mit dir diskutieren.«

Sie blinzelte ein paarmal unregelmäßig mit beiden Augen. Dann glitt eine Art wissendes Verständnis über ihr Gesicht. Sie nickte und bewegte sanft einen Finger in meiner Hand. Es versetzte mir einen Stoß in den Unterleib.

»Und was, meinst du ... ist das Wesen ... der Liebe?« fragte sie ernst.

»Ich glaube nicht, daß es unmittelbar etwas mit der physischen Liebe zu tun hat.«

»Womit hat es dann zu tun?«

»Ich glaube, daß es eine Kraft ist.«

»So? Was für eine Kraft?«

»Das weiß ich nicht«, sagte ich und beugte mich näher zu ihr. Ich war gefangen. Eingeschlossen. So nah, daß ich ihren Atem spürte. Aber eingeschlossen. Bis sich ihre Finger wieder in den meinen bewegten.

»Ich glaube, ich muß jetzt gehen«, sagte sie atemlos.

»Nein, geh nicht«, bat ich.

»Ich habe geglaubt, du wolltest über Peer Gynts Verrat reden.«

»Ja, das will ich auch. Ich rede über jedes Thema!«

»Sophie hat gesagt, daß du dich mit Barmädchen abgibst. Mit mehreren auf einmal.«

»Wo hat sie das gehört?«

»Dort, wo sie sich mit Grundtvig beschäftigen.«

»Ach so«, sagte ich töricht und begann Grundtvig zu hassen.

»Ist es wahr?«

»Magst du keine Barmädchen?«

»Das ist es nicht ...«, sagte sie.

War sie verletzt? War sie *tatsächlich* verletzt? Lieber Gott, wenn sie mir nur gezeigt hätte, daß es sie kränkte!

»Ich hatte eine Zeitlang eine Geliebte, die in einer Kneipe arbeitete. Ja!«

»Wo ist sie geblieben?«

»Sie hat sich einen anderen genommen«, sagte ich.

»Hmm.«

Es wurde still.

»Warum hat sie sich einen anderen genommen?« fragte sie.

»Weil wir uns nicht geliebt haben.«

»Was habt ihr da gemacht?«

Sie wurde jetzt mutig. Als ob sie ein Studienkamerad wäre. Ich ahnte, daß ihre Neugierde größer war als ihre Ehrbarkeit. Trotzdem log ich, um nicht zu riskieren, daß sie davonlief. Peer Gynt und der Krumme* ließen grüßen.

»Wir trafen uns ab und zu. Sie war fröhlich ... und ...«

Ich begnete ihrem Blick und sah es ihr an. Sie merkte, daß ich log.

»Warum willst du mich treffen?« flüsterte sie.

»Ich glaube, du bist ein Mensch, den ich treffen muß. Allein.«

»Sag mir, warum?«

Sie flüsterte noch immer.

Ich versuchte mehrmals eine Antwort zu finden. Es wurde nur Geplapper. Zuletzt saß ich einfach da und schüttelte den Kopf. Hätte ich doch die Arme um sie schlingen können! Man sollte nicht über alles reden müssen.

»Du kommst zu mir, weil du von diesem Peer gelesen hast. Du schreibst, daß dieses Buch von dir handelt«, sagte sie und zog meinen Brief heraus.

Ich hielt nicht mehr ihre Hand. Ich war vollständig allein!

Da entriß ich ihr den Brief, zerknüllte ihn und trat darauf.

»Das war nicht schön! Es besteht kein Grund, so wütend zu werden. Du sagst, daß das Barmädchen dich wegen eines anderen verlassen hat, weil ihr euch nicht geliebt habt. Warum willst du nicht mit *mir* über diese Dinge sprechen?«

»Ich habe es doch gesagt.«

»So?«

»Ich mußte dich für mich haben. Ich glaube nicht alles in

---

* Der Krumme: in Ibsens »Peer Gynt« ein Symbol für Widerstände, deren Urheber nicht zu fassen sind. (A.d.Ü.)

diesen Büchern ... Ich weiß, daß du und Aksel ... Aber ich glaube, ich werde ... dich lieben ...«

»Ich muß jetzt wirklich gehen«, flüsterte sie dicht neben mir.

Dann stand sie auf und ging ein paar Schritte. Ich lief hinterher wie ein dummer, streunender Hund.

»Geh nicht!« jammerte ich und ergriff ihre Hand.

»Ich muß.«

»Kann ich dich wieder treffen? Hier? Morgen?«

»Das ist unmöglich.«

»Du kommst sowieso zu spät zur Klavierstunde«, rief ich triumphierend und wollte sie zurückhalten. Sie riß sich los und ging weiter.

»Du kommst zu spät! Es ist purer Unsinn, das mit der Stunde! Du hast das nur gesagt, damit ich nicht merken sollte, daß du dich mit mir treffen wolltest!«

Da blieb sie stehen. Drehte sich um und sah mich an. Als ob sie etwas in einer Vitrine betrachtete.

»Ich behalte das Buch! Du bekommst es nicht zurück!« rief ich verzweifelt.

»Du bist ja verrückt«, sagte sie leise. Dann wandte sie mir den Rücken zu und ging. Mit kurzen, festen Schritten. Durch die Sonne. Mitten hindurch. Durch alles.

6. Kapitel

Ich weiß nicht, wann ich mir zum ersten Mal darüber klar wurde, daß ich den Tod nicht als eine endgültige Trennung akzeptierte. Es muß in Mutter Karens Kammer gewesen sein. Nach ihrem Tod.

Jahrelang hatte ich das Gefühl, daß Mutter Karens Stimme über dem Text lag, wenn ich Bücher las. Geschichten, die ich nicht verstanden hätte, wenn Mutter Karen sie nicht gelesen hätte. Sie erklärt hätte. In Büchern Wörter nachgeschlagen und gesagt hätte: »Benjamin, hier ist der Ursprung des Wortes. Derart haben die Menschen es abgeleitet, so daß es etwas ganz anderes wurde, als es am Anfang war. Und so gebrauchen sie es nun heute. Die Worte verdrehen unsere Wirklichkeit, Benjamin. Kannst du das sehen? Ein Wort ist niemals das, was es zu sein vorgibt. In anderen Wirklichkeiten, zu anderen Zeiten haben die Individuen die Wörter in anderen Bedeutungen, mit anderem Tonfall gebraucht. Ungleiche Dinge ausgedrückt. Gott zum Beispiel. Gott hat sich in den letzten Jahrhunderten sehr verändert. Früher war Gott einfacher zu verstehen. Jetzt haben wir das Wort so häufig gebraucht für alles, von dem wir uns wegzulügen versuchen, daß wir nicht mehr verstehen, wer Gott ist.«

»Wer ist Gott?« fragte ich atemlos und glaubte, ich würde die Lösung des großen Rätsels, das die Erde verdunkelte, bekommen.

»Gott ist die Liebe in dir, Benjamin. Ohne Liebe in dir kein Gott!«

Damals, als ich mit dem großen Buch im Schoß auf dem Fußboden der Kammer saß, war es eine dürftige Antwort. Aber Mutter Karen hatte recht. Die Worte waren falsch. Man mußte seine eigenen Worte leben und dennoch begreifen, daß es ohne Liebe keinen Gott gab. Mutter Karen machte es mir lange nach ihrem Tode klar. Ihr Körper war dazu nicht erforderlich.

Ich hätte mir natürlich wünschen können, daß sie mir über die Wange strich. Als kleiner Junge versuchte ich zu simulieren, damit sie mich auf den Schoß nahm und ihre weißen Haarlokken mich an der Wange kitzelten. Aber dafür brauchte ich meine ganze Konzentration, so daß ich nicht hörte, was sie sagte. Außerdem fing ich immer aus Selbstmitleid an zu weinen, wenn ich wußte, daß sie nicht da war. Dann vergegenwärtigte ich mir ihre Stimme. Sie war nicht abhängig von ihrem Körper. Ich trug sie in meinem Kopf. Hinauf ins Bett. Zum Sommerstall. Hinaus in die Welt.

Allmählich wurde jedes Buch, das ich öffnete, eine Stimme von Mutter Karen. Sogar die langweiligen Beschreibungen der verdammten Anatomie des Körpers wurden Mutter Karens Beschreibungen.

Natürlich hatten die alte Frau und ich spitze Dornen, wenn ich nicht billigen wollte, was sie sagte. Bei Düppel hatte ich keine Liebe und keinen Gott. Ich hatte nur den Gestank, die Übelkeit, die blinde Angst, die der Körper in Schweiß, Pisse und Tränen ausschied. Ich erinnere mich, daß ich die alte Frau dazu bringen wollte, Bindeglied zwischen mir und dem abwesenden Gott zu sein. Aber sie gab mir eine deutliche Antwort. Sie würde Gott nicht meinetwegen bemühen, solange ich keine Liebe hatte.

»Aber Mutter Karen, du mußt verstehen, daß ich keine Zeit habe!« rief ich in den Pulverdampf und das Stöhnen der Verwundeten.

»Sieh den Menschen an«, sagte sie. »Lauf nicht herum und weine wie ein Feigling, Junge! Sieh den Menschen! Durchlebe seine Leiden, und du hast Gott.«

»Aber ich kann nicht beten, Mutter Karen! Ich glaube nicht daran.«

»Hast du immer noch nichts begriffen? Du brauchst nicht zu glauben. Wer sein Leben nur mit Glaubensvorschriften und Gebeten, die von den Menschen geschaffen sind, verbringt, der gehört zu den Verlierern. Es kommt auf die Liebe an. Hast du die Liebe, dann sind alle Gebete auf Erden erhört. Hast du die Liebe nicht, gibt es keinen Gott! Es nützt nichts, für einen abwesenden Gott zu sterben. Dann bist du dazu verurteilt, ewig im Skelett deiner Träume herumzutaumeln.«

So sprach sie zu mir. So lehrte sie mich, was in den Büchern stand und was in ihnen hätte stehen sollen, falls die Worte inzwischen nicht verdreht und zugrunde gerichtet worden wären.

Es war Juni 1868 geworden. Bald würde Schluß sein damit, sich Punkt acht Uhr in Withs Klinik einzufinden, Schluß mit den Vorlesungen und den Prüfungen. Schluß mit der nervenaufreibenden Spannung, wenn man auf der Kippe stand zwischen den Noten »Eins« und »Zwei«.

Aksel stand auf der Kippe. Ich nahm an der Seelenqual teil. Es half auch mir ein wenig. Denn ich mußte ab und zu an Anna denken, ohne ihm etwas zu sagen. Wie, zum Teufel, konnte man so etwas seinem besten Freund sagen. Besonders wenn man nicht genau wußte, was man selbst dachte.

Es war ein Trost, daß Aksel auch wenig Zeit hatte, um auf Feste mit Tanz und kaltem Büffet zu gehen oder mit den Damen zu spazieren. Er war vom bleichen, hysterischen Lerneifer gebissen worden.

Ich schaffte es recht gut in den ersten Fächern, so daß ich mich durch die letzten bei O. Bang durchmogeln konnte.

Auf dem Zettel, den ich zog, stand: Krankheiten des Rückenmarks.

»Das Rückenmark ist der Schwanz des Gehirns ...«, fing ich an.

O. Bang lächelte bereits da. Später lief es bei uns beiden. Zum Schluß sagte er: »Ich glaube, die Gelehrsamkeit hat den jungen Mann rasend vor Prüfungslust gemacht!«

Dann war es überstanden. Wir wankten mit steifen Knien und dem Ernst wie einer Kapuze auf dem Kopf hinaus.

»Es war ein verdammt mildes Examen«, rief ich aus, als wir herauskamen. Die Bemerkung hätte ich mir sparen können.

»Ich wußte wahrhaftig nicht, daß das Rückenmark Krankheiten hat«, sagte ein bleicher Aksel.

»Erinnere dich an das Wort des Meisters: Bist du im Zweifel über die Diagnose, ist es das klügste, sich dessen zu entsinnen, daß das Natürliche immer am natürlichsten ist!« sagte ich übermütig.

Ich bereute es sofort. Aber es war zu spät. Aksel ging ohne ein Wort. Ich war ein verdammt schlechter Kamerad. Aber ich mochte ihm nicht nachrennen. Er hatte ja auch Anna. Wahrscheinlich war er zur Feier des Examens dort zum Mittagessen eingeladen.

Als ich das Gebäude verließ, stand plötzlich Anna vor mir auf dem Bürgersteig. Ein Wagen polterte im gleichen Augenblick vorbei und bespritzte meine Hosenbeine mit dem Rinnsteinwasser.

Der polternde Wagen, das schmutzige Spritzwasser und Annas Anblick verwirrten mich. Es paßte nicht zusammen. Ich glaube sogar, daß ich versuchte vorbeizugehen, ohne sie erkennen zu wollen.

Sie packte mich am Arm und rief: »Ja! Aksel hat recht. Du siehst aus wie ein lebendiger Toter!«

Ich blieb stocksteif stehen. Ohne zu grüßen.

»Aksel hat gesagt, daß er glaubt, du würdest dich vor lauter Lernen ruinieren«, fuhr sie fort und zog mich an eine Hauswand, als wieder ein Wagen vorbeirumpelte.

»Nun ja«, sagte ich endlich – und ließ mich ziehen.

Sie war hell gekleidet wie damals, als ich sie zuletzt gesehen hatte. Ihre Haare steckten unter einem Hut. Das Gesicht lag im Schatten. Im Profil war die Nase fein gebogen. Ein Bergabhang, bedeckt mit warmer Haut. Ich war so nah, daß ich die kleinen rosa Spalten an den Nasenflügeln sah. Den Mund und die Kinnpartie bekam das Licht etwas besser in den Griff. Auf meiner blitzschnellen Entdeckungsreise bemerkte ich einen kleinen Pickel beim Amorbogen. Das weckte meine Lust.

»Es ist lange her …«, murmelte ich.

Jetzt nahm sie meine Hand. Ich sah, daß sie etwas sagte. Aber ich erfaßte es nicht. Sie war zu nah.

Dann spazierte sie mit mir auf dem Bürgersteig in der entgegengesetzten Richtung, in der ich gehen wollte. Ich hatte ein Gefühl von Auflösung. Ihr Ellenbogen stach mir in die Rippen.

Die Frau entstand aus der Rippe des Mannes, dachte ich und suchte krampfhaft nach Worten, die ich laut sagen konnte.

Wäre es doch nicht so warm gewesen! Ich wollte meine Jacke aufknöpfen, schaffte es aber nicht mit einer Hand. Die andere war bei ihr. Sie hielt sie.

»Aksel meinte, daß du zu hart gearbeitet hast. Daß du keinen Menschen mehr gesehen hast.«

»Na ja ...«, sagte ich. Nahm mich zusammen und fuhr fort: »Können wir uns nicht irgendwo hinsetzen?«

Sie sah sich um, als ob sie plötzlich Angst hätte, daß uns jemand beobachtete. Dann drückte sie meinen Arm.

»Aber sicher«, sagte sie keck und machte große Schritte, soweit der Rock es zuließ. Er war eng über den Hüften.

Ich schluckte.

Als wir an einem Tisch in der Brolæggerstræde saßen, jeder vor seinem Glas, beugte sie sich über den Tisch und sagte: »Ich habe die Erlaubnis bekommen, dich für Sonntag zum Essen einzuladen.«

Ich nickte stumm.

»Freust du dich kein bißchen?«

»Doch, natürlich.«

»Du brauchst nicht zu kommen.«

»Nein.«

»Kommst du?«

»Ja. Danke!«

Ich konnte sehen, wie sich die Röte über den Blusenausschnitt ausbreitete. Als ob das Blut sich eingesperrt und elend fühlte.

»Dein Blut will heraus zu mir«, flüsterte ich.

Sie wurde dunkelrot und zog den Schal fester um sich.

»Sei nicht böse«, bat ich.

»Du bist so ... taktlos!«

»Ich bin viel besser, als du glaubst. Auch wenn ich dir ›Peer Gynt‹ gestohlen habe ...«

Sie fingerte an der Tischdecke herum und starrte mich an. Sie schien zu überlegen, ob ich meinen Spaß mit ihr trieb.

»Du hast nichts von dir hören lassen«, sagte sie.

»Sollte ich?«

»Du führst die Leute an der Nase herum.«

»Wieso?«

»Du redest nur Unsinn ... Du sagst den Leuten nicht die Wahrheit.«

»Wieso?«

»Als wir uns zuletzt trafen ...«

Das süße Gefühl der Überlegenheit breitete sich in meinem Körper aus.

»Ja?« fragte ich strahlend.

Sie sah mich trotzig an. Errötete noch mehr und wich keinen Zollbreit. »Du hast gesagt, daß du ...«

Dina würde Anna gemocht haben!

»Ja«, stimmte ich zu.

»Und jetzt?«

»Es war die Wahrheit«, flüsterte ich.

Es wurde still.

»Und jetzt?« sagte sie, nachdem sie etwas auf dem Schoß in Ordnung gebracht hatte, was ich nicht sehen konnte. Dann legte sie die Hände auf den Tisch. Sie wartete sicher darauf, daß ich etwas sagte.

»Komm mit mir auf mein Zimmer«, flüsterte ich und ergriff ihre nackte Hand.

Sie holte tief Luft.

»Du kompromittierst mich absichtlich.«

»Nein, das will ich nicht.«

»Ich bin keine Dirne.«

»Ich will dich trotzdem haben.«

Sie wollte aufstehen. Ich wollte sie daran hindern. Unsere Köpfe stießen über dem Tisch zusammen. Sie hatte einen harten Schädel. Aber ihr Glas fiel um.

»Anna, geh nicht!« sagte ich und sah ihre Hutnadel schon in meinem Auge.

Der Kellner kam vorbei und glotzte interessiert.

Es blieb ihr nichts anderes übrig, als sich wieder zu setzen. Mir auch nicht.

»Ich habe das gemeint, was ich gesagt habe. Sowohl im Kongens Have als auch jetzt!« flüsterte ich, als der Kellner verschwunden war.

»Wie geht es nun weiter?« fragte sie ernst.

»Hast du einen Vorschlag?«

»Ja. Nach dem festlichen Abendessen«, sagte sie geschäftsmäßig.

Ich weiß nicht, woher die wilde Freude kam. Vielleicht war es Chemie. Oder Schallwellen? Geruch? Zwischen uns. Wir senkten jedenfalls die Köpfe und kicherten ausgelassen. Dann erhob ich mich so galant wie möglich mit meinen verdreckten Hosenbeinen und dem Schoß voller Sherry.

Wir mieteten einen Wagen und baten den Kutscher, das Verdeck hochzuklappen. Versteckten uns, so gut wir konnten, während wir aus der Stadt fuhren.

»Weißt du, was Vater sagt?« fragte sie nach einer Weile.

»Nein.«

»Daß ich ein unrealistisches Verhältnis zum anderen Geschlecht habe.«

»Wieso denn das?«

»Weil ich nicht heiraten will.«

Plötzlich war ich auf der Hut.

»So etwas diskutiert man ja wohl nicht mit einem Professor«, sagte ich und lachte.

»Das muß man, wenn er einen dazu bringen will, daß man heiratet.«

»Wen? Aksel?«

»Wen sonst?«

Der Kutscher drehte sich um. Der Wagen rumpelte schief davon. Die Hufe auf dem Pflaster. Klack, klack, klack.

»Du kannst Aksel nicht heiraten«, sagte ich ruhig und entschieden.

»Natürlich nicht. Ich werde überhaupt nicht heiraten. Ich will nach London ... Dort habe ich eine Tante.«

Sie lächelte. Zog die Luft ein mit geschlossenem Mund und geblähten Nasenflügeln.

»Hast du mich abgepaßt, um mir das zu erzählen?«

»Pfui, jetzt bist du gemein!« sagte sie beleidigt.

»Wo komme ich ins Spiel?« fragte ich so ironisch, wie ich nur konnte.

»Ich brauche dich. Ein Skandal wird mich in Aksels Pfarrersfamilie ganz unmöglich machen. Dann muß man mich für kurze Zeit wegschicken ... Ich werde darum bitten, daß man mich nach London schickt.«

»Was für ein Skandal?«

»Daß ich es mit seinem Freund getrieben habe!«

Die Demütigung war vollständig. Ich heftete meinen Blick auf den Pferdehintern und fragte mich, was passieren würde, wenn ich in voller Fahrt absprang und zwischen die Pferdehufe geriet. Aber ich saß. Als ich einen Blick zur Seite warf, sah ich, daß sie nicht mehr lächelte.

»Hast du genug Geld, um noch weiterzufahren?« fragte sie ganz banal.

»N ... nein«, stammelte ich.

»Dann müssen wir umkehren.«

»Was wirst du in London machen?«

»Mir die Welt ansehen. Klavier spielen. Frei sein. Dame sein ...«

Ich rief dem Kutscher zu, daß er umkehren solle. Laut und wütend, als ob er ein durchtriebener Dieb wäre.

Lange saßen wir da und lauschten dem hinkenden Rhythmus. Ich war verzweifelt. Dieser Tag war ein offenkundiger Wahnsinn.

Sie wollte in sicherer Entfernung von den Fenstern des elterlichen Hauses aussteigen.

Ich sprang herunter, um ihr zu helfen. Bezahlte und trabte neben ihr her. Die Freude war verschwunden. Die Vorstellung war aus.

»Wir trennen uns jetzt«, sagte sie gespielt munter.

»Was willst du, daß ich tun soll?« fragte ich.

»Allen zeigen, daß du mich liebst! Außerdem sehen wir dich am Sonntag um sechs Uhr? Pünktlich? Aksel kommt auch«, sagte sie und hob die Hand zum Gruß. Dann war sie fort.

Wußte ich früher schon, daß die Frauen Teufel waren?

Ich ging von Kneipe zu Kneipe, um Aksel zu suchen. Als ich ihn im Café Sorgenfri in der Brolæggerstræde fand, waren wir beide zu voll, um uns zu schlagen. Er saß in einem Kreis Studenten des Valkendorfkollegs, und sein Gesicht hellte sich nicht gerade auf, als er mich sah.

Trotzdem brüllte er fidel: »Ist das nicht der junge Grønelv, der zur Abwechslung in der Stadt ist? Wo bist du gewesen?«

»Gratuliere zum bestandenen Examen!« sagte ich trocken.

»Danke gleichfalls! Du bist wie ein gejagter Hund verschwunden, als es vorüber war. Haben dich deine zarten norwegischen Nerven verlassen?«

»Zum Teufel! Du warst beleidigt und bist verschwunden!« sagte ich kurz und klemmte mich auf die Bank neben ihn.

Ich war nicht sicher, ob er etwas begriff oder ob er nur außerordentlich erleichtert war, daß er das Examen endlich hinter sich hatte.

»Wir haben im Valkendorf gefeiert. Wir hatten Champagner gekauft! Wir haben bei der Witwe in der Bredgade nach dir gefragt. Umsonst! Und jetzt bist du auf einmal hier! Höchstpersönlich«, nuschelte er.

»Ich weiß, wo er war«, rief einer, der Otto hieß, und schlug sich auf die Schenkel.

»Na, dann spuck's aus«, sagte Aksel.

»Er hat eine Spazierfahrt mit Herrn Professors kleiner, sittsamer Anna gemacht!« sagte er triumphierend.

Ich hörte Aksels Stille. Sein großer Kopf schrumpfte vor meinen Augen zu einer kleinen Nuß.

»Verdammt!« posaunte einer nach dem anderen, nur Aksel nicht.

»Ich wußte gar nicht, daß du dort fischst!« sagte einer.

»Ich habe geglaubt, du hältst dich an Putzfrauen und Kaffeehausmädchen!« brüllte ein anderer.

Manchmal bekommt man Lust zuzuschlagen. Aber hier wäre es Selbstmord gewesen.

»Sie hat mich zum Abendessen eingeladen«, sagte ich matt und visierte Aksel an.

Er nickte.

»Hast du Geld, Junge? Jetzt bist du dran, eine Runde zu schmeißen!« sagte einer bestimmt und sah mir in die Augen.

Ich spendierte die nächste Runde, und die anderen vergaßen Anna. Aber Aksel vergaß sie nicht.

Als wir eine Weile gesungen und auf das Studentenleben und die Frauen geprostet hatten, standen wir auf der Straße und wollten in einer Prozession zum Regensen gehen, um das Fest fortzusetzen. Da war er plötzlich da.

»Wir gehen!«

»Warum?« fragte ich scharf.

»Es wird zu weltlich für einen Pfarrerssohn! Ich brauche geistige Nahrung.«

»Ich begleite Aksel ein paar Runden um die Heiliggeistkirche, da kann er ein bißchen Geist und Luft schnappen!« rief ich den anderen zu.

Als sie verschwunden waren, sagte er: »Du hast etwas mit Anna vor?«

»Ich traf sie auf der Straße, wir fuhren spazieren, und sie lud mich mit dem Segen ihrer Eltern zum Essen ein«, sagte ich leichthin.

»Warum?«

»Warum? Warum fragst du? Muß ich dich um Erlaubnis bitten, wenn ich mit einer Dame Droschke fahre?«

»Du weißt es doch!« sagte er kleinlaut.

»Was?«

»Daß Anna und ich heiraten werden.«

»Ja, sie hat es erwähnt.«

»Und?«

»Was und?«

»Du hängst dich an sie.«

»Sie wollte fahren!«

»Das ist eine Lüge«, fauchte er, »du läßt deinen verdammten, schmeichlerischen Charme spielen und glaubst, du bekommst einen Kandidatenplatz im Frederiks-Hospital, nur weil du um die Tochter des Professors freist.«

»Verdammt noch mal, jetzt hör aber auf! Vielleicht denkst *du* so? Du …«

»Ich habe doch gesehen, daß du in sie verliebt bist«, unterbrach er mich finster.

»Also gut! Und was kann ich dafür?«

Er fiel etwas zusammen. Wir saßen auf der Kirchentreppe, und jeder fluchte vor sich hin.

»Ist es ernst?« fragte er nach einer Weile.

»Ich weiß nicht«, sagte ich.

»Eigentlich sollte es heute ein Freudentag werden«, jammerte er.

»Nimm dich zusammen!« ermahnte ich ihn.

»Du sollst sie in Ruhe lassen«, sagte er verbissen.

»Sie gehört dir nicht!«

»Sind wir nicht Brüder? Waren wir nicht bei der Madame im Peder Madsens Gang ... du und ich?«

»Hast du ihr das erzählt?« fragte ich.

»Ich glaube, du spinnst!« rief er voller Abscheu aus.

Ich weiß nicht, was das mit Aksel ist, dachte ich, aber ich glaube, ich mag ihn ziemlich gern.

»Ich glaube, ich mag dich wirklich, Aksel«, sagte ich, den Kopf in den Händen. »Aber manchmal verlangst du zuviel.«

Da fing er an zu weinen. Er war so unendlich fern von meinem Bild eines weinenden Mannes. Deshalb wandte ich sofort die Augen ab, als ich sah, was los war. Er war betrunkener als ich. »Schon gut, schon gut«, sagte ich und wiegte ihn. Er überragte mich wie ein mächtiger Baum.

»Vielleicht sind wir zueinander verurteilt«, sagte ich vor mich hin.

Er schneuzte sich in die Hand und antwortete nicht.

»Vielleicht ist Anna für uns beide«, sagte ich.

»Zur Hölle mit dir! Wie kannst du so etwas überhaupt nur denken, Mann?«

»Ja, ja, ja! Sei nicht so moralisch! Waren wir nicht zusammen bei der Madame?«

Er holte einfach mit der einen Hand aus und kreuzigte mich an der Kirchentür. »Red nicht so von Anna!« brüllte er. »Anna ist ein Engel! Eine Blume! Ein ... ein ...«

Er fand kein Wort und fing wieder an zu weinen.

Ich zündete mir eine Zigarre an, die wir uns teilen konnten, und sagte nichts mehr. Er beruhigte sich, nachdem er eine lange Rede über Annas Schönheit und Vortrefflichkeit gehalten hatte. Über einiges war ich im Zweifel, aber mit dem meisten stimmte ich überein. Ich hütete mich jedoch davor, ihm zu zeigen, ob es so war oder so.

Spätabends gingen wir in die Holmensgade. Dort kannte Aksel ein ordentliches Etablissement. Voller Verbrüderung rissen wir uns zusammen und klopften an. Die Madame kam im weißen Arbeitskittel heraus und prüfte uns mit einem raschen Blick. Dann schüttelte sie den Kopf und gähnte.

Beschämt trotteten wir eine Weile durch die Straßen. Unsicher wie lichtblinde Motten. Zum Trost die Arme umeinander geschlungen, sangen wir ein derbes Trinklied nach dem anderen. Halbe und ganze Strophen. Das Leben war nichts wert. Das Examen war vorüber. Der Krieg und die Leere und die Frauen. Lohnte es sich, dafür zu leben oder zu sterben?

Wir schliefen ein, die Füße am Kopf des anderen, auf einer Bank im Park. Und wurden bei Sonnenaufgang von einem Polizeiwachtmeister geweckt.

Als wir auf den Beinen waren, sagte Aksel grinsend: »Na, bist du wieder lebendig, mein lieber Norweger?«

Als ich ihn nach Hause zum Valkendorf begleitete und wir am Regensen vorbeikamen, stand sie bei der alten Ziegelsteinmauer. Direkt an der Ecke der Store Kamnikestræde. Das Dämmerlicht machte sie durchsichtig. Sie hatte einen weißen Schal über dem Kopf. Sie hielt etwas in den Händen. Ein Bündel mit Kleidern?

»Ist das nicht Karna?« sagte Aksel.

Ich blieb stehen, war aber zu angeschlagen, um sogleich über die Straße zu ihr zu gehen. Als ich mich besonnen hatte, war sie weg.

»War das nicht Karna?« sagte Aksel.

»Nein«, murmelte ich.

7. Kapitel

Nachdem ich meinen Rausch ausgeschlafen und mich angezogen hatte, ging ich mit Aksel zu der Gesellschaft bei Anna. Außer Aksel und mir und der Familie waren noch vier Gäste da. Ohne daß ich hinterher wußte, wie sie aussahen und was sie gesagt hatten. Es waren jedenfalls zwei Männer und zwei Frauen.

Sophie beschwerte sich, daß sie den ganzen Tag dazu gebraucht hatte, um für Aksels Abendgesellschaft die Schonbezüge von den Möbeln zu entfernen und im Saal abzustauben. Es hörte sich so an, als ob er der einzige in Dänemark wäre, der in diesem Jahr das Examen bestanden hatte.

»Und es mußte soviel für das Essen vorbereitet werden. Meine Güte!« sagte Sophie.

»Sophie!« sagte die Mutter warnend.

Aber Aksel war voller Lob für den Einsatz und pries das Essen, ihr Kleid und die Platten mit der aufgeschnittenen Ochsenzunge. Das letztere war für die Herren. Die Damen aßen eingemachte Himbeeren.

Aksel, der Spiele verabscheute, schlug vor, mit den Damen vor dem Essen Boston oder Halbzwölf zu spielen.

»Wißt ihr, daß wir Kransekake* zum Dessert bekommen? Aber erst müßt ihr euch das kalte Büffet ansehen«, gurrte Sophie.

»Sophie!« sagte die Mutter streng.

Die Gans, auf dem Rücken liegend, mit Papiermanschetten um die abgeschnittenen Schenkel, machte mich mutig. Ich versuchte Annas Augen zu finden. Sie spielten Versteck mit mir unter dem Schein des Kronleuchters.

In verzweifelter Lust streifte ich ihr das Kleid ab, ohne daß jemand es merkte, plazierte sie zwischen Räucherlachs und Wurstroulade, Anchovis und Pökelfleisch.

Dann machten wir es. Bei Tisch. Ihre Schenkel bogen sich willig um meine Hüften. Ich sah sie, die Schenkel, durch einen

---

* Kransekake: ein Turmkuchen aus Makronenkränzen. (A.d.Ü.)

Aufsatz mit zwei Karaffen, Wein und dänischem Branntwein. Herrgott, wie golden sie waren!

Ihre Brüste lagen im Brotkorb. Ich griff nach ihnen. Hielt sie in der Hand. Riß den Mund vor ihnen auf. Und später kam ihr Mund dran. Aus der Schale heraus. Er schmeckte nach Johannisbeergelee und Kransekake. Lange.

Wir nahmen nicht an dem Tischgespräch teil. Ich war in Annas Bewegungen. Sah nur sie.

Einmal nahm ich Aksel wahr. Er saß ganz steif auf seinem Stuhl und unterhielt sich mit dem Professor und Annas Mutter. Ich hätte ihm die Wangen streicheln können. Aber so etwas tat man nicht.

Nach dem Essen wurde die zweiflügelige Tür zur Bibliothek für uns Männer geöffnet. Dort konnte man rauchen.

Ich war noch nicht fertig mit Anna. Sie war noch nicht fertig mit mir. Aber das Kleid hatte sie angezogen.

Jetzt wird sie verschwinden. Und dann muß ich mit Aksel und dem Professor und den beiden Männern ohne Gesicht zusammensitzen und Cognac trinken und Zigarren rauchen, dachte ich.

Ich weiß nicht, woher ich den Mut holte, aber plötzlich sagte ich: »Kommen Sie mit herein, Fräulein Anna!«

Zuerst sah sie mich starr an, dann sandte sie ihrem Vater einen fragenden Blick. Er tat so, als ob er es nicht sähe. Und sie ging mit.

Sie brach wohl mit allen Gepflogenheiten. Möglicherweise würde sie eine Rüge bekommen. Später. Aber es war undenkbar, sie in Gegenwart der Gäste zu tadeln. Der Professor stand gern in dem Ruf, modern und liberal zu sein. Er war dafür, daß Frauen zu bestimmten Studien zugelassen wurden.

Anna saß auf einem Sitzkissen zu Füßen ihres Vaters. Mit geradem Rücken und ernstem Gesicht.

Daß ich es vorher nicht gesehen hatte! Anna war eine Gestalt aus einem von Mutter Karens Büchern. Ich wußte nicht, aus welchem. Wußte nur, daß ich ihr dort begegnet war.

Die Bibliothek hatte viele kostbare Bücher. Plötzlich erinnerte ich mich an die Stimmung, wenn für Mutter Karen Bücherkisten eintrafen. Die Erwartung. Manchmal kamen sie von weit her. In ihren letzten Lebensjahren kam eine Kiste direkt aus Kopenhagen. Es waren deutsche Bücher dabei. Mutter Karen las Deutsch, aber übersetzte eigens für mich. So erhielt ich durch die Übersetzungen meine ersten Lektionen in Deutsch. Mutter Karen las mir Heine vor, während sie immer wieder den Kneifer abnehmen und sich das linke Auge trocknen mußte, das ihr ständig tränte vom Zug, wie sie sagte.

Ich verstand noch nicht sehr viel von den Gedichten. Trotzdem lauschte ich, ohne mich zu rühren. Ihre Stimme versetzte mich in höhere Gefilde. Damals wußte ich noch nicht, warum.

Heute konnte ich Anna ansehen und daran denken, daß Mutter Karen niemand anderen gehabt hatte als mich, um die Poesie mit jemandem zu teilen. Sogar damals begriff ich, daß die Gedichte voller Mondschein und Schmerz waren.

Am Tag stand das Licht wie in Säulen in dem hohen Fenster und vollführte einen langsamen Tanz mit den Möbeln und Blumenranken auf der Tapete. Wenn es dunkel war, zündete sie die hohe Lampe mit dem grünen Porzellanschirm an. Ein gußeiserner, schwarzer Cherub hielt die grüne Kuppel hoch über seinen Kopf. Das Licht breitete Moos über die Buchseiten und Mutter Karens Hände.

Die Lampe existierte nicht mehr. Sie ging zu Bruch, als ich hörte, daß ich nach Tromsø sollte.

Die Kiste hatte mitten im Zimmer gestanden mit ihren mannigfaltigen Gerüchen. Staub, Papier und alte Zeitungen, die dazwischen lagen, um die Bücher während des Transports zu schonen. Ein schwacher Geruch von Feuchtigkeit und Schimmel.

Einmal nahm ich diesen Geruch in einem Antiquariat in Kopenhagen wahr. Man sollte meinen, daß mich ein gutes, wehmütiges Gefühl überkam. Aber ich stand zwischen den Bücherregalen und spürte einen intensiven physischen Schmerz im ganzen Körper. Schnell mußte ich hinaus auf die Straße, um Luft zu holen.

In des Professors prächtiger Bibliothek mit ihren Ledersesseln ging mir auf, daß Mutter Karens Kammer deutlicher für mich war als vieles, was ich täglich erlebte. Mutter Karen gehörte mir. Ich trug sie bei mir.

Die Lichtsäule in dem Raum. »Onkel Toms Hütte«. H. C. Andersens Märchen. Wergelands »Der Jude« und »Die Jüdin« und »Der englische Lotse«. Alles hing zu Hause in den Kissen und der Tapete. Niemand konnte da drinnen Licht anzünden, ohne daß alle diese Gestalten lebendig wurden. Jetzt saß ich hier zwischen fremden Bücherregalen und schaute Anna an.

In der Bibliothek des Professors war alles größer, kälter, männlich zweckmäßig. Als ich das letzte Mal da war, hatte sie nicht einen solchen Eindruck auf mich gemacht wie jetzt. Wahrscheinlich, weil ich so neugierig auf Anna war, daß ich nichts anderes sah. Jetzt nahm ich den Raum wahr, weil Anna den Unterschied zwischen hier und zu Hause verstärkte.

»Liest der junge Mann immer noch Kierkegaard, oder hat die Arbeit und das Lesen der Fachliteratur seine ganze Zeit in Anspruch genommen?« fragte der Professor.

»Da der Herr Professor mich fragt, muß ich gestehen, daß ich vorhabe, mich noch einmal mit Abrahams Bereitschaft, Isaak zu opfern, auseinanderzusetzen«, sagte ich und nahm das Cognacglas, das er mir reichte.

»Nun, der alte Patriarch kann wohl dem Urteil Gottes nicht entkommen. Oder was meinst du, Aksel, du bist ja der Sohn eines Theologen.«

»Theologie ist nicht meine starke Seite«, sagte Aksel.

»Ach ja, das ist es gerade, was ich in ›Furcht und Zittern‹ nicht verstehe«, warf Anna ein.

Der Professor schenkte ihr gnädigst Sherry ein.

Daß der Professor anfing von Kierkegaard zu sprechen, war ein Zeichen für mich. Es machte mich unbesonnen. Ich lieferte mich aus.

»Merkwürdig«, sagte ich, »Kierkegaards Worte kommen aus dem Buch mit der Stimme meiner Großmutter. Sie war gläubig, und sie las mir vor ... Irgendwie muß es ein Stichwort bei meiner Suche nach dem Vaterbild sein«, sagte ich und setzte mich auf einen freien Stuhl genau gegenüber von Anna.

»Wie ...?« begann Anna, aber der Professor unterbrach sie.

»Einen Vater sucht man nicht, er ist doch da.«

»Schon möglich. Mein Vater starb, ehe ich geboren wurde.«

Es wurde still. Alle sahen in ihr Glas.

Der eine Mann sagte etwas, das ich nicht hörte. Ich wartete, bis er fertig war, und fuhr dann fort: »Vielleicht reagiere ich deshalb so stark.«

»Worauf reagiert der junge Grønelv?« fragte der Professor.

»Auf die gottesfürchtige, gerechte Vaterfigur. Der gläubige Abraham will seinen Sohn Gott opfern, und er denkt nicht daran, dem Betroffenen, nämlich Isaak, etwas zu erklären. Oder Sara.«

»Und wie sieht es aus, wenn man die einzelne Episode aus dem religiösen Zusammenhang herausnimmt und sie alltäglich und menschlich betrachtet?« sagte der Professor lächelnd.

Das Lächeln irritierte mich mehr als das, was er sagte. Aber ich behielt es für mich.

»Wenn der Vatermythos eine einzelne Episode ist und auf Verschweigen und fanatischem Opfer für die Gottheit beruht, kann ich vielleicht froh sein, daß mein Vater starb«, sagte ich trocken.

Peinliche Stille. Die durch die knarrenden Schuhe des Professors gestört wurde.

»Abraham konnte nichts sagen, sonst hätte er sich versündigt gegen Gott«, sagte Aksel gleichgültig.

Plötzlich ging mir auf, daß nicht Jacobs Tod das Schlimmste war, sondern daß er alles verschwieg. Daß er nur mit einem steifen, schönen Lächeln in einem ovalen schwarzen Rahmen hing und mir nicht mehr bedeutete als anderen, die den Raum betraten.

Darin sah ich kein Zeichen. Daß ich geopfert werden sollte.

»Genau wie ein Schlachter sich reinigen soll, indem er dem Schlachtopfer in die Augen sieht, soll man ehrlich gegenüber seinem Sohn sein, den man aus irgendeinem Grund opfern will. Abraham ist in meinen Augen immer unehrlich und feige gewesen, auch wenn meine Großmutter und Kierkegaard zu ihm aufgesehen haben. Es ist eine Sache, einen göttlichen Befehl auszuführen, und eine andere, wie man es tut.«

Ich holte tief Luft nach dieser langen Rede. Der Professor saß mit gerunzelten Brauen da und rauchte seine Zigarre. Aksel sah besorgt aus.

Da sagte Anna: »Ich pflichte Kandidat Grønelv bei. Ich habe nie verstanden, wie Kierkegaard etwas so Wichtiges übersehen konnte, daß nämlich das Verschweigen auch eine Sünde ist. Einer, der geopfert wird, soll wissen, wofür.«

Der zweite der Männer ohne Gesicht sagte etwas, das ich auch nicht hören mochte. Als er fertig war, meinte der Professor: »Ihr jungen Leute seid so absolut. Ihr habt kein Gefühl für Dimensionen, für die eigentliche Botschaft der Mythen.«

»Was meint der Herr Professor damit?« fragte ich höflich.

»Nun ja, was meine ich ...? Doch! Abraham war von Gott auserwählt, ein Opfer zu bringen. Er mußte auch die Belastung auf sich nehmen, gegenüber denen zu schweigen, die er am meisten liebte. Sein Verhältnis zu den Menschen war dem Verhältnis zu Gott untergeordnet.«

»Ich sehe nicht ein, daß er nicht beides hätte tun können. Dem Opfer und dessen Mutter sagen, daß Isaak sterben mußte«, sagte Anna.

»Und was glaubst du, was Sara gemacht hätte?« warf Aksel ein und seufzte. Das Gespräch langweilte ihn sichtlich.

»Sie würde den Sohn geopfert haben, um es nicht mit dem Mann zu verderben, der wiederum sich mit seinem Gott gut stellen mußte«, sagte Anna freimütig.

»Und Isaak?« fragte der Professor mit einer Stimme, als ob er sich amüsierte.

»Er mußte sich opfern lassen, weil er sich nirgendwo verstekken konnte«, antwortete ich.

»Interessant«, sagte er.

Sein Blick ging von Anna zu mir. Und dann zu Anna.

Die Schwarzweiß-Gekleidete kam und sagte, daß der Kaffee im Salon serviert sei. Ich blieb zunächst in dem Raum zurück.

Als die anderen gingen und uns den Rücken zuwandten, berührte ich dreist Annas Handgelenk. Sie zog die Hand nicht zurück. Sah nur aufmerksam zu ihrem Vater, der mit einer Darlegung der modernen Arztausbildung begonnen hatte.

Und Aksel? Sah er uns? Das Seltsame war, daß es mich nicht bekümmerte.

»Es ist sehr wichtig, daß zwischen den Hospitälern eine enge Verbindung besteht und daß die Oberärzte ihrer Pflicht nachkommen und klinische Vorlesungen für die Studenten halten. Die Regelung, daß die Studenten sich so früh wie möglich in einem Hospital als Volontäre vormerken lassen, muß auch wirklich durchgeführt werden.«

»Ja, es ist ein Fehler, daß die Ärzte so lange praktizieren konnten, ohne erst als Kandidaten gearbeitet zu haben«, meinte Aksel, mit einem wachsamen Auge auf mich und Anna.

Wir setzten uns an einen niedrigen Kaffeetisch. Auch die Damen. Ich klemmte mich unverfroren zwischen Aksel und Anna.

Aksel sah mich verächtlich an.

»Dafür ist Benjamin ein gutes Beispiel. Du warst ja im Krieg und bei einer Entbindung, ist es nicht so?« sagte er und lächelte spitz. So spitz, wie nur ein guter Freund es sich erlauben kann.

Er spielte auf das eine Mal an, als ich bei einer Geburt dabeigewesen war, bei der das Kind falsch lag.

»Ja, das mit der Entbindung ist wohl keine Selbstverständlichkeit«, sagte Annas Mutter. »Eine gewisse Scham und einen gewissen Respekt vor dem Privaten muß man ja verlangen können, auch wenn der Arzt etwas lernen soll.«

»Wir sind ja auch noch nicht weiter gekommen, als klinische Kurse über Geburtshilfe für fertige Ärzte anzubieten«, sagte der Professor sanft und tätschelte die Hand seiner Frau. »Und ich meine, daß die Studenten mindestens zwei Semester brauchen, ehe sie reif genug sind, einen solchen Dienst zu versehen. Und die Kandidatenausbildung muß besser systematisiert werden, wenn es um die praktische klinische Ausbildung geht.«

»Ja, aber man muß darauf achten, daß die Frauenkrankheiten

nicht für jeden offengelegt werden«, sagte die Gastgeberin bestimmt.

»Damit bin ich leider nicht einverstanden. Man kann keine Rücksicht auf die Scham nehmen, wenn es sich um komplizierte Geburten handelt. Es ist wichtig, daß der Arzt von derlei mehr versteht als die Hebamme. Es kann ein Leben retten«, sagte ich.

Ich hätte das nicht sagen sollen. Ich sah es Anna an, daß ich es nicht hätte sagen sollen.

»Natürlich. Aber man soll die Frauen nicht dadurch kränken, daß man sie als Versuchsobjekte benutzt. Das ist geschmacklos, junger Mann«, sagte Annas Mutter.

Ich hatte sie also beleidigt.

»Ein Arzt kann nicht mit anderen Männern verglichen werden«, sagte der Professor besänftigend.

»Trotzdem ist er ein Mann«, sagte Annas Mutter scharf.

»Ich glaube dennoch, wir müssen froh sein, daß der junge Mann sich keinen peinlichen praktischen Arbeiten verweigert, liebe Frau«, sagte der Professor.

»Ach, wie dieses ganze Ärztegeschwätz mich langweilt! Können wir nicht vom Sommer reden? Von Landausflügen?« sagte Sophie.

»Gehen Sie jetzt direkt nach Hålogaland zurück?« fragte mich der Professor.

»Das ist noch nicht entschieden. Es ist nicht leicht, einen Kandidatenplatz in einem Hospital hier in der Stadt zu bekommen. Jedenfalls nicht sofort.«

»Ich rede ihm pausenlos zu, mit mir nach Hause zu kommen«, sagte Aksel.

Ich nehme an, daß ich erstaunt guckte.

»Ich würde großen Wert auf eine Gegeneinladung legen«, sagte er scherzend.

»Wie nett, da kannst du vielleicht bei der Verlobungsfeier dabeisein«, platzte Sophie heraus.

Es entstand eine peinliche Stille, bis Aksel sagte: »Genau!«

»Huch, ich hoffe nicht, daß ich ein Geheimnis verraten habe. Benjamin Grønelv ist doch Aksels bester Freund!« sagte Sophie mit hochrotem Kopf.

»Selbstverständlich!« sagte Aksel zufrieden.

Ich glaube nicht, daß ich jemals wieder in das Gespräch kam. Saß nur da und starrte Anna an.

Allmählich merkten wir am Verhalten der Gastgeber, daß die Einladung lange genug gedauert hatte. Aksel brach auf, und wir gingen zusammen.

Als wir in der Diele standen und uns bedankten, klammerte ich mich an ihre Hände. Saugte mich in ihre Augen. Versuchte ihren Verstand zu rühren, damit sie verstehen sollte.

Ich konnte sie nicht fragen. Ob sie verstand.

Ich trottete verbissen die Allee hinunter, die Hände auf dem Rücken. Er kam hinterher, lässig pfeifend, beide Hände in der Tasche.

»Du kannst sie nicht heiraten«, sagte ich wütend.

»Du sollst mein Trauzeuge sein.«

»Zur Hölle mit dir . . .«

»Na, na! Reg dich nicht auf. Wir werden uns noch einen Schnaps genehmigen, ehe wir ins Bett gehen.«

»Es macht mir keine Freude mehr, mit dir zu trinken.«

»Um Himmels willen, wir wollen uns doch nicht überwerfen!«

»Warum nicht?«

»Jetzt geht's los! Endlich! Sind wir Rivalen?«

»Nein!« sagte ich.

»Na schön, dann sag wenigstens, daß du dabei bist. Bei der Verlobung jedenfalls.«

»Nein, sie will dich gar nicht haben.«

»Natürlich will sie mich haben«, lachte er gemütlich.

Er beeilte sich, mich einzuholen. Dann fing er an zu grölen und aus vollem Halse zu singen.

»Ich erzähle ihr, daß du zu Huren gehst«, sagte ich mit mühsam unterdrückten Zorn.

Er blieb stehen und wandte sich zu mir.

»Ein so elender Schuft bist du nicht!« sagte er.

Augen und Mund waren schmale Schlitze in einer Mondlandschaft.

»Aber du liebst sie nicht!« sagte ich so ruhig wie möglich.

Er sagte nichts mehr. Packte mich vorsichtig am Jackenkragen und zwang mein Gesicht hinauf zu seinem.

»*Du* liebst sie nicht!« fauchte er.

»Weißt du mehr über die Liebe als ich?« sagte ich und riß mich los.

»Das hier ist kein verdammter Staffellauf in der Liebe«, sagte er wütend.

»Was ist es denn?«

»Hier geht es darum, eine Frau zu finden, mit der man es aushalten kann. Anna ist einfach Klasse. Wenn sie nicht ...«

Er kam nicht weiter. Ich weiß nicht, warum. Aber plötzlich fing ich an zu weinen. Wußte selbst nicht, wie das zuging. Heulend entschuldigte ich mich mit der vielen Lernerei und den Nachtwachen, die ich gehabt hatte. Daß ich keinen Cognac und keinen Wein vertrug.

Wir standen mitten auf dem Kongens Nytorv. Die Menschen blieben stehen und glotzten. Einige grinsten, zuckten die Achseln und gingen weiter, während sie sich mehrfach umsahen. Zwei junge Lümmel gesellten sich auch dazu. Der eine lachte, und der andere ahmte mich meisterhaft nach.

Ich hörte ein Geräusch wie von knirschendem Knorpel. Einen Augenblick später lag der, der mich imitiert hatte, auf dem Boden. Aksel hatte ihn niedergeschlagen. Zwei Damen jaulten. Und eine Gruppe Theaterbesucher hielt an.

»Was ist denn hier los?« sagte ein Herr mit hohem Hut und Jackett.

»Der Bursche da hat meinen Freund beleidigt. Er weint, weil er Kummer hat«, sagte Aksel wütend.

Die Gesellschaft warf einen Blick auf den Straßenjungen. Die Damen rümpften die Nase. Dann gingen sie.

Ein Polizeiwachtmeister war bereits eiligst auf dem Wege zu uns. Er war sehr bestimmt und wollte auch wissen, was passiert war. Aksel wiederholte, was er vorher gesagt hatte. Aber jetzt war der Junge wieder so weit zu sich gekommen, daß er eine Schimpfkanonade losließ. Das hätte er nicht tun sollen. Die Welt ist nicht gerade gerecht gegenüber solchen wie ihm. Der

Polizist stand auf Aksels Seite, packte den Jungen am Kragen, und weg waren sie.

Wir waren korrekt gekleidet. Und ich hatte kein Wort gesagt.

Als wir wieder so allein waren, wie es auf dem Kongens Nytorv nur möglich ist, fauchte Aksel: »Jetzt will ich meinen Schnaps haben, und wenn er mich meine Freiheit kostet!«

Ich latschte neben ihm her.

Nachdem wir in der »Apotheke« den dritten Schnaps unter beredtem Schweigen geleert hatten, sagte Aksel: »Du begreifst doch, daß du sie nicht bekommen kannst?«

Ich starrte ihn wütend an, ohne zu antworten.

»Wolltest du sie heiraten? Mit ihr zu dem gottverlassenen Ort ziehen, wo du herkommst?«

Ich sagte noch immer kein Wort.

»Ich würde sie schnell hierherbekommen, im Laufe von zwei Monaten«, sagte er mutlos.

»Zur Hölle mit dir!« sagte ich erbittert.

»Gleichfalls!«

Wir saßen eine Weile da.

Zwei Studenten am Nachbartisch hatten Schwierigkeiten, sich auf den Stühlen zu halten, und wurden von dem Mann hinter der Theke aufgefordert, sich auf den Weg nach Hause zu machen, ehe man sie im Schubkarren transportieren müsse.

»Du bist ein Heuchler«, sagte Aksel plötzlich in dem gleichen Tonfall wie der Wirt.

Das Wort Heuchler machte mich wieder lebendig.

»Mit welchem Recht sagst du das?«

»Du spielst mit den Mädchen wie die Katze mit der Maus. Aber wenn da eine ist, die ein anderer haben will, wird es dir besonders wichtig, gerade die zu bekommen.«

»Ich spiele nicht mit den Mädchen.«

»Doch!«

»Wann? Mit wem?«

Er zählte sie auf. Hatte eine unglaubliche Fähigkeit, Namen zu behalten. Es mußte daran liegen, daß er in seiner Kindheit so viele Kirchenlieder gepaukt hatte.

»Puh«, sagte ich, ohne mich zu verteidigen.

»Wir haben uns schon gefragt, ob du dir eine Syphilis zugezogen hast, als du so plötzlich aufhörtest und statt dessen endlich dein Examen gemacht hast.«

»Wer hat sich das gefragt?«

»Oh – viele. Anna auch.«

»Hast du mit Anna darüber gesprochen? Du Drecksack!«

»Nein. Sie hat mit mir darüber gesprochen.«

Entmutigt sank ich auf meinem Stuhl zusammen.

»Und was hast du über mich gesagt, als sie dich fragte?«

Er zuckte die Achseln und kippte den Rest Schnaps in sich hinein. Wischte sich über den Mund.

»Daß ich nicht wüßte, was ich glauben sollte. Du hast ja nur in deinem Zimmer mit deinen Büchern gelebt. Du bist mager geworden wie eine Vogelscheuche und hast dich kaum gewaschen ...«

»Was hat sie dazu gesagt?«

»Daß man dich retten müßte.«

Plötzlich begriff ich, daß es kein Zufall war, als sie mir auf der Straße begegnete. Ich sollte gerettet werden! Aber warum? Mochte sie mich?

»Sie will dich nicht haben!« drohte ich.

»Sie wird wollen.«

Ich spuckte auf den Boden, um Abscheu und Protest zu demonstrieren.

»Sie wird nach London türmen«, entfuhr es mir.

Jetzt habe ich sie verraten, dachte ich.

Aber Aksel sah mich ruhig an.

»Frauen aus guter Familie türmen nicht, selbst wenn sie davon reden«, sagte er.

Ein schwerer Rausch war im Anmarsch. Es war kein fröhlicher Rausch. Wir schwiegen eine Weile.

Schließlich klopfte er mir freundlich auf die Schulter und sagte: »Wir hören jetzt auf damit, Benjamin. Ich gebe noch einen aus. Wir haben nicht mehr lange Zeit. Zusammen. Bald ist es aus mit dem Studentenleben ... Es war schön. Ich werde ... Ja, zum Teufel, ich werde dich vermissen! Aber wir bekommen einen Kandidatenplatz im Frederiks! Dort treffen wir uns.«

Er schlug mir noch einmal auf die Schulter.

»Hat sie geglaubt, daß ich Syphilis habe?«

»Das spielt keine Rolle. Du bist sicher interessanter *mit* Syphilis als ohne«, sagte er lakonisch. »Frauen wie Anna lieben es, Menschen zu retten.«

8. Kapitel

In den folgenden Tagen kam mir Reinsnes wie ein Ort jenseits des Regenbogens vor. Ich wußte nicht, wie ich lebend dorthin kommen sollte. Auch nicht, wie ich zurückkommen sollte. Viele Jahre hatte ich mir eingebildet, daß ich aufgehört hätte, Reinsnes als mein »Zuhause« zu betrachten. Aber jetzt überwältigte es mich und nahm Gestalt an in meinem Kopf. Es war, wie wenn man ein altes Bilderbuch aus der Kindheit fand, sich damit hinsetzte und es nicht zu öffnen wagte.

Ich sagte mir, daß ich wegen Anders nach Hause fahren mußte. Und weil es unsicher war, ob ich einen Kandidatenplatz in irgendeinem Hospital in Kopenhagen bekommen würde.

Bereits auf der Landungsbrücke in Bergen hörte ich, daß starke Kräfte sich für eine jährliche Versammlung des Stortings in Norwegen einsetzten, um auf den Unionskönig aufpassen zu können. Ich engagierte mich nicht. Ich war zu lange weg gewesen. Empfand sogar eine gewisse Schadenfreude, daß die Norweger es nötig hatten, sich bemerkbar zu machen. Ich hatte es ihnen nicht vergeben, daß Dänemark allein dastand, als es von Bismarck überfallen wurde. Und ich schämte mich stets, wenn ich daran dachte.

Je länger ich mit dem rauchspuckenden Dampfschiff an der Küste entlangfuhr, desto mehr bereute ich, daß ich auf dem Heimweg war.

Ein Mitpassagier hielt mich mit seiner Schnarcherei nachts wach. Und begann ungefähr um sechs Uhr zu husten und sich zu räuspern. Daß er mich bei jeder passenden und unpassenden Gelegenheit in meiner Sprache anredete, machte die Sache nicht besser.

Ich antwortete einsilbig. Gleichzeitig erinnerte ich mich, daß ich Johan verachtet hatte, weil er dänische Redewendungen benutzte, wenn er von Kopenhagen kam. Ich beschloß, möglichst meinen Mund zu halten.

Der Mitpassagier kroch immer näher zu dem Tisch, an dem ich zu essen pflegte. Wie einer, der viel Aufhebens davon macht, sein Opfer einzukreisen. Als ein Platz frei wurde, weil jemand in Brønnøysund ausstieg, setzte sich der Mann an meinen Tisch.

Ich wußte, daß ich ihn schon früher gesehen hatte. Und nach ein paar Minuten fing er an, mich mit Fragen zu belästigen. Es war schwierig, ihm zu entgehen. Er hatte mir bereits mehrmals zu verstehen gegeben, daß er wisse, wer ich sei. Ohne daß er sich vorstellte. Ich fragte nicht. Statt dessen versuchte ich mich zu erinnern, wo ich ihn getroffen oder gesehen hatte.

Jetzt setzte er sich mit einem selbstzufriedenen Lächeln an den Tisch. Ohne jeden Grund begann ich zu schwitzen. Als ob ich Angst hätte, daß er irgend etwas Fürchterliches bei mir aufdecken würde.

Zuerst war er still. Wir reichten uns die Schüsseln und kauten. Dann fing er an, von Reinsnes zu reden. Mit lauter, schriller Stimme. Ich schwitzte und fühlte eine schleichende Angst. Nicht das, was er sagte, war so bedrohlich, sondern das Wie. Entweder überhörte ich ihn oder antwortete kurz und neutral oder war übertrieben entgegenkommend und höflich. Aber er verstand die Warnungen nicht. Es wurde allmählich ganz peinlich am Tisch, weil alle merkten, daß ich mich mit diesem Mann nicht unterhalten wollte.

Der Mann war wohlgenährt und gut gekleidet. Er hatte einen aufgeputzten, großen Backenbart, der sein Gesicht in die Breite zog. Als ob man ihn in einem gesprungenen Spiegel betrachtete. Die Stimme war laut und hell. Er sprach übertrieben langsam und schien ewige Wahrheiten zu verkünden. Es klang so, als bäte er die ganze Zeit um Aufmerksamkeit für lebenswichtige Mitteilungen. Der Magen drehte sich mir um, ohne daß er ein nachteiliges Wort über mich gesagt hätte.

Ich wurde zu einem kleinen Jungen, der sich einbildete, daß dieser Mitpassagier eine Katastrophe war. Und als er Dina erwähnte, als ob er mit ihr verwandt wäre, brachte ich in seiner Gegenwart keinen Bissen mehr herunter.

Er erzählte, daß er in Geschäften in Trondhjem gewesen war, und gab mir zu verstehen, daß er in jeder Hinsicht ein angesehener Mann war. Alle mußten sich seine deutlichen Anspielungen auf die eigene Vortrefflichkeit anhören. Auf raffinierte Weise ließ er fallen, daß er Heringsnetze verkaufe und daß er gerne mit Kapital aushelfe. Der Kapitän, der auch am Tisch saß, erwähnte den Namen eines Bekannten und fragte, ob er ihm ebenfalls Heringsnetze verkauft habe.

»Nein, der Himmel bewahre mich vor dem Burschen! Er ist jetzt völlig insolvent!«

Der Kapitän sagte nichts mehr. Keiner sagte mehr etwas.

Da fuhr der Mann mit seinen Reden fort: »Ich fische ja nicht selbst. Ich verteile nur das ›Meeressilber‹. Arme Leute bekommen dadurch Arbeit. Die Räder laufen. Alles wird besser. Man muß nur genügend Verstand haben. Aber in Reinsnes ist es auf- und abgegangen, nicht wahr?«

Ich resignierte und legte mein Besteck hin. Warum hatte er mich auserkoren, dachte ich. Warum hatte er sich nicht zu einem von den anderen Passagieren gesetzt? Vielleicht hatte es ihn provoziert, daß ich ihn nicht über seine Vortrefflichkeit ausgefragt hatte. Oder war da etwas, was ich nicht wußte?

»Ja, ich habe aus sicherer Quelle gehört, daß da gewisse Schwierigkeiten mit der Liquidität in Reinsnes waren. Aber das weiß Er sicher besser. Es ist ja eine alte Geschichte. Seit dem Verlust des Frachtschiffes. Natürlich war der Schiffbruch ein Unglück ... Anders ist ja ein tüchtiger Mann. Aber alle haben ihre Grenzen. Er ist wohl nicht für das Ladengeschäft und derlei geeignet. Es war doch Dina Grønelv, die ... Das wußten ja alle. Daß es so kommen mußte ... Die Leute reden doch ... Ja, Anders versuchte es auch mit dem Wadenetz. Aber er hatte kein Glück, oder wie man es nennen soll ... Es sieht so aus, als ob Strandstedet die ganze Arbeit übernimmt. Er wurde seinen Hering nicht los.«

Ich hatte einen unbändigen Drang, dem Mann eins zu versetzen. Oder die breite rosa Öffnung in seinem Gesicht zusammenzukneifen. Statt dessen betrachete ich die Mundpartie des Mannes mit gründlichem Abscheu und entschied, daß sie aussah wie die hinteren Organe eines Schweins.

»Ich kannte die Mutter aus alten Tagen«, fuhr er fort.

Ich wollte gehen. Die Sonne brannte durch das Fenster im

Salon. Ich mußte allzu nahe an seinem Körper vorbei, um von meinem Platz wegzukommen. Das Mittagessen saß mir oben im Hals. Er beobachtete mich aus zwei gierigen Augenschlitzen und gab nicht auf.

»Sie war so gebieterisch, die Mutter.«

Der Mann lehnte sich über den Tisch und versperrte mir den Durchgang.

»Es war so rätselhaft, daß sie abreiste. Sie war doch jung vermählt?« fuhr er fort und seufzte zufrieden.

Ich rang mir ein »Verzeihung« ab, drückte mich an ihm vorbei und kämpfte mich hinaus aufs Deck. Im Schutz des Schornsteins und vom Salon her nicht einsehbar, ließ ich den Dingen ihren Lauf. Ich stülpte mich um, während Schweiß und Scham über den ganzen Körper tröpfelten. Zuletzt sank ich auf eine Kiste in der dritten Klasse.

Hier hielten sich die Passagiere Tag und Nacht auf. Schliefen und aßen von ihrem Proviant. Sie starrten mich erstaunt an. Ich saß stundenlang ohne Mantel da.

Die Schaufelräder trieben uns vorwärts, indes ich mich erholte und einen Schlachtplan entwarf, wie ich die Tage und Nächte auf dem Dampfer überleben könnte.

Punkt 1: Ich mußte heikle Fragen für den Mann vorbereiten. Über persönliche Dinge. Familie, wirtschaftliche Verhältnisse. Ich mußte so tun, als ob ich wüßte, daß er mit diesem oder jenem bluffte.

Punkt 2: Ich mußte alle Kommentare über Anders und Dina und alles, was zur Reinsnes-Familie gehörte, zurückweisen.

Punkt 3: Ich mußte ihn unbedingt darauf aufmerksam machen, daß sein Schnarchen und Räuspern unappetitlich und schlafraubend waren.

Ich wurde ruhiger. Schließlich vermochte ich sogar, das Lächerliche der Situation zu sehen. Ich war auf dem Heimweg.

Es ging mir auf, daß jede Gesellschaft ihre eigenen Gesetze hat. Die Gesetze, die in den Kneipen oder in der medizinischen Fakultät in Kopenhagen galten, waren auf diesem übelriechenden Dampfer, der an der norwegischen Küste entlangschlich, nicht zu gebrauchen. Die Mißgunst und die Schadenfreude hatten andere Stimmen und andere Formen. Ich mußte die Muster brav von neuem lernen, wenn ich zurechtkommen wollte. Wahrscheinlich hatte ich es als Junge nie richtig gelernt. Weil ich auf Reinsnes so behütet gelebt hatte.

Bereits beim Abendessen hatte ich den Plan fertig. Ich kam mir vor wie ein unerfahrener Theaterregisseur, als der Mann erwartungsgemäß herbeieilte und fragte, ob die Übelkeit sich gelegt habe, wo das Meer jetzt ruhiger sei.

»Ich bin bei Tischgemeinschaften sehr empfindlich«, sagte ich. »Manchmal kann ein stupides Geschwätz mich ganz krank machen.«

Der Mann hielt seinen untersetzten Körper auf dem Weg zum Stuhl herunter an und wurde ganz rot. Aber er wagte tatsächlich nicht zu fragen, ob ich ihn gemeint hätte. Den ersten Satz hatte ich gewonnen! Aber es dauerte nicht lange, da fragte er mich mit scheinbarer Höflichkeit, was ich in Kopenhagen machte.

»Studieren.«

»Ach ja, das habe ich vor vielen Jahren schon gehört. Was will der Student werden?«

Die Bedienung kam mit der Kaffeekanne, und ich benutzte die Gelegenheit, das Thema zu wechseln, ohne zu antworten.

»Er hat sicher keine Söhne, die in Kopenhagen studieren, da Er soviel fragt?«

»Nein, das gerade nicht, aber ...«

»Nun, es ist nicht jedermann vergönnt, und es ist auch entsetzlich teuer. Ist der Kaffee gut?«

»Ja«, sagte er verwirrt.

»Trinkt Er zu Hause auch Kaffee und Tee und Branntwein zum Abendessen?«

»Nein«, sagte er verlegen und versuchte zu lachen.

Die anderen Passagiere am Tisch waren auf das seltsame Gespräch aufmerksam geworden und lauschten interessiert.

»Er ist vielleicht nicht verheiratet? Ich kann übrigens nicht behaupten, von Ihm gehört zu haben. Vielleicht ist der Familienname nicht so bekannt?«

Der Mann aß hektisch, aber er ging in die Falle und antwortete zwischen zwei Bissen, daß er tatsächlich nicht verheiratet sei.

»Das habe ich erraten. Nehme Er es nicht übel«, sagte ich und fand Gefallen an der Rolle als Regisseur.

Der Mann sah an sich herunter, danach starrte er auf die anderen Passagiere, ehe er wieder begann, in sich hineinzuschaufeln. Als ob er einen Dampfkessel feuerte.

Das Paar, das mit uns zusammen am Tisch saß, war unfreiwillig Zeuge bei den beiden Mahlzeiten gewesen. Ich bemerkte, daß sie auf meiner Seite standen. Sie wollten nach Tromsø, um eine Tochter zu besuchen. Aber darüber hinaus wußte ich wenig von ihnen, weil sie wegen des Inquisitors nicht zu Wort gekommen waren.

»Er hat Anders erwähnt. Wann hat Er ihn getroffen?« fragte ich und schnitt eine Grimasse, als er seinen Kaffee schlürfte.

»Das war wohl ... Ja, das war auf den Lofoten im Jahr '61.«

»Nun? Hatte Er da geschäftlich mit ihm zu tun?«

»Das nicht gerade ...«

»Hat Er ihn auf dem Schiff besucht?«

»Nein«, antwortete er ausweichend und schob den Teller weg.

»Aber Er hat ihn doch gut gekannt? Hat Er Dina Grønelv auf Reinsnes besucht?«

»Nein, es war nicht gerade so ...«

»Aber Er wußte doch so gut Bescheid über den Geschäftsgang und den Laden?«

»Man hört doch dieses und jenes ...«

»Ja, dort, wo Er herkommt, ist es vielleicht die beste Methode, sich auf dem laufenden zu halten? Daß man dies und jenes hört? Es weitererzählt? Es ist ja eine Art Geschäft. Ist Er davon reich geworden?«

Er konnte diese Unverschämtheiten nicht länger hinnehmen. Er stand schwerfällig auf. Er stützte sich einen Augenblick mit den Handflächen auf die Knie und sah herunter auf den Fußboden. Dann verließ er den Salon mit einem Gesicht wie ein Sonnenaufgang und einer Stirn wie ein vom Meer umspülter Klippfischfelsen.

Nach seinem Abgang wurde es still am Tisch. Ich versuchte nicht, mich zu entschuldigen oder das Gespräch weiterzuführen. Tief drinnen in meinem Gehirn wußte ich, daß ich zu weit gegangen war. Daß man sich an einem solchen Typ nicht so gründlich rächen durfte. Aus dem einfachen Grund, weil seine Bosheit um so vieles größer war als sein Verstand. Dieser reichte nicht so weit, daß der Mann begriff, wie schwer er die Leute treffen konnte. Er wußte auch nicht, daß allein die Erwähnung von Dinas Namen eine Lawine von Gefühlen und Kräften in mir auslöste, die ich nicht beherrschte.

Ich schwankte zwischen Reue und Triumph. Aber es half, daß die Dame mit den grauen Haaren nickte, als ich ihr die Heringsschüssel reichte und unsere Blicke sich trafen.

»Es ist so herrlich, daß die Nächte immer heller werden, je weiter wir nach Norden kommen«, sagte sie besänftigend.

»Ja«, sagte ich dankbar. »Ich hatte es beinahe vergessen.«

»Es ist unsere erste Reise hierherauf, wir sind so begeistert, daß wir kaum schlafen. Es muß schwer für Ihn sein, das Land hier zu verlassen und nach Kopenhagen zum Studium zu fahren.«

»Ach, es ist gut, etwas zu lernen und andere Dinge zu sehen als zu Hause«, sagte der Mann.

»Das stimmt«, antwortete ich.

»Es kann sogar schwierig sein, wieder nach Hause zu kommen. Besonders wenn man Gegenstand einer solchen Aufmerksamkeit wird«, sagte der Mann gutmütig und nickte mit dem Kopf zur Tür.

»Aber diesmal ist Er gut mit ihm fertig geworden«, flüsterte seine Frau und neigte den Kopf zur Seite.

Nachts schlief ich trotz des Schnarchens. Oder vielleicht wagte er nicht zu schnarchen. Ich würde das nie erfahren. Denn am nächsten Morgen saß er an einem anderen Tisch. Und bald hörte man die Stimme des Inquisitors im ganzen Salon.

Peinlich genau entblößte er einen Konkurs und zwei Familienskandale mit zufriedener Miene. Seine Tischgenossen schwiegen immer geduckter. Indessen brachten uns die Schaufelräder über den Vestfjord.

Der Mann ging an Land, ohne daß jemand das Gefühl eines großen Verlustes überkam. Die Luft wurde besser, sowohl in der Kajüte der Männer als auch im Salon.

Nachts wurde ich wach von einem Traum. Ich spürte, wie ein leeres Mitleid sich in meinem Körper ausbreitete. Ich wußte, daß ich von dem unsympathischen Passagier geträumt hatte, aber ich konnte mich nicht an Einzelheiten erinnern.

Es hatte damit zu tun, daß ich das Mitleid erlebte, weil ich seine Boshaftigkeit sah. Viele Zeugen waren dabeigewesen. Aber außer dem ekelhaften Gefühl erinnerte ich mich nicht an den Traum.

Ich weiß nicht, was ich erwartet hatte, als ich die Häuser von Reinsnes aus dem Grün auftauchen sah. Es war schwer für mich, mit den vielen fremden Menschen dazustehen. Ich machte mir an meinem Gepäck zu schaffen und beugte mich ein paarmal tief über die Reisetasche, um einige Papiere zu kontrollieren und zwei Briefe herauszuholen, die ich dem Postbeamten übergeben wollte. Ich suchte acht Schilling für die beiden Briefe heraus und sah sie in der Mappe des Beamten verschwinden. Indes legte das Ruderboot an der Schiffsseite an.

Ein Gefühl von völliger Fremdheit übermannte mich. Ich nahm mich zusammen, als ich Anders in dem Boot erkannte. Er ruderte selbst. Einen Augenblick glaubte ich, daß ich anfangen würde zu weinen. Aber es ging vorüber. Ich winkte und rief eine Art »Hallo!«, weil mir einfiel, daß man das tun sollte.

Ich hatte nicht erwartet, daß Anders in diesen Jahren so grau und alt geworden war. Hatte weder ein neues Boot noch einen fremden Jungen im Achtersteven erwartet. Erinnerte mich nicht, daß das Meer sich so weit über die Holme hinaus erstreckte. Und daß die Holme so klein und verkommen im Sonnenschein aussahen. Oder daß Anders so abgearbeitete Hände hatte.

Auch die Lagerhäuser erkannte ich nicht wieder. War die Farbe von der Andreasbrygge nicht arg abgeblättert? Waren die Häuser nicht zusammengeschrumpft? Wie konnte es sein, daß der Rauch aus dem Waschhaus so dünn nach oben stieg? Und die Menschen am Strand? Warum sahen sie mich an, als ob ich ein Gespenst wäre? War ich ein Gespenst? War ich nach Hause gekommen, oder war ich ein Gast bei Fremden, die meinen Namen nur auf der Passagierliste in der Zeitung gelesen hatten? Was in aller Welt hatte ich hier zu suchen?

Mußte man sich so fühlen, wenn man nach ewig langer Zeit nach Hause kam?

Plötzlich hatte ich ein Gefühl, wie es Ertrinkende haben, nach dem, was die Leute erzählen. Ich ließ mein Leben vor meinem inneren Auge vorüberziehen. Entsetzlich schnell. Wie verprügelt und schwindlig hielt ich mich fest an der Reling und ließ es geschehen. Peer Gynts idiotischer Lebenslauf mischte sich in das Ganze. Ein Feigling, ein Schuft und ein Abenteurer. Wie ich. Eine Schaumkrone, die sich draußen in dem weiten Meer vollständig verlor. Und wenn sie endlich an Land trieb, war es ein fremder Strand.

Sara, die Tochter von Tomas und Stine, hatte eine feste Arbeit, indem sie Anders unten im Laden die Post und die Zeitung vorlas. Jetzt las sie, daß der Hering in alle Fjorde hineinströmte und daß Strandstedet bereits von Tonnen und von Leuten überschwemmt war, die für Anteile am Fisch oder Bargeld salzen wollten.

»Wir ziehen es vor, auf Reinsnes zu salzen«, sagte Anders und betrachtete Sara, als ob sie ein Kompagnon wäre.

»Zum Teufel! Wir kaufen viele Heringsnetze!«

Anders schlug mit der Faust auf das Kontorpult, daß es schallte. Das Kinn war vorgeschoben, und die Augen lachten. Er war wie die Weidenbäume auf dem Fahnenhügel. Bei Unwetter legten sie sich flach auf den Boden. Aber sie brachen nicht. Wenn der Wind abflaute, standen sie aufrecht und schüttelten die Wipfel, als ob nichts über sie hinweggefegt wäre.

Anders hatte beim letzten Lofotfischfang gemerkt, daß er bei Dunkelheit nicht mehr gut sah. Erst gab er die Schuld dem schlechten Wetter, das den ganzen Spätwinter getobt und einen gezwungen hatte, an Land zu liegen, und das großen Schaden in der Landwirtschaft und an den Schiffen angerichtet hatte. Aber nicht nur die aufgewühlte See und der Südwestwind waren die Ursache. Es sei etwas mit den Augen selbst, klagte er.

Tomas schaute mich freundlich an mit seinem braunen und seinem blauen Auge. Ich konnte nicht verstehen, daß wir vor meiner Abreise solche Unstimmigkeiten gehabt hatten. Viel redeten wir jedoch nicht miteinander.

Hanna war Zeuge bei allem, was ich mir vornahm. Aber sie war nicht da.

»Es geht ihr gut. Sie kommt nicht oft her«, sagte Stine in ihrer wortkargen Art.

Sara hatte sich herausgemacht. Eine seltene Wildblume, die danach hungerte, Buchstaben aneinanderzureihen, so daß sie einen Sinn ergaben. Anders hatte sie in diesem Winter angeheuert, ihm die Zeitung vorzulesen. Sie hatten eine feste Abmachung über eine große Tüte braunen Zucker an jedem Samstag und einen Kleiderstoff, wenn er im Sommer von Bergen zurückkam.

Das Kind war allem Anschein nach schon uralt auf die Welt gekommen. Sie zog den einen Fuß ein wenig nach. Ich sah, daß sie die Andeutung von einem Klumpfuß hatte. Nahm sie auf den Schoß und massierte den Fuß. Da saß sie mucksmäuschenstill.

»Du siehst Hanna ähnlich, weißt du das?«

Sie nickte und setzte sich noch besser zurecht.

»Du siehst keinem hier ähnlich!« sagte sie mit ernsten Augen.

9. Kapitel

Auf der Suche nach Dinas Spuren in Abstellräumen und Schubladen verstand ich plötzlich, daß ich im Begriff war, das Versprechen zu brechen, das ich mir als Siebenjähriger gegeben hatte: niemals ihren Weg zu kreuzen, wenn sie nicht zuerst die Hand reichte.

Eines Abends, als Anders unten im Kontor saß und arbeitete, stapfte ich zu ihm hinunter.

Ein scheuer Wind berührte die Baumkronen in der Allee. Die Luft roch scharf vor Frost. Ich vermißte die Wirtshäuser und das Studentenleben. Diese Natur verursachte mir Gewissensqualen und machte mich rastlos und einsam. Ich war weder Fischer noch Bauer oder Jäger. Ich war auch kein Kaufmann. Das hatte sie wohl auch gesehen. Ich hatte nicht viel mehr für Reinsnes getan als Johan. Aber heute abend wollte ich auf jeden Fall das Muster durchbrechen.

Mit der letzten Havannazigarre aus Kopenhagen in der Westentasche ging ich hinunter zu Anders, ohne genau zu wissen, wie ich ihm näherkommen sollte.

Er war sichtlich erfreut über die Unterbrechung. Schlug die Geschäftsbücher zu und schob sie beiseite. Dann schenkte er Rum ein und bat mich, auf der Chaiselongue Platz zu nehmen, die seit Niels' Zeiten dort stand. Sie war abgenutzt, mit krachenden Federn und kümmerlichen Quasten an den Armlehnen. Voller Flecken von schmuddeligen Fischern und Kaufschnäpsen.

Ich fragte, womit er sich beschäftigte. Und Anders erzählte ausführlich, daß er Heringsnetze kaufen wollte. Ich ließ ihn eine Weile reden, während ich nickte und fragte.

Als er aufstand, um die Gläser neu zu füllen, sagte ich ohne Vorwarnung: »Ich beabsichtige, Dina zu schreiben.«

Er stand mit dem Rücken zu mir, aber ich bemerkte eine kleine Bewegung des Arms und des Nackens. Dann wurde er steif und stand wie eine Statue, als ob er ewig da stehen würde. Endlich drehte er sich um und sah mich an: »Das kann ich dir nicht verwehren.«

Er reichte mir das Glas.

»Hast du eine Adresse?«

Er hob das Glas gegen meines und trank langsam. Dann sagte er: »Ich habe einen Brief nach dem anderen geschickt ... An eine Adresse in Berlin. Ohne Antwort zu bekommen. Ich bin kein Briefschreiber. Nun habe ich damit Schluß gemacht. Ich hoffe nur, daß es ihr gutgeht.«

Ich schluckte und spürte, wie die Wut in mir hochstieg. Mußte eine Weile auf den Boden sehen.

»Du hast die Briefe nicht zurückbekommen?«

»Nein.«

»Da muß sie sie ja erhalten haben.«

»Tja ...«

»Aber nicht geantwortet«, sagte ich grimmig und kippte den Rum hinunter. »Aber du hast die Adresse?«

»Ja, aber sie wohnt nicht mehr dort. Berlin ist eine große Stadt.«

»Ja, und die Welt ist noch größer«, sagte ich trocken.

Er sah mich an und sagte: »Warum willst du jetzt schreiben, wenn du bisher nicht geschrieben hast?«

»Alles hat seine Zeit«, sagte ich ausweichend.

Er nickte. »Es waren harte Zeiten ... Aber jetzt werde ich ein Netz kaufen. Ich glaube an den Hering ... Was wirst du schreiben? Schreib nicht, daß es schlechtgeht. Eine schlechte Nachricht sollte man nicht bekommen.«

»Nein.« Wir schwiegen kurz, dann fuhr ich fort: »Ich werde endlich von meinem Haß schreiben.«

Seine Augen glichen den Augen der Körper, die ich bei Düppel aufgelesen hatte. Es war noch Leben in ihnen.

»Haßt du deine Mutter?«

»Ja, notgedrungen.«

»Du bist klug, aber streng«, sagte er langsam.

»Und du? Du bist auch klug. Hast du soviel Verstand gehabt, um zu hassen?«

»Nein«, sagte er, richtete sich auf und sah mich an. »Ich bin nicht dazu geschaffen, auf eine so große Karte zu setzen. Haß? Nein.«

»Wie bist du dann mit allem fertig geworden?«

»Arbeit!«

Er versuchte zu lachen. Schlug sich auf die Schenkel und fuhr mit der freien Hand durch die weißen Haare.

Ich lachte nicht mit. Tat so, als ob ich vergessen hätte, wie ein Mann schwierige Dinge aus der Welt schafft.

»Hast du ihr niemals Vorwürfe gemacht, daß sie einfach fort war, als du von Bergen zurückkamst und alles verloren hattest?«

»Sie hatte das Schiff ja nicht auf den Meeresgrund geschickt«, sagte er bestimmt.

»Aber sie war fort, als du heimkamst!«

Er saß eine Weile vornübergebeugt, die Ellenbogen auf die Knie gestützt, mit hängenden Händen. Wie ein müder Fischer, der wohlbehalten an Land gekommen ist und die Schinderei mit dem Rauch aus der ersten Pfeife nach oben schickt.

»Sie hatte ihre Gründe«, sagte er endlich.

»Was für Gründe?«

Er sah mich direkt an. Der Blick war so streng, daß ich zusammenzuckte. Es war nicht Anders' Blick. Das war der Blick des Seegespenstes.

»Benjamin, du solltest es wohl am ehesten erfahren.«

»Was meinst du?« flüsterte ich.

Hatte ich mich nicht jahrelang danach gesehnt? Daß jemand zu mir sagen würde: Ich weiß alles! Jetzt geschah es vielleicht. Daß ich die Wahrheit erfuhr. Würde ich sie ertragen?

»Was meinst du, Anders?« wiederholte ich.

»Sie hat mir erzählt, warum sie fahren mußte. Sie bat mich, alles hier in meine Obhut zu nehmen.«

Ich konnte sein Gesicht nicht sehen. Es war zu dem dunklen Boden gewandt.

»Sie segnete mich und all mein Tun«, sagte er leise.

»Segnete dich?«

»Ja, wie die alten Patriarchen, von denen man in der Bibel liest ... erteilte sie mir ihren Segen.«

»Bevor du abgefahren bist und ›Mor Karen‹ mit Mann und Maus unterging?« sagte ich. Ich konnte es nicht lassen.

»Den Segen hat sie hinterlassen. In einem Brief. Aber vorher erzählte sie, warum sie fortgehen mußte.«

Das Öl in der Lampe war ausgebrannt, und sie qualmte fürchterlich. Ich stand auf und machte dem ein Ende. Die Dunkelheit brachte uns einander näher. Bedrohlich nah. Ich ging zum Fenster.

»Kann ich den Segen sehen?« fragte ich.

»Ich habe ihn sofort verbrannt.«

»Warum?«

»Er konnte jemandem in die Hände fallen, den er nichts anging.«

Er wußte! Ich lag mit dem Kopf auf dem Block und wartete auf das Beil. Der Mund war trocken, und der Verstand wollte nicht länger mitmachen. Es war Schluß. Anders hatte alles gewußt, ohne mir ein Wort zu sagen.

»War der Segen so stark, daß du ihn verbrennen mußtest?«

Ich versuchte mit normaler Stimme zu sprechen. Versuchte sogar eine Art kindlicher Eifersucht hineinzulegen.

»Ja, das kann man sagen. Es lag viel in dem Segen«, erwiderte er.

»Und du willst ihn nicht mit jemandem teilen?«

»Nein.«

»Auch nicht mit mir?«

»Mit dir am allerwenigsten, Benjamin.«

Ich starrte hinaus auf den Rand schwarzen Tangs rund um die Bucht. Erinnerte mich, daß ich als Junge davor Angst gehabt hatte an dunklen Abenden. Auch Angst vor dem Geruch. Ich starrte auf den Mond. Ein einsames goldenes Komma auf einer unendlich leeren violetten Buchseite.

Dies schrieb ich:

Reinsnes, den 15. Januar 1869

Dina,
ich, Dein Sohn Benjamin, schreibe Dir wegen Anders und Reinsnes.

Es ist lange her, daß Du weggefahren bist. Und Anders hat

nichts von Dir gehört. Er hatte schwere Jahre. Verlor ›Mor Karen‹ durch ein Schiffsunglück, wie Du weißt. Alle anderen sind umgekommen. Auch Anton. Es war nichts versichert. Der Fischfang schlug zwei Jahre hintereinander fehl, und im Laden wechselten die Verkäufer mehrfach.

Das hat Anders sicher alles erzählt. Und deswegen schreibe ich auch nicht. Aber ich bitte Dich, laß Anders wissen, ob Du am Leben bist, denn er müßte eigentlich wieder heiraten. Er ist einsam. Wenn Du etwas für ihn tun willst, dann löse die Ehe auf oder schicke ihm einen anderen Bescheid. Falls Du kein Lebenszeichen gibst, weiß ich nicht, wie es weitergehen soll.

Tomas, Stine und die Kinder sind wohlauf. Oline fängt an alt zu werden. Beim Lensmann sind sie alle gesund, soviel ich weiß. Hanna ist verheiratet und wohnt auf den Lofoten.

Dein Sohn
Benjamin Grønelv

P.S. Falls jemand anders als Dina diesen Brief in die Hand bekommt, bitte ich, an ihrer Stelle zu antworten.

Ich ruderte selbst mit dem Brief zum Dampfer. Als ob ich Angst hätte, daß der Verkäufer ihn sehen und sich sein Teil denken würde.

Ich hätte erzählen können, wie lange ich auf Reinsnes zu bleiben gedachte oder daß ich mein Examen bestanden hatte und hoffte, irgendwo einen Kandidatenplatz zu bekommen. Aber ich schrieb nicht meinetwegen, und das sollte sie merken.

Wovon lebte sie? Anders hatte ihr nichts geschickt, wie er sagte. Manchmal sah ich sie in einer Stadt unter den Brücken sitzen. Mit schmutzigen, ungepflegten Haaren und häßlichem Gesicht. Den Körper in zerlumpte Kleider gehüllt, die seit Monaten nicht gewaschen waren. Manchmal sah ich sie auf dem Podium eines Konzertsaales in einem schwarzen Seidenkleid, mit schimmernden, glänzenden Haaren bis auf die Schultern und die Arme um das Cello, während die Leute andächtig lauschten.

Dazwischen gab es nichts.

Ich versuchte Anders noch mehr auszufragen über das, was er dachte. Aber ich merkte schnell, daß es ihn quälte. Sie hatte einen wesentlichen Teil von Anders mitgenommen, als sie fuhr. Es war nicht sicher, daß er überhaupt wagte, die Schäden zu sehen.

Manchmal machte ich törichte Dinge, die sich als eine Art Buße herausstellten. Ich begleitete Anders zu den Lofoten. Eher zum Trost als zu irgendeinem Nutzen. Ich mußte die Papiere und die Verkaufsladung in Ordnung halten. Und überall dort zupacken, wo man mich brauchen konnte.

Wir segelten mit dem neuen Frachtschiff und beiden Fembøringer. Da hatten wir mehr Platz für uns und die Ausrüstung. Die Fracht, die verkauft werden sollte, verhieß ein gutes Geschäft. Besonders gegen Ende des Fischfangs, wenn den Fischern in den Ruderbooten alle Vorräte ausgegangen waren. Dann hörten wir auf, mit dem Frachtschiff zu fischen, und beförderten Salz und andere Ausrüstung gegen Bezahlung.

Ich sollte das Frachtschiff begleiten und die Buchführung übernehmen. Er setzte mich wohl dort ein, um mir rostige Angelhaken und Frostschmerzen an den Fingern zu ersparen.

Er selbst fischte am liebsten. Es war wohl die Freiheit und das Abenteuer. Man bekam vereiterte Finger und enormen Lebensmut.

»Wenn der Fischfang schlecht geht, macht es trotzdem Spaß, dabeizusein. Alles andere, was man vorher nicht erledigen kann, muß warten bis nach den Lofoten«, sagte Anders.

Es war gewiß eine Philosophie, die er mit seinen Männern teilte. Als Schiffer war er beliebt. Aber er hatte etwas an sich, das die Männer auf Abstand hielt. Es umgab ihn. Unterschied ihn. Er konnte Ölzeug und Südwester anhaben und sich in die Hand schneuzen, wie die anderen. Trotzdem sah man von weitem, daß da einer war, der Autorität besaß. Man konnte mit Anders von Reinsnes seinen Scherz treiben. Aber man tat es nie hinter seinem Rücken. Er fluchte nicht, um sich Respekt zu verschaffen. Es war der Blick. Der Gesichtsausdruck.

Ich war froh, als ich es sah.

Ich versuchte zu verbergen, daß ich mich in den Fischerhütten mit dem einseitigen Gespräch über Wind und Wetter nicht wohl fühlte. Und bei den Gerüchen nach Fischdärmen und nassen, sauren Kleidern. Ich versuchte Buße zu tun. Wofür?

Ich merkte nie, wenn Anders meine Arbeit kontrollierte. Aber ich wußte trotzdem, daß er es machte. Ich erzählte schöne Geschichten über meine eigenen Dummheiten. Dann grinsten wir alle zusammen. Aber ich fand keinen Raum, um von dem Leben und den Dummheiten in Kopenhagen zu erzählen.

Es waren nicht nur die Bootsgemeinschaften der Reinsnes-Schiffe, die mir den Status als Arzt gaben. Sie kamen gelegentlich auch von anderen Fischerhütten. Baten um Rat für ihre vereiterten Finger und Übelkeit nach dem Rausch, für Leistenbruch und Fieber.

Man gab sich nicht mit Kleinigkeiten ab auf dem Lofotmeer. Daß man noch keinen Kandidatendienst geleistet hatte, machte keinen Unterschied. Brauchte man einen Doktor, und die Leute sagten, daß man in Kopenhagen gewesen war, um Doktor zu werden, dann war man gut genug zum eigenen Gebrauch. Man zog große Linien. Berechnete Gewinn und Verlust. Leben oder Tod.

Doktor zu sein verschaffte Respekt, auch wenn man noch so unfähig war. Ein paarmal hatte ich das Gefühl, es wäre besser gewesen, sie hätten mich in die Lebertonne gesteckt statt der nachsichtigen Achtung und der schrägen Blicke.

Aber als ich sagte, daß ich keinen vollen Männeranteil haben wollte, kränkte ich sie. Ich wußte sofort, als ich es gesagt hatte, daß es ein Fehler war. Aber da war es zu spät. Sie hatten gesehen, daß ich an ihrem steinharten Leben nicht ernsthaft teilnahm. Ich besaß nicht den Respekt, dessen es bedurfte. Und nicht den Willen, den man haben mußte, um dieses Leben auszuhalten.

Der Hexenjunge konnte seinen Anteil hergeben, weil er Doktor war. Der Hexenjunge hatte es nicht nötig, ein vollwertiger Fischer zu sein, denn er würde in Weste und Mantel herumspazieren. Aber sie muckten nicht auf.

Wenn der Fang schlecht gewesen wäre, wie beim ersten Mal, als ich mit auf den Lofoten war, hätten sie mich vielleicht fertiggemacht. Aber in diesem Jahr war der Fang gut. Folglich waren sie in ihrer Wut ebenso langsam wie der Kabeljau, den sie an Land zogen.

Wenn Anders in den Dünungen an Deck stand und sein Gesicht die gleiche Ruhe wie die Berge widerspiegelte, war ich neidisch. Anders war das Meer. In diesem Zustand schien er nicht das Bedürfnis nach irgend etwas anderem zu haben.

Ich empfand keine Abneigung gegen die Männer oder die Arbeit, die sie mir gaben. Aber es war nicht mein Leben. Sie verstanden es.

Sie hatte es wohl gesehen, als sie mich zu den Büchern verbannte?

Ich nahm mich in acht vor Schnaps und hütete mich, die Männer zu belehren, daß die Welt größer war als bis zu den Lofoten und wieder zurück. Es wäre auch dumm gewesen. So dumm, wie einen Gegner zu unterschätzen, nur weil er andere Waffen hatte als man selbst. Man brauchte nur bei starkem Südwestwind auf dem offenen Vestfjord einmal in die Knie zu gehen. Oder einen ins Bett zu tragen, der im Suff ein allzu großes Mundwerk riskiert und dafür etwas abbekommen hatte. Dann begriff man es.

Wir waren in einem ziemlich großen Raum einer Fischerhütte untergebracht. Aber es wurde trotzdem eng. Anders und ich teilten uns eine Koje. Ich hatte ein Regal mit meinen Büchern und Schreibsachen über meinem Kopf. Keiner rührte sie an oder machte seine Witze. Aber sie warfen bedeutungsvolle Blicke dorthin.

Als ich das erste Mal mit auf Fischfang war, hatten wir einen dabei, der Tore hieß. Er las ausnahmslos jeden Abend laut aus der Bibel. Bis die Leute einschliefen. Alle hatten geglaubt, er sei sehr religiös, so daß sie ihn gewähren ließen. Als er aber am ersten Samstag betrunken in die Hütte taumelte, begriffen sie, daß die Annahme falsch gewesen war. Und als sie ihn an das ewige Bibellesen erinnerten, kam heraus, daß er gerade lesen gelernt hatte. Er war geradezu besessen davon. Er war fast fünfzig und hatte lesen gelernt! Das einzige Buch, das er besaß, war die Bibel. Die einzigen Zuhörer, die er hatte, war die Bootsgemeinschaft.

Ich sah den Mann vor mir, wie er feierlich aus den Evangelien für die Mannschaft buchstabierte, die vor Erschöpfung und Langeweile eingeschlafen war.

Jetzt dachte ich plötzlich an Dina und das Cello. Ich erinnerte mich, daß ich nachts oft aufgewacht war, weil sie die Töne durch die Wände hindurch in uns hineinzwang. Die ganze Nacht dröhnte, weinte und lachte das Cello aus dem Saal. Ich verstand ein wenig mehr davon, wie es war, wenn man etwas gab, was keiner haben wollte.

Vielleicht hat man nur eine Wahl. Man kann sich darauf einlassen und sich ergeben, so wie ich es im Haus des Gerbers getan hatte.

Oder: Stärke finden, um auszubrechen.

Wie dem auch sei, den Preis muß man bezahlen.

Man kann sich natürlich retten, wenn man ein Clown ist. Der Lachen hervorruft, aber auch Furcht. Furcht, weil alle in Gefahr sind, von dem Clown ins Lächerliche gezogen zu werden.

Der Clown kann aus eigenem Antrieb lachen, gleichzeitig weiß keiner, was er denkt und auf wen das Lachen eigentlich gemünzt ist.

Aber man kann nicht wählen, Clown zu sein. Entweder man ist es, oder man ist es nicht.

Ich glaube, ich bin es nicht.

Ich war froh, daß der Mann mit der Bibel dieses Jahr nicht dabei war. Ich las, ohne einen Laut von mir zu geben und bei möglichst wenig Licht. Für mich wäre es verlorene Zeit, die Worte, die ich las, mit den Männern im Raum zu teilen. Ich war nicht stolz darauf, lesen zu können. Ich hatte nicht gekämpft, um es zu lernen. Für mich war es eine Selbstverständlichkeit.

Mein Tun nahm keine festen Konturen an. Als ob mein

Leben eher eine passive Entdeckungsreise wäre als ein Kampf. Ich glaube nicht, daß ich die Fähigkeit zum Kämpfen habe. Ich verstehe die Regeln nicht. Eine Zeitlang hatte ich das Talent zur Unterwerfung. Aber ich gehe zu weit und werde völlig aus der Bahn geworfen.

Weil ich ein mißglückter Clown bin?

Am 17. März kamen wir von den Lofoten zurück.

Über diesen Tag sagte Mutter Karens Kalender, daß man zu Bett gehen könne, ohne Licht anzuzünden. Aber ein Brief von Dina war nicht gekommen.

Indessen hatte ich einen Kandidatenplatz im Frederiks-Hospital bekommen.

Im Mai, als ich mit Anders nach Bergen fahren wollte, um von dort aus nach Kopenhagen weiterzureisen, war immer noch kein Brief von ihr gekommen.

Jetzt würde ich wegfahren und hatte keine Adresse in Kopenhagen angegeben. Wollte sie ein Rätsel für mich sein, dann sollte auch ich ein Rätsel für sie sein. Ich wollte sie zwingen, den Weg über Anders zu nehmen.

Anders saß auf dem Kajütdach und winkte, als der Schoner, der mich mitnahm, an der »Svanen« vorbeiglitt und aus dem Stadthafen Vågen in Bergen herausfuhr. Es war Sommer, aber Anders hatte Winter im Haar, und er winkte mit dem Taschentuch, in das er sich nicht geschneuzt hatte.

»Ich habe immer etwas dagegen gehabt, mich in Taschentücher zu schneuzen«, vertraute er mir seinerzeit in meiner Kindheit an.

Dann wurde Anders' Gesicht langsam ausgewischt. Die Gestalt schrumpfte zusammen. Der leicht gebeugte Nacken. Die Schultern. Die Arme. Er hatte die neue Joppe angezogen, um der Abreise die Ehre zu erweisen. Die Jacke machte die ganze Gestalt zu einem schwarzen Fleck zwischen den Masten.

Dann wurde das Taschentuch eins mit dem Himmel.

Ich hatte das Gefühl, daß ich der Erwachsene war, der verließ, und Anders der Junge, der zurückbleiben mußte.

Vielleicht war es gar nicht wichtig, wer Vater war und wer Sohn.

Das Wichtigste war, nicht verlassen zu werden.

Man konnte sich darüber wundern, daß Anders nicht gefragt hatte, ob Dina auf den Brief geantwortet hatte. Oder versucht hatte, mich von der Reise nach Kopenhagen abzubringen.

Jetzt mußte Anders nach Hause. Die Abende wurden dunkler. Das Hauptgebäude auf Reinsnes würde groß und öde sein. Mit dem hohlen Echo von einsamen Schritten in den zugigen Gängen. Dann kam der heimatlose Wind, der mit allem wütete. Mit Kleinem und Großem. Und leere Zimmer mit dumpfen Lauten aus der Anrichte und der Küche. Beißende Kälte auf den Scheiben. Am schlimmsten in den Zimmern, in denen keiner wohnte. Er würde zwischen den Toten und den Lebenden einhergehen. Aber er hatte niemanden, der für ihn die Ofenwärme zum Leben erweckte.

Ich hatte selbst ein paarmal ihre Hutschachtel zum Ufer getragen und sie auf dem Meer verschwinden sehen. Es war Sommer gewesen. Trotzdem hatte ich mich jedesmal beinahe totgefroren.

Man konnte sich nur darüber wundern, wie Anders es überlebte.

Kopenhagen im Juli war ein heißer Zustand.

Ein paar Tage saß ich in der Bredgade hinter vorgezogenen Gardinen und frischte mein Wissen auf, um auf meine Kandidatentätigkeit im Frederiks-Hospital vorbereitet zu sein.

Zwischendurch mußte ich auch mal an die Luft. Es endete in einer der Kneipen im Umkreis des Regensen. Ich traf wenig Bekannte. Die Studenten arbeiteten entweder, oder sie waren auf dem Land. Aksel war zu Hause bei seiner Pfarrersfamilie.

Man konnte es bedauern, daß man mitten im Sommer nach Kopenhagen gefahren war. Aber ich machte das Beste aus der Sache. Lernte, schlief und trank Bier.

Eines Vormittags unternahm ich das Unmögliche.

Wechselte das Hemd, zog mich standesgemäß an und ging zum Professor, um einen Besuch zu machen. Das war nicht ganz in Ordnung, weil Aksel nicht mitkam. Aber ich hatte die Vorstellung, daß man sich als Kandidat im Frederiks-Hospital solche Dinge erlauben könne. Vielleicht fand irgendwo ein Sommerball statt, zu dem mir dieser Besuch Zugang verschaffte. Oder ich konnte vorschlagen, daß Sophie und Anna mit mir ins Tivoli gingen.

Ein Hausmädchen, das offensichtlich neu war, starrte mich neugierig an, als sie aufmachte. Nein, der Herr Professor sei im Hospital und die gnädige Frau und die Damen seien auf dem Land.

Ich wollte nicht fragen, wo »das Land« war. Es war auch egal. Dort konnte ich sowieso nicht auftauchen.

Nachdem ich mich dem Selbstmitleid und der Einsamkeit zur Genüge hingegeben hatte, ging ich eines Abends in die Store Strandstræde, um nach Karna zu fragen.

Großmutter Dons kam an die Tür. Sie hatte ein unbestimmbares Alter, eine müde Stimme und ein ausgemergeltes Gesicht. Aber ihre Bewegungen waren flink und die Augen auch. Eigentlich war sie zu alt, um so hart zu arbeiten. Sie trug Zeitungen aus. Kehrte die Straßen. Wusch für die Leute. Und tröstete sich mit einer alten Tonpfeife, wenn sie Zeitungen verkaufte oder fünf Minuten auf der Treppe in der Sonne saß.

Jetzt erzählte sie, daß Karna das Glück gehabt hatte, auch in diesem Sommer im Frederiks-Hospital als Nachtwache arbeiten zu können. Wenn alles normal lief, würde sie morgens nach Hause kommen und ein paar Stunden schlafen.

Eine vage Freundlichkeit lag in der Stimme. Ich war lange weg gewesen.

Karna? Hatte ich an sie gedacht, als ich zu Hause war?

Jetzt wurde sie eine Notwendigkeit. Ich mußte sie sehen. Ich machte mir Mut und spazierte noch am gleichen Abend zum Hospital.

Ging durch die Grünanlage, so daß ich sehen konnte, ob die älteren Pflegerinnen mit ihrem Kakao draußen saßen und die Abendruhe genossen. Dann bestand die Aussicht, daß Karna auf dem Zimmer allein war oder in der kleinen, abgeschirmten Ecke des Krankenzimmers saß.

Sie saßen auf Bänken und Stühlen um einen kleinen Tisch mit gedrechselten Beinen. Die Tassen mit Tee oder Kakao standen ordentlich zwischen Stickerei und Strickzeug. Hätte man nicht gewußt, daß dahinter das Hospital lag, hätte man glauben können, daß es eine Anstalt für Frauen in blauen Uniformen war. Die Haarknoten und die Zöpfe waren korrekt oben auf dem Kopf befestigt, aber die Schürzen waren nicht immer ganz sauber.

Wenn man die Stimmen und das Lachen hörte, wußte man, daß die Schwestern getarnte Frauen waren.

Ich setzte eine selbstsichere Miene auf, als ob ich einen bestimmten Auftrag hätte. Aber ich zog es doch vor, das Gebäude durch den Hinterhof zu betreten. Nur einmal sah ich eine von den alten Schwestern den Korridor überqueren. Da blieb ich stehen und tat so, als ob ich auf jemanden wartete. Es hatte keinen Sinn, sich der Examination solcher Frauen auszusetzen. Sie waren schlimmer als Oline. Auch wenn sie nicht vorhatten, mit »der antiseptischen Entwicklung«, wie der Professor es nannte, Schritt zu halten, so waren sie die reinsten Drachen in bezug auf die Disziplin.

Die Großmutter hatte erzählt, daß Karna im Dachgeschoß auf »XY« arbeitete. Ich kannte die Abteilung. Man gelangte über eine schmale, steile Treppe dorthin. Es ging die Geschichte um, daß ein frisch operierter Patient aus dem Korb und drei Treppen hinuntergefallen war, weil man vergessen hatte, den Deckel aufzusetzen. Zum Glück befand sich der Patient bereits in einem Hospital.

Das Dachgeschoß hatte zwei Krankenzimmer. Eines für Frauen und eines für Männer. Soweit ich mich erinnerte, standen in jedem Zimmer nur drei Betten. Hier lagen die Patienten mit ansteckenden Krankheiten oder Deliriumspatienten.

Ich erinnerte mich auch, daß die Oberschwester die Liebenswürdigkeit selbst war und daß sie zum Abendessen Apfelkuchen buk, falls sie Zeit hatte. Das ging auf dem Herd in dem dunklen Gang vor sich.

Ganz richtig, es duftete bereits unten nach gebackenen Äpfeln.

Sie stand am Herd. Karna! Halb verborgen hinter einem Kleiderschrank und einer Kommode, für die in der »Stube« sicher kein Platz war. So nannte man den kleinen Abstellraum in der Ecke des einen Krankenzimmers, über den die Schwestern verfügten.

Als ich oben war, duftete es nicht nur nach Äpfeln. Der Geruch nach Kot und Urin war deutlich wahrzunehmen. Die Eimer wurden nicht vor Mitternacht geleert, und das war am Ende eines langen Tages.

Es war nicht so schlimm, daß man es nicht aushalten konnte. Das bedeutete, keiner der Patienten litt an Durchfall.

Ich betrachtete ihren Rücken und ihre Taille. Sie hatte mich nicht kommen hören. Ein ausgiebiger Husten aus dem einen Zimmer übertönte alles. Die Uniform war zu groß und das Halsbündchen zu weit, und die Schürzenbänder waren zu lang. Trotzdem sprangen ihre Formen mir willig entgegen. Sie hatte die Haare unter dem Kopftuch hochgesteckt, so wie ich sie von dem Feldlazarett in Erinnerung hatte.

Ich war gerührt und erregt zugleich. Wer weiß, wie so etwas möglich ist. Aber ich bekam eine rohe Lust, sie von hinten zu nehmen, und gleichzeitig weinte ich beinahe.

Die Tür zu dem einen Zimmer stand einen Spalt auf. Das Licht der grünen Lampenschirme warf den Schein hinaus in den dunklen Gang. Man konnte sich einbilden, daß Karna in einem einsamen grünen Wald stand und darauf wartete, daß ich sie von hinten nahm.

Eine graue Katze schmiegte sich an ihre Röcke und miaute zu mir hin. Da drehte sie sich um und sah mich. Ich weiß nicht, ob sie froh aussah, aber sie lächelte.

Jemand räusperte sich und spuckte inbrünstig da drinnen unter dem grünen Lampenlicht.

»Du?« sagte sie.

»Ja«, sagte ich.

Es war immer so mit Karna. In dem Augenblick, wo ich mit ihr allein war, wurde sie ein Zustand. Eine Kraft im Körper. Ich schaffte es nicht, sie von meinem eigenen Körper zu trennen, ehe ich sie gehabt hatte.

»Wie bist du hereingekommen?«

»Über den Hinterhof. Durch Stapel von Becken und blutigen Laken«, flüsterte ich lüstern.

»Sie kann kommen!« sagte sie, als ich mich an sie drängte und sie um die Hüften faßte.

»Sie« war die Krankenschwester.

»Sie sitzt im Hof, stickt und trinkt Kakao«, sagte ich.

»Du lügst! Sie hat Kopfschmerzen und ist nach Hause gegangen, um zu schlafen. Ich muß die Äpfel servieren«, sagte sie ruhig und legte den Arm um meinen Hals.

»Ich warte«, sagte ich, den Mund dicht an ihrem Mund.

»Nein, du kannst nicht hierbleiben. Meine Vorgängerin wurde vor die Tür gesetzt, weil sie Herrenbesuch hinter dem Herd hatte, als die Schwester ein Nickerchen in der ›Stube‹ machte.«

Sie flüsterte und legte die Arme fester um meinen Hals.

»Es wird keiner glauben, daß du so etwas wagst«, sagte ich.

Augenblicklich war ich wie besessen. Sie hinter dem Schrank hier auf dem Dachgeschoß zu nehmen.

Es war wieder ein Gehuste und Geräuspere drinnen in dem Krankenzimmer. Jemand war auf der Treppe, aber die Schritte verhallten eine Etage tiefer. Rasch löste sie sich von mir und verschwand mit den Äpfeln. Aber erst hielt sie mir noch eine glühendheiße Apfelscheibe an die Lippen, so daß ich zurückfuhr.

Die Toiletteneimer waren geleert, und der Lärm der schweren Wagen mit den Tonnen war längst verebbt. Eine Zeitlang fristete ich ein mucksmäuschenstilles Dasein auf einem Stuhl hinter dem Schrank, während Karna mit Becken, Spucknäpfen, Uringläsern und mit Lappen voller Schleim, Blut und Rotz hin und her lief.

Mit erregter Freude betrachtete ich ihren Körper, wenn sie durch die Türen ging. Das grüne Lampenlicht berührte das blaue Nachtlicht aus den kleinen Dachluken. Wenn das Licht die Wand traf und die Kakerlaken in ihrem Lebensgenuß gestört wurden, flüchteten sie in großen Horden in die Ecken. Meine Erregung vermischte sich mit den Kakerlaken. Die Katze saß indessen ruhig auf meinem Schoß. Einmal erhob sie sich und drehte sich. Auf meinen Eiern und dem arbeitenden Glied.

Dann war die Schwester überraschend zurückgekommen. Aber es war dunkel genug im Gang, so daß ich zwischen dem Bettzeug verschwand, das hinter dem Schrank hing. Die Katze wollte mich gerade verraten. Aber sie bekam einen freundschaftlichen Stoß, damit sie begriff, daß ich allein bleiben mußte.

Die Alte seufzte und klagte über ihren Kopf und fragte, ob alles in Ordnung sei. Karna zwitscherte ein langgezogenes Ja und meinte, daß sie für den Rest der Nacht ausgezeichnet allein zurechtkäme.

»Die Vorschriften ...«, seufzte die Alte und machte ihre Runde durch die Zimmer.

Falls ich jetzt nicht ging, bestand die Gefahr, daß sie mich entdeckte, wenn sie wieder auf den Gang kam. Deshalb rannte ich hinunter und versteckte mich unter der Treppe.

Trotz der Vorschriften war die Alte auf unserer Seite und kehrte zurück zu irgendeinem Bett irgendwo anders.

Schließlich konnte ich hören, daß es von zwei Stellen hinter der Wand schnarchte. Die Patienten schliefen. Bald würde ich ein entlassener Gefangener sein! Das Leben bekam augenblicklich einen Sinn.

Karna erschien in der Tür und hielt die eine Hand vor den Mund und winkte mir mit der anderen. Ich zeigte hinter den Schrank. Ich hatte an den gedacht. Die Becken etwas wegschieben und Karna auf die Bank legen mit der Öffnung zu mir. Die Bank hatte die richtige Höhe. Eigentlich würde es ganz brav aussehen, ihre Röcke um mich drapiert.

Aber sie wollte nicht dorthin. Sie führte mich in das eine Krankenzimmer, vorbei an einem Wandschirm, den sie vorsorglich schon vor das einzige Bett, in dem ein Patient lag, gestellt hatte. Er schlief unter der grünen Öllampe.

Dann waren wir in der »Stube«. Eine dunkle Ecke mit Karna.

Es war lange her seit dem letzten Mal. Sie roch nach Breiumschlag und Arnika, gebackenen Äpfeln und frischem Schweiß. Mit einem gefährlichen Nebengeruch nach Eiter und süßem Blut. Geheimnisvoll und inwendig. Frisch und feucht.

Ich schnappte nach Luft.

Wir hatten genau das, was wir für diesen Anlaß brauchten. Ein Sofa an der Wand. Den Tisch und den Stuhl brauchten wir in dieser Nacht nicht. Sie wollte nicht auf dem Tisch genommen werden. Er hatte wohl auch zu schwache Beine.

Wir schwammen in Atem und Aussonderung in der »Stube« auf dem Dachgeschoß. Zwei Ellen breit und fünf Ellen lang mit dünnen Wänden rundum. Wir wagten nicht, viel Umstände mit dem Aus- und Anziehen zu machen. Mit präziser Findigkeit und zitternder Ungeduld kann man weit kommen.

Karna! Gesegnet sei deine völlige Konzentration, selbst dann, als der Hustenpatient sich umdrehte und uns seinen Schmerz entgegenstöhnte. Gesegnet sei deine Fähigkeit, über Wundschorf und Eiter, Blutstürze und ungewaschene Kolben und Wannen hinwegzusehen. Becken! Die mit den gemütlichen Tonschüsseln und den lederbezogenen Roßhaarrändern. Sie wurden nie ganz sauber, weißt du noch, Karna!

Du hast mich als Kandidat im Frederiks-Hospital eingeweiht. Du hast das fertiggebracht. Sogar nachdem ich bei Bang behauptet hatte, daß »das Rückenmark der Schwanz des Gehirns« sei, hast du es fertiggebracht.

Karna!

Später bekam ich Selbstvertrauen. Und dreihundert Reichstaler als Kandidatenentgelt. In dieser Nacht sagten wir nicht viel. Der Ort war nicht zum Reden geeignet. Die Zeit gehörte dem Handeln.

Einmal flüsterte ich ihren Namen. Das war zuviel. Sie verschloß meinen Mund und ritt mit mir davon.

Nachher schlich ich die Treppe hinunter, leicht wie ein Nachtschwärmer. Hie und da taumelte ich in der Dunkelheit zwischen dem grünen Licht, das durch die Türspalten fiel. Zwischen den Gerüchen und möglicher Entdeckung. Und war glücklich, weil ich in Kopenhagen war.

Karna! Das war, bevor ich anfing, wie ein Alter zu denken.

Es war, bevor ich dir das Leben nahm.

Es war die Zeit, als ich noch immer von einem Brief von Dina träumte.

Manchmal wachte ich morgens auf und konnte ihn auswendig. Aber mit der Post kam nichts.

Statt dessen kam der Herbst. Ich würde nicht nur ein Nachtschwärmer im Dachgeschoß des Frederiks-Hospitals bleiben. Ich gehörte auch zu den glücklichen Auserwählten, die sich zum Kandidatendienst melden sollten.

Der gleiche Pförtner, an den ich mich schon aus meiner Volontärzeit erinnerte, saß in seinem kleinen Holzhaus und paßte auf. Er sah aus, als ob er seit unserer letzten Begegnung seinen Lebensfaden abgeschnitten hätte, aber er funktionierte sofort wieder, als er mich erblickte. Es war alles unverändert.

Auch der Fleck auf seiner Jacke. Die Frage und der Tonfall waren genau wie früher.

»Was hat Er in seiner Tasche? Wo will Er hin? Ist Er angemeldet?«

Man konnte grinsen, wenn man es über sich gebracht hätte. Er war nicht so furchteinflößend wie beim ersten Mal, als ich durch das Eisengitter ging. Ehe ich das Examen abgelegt hatte. Damals hatte ich den Pförtner gegrüßt, als wäre er des Königs nächster Leibwächter. Jetzt sagte ich nur: »Ich muß hinauf zum Oberarzt in der Chirurgie.«

Er nickte mißtrauisch, tat, als ob er mich nicht kennen würde, und fing an mir zu erklären, wie ich gehen sollte.

»Ich weiß den Weg«, sagte ich kurz.

Der Oberarzt erkannte mich wieder. Das machte mir Mut.

Ich fragte nach Aksel. Erfuhr, daß er den Fahrplan einhielt, wie man so sagte.

Und wo war ich geboren? Der Chirurg wollte mich in seinen Papieren haben.

Als ich antwortete, sagte er, während die Feder kratzte: »Ja, ja, es ist wahr. Er ist ein Dänisch sprechender Norweger.«

Ich war nicht sicher, ob er sich über mich lustig machte. Deshalb schwieg ich.

»Sie sind also einer von den zehn, die sich morgen Punkt halb acht im Zimmer P einfinden sollen, dort wo der Gang mit den Krankenzimmern beginnt. Man legt großen Wert darauf, daß Sie durch den vorderen Hof gehen, durch den vorderen Flur und hinauf zu dem schmalen Gang neben der ›Kirche‹ und dort Ihren Mantel aufhängen. Allzuoft kommen die Kandidaten und Assistenzärzte im letzten Augenblick direkt von der Amaliegade herein, mit Mantel und allem. Das ist eine Unsitte.«

»Ich kenne die Vorschriften«, sagte ich und verbeugte mich.

»Alle kennen die Vorschriften, aber Herr Saxtorph meint, sie sollten auch befolgt werden.«

Ich sagte nichts mehr, verbeugte mich und ging zur Tür.

Jetzt war ich also drin. Reinsnes war unendlich weit weg. Anna war ein abgehauener Arm.

Wenn Karna arbeitete, schlief ich, und umgekehrt. Aber gelegentlich ging ich ins Dachgeschoß. Ein paarmal nahm sie sich meiner Not an. Aber ab und zu trocknete sie sich den Schweiß ab und verscheuchte mich. Das Dachgeschoß im Frederiks-Hospital war nicht der Ort für laute Begründungen.

Aber kleine Geschenke nahm sie an. Besonders an den Sonntagen, wenn ich mit den Geschenken zu ihr nach Hause kam. Die Großmutter betrachtete mich noch immer mit höflicher Skepsis.

Eines Tages, als Aksel und ich in der Grünanlage Kaffee tranken, sagte ich – so vor mich hin: »Anna? Wie geht es Anna?«

Er sah mich schnell an, ehe er antwortete: »Anna ist in London.«

Ich nickte und fragte nicht weiter.

Ich bekam einen Brief von Anders. Er hatte auf die Leinenfischerei gesetzt und auf das Salzen von Hering.

Das war unser Leben.

»Der Krieg ist ein natürlicher Zustand für die Menschen«, erklärte Bismarck. Er hatte den vorzüglichsten all seiner Züge geführt: Das ganze Europa dazu gebracht, sich neutral zu verhalten. Keiner half Frankreich, als Bismarck mit seinen 535 000 Mann kam und den »Triumphzug von Straßburg nach Berlin« zu einer blutigen Niederlage machte.

Man erzählte sich, daß die Kaiserin Eugénie in Paris saß und ihrem Mann untersagte, mit eingezogenem Schwanz vom Feld zurückzukehren. Ich sah es vor mir, wie der Kaiser als eine lästige Sache zwischen Kriegsausrüstung und Bagage mitgeschleppt wurde. Der kaiserliche Mantel war blutbefleckt und schäbig und der letzte Champagnerkorken längst in die Luft geknallt.

Als Bismarck den Kaiser gestürzt hatte, floh die Kaiserin nach London. Wie so viele identifizierte ich mich mit dem Kaiser und verachtete die geflohene Kaiserin.

Indessen gärte es in Paris. Es wurde behauptet, daß Bismarck gelacht und gesagt habe: »Ich gebe der Revolution in Paris gut einen Tag, ich bin auf dem Weg dorthin!«

Das war er auch. Plötzlich wurde der Weg von Paris nach Kopenhagen erschreckend kurz. Die Belagerung war eine Tatsache. Ein eiserner Gürtel. Der Paris gewiß zu einem Gefängnis machte. Wir erfuhren von Hungersnot, Kälte und Verzweiflung. Die Reichen waren längst abgereist. Die Armen blieben zurück, um ausgehungert zu werden. Der Winter war der härteste seit Menschengedenken. Es hieß, daß der Tod in Paris zwei Helfershelfer habe. Den Hunger und die Kälte. Aber es sollte noch schrecklicher kommen. Der Haß gegen die, die kapituliert und sich Bismarck ergeben hatten, führte zu einem Patriotismus, der sich gegen die Nationalversammlung und die reichen Bürger richtete.

Die Kommunen wurden das Sesam-öffne-dich der Armen. Es zeigte sich, daß die Bürger schlimmer waren als die Soldaten. An dem Maitag, als die Versailler Truppen in Paris einmarschierten, wurde der Wahnsinn zur Tatsache. Wie wenn man mit einer riesigen Fliegenklatsche in einen Mückenschwarm schlug. Ein Mann war nicht mehr wert als seine Schuhe und die Knöpfe an seiner Uniform. Versailles erschoß seine Gefangenen, und in Paris erklärte man, daß man für jeden erhoben getragenen Kopf drei im Namen der heiligen Rache abschlagen würde. Paris stand in Flammen.

Zerstört, denn das Leben ist kurz! Danach kommt das Glück in einer neuen Gesellschaft!

Zuletzt erklärte die Nationalversammlung, daß Thiers ein Held sei. Er hatte dreißigtausend Menschen liquidieren lassen.

Indessen ging ich vom Frederiks-Hospital zur Bredgade wie ein Eremit in einen Turm ohne Fenster. Das einzige, was mich wirklich beeindruckte, war der Alptraum, daß Dina in Paris war. Ich sah sie vor mir auf dem Friedhof Père Lachaise in einem Haufen Leichen nach einer Hinrichtung.

Nacht für Nacht sah ich, wie sie versuchte, sich aus dem Leichenberg auszugraben. Langsam, aber sicher wurde sie wieder hinuntergezogen. Schließlich ragte nur noch ein Stück von einem Fuß heraus.

Ich kann mich nicht erinnern, daß ich es jemals bemerkt hatte, aber ich mußte es bemerkt haben. An ihrem rechten kleinen Zeh fehlte der Nagel.

Allmählich bekam ich ein engeres Verhältnis zu meinen Träumen als zu dem, was im Hospital vor sich ging.

Das ganze Leben drehte sich jetzt um verschiedene medizinische Probleme: um das neue Schlafmittel Chloralhydrat und dessen Segnungen für die Menschheit und die medizinische Wissenschaft. Äthernarkose. Oder das Thema Syphilis. Deren primäre, sekundäre und tertiäre Symptome. Nüchterne Tatsachen, daß die syphilitischen Manifestationen im Nervensystem und im Kreislauf nicht ausreichend bekannt waren und somit die Behandlung unzulänglich war. Man konnte eine Quecksilbersalbe äußerlich anwenden. Oder Calomel innerlich. In beiden Fällen wollte man einen Speichelfluß hervorrufen, so daß der Patient mindestens 15, höchstens 25 Tage 3-6 Pfund zähflüssigen Speichel pro Tag ausschied.

In der Nacht, als Dinas Fuß in dem Leichenhaufen verschwand, gestand ich im Traum den Mord an dem Russen. Der Lensmann nahm es wie erwartet. Er wurde wütend, weil er einen solchen wie mich in der Familie hatte.

Am nächsten Morgen machte ich mit der ganzen Meute die Morgenrunde durch die Krankenzimmer und entwarf einen Plan, wie ich die Gerichtsverhandlung überstehen könnte. Auf Nr. 2 lag ein junger Mann mit einem verletzten Bein. Er war sicher auch in meinem Traum dabeigewesen, denn er sah miserabel aus.

Die Bettdecke wurde zur Seite geschoben, und einer der neuen Studenten vom Herbstsemester wurde dazu bestimmt, das Bein hochzuhalten. Warmer Dampf und unbeschreiblicher Gestank schlugen uns entgegen. Aksel sollte einen neuen heißen Breiumschlag machen. Aber erst mußte die große Beule auf der Wunde begutachtet werden. Der Professor drückte eine Menge grünen Eiter aus.

Der Student, der das Bein hielt, fing leicht an zu schwanken. Ich stand auf der anderen Seite des Bettes, so daß ich nicht reagieren konnte. Aber ich hatte noch Zeit zu denken: Er braucht nur umzufallen. Dann ist er erledigt.

Wir hörten ein übles Geräusch, als der Student unsanft auf dem Boden aufschlug.

»Tragt ihn hinaus!« sagte der Oberarzt.

Gesagt, getan. Wir hörten nie wieder etwas von ihm. So einfach war das. Nur umfallen.

Ich stellte mir meine Gerichtsverhandlung so ähnlich vor wie das lange und langweilige Dozieren über Lungentuberkulose, welche nur durch Asphaltöl geheilt werden konnte. Wenn man früh genug zur Behandlung kam!

Ich spürte bereits im voraus die kalte Verachtung für die Richter. Die meine Aussage natürlich glauben würden.

Das war egal. Zuchthaus oder Tuberkulose. Ich schob es von mir fort wie eine Leidensposse. Menschsein war Leiden. Und Lächerlichkeit. Ich konnte nicht damit rechnen, daß ich davonkam.

Eine Zeitlang benutzten die Studenten und Kandidaten die

Pausen dazu, in den Korridoren an den Wänden herumzulungern und über den Neandertaler zu reden. Ich hatte keinen Sinn für diese Art von Diskussionen um der Diskussion willen. Es schien mir so oberflächlich, in einem Korridor zu stehen und seinen offenkundigen Mangel an Wissen zu disputieren. Es war nichts, wofür zu leben oder zu sterben sich lohnte. Meine Ziele waren einfach, aber wahrhaftig, glaubte ich.

Ich weiß nicht, wann es mir zum ersten Mal bewußt wurde, daß der Russe zu mir zurückgekehrt war. Durch Dina. Durch die Gerichtsverhandlung. Die Alpträume waren oft unklar. Eines Nachts war ich ein Insekt, das versuchte, unter Haufen von altem Laub zu kommen, um sich zu retten. Wie ich auch krabbelte, es half so wenig.

Sie schrieb nicht! Warum, zum Teufel, schrieb sie nicht? Hatte ich ihr jemals etwas getan? Außer dem einen, für das ich nichts konnte: Daß ich einmal sah, was sie tat?

Anfangs vermischte ich meine grotesken Angstträume mit dem Redestrom der Professoren. Oder ließ sie sich vermehren zwischen den Zeilen in F. L. Bangs Lehrbuch »Praxis medica systematice exposita.« Es war von 1789 und hoffnungslos veraltet. Ich las es wie eine Kuriosität, um ein paar Zitate zu haben, mit denen ich auf den Tisch schlug, wenn ich die totale Torheit der Welt dokumentieren wollte. Es paßte zu meiner Gemütsverfassung.

Alles drehte sich um theoretische Krankheiten und absoluten Tod. Die Natur, die Bäume, die Blumen, die Tiere waren eine Utopie. Man sah ja auch nicht viel von ihnen zwischen dem Pflaster und den hohen Steinhäusern. Selbst die großen Bäume in den Parks und den Alleen waren bereits tot. Es brauchte nur noch ein Krieg zu kommen. Der Funke von einem Streichholz. Dann waren nur noch verkohlte Reste übrig. Es faszinierte mich. Ich schaute bei Bränden und Straßenschlägereien zu, suchte tragische Zeitungsüberschriften wie ein alter Zuhälter, der um die Freudenhäuser herumstreicht, lange nachdem alle Freude und aller Profit verschwunden sind.

Es war im Oktober 1871.

Karna und ich führten nicht viele Gespräche. Das heißt: Sie führte keine Gespräche. Nicht mit Worten. Die Augen taten es. Und die Hände.

Aber an diesem Tag führten wir eine Art Gespräch. Später wurde es ein gewisses Fazit für mich.

Es war ein sehr früher Sonntagmorgen. Wir kamen vom Frederiks-Hospital. Es regnete. Sie war nachts im Hospital gewesen, und ich hatte mit Aksel und ein paar Kandidaten herumgesoffen und wollte ihr die Freude machen dazusein, wenn sie aus der Pforte trat.

Die morgengrauen, leeren Straßen rochen nach Herbst. Ich hatte die Hände tief in den Taschen vergraben, und die Jacke war offen. Die Hemdbrust war bereits naß. Es tropfte von meinen Schultern. Von der Nase und den Haaren.

Sie ging unter einem großen, kaputten Regenschirm. Aber ich hatte abgelehnt. Wenn man mit Karna unter einem Schirm ging, mußte man ein Schlangenmensch sein. Sie bewegte sich so ruckartig wie ein unruhiges Tier. Plötzlich konnte sie stehenbleiben, so daß man riskierte, eine Stange von dem Schirm ins Auge zu bekommen.

Ich versuchte, an das Gespräch über Krieg und Frieden, das ich in den Kneipen geführt hatte, anzuknüpfen. Das spielte sich so ab, daß ich redete und sie zuhörte und sich ihr Teil dachte.

»Ich habe nie verstanden, daß Menschen Feinde haben können«, sagte ich.

»Je mehr ich die Menschen kennenlerne, desto weniger verstehe ich das Wort ›Feinde‹«, fuhr ich fort.

Sie blieb stehen und sah mich an, als ob ich sie um eine Stellungnahme bäte, inwiefern der Regen ein gerechtes Phänomen sei. Dann holte sie ein Taschentuch heraus und schneuzte sich langsam, während sie den einen Fuß vorsetzte und den Schuh betrachtete, an dem sich die Sohle gelöst hatte. Studierte ihn eingehend. Dann kam es: »Hast du etwas zu essen?«

»Ja. Hast du Hunger?« sagte ich verwirrt.

»Hast du ein Bett und Lebensmittel?«

»Ja ...«

»Niemand schlägt dich?«

»Nein ...«

»Wie kannst du dann das Wort Feind verstehen?«

Sie hatte mich schon früher irritiert. Durch ihre praktische, absolute Art. Sie konnte stundenlang schweigen, um plötzlich mit ihren erdnahen Thesen um sich zu werfen. Für die man keine Gegenbeweise fand.

»Aber ich habe das Grauen des Krieges gesehen«, sagte ich mürrisch.

Sie schwieg und ging weiter.

»Wenn du keine ethischen Probleme diskutieren willst, weil du eine Frau und nicht belesen bist, bitte sehr. Wir können gerne fortfahren zu schweigen. Oder über Geschwüre und Diarrhö und verstümmelte Körper reden«, sagte ich beleidigt.

»Hat dir niemals etwas gefehlt, Benjamin?«

»Wie meinst du das?«

»Wenn du über dein Zuhause sprichst, über das Studium, über ... über alles, dann hat man den Eindruck, daß du das Ganze nur aus Neugierde tust. Nicht, weil es notwendig ist.«

Ich starrte sie an. Sie attackierte mich, als ob ich ein verwöhnter Laffe wäre. Hatten wir nicht zusammen die Menschen sterben sehen?

»Jedesmal, wenn ich mit dir diskutieren will, greifst du mich an. Persönlich!«

»Entschuldige!« sagte sie.

Die Stimme war müde. Ihre Schritte warfen sich mit großer Kraft auf das nasse Pflaster und wurden als kleine Schläge in meine Ohren zurückgeschickt.

»Hast du Feinde, Karna?«

»Ja.«

»Ich meine nicht Menschen, mit denen du Streit hast. Sondern richtige Feinde! Von denen du dir vorstellen könntest, daß sie dich umbringen!«

»Ja.«

»Wer?«

Sie ging einfach weiter. Ich blieb stehen und faßte sie am

Arm. Es tropfte gleichmäßig auf uns herab. Ihr Rocksaum war völlig durchnäßt. Die Haare hingen ihr trotz des Regenschirms naß ins Gesicht. Die Augenwimpern waren zu winzig kleinen Bündeln zusammengeklebt, aus denen es auf die Wangen tröpfelte.

Für einen Augenblick verlor ich die Fassung. Irgendwie wußte ich, daß ich mich immer daran erinnern würde: Karnas Augenwimpern, schwer vom Regen.

Manchmal hat man das Gefühl, daß Dinge, die man sieht oder erlebt, nur die Wiederholung dessen sind, was man früher schon erlebt hat. Ohne daß man es verstehen oder erklären kann. Ich wußte, daß ich Karnas zusammengeklebte Wimpern wieder erleben würde. Oder mich so deutlich an sie erinnern, daß es zu einem Erlebnis wurde.

»Wer?« wiederholte ich.

»Das ist eine lange Geschichte«, sagte sie nur.

»Erzähl!« sagte ich.

»Nein, jetzt nicht.«

»Warum nicht?«

»Es regnet. Ich friere.«

»Und wenn es nicht regnen würde?«

»Benjamin, ich bin müde.«

Ich schwieg. Na schön. Sie war müde.

Die Kirchturmuhren fingen an zu schlagen. Sechs Schläge. Sie antworteten sich in ungleichem Takt und mit ungleichen Stimmen. Wir gingen wie immer über den St. Annæ Plads, wenn wir vom Hospital kamen. Die Stadt war bereits auf den Beinen.

Als wir in die Store Strandstræde einbogen, stürzte der Tag aus Treppenhäusern, Fenstern und Türen heraus. Ein Arm hier, ein Fuß da. Ein unbeteiligtes Gesicht unter Hut, Schirm, Haar.

Tag und Nacht mischten Gerüche. Gestank. Ein nächtens gefüllter Eimer wurde in den Rinnstein geleert, als wir vorbeigingen. Gleichzeitig stürzte eine neugeborene Lichtsäule zwischen den Häuserreihen hernieder.

Es mußte die Lichtsäule gewesen sein, die mich an Dinas und Anders' Hochzeit denken ließ. Das Omen der Kirchenglocken zwischen den Steinwänden. Das Dach war so ewig weit weg. Die Orgel. Sie brauste nicht, wie es in den Büchern stand. Sie donnerte. Ich hatte einen Vater bekommen! Ich hatte auf der vordersten Bank gesessen und Dina und Anders durch die Kirche kommen sehen. Sie waren beide blaß. Totenblaß. Dinas Augen waren ohne Pupillen. Verschwanden in den Lichtsäulen, die durch die Fensterschächte fielen. Das Laub von den großen Bäumen draußen warf Schatten auf die beiden, als sie vom Altar herunterschritten. Sie hielten einander an den Händen, während die Schatten über ihre Gesichter tanzten.

Ich hatte in der Kirche gestanden und mich danach gesehnt, daß Anders und Dina und ich zusammen lachen würden.

Ich glaube, ich habe es noch nicht aufgegeben.

Deshalb faßte ich Karna am Arm und beugte mich unter den ramponierten Schirm. Genau über meiner Stirn war ein Loch.

Sie sah mich an. Ernst, ein wenig leer. Vielleicht hätte ich sie fragen sollen, wie es ihr ging. Fragen, ob sie trotz allem froh darüber war, daß kein Krieg mehr in Dänemark wütete. Fragen, ob ich etwas für sie tun könnte. Aber sie hatte ja gesagt, daß sie müde war.

Die Kirchenglocken hörten auf zu läuten. Auch wir schwiegen. Ich wollte, daß sie mit mir redete. Kirchenglocken brachten mich immer auf absurde Gedanken. Jetzt verfiel ich darauf, daß ich sie nach dem Abendmahl fragen konnte. Ich hatte es immer erschreckend gefunden, daß die Leute das kleine Stückchen Brot und den kleinen Schluck Wein aus dem Kelch bekamen. Daß der Pfarrer ihnen befahl, Jesu Leib zu essen und sein Blut zu trinken.

Sie sahen auch alle unglücklich aus, wenn sie vom Altar in Reih und Glied herunterkamen. Sie sollten ihrer Sünden ledig sein. Aber sie sahen so aus, als ob sie zum Tode verurteilt wären. Wußten sie, daß es nicht so leicht war?

»Bist du zum Abendmahl gegangen?« fragte ich Karna.

Sie sah mich verwirrt an.

»Warum fragst du das?«

»Ich denke an die Kirche zu Hause.«

»Wie?«

»Ich denke an die Sünde.«

»Wessen?«

»Meine«, log ich. »Glaubst du, daß es möglich ist, Vergebung für seine Sünden zu erlangen?«

»Ja, aber es ist so lästig ... Dafür in die Kirche zu gehen.« Sie seufzte.

»Ja«, sagte ich.

»Falls Frauen sich die Sache mit dem Abendmahl ausgedacht haben, damit ihnen ihre Sünden vergeben werden, hätten sie die Kirchen mit langen Tischen und Bänken ausstatten sollen, wo man sich hätte hinsetzen und ausruhen können und spüren, wie die Sünden sich allmählich verflüchtigen. So wie es jetzt ist, ist es kurz und kalt. Ungefähr wie ein Samenerguß!«

Es war nicht das erste Mal, daß sie so etwas sagte. Nicht einmal Cecilie pflegte derartiges von sich zu geben.

»Aber Karna!« sagte ich verärgert. Dann fing ich an zu lachen. Erleichtert, weil sie mir einen Grund zum Lachen gab. Sie lachte nicht.

Wir waren an ihr Tor gekommen. Sie machte den Regenschirm zu und schüttelte ihn kraftlos. Die Adern an den Händen waren blau und deutlich sichtbar unter der hellen Haut. Wir gingen durch das enorme, erbärmliche Tor.

Der Hinterhof war voller Gerüche. Gebratenes Fleisch, Morgenkaffee, alter Abfall. Die Wäscheleinen der Bewohner waren über unseren Köpfen von einem Fenster zum anderen gespannt. Irgendwo oben gegen den Himmel sah ich ein ganzes Bündel Lappen im Regen hängen. Da fiel mir ein, daß Karna vielleicht so schlecht gelaunt war, weil sie ihre Tage hatte.

In dem Augenblick riß der Himmel auf und baute rote Nester in den Lappen. Es war wohl das zweite Mal in diesem Monat, daß sie rot gefärbt wurden.

Als ob sie meine Gedanken erraten hätte, sagte sie tonlos: »Du kannst nicht mit hereinkommen. Ich muß schlafen.«

Ich wollte sie umarmen, aber sie entzog sich mir und hob gleichzeitig das Gesicht zu mir auf. Trotzig. Einen Augenblick glaubte ich, daß es der Regen war. Dann sah ich es. Sie weinte.

Ich hätte sie fragen können. Ob sie wegen irgend etwas

unglücklich war. Ob es mit mir zu tun hatte. Aber ich fragte nicht.

Ich hörte ihre Schritte. Sah ihren Rücken. Er war gebeugt unter dem schäbigen Mantel. Die kaputte Schuhsohle schlurfte leicht. Es hörte sich an, als ob jemand hinkte.

Eine leichte Brise ließ die Lappen auf der Schnur ein wenig zittern. Es hatte aufgehört zu regnen.

Es ist ein seltsamer Gedanke, daß ich, wenn ich gefragt hätte, mich vielleicht damit hätte abfinden können. Aber wahrscheinlich hätte ich es nicht gekonnt.

Schon lange hatte sie bei allem, was ich plante, nicht mitgemacht. Meine ernsten theoretischen Gespräche ertranken in ihren alltäglichen Problemen und Tätigkeiten. Jedesmal, wenn ich das Ganze auf ein höheres Niveau heben wollte, war es das gleiche. Wir sprachen nicht die gleiche Sprache. Das heißt, ich glaubte, daß ich es versuchte.

Ich war naß und müde, ging aber direkt in Peters Kneipe und ließ meine Kleider am Körper trocknen, während ich ein ordentliches Frühstück verzehrte.

Im nachhinein ist es leicht, sich auszurechnen, daß sie an diesem Abend von dem Kind wußte. Ich ahne nicht, ob sie mich liebte. Darüber sprach sie nicht. Ich auch nicht. Womöglich ging es ihr wie mir. Man kann nie wissen, was Liebe und was Einsamkeit ist.

Ich erfuhr auch nie, wer ihr Feind war.

Ich zwang sie zu nichts. Versprach ihr nichts. Warum sollte ich ihr Feind sein?

Ich mochte sie. Begehrte sie, ja. Aber in Wirklichkeit wußte ich nichts von ihr. Oder von ihrer Familie. Wußte nur von den zwei kleinen Räumen, in denen sie mit ihrer Großmutter und ihrem Bruder wohnte. Und nun wußte ich also, daß sie einen Feind hatte.

Sie war in vieler Hinsicht eine angenehme Bekanntschaft. Sie füllte einen leeren Raum in mir aus. Sie quengelte nicht um Schutz und Verlobung und Aufmerksamkeit.

Sie sagte nichts dazu, daß ich ihre Gesellschaft nur sporadisch suchte und die meiste Zeit mit meinen Studienfreunden verbrachte. Ich wußte überhaupt nicht, was sie dachte.

Als ich an diesem Morgen in der Kneipe saß und Schinken und Käse kaute, beschloß ich, mich eine Weile von ihr fernzuhalten. Unser seltsamer Wortwechsel hatte mich deprimiert.

Ich würde mich von ihr fernhalten, dachte ich, wenn sie es so haben wollte.

Es war natürlich ein Zufall, aber als ich an diesem Morgen nach Hause kam, lag ein Paket vor meinem Zimmer. Wie in einem gut inszenierten Schauspiel. Ich vergaß Karna.

Das Paket trug Anders' große, unregelmäßige Schriftzüge, und das Papier war sorgfältig kreuz und quer verschnürt. Anders hatte reichlich Porto bezahlt, damit ich keine Schwierigkeiten bekam.

Ich hängte meinen Mantel an einen Haken neben der Tür und entledigte mich der nassen Stiefel. Dann nahm ich das Paket mit auf den Tisch am Fenster, erbrach das Siegel und knüpfte ungeduldig die Verschnürung auf.

Eine große Blechbüchse aus dem Laden kam zum Vorschein. Tabak war darin gewesen. Anders wußte genau, daß man Waren sorgfältig verpacken mußte, damit sie nicht beschädigt wurden.

Eine eigenartige Atmosphäre übertrug sich von der Büchse auf mich. Bilder von Reinsnes. Ein Geruch erzeugte den anderen in einem endlosen Erleben. Machte mich schwindlig. Ich mußte mich setzen, während ich auspackte.

Ich war wieder ein Junge. Plötzlich stand Stines Gesicht deutlich vor mir. Die Hände, wenn sie die Wäsche zusammenlegte, die sie von der Leine geholt hatte. Getrocknet von Sonne und Wind, angefeuchtet vom Nachttau.

Der Geruch nach Stall, Heu und Erde. Die Düfte aus Olines Küche. Geruch nach Hirschhornsalz und Sauerteig. Nach Mehl und offenen Saftflaschen. Nach Reisigfeuer. Der besondere Geruch, wenn die Männer im Frühling Wasser für die Tonne im Windfang hereintrugen. Der Geruch nach Eismatsch und nassen Handschuhen, der durch die Windfangtür drang.

Plötzlich erinnerte ich mich, wie ich einmal mit der Zunge vorsichtig eiskaltes Eisen berührt hatte. Um zu beweisen, daß ich ein ganzer Kerl war. Und die Zimmer auf Reinsnes: Waffelgebäck in der hohen Stielschale. Zigarren. Der süße Geruch von Decken, die mit Zucker gestärkt waren. Staub. So leicht. Nur eine Ahnung in den Wintergardinen zur Osterzeit. Der

Flur im Dachgeschoß: Lavendel und steif gemangeltes Leinen in den Schränken. Die kleinen Körbe an der Decke, gefüllt mit Stines Rosenblättern und Kräutern. Der trockene, zuverlässige Geruch der Ascheneimer, die immer einen Deckel haben sollten. Die Toiletteneimer, ehe sie morgens geleert wurden. Geruch nach Menschen, die alle unter einem Dach wohnten. Spuren von dem, worüber alle Bescheid wußten, worüber aber niemand sprach.

Und Hanna! Süßer Schweiß und nasses Haar. Wollstrümpfe. Der frische Duft ihrer Haut. Den ich sonst nirgendwo wahrgenommen hatte. Den sie nun auf den Lofoten verbreitete.

Plötzlich wurde ich von Sehnsucht überfallen. Nach Hanna. Danach, mich wieder so aufzuführen wie damals, als ich glaubte, daß sie mir gehörte.

Mitten in den Gesichtern und Gerüchen, die aus der Blechbüchse aufstiegen, lag die Bibel. Die gleiche, die immer auf Dinas Schreibschrank gelegen hatte, ehe sie Reinsnes verließ.

Ich weiß nicht, was ich erwartet hatte. Aber zunächst war ich enttäuscht. Ich verstand nicht, warum Dina sie mir geschickt hatte, bis ich ihren Brief las, der darin steckte.

Als ich mit der Bibel in der Hand dastand, sie aufschlug und ihre Wärme spürte, als ob sie ein lebendiges Wesen wäre, sah ich die Briefe. Zwei Briefe.

Der eine war von Anders. Ich überflog ihn, bevor ich den anderen auseinanderfaltete.

Die Schrift war steil und energisch.

Zuerst war ich nicht sicher, ob es überhaupt Dinas Schrift war. Ich wünschte es. Wünschte es so intensiv, daß meine Hände zitterten. Dann war ich im Zweifel. Gestand mir ein, daß ich nicht imstande war, die Handschrift meiner eigenen Mutter wiederzuerkennen. Versuchte vergeblich, mir die Geschäftsbücher und die Bestellzettel ins Gedächtnis zu rufen. Aber ich vermochte es nicht.

An seinem Inhalt merkte ich jedoch, daß der Brief von ihr sein mußte.

Lieber Benjamin,

ich schicke Dir Hjertruds Buch, damit Du es hast und für die Nachkommen aufbewahrst. Es wäre mir sehr wichtig, daß Du herkommst, um das Cello zu holen. Es wird nicht benutzt. Auf Reinsnes ist es besser aufgehoben. Aber die Reise ist sicher zu weit.

Dina.

Der Brief enthielt keinerlei Angabe, wo ich das Cello finden konnte. Die Unterschrift war fast unleserlich, als ob sie mit Absicht verstellt worden wäre.

Die schlaflose Nacht und die Gemütsbewegung führten dazu, daß ich kaum sehen konnte. Ich lief im Zimmer auf und ab. Dann setzte ich mich hin und schrieb Dina einen Brief.

Nach einer höflichen, kalten Einleitung, in der ich für Großmutters Bibel dankte, die ich aufbewahren wollte, auch wenn ich keinen rechten Gebrauch dafür hatte, schrieb ich:

Was das Cello betrifft, so werde ich es nicht holen. Ich habe mein Examen mit sehr guten Noten bestanden und arbeite jetzt als Kandidat. Nachdem ich heute morgen Deinen Brief erhalten hatte, habe ich einen Entschluß gefaßt. Ich werde nach Hause fahren und mich beim Lensmann melden und gestehen, daß ich im Herbst 1856 den Russen Leo Zjukovskij vorsätzlich mit einer Finnenbüchse erschossen habe. Dann werde ich die Strafe auf mich nehmen. Vielleicht bekomme ich eine mildere Strafe, weil ich ja noch ein Kind war, als es passierte. Ich werde sagen, daß ich vor Eifersucht außer mir war, weil der Mann mir meine Mutter wegnahm und damit drohte, mit ihr nach Rußland zu gehen. Sie werden mir wohl glauben. Ich werde Anders unterrichten. Wenn alles überstanden ist, kannst du mit dem Cello nach Hause kommen.

Zum Schluß gab ich noch meine Adresse in Kopenhagen an, zog die nasse Jacke über und ging hinaus, um den Brief zur Post zu bringen.

Zunächst verspürte ich ein Gefühl des Triumphes. Einen Rausch. Der in Angst überging, als mir bewußt wurde, daß ich mich tatsächlich selbst verurteilt hatte.

Søren Kierkegaard! Was hatte er geschrieben? Ich erinnerte mich nicht wörtlich. Aber den Sinn hatte ich klar vor mir: Indem er sich nach innen wendet, entdeckt er die Freiheit. Das Schicksal fürchtet er nicht, denn darüber hinaus packt er keine Aufgabe an, und die Freiheit ist seine Seligkeit. Nicht die Freiheit, dies und das in der Welt zu tun, Kaiser oder König der Gegenwart zu werden, sondern die Freiheit, für sich selbst zu wissen, daß er die Freiheit besitzt ... Er fürchtet nicht, als schuldig angesehen zu werden, sondern schuldig zu sein.

Ich war nicht schuldig. Aber jetzt begann ich das Urteil der Menschen zu fürchten. Die Freiheitsberaubung des Körpers. Die Erniedrigung. Ich zitterte, als mir klar wurde, daß ich Grund hatte zu zweifeln, ob Dina mich von der Schuld erlösen wollte oder konnte. Und wenn sie es tat? Nach Hause kam? Dann würden wir beide im Urteil der Menschen zugrunde gehen.

Aber jetzt war es jedenfalls geschehen. Der Brief war geschrieben und abgeschickt. Ich hatte ihr mitgeteilt, was ich vorhatte.

Wieder zu Hause in meinem Zimmer, setzte ich mich hin und blätterte in der Bibel. Die dünnen Blätter hatten Eselsohren. Der Goldschnitt war kaum noch vorhanden. Einzelne Stellen waren unterstrichen, und hie und da steckte ein Zettel. Als erstes schlug ich das Buch des Predigers Salomo auf, das dritte Kapitel:

»Ein jegliches hat seine Zeit, und alles Vorhaben unter dem Himmel hat seine Stunde:

geboren werden hat seine Zeit, sterben hat seine Zeit; pflanzen hat seine Zeit, ausreißen, was gepflanzt ist, hat seine Zeit;

töten hat seine Zeit, heilen hat seine Zeit; abbrechen hat seine Zeit, bauen hat seine Zeit;

weinen hat seine Zeit, lachen hat seine Zeit; klagen hat seine Zeit, tanzen hat seine Zeit;

Steine wegwerfen hat seine Zeit, Steine sammeln hat seine

Zeit; herzen hat seine Zeit, aufhören zu herzen hat seine Zeit;

suchen hat seine Zeit, verlieren hat seine Zeit; behalten hat seine Zeit, wegwerfen hat seine Zeit;

zerreißen hat seine Zeit, zunähen hat seine Zeit; schweigen hat seine Zeit, reden hat seine Zeit;

lieben hat seine Zeit, hassen hat seine ...«

Am Rand, neben dem Text, standen mit einem weichen Bleistift geschrieben die Worte: »Für Benjamin, den Sohn des Glücks«.

Ich taumelte zum Bett.

Nach und nach konnte ich in dem Zimmer einen Mann weinen hören.

Ich starrte einer Schlange in die schmalen Augen. Die Schlange war Mutter Karens Bild vom Sündenfall. Der sich windende Körper legte sich zu einer Schlinge, um anzugreifen. Die Zunge spielte direkt vor meinem Gesicht. Dann spürte ich den Biß. Das Entsetzen hatte eiskalte Zähne. Es zerrte an Haut und Haaren und hauchte mich an, so daß ich mich nicht zu rühren wagte. Indessen fing das Gift an zu wirken. Ich war gefangen und außerstande, mich zu verteidigen. Der ganze Raum schwankte. Ich merkte, daß ich etwas im Schoß hielt. Hjertruds Kopf lag in meinem Schoß. Wir waren gegenseitig im Bild des anderen gefangen. Alles vollzog sich langsam und schnell zugleich. Wir fielen durch Jahre voller Ereignisse. Meine und ihre Jahre. Hjertruds Speichel sprudelte gleich Fontänen aus ihrem Mund. Am Ende jeder Fontäne balancierten Luftblasen, in denen Bilder sichtbar wurden. Dina war in den Bildern. Ich war in den Bildern. Ich wollte Hjertruds Kopf nicht in meinem Schoß haben. Und ich wollte auch nicht in Hjertruds Speichelblasen sein. Alles war nur Angst und Abscheu.

Aber ich kam nicht los. Die Blasen mit den Bildern klebten sich an mich. Das Gesicht. Meine Hände. Ich empfing und war zugleich darin.

Ich wachte kurz vor Mitternacht auf. Es war ganz dunkel. Die Konturen der wenigen Möbel zeichneten sich als düstere Schatten an den Wänden ab. Zwischen den Gardinen sickerte ein wenig Licht herein. Das Atmen tat mir weh.

Ein Traum saß noch in Kopf und Körper, aber ich erinnerte mich an nichts anderes als eine klamme Angst.

Mein Blick schweifte über den Tisch, auf dem Anders' Tabakbüchse stand. Daneben lag Hjertruds Bibel.

Sie hatte kochende Lauge über sich bekommen und war allzufrüh gestorben. Es war ein grausamer Tod gewesen. Gar nicht wirklich. Beinahe wie ein Märchen, voller Schrecken und Grauen.

Als ich einmal eine Vorlesung über Brandwunden hörte, fiel mir die Geschichte ein, und ich spürte ein leises Unbehagen. So wie man es spürt, wenn man eine Kriegsszene auf einem Gemälde betrachtet. Oder auf einem Gobelin. Verschlissene, ausgebleichte Fäden bilden das Muster aus einer anderen Zeit.

Ich wußte wenig von ihr. Außer der Geschichte von ihrem Tod. Dina hatte nie mit mir über dieses Unglück gesprochen. Sie war ja so klein gewesen. Vielleicht erinnerte sie sich nicht daran, auch wenn sie gewollt hätte.

Ein paarmal hatte Oline ein wenig erzählt. Aber da hörte es sich so an, als ob das Schlimmste an dem Unglück war, daß es so kurz vor Weihnachten passierte. Den Lensmann durfte man nach so etwas nicht fragen. Das hatte ich beizeiten gelernt. Er mußte geschont werden wegen seiner Wutanfälle, seines Kummers, seines galoppierenden Herzens und seines empfindlichen Magens.

Deswegen blieb Hjertrud eine, die kurz vor Weihnachten zu Tode verbrüht wurde, lange vor meiner Geburt.

Ich taumelte zwischen dem Bett und dem Tisch, auf dem die Bibel lag. Die Luft war Glasstaub, den ich einatmen mußte. Ich war immer noch außerhalb meiner selbst. Ich war ein Mensch, den ich nie gekannt hatte. Ein noch ungedachter Gedanke. Eine noch ungenutzte Erbanlage und gleichzeitig ein schmerzendes Geschwür der Schuld.

Ich war in Hjertruds Schmerz. In der Sehnsucht nach einem Anhaltspunkt. Nach unendlichen Jahren hatten Hjertruds Schmerz und Dinas Angst, eingesperrt zu werden, mich gefunden.

Ich hatte ihr geschrieben und es auf mich genommen. Es gehörte mir.

Ich knallte den Deckel auf das Tintenfaß, schüttelte die Gardinen und lief ziellos herum, um den Traum zu verscheuchen. Ich wollte so gern in Jacobs Bildern sein. Er mußte doch einige gute Bilder haben. Ich wollte wieder ein kleiner Junge sein und sehnte mich nach Jacob. Er sollte aus dem schwarzen Bilderrahmen herauskommen.

Aber er kam nicht. Er hatte keine Haut, keine Stimme. War nur ein ewiges Lächeln und ein flachgepreßtes, schönes Papiergesicht.

Ich hörte, daß jemand irgendwo im Zimmer nach seinem Vater rief. Oder war es nur in meinem Kopf? Die Rufe pflanzten sich in dem spärlichen, nächtlichen Licht fort. Als ob es ein Geheimnis sein sollte.

Ich behandelte den Kopf des Russen chirurgisch. Arbeitete, daß der Schweiß rann. Sägte, bohrte und nähte. Bandagierte. Dann legte ich ihn in Dinas Cellokasten und begab mich auf die Reise in unbekannte Städte, um sie zu suchen und ihr den heilen Russen abzuliefern. Ich putzte ihn heraus und rieb die Wangen, damit er eine bessere Farbe bekam. Er war viel schöner als vorher. Denn ich hatte ihm die Narbe auf der Wange wegoperiert. Es war kein Alptraum. Nur ein schweißtreibender Traum.

Ich sah ein, daß der Traum versuchte, mich genau dahin zu bringen. Sie mit den geheilten Resten von des Russen Leiche aufzuspüren.

Ich riß ein Streichholz an und entzündete damit die Lampe. Ich hatte Durst. Das Wasser in der Karaffe war alt. Aber ich trank es. Schmeckte Eisen. Blut.

Ich las den Brief aus Berlin noch einmal. Eine Weile saß ich da und beobachtete mich selbst. Von außen. Als ob ich Krankenbesuch bei einem Verrückten machte und eine Diagnose stellen sollte.

Die Enttäuschung über den Brief war nur eine krankhafte Reaktion, eine oberflächliche Entzündung des äußeren Gewebes. Die Angst, weil ich die Schuld für den Mord an dem Russen auf mich genommen hatte, war indessen unheilbar.

Mittendrin merkte ich, daß ich nicht rechtzeitig zum Dienst ins Hospital gegangen war.

Ich log mir eine Geschichte bei der Hospitalleitung zusammen, daß meine Mutter krank und allein in Deutschland war, und kaufte eine Fahrkarte nach Berlin.

Es ist möglich, daß ich den heroischen Brief bereute, in dem ich ihr mitteilte, mich wegen des Mordes melden zu wollen. Aber ich kann mich nicht erinnern, daß ich irgend etwas zugegeben hatte.

Ich glaubte, ich würde sie treffen. Sie schuldete mir eine Begegnung, ehe ich mich meldete!

Ich glaubte, wenn ich wußte, wo das Cello war, würde ich auch wissen, wo sie war.

So fuhr ich also über die Grenze in Bismarcks verhaßtes Reich. So lernte ich, daß man sich, falls man den nicht findet, den man sucht, an einem anderen rächen kann. Und so kam ich zurück mit Dinas Cello, ohne sie getroffen zu haben.

Während ich im Zug nach Kopenhagen saß, wurde sie zwischen den Schienen und Rädern plattgewalzt. Stunde um Stunde sang sie unaufhörlich: »Haß mich, Benjamin! Hasse mich zutiefst! Haß mich fort aus deinem Leben!«

Ich versuchte es in einen vernünftigen Zusammenhang zu bekommen. Das mußte ich ja. Sagte mir selbst, daß ich die alten Philosophen unkritisch gelesen hatte und bei den griechischen Tragödien hängengeblieben war. In Wirklichkeit gab es keine Tragödien. Nur Heerführer und Leichen.

Der Russe hätte die große Tragödie in meinem Leben sein können. Es hätte dazu führen können, daß Dina ins Zuchthaus geschleppt wurde. Und ich hätte als Sohn einer Mörderin auf Reinsnes gesessen.

In Wahrheit hatte mit diesem Ereignis meine Zeitrechnung begonnen. Es war das einzig Wirkliche, zu dem ich stehen mußte, egal, welche dicken Bücher ich las. Egal, welche medizinischen Geheimnisse ich würde erforschen können.

Bismarck soll gesagt haben: »Ich konnte nicht schlafen. Ich habe die ganze Nacht gehaßt!«

Ich sagte mir, daß der Haß ebenso trostlos war wie die Liebe. Sie verblaßte und verschwand in dem langweiligen Ozean von kleinen, unbedeutenden Begebenheiten, die das Menschenleben ausmachen. Zu guter Letzt ging es nur noch darum, daß man morgens aus dem Bett kam. Einen Kompromiß mit Körper und Seele einging, um sich in Gang zu halten. Manchmal erlebte man Freuden, die der Erinnerung wert waren. Während die bahnbrechenden, wichtigen Ereignisse ebenso selten waren wie die Perlen in der Muschel. Oft waren die Perlen aus einem Sandkorn entstanden, das unaufhörlich scheuerte. Manchmal wurde das neue Sandkorn herauskristallisiert und verwandelte sich in neue Perlen, ohne daß man imstande war, es zu sehen.

Ich konnte mich mit der Frage trösten: Du warst der einzige Zeuge, als Dina ihren Liebhaber erschoß. Na und? Weißt du, wer du ohne dieses Ereignis geworden wärst?

13. Kapitel

Als ich von Berlin zurückkam, konzentrierte ich mich auf den obligatorischen Dienst im Frederiks-Hospital. Das Leben eines Kandidaten war übrigens so anstrengend, daß für ein Privatleben nicht viel Zeit übrigblieb. Beginn der Visite genau fünf Minuten nach halb acht auf Zimmer P.

Wenn Saxtorph kam, mußte alles klappen und bereit sein. Der Oberarzt, die Kandidaten und die Studenten in Reih und Glied auf Q. Dann hinein in die drei M. Wir Kandidaten schrieben die Journale nach endlosen Diktaten der Professoren. Dann kamen klinische Vorlesungen und Prüfungen. Nach zehn Uhr mußten wir oft in die »Kirche« – so lautete der stehende Ausdruck für den Operationssaal. Danach kamen die Visiten bei den Patienten, die in Einzelzimmern lagen.

Ich war froh, daß ich nicht im Hospital wohnte. Die meisten Kandidaten wohnten in dem Pavillon über der »Apotheke«. Dort war es ganz gut. Aber ich wurde der Menschen so schnell überdrüssig. Ich aß im Hospital, wenn ich Wache hatte, aber sorgte im übrigen dafür, daß ich schnell nach Hause in die Bredgade kam.

Selbst die freundlichen Rufe von Frau Frederiksen machten mich ungehalten und nervös. Ich entdeckte auch andere Seiten an mir selbst. Einmal faßte ich einen sterbenden Geck ziemlich hart an, weil er uns ständig herumkommandierte. Als ob wir Kandidaten und Pfleger Lakaien wären. Es tat unbeschreiblich gut zu spüren, daß er in meiner Hand zusammenschrumpfte und wie ein Lemming fauchte. Aber er beschwerte sich nicht. Als ich am nächsten Tag ins Hospital kam, war er bereits ins Leichenhaus gefahren worden, das gleich neben dem Badehaus und dem kleinen Garten des Quartiermeisters lag. Ich dachte an ihn, als ich um die Ecke bog, um nach Hause zu gehen.

Jetzt liegt sein Körper da drinnen, dachte ich.

Der Umgang mit dem Tod und der Geruch des Lebens, das sich in Auflösung befand, paßten zu meiner Gemütsverfassung. Ich isolierte mich mit den Büchern und der Arbeit. Es war wichtig zu erkennen, wie wenig das Leben wert war.

Aksel schüttelte den Kopf, als ich anfing, mich morgens in dem kleinen Gelaß im Badehaus kalt abzureiben. Ein paarmal gegen Ende des Winters pulte er während der Vorlesungen etliche Eiszapfen aus meinen Nackenhaaren.

»Du hast immer eine Tendenz zu Übertreibungen gehabt. Aber ich habe nicht gewußt, daß du dich auch kasteist«, flüsterte er schaudernd. Aber sauber war ich.

Aksel neckte mich wegen meines Eremitendaseins, wie er es nannte, wenn ich nicht zu den Festen kam. Aber ich hatte einen anderen Namen dafür, ich wollte mich nicht betrinken.

Gelegentlich ging ich zum Kongens Have und setzte mich auf Annas und meine Bank. Ein völlig sinnloses Unternehmen. Sie war nie da. Am nächsten kam ich ihr eines Nachmittags, als ich dort saß und den Reif auf den Bäumen betrachtete. Die letzten steifgefrorenen Blätter, die noch an den Zweigen hingen, klapperten im Wind. Da kam sie schwebend zu mir. Ich wußte, daß es nur eine kindliche Phantasie war. Trotzdem war es schön.

Aksel sprach nicht oft von ihr. Aber es geschah.

»Ich war am Donnerstag bei Annas Eltern«, konnte er sagen. Ganz normal.

»Ach ja«, antwortete ich. Oder ich sagte: »War das Essen gut?«

Indessen las ich Kierkegaards »Das verborgene Leben der Liebe«. Aber ich konnte seine Thesen nicht in Übereinstimmung bringen mit der verzweifelten Sehnsucht, die er an den Tag legte, weil ich wußte, daß er der Liebe entsagt hatte.

Frauen. Große, offene Wunden des Geschlechts, wo ich sie auch sah. Ich hatte sie bei mir und machte groteske Dinge mit ihnen. In Traumbildern. Aber ich versuchte, mich von ihrer Wirklichkeit fernzuhalten. Man wußte nie, wie man sie wieder loswerden sollte, wenn man nicht mehr wollte.

Ich versuchte mit Aksel darüber zu sprechen. Er war deutlich.

»Du bist ein total verrückter Hurenbock.«

Ich gab es ihm selbstverständlich zurück. Es paßte mir gut.

»Aksel, du wirst in ein paar Jahren einer anderen Kategorie angehören«, sagte ich lächelnd. »Nämlich derjenigen, die Frauenkörper in Gedanken mitnimmt, aber sich weder um die Frauen noch um die Träume kümmert. Weil du zu einem rationellen Gebrauch von deinem Bauch und dem Bauch der Frau gekommen bist. Einem Tempel für Appetit und Sperma. Wenn jemand in fünfzehn Jahren mit dir über Liebe spricht, wirst du dich über die letzten Entdeckungen in der Medizin verbreiten. Oder die Brotpreise. Die arme Frau, die bei dir bleiben muß!«

»Ich höre deine Bosheit, Bruder. Aber wo ist dein Stachel?« sagte Aksel lakonisch.

»Hast du nicht bemerkt, daß verheiratete Frauen so aussehen, als ob sie noch immer etwas suchten, was in der Anrichte verschwunden ist? Oder in der Soße? Es ist etwas Schmerzliches dabei ...«

»Was ist mit dem eigenen Interesse des Kandidaten Grønelv für Frauenkörper«, unterbrach er mich mit einem breiten Lächeln.

»Mein Interesse für Frauen ist nicht so einzigartig«, sagte ich, »aber mein Widerwille, sie wie Stückgut mit mir herumzuschleppen, ist wahrscheinlich seltener.«

»Ja, und dieser Widerwille ist vor vielen Jahren gründlich entschleiert worden. Bereits als Karna nach Kopenhagen kam, um hier nach Arbeit zu suchen. Denn er hat dich nicht gehindert, zu ihr zu gehen, wann es dir gerade paßte, obwohl du inzwischen schon anderen zugeblinzelt hattest«, sagte er trocken.

»Die eigenen Leute zahlen es einem am meisten heim«, sagte ich, um zu einem Ende zu kommen. Er hatte das Turnier gewonnen.

»Ja, das kannst du sagen«, meinte er, der sich als Dänemarks schlimmster Pfarrerssohn vorzustellen pflegte.

Ich hätte nach Anna fragen können, nur um ihn zu foppen.

Statt dessen fragte er: »Siehst du Karna noch?«

»Sie arbeitet, wenn ich freihabe, und schläft, wenn ich arbeite. Wieso?«

»Ich habe ja nur gefragt.«

»Vielen Dank für die Mühe!«

Natürlich hätte ich sagen können, daß er kein Monopol auf Anna hatte. Aber es hätte nichts genützt. Er hatte das Monopol auf Anna.

Am Weihnachtsabend sah ich Karna.

Es war lange her seit dem Herbsttag, als ich sie vom Hospital nach Hause begleitet hatte. Ich hatte sie ein paarmal aus der Entfernung gesehen. Aber sie nicht aufgesucht.

Der Operationssaal war zur Kirche umgestaltet worden und mit Tannenzweigen geschmückt. Hinter dem Rednerpult stand ein Tannenbaum mit brennenden Kerzen. Sinn fürs Praktische war auch an Weihnachten oberstes Gebot. Die Tannenzweige steckten in den Tintenfässern der Studenten. Somit waren sie selbst an einem Feiertag von Nutzen.

Unten beim Geländer, das den Operationstisch umgab, stand eine alte Orgel. Sie klang wie ein erkälteter Straßenkehrer. Es verwirrte mich, daß die unbeholfenen Töne mich rührten und an Weihnachten auf Reinsnes erinnerten.

Da sah ich Karna zwischen den Menschen. Sie hatte Schnee in den Haaren und auf dem Schal. Wie gewöhnlich strahlte sie eine unglückliche Gesundheit aus. Sie warf mir einen Blick zu, ehe sie sich aufstellte, um mitzusingen. Ich sah sie auch an. Mehr war nicht nötig. Ich begann zu wachsen, während ich die Weihnachtslieder mit gefalteten Händen sang.

Als der Gottesdienst zu Ende war, ging ich zu ihr hin. Sie hatte zu ihrem Vorteil zugenommen. Strotzte. Das machte es leichter, sie anzulächeln. Ich faßte sie ein wenig übermütig an der Hand. Sie war feucht und zitterte leicht.

Das Gesicht war blaß, beinahe weiß. Hübsch pfirsichfarben über den Wangenknochen. Das blonde Haar war noch feucht von dem geschmolzenen Schnee. Ernst und Ruhe lagen über ihr. Ich kannte sonst keine, die todmüde sein konnte und trotzdem strahlende Augen hatte. An diesem Tag strahlten sie unglücklicher, als ich mich je erinnern konnte.

»Es ist lange her ...«, sagte ich leise.

Sie antwortete nicht. Sah mich nur an. Ich wurde unruhig.

Ein paar Kandidaten, die auch nicht nach Hause gefahren waren, winkten mir von der Tür zu. Sie hatten davon gesprochen, noch einen Bummel durch die Stadt zu machen.

Ich fühlte mich unbehaglich. Begriff, daß ich nicht nur eine höfliche Bemerkung hinwerfen konnte. Karna war mehr. Ein verdammt schlechtes Gewissen ließ mich noch einen Augenblick verweilen.

»Geht es dir gut?«

Sie sagte immer noch nichts. Es war irgend etwas mit ihren Augen. Es wurde mir zuviel. Ich räusperte mich und wollte mich verabschieden.

Da machte sie etwas Seltsames. Sie schlug den schäbigen Mantel zur Seite. Wie ein kleines Mädchen, das sein schönes Kleid zeigen wollte, während sie beobachtete, was ich davon hielt.

Aber das Kleid war nicht neu. Ich kannte es vom vorigen Winter. Es stand ihr nicht schlecht, aber es war nichts, wofür es sich lohnte, den Mantel zur Seite zu schlagen.

Da sah ich es. Ihr Bauch wölbte sich. Es war nicht nur Gesundheit! Sie stand hier am Weihnachtsabend und zeigte mir, was mit ihrem Bauch los war.

Was dachte da der Kandidat Benjamin Grønelv? Dachte er: Karna wird ein Kind bekommen? Was kann ich daran ändern?

Es ist möglich. Die Sekunden vergingen schrecklich schnell. Ich atmete tief durch. Die Kameraden winkten noch einmal von der Tür her. Und ich? Ich verbeugte mich höflich, heftete den Blick auf ihre Augenbrauen, wünschte fröhliche Weihnachten und ging.

Aber ihr Bauch hatte bereits angefangen, an meinem Gehirn zu nagen.

Während wir in der Kneipe saßen und dunkles Bier tranken, dachte ich gelegentlich: Sie wollte mich wohl warnen. Sie hatte üble Erfahrungen mit einem anderen gemacht. Und vermochte nicht, mit mir darüber zu sprechen. Deshalb hatte sie in dieser Zeit keine Verbindung zu mir aufgenommen. Natürlich war es so!

Nach Weihnachten hörte ich, daß sie auf Grund ihrer schamlosen Umstände entlassen worden war. Ein paarmal dachte ich daran, sie aufzusuchen. Wir waren trotz allem alte Freunde, oder wie man es nennen sollte. Aber es war eine verdammte Tatsache, daß ich ihren Bauch mein Gehirn aufzehren ließ, ohne etwas zu unternehmen.

Und ich sollte ja ins Zuchthaus wegen Mordes! Das war die Vorstellung, die ich mir von meinem Leben machte.

Mitunter stellte ich mir einfache, aber gefährliche Fragen: Ob Dina wirklich tot war? Ob sie deshalb nicht schrieb, um zu sagen, daß ich mich nicht melden sollte?

Die Antwort, die ich mir gab, war immer die gleiche: Dina war nicht tot. Warum sollte sie tot sein? Sie wollte sich nur nicht zu erkennen geben. Glaubte, sie könnte mein Leben steuern, wie sie uns alle zu steuern versucht hatte. Aber sie irrte sich!

»Und was wirst du erreichen, wenn du alles auf dich nimmst?« hörte ich mich fragen.

»Ich werde sie zwingen.«

»Wozu willst du sie zwingen?«

»Mich zu sehen ...«

»Und wozu soll das gut sein, daß sie dich sieht?« Weiter kam ich nicht. Weil ich mir selbst die Antwort eines kleinen Jungen geben mußte.

Ich beschäftigte mich mit einer sentimentalen Angewohnheit. Ich las Abschnitte aus der Bibel wie ein Laienprediger. Und ich schrieb auch einen Brief voller theologischer Fragen an Johan. Warf ihm zwischen den Zeilen vor, daß er zu Kierkegaards Zeiten in Kopenhagen gewesen war, ohne ihn mit einem Wort zu erwähnen, wenn er nach Hause kam. Ich wollte Johan eigentlich nicht in die Enge treiben, aber ich stellte mir vor, Dina hätte es nicht gern gesehen, daß ich Kontakt mit ihm aufnahm. Konnte ich nicht mit Dina korrespondieren, dann konnte ich wenigstens mit Johan korrespondieren.

Seine Antwort war freundlich, aber kurz. Er sei bei Anders in Reinsnes gewesen und habe dort Weihnachten gefeiert. Es sei ein »Segen« gewesen, trotz der beschwerlichen Winterreise. Was Kierkegaard betreffe, so freue er sich, daß wir über die Schriften des verrückten Mannes diskutieren könnten, sobald ich nach Hause käme.

Er unterschrieb mit mancherlei Dank dafür, daß ich ihm ein Lebenszeichen geschickt hatte, und mit: »Liebe Gedanken an Dich in der Stadt des Königs von Deinem Bruder Johan.«

Karnas Bauch war keine wissenschaftliche These. Er fraß ständig an meinem Gehirn. Mehrmals war ich auf dem Weg in die Store Strandstræde, aber ich änderte unterwegs die Richtung.

Ich sah es ihm an, bevor wir unsere Morgenrunde im Hospital machten. Er schleuderte seinen Mantel zwei Meter durch die Luft und schaffte es, daß er sich brav auf dem Haken an der Wand niederließ. Es war etwas geschehen.

Anna war nach Hause gekommen.

»Sie ist ein verdammt guter englischer Dolmetscher geworden«, prahlte er.

»Nun«, sagte ich, »da mußt du ihretwegen in den diplomatischen Dienst gehen.«

Die Freude in seinen Augen erstarrte. Er sagte nichts mehr und schlich davon.

Als wir zusammen eine Aufgabe im Laboratorium bekamen, waren wir unerträglich nahe beieinander. Das Licht da drinnen war Wahnsinn. Der Raum ließ mich immer an Alchimisten denken, die Gold herstellen wollten. Die sich dem Teufel verkauften, um ihr Ziel zu erreichen.

»Es war nicht böse gemeint«, sagte ich zaghaft.

»Ich bin deiner überdrüssig«, erklärte er.

»Entschuldigung!«

»Ich habe geglaubt, du wärst mit der Sache fertig«, sagte er.

»Das habe ich auch geglaubt«, log ich.

»Falls du es nicht bist, geht alles schief.«

»Ich bin einfach neidisch«, sagte ich. »Du bist so verdammt ... so sicher!«

Er akzeptierte es.

»Laß uns heute abend eine Runde drehen«, sagte er freundlich.

»Sie ist doch gekommen?«

»Na ja, sie hat genug mit ihrer Familie zu tun«, sagte er.

Wir fuhren fort, im Frederiks-Hospital Gold zu machen.

Am Abend gingen wir in die Kneipe der Sängerin. Aksel liebte es, direkt am Podium zu kleben. Lächelnd. Als ob sie nur für ihn sänge.

»Sie hat aber kurze Röcke an«, sagte er gutgelaunt, als wir hineinstürzten.

»Soll ich sie bitten, etwas anderes anzuziehen?« grinste ich.

»Sei nicht so grausam an einem Samstagabend, sie singt gut«, sagte er.

Der Tabakrauch in dem Lokal war undurchdringlich. Sie stand auf einem kleinen Podium, der Oberkörper reichte gerade über die schlimmste Wolkenschicht, so daß wir die Bewegungen ihrer Lippen sehen konnten. Ein verstimmtes Klavier mit einer erbärmlichen Mannsperson davor war ein Teil des Vergnügens. Ein Herr mit Kneifer und Melone, der glaubte, daß Aksel ihm die Sängerin ausspannen wollte, wurde wütend und quasselte in den Gesang hinein.

»Halt's Maul, Mann!« sagte Aksel und war zufrieden mit der Aufmerksamkeit.

Als der Mann nicht aufhörte, sondern versuchte, ihn vom Rand des Podiums zu verdrängen, verehrte ich ihm meine Zigarre und zog Aksel am Arm.

»Setz dich«, sagte ich.

»Warum?«

»Du provozierst den Herrn.«

Ich brachte ihn dazu, daß er sich setzte. Aber er war in Form. Besonders weil die Sängerin ihn so lange und so lieb anschaute.

»Sing das Lied von Bøgh! Sing das Lied über Kopenhagen!« lärmte er und warf ihr Kußhände zu.

Der Herr mit der Melone war sichtlich mißvergnügt.

Sie beugte sich vor und sah Aksel an, dann gab sie dem Musiker ein Zeichen, der daraufhin in eine andere Melodie überging. Aksel bekam seinen Willen. Sie sang für ihn:

Unsre Stadt ist unverdrossen
bei Musik und Spaß und Possen!
Nach Tivoli drängt's groß und klein,
dort kann man immer fröhlich sein.
Bald zwanzig Bühnen zählt die Stadt,
soviel wie keine andre hat:
Der Sängerinnen Zahl war kaum
so groß in Babylon, nicht mal im Traum.

Danach rief Aksel, sie solle von der Liebe singen. Das hätte er nicht tun sollen. Der Herr mit der Melone bekam Verstärkung von seinem Kameraden. Er schnalzte nach einem mächtigen Hund, der unter dem Tisch lag. Der Hund war groß und bedrohlich. Besonders als er hervorstürzte und die Zähne fletschte.

Aksel gab auf. Er hatte einen beachtlichen Sinn dafür, im letzten Moment aufzugeben. Aber seine Stimmung sank. Wir mußten viel Bier trinken.

14. Kapitel

Das Klopfen war in meinem Kopf. Ich war eine Tonne, in der es klopfte. Von innen und von außen gleichzeitig. Eine Tonne mit deutlichem Zinkgeschmack. Trocken. Öffnete die Augen. Konnte nicht klar sehen. Eine kurze Zeit hielt ich es aus, während ich versuchte, mich in der klopfenden Tonne zurechtzufinden.

Dann begriff ich, daß jemand taumelnd hereinkam. Unsichere, schnelle Schritte, ein keuchender Atem, und eine Jungenstimme im Stimmbruch sagte meinen Namen, während die Wirtin auf dem Gang pfiff.

Als ich die Augen aufschlug, registrierte ich als erstes ein paar nicht ganz saubere Füße neben meinem Gesicht. Es waren natürlich nicht meine. Aksel lag auf dem Rücken und glotzte den Jungen in der Türöffnung dumm an. Wir lagen mit den Füßen jeweils in entgegengesetzter Richtung, Aksel und ich. Er war einfach eingenickt, ohne daß ich es gemerkt hatte.

»Ich bin schon einmal hiergewesen. Da warst du nicht da«, stammelte der Junge und schwenkte die Arme.

Ich versuchte, über Aksel aus dem Bett zu klettern. Es dauerte seine Zeit. Wie die meisten ernsten Situationen im Leben war auch diese komplett idiotisch.

»Es ist wegen Karna! Beeil dich! Es zerreißt sie!«

Aksel war eine Sandbank.

»Es ist wegen Karna!« sagte der Junge wieder.

Ich kam endlich aus dem Bett. Steckte den Kopf in den Wassereimer, um wach zu werden, und trank gleichzeitig. Es war gut, daß ich schlucken konnte, da erstickte ich wenigstens nicht.

»Die Großmutter hat gesagt, daß ich dich holen soll, da brauchen wir den Doktor nicht zu bezahlen.«

Ich orientierte mich, während ich den Kopf abtrocknete. Hose, Hemd, Jacke. Die Arzttasche. Ich muß gewußt haben, worum es ging. Kann mich nicht erinnern, daß ich den Jungen irgend etwas fragte.

Ein paarmal hatten wir in der Zeit, als ich Karna nach Hause begleitete, einige Worte miteinander gewechselt. Aber ich wußte nicht mehr, wie er hieß.

Aksel war mächtig in Fahrt. Bewegungen wie ein wütendes Tier.

Tauchte auch in den Wassereimer. Schüttelte sich trocken. Ein Walroß, das es sehr eilig hatte.

»Ich komme mit«, erklärte er.

Dagegen war nichts einzuwenden.

Wir mußten weit in den Tag hinein geschlafen haben. Denn die Schatten tätschelten mir barmherzig das Gesicht, während wir liefen. Der Frühling war eine verdammte Angelegenheit. Es dauerte nur ein paar Minuten. Aber ich hatte das Gefühl, durch ein ganzes Leben zu laufen. Überall flimmerte es. Jemand hatte Nägel in meinen Kopf geschlagen.

Als wir in die Store Strandstræde kamen, erwartete ich, Karnas Schreie schon draußen auf der Straße zu hören. Sie pflegten zu schreien, die Frauen. Aber die Stille jammerte im ganzen Viertel.

Zweimal war ich bei einer Entbindung dabeigewesen. Das eine Mal wurde das Kind tot geboren. Aber für die Mutter war es eine Erleichterung, weil sie nicht verheiratet war. Man hielt drei Entbindungen für eine gute Einführung. Ich klammerte mich an diese Aussagen, während sich das Herz einen Weg aus meinem Körper schlug.

»Es gibt viel Blut da drinnen«, warnte der Junge, als wir in den Hof hineinstürmten.

Ihre Hände waren an der Bettkante festgemeißelt, die Knöchel waren weiß. Sie schien nur eines vorzuhaben: Sich an ihrem eigenen Bett festzuhalten.

Das Nachthemd mußte weiß gewesen sein. Jetzt war es bis fast unter die Arme eine einzige graue Hülle. Es gab keine trockene Stelle mehr auf ihm.

Der Körper war in einem Bogen über der Matratze gespannt. Mitten in einer Wehe. Die verzweifelte Geburtsöffnung sah mich anklagend an, während die Großmutter, die auf den

Knien am Bett lag, sich erhob und schrie: »Hilf ihr! Hilf ihr!«

Ich begegnete Karnas blutunterlaufenen Augen. Aber sie sah mich nicht. Ich war niemand. Ihr Mund stand offen. Ich konnte sehen, daß sie schreien wollte. Aber es kam nichts.

Mechanisch tat ich das, was ich gelernt hatte. Aksel assistierte mir sozusagen. Wir waren zwei beklagenswerte Schuljungen, die versuchten, das Gelernte in die Praxis umzusetzen.

Das Kind lag mit dem Rücken zur Öffnung. Ich hatte keine Ahnung, ob es lebte! Ich glaube, daß ich nicht einmal daran dachte. Ich mußte es nur herausbekommen, ehe es Karna zerriß.

»Heißes Wasser!« sagte Aksel zu der alten Frau.

»Wir haben schon stundenlang heißes Wasser«, weinte sie.

»Lauf zum Frederiks-Hospital und bitte, daß sie einen erfahrenen Geburtshelfer schicken. Es geht ums Leben. Zwei Leben«, flüsterte Aksel dem Jungen zu, der bereits auf dem Sprung war. Er war in Schweiß gebadet. War auch vorher gerannt.

Die Wehen kamen unaufhörlich. Sie verlor zuviel Blut. Ich versuchte verzweifelt, das glatte Bündel in den Griff zu kriegen. Der Kopf? Es mußte doch, zum Teufel, irgendwo ein Kopf sein!

Die spärlich ausgestattete Arzttasche nützte hier überhaupt nichts.

»Die Nabelschnur ist schuld, sie hält das Kind zurück«, sagte Aksel leise.

Ich starrte ihn an. Was meinte er?

»Die Nabelschnur. Ein Knoten. Das muß es sein. Wahrscheinlich um den Hals.« Er sprach so ruhig wie immer. Aber dem war nicht zu trauen. Er würde wohl noch zu Boden gehen.

Ich wollte das Risiko nicht eingehen, Gewalt anzuwenden. Aksel hatte mich zu der Einsicht gebracht, daß da drinnen eine Art Leben war. Mehrere Minuten war ich nur Zuschauer. Hoffte beinahe, daß Aksel ohnmächtig würde, damit etwas geschah.

Jetzt hätte ich das wenige tun können, das ich vermochte.

Ihr sagen, daß ich sie liebte. Aber als einziges verstärkte ich nur ihre Schmerzen.

Ich war ihr Büttel. Von der ersten Umarmung an war ich ihr Büttel. Ich wusch mir die Hände und spreizte Karna auseinander. Steckte die Hand und den Unterarm in sie hinein. Der süße Dampf des Blutes benahm mir den Atem. Aber ich stand aufrecht. Auf den Knien.

Ein paarmal hatte ich gesehen, wie Tomas bei Kühen und Schafen vorging, wenn es Schwierigkeiten gab.

Jetzt war sie nur Atem und Muskeln. Sie riß sich selbst in Stücke. Und ich half dabei. Damit es überstanden wäre.

»Es ist jetzt Tag«, sagte die Großmutter und ergriff Karnas Hand.

»Wann hat es angefangen?« hörte ich Aksel fragen.

»Gestern morgen, sie war allein ... Als ich kam, war es Mittag.«

Ich mußte das Kind im Mutterleib drehen. Wie kann ein versoffener Handwerker ein Kind im Mutterleib drehen?

»Soll ich es probieren?« sagte Aksel.

Ich hörte seine Stimme und schüttelte den Kopf.

»Nein«, sagte ich und folgte mit der Hand noch einmal dem Bündel in Karnas Körper.

Da war es, als ob sie aufgäbe. Blieb ganz still und leblos liegen.

»Mach sie wach!« schrie ich grob.

Ich hörte das Klatschen, aber sah es nicht.

»Nimm Wasser!« stöhnte ich.

Ich hörte das Wasser. Beinahe zärtlich platschte es auf sie herunter.

Die Großmutter weinte.

»Meine gute, liebe, einzige, kleine Karna«, weinte sie.

Aber Karna war des Kampfes müde. Er hatte jahrelang gedauert. Nun mochte sie nicht mehr.

»Preß!« zischte ich durch die Zähne.

Aksel legte sich auf den armen Körper. Mit seiner ganzen Kraft. Verschnaufte und drückte wieder.

»Es sitzt bombenfest! Preß, Karna! *Preß!*«

Der Büttel befahl.

Und endlich schien sie aufzuwachen.

Sie machte wirklich das, was ich sagte. Holte ihre letzten Kräfte heraus.

Ihr Atem. Die weit aufgerissenen Augen.

Man kann es unterlassen, daran zu denken. Kann an andere Dinge denken. Aber man vergißt es nie. Den Geruch des kämpfenden Körpers. Den Dampf. Die Kraft in dem Frauenleib gegen Aksels starke Arme.

Zuerst kam der Schrei. Er kam nicht aus dem Mund. Er kam aus ihrem Bauch. Stand wie Tausende von scharfen, zitternden Messern in Wänden und Decke.

Ich hob die Arme. Formte die Hände zu Schalen wie ein kleiner Junge, der einen Ball fangen will. Die Augen waren auf den Punkt gerichtet, wo er aufschlagen mußte. Eine trotzige Kugel mit dem Rücken zur Welt.

Ein weiches, nahes Geräusch baute Nester in meinen Ohren. Das weiche Klatschen, als das Menschenkind wie ein großer Seufzer in meinen Händen landete.

Dann hörte alles für einige Sekunden auf. Die Bewegungen in dem Raum erstarrten, als ob sie für immer in das vorherbestimmte Bild eingegangen wären.

Ich sah Karna nicht mehr, hörte nur die Stille wie ein fernes Unwetter. Ein uralter Menschenblick traf mich, als ich den kleinen Körper aus der Nabelschnur wickelte. Ein pechschwarzer direkter Blick. Eine rote Aura mit blauen und weißen Blitzen stand um den winzigen Kopf.

Die Stille.

Bis ich in einer Art Reflexbewegung das blauschwarze, schleimige Geschöpf an den Knöcheln packte und ihm einen Klaps versetzte, damit es sich unterwarf und einen Laut von sich gab. Ich erhob mich, und das Bündel hing über Karnas Körper.

Aber ihr Gesicht war zersprungen. Es löste sich vor unseren Augen auf. Sie war ganz still. Ihre Hände ließen die Bettkante los. Die Knie waren kraftlose Bögen zur Decke. Rund und kindlich. Mit einem kleinen Seufzer in den Kniekehlen.

Ein Stöhnen entfuhr dem, was früher ihre Lippen waren. Die Augen waren geschlossen.

War das Karna?

Ein dicker roter Fluß rann aus ihrem Körper. Tropfte herunter auf den gescheuerten Holzfußboden. Bahnte sich seinen eigenen Weg. Hatte seine eigenen Intervalle entlang der bläulichen Nabelschnur, die sie noch mit dem Kind verband. Dann kam der Fluß in größeren Stößen. Suchte sich seinen Weg hierhin und dorthin und versickerte im Bett. Der Fluß aus einer verborgenen Welt. Einer Welt für Büttel, um sich darin zu verstecken.

Aksel war mit dem Abnabeln beschäftigt. Glaubte, wir hätten das erste Meisterstück geliefert. Abnabeln hatte er gelernt.

Später kann man sich immer erlauben zu sagen: Armer Benjamin Grønelv! Ausgebildeter Arzt. Und Mann. Er hatte Menschen sterben sehen, als er noch ein Junge war. Hatte den Tod auf dem Schlachtfeld und zusammen mit Karna im Lazarett erlebt. Trotzdem war er unvorbereitet. Und niemand hatte ihm beigebracht, daß man, solange noch Zeit ist, sagen muß: »Ich bin ein Feigling, aber ich liebe dich!«

Ich wußte auch nicht, daß man die einfachen, aber notwendigen Worte nicht sagt, um dem anderen den Tod zu erleichtern. Sondern weil das Sterben dann leichter für einen selber wird.

Die Großmutter nahm das nackte Menschenbündel entgegen und hüllte es ein. Es war ein Mädchen. Ein winzig kleines, ernstes Geschöpf, das mich bereits mit schwarzem Mißtrauen gestempelt hatte.

Aksel hatte sich über Karna gebeugt. Seine Worte kamen gleichmäßig. Wie ein tröstendes Rieseln. Erfrischend. Als ob man vor den Augen eines durstigen Menschen Wasser in ein Glas gießt.

Ich starrte auf Karnas Fluß. Rot. Pumpend. Stoßweise. Mit großer Kraft. Verzweifelt schlug ich die Arme um das Bekken. Hob es an, um die Flut zum Stillstand zu bringen. Saß lange so. Um das Leben zu zwingen, in Karnas Körper zu bleiben. Sie dahin zu bringen, daß sie wieder kämpfte. Aber alles wurde zu einem Nebel, in dem ich mich nicht orientieren konnte.

Verzweifelt versuchte ich in Aksels Augen Erlösung zu finden. Aber er schüttelte den Kopf. Völlig sinnlos bemerkte ich, daß seine Bartwurzeln ungewöhnlich grob waren. Seine Poren kamen mir auf eine widerliche Art entgegen. Die Übelkeit saß mir im Hals. DieWände fielen auseinander und erhoben sich wieder. Es machte mich rasend.

Eine wahnsinnige Stimme schrie plötzlich in den Raum hinein: »Rühr sie nicht an! Rühr sie nicht an! Karna! *Karna!*«

Dann spürte ich einen Arm auf meiner Schulter. Ich machte die Augen fest zu, um alles auf Abstand zu halten. Inzwischen hatte die Zeit begonnen, ohne Karna zu vergehen.

Als ich die Augen öffnete, stand Aksel über sie gebeugt und streckte ihre kindlichen Knie. Dann verbarg er den getrockneten Fluß unter einem Laken.

Sein Hemd war hinten schweißgetränkt und zitterte leicht.

Ich war nur ein Gaffer, der zufällig vorbeikam. Karna! Du darfst mich nicht verurteilen! Das habe ich nicht gewollt. Es war einfach das Leben, das so häßlich mit dir umging. Hätte ich dich durch meine Liebe zurückholen können, ich hätte es getan. Hörst du, daß ich dich rufe? Du hast nichts gesagt, nicht wahr? Du hast mir keine Vorwürfe gemacht? Hast nicht gesagt, daß ich mich deiner hätte annehmen müssen? Hättest du etwas gesagt, dann hätte ich wenigstens etwas gewußt – hätte dir eine Antwort geben können.

Vielleicht warst du es, die ich haben sollte. Vielleicht wollte ich dich sogar haben. Warum hast du mich nicht gezwungen? Dann hätte ich mich jedenfalls entscheiden müssen. Warum hast du mich nicht von dir gestoßen? Dann könnte ich sagen, daß ich es versucht hätte.

Meinst du, daß ich dich nicht gesehen habe? Daß ich mehr für dich hätte tun können? Früher kommen? Aber ich wußte ja nicht, daß du mich brauchtest. Ich konnte dich ja nicht mit nach Reinsnes nehmen. Das verstehst du doch, Karna? Meinst du, ich wußte, daß du ein Kind bekommen würdest, aber mich nicht darum gekümmert habe? Wie konnte ich es wissen? Du hast mir ja nichts gesagt! Und wenn du es gesagt hättest, Karna, wie konnte ich mit Sicherheit wissen, daß es mein Kind war?

Wie kann ein Mann das wissen?

Karna?

15. Kapitel

Das Interessanteste an der folgenden Zeit war, daß die Stunden anscheinend außerhalb meines Körpers aufgestapelt wurden – ohne jeden Sinn. Zuletzt war der Stapel so hoch, daß ich begriff, er würde mich erdrücken, wenn ich nichts unternahm.

Ich wußte nicht, wie ich in die Bredgade gekommen war und was Aksel und ich gesprochen hatten. Aber ich erinnere mich, daß er mich nach ein paar Tagen ohrfeigte. Ich erinnere mich auch, daß er mit Brot und einer Flasche Wein erschien.

»An welchem Tag war es?« fragte ich, als er Wein in ein Wasserglas goß.

»Was meinst du?«

»Als wir zu Store Strandstræde gingen ...?«

Er beugte sich tief herunter, um nichts zu verschütten.

»23. April«, sagte er endlich.

»Ach so«, sagte ich und vermied es, ihn anzusehen.

Er ließ mich in Ruhe.

»Sankt-Georgs-Tag«, murmelte ich.

Etwas später sagte Aksel: »Ich habe dem Hospital gemeldet, daß du schrecklich erkältet bist. Aber du kämst Montag morgen wieder. Punkt halb acht. Visite, Operation von zehn bis elf, wie gewöhnlich.«

Ich nickte. Er leerte die Weinflasche, ehe er ging. Er hatte auch seine Probleme. Anna zum Beispiel.

An dem Tag, als die Wirtin kam und die Miete von mir verlangte, begriff ich, daß noch nicht Schluß war. Die Welt hatte noch viel an mir auszusetzen. Die Wirtin war nicht gnädig. Sie habe geglaubt, daß ich krank sei, polterte sie. Aber jetzt verstehe sie, daß ich die Miete nicht bezahlen könne, weil ich mein ganzes Geld vertrunken hätte. Sie schrie auch etwas wie, daß es bei mir stinken würde. Daß ich die Eimer nicht ausleerte. Daß ich ausziehen müsse.

Ich blätterte ihr ein paar Scheine hin. Sie schnüffelte in den Ecken und zog sich mit deutlichen Warnungen zur Tür zurück.

»Haben Sie Kinder, gnädige Frau?« fragte ich so höflich, als ob ich sie noch nie gesehen hätte.

Sie starrte mich an. Es sah seltsam aus. Ich merkte an ihrem total stieren Blick, daß sie mir nichts Böses wollte. Da wurde ich mutiger.

»Haben Sie geboren ...?«

»Ich verstehe nicht ...?«

»Ich auch nicht«, sagte ich freundlich.

»Niederträchtig ... Ich versuche mit Ihnen über die vollen Toiletteneimer zu reden. Kandidat Grønelv ist ein Schwein!« tobte sie.

»Ja! Und ein Büttel!« sagte ich, während ich dachte: Es tut gut, das zu sagen.

Sie starrte mich mit entsetzten Augen an und murmelte etwas von geisteskrank, ehe sie verschwand und die Tür mit einem Knall hinter sich schloß.

Ich mußte lächeln. Es sollte für die Menschen ebenso natürlich sein, zu lächeln wie zu weinen. Mein ganzes Gesicht war ein Stein. Gerade in der Tiefe versunken.

Nachdem ich aufgestanden war und es immer noch hell genug war, verfiel ich auf den Gedanken, mich zu rasieren. Ich ging mit dem vollen Toiletteneimer und dem leeren Wassereimer auf den Hof. Leerte den Eimer aus, um dessentwillen die Wirtin mich gescholten hatte. Natürlich hatte sie recht. Es stank. Frauen haben oft recht. Sie sollen es nur nicht sagen. Das ist nicht nötig. Man weiß es auch so.

Während ich am Brunnen stand und das Wasser in den Zinkeimer laufen ließ, spürte ich den gleichen Zinkgeschmack wie an jenem Morgen, als Karnas Bruder Aksel und mich geweckt hatte. Was hatte er da gesagt?

»Es ist wegen Karna!« hatte er gesagt.

Der Zinkgeschmack wurde immer stärker, je mehr der Eimer sich füllte. Es lief so schrecklich. Ich drehte den Hahn zu. Aber es nützte nichts. Das Geräusch war da. Es lief und lief.

Erst als ich wieder ins Zimmer kam, die Tür zumachte und laut zu mir selber sagte: »Sollen wir uns rasieren?«, gab es sich ein wenig. Es half, daß ich sagte: Uns.

Ich machte den Mund auf. Ließ die Luft hineinströmen. Atmete ein und aus, als ob es das erste Mal wäre. Ging zum Fenster, öffnete es. Wiederholte die Atemübungen. Als ich mich rasieren wollte, begriff ich nach dem dritten blutigen Versuch, daß mit meinen Augen etwas nicht stimmte. Ich sah nicht, wo die Haut aufhörte und der Bart begann. Der Arzt schaute mich kühl im Spiegel an. Stellte die Diagnose: Überanstrengung und seelisch aus dem Gleichgewicht. Ergo: Sehstörungen.

Interessant!

»Aber ich habe doch tagelang gelegen! Warum sollte ich erschöpft sein?« höhnte ich.

»Eine Sehstörung kann auch im nachhinein kommen. Sie hat nur vorübergehenden Charakter«, sagte der Arzt beleidigt.

»Und was soll ich in der Zwischenzeit tun? Mit der halbrasierten Backe herumlaufen?«

»Du wirst sehen, daß allmählich alles besser wird, wenn du dich mit dem auseinandersetzt, was du nicht ganz verstehst«, sagte der Arzt.

Ich fühlte mich augenblicklich besser.

Ich weiß, daß ich nicht erwartet hatte, wie ein Held empfangen zu werden. Aber ich hatte auch nicht erwartet, wie ein Feind empfangen zu werden.

Karnas Bruder machte auf, als ich klopfte. Er starrte mich mürrisch und stumm an. Von drinnen hörte man ein merkwürdig brüchiges Geräusch. Als ob jemand Knorpel zermalmte. Kinderweinen.

»Ich dachte, ich könnte vielleicht ...«, sagte ich, ohne zu wissen, was ich sagen wollte.

Die Großmutter kam dazu. Sie maß mich mit ihren Blicken. Dann sagte sie kurz: »Die Beerdigung war gestern.«

Ich nickte. Eine Ameise hatte sich nach oben auf die Wand verirrt. Nun bemühte sie sich, zwischen den Türrahmen und das Paneel zu kommen. Seltsam. Eine Ameise? Hier mitten in der Stadt? Wovon lebte sie?

»Dein Kamerad war da! Mit Blumen!« sagte sie anklagend.

»Da ist eine Ameise«, sagte ich freundlich.

Der Junge reckte seinen Hals schief aus der Türöffnung. Stand mit offenem Mund da und schaute abwechselnd auf mich und die geschäftige Ameise. Die Frau wischte sich die Augen und ging ein paar Schritte auf mich zu. Blinzelte mich unter buschigen Augenbrauen an.

»Schneid den Hut nicht in Stücke, man kann ihn vielleicht noch gebrauchen«, sagte sie plötzlich und zog mich herein.

Ich glaube, wir führten so etwas wie ein Gespräch. Ich weiß nicht mehr viel davon. Ich glaube, sie fragte mich, wer von uns beiden Benjamin sei, ich oder mein Kamerad?

»Das bin ich. Mein Kamerad heißt Aksel.«

»Da bist du also der Vater von dem armen Wurm«, sagte sie mutlos.

Ich weiß nicht, ob ich antwortete. Ich weiß nur, daß das Kind hinter dem Vorhang weinte. Seltsam erstickt.

Man konnte auf den Gedanken kommen, daß es gerade erwürgt wurde. Es wäre das beste. Karna war ja nicht mehr da.

»Ich hatte gehofft, es wäre der andere«, sagte sie unverblümt.

Ich nickte.

»Er ist besser. Von feineren Leuten. Er stellt etwas dar. Er kam mit Blumen. Hat am Grab geweint.«

Ich nickte wieder.

Als die Alte zu Boden blickte und seufzte, sah ich plötzlich, daß sie die gleiche Nase hatte wie Karna. Klein und gerade, mit gut geformten Nasenlöchern. Man konnte Lust bekommen, das eine Nasenloch zu berühren.

Ich hob die Hand, aber ließ sie wieder fallen.

»Es wird verhungern«, sagte sie.

Ich sah immer noch auf ihre Nasenflügel.

»Ich muß das Kind fortgeben. Ich kann es nicht behalten. Ich bin alt. Der Junge braucht auch Kleider und Essen. Er kann nicht soviel verdienen. Da Karna nicht mehr da ist ... so ...«

Sie hob einen Augenblick die Hand zu den Augen.

Das Kinderweinen verstummte. Ich dachte: Jetzt ist es wohl erstickt. Lappen oder Decke vor dem Atemweg. Blau im Gesicht. Weit offener Mund und weit offene Augen. Winzig kleine geballte Fäuste. Der Arzt wußte Bescheid. Hatte Totgeborene gesehen.

»Weißt du, wo ich mit dem armen Wurm hingehen kann?« fragte sie.

Ich schüttelte den Kopf.

Sie schlug die Hände vors Gesicht. Man hörte sie schluchzen.

»Sie hätten das Fenster neben der Tür im Frederiks-Hospital nicht zumauern sollen. Es war für die Armseligen ... die keiner haben wollte.«

Man hatte von der »Schublade« gehört. Eines der Fenster neben der Steinbrücke war wieder zugemauert worden. In früheren Zeiten konnten sie ihre unerwünschten Kinder dorthin legen, an der Glocke läuten und ihres Weges gehen. Auf der Glocke stand: »Zur Rettung unglücklicher Kinder«.

»Kann ich mich setzen?« fragte ich und setzte mich auf einen Holzstuhl am Tisch. Es standen noch zwei Stühle da.

Sie setzte sich mir gegenüber. Schneuzte sich in einen Lappen, den sie aus dem Ärmel herausholte. Die Haut auf den bloßen Unterarmen war bleich und schlaff. Als sie die Arme auf den Tisch legte, bildeten sich richtige Falten, die Lappen wand sie um zwei Finger. Es rührte mich irgendwie.

»Ich habe im Hospital keinen gefunden, der mitkommen wollte«, sagte der Junge steif und ging. Man hätte sich gewünscht, daß er blieb. Der Raum war so schwer. Die Verzweiflung der alten Frau roch widerlich.

»Du nimmst die Vaterschaft wohl nicht auf dich?« fragte sie nach einer Weile vor sich hin.

Ich glaube nicht, daß ich es schaffte, zu antworten.

»Es ist verständlich«, sagte sie bitter. »Das machen sie nicht. Auch wenn die Mutter stirbt ... stehen die Väter nicht gerade Schlange. Nein, wahrhaftig nicht.«

»Was kann ich tun?« fragte der Arzt äußerst höflich.

Sie hob den Kopf und sah mich an. Die Verachtung war so deutlich, daß ich zusammenschrumpfte.

»Hast du etwas Geld?« fragte sie.

»Nicht viel.«

»Ich schulde noch das Geld für die Beerdigung. Keine große Sache ... Arme Karna ...«

»Wieviel sind wir schuldig?« fragte ich kurz.

Die Großmutter antwortete gehorsam.

»Bitte sie, die Rechnung zu schicken«, sagte ich.

»Das machen sie von selbst.«

»Na gut. Aber sie sollen die Rechnung an den Kandidaten Benjamin Grønelv bei der Witwe in der Bredgade schicken.«

Nun weinte das Bündel im Bett wieder. Es war also nicht erstickt.

»Was machst du mit ihr, wenn sie weint?« fragte ich.

Die Großmutter seufzte, schneuzte sich von neuem und schlich zu dem Vorhang, hinter dem Karnas Bett stand.

»Ich gebe ihr Zuckerwasser und verdünnte Milch. Aber sie verträgt es nicht.«

Sie kam mit dem Bündel zum Tisch und legte es in meine Arme. Es rührte sich. Seine Wärme übertrug sich auf meine Arme bis hinauf zum Hals.

»Wir müssen jemanden finden, der sie haben will«, sagte die Großmutter hinten beim Herd. Sie wärmte etwas in einem Kessel.

»Ich habe nicht mehr in der Manufaktur geputzt, seit Karna ... Es geht nicht mehr ohne Geld für Brot und Milch, wir haben schon zwei Wochen nicht bezahlt«, fügte sie hinzu.

»Ich werde das Geld beschaffen«, sagte ich und starrte auf das kleine, wütende Gesicht in dem Bündel.

Schwarze, sichelförmige Locken klebten an dem verschwitzten Kopf. Das Bündel wand sich wie ein Aal, schnitt Grimassen und schrie. Bei jedem Schrei öffnete sich der Mund wie bei einem Drosseljungen. Zuerst schien es nur Luft zu holen und hatte genug damit zu tun. Dann zitterte das zusammengekniffene Gesicht vor Kränkung, und der Laut kam mit erschreckender Wut.

»Es wimmert«, sagte ich vorsichtig.

»Das Kind ist gesund«, sagte die Großmutter. »Daran liegt es nicht. Aber es verträgt die Nahrung nicht. Sie ist zu stark. Ich wünschte, ich wüßte jemanden, der das Kind ein paar Wochen stillen könnte ...«

Dann fing sie wieder an zu weinen.

»Es findet sich vielleicht jemand in einem der Hospitäler«, sagte der Arzt tröstend. »Ich werde mich darum kümmern.«

Der Arzt übernahm vollkommen das Kommando über mein Leben. Veranlaßte mich zu einer unwürdigen Bettelei um Muttermilch für das Bündel der Großmutter. Ich fiel bei den Hebammen im Frederiks-Hospital und im Kommunehospital ein. Ich bat und bettelte. Sammelte tropfenweise Almosen. Tischte die herzzerreißende Geschichte von der Großmutter und dem Kind und der toten Wöchnerin auf. Zum Schluß kannten die Pfleger und die Hebammen die Geschichte so gut, daß ich ihnen nur die Flasche abzuliefern brauchte.

Jeden Tag fragte mich die Großmutter, ob ich jemanden gefunden hätte, der ein kleines Mädchen in guter Verfassung haben wollte. Und ich antwortete beschämt, daß ich noch niemanden gefunden hatte.

In dieser Zeit sah ich Aksel nur beim Bereitschaftsdienst im Hospital. Aber als ich eines Abends nach Hause kam, lag er auf meinem Bett und schlief.

Ich beschloß, in Zukunft meine Tür zuzusperren, wenn ich fortging.

»Was machst du hier?« fragte ich.

»Schlafen«, sagte er und sah mich feindselig an.

Ich zerrte mir die Jacke vom Leib und ging zu dem Tisch beim Fenster. Er folgte mir mit den Augen. Dann streckte er sich, setzte sich auf und suchte seine Schuhe, die unter dem Bett standen.

Nachdem er einen Schuh gefunden hatte, blieb er mit ihm in der Hand sitzen. Vornübergebeugt. Ich konnte sein Gesicht nicht sehen.

»Was willst du?« fragte ich.

»Warum gehst du mir aus dem Weg?«

»Ich gehe dir nicht aus dem Weg.«

»Nein? Warum sehe ich dich dann nicht an unseren gewöhnlichen Treffpunkten? Warum bist du nie hier? Warum kommst du nicht mehr zu mir? Stimmt etwas nicht mit deinem verdammten Gewissen? Wir waren doch zusammen bei – bei der bedauernswerten Karna. Es war, zum Teufel, nicht meine Schuld ...«

»Schweig!«

»Nein, das tue ich nicht. Wir müssen darüber reden.«

»Da gibt es nichts zu reden. Sie ist doch nicht ...«

»Ich will nicht über Karna mit dir reden. Ich wußte übrigens nicht, daß sie dir soviel bedeutet hat. Du hast es gut verborgen.«

Ich weiß nicht, ob es an dem lag, was er sagte, oder an der Art, wie er es sagte, aber ich sprang ihm ins Gesicht. Ein idiotisches Unterfangen. Er packte mich an der Weste und hielt mich hoch in die Luft, bis ich mich beruhigte. Die Weste indessen riß. Eben noch hatte sie einen Seidenrücken und hinten einen Riegel gehabt. Als ich wieder Boden unter den Füßen fühlte, zog ich die Weste aus und glotzte sie an.

Aksel stand mit hängenden Armen mitten im Zimmer.

»Du sollst mich nicht reizen«, sagte er.

»Du hast eine verdammt zynische Art ...«

»Ich glaube, die habe ich von dir gelernt.«

»Na schön«, sagte ich bloß.

»Hast du Bier da?« fragte er.

»Nein, es würde zur Zeit nur brühwarm werden.«

»Können wir nicht irgendwo hingehen und einen Seidel trinken?«

»Nein. Ich bin ja gerade gekommen. Ich muß schlafen.«

»Du hast vierzehn Tage geschlafen, mindestens.«

»Nein, das habe ich nicht«, sagte ich gleichgültig und legte mich aufs Bett. Man sah noch deutlich Aksels Kuhle.

Er seufzte und setzte sich auf den Stuhl am Arbeitstisch. Halb von mir abgewandt.

Es wurde tatsächlich ruhig dort hinten. Ich schloß die Augen und hoffte, er würde gehen. Da sagte er plötzlich vor sich hin, als ob er zu sich selbst redete: »Anna will mich nicht haben.«

Man konnte sogar mit geschlossenen Augen sehen, daß die Schatten in der Ecke hinter dem Bett blau waren. Ein Wagen ratterte am Fenster vorbei. Die Pferdehufe dröhnten gegen das Pflaster. Dina! Dina ritt am Strand entlang. Es dröhnte. Eine Serie von kleinen Donnerschlägen an meinem Ohr. Mein Körper lag auf dem Bett. Ich selbst saß wie eine Nuß in Aksels Kopf. Dort hörte ich aufs neue seine Worte. Sie hatten sich in die Luft gehängt. Zitterten und warteten, daß ich sie annahm.

Ich schluckte sie vollständig.

»Was will sie dann?« hörte ich mich fragen.

»Das habe ich sie auch gefragt, aber es ist ja leicht zu erraten.«

»So?«

»Ja. Denn sie hat mir erzählt, daß ihr ... daß du ... daß sie mit dir geschlafen hat!«

Ich reckte den Hals aus den Kissen und versuchte ruhig zu atmen.

»Sie hat gesagt ... Anna hat gesagt ...«, stammelte ich. Aber ich schaffte es nicht, irgend etwas zu entkräften oder zu bekräftigen. Es war unglaublich. Frauen sagten so etwas nicht! Nicht einmal Cecilie hätte es sagen können, ohne daß es stimmte. Anna? Nein!

»Verflucht!« murmelte ich nach einer Weile.

Er drehte sich um und sah mich an. Ich war ein Hundeschiß auf dem Fischmarkt.

»Wie viele willst du noch umlegen, bis du genug hast?« sagte er, während er heftig atmete. »Ich wußte nicht, daß du so falsch bist, so gemein, ein so verteufeltes Schwein!«

»Nein«, sagte ich. Und dachte die ganze Zeit daran, daß Anna das gesagt hatte. Dachte und dachte. Und schließlich stürzte es heraus: »Warum hat sie das gesagt?«

Er starrte mich wütend an.

»Sie ist wohl ehrlicher als du!«

Es wurde totenstill. Dann brauste er auf.

»Paß auf, daß sie nicht im Kindbett stirbt, ehe du sie zum Pfarrer gebracht hast. Das wäre sonst eine häßliche Geschichte! Du verdammter, dreckiger, norwegischer Hund!«

Ich vernahm es liegend. Ich konnte ihn gut verstehen. Aksel. Lieber Aksel! Lieber, lieber Aksel!

»Es ist nicht wahr«, platzte ich heraus.

»Nein, es ist vielleicht übertrieben, aber nicht weit davon entfernt«, sagte er zwischen den Zähnen.

»Ich meine Anna. Es ist nicht wahr. Ich habe nicht mit ihr geschlafen. Nie. Ich ...«

Er betrachtete mich eiskalt.

»Versuchst du dich rauszureden? Willst du Anna zur Lügnerin stempeln, um die Freundschaft mit mir zu erhalten? Du willst alles haben. Zwei Fliegen mit einer Klappe schlagen. Du bist schlimmer, als ich geglaubt habe. Ich sollte dich an die Wand klatschen in diesem jämmerlichen ...«

»Du mußt mir glauben. Es ist nicht wahr.«

Er kam zum Bett. So drohend, daß ich mich aufrichtete. Er maß mich. Von oben bis unten. Sah mir forschend in die Augen. Ich dachte, daß er mich jetzt packen würde. Na gut. Dann war es eben das Ende.

»Und was meinst du, gewinnt sie, wenn sie mir eine so schlüpfrige Lüge auftischt?« schrie er heiser, während er versuchte, seinen Rumpf nahe an meinen heranzumanövrieren.

Ich fühlte mich schlecht. Seine Takelage hing über mir in der Luft. Riesige Fender. Die Segel waren nicht richtig festgezurrt. Sie konnten mitten in meinem Gesicht oder sonstwo landen.

»Das weiß ich nicht.«

Er schlug nicht zu. Es geschah nichts. Er fuhr fort, mich anzustarren.

»Verdammt noch mal«, sagte er zum Schluß. Ruhig.

Ich setzte mich erleichtert auf, tastete nach Tabak und Pfeife auf dem Nachttisch.

»Glaubst du mir?« fragte ich eifrig. Zu eifrig.

»Glauben? Ich glaube, Benjamin Grønelv ist der durchlöchertste Stiefel, den ich jemals gekannt habe! Und du warst jahrelang mein Freund! Und wenn sie wirklich lügt? Dann mußt du dir klar darüber sein, daß sie einen Grund hat. Was hältst du davon, sie zu verraten? Warum nimmst du es nicht wie ein Mann? Du Angsthase!«

Er nahm Pfeife und Tabak an sich, kehrte zu dem Stuhl

zurück und brauchte lange, um die Pfeife zu stopfen und anzuzünden.

»Du hast recht«, sagte ich endlich.

Aksel verdrehte die Augen hinter dem Tabakrauch.

»Ich habe es mir ja gewünscht«, sagte ich mehr zu mir selbst. »Es mir mehr als alles andere gewünscht: mit Anna zu schlafen.«

»Da haben wir etwas gemeinsam«, erwiderte er trocken, ohne den geringsten Funken von schwüler Gefühlsduselei.

Gerade da konnte ich gut verstehen, warum ich Aksel mochte. Sogar als er mit seiner zynischen Rede fortfuhr, dachte ich es. Ich weiß nicht einmal, ob ich mir seine Worte richtig zu Herzen nahm. Es läuterte mich. Machte alles einfach, so daß ich damit fertig wurde. Zuletzt gab er mir den Gnadenstoß.

»Wie hast du dir das mit Anna gedacht?«

»Du weißt genau, daß sie mich auch nicht haben will«, sagte ich.

»Und wenn sie dich doch will?«

Ich seufzte und zuckte die Achseln.

»Dann nehme ich sie mit nach Reinsnes.«

Ein böses Lächeln leuchtete in Aksels Gesicht auf.

»Das muß ich sagen! Du machst dich! Ich persönlich werde dein Sekundant sein, wenn du sie fragst. Es wird mir ein Vergnügen sein, wenn du endlich zu einer Mannestat schreitest.«

Ich sah keinen Grund, darauf zu antworten.

»Und wenn sich herausstellt, daß sie nicht hinauf in die Eiswüste will?« fragte er.

Ich begann zu ahnen, daß er mir eine Falle gestellt hatte.

»Das passiert nicht«, sagte ich entschieden.

»Warum nicht? Wenn sie sich bereitwillig um Ehre und Tugend lügt?«

»Ich bin nicht verantwortlich für das, was sie dir sagt.«

Er nickte. Blieb eine Weile mit seinem Nicken sitzen.

»Man stelle sich vor – Benjamin Grønelv hat herausgefunden, wie einfach die Liebe ist. Er möchte die Liebe irgendwo zur Hand haben, aber überhaupt nichts dafür tun! Er kann nicht die Verantwortung für das übernehmen, was Anna sagt. Und er kann sich nicht denken, warum sie das sagt! Er! Der daran gedacht hat, mit der Verlobten seines Freundes zu schlafen. Das ist sein Evangelium der Liebe und der Freundschaft! Gratuliere!«

Er stand auf, um zu gehen. War bei der Tür, ehe ich mich besann.

»Willst du gehen?«

»Ich bin nicht hiergewesen«, murmelte er.

»Sind wir keine Freunde mehr?«

»Heute nicht«, sagte er müde.

»Du erzählst ihr nicht ... daß ich es abgestritten habe?« bat ich.

Er sah mich mit einem mitleidigen Blick an.

»Nein«, sagte er kurz.

Jetzt war er an der Reihe, mir aus dem Weg zu gehen. Sogar im Hospital. Ich arbeitete routinemäßig auf der Chirurgischen Abteilung bei Saxtorph, so gut ich konnte. Ein Leben in Vorschriften und Karbolgeruch.

Eine tägliche Probe meiner Männlichkeit bestand darin, daß ich entgegen allen guten Sitten in das Entbindungsheim ging, um Milch für den Säugling in der Store Strandstræde zu erbitten. Ich lieferte der Großmutter die Milch an der Tür ab. Manchmal hörte ich die Kleine drinnen weinen.

Im Mai belegten Aksel und ich einen sechswöchigen Kurs, um das »jus practicandi« als Geburtshelfer zu erwerben, ohne daß wir wieder Freunde wurden.

Sie ließ nichts von sich hören. Dina.

Man konnte sich mit dem Gedanken plagen, daß Aksel und Anna jetzt an den Seen entlangspazierten oder ins Tivoli gingen. Ich war sehr müde. Ich wollte schlafen.

In der Bredgade leerte ich den Toiletteneimer mit einer Sorgfalt aus, als ob es das Wichtigste in der Welt wäre. Ich versuchte auch zu ergründen, wie ich finanziell stand. Ich sah ein, daß ich meinen Kandidatendienst erweitern mußte, bis ich nach Hause fuhr. Nach Hause? Glaubte ich, daß ich um das Gerichtsverfahren herumkommen konnte?

Zu meinem Vorteil will ich nicht unterschlagen, daß ich auch daran dachte, Anders zu schreiben oder zu telegraphieren und um Geld für Karnas Großmutter zu bitten. Aber merkwürdigerweise wurde mein Wille, es auch wirklich zu tun, immer schwächer, je mehr ich daran dachte.

Ich ging noch einmal Wort für Wort mein letztes Gespräch mit Aksel durch. Versuchte auch, die letzte Begegnung mit Anna zu rekonstruieren. Aber es geschah auf eine Art und Weise, als ob es mich nichts mehr anginge.

Ich holte mir Kierkegaards Bücher hervor. Nicht weil ich ihn haben wollte, sondern weil ich mir selbst entfliehen wollte.

Furcht und Zittern, Problemata: ». . . nur wer das Messer zieht, empfängt Isaak. Wer nicht arbeiten will, bekommt auch nichts zu essen, sondern wird betrogen, so wie die Götter Orpheus betrogen mit einem Luftgebilde an der Geliebten Statt, ihn betrogen, weil er verzärtelt war und nicht mutig, weil er Zitherspieler war, nicht Mann ... wer aber arbeiten will, gebiert seinen eigenen Vater.«

All das waren willkommene Thesen für kontrollierte Gefühle.

16. Kapitel

Eines Abends ging ich in die »Apotheke«, weil ich den Kandidaten Benjamin Grønelv nicht länger ertragen konnte. Und die Witwe in der Bredgade auch nicht.

Sobald ich ihn sah, wußte ich, daß ich ihn vermißt hatte. Aksel saß unter der Petroleumlampe. Allein in einer Ecke.

Ich ging zu seinem Tisch. Zögernd. Er nickte gleichgültig, als ich mich niederließ.

»Ach so, du suchst die alte Kannikestræde häufig auf?«

»Man muß doch sehen, ob die neuen Grünschnäbel im Regensen einen Bart bekommen haben«, sagte ich.

Er nickte düster.

»Es ist nicht viel Bart, nein!« sagte er nach einer Weile.

»Ich gebe einen aus«, sagte ich. Als wir etwas zu trinken bekommen hatten und er immer noch kein Lebenszeichen von sich gab, sagte ich: »Du hast heute einen schlechten Tag?«

»Ich lache mich tot«, sagte er.

»So?«

»Ja!«

Ich trank einen Schluck und sah mir die Leute an. Hatte die Eingebung, meinen Mantel aufzuhängen. Tat es und setzte mich wieder. Er hing immer noch auf seinem Stuhl.

»Du!« sagte ich im Befehlston.

»Schrei nicht so!« rief er, daß das Mädchen mit dem Tablett zusammenzuckte.

»Willst du mich umbringen? Oder einen anderen?«

»Ich bringe niemanden um«, stellte er fest.

»Was ist dann das Problem?«

»Das ist ja gerade das Problem.«

Ich verstand plötzlich, was er meinte.

»Ja«, pflichtete ich ihm bei, »das ist das Problem!«

Jeder schaute eine Weile in eine andere Richtung, als ob wir uns nicht kennen würden.

»Ich war bei der Beerdigung. Mein Gott!« sagte er plötzlich.

Ich war auf der Hut.

»Ja?« fragte ich.

»Sie hat uns beide verwechselt... Ich mußte ihr, zum Teufel, klarmachen, daß du es warst, der...«

»Vielen Dank für deine Güte! Aber warum kommst du jetzt damit? Um mich zu quälen?«

»Ja, ja, ja, immer mit der Ruhe«, polterte er böse.

Ich nahm es mit der Ruhe. Wich seinen Blicken aus.

Dann war er wieder da: »Hast du es gesehen?«

»Was?«

»Das Kind?«

»Ja«, sagte ich kurz.

»Ist eine Ähnlichkeit vorhanden?«

»Hör auf!« bat ich. Und etwas später sagte ich: »Ich spendiere einen Schnaps!«

»Bist du heute großzügig?« fragte er höhnisch.

»Ja«, sagte ich nur.

»Siehst du auch Anna?« fragte er aufs Geratewohl, als wir den Schnaps bekommen hatten.

»Nein, und du?« parierte ich.

»Ja«, antwortete er und sah mich wütend an.

Dazu war nichts zu sagen.

»Ich fahre bald nach Hause«, sagte ich.

»Ja, es brennt jetzt wohl«, sagte er trocken.

Ich stand von dem vollen Glas auf und wollte gehen. Es war genug. Zog den Mantel an. Er beobachtete mich.

»Ja, ja«, sagte ich und nickte eine Art Adieu.

Er schien gar nicht zu sehen, daß im Flur ein Ausgang war.

»Deine Mutter? Ständig im Ausland? Ist sie jetzt wieder gesund?« fragte er, als ob wir uns noch immer gegenübersäßen.

»Sie ist gar nicht krank gewesen«, erwiderte ich.

»Aber deswegen bist du doch weggefahren, um sie zu besuchen... in Berlin.«

»Ich habe sie nicht getroffen«, sagte ich ausweichend.

»Du hast sie nicht getroffen?«

Ich blieb stehen.

»Nein!«

»Aber du hast doch das Cello mitgebracht... ich habe geglaubt, sie wäre so krank, daß sie nicht mehr spielt. Sie hat gespielt, nicht wahr?«

»Ja, eine Zeitlang. Sie hat Unterricht bei einem Meister genommen.«

»Ich habe es auch so verstanden, ja. Und sie hat aufgehört?«

»Ja.«

»Wird sie jetzt endlich nach Hause fahren?«

»Nein.«

»Aber so setz dich doch, Mann! Du hast keinen Grund, böse zu sein. Ich habe Grund!« rief er.

Ich zuckte mit den Achseln und setzte mich auf die äußerste Stuhlkante.

»Seltsame Frauen da oben am Nordpol«, sagte er und lachte zögernd.

Darauf gab ich keine Antwort.

»Ist sie gut? Eine Virtuosin?« fragte er.

»Das glaube ich nicht«, sagte ich zurückhaltend.

»Was sagt sie selbst?«

»Nichts.«

»Hast du nicht gefragt?«

»Ich habe doch gesagt, daß ich sie nicht getroffen habe! Man fragt keinen, den man seit seinen Kindertagen nicht mehr gesehen hat.«

»Glaubst du, daß deine Mutter dich so ohne weiteres einfach verlassen hat?«

»So ähnlich.«

»O Gott! Wann? Wie alt warst du damals?«

»Erinnere mich nicht so genau ... vierzehn ...«

»Verdammt ...«, murmelte er und zog an seinem Bart. »Und ich habe einmal geglaubt, daß ich dich kennen würde. Es gibt vieles, was man nicht weiß ...«

Ich antwortete nicht. Aber ich verstand die Andeutung.

»Ich wußte nicht, daß sie schon so lange fort ist. War es nur wegen des Cellospiels? Oder war es wegen eines Skandals?« fragte er.

»Cellospiel. Soviel ich weiß«, log ich.

Wir saßen eine Weile schweigend da. Aksels Schnapsglas

verschwand für einen Augenblick in seiner Faust. Ich betrachtete meine Hände. Keiner von uns hatte ein spezielles Handwerk betrieben. Meine Hände waren auch nicht dafür geschaffen. Nicht besonders kräftig im Vergleich zu Aksels Händen. Ich hatte Dinas lange Finger geerbt. Oder was wußte ich? Jacob konnte Finger gehabt haben von hier bis zum Øresund! Aksels Hände sahen aus, als ob bei der Geburt die Hände des Pfarrerkindes mit denen eines Schmiedkindes vertauscht worden wären.

»Meinst du, daß du sie nicht gefunden hast? Daß du nicht weißt, wo sie ist?«

»So ungefähr.«

»Hast du alles versucht? Oder hast du es einfach seinlassen?«

»Hör auf! Du glaubst doch nicht, daß ich für nichts und wieder nichts nach Berlin gefahren bin.«

»Du warst nicht lange weg.«

»Sie war nicht da!«

Er zupfte sich erregt am Bart.

»Und wenn du sie suchst? Jetzt!« sagte er.

Seine Stimme war Flüstern durch ein offenes Fenster in der Nacht.

»Warum?«

»Um herauszufinden, ob sie dich sehen will. Wie sie lebt.«

»Ich habe es doch versucht. Es interessiert mich nicht mehr, wie sie lebt!«

Er starrte mich an, dann kniff er die Augen zusammen und schnitt eine Grimasse.

»Du täuschst mich nicht! Es ist kein Tag vergangen, seit du in Berlin warst, an dem du nicht an sie gedacht hast!«

»Puh ...«

»Habe ich nicht recht?«

»Nun – ja. Zeitweise ...«

»Wir fahren!«

»Wir?«

»Ja, du brauchst einen Begleiter. Und ich muß rauskommen! Nicht nur die Frauenzimmer sollen etwas von der Welt sehen, während wir uns halb totschuften«, grinste er.

»Ich habe kein Geld, um zu fahren.«

Er seufzte ein wenig, verzog den Mund zu einem fleischigen Trichter und dachte nach.

»Ich versuche das zu regeln.«

»Nein, ich kann mir kein Geld leihen.«

Ich ließ mich darüber aus, was für ein Fluch es war, sich bei jemandem Geld zu leihen. Er betrachtete mich eine Weile. Dann schlug er mit der Faust auf den Tisch.

»Du bist feige! Du wagst es nicht, deine Mutter aufzusuchen! Du hast Angst, daß sie dich abweist!«

Der Raum stand plötzlich auf dem Kopf. Aksel war ein widerlicher, stinkender Kadaver, ich mußte machen, daß ich fortkam, ehe es zu spät war.

Ich erhob mich unsicher, um zu gehen, aber er streckte den Arm aus und drückte mich wieder auf den Stuhl.

»Ich komme mit nach Berlin!« sagte er energisch.

»Was hat dich zu diesem Entschluß gebracht?« fragte ich und bemerkte, daß er sich eine von den Havannazigarren des Professors anzündete.

»Spielt das eine Rolle?«

»Ja.«

»Welche?«

»Ich muß wissen, was für eine Absicht dahintersteckt. Ob du dich an Anna rächen willst oder ob du meinst, du müßtest mich unterstützen.«

»Keins von beiden. Es ist einfach ein ganz egoistischer Drang in die Ferne«, antwortete er.

Ich streckte den Arm hin. Aus alter Gewohnheit lieh er mir die Zigarre. Ich tat ein paar Züge und gab sie ihm wieder zurück.

»Wir wollen gehen«, sagte ich und leerte das Glas.

Er war selten gefügig. Wir gingen in seiner Richtung. Zum Valkendorf.

»Ich habe kein Geld, um nach Berlin zu fahren, selbst wenn ich wollte«, sagte ich.

»Kannst du dir keines beschaffen?«

»Nein. Das heißt, ich könnte Anders fragen. Aber ich weiß nicht, wie es zu Hause geht. Außerdem dauert es lange.«

»Ich kann das mit dem Darlehen für dich regeln«, sagte er unbeirrt.

»Wo willst du das Geld herbekommen?«

»Von meiner Mutter«, grinste er.

»Ohne ihr zu erzählen, wofür du es brauchst?«

Er zuckte die Achseln.

»Sie rechnet sicher damit, daß ich Schulden habe.«

»Warum bist du so versessen darauf?«

»Das habe ich dir doch erzählt.«

»Du willst mich nur von Anna fernhalten. Aber ich fahre ja sowieso bald«, sagte ich.

Er blieb stehen und faßte mich am Arm: »Es ist nicht nur das! Du bist eine Memme, wenn du das nicht verstehst. Ich glaube nicht, daß ich mehr für Anna tun kann. Noch nicht. Aber wenn Frauen reisen, dann kann ich es auch!«

»Ja, ja«, sagte ich.

Nach ein paar Schritten blieb er wieder stehen und faßte mich am Arm. Sein Lachen klang nicht gut: »Ich war heute abend da. Bei Anna!« Er lachte.

»War es so lustig?«

»Nicht besonders«, gab er zu. »Soll ich dir erzählen, warum?«

»Tja ...«

»Sie hat nicht mit uns gegessen. Anna bekam ein akutes Leiden, so daß sie nicht imstande war, mit uns bei Tisch zu sitzen. Ich versichere dir, Benjamin, ich bot mich nicht einmal an, eine Diagnose zu stellen. Sie wäre sehr deutlich ausgefallen. Aber ich tröstete die Eltern, gut erzogen, wie ich bin. Und Benjamin Grønelv schwebte über den Wassern wie ein beschwörender Geist!«

»Tut mir leid«, murmelte ich.

»Wohl bekomm's«, parierte er schlagfertig. »Es ist dir alles vergeben.«

»Du bist zu jung, um bitter zu sein«, sagte ich versuchsweise.

Aber er vermochte nicht einmal, es mir mit gleicher Münze heimzuzahlen. Wir waren längst am Valkendorf vorbeigegangen.

»Ich werde sie nicht mehr sehen«, sagte ich und stieß mit dem Fuß etwas weg, das im Weg lag. Es war ein größerer und härterer Gegenstand, als ich angenommen hatte.

»Doch, das wirst du bestimmt. Du wirst sie sehen!« sagte er wütend. »Und jedesmal bist du mehr kuriert. Mit ihr allein wirst du gut über mich reden. Zusammen mit uns beiden wirst du lachen. Du wirst mein Freund und Trauzeuge sein. Als Entgelt kannst du dich darauf verlassen, daß ich das Kapital stelle und deine Mutter finde.«

Wir standen zwischen zwei Straßenlaternen. Das einzige, was ich sah, war seine Hand mit der glimmenden Zigarre.

»Nennt man das Freundschaft?« fragte ich.

»Ja, darauf kannst du Gift nehmen!«

»Du hast schnell begriffen, wie du mich kaufen kannst«, sagte ich.

»Ja, ich denke schnell. Aber ich kaufe dich nicht. Ich brauche dich für meine eigenen Zwecke.«

»Ist es so selbstverständlich, daß du der Richtige bist ... für Anna?«

»Ja. Das habe ich dir doch schon früher erzählt. Wir waren füreinander bestimmt, seit wir uns das erste Mal begegneten. Anna war sechs Jahre und ich acht Jahre alt. Wir haben es die ganze Zeit gewußt. Daß aus uns ein Paar werden würde. Es ist schön. Ernst. Da darf nicht jemand kommen und es zerstören.«

»Du hast nie von ... Liebe gesprochen. Ich habe geglaubt, es wäre eine praktische Übereinkunft.«

»Und wenn ich hochtrabend über die Liebe gesprochen hätte, dann hättest du es nicht versucht? Meinst du das?«

Was sollte man antworten?

»Dann hättest du es nicht versucht?« wiederholte er und blies kräftige Rauchringe über unsere Köpfe. Er hatte die Oberhand.

»Ich weiß nicht«, gab ich zu.

Er ging mit gesenktem Kcpf, wie ein Tier mit Hörnern. Ein langes Stück. Ohne etwas zu sagen. Aber dann kam es: »Man stelle sich vor! Ein Eingeständnis!«

Es hatte sich ganz zugezogen, und die ersten Tropfen fielen, als wir den Kongens Nytorv mit dem steinernen Reiter überquerten. Es rauschte heftig in den Bäumen, die das Standbild umgaben, und Aksels Haare standen im Wind. Ein später Schuhputzer zog seinen Karren in betrübtem Tempo an uns vorbei. Vereinzeltes Flackern erleuchtete den Himmel.

»Schau mal!« sagte Aksel. »Feuerwerk im Tivoli!«

»Ja«, sagte ich apathisch und steckte die Hände in die Taschen.

Wir musterten uns gegenseitig, während der Regen auf das Pflaster schlug, daß es nur so spritzte.

»Wir müssen einen Unterschlupf finden. Wo ist die nächste Kneipe?« sagte er.

»Wir müssen morgen früh doch in den Operationssaal, Aksel!«

»Das sieht dir mal wieder ähnlich. Erst wartest du bis tief in die Nacht, um mich zu treffen. Und wenn ich endlich da bin, bist du müde. Und das sogar, ehe wir etwas angestellt haben. Wann werden wir reisen?«

Er genoß es, daß er die Oberhand hatte.

Wir gaben sicher ein merkwürdiges Bild ab, als wir im Regen durch die Straßen zogen. Siamesische Zwillinge mit getrennten Gehirnen, die trotzdem irgendwie abhängig voneinander waren.

Die erste Kneipe war ein düsteres Lokal in der Ny Adelgade. Dort schafften wir es, unsere Meinungsverschiedenheiten unter den Teppich zu kehren und großartige Pläne zu schmieden. Über Dina.

Der erste Schnaps riß an den Därmen und erinnerte mich daran, daß ich etwas hätte essen sollen. Aber da Aksel von der Tafel des Professors gut gesättigt war, wurde nichts daraus. Außerdem behauptete er, daß sie in solchen Lokalen nur Wurst mit Arsenik hätten.

Aber mir wurde jedenfalls warm. Der nasse Mantel hing an einem Haken zum Trocknen und Räuchern. Pfeifenrauch und Stimmen aus groben Gesichtern unter den Lampen machten alles dicht. Die Sorgen fielen unter den Tisch. Allmählich wurden wir ungeheuer lustig. Alle beide. Nach einer beträchtlichen Anzahl von Schnäpsen waren wir voll. Aksel hielt für jeden Schnaps eine kleine Rede. Alle Reden liefen darauf hinaus, daß er der Augapfel seiner Mutter war. Und daß er die Sache mit der Schuld sicher regeln würde. Wenn die Kandidatenzeit beendet war, würden wir nach Berlin reisen.

Ich bat ihn, mit seinen Wiederholungen aufzuhören, sonst würde ich noch glauben, daß das Ganze nur das Geschwätz eines Besoffenen sei. Er antwortete mit einer eingehenden Analyse der Schwäche seiner Mutter ihm gegenüber. Nicht nur auf Grund seines charmanten Äußeren, sondern auch seiner zarten Seele wegen. Die, wie sie behaupte, ein Zipfel ihrer eigenen sei.

Ich hatte Müdigkeit und Hunger überwunden. Ich war ein verspäteter Judas, der zu Jesu Knien saß und zuhörte, wie er uns beide erlösen würde, dank seiner Beziehungen zu höheren Mächten. Was Aksel betraf: zu seiner Mutter.

Nachdem er mich überzeugt hatte, wie leicht es war, einen Menschen zu bezaubern, der den angeborenen Fehler hatte, Mutter zu sein, fing er an, mich über Dina auszufragen.

»Ich muß sie doch erkennen, falls ich sie finde und du nicht dabei bist.«

Zuerst hatte ich Bedenken, weil ich nichts von einer so einzigartigen Mutterliebe erzählen konnte, wie er sie in Reichweite hatte. Deshalb wählte ich andere Wege. Und ich wurde von meiner eigenen Geschichte mitgerissen. Zuletzt hörte ich es selbst. Es war nicht mehr meine Mutter, die ich beschrieb. Es war eine Frau. Dina. An die ich jahrelang gedacht hatte. Die bewirkte, daß die Menschen sich veränderten, wenn sie einen Raum betrat. Vor allem Männer.

Ich erzählte Aksel ausführlich von dem Pfarrer, der fast immer ohne seine Frau nach Reinsnes kam. Von Niels, der sich aus unglücklicher Liebe erhängte. Von Anders, den sie verließ. Von dem Russen, der sich vor unseren Augen erschoß, weil er sie nicht bekommen konnte.

Irgendwo hatte ich ein paar Grenzen überschritten. Ich glaubte das selbst nicht, was ich erzählte. Aksels glänzende

Augen unter der Lampe. Das laute Stimmengewirr an allen Tischen. Die Wärme im Körper. Das Gefühl, Aksel wieder zum Freund zu haben. Alles trug dazu bei, meinen Bericht zu würzen und farbig zu gestalten.

Gelegentlich kam Dina über den Hofplatz mit gerunzelter Stirn und verschlossenem Gesicht. Aber ich schob das Bild beiseite. Setzte sie auf den Schwarzen und ließ sie durchs Gelände reiten. Ich ließ sie Mozart spielen, daß die Spinnweben an der Decke über uns schwankten. Und Aksel seufzte. Ich ließ sie die Weihnachtskerzen anzünden. Gebeugt über dem fünfarmigen Leuchter. So nah, daß die Haare beinahe Feuer fingen. Und ich ließ sie wie einen Teufel aus dem Sund heraussegeln.

Es war nicht schlimm, daß ich nicht erzählen konnte, wie sie Benjamins Charme erlag. Ich beschrieb sie zu Pferde, ohne Sattel, nur auf einem Schaffell. Beschrieb sie im Steven, wenn wir das Frachtschiff zu Wasser ließen. Oder wenn sie die Lofotfahrer empfing. Erzählte, wie wir beide einmal allein über das offene Meer segelten, um ein Pferd zu kaufen.

Aksel hörte zu, ohne seine ironischen Bemerkungen zu machen. Er ließ sich in einer Art Rausch mitziehen. Ich glaube, wir verliebten uns beide. Nicht in Anna. In Dina!

Einmal sagte Aksel: »Ist das eine Mutter, von der du sprichst? Oder ist es eine, von der du träumst, sie zu finden?«

»Es ist eine, die wir finden werden!«

»Vielleicht hätte ich eine solche Mutter haben sollen«, sagte er plötzlich.

Ich leerte übermütig das Glas und grinste: »Sie hätte uns bestimmt kein Geld geliehen.«

Er sah mich an und schlug mit der Faust auf den Tisch. Wir prosteten ausgiebig.

»Komm nach Reinsnes, wenn sie nach Hause zurückgekehrt ist«, sagte ich gastfreundlich.

»Mit Anna?«

Ich zögerte nicht.

»Mit Anna!«

Wir torkelten unbeschwert in die Nacht hinaus. Es hatte

aufgehört zu regnen. Aber alles dampfte. Wir wanderten im Bauch des großen Walfischs. Es duftete und stank.

Die Gaslaternen sahen milde auf uns herab. Die Straßen waren fast leer. Aber dumpfe Geräusche von dem fernen Verdauungssystem des Walfischs erreichten uns wie dunkle Geheimnisse. Siamesische Zwillinge. Gemeinsame Arme und Beine. Taumelnd und wiehernd, die Hosenbeine bis obenhin verdreckt.

»Wo zum Teufel ist der Schuhputzer geblieben? Ich muß unbedingt mein Untergestell verschönern«, rief Aksel zu den steilen Hauswänden.

»Pst, sonst kommt ein Polizist und locht uns ein«, warnte ich.

»Locht uns ein?« nuschelte Aksel und blieb mitten im Rinnstein stehen. Ein seliges Lächeln breitete sich auf seinem wirren Gesicht aus. Dann flüsterte er so laut, daß man es auf der anderen Straßenseite hätte hören können: »Jetzt klopfen wir an das Fenster bei der Madame im Peder Madsens Gang!«

Jäh wurde ich nüchtern. Der Gestank des Rinnsteins schlug in meinem Hirn ein wie eine Keule. Die goldenen Stunden des Geschichtenerzählens waren vorüber. Der Ekel marschierte bei mir ein. Mir war schwindlig und übel, ich schüttelte den Kopf.

»Ich bin allzu erledigt ...«, sagte ich so verzweifelt, wie ich nur konnte.

Ich hörte Aksels Pfeifen noch lange, nachdem wir uns getrennt hatten. Während ich mich an Hauswänden und Mauern festhielt, sang es in meinem Hinterkopf.

»Komm nach Reinsnes mit Anna! Mit Anna ... Mit Anna ...«

Anna sang für mich.

17. Kapitel

Als ich ein paar Tage später aus dem Hospital kam, lag ein Brief für mich da. Ich nahm an, daß er von Aksel war. Aber er war von ihr. Anna! »Eine luftige Gestalt« aus Kierkegaards Schriften. Sie wollte nicht auf mein Zimmer kommen, aber sie wollte mich am selben Tag um sechs Uhr im »A Porta« am Kongens Nytorv treffen. Falls ich meinte, es sei nicht wichtig, wäre es auch egal, schrieb sie.

Ich war wenig begeistert über den Ort des Treffens. Eine snobistische Damenkonditorei, wo die Leute hingingen, um gesehen zu werden. Aber es war immerhin etwas. Daß sie keine Angst hatte, mit mir zusammen gesehen zu werden. Sie log Aksel nicht nur über die intimsten Dinge an, sie suchte auch noch die Lüge auf.

Während ich den Brief noch einmal las, wurde mir klar, daß ich sie seit einer Ewigkeit nicht mehr gesehen hatte.

Es war erst vier Uhr, und ich hatte bereits klamme Hände. Sollte man sich umziehen? Das war die Lösung! Ich machte mich fein, so gut es ging. Putzte die Schuhe mit schwarzer Schuhwichse. Als ich fertig war, war es gerade mal fünf Uhr.

Ich klopfte bei der Wirtin an und fragte, ob ich etwas für sie tun könne. Besorgungen machen ... oder?

Sie sperrte die Augen auf und sah mich beinahe freundlich an.

»Dafür sind Sie nicht angezogen. Viel Vergnügen.«

Ich überlegte, ob sie den Brief gelesen hatte, ehe sie ihn mir hinlegte. Er hatte kein Siegel. Das irritierte mich. Aber ich wußte nicht, ob es daran lag, daß sie den Brief vielleicht gelesen hatte, oder ob es an ihrer Nachsichtigkeit lag. Jedenfalls sagte ich ganz beleidigt: »Der Eimer *ist* geleert!«

»Ach du meine Güte!« antwortete sie. »Das Mädchen, das den Brief abgegeben hat, sagte, sie komme von einem Professor ... wie hieß er doch noch ...?«

Sie lächelte selig. Als ob von einem Geheimnis zwischen ihr und mir die Rede wäre.

»Das ist das Schlimmste!« sagte ich möglichst ironisch.

»Jetzt nun mal nicht so naseweis, Herr Kandidat. Ich war wie eine Mutter in all diesen Jahren. Und nun, wo Sie bald abreisen werden und alles ...«

Da hatte ich einen Grund, guten Abend zu sagen und das Haus zu verlassen.

Ich war zuerst da und wählte einen Tisch am Fenster, nur um sie kommen zu sehen. Sie wirkte fremd. Es waren vielleicht die Kleider aus London. Das Gesicht konnte ich nicht erkennen. Das Fenster war zu staubig.

Sie sah sich suchend im Raum um. Ich stand auf, um sie zu begrüßen. Schaffte es nicht, klar zu sehen. Nahm nur die hellen Gewänder mit ihrem Körper darin wahr. Sie waren sicher sehr elegant. Ohne übertrieben viele Spitzen, Rüschen und Anstecknadeln, wie es der Mode entsprach. Vielleicht sah sie deshalb älter aus, als sie war.

Als sie näher kam, glaubte ich, daß sie gleich anfangen würde zu weinen. Ich heftete den Blick auf den gemalten Engel an der Wand über ihrem Kopf. Es nützte nicht viel. Die Palmen auf den Podesten, die Stühle und Tische, alles schwirrte um mich herum. Ich gab ihr die Hand. Aber sie war sozusagen nichts, woran man sich festhalten konnte. Nur verwirrend. Wie wenn dich jemand mit einem Grashalm unter dem Kinn kitzelt, wenn du mit geschlossenen Augen im Gras liegst.

Man konnte sich sagen, daß Karna tot war. Sie sah es nicht.

Ich fragte nicht nach Aksel. Nicht unbedingt deshalb, weil ich eine Ahnung hatte, daß sie es erwartete, sondern vielmehr weil ich es nicht schaffte, die Worte herauszubringen. Es war nicht so, wie es sein sollte, und mir war übel. Es war nicht ihre Schuld. Aksel hatte recht. Man konnte auf nichts verweisen, was Anna die Schuld gab!

Aber sie hatte mir ja eine Botschaft geschickt, weil sie mir etwas sagen wollte. Es mußte etwas Wichtiges sein. Man brauchte nicht zu raten. Aber es machte mich schuldig in Aksels Augen. Auch in ihren.

Sie setzte sich auf den Stuhl, den ich hervorzog. Ihr Gesicht lag im Schatten des Schutenhutes. Trotzdem spürte ich ihren

Blick. Direkt auf mich gerichtet. Ein wenig kindlich. Ängstlich.

Sie wirkte müde und blaß, dachte der Arzt, als ich die Bewegung der Brust während des Atmens beobachtete. Unten im Ausschnitt. Verlor mich in dem seltsamen Bogen auf ihrer Oberlippe. Als sie den Mund ein paarmal öffnete und wieder schloß, so daß bei jedem Mundwinkel ein Grübchen erschien, spürte ich, wie die Grübchen sich unten in meiner Leistengegend ausbreiteten. Ohne daß ich es wußte, hatte ich die Hand über den Tisch gestreckt. Aber sie kam mir nicht entgegen.

Noch hatte keiner ein Wort gesprochen, als der Kellner auftauchte und fragte, was es sein sollte.

»Für mich nur ein Glas Saft, bitte!« sagte sie und zog langsam die Handschuhe aus.

Ich bestellte zwei Gläser Saft, und der Kellner verschwand.

»Du hast mich kommen sehen?« sagte sie und nickte zum Fenster.

»Ja, ich habe dich kommen sehen.«

Wir schwiegen beide eine Weile.

»Ich mußte dich allein treffen. Es ist natürlich nicht ...«

»Ja?«

Ihr Mund öffnete sich, um etwas zu sagen. Dann schloß er sich und wurde ganz schmal. Wären nicht die beiden kleinen Grübchen um die Mundwinkel gewesen, dann hätte ich geglaubt, sie bereue ihr Kommen.

»Um über Aksel und dich zu reden, ohne daß Aksel es hört?« entfuhr es mir.

»Nein. Und ja!« sagte sie trotzig. Als ob sie sich genau in dem Augenblick darüber klar würde, daß es so war.

Ich machte eine übertriebene Geste mit der Hand.

»Die Sache ist ... Ich muß etwas gestehen. Und dir etwas vorwerfen.«

»Nimm den Vorwurf zuerst.«

Das Herz in meinem Körper war totenstill. Das war nicht normal. Eben hatte es noch so geklopft, daß ich kaum die Wagenräder draußen hören konnte.

»Du hast Aksel meine Pläne verraten. Ich hatte mich dir

anvertraut und wollte dich als Alibi haben. Und du hast mich verraten.«

»Das muß lange hersein.«

»Du hast ihm erzählt, daß ich nach London fahren wollte.«

»Sollte er das nicht wissen?«

»Doch, aber es mußte ihn kränken, wenn er es von dir hörte.«

»Da hättest du es mir vielleicht nicht erzählen sollen.«

»Nein«, gab sie mit trotziger Stimme zu.

»Ich habe geglaubt, du wärst ein freier Mensch.«

»Sag mir, wie naiv muß ein Mann sein? Wann werden die Frauen frei? Papa ist der einzige Mann, den ich kenne, der ... er kämpft in der Tat dafür, daß Frauen studieren können ... Medizin!«

»Tut mir leid!« sagte ich einfach.

»Leid?«

»Nicht der Professor! Nein, nein! Daß ich das zu Aksel gesagt habe!«

Ich nippte an dem Saftglas.

»Ich habe mich gerächt!« sagte sie.

»So?«

»Ich habe Aksel gesagt, daß ich nach London fahren würde, weil ich mich freiwillig von seinem besten Freund hätte verführen lassen.«

Sie sprach rasend schnell. Trotzdem verstand ich alles. Ich wußte es ja schon. Aber das Erstaunen war sicher echt. Ich war einfach erschlagen, daß *sie* es mir erzählte.

Sie beugte sich hastig über den Tisch und trank gierig aus dem Saftglas. Der Schutenhut saß ein wenig schief. Er hatte einen stoffbezogenen Knopf auf dem runden Hinterkopfteil. Jetzt sah es idiotisch aus, wo er direkt nach oben zeigte. Als sie sich wieder aufrichtete, zeichnete sich auf ihrer Oberlippe ein roter Streifen ab. Ich hatte Lust, mit dem Zeigefinger darüberzufahren.

»Warum hast du das gesagt?«

»Aus zwei Gründen: um mich zu rächen. Und um mich so unmöglich zu machen, daß Aksel mich nicht mehr haben wollte.«

»Warum erzählst du mir das?«

»Weil es gut ist, wenn du es weißt.«

»Hättest du nicht besser Aksel gesagt, daß du ihn nicht mehr liebst?«

»Nein.«

»Warum nicht?«

»Weil es nicht wahr ist.«

»Na schön. Du willst ihn nicht heiraten. Aber du liebst ihn?«

»Ja. Alle, die Aksel kennen, lieben ihn. Du nicht?«

»Da ist ein gewisser Unterschied.«

Sie spielte mit etwas in ihrem Schoß. Ihren Handschuhen?

»Was denkst du von mir?« fragte sie. Kaum hörbar.

Was ich von Anna dachte? Wie in aller Welt sollte ich ihr erklären, was ich von Anna dachte?

»Ich denke, daß du nicht ...«

»Was?«

»Für mich da bist. Daß es besser ist, daß ...«

»Daß du einfach ... wieder fortfährst. Und daß ich gut genug für Aksel bin?«

Ihre Augenwimpern warfen so lange Schatten. Der Bogen auf ihrer Stirn. Die Nase. Der Spalt unter der Nase. Das Kinn. Es machte mich schwer vor Lust. Sie zu besitzen. Sie ganz andere Dinge sagen zu hören, als sie tatsächlich sagte. Mit nackten Hüften und die runden Arme um mich geschlungen, sollte sie leidenschaftliche Dinge sagen, während der Schutenhut zur Decke zeigte.

Ich wollte sie gerade fragen, ob wir nicht lieber einen anderen Ort aufsuchen sollten, wo nicht so viele Menschen waren. Aber wagte es natürlich nicht. Und plötzlich war alles zu spät.

Sie legte die beiden nackten Hände mit der Handfläche nach oben auf die Tischplatte, als ob sie etwas entgegennehmen wollte. Dann sagte sie leise, während sie mich ansah: »Diese Karna. Die bei der Entbindung gestorben ist. Was bedeutete sie dir?«

Ihre Augen. Hatte ich sie vorher gesehen? Nackt. Mit einem zitternden Muskel im rechten Augenwinkel. Die Pupillen. Dunkel und durchdringend.

Eine Palme stand hinter ihrem Kopf. Ihr Schatten legte ein Muster von Zweigen auf Annas Wangen und Schultern. Als ob jemand vor langer Zeit eine Kralle benutzt hätte, um sie zu verletzen, und dunkle Narben zurückgeblieben wären.

Ich sah auf den Tisch hinunter.

»Ich weiß nicht«, flüsterte ich, während das Glied in der Schamecke hängenblieb.

»Du hast es mit ihr getrieben und dich auch mit mir getroffen?«

»Nein.«

»Warum sagst du das, obwohl du weißt, daß es nicht stimmt?«

Wir maßen einander. Aber brachten es nicht fertig, uns feind zu sein. Ich nahm meine Serviette und beugte mich über den Tisch zu ihr. Dann feuchtete ich die Serviette mit meiner Zunge an und wischte vorsichtig den roten Saftstreifen weg.

Sie schloß die Augen ganz fest und saß unbeweglich, bis ich fertig war. Dann ließ sie sich gegen die Stuhllehne zurückfallen und sah mich wieder an.

»Du triffst die eine und hältst dich gleichzeitig an eine andere und findest es trotzdem seltsam, daß ich Aksel liebe, aber seine Familie und sein Leben nicht für immer mit ihm teilen möchte.«

»Nein, das ist nicht seltsam«, sagte ich.

Eine fröhliche Gesellschaft ging lärmend auf der Straße vorbei. Ich hatte eine willkommene Gelegenheit, ihrem Blick zu entgehen, und schaute aus dem Fenster. Aber es dauerte nicht lange. Man mußte sich ja so benehmen, wie es der Umgebung, in der man sich befand, entsprach. Auch wenn man nicht wußte, was man sagen sollte.

Sie trank das Saftglas aus. Der rote Saftstreifen war wieder da. Ich versuchte zu lächeln, aber es gelang mir nicht.

»Erinnerst du dich, wie du im Park vor mir gestanden und gesagt hast, daß du mich liebst?« sagte sie überstürzt.

Ich nickte.

»Bist du unmittelbar danach zu ihr gegangen?«

»Nein.«

»Warum nicht?«
»Anna!« bat ich.
»Ist das immer so, daß die Männer sagen, sie lieben einen, aber zu einer anderen gehen?«
»Ich kann nicht für alle Männer antworten . . .«
»Antworte für dich selbst.«
Mein Blut. Es stieg mir ins Gesicht. Ich bekam eine solch verdammte Lust, sie dafür zu schlagen. Sie unter mich zu drücken, bis die Worte aufhörten! Bis sie ganz still in meinen Armen wurde.
»Unser . . . unser Verhältnis ist nicht so klar«, sagte ich.
»Erkläre mir, wie du darüber denkst.«
»Das ist nicht so einfach . . .«
»Fang irgendwo an!«
Man konnte sich vorstellen, daß man ihr vertraute. Ihr alles erzählte. Auch das, was man selbst nicht genau wußte. Wie nun, wenn ich es wagte, mich dem auszusetzen? Hatte ich etwas zu verlieren?
»Aksel zuerst«, hörte ich mich sagen.
»Er ist meine Angelegenheit.«
»Er ist mein Freund.«
Sie betrachtete mich unter gesenkten Augenlidern. Sah sie nicht verdammt liederlich aus? Auch wenn sie die Tochter eines Professors war? Doch! Anna kokettierte mit mir. Warf mir Blicke zu. Sagte eine Weile nichts mehr. Wir sahen uns nur an. Ich hatte das dumpfe Gefühl, daß sie meine Worte überhaupt nicht gehört hatte: »Er ist mein Freund.«
Da brach sie das Schweigen und flüsterte: »Erinnerst du dich an Peer Gynt? Erinnerst du dich an den Krummen?«
Ich schluckte.
»Ich erinnere mich genau an Peer Gynt. Was meinst du?«
»Du sagst etwas und denkst an etwas ganz anderes. Du möchtest so gerne, daß alles glatt verläuft. Damit du dich drücken kannst . . .«
»Das ist nicht wahr!«
Man konnte sich langsam mit dem Gedanken beschäftigen, zu entkommen. Anna zu entkommen. Ihren Worten. Man

konnte sehnsüchtig nach der Tür schauen, wenn jemand sie öffnete und hinaus auf die Straße ging.

»Du hast mir einmal gesagt, was du für mich empfindest. War das nur dummes Geschwätz ...«

»Nein!« unterbrach ich sie.

»Erzähl mir, was du eigentlich willst!«

»Ich will, daß es dir gutgeht. Aksel und dir.«

Sie formte die Worte mit dem Mund nach, ohne daß ein Laut kam. Die Augen füllten sich langsam mit Tränen. Dann fing sie an, die Handschuhe durch die Hände zu ziehen. Immer wieder. Die gleiche, beinahe verzweifelte Bewegung. Ich ertappte mich dabei, daß ich zählte. Sechs. Sieben. Es fiel mir ein, daß ich solche Rituale als Junge durchgeführt hatte, wenn es bedrohlich wurde. Ich pflegte alles mögliche zu zählen. Um bei einer bestimmten Zahl aufzuhören und erlöst zu sein. Aber ich mußte darauf achten, in einer sicheren Position zur Gefahr zu sein.

Als sie ihre Zahl gefunden hatte und innehielt, sagte ich: »Das Leben ist nicht so, wie es in den Büchern steht.«

»Ist es das nicht?« sagte sie.

Was sollte man antworten?

»Diese Karna. Ihr Kind. Es lebt, nicht wahr?«

Das wußte sie! Ich hätte es ihr ansehen können, als sie zur Tür hereinkam! Aksel hatte es ihr erzählt. Oder sie hatte es erraten, als er von Karna und dem Kind erzählte. Jawohl! Und was nun? Konnte es noch schlimmer werden?

»Es lebt«, sagte ich.

»Und du hattest nicht vor, es mir zu erzählen? Trotz allem, was du vorher gesagt hast?«

Es wurde reichlich unschön. So sollte die Liebe nicht sein. Ein ekelhaftes Verhör in einem Café.

»Wozu sollte es gut sein, dich damit zu belasten?« sagte ich.

»Mich belasten?«

Sie bewegte sich sachte vor und zurück auf dem Stuhl. Plötzlich fühlte ich einen starken Widerwillen. Gegen mich selbst. Somit auch gegen sie. Wohl dem, der schlafen konnte!

»Was am meisten schmerzt ... einen anderen verachten zu

müssen«, hörte ich sie von irgendwo oben her sagen. Da begriff ich, daß sie zur Tür ging.

Endlich gab es etwas Konkretes zu tun. Nachlaufen. Der Kellner hielt mich energisch auf. Und ich verstand erst nicht, daß er das Geld für die zwei Gläser Saft haben wollte. Verwirrt holte ich die Münzen aus der Tasche.

Als ich auf die Straße kam, stand sie bei einem Laternenpfahl und hielt sich fest. Ich umarmte sie, ohne zu bedenken, daß wir als öffentliches Ärgernis auf dem Kongens Nytorv standen.

»Anna, kannst du mir vergeben?« flüsterte ich.

»Ich kann dir nicht vergeben, daß du so bist«, sagte sie bloß und machte sich frei.

Man konnte überrascht sein, daß sie nicht weinte. Sie hätte weinen sollen.

Wir gingen aufs Geratewohl zur Østergade. Plötzlich verstand ich, daß dies ein solcher Augenblick war, den man immer mit sich trug. An Annas Seite zu gehen. Vielleicht würde ich einmal denken: Ich ging an diesem Abend zusammen mit Aksels Anna.

Ich konnte es natürlich auch seinlassen, daran zu denken. Aber ich würde es nie vergessen.

»Ich weiß nicht, wie ich es anstellen soll, damit du mich verstehst«, sagte ich.

Sie sah mich nicht an. Ging nur. Geradeaus.

»Ich verstehe. Du selbst verstehst nicht! Ich habe ... habe ... Und du hast immer noch nicht verstanden!«

»Daß du mich treffen wolltest?«

»Das auch.«

»Du bist mutig, Anna. Ich verstehe, daß Aksel dich haben will.«

Sie blieb stehen und starrte mich an. Dann hob sie die Hand und schlug mir ins Gesicht. Die Leute blieben stehen und glotzten.

Ich bekam den Blick nicht los von ihrem Schutenhut. Sie hatte ihn in der Eile auch geohrfeigt. Es saß kurze Zeit schief, dann hing er an den Bändern auf der Schulter.

»Und du?« schrie sie. »Was willst du haben?«

Aber sie weinte noch immer nicht.

Ich fuhr mir übers Gesicht. Ich konnte nichts anderes tun. Der Fehler war nicht wiedergutzumachen. Ich mußte einfach die Zeit darüber hingehen lassen.

Wieder konnte man sich danach sehnen, ihr etwas zu erzählen, damit sie alles entschuldigte. Und Karna war nicht mehr da. Aber das in die Tat umzusetzen, das war es ja gerade …

Sie beruhigte sich, während ich ihr bei dem Schutenhut half. Wo ihre Hand getroffen hatte, fing es an zu brennen. Auf diese Weise hatte ich sie sehr nahe.

Es konnte nicht schlimmer kommen, so erdreistete ich mich, ihren Arm zu nehmen, als wir weitergingen. Ich spürte den Stoff ihres Jackenärmels an der Hand.

Natürlich hätte ich wissen müssen, daß sie noch nicht fertig war.

»Was wirst du mit dem Kind machen?« fragte sie. Ihre Stimme war ein Schneebesen in einer Metallschüssel.

»Ich?«

»Ja, du!«

»Ich bin zu allen Hebammen in der Stadt gelaufen, um Milch herbeizuschaffen«, sagte ich.

»Und das genügt?«

»Es geht jetzt besser …«

Genau da fing sie an zu weinen. Als wäre es ein Fehler gewesen, daß ich Milch besorgt hatte.

Wir waren zum Amagertorv gekommen. Ein Omnibus und drei Pferdedroschken standen faul im Schatten von einigen breiten Markisen. Eine Gemüsefrau saß noch da und hielt ein Schläfchen unter ihrem Sonnenschirm. Sie hatte eine alte Zeitung auf den Kopf gelegt, die jedesmal respektlos flatterte, wenn sie ausatmete, und sich an ihr Gesicht klebte, wenn sie mit einem grunzenden Laut einatmete. Zum großen Vergnügen von ein paar Jungen, die auf dem Platz herumrannten.

Ich hatte ein solches Bedürfnis, etwas zum Lachen zu haben. Warum konnten Anna und ich nicht lachen? Ich beugte mich über sie und versuchte es mit einem Lächeln. Aber sie sah mich nicht an. Ich war ein Loch in der Luft.

»Ich muß jetzt nach Hause«, sagte sie.

»Warum?«

»Eigentlich gehe ich mit Aksel spazieren ... Er sollte mich im ›A Porta‹ abholen und mit nach Hause zum Essen kommen.«

Man konnte sich leicht ausmalen, daß sie Aksel benutzt hatte! Anstandshalber, um mich zu treffen! Statt dessen hatte ich das Gefühl, zu ersticken. Etwas wurde irgendwo zu totem Gewebe. Es mußte weggeschnitten werden. Man konnte es Eifersucht nennen. Oder eine gewisse Einsamkeit. Falls da ein Unterschied war.

»Dann mußt du gehen ...«, murmelte ich und machte kehrt, um sie zurückzubegleiten.

»Du bist so ...«, sagte sie halb erstickt, ohne den Satz zu vollenden.

Ich fragte nicht, was sie meinte.

»Sehe ich dich wieder?« fragte ich statt dessen.

Sie hielt an und schneuzte sich in ein winzig kleines Taschentuch. Sie sah plötzlich gleichgültig aus. Völlig ruhig. Man konnte nicht einmal merken, daß sie geweint hatte.

»Das mußt du bestimmen.«

Ich fragte sie nicht nach ihrer Meinung. Es war nicht die Zeit dafür.

Die Østergade war heute unendlich. Ich sagte nichts. Hielt sie nur ehrbar am Arm. Als ich Aksel mit langen Schritten in das Café hineinschwenken sah, ließ ich sie los und blieb stehen.

»Vielen Dank, daß du mich treffen wolltest«, sagte ich höflich.

Sie zögerte ein wenig, streckte ihre Hand aus und berührte meine Hemdbrust. Blitzschnell. Dann drehte sie sich um und ging.

»Sei gesegnet, Anna!« rief ich ihr leise nach.

Ich weiß nicht, ob sie mich hörte. Sie gab kein Zeichen.

Ein Hund kam angetrottet und rieb sich an meinen Beinen. Ich beugte mich hinunter und tätschelte ihn. Der Himmel hatte angefangen, sich violett zu färben. Es schlug von der Heiliggeistkirche. Sieben Schläge.

Anna war eine ganze Stunde bei mir gewesen!

18. Kapitel

Aksel wohnte im neuen Valkendorfkolleg. Nicht jeder bekam dort einen Platz. 1588 hatte Friedrich II. bestätigt, daß das Hvidekloster, im Besitz des Regentmeisters Valkendorf, sechzehn armen, fleißigen Studenten als Wohnung dienen sollte. Aber die Geschichte veränderte viel. Das alte Kloster wurde abgerissen und ein neues Gebäude errichtet.

Aksel war weder arm noch fleißig. Er wohnte trotzdem dort. Hinter solidem Tor, gut geschnittenen Hecken und Fahnenstange. Mit eigenem Eingang, der von einem Korridor abging. Der Himmel für einen Studenten und Kandidaten.

Zwei Tage nach meiner Begegnung mit Anna ging ich zu Aksel, um ihn daran zu erinnern, daß wir eine Reise vorhatten. Ich hatte ihn im Hospital nicht gesehen.

Genau wie ich hatte er sein Zimmer verlassen, ohne abzuschließen. Ich ging hinein und ließ mich auf dem Bett nieder. Mit Schuhen und einer von seinen Zigarren zum Trost. Ich machte ein Nickerchen und wachte von selbst wieder auf, ohne daß Aksel erschienen war.

Als ich einen anderen Bewohner vorbeigehen hörte, steckte ich den Kopf zur Tür hinaus und fragte, ob er wisse, wo Aksel sei. Er sei für ein paar Tage nach Hause gefahren, erhielt ich zur Antwort.

Die Dämmerung war bereits in das Haus gekrochen. Ich legte mich kurz entschlossen wieder aufs Bett und zündete eine neue Zigarre an. Nach einer Weile ging mir auf, daß er nach Hause gefahren war, um Geld für die Reise zu beschaffen. Er hatte die Sache also ernst genommen.

Sie mußte sich beinah lautlos bewegt haben. Ich bemerkte ihre Schritte erst, als die Tür aufging und sie etwas außer Atem ins Zimmer trat. Anna!

Als sie mich sah, blieb sie stehen. Mit beiden Händen auf dem Rücken. Sie schien die Tür aus Angst vor unbekannten Feinden festzuhalten.

»Du!« rief sie aus.

»Ja.«

Man konnte sich vorstellen, daß man in Aksels Bett lag und von Anna träumte. Aber das war nicht der Fall. Sie war wirklich da.

»Was machst du hier?« sagte sie. Die Worte kamen langsam, sowohl beim Ein- als auch beim Ausatmen.

»Ich warte auf Aksel. Sie sagen, daß er für ein paar Tage nach Hause gefahren ist. Und du?«

»Aksel besuchen«, sagte sie.

»Oft?« fragte ich und versuchte höhnisch zu sein.

»Gelegentlich.«

»Wissen deine Eltern ...?«

»Warum fragst du?«

Ihr Blick war verschleiert. Die Dunkelheit, die von der Wand kam, war zartblau. Ich erhob mich vom Bett. Es war ein unmöglicher Platz. Ich machte die Zigarre aus. Der kleine Raum war eine Schale. Um Anna und mich! Ich hatte sie hier. Mir nahe. Allein. Ohne daß jemand es sah.

Eine große Welle kam aus der Tiefe und hob mich hoch. Ich taumelte durch den Raum. Legte beide Hände um ihren Hals und hielt sie mit meinem Körper an der Tür gefangen. Suchte ihren Mund, während ich sie gegen die Tür drückte. Drückte, ohne sie anzufassen!

Ich schloß die Tür ab. Ja, ich war das wohl, der die Tür abschloß.

»Nein!« sagte sie, als ich sie in die Arme nahm und aufs neue küßte.

»Nein!« sagte sie, als ich sie immer wieder bei ihrem Namen nannte.

Zweifellos sagte sie nein. Aber sie war bei mir! Ich spürte, daß sie bei mir war. Ich hatte gelernt, daß ein Nein nicht immer ein Nein ist. Ich wußte wohl nicht, daß ich so stark war? Oder wußte ich es doch? Genoß ich es? In Aksels Zimmer. Allmählich in Aksels Bett. Auf seinem gestreiften, groben Bettüberwurf mit deutlichen Spuren von schwarzer Schuhwichse und Zigarren.

Meine Stärke erzwang sich den Platz auf einer Blumenwiese. Der Duft! Guter Teufel, wie es in Aksels Zimmer duftete! Anna! Haut. Stoff. Haare. Die Wände waren eingepackt in braune matte Erde. Die Decke war so leicht zu tragen. Für einen, der stark war. Anna war jetzt so leicht.

Wenn ich mich erinnerte, daß sie eigentlich gekommen war, um Aksel unerlaubt zu treffen, dann wollte ich es mir selbst nicht eingestehen. Denn sie war bei mir!

Und man konnte sich nur vorstellen, daß sie sich auch gesehnt hatte. Wollte ihr beweisen, daß sie sich auch gesehnt hatte. Nach mir!

Es war kein feuchter, heimlicher Nachttraum. Einer, von denen ich matt und zufrieden aufzuwachen pflegte, aber ohne den Körper gebraucht zu haben. Die Arme. Wozu hatte man diese beiden verdammten Arme früher in der Welt benutzt?

Und die Hände. Meine Hände wollten soviel Gutes tun. Überall auf einmal. Atemlos versuchte ich durch alle ihre Gärten zu laufen. Sprang über alle Gatter und Zäune. Pflückte Blumen auf allen Beeten.

»Nein!« sagte sie.

Aber es war wohl nur Musik? Gewiß war es Musik! Ihre Stimme. Es war egal, was sie sagte, denn sie trug die Musik in sich.

»Nein«, sagte sie wieder.

Aber ihr Nein war außerhalb meiner Grenzen.

In dem Augenblick, als sie ihren Finger gegen mein rechtes Auge drückte, so daß alles schwarz und übel wurde, hörte ich, daß sie weinte.

Man hätte es schöner machen können. Ruhiger. Liebevoller. Es war nicht so. Man wußte sicher, daß man soviel Stärke besaß.

Aber ich mußte aufhören wegen des schmerzenden Auges. Ständig blinzeln. Der Schmerz verstärkte die Lust, aber eine Weile hielt er die Stärke in Schach.

Dann merkte ich, daß ich Anna aufs Bett geworfen hatte. Es war alles in Unordnung geraten. Nicht nur bei ihren eleganten Kleidern. Bei allem. Aber es duftete verdammt süß!

Ich lag mit der einen Hand unter ihrer Jacke und Bluse und sah, daß sie aufgehört hatte zu weinen. Es war schrecklich weich da drinnen. Ihre Haut. Warm, wie wenn man die Jungen von Stines Eiderenten in der Hand hielt.

Indessen dachte ich, daß sie versuchen würde aufzustehen. Aber sie lag ganz still. Entsetzlich still. Ich öffnete ein Auge und sah direkt auf ihre geschlossenen Augen.

Da fing ich an, die Hand zu bewegen. Langsam. Während ich darauf wartete, daß sie sich gegen meine Hände zur Wehr setzen würde. Aber ihr Arm schloß sich fest um meinen Hals, und ihre Hand kroch in meine Haare. Es tat so gut. Daß sie die Hand in meinem Haar hatte.

Ich hatte es nicht erwartet. Es lag eine Vergebung darin. Karnas Hände drängten sich zwischen uns. Kraftlos. In einem kurzen Aufblinken. Aber es machte nichts.

Ich mußte sie wieder küssen, auch wenn sie böse wurde. Als ich einmal die Augen öffnete, schaute ich in einen Tierblick. Scheu, wütend, ängstlich, genießend. Alles. Ich bohrte meinen Kopf zwischen ihre Brüste, um Karnas Blut zu vergessen. Ich schluckte und suchte Halt. Mein Glied war so zielgerichtet, daß es weh tat. Ich hielt zurück. Suchte ihre Haut mit beiden Händen, aber hielt zurück.

Ihr Hut fiel auf den Boden. Ich machte eine idiotische Armbewegung, um ihn aufzuheben. Aber sie stieß ihn mit dem Fuß weg. Ihr Haarkamm fiel heraus, und die Haare flossen über.

Da tat sie es! Ich konnte nicht denken, während sie es tat.

Riß die Knöpfe ihrer Bluse auf, zerrte an der Verschnürung und den Haken der Unterwäsche. Dann lagen sie da. Annas Brüste lagen da! Wie zwei große, runde Bernsteinstücke in der Dunkelheit an einem Strand.

Man brauchte es nicht zu glauben. Aber es war so, wie es nun einmal war. Ich konnte sie in aller Ruhe betrachten, ohne daß sie davonlief. Sie waren nicht groß. Aber golden, mit dunklen, kleinen Warzen. Anders als die, die ich vorher gesehen hatte?

Warum versucht man in heiligen Augenblicken alles zu zerstören? Warum lag ich hier mit Anna und verglich? Mit wem?

Der Madame im Peder Madsens Gang? Oder mit der in der Magstræde mit dem Samtband um den Hals und den häßlichen blauen Flecken auf den Brüsten? Oder mit der einsamen Frau in Berlin? Oder mit des Gerbers Andrea? Herrgott, wie man sich doch die heiligen Augenblicke zerstören kann! Karnas bloßer, üppiger Busen mit großen, auseinanderfließenden Warzen? Während Annas Brüste in meinen Händen lagen?

Und Anna? Sah sie mich? Meine Gedanken? Verstand sie, daß ich sie an allen anderen maß? Sah sie, wie wenig ich von allen anderen gelernt hatte? Weil das meiste aus einer Art zwingender Notwendigkeit entstanden war. Machte man so etwas überhaupt aus Liebe?

Die Lust? Anna! Kann sie Liebe sein?

Ich fragte nicht. Die Lust war ein Hengst. Nicht aufzuhalten. Sie überwand Hindernisse und sprang über Wälle. Das war das Ende. Das machten die Hände und mein Körper, um eine Sehnsucht zu stillen.

Was geschieht mit gestillten Sehnsüchten? Ungeachtet dessen, was geschah, werde ich mich danach sehnen, es wieder zu tun. Mit ihr!

Anna mußte die mutigere von uns sein. Anna! Des Professors begabte Tochter. Ich tastete über das Gesicht und ihre Haare. Liebkoste die nackte Haut. Die prickelnden Übergänge von dünnem Stoff zu Haut. Die Ränder. Die Gummibänder. Die Knöpfe. Ihr Gesäß hatte eine schöne, rauhe Oberfläche. Fühlte sich an wie der Plüsch auf der Chaiselongue im Rauchzimmer von Reinsnes. Ich hätte sie so gerne nackt gesehen. Die Haut um ihre Taille gefühlt.

Zuerst wagte ich nicht, ihre Öffnung zu berühren. Man konnte sich erlauben, zu seufzen und zu spüren, daß man beinahe am Ziel war. Aber ich wagte es nicht. Denn wenn es sich jetzt herausstellte, daß sie die ganze Zeit nur vorgetäuscht hatte zu wollen? Um mich wieder ins Dunkel zu stoßen?

Am Rande der Katastrophe trifft man immer eine Entscheidung.

Ich entschied mich für Annas Öffnung. Und gerade als ich

die Luft anhielt und in sie eindringen wollte, zog sie sich zurück. Ihre Tieraugen wollten mir etwas sagen, aber ich vermochte nicht, ihrem Blick zu begegnen. Schwamm bereits durch ein dunkles Wasser.

Ihre Augen bettelten. Ich kam zu mir. Der Gedanke! Man mußte den Gedanken doch denken. Verstehen, auch wenn es da unten schmerzte. Daß ich der erste war. Kein Aksel? Keiner!

Die Lust, die in den Ohren gepocht und ihren Rhythmus durch meinen ganzen Körper gejagt hatte, verstummte. Man kann es Verwirrung nennen. Oder Zärtlichkeit? Man konnte überlegen, was man jetzt machen sollte. Und daß man noch nie eine gehabt hatte, für die man der erste war.

Man konnte fragen, aber da mußte man schnell fragen. Wie fragt man?

Unsere Augen flossen ineinander, während ihre Seidenbeine meine nackten Hüften umschlossen. Dann preßte sie ihren Bauch gegen meinen und umfaßte mit ihren Händen mein Hinterteil.

Ich hörte mein Stöhnen, und der Raum verschwand. Es gab nur noch einen Raum in der Welt: hart und naß und weich.

Annas Wille, den Schmerz zu ertragen, kam dazwischen. Sie gab keinen Laut von sich. Man mußte nur die Bewegungen machen, man hatte sie auch früher gemacht!

Aber ich schaffte es nicht. Welkte in ihr dahin. Als man alles hatte und es nur noch zu tun brauchte, welkte man dahin. Da spürte ich ihre Hand, die unter dem Hemd an meinem Rücken entlangfuhr. Während ich verzweifelt an die Stöße dachte. Die wilden, blinden Stöße, die ich in Anna vollführen wollte.

Ich dachte so intensiv daran, daß es mir schwarz vor Augen wurde. Aber ich brachte es nicht zustande. Zuletzt lagen wir ganz ruhig. Sie lag unter mir und strich mit den Fingerspitzen über mein Gesicht.

Wir blieben nebeneinander liegen, ohne uns anzusehen. Allmählich konnte ich die Möbel im Zimmer erkennen. Die Wände. Ich überlegte, daß ich ihr die Röcke hochziehen sollte.

»Du«, sagte sie nur.

Man konnte nicht wissen, was es bedeutete. Dann tastete ich mich zu ihrer Hand. Um sozusagen alles wiedergutzumachen, fing ich mit allem zusammen an, den Knöpfen, Haken und Bändern.

»Du«, sagte sie wieder.

Ich wartete. Aber vermochte nichts zu sagen. Wir saßen eng umschlungen auf Aksels Bett. Sie sah beschämt an sich herunter und zog die Bluse über der Brust zusammen.

Mein eigener scharfer Körpergeruch stieg mir in die Nase. Das Häßliche gegen das Schöne. Der Mann in Aksels Bett. Auf Annas Körper. Was hatte ich getan? Es schnürte mir den Hals zu.

Jemand ging unter dem Fenster vorbei und pfiff.

Einmal hielten wir die Luft an, weil jemand die Treppe heraufkam und mit schleppenden Schritten über den Korridor ging. Wir dachten sicher den gleichen Gedanken: Jetzt kommt er! Aksel. Jetzt haben wir Aksel vernichtet.

Als alles wieder ruhig war, vernichtete sie mich.

»Nun kannst du zu den Barmädchen gehen. Nun bin ich wie sie!«

Man hätte darauf vorbereitet sein sollen, daß sie so grausam sein können.

»Anna, Anna ...«, bat ich und zog sie an mich.

Aber ich sah es deutlich. Das Verbrechen stand mit roten Zeichen auf allen Wänden! Ich hatte das Bild, das Anna von sich selbst hatte, zerrissen. Was war Anna jetzt? Warum mußte man Frauen in Stücke reißen? Ich bereute nichts, und ich hatte wohl nie etwas Schlimmeres getan. Anna! In Aksels Bett, während er das Geld beschaffte, damit wir Dina suchen konnten.

Ich weiß nicht, wo ich es herhatte, aber es kamen Worte, von denen ich nicht einmal wußte, daß ich sie kannte. Ich stotterte, aber ich brachte die Worte heraus.

»Siehe, meine Freundin, du bist schön! Siehe, du bist schön! Deine Augen sind wie Taubenaugen hinter deinem Schleier. Dein Haar ist wie eine Herde Ziegen, die herabsteigen vom

Gebirge Gilead ... Du bist wunderbar schön, meine Freundin, und kein Makel ist an dir. Komm mit mir, meine Braut, vom Libanon, komm mit mir vom Libanon.«

Ihre Hände fielen in den Schoß, und sie zündete in jedem ihrer zwei blauen Augen ein kleines Licht für mich an.

Als ich die letzten Worte geflüstert hatte, hob sie die Hand, schniefte kurz und fuhr sich über das Gesicht. Dann knöpfte sie die Bluse bis zum Hals hinauf zu. Während sie die Haare unter den Hut steckte, konnte ich sehen, daß auch der Nacken golden war und daß ihr Mund zitterte. Ich weiß nicht, wie unglücklich sie war. Ich hätte sie fragen können. Aber da hätte ich es hinnehmen müssen, daß sie anfing zu weinen. Am liebsten wollte ich mir wohl vorstellen, daß auch sie sich einsam fühlte in einem schrecklichen Wunsch, das Verbotene eine Weile zu besitzen. Nur eine kleine Weile! Daß der Körper Wünsche hatte! Und daß sie stärker waren als Unglück und Verrat? Stärker als das, was wir füreinander fühlten?

Ich hätte mit ihr darüber sprechen sollen. Aber wie? Ich saß ja auf Aksels Bett, mit Raum und Zeit als Blutgeschmack im Mund. Deshalb hatte ich wohl die großen Worte aufgesagt. Über die Liebe, oder was es nun war?

Sie hätte sagen können: Diesmal kommst du nicht davon, Benjamin. Sie sagte es nicht. Wir halfen einander mit dem Nötigsten. Kleider. Haare und Schuhe. Wir waren so schuldig, daß wir die Schuld in Zärtlichkeit ertränken mußten, um es auszuhalten.

»Jetzt wissen wir jedenfalls, wer wir sind«, sagte sie, als sie bereit war zu gehen.

Ein Luftzug von irgendwoher faßte eine Haarlocke und wehte sie hinauf zur Hutkrempe, als Anna die Tür öffnete. Für einen wilden Augenblick wiederholte ich: »Komm mit mir, meine Braut, vom Libanon, komm mit mir vom Libanon!«

Als sie gegangen war, wußte ich, daß ich nichts gesagt hatte.

19. Kapitel

Drei Tage nach Valkendorf war Aksel immer noch nicht erschienen. Im Hospital hatte er sicher Urlaub genommen, denn er wurde nicht vermißt, obwohl der Endspurt für das »jus practicandi« begonnen hatte. Und ich wagte nicht zu fragen.

Ich sagte mir, daß Anna Aksel alles erzählt hatte. Daß es nur eine Frage der Zeit war, wann er in die Bredgade kam und mich an die Tapete meiner Wirtin klatschte.

Ich war mir klar darüber, daß es ein Bußgang war, wenn ich Karnas Großmutter aufsuchte. Ich versprach ihr abermals, daß ich Geld beschaffen würde. Karnas Bruder und ich drehten zusammen ein paar Milchrunden, das heißt, ich ging zum Entbindungsheim, und er trug die Milch nach Hause.

Am letzten Tag im Hospital tauchte Aksel in aller Gemütsruhe auf. Als ich ihn sah, wußte ich sofort, daß Anna nichts gesagt hatte. Nach dem Abschluß in der »Kirche« mit Reden und falschen Klaviertönen kam er zu mir und schlug mir auf die Schulter.

»Ich habe das Geld beschafft!«

Ich weiß nicht, wie solche Menschen wie ich sich verhalten sollen. An und für sich war es etwas Neues. So einer zu sein. Man kann sich damit entschuldigen, daß fünf Minuten vergingen, bis wir in der Grünanlage für uns allein unter den Bäumen saßen. Und als wir erst saßen, allein, war Aksel unheimlich glücklich. Erzählte ausführlich von seiner guten Mutter, und die ganze Welt gehörte ihm.

Zur Hölle! Man kann nicht ständig sagen, wie es sich verhält. Das erlebt man immer wieder in dieser Welt.

Ich brachte es nicht über mich, zu einem Saufgelage zu gehen und zu feiern. Nicht mit Aksel. Klagte, daß ich mich schlecht fühlte. Sie drohten mir damit, im Laufe des Abends in die Bredgade zu kommen und zu inspizieren, falls ich nicht erschien. Dann zogen sie zum Valkendorf oder Regensen. Ihr Gesang zerhackte die Luft zu Kleinholz, noch lange, nachdem sie hinter allen Mauern verschwunden waren.

Da konnte man auf dem Pflaster stehen und fluchen, daß man ein geborener Schurke und Idiot war. Oder durch die Straßen bummeln. Man konnte dreimal zu Annas Tür gehen, ohne anzuklopfen. Man konnte beobachten, daß die Schatten länger wurden, und sich selbst sagen: Jetzt kannst du in die Nordländer reisen und erzählen, daß du den Liebhaber deiner Mutter erschossen hast! Du hattest eine Galgenfrist in Kopenhagen. Nun ist Schluß! Natürlich konnte ich noch ein paar Tage in den Kneipen sitzen und dänisches Bier trinken und daran denken, daß alles umsonst war. Aber da mußte man aufhören, warme Mahlzeiten zu essen. Denn Karnas Großmutter mußte alles Geld haben, das ich entbehren konnte.

In einem verrückten Augenblick saß ich auf einer Bank und glaubte, daß ich das Geld sparte, um die Kleider reinigen zu lassen und neue Stiefel zu kaufen und mit Aksel nach Berlin zu fahren. Aber das war jetzt unmöglich. Mit Aksel zu reisen.

Die Stadt war staubig und heiß. Von der Ecke der Østergade breitete sich der Amagertorv vor mir aus. Menschen und Tiere dampften von der eigenen Wärme und der Sonnenglut. Die Schatten waren noch kurz. Einige suchten Zuflucht längs der hohen Häuser. Bei einem Laternenpfahl stand ein glänzendes schwarzes Pferd eingespannt und fraß träge aus einem Heusack, während der Kutscher unter dem Verdeck döste.

Gerade als ich mich daran erinnerte, daß ich hier mit Anna gegangen war, sah ich deutlich, daß sie aus der Werkstatt ihres Schneiders herauskam. Aber es war eine andere. Ich hatte sie mehrmals gesehen. War auf dem Sprung gewesen, zu ihr hinzulaufen. Aber es war immer eine andere. Manchmal versteckte ich mich, ohne zu ergründen, ob sie es wirklich war. Auf diese Weise gehörte sie mir. Ein bißchen.

Ein Sprengwagen ratterte vorbei und schüttete Kaskaden von Wasser auf eine Schar Gassenjungen, die die Gelegenheit nutzten, um sich abzukühlen.

Die Marktfrauen saßen hinter ihren Brettertischen mit Bergen von Gemüse und Topfpflanzen. Einige hatten Sonnenschirme. Andere zogen sich das Kopftuch ins Gesicht herunter, während der Schweiß an ihnen herunterlief. Es stank aus dem Rinnstein. Die Leute hielten sich die Nase zu, wenn sie auf Brettern über die schlimmsten Gräben gingen.

Als ich die Straße überquerte, setzte sich ein Omnibus in Bewegung. Eine Gruppe von Männern saß auf dem Dach. Als ob sie Statuen wären. Ohne Willen zum Leben. Indessen trieben die Wolken hinter den Häuserreihen vorbei. Im Wagen saßen die Frauen. Unruhig. Als ob sie aus Wachs wären. Voller Angst, in der Hitze zu schmelzen.

Ich wanderte am Gammel-Strand entlang und sah den Fischfrauen zu. Eine Gewohnheit, die ich mir zugelegt hatte. Vielleicht war es der Fischgeruch, der mich anzog. Oder der Umstand, daß ich ab und zu keine Bekannten treffen wollte.

Von der Bredgade über den Kongens Nytorv war der Weg für gewöhnlich lang genug, um den Kopf auszulüften. Aber heute nicht. An der Ecke der Store Strandstræde mußte ich ein zerfranstes Gewissen befragen: Sollte ich nach Karnas Großmutter sehen? Oder nicht?

Ich gewann.

Beim Højbroplads ging ein junges Dienstmädchen mit einem glänzenden Fisch in ihrem Korb dicht an mir vorbei. Wegen der Wärme hatte sie die Jacke aufgeknöpft. Die Brüste wogten unter der dünnen Bluse. Ein erregender Duft von billigem Parfum, vermischt mit frischem Schweiß- und Fischgeruch. Zwei überreife Früchte. Ich mußte sie angestarrt haben, denn sie blickte zu Boden und hastete vorbei. Ich konnte nichts dafür, daß ich mich umdrehte. Eine Schwere breitete sich im Unterleib aus. Und Einsamkeit.

Ich wanderte zwischen den Fischständen umher und hörte auf die Rufe der mit ihren Kopftüchern bekleideten, grobknochigen Frauen unter den Sonnenschirmen. Ging nahe an den Ständen entlang und begegnete den direkten Blicken, so daß die braungegerbten Gesichter sich zu einem Lächeln verzogen. Ihre Münder öffneten sich, ihre Hände suchten in der stinkenden, glatten Ware. Nach jedem Handel wischten sie Schleim und Fischschuppen an der Sackleinenschürze ab.

Ich ging durch ein paar »Gäßchen«. Vorüber an offenen Fenstern mit molligen Armen und steifem, billigem Lächeln.

Es war Nachmittag geworden, und die Gassen lagen im Schatten. Da kamen sie heraus.

»Nun kannst du zu den Barmädchen gehen! Nun bin ich wie sie!« sang es unter meinen Schuhsohlen, bis ich die Augen niederschlug und vorbeiging.

Als ich auf dem Heimweg zufällig auf einer Zeitung das Datum sah, erschien es mir wichtig, mich zu erinnern, was Mutter Karens Kalender vom 17. Juni sagte. Aber ich kam nicht darauf.

In mein Zimmer zurückgekehrt, sah ich, daß die Wirtin einen Brief auf den Tisch gelegt hatte. Von Anders. Während ich ihn öffnete, fiel es mir ein: 17. Juni. Bottolfsmesse. »Die Erde, die ein Jahr lang geruht hat, soll nun gepflügt werden, weil alle Wurzeln locker sind und sich leicht ausreißen lassen – und später verrotten.«

Im Zimmer war es stickig heiß. Ein beißender Geruch nach gebratenen Zwiebeln zog von der Küche herein. Er verursachte mir mehr Übelkeit als Hunger, obwohl ich den ganzen Tag noch nichts gegessen hatte. Ich warf die Jacke auf den Haken neben der Tür und nahm den Brief mit hinaus auf den Hof.

Anders schickte mir nicht nur einen Brief, sondern auch eine Menge Geld, ohne daß ich darum gebeten hatte. Darüber würde Karnas Großmutter sehr froh sein, und außerdem konnte ich erster Klasse nach Hause fahren.

Er begann mit einer behutsamen Übersicht über die Menschen von Reinsnes. Stine und Tomas. Die Kinder. Hanna hatte gegen Ende des Frühjahrs ihren Mann verloren und war deshalb mit ihrem Kind nach Hause gekommen.

Man konnte sich Hanna als Witwe mit Kind nicht recht vorstellen. Einen Augenblick sah ich sie vor mir. Eine kleine dunkle Gestalt mit festem Blick und trotzigem Ausdruck. Aber das Bild entglitt mir. Ich war nicht imstande, es festzuhalten.

Hatte lange nicht an sie gedacht.

Anders schrieb vor allem von dem guten Heringsfang. Die Reinsnes-Schiffe hatten unglaubliches Glück gehabt. Und der

Absatz war viel besser gewesen als im vergangenen Jahr. Konjunkturschwankungen und Spekulanten hatten manchen Schiffseigentümer ruiniert, aber ihn nicht, schrieb er mit steiler, eckiger Schrift.

Er erwähnte in den Briefen nie das Wort »Darlehen«, er nannte es benötigte Mittel. Jetzt war er mit dem »Unwesen« fertig geworden.

Ich sah ihn vor mir, wie er im Kontor saß, mit dem alten, bauchigen Rumglas, das am Rand leicht angeschlagen war.

Er schrieb begeistert von dem neuen Telegraphenamt in Sandsøy. Ja, daß auch nach Tromsø ein Telegraphenamt gekommen war. Es war ein Wunder. Zauberei sozusagen. Die Welt wurde so winzig klein dadurch. Er ermunterte mich, daß ich mir ein Telegramm leisten sollte, um meine Ankunft mitzuteilen. Es machte ihm solchen Spaß, Telegramme zu bekommen. Ich sollte es ihm auf seine Rechnung schicken, falls ich in Verlegenheit war. Darauf kam es nicht an. Der Hering war eine Gabe Gottes für Hoch und Nieder dort oben im Norden. Die Wetterlage war gut für den Fischfang draußen bei Bjarkøy, und vor Malangen stand der Hering in dichten Schwärmen. Aber man mußte hinaus und ihn holen, denn er kam nicht nahe ans Land.

Er erzählte mit nüchternen Worten, daß er ein Dach über dem Kopf bei Strandstedet gekauft und Leute eingestellt hatte, um den Hering zu salzen. Es war ein Geschäft, an das er glaubte. Wenn man bei der Heringsbegeisterung nicht den Kopf verlor. Die Leute waren so froh über das Geld, und es war leichter, mit ihnen zu handeln. Es war eine Seuche geworden, Brandversicherungen abzuschließen, um damit zu prahlen. Auf Reinsnes hatten sie es auch gemacht. Im übrigen ging es den Leuten und den Tieren gut, und sie waren gesund.

Die Briefe von Anders waren aus einer anderen Welt. Man bekam immer das Gefühl, etwas vergessen zu haben, wenn man sie las.

Manche Tage gleichen keinem anderen Tag.

Dieser Tag begann nicht mit der Feier im Hospital und dem

Eingeständnis, daß mit dem Ganzen Schluß war. Begann nicht damit, daß Aksel und die anderen um die Ecke verschwanden, oder mit dem Zwangsgedanken an Mutter Karens Bauernkalender und dem Brief von Anders.

Der Tag begann am späten Nachmittag. Hinter dem Bretterzaun, der den Brunnen von den Katzen und den Abfallhaufen trennte. Ein großer Weidenbaum bildete zusammen mit dem Brunnen eine barmherzige Oase. Es rieselte immer Wasser aus dem Rohr. Es tröpfelte unaufhörlich. Wie aus einer geheimnisvollen Quelle im Innern der Erde.

Die drei hohen Häuser rund um den Hof waren das Skelett für jede Art Ausbau und Dachstuben. Sie ragten über den Hof, um ständig mehr Wohnraum für die Menschen zu schaffen. Treppen, Außengänge und Erker warfen wohltuende Schatten an einem solchen Tag. Strümpfe und Hemden flatterten munter im Wind und spielten mit ihren Schatten auf der roten Mauer. Blumenkästen versuchten den Eindruck einer Idylle zu vermitteln. Die Fenster standen auf. Und die Geräusche von Menschen und Gegenständen liefen zusammen in einer unzusammenhängenden Kakophonie. Das nannte man sicher – Leben.

Die Bank, auf der ich saß, war sehr robust. Trotzdem hatte ich das Gefühl zu schwanken. Die Schatten, das Rauschen der Baumkrone über mir. Vier Wolken bewegten sich da oben. Es flimmerte und drückte gegen meine Augenlider.

Hie und da kreischten die Angeln des Eingangstors. Da, wo ich saß, konnte ich es nicht sehen. Aber kurz darauf konnte der oberste Teil eines Kopfes über dem Bretterzaun auftauchen. Falls der Betreffende groß genug war. Oder einen Hut trug.

Ein paarmal nickte ich ein, und mir schien, ich sähe Anna. Eilig. Heller Strohhut mit weichem Rand. Die Sonne verstärkte den Goldton ihrer Haut. Es dauerte nur den Bruchteil einer Sekunde. Wie wenn das Laub unruhige Schatten auf die Augenlider wirft. Dann war ich allein mit einem schwachen Wind.

Ich war im Begriff, Anders' Brief zum dritten Mal zu lesen, als wieder jemand durch das Tor kam. Leichte Schritte. Bald danach hörte ich Madame Frederiksens laute Stimme aus dem Fenster im Erdgeschoß.

»Ja. Er ist zu Hause. Er sitzt auf der Bank beim Brunnen.«

Anna! Das mußte Anna sein! Nun hatte ich sie herbeigezaubert!

Ich machte die Augen fest zu und tat so, als ob ich schliefe. Das Rascheln von Röcken ließ keinen Irrtum zu. Ihr Schatten fiel auf mich, aber ich reagierte nicht. Es war ein Spiel. Ein Spiel, das mich schweben ließ. Wuchs aus meinem Körper heraus. War ein Baum mit Zweigen bis in den Himmel und mit Wurzeln in meiner Leiste.

Ich hörte an der Stille, daß sie vor mir stand und mich betrachtete. Aber ich öffnete die Augen nicht. Sie sollte mich berühren, ehe ich reagierte. Sollte vollends zu mir kommen. Und ich wäre unschuldig. Sie sollte ganz dicht an mich herankommen, so wie sie nach Valkendorf gekommen war. Diesmal sollte sie zu mir kommen.

20. Kapitel

»Benjamin«, rief es irgendwo über mir.

Die Stimme? Woher kannte ich sie? Eine Welle. Langsam. Die Stimme duftete. Hatte ein so wahnsinniges Licht. Es tat weh. Es wurden Brecheisen in meine Augen hineingebohrt. Es war, als ob etwas Hartes immer wieder gegen meine Schläfen schlüge.

Plötzlich war ich ein kleiner Junge und saß auf einem schwarzen Pferd, das durch das Gelände geführt wurde. Sie stand dort in einem gelben Kostüm und einem beigen, breitrandigen Hut und sagte: »Benjamin!«

Ohne irgendein besonderes Zutun stand ich aufrecht neben der Bank. Ich hatte wohl vorgehabt, hineinzugehen und ein wenig zu schlafen. Es war so quälend heiß. Anders' Brief wurde feucht in der Hand. Wenn ich die Finger umbog, blieben sie von selbst an der Handfläche kleben.

Es war etwas nicht in Ordnung mit dem Gesicht. Vielleicht mußte man nur anfangen zu gehen, dann würde sich alles von allein lösen und wieder so sein wie vorher.

Denn wenn es Wirklichkeit wäre, hätte man gewußt, was man tun sollte. Man hatte es ja von Jugend an geplant. Alles. Was man sagen würde. Was sie antworten würde.

Da war die Stimme wieder. Ein Wind vom Meer? Hier drinnen in einem Hof in Kopenhagen? Eine banale Sehnsucht? Die sagte: »Benjamin ... Kennst du mich nicht?«

Da fing das Pendel an zu schwingen. Zuerst langsam. Dann immer schneller. Man konnte es greifen, um es anzuhalten. Aber das führte nur dazu, daß man an ihm festhing und ihm folgen mußte.

Ja, dann schwang man von einer Seite zur anderen. Weit hinaus in den Weltraum. Zuletzt mit einer solchen Geschwindigkeit, daß man sich setzen mußte. Aber die Holzbank war nicht sicher, da war es besser, sofort wieder aufzustehen.

Eine kühle, feuchte Hand auf der Stirn. Wasser, das gleich daneben rann. Daß niemand den Wasserhahn in Ordnung brachte! Warum war alles so unzuverlässig? Warum ging man nicht ins Bett, ehe es zu spät war?

Der Duft war jetzt stärker. Man mußte die Hand heben, um sich zu wehren. Dem ein Ende machen. Sie legte sich auf ihre Brust. Die Jacke war offen. Warme Haut durch dünnen Stoff. Ihr Gesicht! So nah. Konnte man es berühren?

Ich konnte nichts dafür, daß ich es sagte.

»Mama!«

Ich wiederholte es immer wieder. Die Jahre waren ausgelöscht. Alles war, wie es gewesen war und immer sein würde. Vor dem Russen. Ich löste mich auf in meinem eigenen Körper. Ich klammerte mich an sie. Wimmerte.

Sie hielt mich fest. Ich weiß nicht, was geschah. Weiß nicht, was ich sagte. Nur, daß sie mich festhielt. Und daß ihre hellen Augen mich ansahen. Ruhig. Etwas in sich gekehrt, als ob es ihr zuviel wäre. Etwas verwundert, als ob sie dächte: Ja, das ist er!

Sie sah mich!

Sie hatte noch nichts gesagt. Nur das eine: »Benjamin ...« Und: »Kennst du mich nicht?«

Trotzdem gingen wir zusammen ins Haus, als ob wir jahrelang verabredet hätten, uns zu treffen. Die Treppe hinauf. Durch den Dunst von gebratenen Zwiebeln.

Drinnen im Zimmer blieb ich eine Weile über dem Fußteil des Bettes hängen. Starrte sie an. Dann wankte ich zum offenen Fenster und wieder zurück. Ständig starrend.

Sie zog ihre Kostümjacke aus. Dann setzte sie sich auf das Bett. Und stieß eine Art Seufzer aus.

Jemand warf einen Ball gegen die Wand. Ich zählte, wie oft er aufprallte. Einundzwanzigmal. Dann wurde es still. Unendlich still.

Man konnte glauben, daß es eine gute Todesseligkeit war. Mitten in den Tod hinein kam die Witwe Frederiksen und wollte der Mutter des jungen Grønelv Eistee oder Sodawasser anbieten.

Sie dankte und fragte, ob wir es hier ins Zimmer bekommen

könnten. Wir hätten so vieles zu besprechen – sie möge es nicht falsch auffassen.

Das tat Madame Frederiksen auch nicht.

»Er hat gelernt und gearbeitet, daß er ganz aus dem Gleichgewicht geraten ist, der junge Mann. War nicht mehr wiederzuerkennen«, sagte Madame Frederiksen und ließ durchblicken, daß sie regen Anteil nahm.

Man konnte den Eindruck bekommen, daß man eine bedeutende Persönlichkeit im Hause war.

Das Sodawasser kam mit den schönsten Gläsern aus dem großen Schrank.

Dinas Stimme erklang wieder in dem Raum. Strich wie Wind an den Ohren vorbei. Kleine, unbedeutende Worte. Winzig kleine Fragen. Ob ich wirklich krank gewesen sei. Ob in der Nähe ein Lokal sei, in dem wir essen könnten.

Essen?

In mir war irgendwo ein stiller, mächtiger Fluß. Auf ihm schwamm alles zusammen. Was sie sagte.

Und die hellen Augen? Waren sie so gewesen? So klar? Wie konnte ich sie gehaßt haben? Wie konnte ich jemals glauben, daß Dina schuldig war? Schuldig woran?

Ich konnte ihre Hände umfassen und für alles büßen. Aber es lag an der Begegnung mit ihren Augen, daß der Fluß die Worte mit sich nahm: »Du mußt Karnas Tochter sehen!«

Da lächelte sie. So einfach wurde es. Einfach! Bis sie fragte: »Karnas Tochter?«

Ich glaube, in diesem Moment begriff ich, daß Dina Wirklichkeit war.

Sie saß da und sah mich an. Fragend. Gott und Dina sahen mich. Ich fing an zu zittern.

Endlich brachte man es fertig, den Kopf zu schütteln und zu sagen, daß es nichts war. Absolut nichts! Und der Fluß floß weiter mit ihren Worten. Sie waren kleine Blasen, die vom Grund aufstiegen. Von alten Pfählen, die in der Tiefe lagen und allmählich zu Erde wurden. Von kleinen Fischen, die sich an den Ufern versteckt hatten. Man konnte sie unter der Oberfläche glitzern sehen.

Aber dann erhob sie sich plötzlich und ging zur Tür. Ich lief ihr nach. Packte sie kräftig am Arm. Zuckte zusammen.

»Geh nicht! Geh nicht! Diesmal darfst du nicht gehen, Dina!«

Meine Stimme war drohend. Ich starrte sie an und drohte ihr, während sie sich wand. Aber ihre Augen waren ruhig. Schrecklich ruhig.

»Ich werde nicht gehen, Benjamin! Ich habe nur im Hof etwas zu erledigen.«

»O nein! Auf keinen Fall! Du sollst hierbleiben!«

Sie schloß momentan die Augen, öffnete sie wieder und sah mich an. Beinahe zärtlich.

»Dann werden wir zusammen gehen«, sagte sie.

Ich ließ sie los.

»Nachher gehen wir irgendwohin und essen etwas«, fuhr sie fort und setzte ihren Hut auf.

Ich stellte mich zwischen sie und die Tür. Sie ging zu dem Cellokasten und legte die Hand darauf. Sagte nichts. Bewies nur, daß sie ihn gesehen hatte.

»Nun«, meinte sie, »willst du dir nicht deine Jacke anziehen? Und wie ein anständiger Mensch aussehen?«

Ich tat, was sie sagte.

Sie stand mitten im Zimmer und ließ den Blick ein paarmal über den Raum gleiten.

»Das ist also das Zimmer, wo ihr beide, du und Johan, gewohnt habt«, sagte sie.

»Ja«, murmelte ich.

»Fühlst du dich hier wohl?«

»Ich wohne hier«, sagte ich.

Als wir zur Tür hinausgingen, sagte sie: »Du sprichst dänisch.«

»Ja.«

»Auch mit mir?«

»Auch mit dir.«

Ich konnte ihr Gesicht nicht sehen, denn sie ging vor mir.

Aber ich hatte das Gefühl, daß sie lächelte. Ich hätte ihr nicht so antworten sollen. Ich hätte ein wenig mehr Humor in die Antwort legen sollen. Sagen, daß es eine Gewohnheit geworden war. Irgend etwas.

Das Kanalcafé. Sie las mir die Speisekarte, die am Türrahmen hing, laut vor, als ob ich blind wäre. Ich studierte ihre Haut. Das Ohrläppchen mit der Perle. Die Linien bei ihrem Mund. Die Brust. Die Taille in der figurbetonten, langen Jacke.

Sie war älter geworden. Dünner, als ich sie in Erinnerung hatte. Die tiefe Furche zwischen den Augen. War sie früher nicht tiefer gewesen? Seltsam. Dachte sie nun mehr gute Gedanken als früher? Ich spürte eine kindliche Eifersucht. Deshalb richtete ich den Blick lieber auf ihre Schläfen. Sie hatten eine Andeutung von Weiß.

An einem Tisch ganz hinten im Lokal kam ich wieder einigermaßen ins Gleichgewicht. Fand eine Technik, den Blick auf ihre Nasenwurzel zu richten. Auf diese Weise entwischte ich. Wenn sie den Kopf ein bißchen drehte, sah man den markanten Nasenrücken. Die hohen Wangenknochen. Der Mund hatte fast keinen Amorbogen. Ich konnte mich nicht erinnern, daß ich es früher bemerkt hatte. Trotzdem hatte die Oberlippe eine tiefe Rille unter der Nase. Als ob ein energischer Finger es wiedergutmachen wollte, daß mit dem Bogen gepfuscht worden war, und deshalb eine Vertiefung eingedrückt hätte. Die Mundwinkel kräuselten sich, so wie ich es in Erinnerung hatte. Oder schien es mir nur so? Weil ich es wußte?

Hatte ich in Wirklichkeit Angst vor ihr? Jetzt, wo sie da war, wußte ich nicht, was ich sagen sollte. Alle Vorwürfe und Anklagen, die ich mir im Laufe der Jahre ausgedacht hatte, wo waren sie jetzt? Wo, zum Teufel, waren alle Worte? Warum sah ich ihr nicht gerade ins Gesicht und sagte ihr, was ich dachte?

Sie aß das gleiche wie ich. Schinken, Käse und dunkles Brot, dazu Starkbier. Lange Zeit kauten wir stumm. Ich verschlang sie mit den Augen zwischen jedem Bissen. Sie war diskreter. Ein paarmal legte sie die Hand auf meinen Arm.

»Iß nicht so schnell!« sagte sie ziemlich bestimmt.

Ich stockte. Sie gab mir einen Befehl. Ich mußte lächeln. Aber ich fuhr fort zu kauen, so schön ich konnte. Dennoch war ich lange vor ihr fertig.

»Du hättest meinen Kameraden Aksel sehen sollen«, sagte ich eifrig. Als ob ich ein Schuljunge wäre, dem endlich einfiel, womit er die Erwachsenen unterhalten konnte.

»Was ist mit ihm?«

»Er hat eine besondere Art, rohe Eier und Schnaps zu sich zu nehmen ... Zu Hause hat er es gewiß nicht gelernt. Er kommt aus einer Pfarrersfamilie ...«

Ich hielt inne und errötete. Hörte selbst, wie lächerlich es klang. Ich hatte meine Mutter seit meinen Knabentagen nicht mehr gesehen, und das erste, was ich ihr erzählte, waren Aksels Eßgewohnheiten.

Das Lachen saß ihr in den Augen. Das machte mich mutig. Satt und mit einem Seidel schweren Biers im Blut betrachtete ich sie ganz offen. Bekam Lust, sie zu reizen. Sie zu verunsichern. Ihren Zorn hervorzurufen. Ich konnte es schaffen, sie zurückzuhalten, falls sie so beleidigt war, daß sie gehen wollte.

»Ich habe heute einen Brief von Anders bekommen«, platzte ich heraus. »Heute ist alles möglich. Willst du ihn lesen?«

Sie schüttelte den Kopf und trank einen Schluck Bier.

Ich zog den Brief aus der Jackentasche und tat so, als ob ich sie nicht verstanden hätte.

»Ich werde ihn dir vorlesen«, sagte ich lebhaft und faltete das Papier auseinander.

»Nein!« sagte sie laut.

»Warum nicht?«

Sie hob abwehrend die Hand.

»Du bist feige!« zischte ich.

In dem Augenblick, als mir die unverschämten Worte herausrutschten, hörte ich, daß sie nicht auf dänisch kamen. Da wurde ich noch wütender.

»Es muß wohl so sein«, sagte sie langsam, ohne sich anmerken zu lassen, daß ich nicht mehr dänisch sprach.

»Hast du die Briefe nicht gelesen, die wir dir geschickt haben?« fragte ich zwischen den Zähnen.

»Alle, die ich bekommen habe. Aber da bin ich allein gewesen. Alles zu seiner Zeit, Benjamin.«

»Ja, natürlich!«

Sie beugte sich über den Tisch und stützte das Kinn auf beide Hände. Die Mundwinkel kräuselten sich, aber die Augen waren ernst.

»Leg den Brief weg, er ist für dich, nicht für mich«, sagte sie.

Ich fing laut an zu lesen.

Ich glaubte, sie würde aufstehen und gehen, so daß ich eine Szene daraus machen konnte. Aber sie blieb sitzen und sah mich an.

Ich versuchte, den richtigen Tonfall zu finden, während ich las und sie gleichzeitig im Auge behielt. Das war nicht einfach. Eine kurze Zeit schwirrten die Worte wie Insekten zwischen uns. Wir wollten sie beide nicht haben. Plötzlich verstand ich, daß sie recht hatte. Denn Anders verschwand. Er war nur ein Werkzeug im Kampf gegen Dina.

Ich faltete den Brief zusammen. Faltete und faltete. Immer weiter. Bis er nur noch ein kleiner Papierberg in meiner Hand war. Als ich ihn in meiner Hand liegen ließ, spürte ich, daß das Papier etwas von mir wollte. Es versuchte, sich wieder auseinanderzufalten. Kleine, kratzende Flügel auf der Haut.

»Erzähl mir lieber alles von dir. Dinge, von denen du möchtest, daß ich sie höre«, sagte sie.

»Warum?«

»Weil ich jetzt hier bin und hören kann.«

Seltsam. Die Sprache. Es war so lange her, daß ich sie vernommen hatte. Es ärgerte mich, daß ich gerührt war. Sie redete, als ob sie direkt von Reinsnes käme. Heute. Und nie fort gewesen wäre.

»Ich bin fertig mit der Kandidatenzeit. Habe mir eine Arzttasche gekauft.«

»Es ist eine große Leistung, Benjamin. Ich hätte nie geglaubt, daß du Vorlesungen besuchen und ein Arzt werden würdest . . .«

»Ist es denn schlimm, Doktor zu sein?«

»Nein, es ist großartig! Aber ich hatte geglaubt, du würdest lieber Romane lesen und dergleichen.«

Das sagte sie! Sie lobte! Trotzdem war es ganz verkehrt. Auf diese Weise sollte sie es nicht sagen! Warum sagte sie das mit den Romanen? Warum, zum Teufel, sagte sie das?

Ich stand am Ufer und sah Dina die Allee hinauflaufen. Hinauf zu dem Russenkörper. Ich stand mit den Füßen im Wasser und stemmte mich gegen die Steine, um das Boot hochzuziehen. Allein. Jetzt war sie bei dem Russen angekommen. Ich stand hier unten mit den Füßen im Wasser. Das Boot war zu schwer.

Die Übelkeit kam hoch. Schinken, Käse und dunkles Bier wollten wieder hinaus.

»Hast du mir nicht mehr zu sagen? Hast du den Brief nicht bekommen, in dem ich schrieb, daß ich mich melden wollte?«

»Ich habe den Brief bekommen.«

»Dann weißt du doch! Alles!«

»Niemand weiß alles. Aber ich weiß genug, um hier zu sein. Ich hoffe, du hast dich noch nicht gemeldet«, sagte sie.

Sprach sie vom Wetter?

»Verdammt, spricht Dina vom Wetter?« sagte ich.

»Nein«, sagte sie.

Sie fuhr sich mit den Fingerspitzen langsam über den Mund und lehnte sich auf ihrem Stuhl zurück. Ihre Augen krochen in den Schatten.

»Diese Last ist nicht deine, Benjamin. Das weißt du.«

»Die Last ist da ... Wessen sie auch ist.«

»Und jetzt willst du Benjamin bestrafen, weil Dina sich nicht hat einsperren lassen?«

Es waren um diese Zeit kaum Gäste im Lokal. Trotzdem sprach sie zu laut. Ich mußte sie dazu bringen, leiser zu sprechen. Die Leute könnten hören ...

»Du warst fort«, flüsterte ich.

Ihre Mundwinkel kräuselten sich wieder. Lächeln? Oder was war es? Karnas Kind hing an meiner Hand mit dem Kopf nach unten, bevor es zum ersten Mal weinte. Die Mundwinkel!

Dina beugte sich über den Tisch und ergriff meine beiden Handgelenke. Hart.

»Ja, ich war fort für dich, Benjamin. Du hast es wohl so empfunden.«

Da hatte sie es auch gesagt! Sie saß hier. Sie faßte mich an!

Ich stand noch mit ihrer Hutschachtel in den Händen. Ich saß noch im Baum und rief ihr wie rasend hinterher, als sie zum Schiff hinausgerudert wurde.

»Warum hast du mir nur eine alte schwarze Bibel geschickt, so daß ich glauben mußte, du wärst tot?«

Sie antwortete nicht sofort. Eine verräucherte Decke und verräucherte Wände sperrten uns zusammen ein. In einem Lichtkegel quer durch das Lokal konnten wir gerade noch Christiansborg durch ein nicht ganz sauberes Fenster erkennen.

»Ich habe wohl geglaubt, daß ... Es war das einzige, was ich dir geben konnte. Ich wollte, daß du ... Frieden findest«, sagte sie unsicher.

Ich schaffte es nicht, ihr die spöttische Antwort zu geben, die mir auf der Zunge lag: Wie schön, daß du mir die Bibel geschickt hast! Und: Du hättest die Bibel ja auch Anders schicken können. Er hätte sie verdient.

Ich sagte nichts dergleichen. Statt dessen sah ich auf meine Hände. Erforschte die Linien genau.

»Hast du erfahren, daß ich in Berlin war?«

»Ja. Und daß du das Cello an dich genommen hast.«

»Warum habe ich dich nicht angetroffen?«

»Ich wußte nicht, daß du kamst. Ich war in Paris ...«

»Das glaube ich dir nicht!«

Es wurde still. Wir starrten uns eine Weile an. Dann sagte sie nur: »Dann eben nicht.«

Es war jetzt leer. Ganz leer.

»Habe ich dich früher angelogen, Benjamin?«

»Ich weiß nicht. Du hast es jedenfalls unterlassen, gewisse Dinge zu sagen.«

»Daß ich wegfahren würde? Das habe ich gesagt!«

»Daran erinnere ich mich nicht mehr.«

»Das ist verständlich. Es war zu schwer für dich.«

Sie drehte einen kleinen Faden von ihrem Blusenärmel zwischen den Fingern und sah mich die ganze Zeit an.

»Warum bist du jetzt gekommen?« fragte ich.

»Ich mußte ... damit du verstehst.«

»Verstehst?«

»Ja. Du kannst nicht etwas auf dich nehmen, was du nicht getan hast.«

»Was soll das heißen?«

Sie nahm sich Zeit. Dann sagte sie leise und deutlich: »Du warst es nicht. An einem Herbsttag hat Dina Grønelv den Russen Leo Zjukovskij mit einer Finnenbüchse erschossen, während Benjamin Grønelv oben am Hang stand und alles mit ansah. Seitdem war Benjamin ohne Mutter.«

Ihr Gesicht gefror. Die Augen waren offene Stellen im Eis.

Sie sagte es! Sie saß hier und sagte es! Trotzdem wurde dadurch nichts besser.

»Reicht das jetzt, Benjamin?«

Kann jemand auf eine solche Frage antworten?

Es wurde so still. Ich sah die Geräusche, aber hörte nichts, als der Kellner vierzehn Teller in den Regalen aufeinanderstapelte.

»Ich danke dir, daß du nicht aufgegeben hast, so daß ich kommen mußte!« sagte sie.

Sie sagte es! Ich hörte, daß sie es sagte!

Da war er wieder, der Fluß. Alles floß im Kreis. Sie auch. Eine nicht mehr ganz junge Frau, die in einem Fluß zwischen ihren Worten schwamm und versuchte, eine gewisse Würde zu bewahren, auch wenn sie wußte, daß es hoffnungslos war.

Wir waren sicher die einzigen im Café. Der Kellner lief in einer groben weißen Schürze geschäftig hin und her und gab uns zu verstehen, daß er wünschte, wir würden gehen. Ich hatte Angst, daß dieser Mensch alles zerstörte, wenn er uns ansprach, deshalb suchte ich in meinen Taschen nach Geld, um zu bezahlen.

Sie war schneller. Holte einen Schein aus ihrer Handtasche.

Ich schaute auf das Bild an der Wand. Ein Segelschiff in dunklem Rahmen. Wahrscheinlich würde man, wenn alles vorüber war, wenn der Fluß uns und unsere Worte mit hinaus aufs Meer genommen hatte, trotzdem noch das Segelschiff im Kanalcafé vor sich sehen. Während man etwas ganz anderes machte. Zum Beispiel ein Buch öffnen.

Draußen auf der Straße faßte sie mich am Arm und sagte heiter: »Du bist gewachsen. Mächtig!«

»Und du bist sicher ein bißchen geschrumpft«, gab ich zurück, so munter, wie ich nur konnte.

Das half. Wir gingen und lächelten uns prüfend an. Die Sonne war im Begriff zu verschwinden. Sie badete die Schloßinsel, die Kirchtürme und die höchsten Dächer, die nach Westen gerichtet waren. Machte rote Mauern zu Gold. Hauchdünne Wände aus Licht, Staub und Schatten standen senkrecht zwischen den Häusern.

»Um diese Zeit geht die Sonne in Reinsnes nicht unter«, sagte sie.

»Nein.«

»Das wäre jetzt schön mit ein wenig salzigem Meereswind und nächtlicher Sonne«, fuhr sie leichthin fort. Allzu leicht.

Ich wußte, worum es sich drehte.

Sie hielt eine vorbeifahrende Droschke an.

»Ich muß mein Gepäck am Bahnhof holen, und dann muß ich mir eine Unterkunft suchen.«

Jetzt war sie wie in alten Zeiten. Praktisch, knapp und energisch.

»Wir müssen zum Meer! Kennst du dich aus?« sagte sie.

»Es kommt darauf an, was du haben willst und wieviel du bezahlen kannst.«

»Das Logis muß nach Seife und Meer riechen und saubere Handtücher und zwei Betten haben.«

»Zwei?«

»Zwei!« sagte sie bestimmt. »Du bist so groß geworden.«

»Haben wir genug Geld, um aufs Land zu reisen?« fragte ich. Aber ich hörte selbst, wie eifrig ich war.

Sie verhandelte bereits mit dem Kutscher. Wir wollten erst ihr Gepäck holen und dann in die Bredgade fahren, um das Nötigste für mich einzupacken. Nach kurzer Zeit hatte sie Ort und Preis geklärt. Der Kutscher wußte genau den richtigen Ort. Er hatte einen Bruder, der nördlich von Klampenborg ein kleines Fischerhaus vermietete.

»Wir können mit der Eisenbahn fahren«, sagte ich.

Da wandte sich Dina mir zu. So wie ich sie in Erinnerung hatte. Dina aus Reinsnes.

»Das ist schlechtes Geschäftsgebaren! Erst den Verkäufer überlisten, damit er verrät, wo die Ware zu finden ist, und ihn dann um seinen Gewinn prellen. Außerdem habe ich keine Lust, gegenüber Fremden knauserig zu sein oder als Matrone angesprochen zu werden, die einen Platz für Sack und Pack und Hund haben will. Ich habe für einige Zeit genug von einem Eisenbahnabteil.«

Als wir in die Bredgade kamen, ging ich allein ins Haus. Madame Frederiksen erschien sogleich mit vielen Entschuldigungen und verschwitzter Nase im Flur. Sie hätte so gerne meine Mutter und mich zum Mittagessen eingeladen.

»... aber es ist so traurig, daß meine Schwester krank ist und ich nach Roskilde fahren muß, um nach ihr zu sehen. Die Reise ist ein Alptraum und ...«

Sie fuhr fort, während ich ihr zu erklären versuchte, daß wir gegessen hatten und für ein paar Tage aufs Land fahren wollten.

Da begann sie mit ihren Ermahnungen hinsichtlich Zuschließen, Brandgefahr und Toiletteneimer.

Ich raffte ein paar Kleider und Bücher zusammen und stopfte alles in den Seemannssack, indessen sie in der offenen Tür stand und redete. Mein Blick fiel plötzlich auf das Cello hinter dem Bett. Ich nahm es an mich und ging mit vollen Händen auf Madame Frederiksen zu.

»Die Schlüssel!« mahnte sie. Und im nächsten Augenblick entfuhr ihr ein Ausruf und eine Gottesbeschwörung. Es war etwas dermaßen Seltenes, daß ich stehenblieb.

»Ist was passiert?«

»Nein, nein, mir fiel nur ein, daß der junge Mann, mit dem Sie oft zusammen sind, hier war und nach Ihnen gefragt hat.«

»Aksel? Der große, mit den dichten, blonden Haaren?«

»Ja, ja, Aksel. Er bat mich, Ihnen zu sagen, daß er wiederkommt. Heute abend.«

Zuerst dachte ich, daß er nichts von Anna und mir wußte. Aber dann ging mir auf, daß er es bestimmt wußte. Da stand ich nun mit dem Cello in der einen Hand und dem Seemannssack in der anderen.

»Wie sah er aus?« fragte ich.

»Ach – wie gewöhnlich. Gut angezogen und ...«

»Ich meine, war er aufgebracht oder so?«

»Davon habe ich nichts bemerkt«, sagte sie erstaunt.

Das sieht Aksel ähnlich, sein schweres Schicksal zu verbergen, dachte ich. Jetzt konnte ich ebensogut im Erdboden versinken wie draußen im Meer.

Ich lief an Madame Frederiksen vorbei und die Treppe hinunter.

»Der Schlüssel?« hörte ich hinter mir.

»Ja! Gute Reise!« rief ich zurück.

»Was soll ich Ihrem Kameraden sagen, wenn er kommt?« schrie sie.

Ich blieb stehen und versuchte schnell zu überlegen.

»Daß ich mit meiner Mutter irgendwo nördlich von Klampenborg bin! Sagen Sie einfach, daß meine Mutter da ist.«

Es war am besten, die Wahrheit zu sagen. Er würde mich kaum aufsuchen und an die Wand klatschen, wenn Dina da war!

Sie gab keinen Kommentar dazu ab, daß ich das Cello anschleppte.

Als wir aus der Stadt heraus waren und am Meer entlangfuhren, sagte sie: »Es wäre schön, sich hier einfach niederlassen zu können. Das Meer – weißt du.«

»Kopenhagen?«

»Dänemark. Das Land hat etwas. Die Sprache. Alles. Näher ...«

»Ja«, sagte ich.

Der Rücken des Kutschers war dunkel von Schweiß. Er summte vor sich hin. Ich sah, daß er die Peitsche hob, so daß der Schatten auf dem Pferdekopf tanzte. Aber er schlug nicht.

Wir fuhren zwischen mächtigen Bäumen dahin. Die Schatten machten sie zu angenehm kühlen grünen Fabeltieren. Sie besaßen den Himmel.

Es gab so viele Dinge, die ich fragen wollte. Aber womit sollte ich beginnen?

»Wann hast du angefangen, Deutsch zu sprechen? Ich meine, so gut Deutsch zu sprechen, daß die Leute dich verstanden?«

Sie überlegte.

»Etwas hatte sich verändert, als ich einmal aufwachte und auf deutsch geträumt hatte ... und einer da war, mit dem ich reden konnte. Da begriff ich, daß ich nie jemanden gehabt hatte, mit dem ich reden konnte ... über das, was ich dachte. Nicht auf norwegisch.«

Mit diesen Worten schlug sie alle meine Bauern vom Brett. Ich wagte mich nicht zu rühren.

»Es ist nicht nur die Sprache ... Es ist doch so, daß die Leute einander fast nie begegnen. Und da können sie auch nicht reden. Heute glaube ich, daß wir beide uns begegnet sind, Benjamin.«

Sie schaute auf ihre Hände.

»Ich hatte solche Angst, dir zu begegnen. Und nun ist es so segensreich ... Du hast nur einen kleinen dänischen Akzent. Nicht viel, in Anbetracht der vielen Jahre. Man hat das Gefühl, mit allen Gedanken nach Hause zu kommen, Junge.«

Sie sagte es! Sie saß da und sagte es! Ich dachte nicht nur, daß sie es sagte. Am liebsten wäre ich im Wagen aufgestanden und hätte laut gelacht. Statt dessen sagte ich: »Hast du in deinem Leben schon so viele große Bäume gesehen, Dina?«

»O ja! Aber es ist immer wieder ein schöner Anblick ...«

Blaue Schatten jagten über ihr Gesicht, während wir unter den Bäumen dahinfuhren.

Und ich ging plötzlich mit Karna im Regen. Ging mit Karna und dachte an Dina als Anders' Braut in der Steinkirche. Das Laub legte Schatten auf ihr Gesicht. Die Zeit war ausgelöscht.

Alles war ineinander verwoben: Dina vor dem Traualtar. Karna mit regennassen Haaren und Augenwimpern. Dina neben mir im Wagen mit Sonnengeflimmer auf dem Gesicht.

Ich wußte, auch wenn ich nicht daran dachte, würde ich es nie vergessen. Ich wollte nie erfahren, warum diese Bilder zusammengehörten. Warum ich mich gerade an diese Bilder gleichzeitig erinnerte.

»Hast du Anders noch gern?« fragte ich ohne jede Einleitung.

Sie zögerte ein wenig.

»Ich habe ihn noch gern. Aber weißt du ... Es kam soviel dazwischen.«

»Der Russe?«

Sie nickte.

»Und du, Benjamin? Es war dein Anders? Du hattest ihn.«

»Wir hätten ihn uns wohl teilen können.«

»Hätten wir?«

»Hast du ihn meinetwegen geheiratet?«

»Warum fragst du?«

»Weil du endlich hier bist und ich fragen kann.«

Sie überlegte.

»Nein«, sagte sie bestimmt. »Ich habe ihn meinetwegen geheiratet! Man kann es so sagen – ich hätte ihn nicht geheiratet, wenn ich nicht gesehen hätte, daß er der Richtige für dich sein konnte. Und für Reinsnes ...«

»Später, als du weggefahren warst, hast du daran gedacht ... wie es ihm ging?«

Der Wagen schaukelte mächtig. Wir fuhren über ein paar Äste, die auf der Straße lagen. Der Kutscher verlangsamte die Fahrt und stand auf, um das Pferd zu beruhigen.

Sie hatte sich mir zugewandt, während sie sich am Sitz festhielt.

»Ich weiß, Benjamin, daß du gegen mich und für Anders Partei ergreifen mußt. Es kann nicht anders sein.«

Was sollte ich sagen?

Nach einer Weile fügte sie hinzu: »Aber ich habe daran gedacht, wie es ihm ging. Jeden Tag. Jeden einzelnen Tag habe ich daran gedacht, wie es euch ging.«

21. Kapitel

Das Haus, das wir mieteten, lag am Strand und war eigentlich ein altes Bootshaus. Ein Raum mit dem allernotwendigsten Komfort. Die Betten waren an der Wand befestigt, mit karierten Vorhängen davor. Tisch und Stühle. Eine Feuerstelle. Wasser holten wir aus einer Tonne, die einmal am Tag gefüllt wurde. Der Besitzer betrieb eine Gastwirtschaft, und der Sohn versorgte uns mittels eines Handwagens.

Die Stunden flossen ineinander. Ab und zu blieb die Zeit stehen. Das Meer sah uns freundlich an. Indessen gaben wir uns einander zu erkennen, gewaltsam wie die Welle, die sich zu Hause an den Klippen brach. Darüber stürzte und sich wieder zurückzog. Mit voller Kraft. Um uns auf diese Weise mit zurückzuziehen. Weit, weit hinaus. Jeden in seine Tiefe.

In der ersten Nacht zechten wir, als ob wir alte Freunde wären. Mehrmals lachten wir laut. Ihr Lachen war so sonderbar. Bis ich darauf kam, daß ich mich an ihr Lachen nicht erinnerte. Dina hatte auf Reinsnes wohl nicht oft gelacht. Ich mußte sie fragen.

»Nein, das Lachen saß mir nicht so locker.«

»Warst du die ganze Zeit unglücklich?«

Sie sah mich an. Zog die Decke zurecht und stellte das Glas auf einen anderen Platz.

»Unglücklich? Nein ... das nicht gerade. Aber man mußte an so vieles denken. Vieles in die Hand nehmen. Und du warst ja noch nicht erwachsen ... Wir lachten wohl nicht über die gleichen Dinge, du und ich. Deshalb ...«

»Und der Russe?«

»Und der Russe«, sagte sie.

»Quält es dich, daß ich frage?«

»Es ist vielleicht am besten, wenn wir es bald hinter uns bringen.«

»Wie?«

»Du wirfst mir sicher vieles vor, Benjamin. Es ist verständlich, daß du fragst. Wenn ich es vermag, will ich dir antworten ...«

»Fährst du jetzt mit nach Reinsnes?«

»Nein.«

»Warum nicht?«

»Mein Leben ist nicht mehr dort.«

»Wenn ich mich melde, kannst du dessen ja sicher sein. Kommst du dann?«

»Nein! Und du sollst dich nicht melden! Auf diesen Gedanken bist du nur gekommen, weil du mich zwingen willst zurückzukehren. Du mußt verstehen, daß es ein ... ein dummes *Opfer* ist.«

Sie goß wieder Wein ein. Die Gläser waren noch mehr als halbvoll gewesen.

»Anders soll für den Rest seines Lebens allein bleiben?« fragte ich und vermied das Wort Opfer.

Sie setzte die Flasche lautlos auf den Tisch.

»Du sollst nicht das Leben anderer auf dich nehmen! Ich glaube, dein eigenes ist mühevoll genug!« sagte sie kurz und vermied es, Anders zu erwähnen.

Dann lenkte sie das Gespräch wieder in ungefährliche Bahnen. Fragte mich nach meinem Studentenleben. Ich erzählte. Und trank den Wein schnell. Erzählte ausführlich von Aksel. Sie stellte zwischendurch kurze Fragen, aber meist hörte sie zu. Und lächelte.

Ich wurde dadurch sicher. Wollte gerne über Anna sprechen. Aber ich erwähnte sie nicht. Noch nicht.

Einmal im Laufe der Nacht rief ich ihr zu, obwohl wir uns nahe gegenübersaßen: »Spiele, Dina! Spiele!«

Sie schüttelte den Kopf. Aber sie lächelte noch immer. Ich glaube, sie hatte ein ebenso großes Bedürfnis nach dem Spiel wie ich.

Den nächsten Tag nutzten wir, um uns in der Gegend umzusehen. Ich wartete darauf, daß sie mir ihre Gedanken preisgab. Aber das Tageslicht verschloß wahrscheinlich alle Türen. Als sie am zweiten Abend nach Sonnenuntergang die Weinflasche aufmachte, nickte ich wieder in die Ecke, in der das Cello stand.

»Warum sollte ich das Cello in Berlin holen?« fragte ich.

Sie setzte sich und goß beide Gläser randvoll ein. Dann hob sie ihr Glas zum Mund und trank einen Schluck.

»Ich brauchte sicher einen Vorwand, um dich in Berlin zu treffen«, sagte sie unerwartet.

»Konntest du nicht einfach kommen? So wie jetzt?«

»Ich habe mich mit dem Gedanken getragen ...«

»Und das Cello?«

»Ich wollte, daß du es mit nach Hause nimmst. Ich hatte lange nicht mehr gespielt.«

»Nicht gespielt? Du bist doch gefahren, um es zu lernen?«

Sie sah mich mit einem schnellen Blick an.

»Ich wiegte mich in dem Glauben, ja. Aber allmählich begriff ich, daß es nicht sein sollte. Ich sollte zuhören und sehen.«

»Hast du nicht mehr gespielt, seit du weggefahren bist?«

»In der ersten Zeit schon. Fand den, bei dem du das Cello geholt hast. Er beseitigte die schlimmsten Unarten. Anfangs ging es gut. Dann geschah etwas ... Sie blieben weg. Alle zusammen.«

Ich starrte.

»Wer?«

»Hjertrud, Jacob, Leo. Es war Schluß. Sie wollten nicht länger dabeisein.«

Ihre Augen waren nackt.

»Du verstehst es, Benjamin? Nicht wahr?«

»Nein! Und die Toten sollen uns in Ruhe lassen!«

»Die Toten sind wir«, sagte sie schlicht.

»Nein! Sag das nicht!« rief ich böse.

»Man kann es auf keine andere Art sagen. Wenn die Toten uns verlassen ... Dann müssen wir sühnen. Deswegen habe ich aufgehört zu spielen.«

Es wurde eiskalt im Raum. Ich schluckte. Sie sah mich eindringlich an. Aber ich wollte nicht mehr mitmachen. Erinnerte mich plötzlich an das eine oder andere, was ich als Junge gehört hatte. Worte, die nicht für mich bestimmt waren. Über Dinas Verrücktheit. Über ihre nächtlichen Sitzungen im Gartenhaus. Wo sie Messen für den Teufel hielt!

»Du scherzt ...«, sagte ich töricht.

Sie saß etwas vorgebeugt. Als ob sie schliefe.

Dann begann sie zu sprechen. Mit einer Stimme, als ob sie aus einem Buch vorläse. Die Worte legten sich wie Schneeflokken auf mein Gesicht. Federleichter Druck auf Haut und Augen, der schmolz und verdampfte. Zerbrechlich. Kein Gedanke daran, sie zu behalten.

»Ich wachte regelmäßig von den Schreien auf. Sie saßen fest im Kopf. Sie aßen die Gedanken auf. Sie bekam keine Ruhe. Starb die ganze Zeit über. Sie war ein armer, aufgeschlitzter Schafsbauch. Alles kam heraus. Ich glaubte, daß sie einen kleinen Knopf vom Himmel heruntergeworfen hatte. Es war eine kleine weiße Muschel, die ich am Strand fand. Mit schönen, himmlischen Farben. Sie war in dem einsamen Adler, der über dem Haus kreiste. Sie paßte auf mich auf. Aber nachts schrie sie. Gab mir gleichsam ihre Schreie. Ich bekam sie nicht heraus. Sie blieben hier drinnen. Und der Lensmann ließ das Waschhaus abreißen. Vielleicht war das der Grund, daß ich keinen Ort hatte, wo ich hingehen konnte. Damit ich sie herausbekam. Das Waschhaus wurde an den Strand gefahren, und auf dem Grundstück wuchs Gestrüpp. Es sollte wohl nichts übrigbleiben. Als Dagny auftauchte, brachten sie Mama aus dem Haus. Das Bild von ihr. So wie sie aussah, als sie noch heil war. Warfen es hinaus. Dann fuhren wir nach Reinsnes, zu Jacob. Was sollten wir anderes machen? Lorch mußte nach Kopenhagen. Ich konnte es mir nie verzeihen. Daß ich es zuließ, daß sie mir Lorch nahmen. Ich hätte die Häuser in Brand stecken können, ich hätte dem Lensmann ein Messer in den Leib jagen können, damit er begriff. Die Musik, weißt du, Benjamin. Lorch war in der Musik, auf die es ankam ...«

Sie stockte. Das Meer atmete dort draußen. Ein großer, rhythmischer Atem.

»Du hast nie darüber gesprochen – früher?«

»Ich glaube, ich habe an dem Tag aufgehört zu sprechen, als sie mich hinaus in den Schnee vor das Waschhaus trugen. An dem Tag, als ich Hjertrud zu Tode verbrühte. Als ich die Worte zurückbekam, gab es nicht mehr viel zu sagen. Die Leute liefen ziellos umher. Alles war zerstört.«

»Es war ein Unglück. Du warst das nicht!«

»Was es auch war, es war so!«

Ich fror. Sie war immer noch nicht fertig damit! Sie war immer noch nicht fertig damit!

Ich hätte fragen können, ob es damit nicht genug war. Warum auch noch der Russe?

»Wie alt warst du?«

»Fünf.«

»Da kannst du nicht sagen, daß es deine Schuld war. Du warst fünf!«

»Schuld hat vermutlich nichts mit dem Alter zu tun.«

»Aber du warst doch ein Kind.«

»Wir sind alle Kinder.«

»Du hättest mit ... mit jemandem über ... über alles sprechen sollen.«

Sie lachte kurz auf. Es gefiel mir nicht.

»Es hätte die Sache nicht ungeschehen gemacht. Sprechen? Mit wem?«

»Jemand war doch wohl da?«

»Nein.«

Es hatte also schon angefangen, lange bevor sie mit mir schwanger war. Hatte ich geglaubt, daß alles erst anfing, als der Russe zwischen uns im Heidekraut lag? So daß sie die Tage und Nächte nicht ertragen konnte? Wenn sie erzählte, hatte ich das Gefühl, daß unser gemeinsames Leben damals anfing, als sie draußen im Schnee stand und Hjertruds Schreie hörte. Vielleicht rief sie schon damals um Hilfe, nach jemandem, der sah. Ich sah ja nichts, bis der Russe im Heidekraut lag.

Und dann wurde es nur schlimmer.

Der Raum um uns wurde still.

Die Menschen kamen aus Reinsnes und stellten sich zwischen uns auf den Tisch. Wurden Figuren einer Schachpartie, die sie abwechselnd gegen sich selbst und gegen mich spielte. Und der Russe? War er der Turm, der fiel?

Sie war immer eine annehmbare Schachspielerin gewesen. Und ich wußte, daß sie versuchte, ihre Figuren zu schützen, sie keiner Gefahr von meiner Seite her auszusetzen.

Die ganze Zeit erzählte sie, als ob es jemand anderen beträfe.

»Du mußt Hjertrud vermißt haben«, sagte ich.

Sie sah mich nachdenklich an. Lange.

»Fragst du, weil du mich vermißt hast?«

Ich war an der Reihe und mußte Zeit gewinnen. Ja, sie spielte jetzt gegen mich.

»Es kann sein«, räumte ich ein.

Sie nickte.

»Ich mußte Hjertrud mit mir herumtragen. Sie hatte ja niemand anderen.«

»Wen hast du?«

»Frage nicht.«

Sie zog sich zurück. Ich *fühlte* mich abgewiesen. Sie hätte mir das geben können, wofür sie von mir Signale bekam, damit ich es annehmen konnte.

»Du bist nicht gestorben! Du bist davongelaufen!« entfuhr es mir.

»Du kannst es sicher so sagen. Ich mußte.«

»Das Urteil? Hattest du Angst vor dem Urteil?«

»Das Urteil?« sagte sie vor sich hin. Als ob sie das Wort zum ersten Mal hörte.

»Ich weiß nur, daß es Dinge gibt, die man nicht verändern darf. Aber ich danke dir, Benjamin! Danke dir für den Brief, in dem du mir schriebst, daß du dich statt meiner melden wolltest. Da mußte ich mir das Versprechen geben, dich zu sehen.«

»Ist das genug, Dina? Mir zu danken?«

»Es ist wohl das Wichtigste, glaube ich. Einen neben sich zu haben, der versteht, wie alles gekommen ist. Vielleicht wirst du ... es etwas besser verstehen ... wenn du selbst Kinder hast.«

Jemand drückte den Daumen auf mein Auge. Sie hatte mich matt gesetzt. Trotzdem sagte ich nichts von Karnas Kind. Meinem Kind. Nicht zu diesem Zeitpunkt. Aber alle Poren in meinem Körper zogen sich zusammen. Versuchten, mich einzuschließen. Ihre Worte schafften dennoch mehr Klarheit zwischen uns. Ich gestand mir selbst ein, daß es Benjamin Grønelv wahrscheinlich nichts geholfen hätte, eine Mutter zu haben, die im Zuchthaus saß. Nicht damals. Und nicht jetzt. Aber ich vermochte es nicht zu sagen.

»Warum hast du nicht geschrieben, so daß wir wußten, wo du warst?«

»Damit man mich nicht holen konnte. Genauso wie du hier in Kopenhagen lebst, ohne nach Hause zu schreiben. Denn du willst doch nicht geholt werden?«

Sie hatte sich gemerkt, daß Anders schrieb, er warte auf Briefe.

»Vielleicht sollten wir uns holen lassen«, sagte ich.

»Und wem sollte das nützen?«

»Anders zum Beispiel?«

»Du meinst es gut, Benjamin«, sagte sie nur.

Dann erhob sie sich und öffnete die Tür. Der Tag war bereits ein heller Streifen im Osten. Nach einer Weile schloß sie die Tür, drehte sich um und erhob die Hand zum Gruß. Als ob sie schon auf dem Bahnsteig stünde und abreisen wollte.

Dann ging sie zu ihrem Bett.

Ich wußte nicht, wie lange ich geschlafen hatte, als sie mich weckte.

»Du hast im Schlaf geschrien«, sagte sie.

»Karna«, sagte ich, noch im Traum befangen.

Langsam setzte ich mich auf.

»Es ist Karna! Sie ist gestorben!«

Dinas Gesicht und Haar. Der Morgen. Ein Lichtschimmer durch das kleine Fenster. Sie schlug die Decke zur Seite und schlüpfte mit den Füßen darunter. Dann saß sie neben mir.

»Sie ist gestorben. Bei der Entbindung!« schrie ich. Und kurz darauf: »Sie ist gestorben. Das ist doch das Schicksal derer, die wir berühren, nicht wahr?« flüsterte ich.

In dem Moment, als ich es gesagt hatte, wußte ich, daß es stimmte.

»Und das Kind?« hörte ich.

»Bei einer Großmutter, bei der es nicht bleiben kann.«

Ich stützte den Kopf in die Hände und wartete darauf, daß sie sagen würde: Dann nimmst du es mit nach Reinsnes!

Aber sie sagte es nicht. Sie stand auf und ging zum Fenster. Tastete nach Streichhölzern und zündete einen Kerzenstumpf an. Es dauerte lange. Die Konturen ihres Körpers zeichneten sich deutlich durch das weiße Nachthemd ab. Es ließ mich an die Jahre denken, die vergangen waren. Es machte alles so leer.

Noch immer ohne ein Wort zu sagen, kam sie mit dem Licht in den Händen zurück, während sie es aufmerksam ansah. Sie stellte es neben das Bett und kroch wieder zu mir. Die Flamme zitterte ab und zu. Sie verbreitete einen schwachen Schimmer. Es war ja bereits Tag.

Hatte ich erwartet, daß sie mich tadelte? Eine Moralpredigt hielt? Eine Lösung fand?

»Warum sagst du nichts?« fragte ich endlich.

»Manchmal ist es besser, erst ein Licht anzuzünden.«

Ich fuhr mir über das Gesicht. Die Haut war geschrumpft. Ich hätte es wohl niemals sagen sollen!

»Ich habe es nicht so gewollt. Ich wußte nicht ...«

Ich kam mir vor wie einer von den herrenlosen Hunden, die sich in den Hinterhöfen herumtrieben, auf der Suche nach Aas, Wasser und einer Hündin.

»Nein«, sagte sie.

»Verstehst du es«, schluchzte ich eifrig.

»Ja.«

Sofort wurde es etwas wärmer. Sicherer.

»Erzähl mir von Karna«, sagte sie.

Ich schüttelte den Kopf.

Sie saß eine Weile da. Dann stupste sie mich. Freundschaftlich.

Dies war eine zweite Partie. Die erste hatte sie gewonnen, ohne daß ich es gemerkt hatte. Sie war dabei, die Figuren aufzustellen.

»Erzähl mir von Karna!« wiederholte sie.

»Ich bin ihr im Feldlazarett während des Sturms auf Düppel begegnet. Sie war so stark und tüchtig und ... Die Jungs mochten sie ...«

»Und du?«

»Ich weiß nicht. Lieber Gott! Es ist so: Ich weiß nicht.«

»Aber es ist dein Kind?«

»Ich weiß nicht.«

»Wer kann es sonst noch sein?«

Sie hatte bereits den ersten Bauern genommen.

»Man weiß nicht alles.«

»Nein, das ist klar.«

Ich rückte ein wenig zur Seite. Sie war zu nah. Als ob ich es ihr gesagt hätte, stand sie auf und ging zu der offenen Tür. Das Meer knisterte silbrig. Die Seevögel besaßen das Licht und die Luft da draußen.

»Benjamin! Ich stehe hier und höre«, sagte sie, den Rücken mir zugekehrt.

Da holte ich Karna hervor. Sie trug ein Bündel in der einen Hand und den kaputten Schirm in der anderen. Endlich kam sie. Dina empfing sie. Das Bündel wurde aufgemacht und untersucht. Dina nannte es: dein Kind. Es war erschreckend und ganz unwirklich. Aber die Scham wurde merklich geringer.

Indessen kam die Sonne zu uns hereingerollt. Ein mächtiger, weißer Schild mit dem Meer als Kulisse. Das Licht verschluckte uns. Löste unsere Materie auf. Kein Gesicht. Keine Haut. Wir rührten aneinander. Ergaben uns. Die Körper und die Worte flossen ineinander, während ich Karnas Leben über den ganzen Raum ausleerte. Dann wurde es sehr still.

Da geschah es: Dina ging mit energischen Schritten durch den Raum. Öffnete den Cellokasten. Betrachtete das Instrument. Nahm es.

Der Wind zerrte an dem Reisigbesen vor der Tür.

Dann, mit einer einzigen wogenden Bewegung setzte sie das Instrument zwischen die Schenkel, beugte sich vor und legte den Bogen an. Sie stimmte lange und umständlich. Es war seltsam anzusehen. Das Cello und Dina weinten zusammen. Sie hatte die Tränen, das Cello hatte die Laute dazu.

Mir fiel ein, daß ich einmal gelesen hatte: Die Wunder sind die ganze Zeit über da. Aber nur für den, der bereit ist, entgegenzunehmen.

Petter Dass' alte Kirchenlieder. Mozart. Weihnachtslieder. Wilde Tanzmelodien. Einmal hielt sie inne und fluchte leise auf deutsch.

»Bach!« rief sie zur Erklärung.

Es klang unvollkommen und abgehackt. Aber sie fing immer wieder an. Schnaubend wie ein eingesperrtes Tier.

Ich nahm ein erfrischendes Bad im Salzwasser und zog mich draußen hinter der Wand an. Die ganze Zeit hörte ich das Cello. Ruhig und warm ging ich hinein, um Speck zu braten. Schnitt dünne Scheiben und legte sie dicht nebeneinander in die Pfanne. Der Dunst zog durch die offene Tür ab.

Sie beobachtete mich, während sie spielte. Saß mit nackten Füßen und im Nachthemd hinter dem Cello.

Nachdem wir stumm gefrühstückt hatten, spielte sie weiter. Noch immer, ohne sich angezogen zu haben.

Am späten Nachmittag mußte ich ihr helfen, die Fingerspitzen der linken Hand zu verbinden. Sie hatten keine Haut mehr.

»Ich hätte meinen Koffer mitnehmen sollen. Salbe«, sagte ich.

Sie lächelte.

»Es wächst schon wieder zu«, sagte sie.

Als ob es ein Stichwort wäre oder weil ich vielleicht fürchtete, sie wieder an das Cello zu verlieren, sagte ich ohne Einleitung: »Es ist eine andere.«

»Eine andere?«

»Sie heißt Anna.«

»Nun ja«, sagte sie nur und schaute auf den Verband.

Ich war ein Idiot. Aber es nützte nichts. Es mußte irgendwie zur Sprache kommen.

»Die Sache ist die, daß ... Verdammt, was für ein Durcheinander!«

Ich versuchte es mit Lachen. Das konnte nichts schaden.

»Und nun will Anna nichts von dir wissen, weil du Vater geworden bist«, sagte sie sanft, als ob sie mit einem Jungen redete, der Süßigkeiten gestohlen hatte.

»Anna ist mit Aksel verlobt.«

»Mit was für einem Aksel?«

»Mit dem, der rohe Eier ißt ... das habe ich dir doch erzählt ... Der einzige Freund, den ich habe.«

Ich wartete darauf, daß sie lachte. Das wäre wohl passend gewesen. Aber sie tat es nicht. Sie sagte: »Benjamin hat die Zeit gut genutzt!«

Ich wäre am liebsten in die Erde gekrochen, wo es angenehm und dunkel war.

»Anna? Aus was für einer Familie kommt sie?«

Ich ging in die Falle und erzählte freimütig von dem Mittagessen bei der Professorenfamilie, und daß Anna in London gewesen war.

Dina nickte und setzte mich wieder schachmatt: »Da ist sie ja eine gute Partie!«

Das hatte ich mir selbst zu verdanken.

»Nein, das ist sie nicht!« rief ich.

»Die viel mitbringen, die kann man leicht lieben. Ich muß es ja wissen!« sagte sie trocken.

»Dina!«

»Was sagt er denn? Aksel?«

»Das kannst du dir doch denken. Er wird ...«

Ich mochte mich nicht auf Details einlassen. Sie sah auch nicht sehr interessiert aus. Ich hätte nichts sagen sollen. Hätte nicht sentimental werden sollen, nur weil eine Mutter aufgetaucht war. Ich verschwieg, was in Aksels Zimmer passiert war. Und daß Aksel Geld beschaffen wollte, damit ich nach Berlin fahren konnte.

Zuletzt wurde es aber so einsam, daß ich sie geradewegs fragte: »Was denkst du?«

Sie nahm die Lappen von ihren Fingern, einen nach dem anderen. Flocht sie ineinander. Als ob es ums Leben ginge.

»Solche Geschichten wie diese machen die Männer nicht gerade größer, als sie sind«, sagte sie ehrlich.

Es war jedenfalls ein offener Zug.

»Was sagt Anna dazu?« fragte sie nach einer Weile.

»Weiß ich nicht.«

»Vielleicht solltest du sie fragen. Vielleicht will sie dich haben?«

»Was soll ich tun? Ich kann Aksel doch nicht erschießen!«

Als ich ihren Augen begegnete, begriff ich, was ich gesagt hatte.

»Nein, vielleicht kann Anna ihn erschießen«, sagte sie.

»Oder mich ...«

»Oder dich«, sagte sie.

Sie bewegte sich ein wenig. Ihr Knie berührte das meine. Ich richtete mich auf, um die Berührung zu vermeiden.

»Ist es todernst, mit Anna?« fragte sie.

»Einmal hat es so ausgesehen. Aber mit Aksel auch ...«

Sie nickte.

»Schlimmer ist es vielleicht mit dem, was du nicht ändern kannst. Karna. Sie mußt du mit dir tragen.«

Ich war wieder schachmatt. Und noch hatte sie mir keinen einzigen Rat gegeben.

Die Tage und Nächte flossen ineinander. Später erinnerte ich mich nur noch an Bruchstücke von Gesprächen, Bildern, Geräuschen. Alles kroch ineinander und übereinander, überdeckte einander, trennte sich voneinander.

Während wir am Strand entlanggingen, schnaubte und seufzte sie. Ab und zu bückte sie sich und hob etwas auf. Eine Muschel, ein Stück Holz, einen vertrockneten Halm, eine Scherbe. Wir sagten nicht viel. Ich dachte an Karna.

Als wir Hunger bekamen, gingen wir in das Lokal unseres Wirtes und aßen, während wir alltägliche Worte wechselten über Dinge, die wir um uns herum wahrnahmen.

Mittendrin fragte ich: »Wovon lebst du?«

Sie kaute und schluckte. Dann schien sie zu sich selbst zu sprechen: »Es hat sich gut angelassen. Ich verstehe mehr vom Rechnen als die meisten. Das hat mich gerettet. Die Leute brauchen jemanden wie mich, der die Zahlen in Ordnung halten kann. Auf diese Weise fühlen sie sich sicher.«

Sie erzählte einiges aus dem Leben, das sie lebte. Von dem Haus, in dem sie wohnte. Bleigefaßte Fenster mit buntem Glas, die sie eingesetzt bekommen hatte. Wie in der Glasveranda im Altenteil auf Reinsnes, dachte ich.

Sie sprach von dem Mann, dem das Haus gehörte. Sie sah ihn ab und zu. Er kaufte Bauplätze, zeichnete und plante. Baute. Nicht nur in Deutschland. Er war tüchtig. Hatte Aufträge in Frankreich. Sie hatte ein paar Jahre für ihn mit seinen Zahlen gearbeitet und zum Teil Aktien als Bezahlung bekommen. Sie verstanden sich. Konnten einander genau einschätzen. Reisten zusammen.

»Du warst mit ihm in Paris?« fragte ich.

Da lächelte sie.

»Du glaubst also doch, daß ich verreist war?«

»Das muß ich wohl.«

»Schön! Da sind wir ja ein Stück weitergekommen.«

Wir aßen eine Weile, ohne etwas zu sagen. Dann fragte ich: »Es geht dir also gut?«

»Gut?«

»Du leidest keine Not?«

»Nein, ich leide keine Not.«

Als wir wieder zum Bootshaus gingen, fragte ich: »Hättest du den Häuserbauer geheiratet, wenn Anders nicht wäre?«

»Nein«, sagte sie entschieden. »Das ist das Gute an einem stinkenden Menschengewimmel wie Berlin. Es kann dir egal sein, ob Gott und Pfarrer gegen dich stehen. Du bist allein – mit Gott.«

Sie hatte sich deutlich ausgedrückt. Aber ich freute mich zu früh.

Plötzlich sagte sie: »Hättest du Karna geheiratet, wenn sie nicht gestorben wäre?«

Diese verdammten überraschenden Züge!

Ich schüttelte den Kopf. Es rückte einiges zurecht.

Der Regen kam. Große, schwere Tropfen auf das Strohdach und gegen das Fenster.

Da erzählte sie von dem Häuslerplatz Helle. Ich hatte es früher schon gehört, daß sie da gewesen war. Aber ich hatte geglaubt, daß es sich um ein paar Tage gehandelt hatte. So wie Oline kein Gerede darüber haben wollte, daß ich schmachvoll in einem Sommerstall geboren wurde, war Dinas Aufenthalt in Helle etwas, worüber man auf Reinsnes nie sprach. Nicht einmal Tomas sprach von Helle, obwohl er von dort stammte.

»Wie kam Tomas nach Reinsnes?« fragte ich.

»Tomas kam nach Reinsnes, weil ich ihn dort haben wollte«, antwortete sie.

Einen Augenblick sah es so aus, als ob sie davon erzählen wollte. Aber sie hielt inne.

Ständig erwähnte sie Lorch. Sie hätte gern gewußt, wo sein Grab war. Er war in Kopenhagen gestorben.

»Er hat mir allerlei beigebracht«, sagte sie.

»Vielleicht können wir sein Grab finden, wenn du einige Zeit hierbleibst.«

Da lächelte sie und stupste mich.

»Du, Benjamin ...«, sagte sie.

Dichter Seenebel verbarg die Welt.

Dina inspizierte vor dem Frühstück ihre Fingerspitzen und begann zu spielen. Ab und zu lachte sie laut und schnitt Grimassen. Ein paarmal summte sie oder sang alte Kirchenlieder von Petter Dass. Ich lag die meiste Zeit auf dem Bett und schaute in mich hinein.

Plötzlich hörte sie auf, mitten in einem Lied, und legte den Bogen weg.

»Jetzt ist es genug!« sagte sie.

Ich antwortete nicht.

»Hungrig?«

»O ja.«

»Dann tun wir etwas dagegen.«

»Hier?«

»Nein. Im Wirtshaus.«

Nach dem Essen gingen wir am Strand entlang und ließen unsere Füße von Schaum und Salzwasser bespülen. Die Sonne war wieder da. Dina hatte die Röcke mit einem Schal hochgebunden. Trotzdem schlugen sie feucht um ihre Waden.

»Habe ich es geträumt? Oder hast du es gesagt? Daß du dabei warst, als das Kind kam?« fragte sie, den Rücken mir zugewandt.

»Ja, da war ich bei Karna.«

»Als das Kind zur Welt kam?«

»Ich habe es in Empfang genommen.«

»Das war aber eine Mannestat!« murmelte sie.

War die Stimme höhnisch? Nein. Erstaunt.

»Es kommt nicht so oft vor, daß Männer ...«, murmelte ich.

»Das glaube ich nicht«, sagte sie lächelnd. »Anders hätte bestimmt mit angepackt, und Tomas würde es wohl auch können«, gluckste sie. »Er saß übrigens vor der Tür, als du geboren wurdest. Und wenn Oline nicht zum Sommerstall gekommen wäre ... dann vielleicht ...«

Ich schnellte hoch. Und sah sie neugierig an.

»Und mein Vater? Jacob?« fragte ich.

Sie drehte sich zu mir um. Augenblicklich ernst.

»Nein!« sagte sie kurz.

»Er ging doch auf die Jagd, habe ich mir sagen lassen. War an Blut gewöhnt ...«

»So eine Arbeit hat wohl nichts mit der Jagd zu tun. Blut?«

»Ich meine, daß mein Vater sicher Blut sehen konnte, da er auf die Jagd ging.«

»Jacob konnte Blut sehen. Und er ging auf die Jagd. Aber so eine Geburt hätte er nie geschafft. Du brauchst ihm darin nicht zu gleichen. Denn Jacob ist nicht dein Vater.«

Die Stille war undurchdringlich. Übertönte die Seevögel. Die Wellen verließen ihr Element. Erhoben sich gegen mich. Waren Hände, die mir um den Hals griffen und zudrückten. Ein Dampfschiff kämpfte auch dort draußen. Das Licht bestand aus Messern. Ich kniff die Augen zusammen. *Jacob ist nicht dein Vater!*

Ich hörte ihre Worte nicht, als sie fortfuhr. Lange nicht. Aber ich sah ihr Gesicht. Den Mund. Die Lippen bewegten sich. Die Augen? War sie Dina? Die mit mir über etwas redete, was ich nicht begriff? Warum sagte sie solche Dinge?

Da setzte sie Tomas aufs Brett. Jahrelang war er die Figur gewesen, die sie beschützt hatte. Jetzt kam er uns entgegen. Seine Pfähle tragend. Von den Äckern und Wiesen auf Reinsnes über das Meer und durch den Streifen dünnen Nebels. Ich war gezwungen, seine Blicke zu verstehen. Zu verzeihen, daß er sich nicht zu erkennen gegeben hatte.

Karna und das Kind waren ein Pfropfen in dem Ganzen. Machten es mir unmöglich, zu verurteilen. Die Wut verdampfte und wurde zu einer Müdigkeit, die alles lähmte. Ich war ein alter Mann geworden. Es war zu spät. Zu spät, um einen Vater zu bekommen.

Ich weiß nichts von der Zeit. Sie verging ja von selbst. Aber einmal viel später sagte ich: »Warum erzählst du mir das jetzt? Warum?«

»Weil ich einsehe, daß es an der Zeit ist.«

Ein einziges Mal war ich auf dem kleinen Häuslerplatz gewesen, von dem Tomas stammte. Ein Gewimmel von Menschen und Tieren. Der Geruch in der engen Stube. Ein Gemisch aus Schweiß und frisch geseihter Milch. Rauch von der offenen Feuerstelle. Ich erinnerte mich dunkel an einen mageren, sehnigen Mann mit gebeugtem Rücken und weißem Haar und Bart. Und eine rothaarige tüchtige kleine Frau mit gütigen Augen und flinken Bewegungen. Plötzlich waren sie da. Drinnen in meinem Körper. In meinem Kreislauf! Von dort hatte ich also die Hälfte meiner Erbanlagen. Benjamin Grønelv war ein Bastard, der einen falschen Namen und ein falsches Erbe trug.

Dieses Geheimnis hatte sie all die Jahre bei sich bewahrt. Sie hatte uns zum Narren gehalten. Sicher konnte man hassen und verurteilen. Aber es würde an der Sache nichts ändern.

Ich vermochte sie nicht anzusehen. Sie war nicht besser als die Huren, die ...

»Nun kannst du zu den Barmädchen gehen. Nun bin ich wie sie«, hatte Anna gesagt. Sie war auf das Brett gekommen. Jetzt bedrohte sie den König.

Nahm es nie ein Ende? Es war zu schrecklich. Und mittendrin kam Karna mit dem Bündel und dem kaputten Schirm. Sie beugte sich stumm über Aksels Bett und gab acht auf das Spiel. Daß Anna den König bedrohte.

Ich schwieg, bis ich mich wieder unter Kontrolle hatte.

Indessen fiel mir etwas ein: »Aber ... da ist ja keine Mutter Karen ...«

»Nein.«

»Aber ich schlage Mutter Karen doch nach. Das habe ich immer gehört. Es ist unmöglich, daß Mutter Karen nicht ...«, hörte ich eine jämmerliche Jungenstimme.

»Du schlägst Mutter Karen nach. Da kann niemand dran rütteln«, sagte sie.

Dann ging es los! Meine Wut rollte mich ein in Teer und Federn und stinkende alte Dorschleber. Sie verklebte, riß mich auf und streute Salz in alle Risse und Wunden. Es fing nicht hinter den vielen verwirrenden Gedanken an. Dort, wo ich mich auflöste. Nein. Es fing im Magen an. Eine steinharte Übelkeit. Es war unmöglich, zu brechen und sie herauszuwürgen. Sie war zu kompakt. Zu riesig, um Speiseröhre und Hals zu passieren. Sie würde das Zäpfchen aus meinem Hals reißen und die Zähne zermalmen. Ich wünschte, daß ich weinen könnte. Brüllen. Aber ich schaffte es nicht. Statt dessen stellte ich blitzschnelle Überlegungen an, wer zu meinen Leuten gehörte. Und ich, der ich nie einen besonderen Sinn darin gesehen hatte, den toten Jacob zum Vater zu haben, wurde jetzt zornig wie ein kleiner Junge, weil Dina mir Mutter Karen nahm und mich mit ein paar Worten zum Häuslerjungen vom Hof des Lensmanns Holm machte.

»Wer weiß es?« flüsterte ich auf dänisch mit einer Stimme, die ich bisher noch nicht gehört hatte.

»Niemand«, sagte sie.

Aber ich hörte das kurze Zögern. Es war nur die Art, wie sie die Luft dabei einzog. Trotzdem hörte ich es.

»Niemand?« fragte ich böse.

»Tomas ahnt es. Aber in den Kirchenbüchern steht deutlich Jacob Grønelv.«

»Tomas weiß es?«

»Er kann nicht sicher sein.«

Eine große, fremde Frau, deren hochgebundenes Kleid um die nassen Beine schlug, mit dunklem Haar und einer Spur von

Grau an den Schläfen, hielt beide Hände um den Griff ihres Sonnenschirms. Fest. Ein kleines Seidenbüschel hing von einer der Stangen herab. Der Wind wehte es an ihre Wange. Ihr Blick, der dem meinigen begegnete, war offen. Klar.

»Man kann bei derlei nie ganz sicher sein. Der Gedanke ist dir vielleicht auch schon gekommen.«

Die Seevögel hatten sich beruhigt. Der Strand war öde und leer. Nur wir zwei Menschen waren auf der Welt. Die Luft hing schwer über unseren Köpfen. Es war, als ob das ganze Universum plötzlich dem Gesetz der Schwerkraft ausgesetzt wäre, nur um mich niederzudrücken.

Wir waren lange gewandert. Einige wenige Worte lagen zwischen uns. Aber keine Vergebung. Keine Lösung. Kein Trost.

Ich wollte keinen Trost haben! Der kleine Junge aus Reinsnes schleppte Pfähle durch die Gegend, ohne zu wissen, daß sein Vater neben ihm ging. Der Teufel steckte doch in den Weibern!

Zuletzt fragte ich müde: »Wie konnte das passieren? Mit Tomas? Warum gerade er?«

»Wie konnte das passieren? Mit Karna? Warum gerade sie?«

In der Verwirrung antwortete ich in vollem Ernst: »Es war Krieg, Dina.«

Sie streckte den Kopf unter dem Sonnenschirm hervor und sah mich an. Beinahe unschuldig.

»Du sagst es, Benjamin. Es war Krieg.«

»War Jacob tot, als ich empfangen wurde?« fragte ich und wußte, daß es eine ungehörige Frage war.

»Für die anderen ja«, sagte sie. »Aber nicht für mich«, sagte sie.

»Du hast ihn also betrogen?«

»Ja, ich habe ihn betrogen.«

»Du hast ihn betrogen, bevor er starb? Mit Tomas?«

»Nein! Alles zu seiner Zeit. Da hat er mich betrogen.«

Sie setzte sich auf einen mächtigen, gefällten Baumstamm. Der Wind hatte ihren Haarknoten gelöst und wütete ungestüm mit den Haaren.

Ein neuer Gedanke tauchte in meinem Kopf auf.

»Dann ist also Johan nicht mein Bruder?«

»Nein.«

»Dann ist er eigentlich der Erbe von Reinsnes, zusammen mit Anders?«

»Nein«, sagte sie beinahe böse. »Das, was in den Büchern steht, kann niemand verändern.«

»Bist du da so sicher, Dina?« fragte er.

»Reinsnes ist für den bestimmt, der es verdient. Eine Zeitlang war ich es. Jetzt ist es Anders. Wäre Johan der Richtige für Reinsnes, dann wäre er schon lange dort.«

»Er ist ja Pfarrer. Und du warst da.«

»Ich mußte mir den Anspruch auf Reinsnes verdienen«, sagte sie.

»Muß ich das auch? Willst du das damit sagen?«

»Ich glaube, ich habe es deutlich genug gesagt.«

Ich wollte fragen, wer gegebenenfalls Reinsnes bekommen sollte. Aber es wurde mir klar, daß es nicht ihre Sache war. Es war meine Sache.

»Johan kann noch Forderungen auf Reinsnes geltend machen.«

»Dazu hat er zuviel Angst.«

»Angst?«

»Ja. Vor Gott. Vor Jacob. Zuletzt hatte er Angst vor mir.«

»Warum?«

»Weil er begriff, daß er mich haben wollte. Aber er bildete sich ein, daß Gott damit nicht einverstanden wäre.«

»Dina! Johan?«

Plötzlich erinnerte ich mich an einiges. Johan, der so zornig wurde, daß er mich schlug. Was hatte ich damals zu ihm gesagt?

Dinas Augen wurden zu zwei lustigen Schlitzen, als sie meinen Gesichtsausdruck sah.

»Ja. Das war in der Jugend«, lachte sie. »Er war kaum älter als ich. Ich kam als seine Stiefmutter ins Haus. Es war für uns beide nicht leicht. Ich erinnere mich, daß er versprach, mir von Kopenhagen zu schreiben ... Es ist nicht das Schlimmste, Angst zu haben, sondern nicht zu verstehen, daß man genau das tun muß, wovor man Angst hat! Dann ist man sie los!«

In dieser Nacht kamen alle Väter. Jacob, Tomas, Anders. Ich wußte nicht, wo ich mich verstecken sollte. Alle wollten mich haben, damit ich ein gutes Wort für sie einlegte. Bei Dina. Für etwas, das ich nicht kapierte.

Als ich aufwachte, hatte ich das Gefühl, viele Wochen nicht geschlafen zu haben. Ich holte Holz, Brot und Milch. Kochte Kaffee. Dina schnitt das dunkle Brot. Wir setzten uns auf die Bank beim Ofen. Dina mit einem großen Schal. Ihre Augen waren noch schwer vom Schlaf. Sie schien mit dem Meer draußen eins zu sein. Zunächst sagten wir nicht viel. Ich überlegte, ob ich ihr den Traum erzählen sollte.

Da sagte sie: »Letzten Endes ist es eine Entscheidung, die du treffen mußt, Benjamin. Weiterzugehen. Es ist nicht immer so, daß du die Menschen dorthin mitnehmen kannst, wohin du gehst. Es gibt Menschen überall. Man muß sie nur entdekken. Ich traf ein Mädchen innerhalb der Mauern von Paris. Ich erinnere mich, daß ich dachte: Wenn sie nicht so zugrunde gerichtet wäre, würde ich sie mir für Benjamin wünschen. Ungefähr so, als ob man dir Brief und Siegel darauf geben sollte, daß du etwas Unverdorbenes bekommst.«

»In welcher Zeit war das?« fragte ich sie.

»Als Bismarck kam. Aber ich konnte Paris rechtzeitig verlassen. Ich mochte nicht in mehreren Sprachen denken. Und Paris war der falsche Ort, um deutsch zu denken.«

Sie lachte hart.

»Ich habe viel gelernt. Es ist nicht die Hölle, die unvollkommen ist, es sind die Menschen.«

»Erzähl von Paris.«

Sie schüttelte den Kopf.

»Alle, die eingesperrt sind, leben in der Hölle. Einige sind durch Krankheit eingesperrt. In ihrem eigenen Körper. Du hast viele solche Fälle gesehen. Ich weiß nicht, aber vielleicht ist es für die am schlimmsten, die in ihrem eigenen Kopf eingesperrt sind.«

Ich spürte eine heftige Unruhe. Sie sah mich an.

»Du hast Angst, Benjamin. Hast du schon lange Angst gehabt? Vor dem Prozeß?«

»Ich? Du mußt doch Angst gehabt haben!«

»Ab und zu. Aber nicht ernstlich. Nicht bis dein Brief kam mit der Mitteilung, daß du dich melden wolltest.«

»Du kannst mich nicht davon abhalten, wenn ich es will«, sagte ich.

»Doch, ich kann es, Benjamin. Und du sollst mich nicht so weit treiben, daß ich es tue!«

Sie sah mich offen an. Nicht drohend. Nur müde.

»Bereust du nicht, Dina? Bereust du nie?«

»Soll ich nach all diesen Jahren hier sitzen und dich mit meiner Reue belasten, Benjamin?«

»Aber du bereust?«

Es rieselte irgendwo draußen. Sprühte gegen einen Stein.

Ihre Augen leisteten keinen Widerstand.

Hielten nichts zurück. Wie Karnas Blick und der Blick meines Kindes.

»Reue ist etwas für Leute, die glauben, daß es bequem sei.«

»Hast du niemals ... Vergebung gebraucht?«

»Wer könnte die Macht haben, Dina zu vergeben?«

Was sollte man antworten? Ohne zu sagen: Gott.

»Hast du ihn aus Liebe erschossen?«

Ich zwang mich zu der Frage.

»Liebe ...«

Sie sprach das Wort aus, als ob sie es kostete. Als ob es das erste Mal wäre, daß sie es hörte.

»Ja?«

»Erzähl mir von der Liebe, Benjamin!«

Ich schluckte.

»Ich verstehe nichts von der Liebe«, antwortete ich endlich.

22. Kapitel

Am siebenten Tag zog Dina sich pfeifend an.

Sie erklärte, daß die Sonne schon da sei und wir zum Tierpark gehen sollten. Unter die Bäume zu den Hirschen. Das Leben sei nicht nur Nebel, behauptete sie munter.

Wir spazierten hinauf zu dem Lokal unseres Wirtes und aßen an rohen Holztischen draußen im Garten. Auf meiner Seite war ein Herz eingeritzt. Und ein B und ein D. Ich zeigte darauf und lächelte. Dina legte den Kopf schief und lachte.

»Es ist seltsam mit den Namen«, sagt sie zerstreut. Und kurz darauf: »Wie heißt sie, die Kleine?«

Ich war nicht vorbereitet. Sagte, was auch der Wahrheit entsprach, daß ich es nicht wußte. Ich hatte nicht daran gedacht.

»Du solltest vielleicht daran denken. Der Name bewirkt etwas beim Menschen.«

Ich antwortete nicht. Sie las in der Zeitung von den Vorbereitungen zum St.-Hans-Fest*. Wir beendeten unsere Mahlzeit.

»Vielleicht findest du es noch heraus, Benjamin«, sagte sie.

»Was meinst du?« fragte ich und tat so, als ob ich die Angelegenheit vergessen hätte.

»Wie das Mädchen heißen soll.«

»Gehst du mit mir dorthin, Dina?«

Ich hatte die ganze Zeit daran gedacht. Ob ich sie das fragen konnte. Und was sie antworten würde.

»Es kommt drauf an.«

»Worauf?«

»Ob du dich darum kümmerst, daß das Kind einen Namen bekommt.«

»Und wenn nicht?«

»Dann habe ich dort nichts zu suchen.«

»Meinst du ...«

»Ich habe nichts zu meinen«, unterbrach sie mich und machte sich fertig zum Gehen.

---

* St.-Hans-Fest: Fest in der Johannisnacht oder Mittsommernacht. (A.d.Ü.)

Die Kopenhagener waren mit Schiff und Zug auf St.-Hans-Tour. Klampenborg wogte vor Sommerkleidern, breitrandigen Hüten und Sonnenschirmen – und vor keuchenden Herren in zu warmen Anzügen und mit Hüten, die am Kopf klebten. Aber die Geräusche waren fröhlich. Stimmen und Blasmusik. Mitten in Bellevue ging ein johlender Mann mit einem Bauchladen voller Zuckerstangen. Sowohl er als auch die Stangen waren im Begriff, sich aufzulösen. Die Sonne war überall. Die eingespannten Pferde dampften vor den rumpelnden Wagen mit den hübschen Familien. Der Staub drang in alle Ritzen. Brannte in den Augen.

Ein eleganter Reiter mit Sporen und Peitsche stolzierte vorbei. Ich bemerkte, daß er Dina einen Blick zuwarf. Sie trug ein hellgrünes Kleid und darüber ein flatterndes Cape. Voll kindlicher Eifersucht dachte ich, daß er sicher kein Geld hatte, um sich ein Pferd zu kaufen. Es kam ihm nur darauf an, sich im Reitkostüm zu zeigen.

Mitten auf dem Platz ging ein junges Paar. Die Frau schob einen Kinderwagen. Ein idiotisches Gefährt mit drei Rädern. Hätte es nicht ein Klappverdeck gehabt, man hätte es für einen Sarg auf Rädern halten können. Schmal am Fußende. Schwarz. Mit einem Tuch darüber. Ohne ein Zeichen von Leben.

Dina zeigte auf ein Schild, auf dem »Bellevue Kro« stand.

»Nein, nicht dort hinein!« sagte ich gereizt.

Sie antwortete nicht, aber ich spürte ihren Blick.

Kurz darauf saßen wir in einem Wagen und fuhren in luftiger Fahrt den Strandvejen entlang. Der Kutscher gab jedem von uns ein Bier aus dem Korb unter seinem Sitz. Dina trank ihre Flasche mit großer Ruhe und einer Routine, um die jeder Hafenarbeiter sie hätte beneiden können. Dann zündete sie eine Zigarre an und lehnte sich zurück. Tat ein paar Züge und gab sie mir dann weiter. Sie genoß die Fahrt so offensichtlich, daß ich kein Wort zu sagen brauchte.

Als wir den Wagen verließen und unter den Bäumen spazierten, begann sie von der Ebereschenallee zu Hause und von den Birken im Garten zu sprechen. Und den Vogelbeerbäumen. Wir lachten, daß wir so verrückt auf Bäume waren.

Es war alles ergreifend, lächerlich und unwirklich. Man konnte sich vorstellen, daß man irgendwann einmal in der Zukunft zu jemandem sagen würde: Es war an dem Abend, als Dina und ich im Klampenborger Vergnügungspark spazierengingen. Am St.-Hans-Abend.

Der Abend mit dem Namen Johannes' des Täufers. In gewisser Weise dachte ich an beide: Tomas und Johannes den Täufer. Gleichzeitig. Schließlich sah ich sie vor mir. Ein Wachtraum. Eine Gestalt kam ständig aus den Schatten hervor. Einmal hätte ich schwören können, daß sie ebenso wirklich war wie wir.

Die mächtigen Eichen hatten schon lange ihre Blätter entfaltet. Dick wie Leder. Der Täufer bückte sich hinter einem Zaun. In Tomas' Gestalt. Und pflückte die ersten Blumen. Streng und schweigsam mit Kamelhaarkappe und Ledergürtel. Fand er heute seine Grashüpfer? Oder war es der Tag für den wilden Honig? Was dachte er über unsere heidnischen St.-Hans-Bräuche? Er, der Symbole für die Reinigung und Läuterung des einsamen Menschen aufstellte, sah er Dina und mich? Sah er unser Fest mit Bier und Zigarren, auch wenn alles außer Kontrolle geraten war und das Kind keinen Namen hatte? Sah er, daß das Böse und das Gute existierten? In den Menschen. In der Natur. Hatte er uns bereits gesehen, als er uns das erste Mal bei der Taufe mit Wasser und Bekehrung ermahnte? Sah er Dina, die nicht an die Reue glaubte? An die Vergebung? Sah er, daß der Klee saftig und grün war? Holunderblüten und Rosen, spürte er ihren Duft? Sah er, daß es nicht die Zeit war, Früchte zu ernten? Wußte er, daß er mein Vater war? Verstand er, daß ich Zeit brauchte? Begriff er, daß gerade so ein verdammter Winter vorbei war?

»Dina, verstehst du, daß ich Zeit brauche?« fragte ich.

Sie saß, den Rücken gegen einen Baumstamm gelehnt, mit geschlossenen Augen da. Und sie öffnete sie nicht, als sie antwortete.

»Zeit ist nichts, was man braucht. Sie ist etwas, das man vielleicht bekommt.«

Ich tröstete mich mit dem Täufer. Es war kein Trost.

»Mir fehlt ein Pferd«, sagte sie nach einer Weile.

»Sollen wir auf die Straße gehen und einen Wagen nehmen?«

»Nein, nur ein Pferd«, schnaubte sie.

»Weißt du, daß die Dänen sagen, Gammel-Erik* und die Hexen würden sich in der St.-Hans-Nacht zeigen? Daß sie auf einem Besenstiel zu entlegenen Orten reiten? Zum Blocksberg. Und nach Hålogaland, und deshalb soll man einen Zweig von einem Vogelbeerbaum vor die Tür stellen, um sich zu schützen, wenn das Pack vorbeireitet.«

»In diesem Fall sind sie spät dran, denn es fängt an, dunkel zu werden«, gluckste sie.

»Es heißt, wenn man wissen will, wie eine solche Kirchfahrt nach Hekkenfeld, zum Blocksberg oder nach Norwegen vor sich geht, muß man sich um Mitternacht an eine Wegkreuzung setzen. Unter eine Egge, die die Zähne draußen hat. Da bekommt man vielleicht einige von seinen Bekannten zu Gesicht, wenn sie auf dem Besenstiel vorbeifliegen und glauben, sie wären unsichtbar. Auf diese Weise kann man Hexen sehen ... und ist erstaunt, wer sie sind.«

Sie schob den Hut in den Nacken und wandte das Gesicht zu mir. Ihr Körper floß in dem vielen Grün, während die sich wiegenden Baumkronen Goldmünzen fallen ließen. Sie trafen abwechselnd das Gesicht und die Schultern.

Ich trat näher und berührte sie leicht an der Schulter. Um zu sehen, ob sie wirklich war.

»Glaubst du, daß Hexen böse sind?« fragte sie.

»Wie kommst du auf diese Frage?«

»Weil ich glaube, daß du darüber nachgedacht hast.«

Ich konnte versuchen, alles wiedergutzumachen, indem ich mich über sie beugte und ihr etwas Nettes sagte. Aber sie duftete teuer und fremd. Dieser Mann, der zeichnete und Häuser baute. Kaufte er das teure Parfum? Warum fragte ich nicht?

---

* Gammel-Erik ist der Teufel (A.d.Ü.)

Plötzlich legte sie die Wange an meine Brust und sagte: »Du darfst nicht glauben, daß ich böse bin, Benjamin!«

Ich lag auf den Knien und umfaßte sie.

»Nein«, flüsterte ich.

Der Himmel war dunkler geworden. Zwischen den Baumstämmen waren die letzten Sonnenstrahlen glänzende Glassäulen. Die grünen Farben gingen über in Braun und zartes Blau. Ich ließ mich hineinziehen. Dorthin, wo nichts wirklich oder unwirklich war. Es war einfach. Eine Ruhe.

Wir fanden ein Zelt, wo Essen und Erfrischungen serviert wurden. Die Feier hatte begonnen. Die Leute kamen grüppchenweise. Ganze Familien. Jugendliche. Studenten. Liebespaare eng umschlungen. Und Körbe, in denen es klirrte.

Man kann nicht immer wissen, warum man gerade dieses oder jenes tut oder sagt. Ich fing an, von Kierkegaards Schriften zu sprechen. Von Abrahams Opfer. Ein wenig von dem, worüber ich nachgedacht hatte. Sie ließ mich reden. Ich weiß nicht, ob sie klug daraus wurde. Aber manchmal nickte sie. Einmal lächelte sie vor sich hin. Als ich Abraham vorwarf, daß er Isaak verriet, indem er ihm nicht sagte, daß er geopfert werden sollte.

»Opfer sind zu nichts nütze. Der Mensch kann keine Opfer bringen, ohne daß er etwas zurückhaben will. Abraham wollte Gottes Gunst haben. Er war nicht schlimmer als andere. Er mußte nur große Opfer bringen, damit Gott auf ihn aufmerksam wurde.«

»Dina, so einfach ist es nicht. Hier ist nicht die Rede vom Glauben.«

Sie sah mich an und lächelte noch einmal.

»Du hast soviel gelesen«, sagte sie.

»Hast du nie etwas von Kierkegaard gehört?«

»Es kann sein. Jedenfalls habe ich es vergessen. Aber die Erzählung aus der Bibel, die vergißt man nicht.«

Vielleicht sollte ich trotzdem versuchen, meine Gedanken mit ihr zu teilen. So daß ich, wenn alles vorüber war, sagen konnte: Wir, meine Mutter und ich, saßen im Vergnügungspark

Bakken, aßen Zwiebelsuppe und sprachen über Kierkegaard und Abrahams Sühneopfer.

Ich versuchte mich wörtlich an Kierkegaards Sätze zu erinnern. Aber mir fielen nur seine Worte über das Paradox des Glaubens ein. Ich zitierte sie, während ich auf einen Punkt zwischen ihren Augen schaute.

»Was für ein ungeheuerliches Paradox ist der Glaube. Ein Paradox, welches einen Mord zu einer heiligen, Gott wohlgefälligen Handlung zu machen versucht. Ein Paradox, das Abraham Isaak wiedergibt! Etwas, dessen sich kein Denken bemächtigen kann, weil der Glaube eben da beginnt, wo das Denken aufhört.«

Sie hatte die Hände im Schoß gefaltet und saß mit geschlossenen Augen, während ich mich durch die Sätze stotterte.

Als ich fertig war, sagte sie, ohne die Augen zu öffnen: »Ich bekam ihn nicht wieder. Vielleicht glaubte ich nicht genug. Oder der Gedanke an dich, Benjamin, wurde so stark, daß der Glaube verschwand ... Der Gedanke, daß eigentlich du geopfert wurdest.«

Ich hatte das Wort Mord gesagt. Und sie hatte alles verstanden.

»Mord? Was ist das? Krieg ist kein Mord? Opfer ist kein Mord? Was ist Mord?« fragte ich.

»Es kommt immer darauf an, wer urteilt. Alles, was ich tat, wurde dir als Urteilsspruch auferlegt. So sollte es nicht sein.«

Die Natur stellte sich um uns.

Nach Sonnenuntergang spazierten wir zur Kirsten-Pils-Quelle. Gottes alter Quelle. Dort gab es Markt und Reden, Gesang und Tanz. Der Sage zufolge sollte ein Glas des Quellwassers gut für Leib und Seele sein.

Auf einer Anhöhe waren einige Jugendliche dabei, einen Holzstoß anzuzünden.

»Sie zünden das Feuer an, um die Hexen fernzuhalten«, sagte Dina.

Ich bereute, daß ich die Hexen erwähnt hatte. Aber es war ja zu spät.

Als wir näher kamen, erkannte ich ein paar Studenten vom Regensen mit ihren Liebchen und Freunden. Sie hatten eine Teertonne an einer Stange festgebunden. Unter großem Juchhe zündeten sie die Tonne an, und die Flammen leckten an den Pfählen und dem Stroh, das zum Himmel aufgeschichtet war. Allmählich antworteten die Flammen von den entfernteren Feuern.

Ich hatte daran gedacht, daß ich sie hier treffen könnte. Zusammen mit Dina. Vielleicht war ich so naiv, daß ich es sogar wollte. Mit allen Fragen, die es mit sich brachte.

Eine Gruppe Mädchen faßte sich an den Händen, tanzte im Kreis und sang dazu. Ich erkannte allmählich den Text von Oehlenschläger:

Im Schatten wir wandern,
Zwischen zartgrünen Gräsern,
Johanniskraut wir pflücken,
Wo Blumen stehen.
Schönes, kleines Kraut,
Stehst so rein und lauter,
Stehst so frisch und grün,
Unbemerkt verborgen.

Ins Küchenregal
Wir stellen es hin,
An der hölzernen Leiste
Es sich schlängelt entlang.
Wenn es Wurzeln schlägt,
Sind wir vom Schicksal verschont,
Stirbt es auf der Stelle,
Ach, dann sterben wir mit.

Dann kommen wir nicht mehr
So glücklich und froh
Im folgenden Sommer,
Wenn die Blumen nun wachsen.
Dort, wo die Kreuze aufragen,

Dort, wo der Friedhof ist,
Liegen bleich jetzt auch wir,
Dann ist es vorbei!

Johanniskraut wir pflücken,
Wo Blumen stehen,
Zwischen Stämmen so schlanken,
Zwischen zartgrünen Gräsern.
Schönes, kleines Kraut,
Stehst so rein und lauter,
Stehst so frisch und grün,
Unbemerkt verborgen.

Zu beiden Seiten der Straße waren grelle Marktzelte aufgestellt. Als Gegenstück zur Natur, zu Melancholie und Gesang. Ein paar betrunkene Männer torkelten durch die Gegend und hatten eine gemütliche Diskussion mit einem Kupferschmied. Aber er gab es bald auf und rasselte ohrenbetäubend weiter mit seinem alten Kupferkrempel und seinem Tinnef auf einem Bollerwagen.

In einem Zelt stand ein junges barfüßiges Mädchen und verkaufte Krüge, Töpfe und Teller. Sie rief mit fröhlicher, heller Stimme, daß ihre Krüge besonders gut seien, um darin Wasser aus der Quelle zu holen.

Vieles deutete darauf hin, daß die nackten Fußgelenke und das frische Gesicht die Menschen mehr anzogen als die Aussicht auf das lebenspendende Quellwasser. Man scharte sich vor ihrem Zelt zusammen. Ich war auch dabei.

Danach holte ich Wasser und goß es über Dinas und meine Hände. Dann warf ich den Krug mit voller Wucht gegen die Steine, wie man es der Sage nach tun sollte.

Das Geschäft des Mädchens ging wie geschmiert. So war es auch in dem »Acht-Schilling-Laden«, wo man kleine Geschenke für die Lieben zu Hause kaufen konnte oder für einen Schatz, den man am Abend vorher gefunden hatte.

Auf einem Podium begannen ein paar Musiker den Tanz in Schwung zu bringen. In dessen Umkreis hatten sich die Leute mit ihren Essenskörben niedergelassen. Einige deckten richtig auf, mit weißen Tischtüchern und Decken, auf denen sie saßen. Andere ließen sich nieder, wo es sich gerade ergab. Studenten und junge Mädchen mit Anstand saßen dicht beisammen um Körbe, Flaschen und Gläser.

Ich hatte gerade zu Dina gesagt, daß ich eine Flasche Wein kaufen wolle, als eine Gestalt sich erhob und auf uns zukam. Gelächter und Stimmen verschwanden für mich.

Anna! Schwebte im Nebel vor mir. Als sie merkte, daß ich nicht allein war, blieb sie stehen.

Ich war froh über das Halbdunkel. Und es war mir klar, daß ich Anna nicht dort auf dem Weg stehenlassen konnte. Ich zog Dina mit zu ihr hin und sagte: »Dina, das ist Anna. Anna, das ist meine Mutter Dina.«

Auch wenn Dina überrascht war, verbarg sie es gut.

Ich war unwillkürlich zu Dänisch übergegangen. Sie ließ sich auch davon nicht überraschen.

Sie gaben sich die Hand. Anna starrte. Es reichte wirklich!

»Du bist also Anna! Du bist also Benjamins Anna!«

Ich hätte nie gedacht, daß diese Szene möglich sein könnte. Das Ganze wurde vollends absurd, als man Aksels Stimme von dem Podium direkt vor uns hörte. Er war gerade dabei, eine Rede zu St. Hans zu beenden: »In der hellen Sommernacht, wenn die Kräfte der Natur auf ihrem Höhepunkt sind, wollen wir die sprudelnden Elemente segnen, die immer reinigen und nie altern, sondern ewig verjüngen und neues Leben hervorbringen: Feuer und Wasser! Feuer und Wasser!«

Nicht nur ich hörte zu. Dina war ein lauschendes Tier. Aksels großer, heller Kopf in dem Fackelschein. Wie ein wilder Faun. Gerade aus den nachtdunklen Wäldern gekommen. Ohne sich darum zu kümmern, daß Aksel mir gehörte, nahm sie ihn ganz für sich in Anspruch. Ich sah es ihr an. Und ich wollte es nicht sehen.

Klatschsalven und Bravorufe für Aksels Rede erstickten weitgehend Annas und Dinas Begegnung.

Und ich? Ich war ein Insekt. Ein Insekt in Aksels Kammer

im Valkendorf. Ein Insekt auf Annas Körper. Oder in Dinas Hutfeder.

Die letzten Tage glitten aus der Wirklichkeit. Ich streckte die Hand aus und griff in die leere Luft. Dina war fort. Wie sie es immer gewesen war.

Jemand eilte mit einer funkensprühenden Fackel vorbei. Sie leuchtete auf. Ein großer goldener Streifen auf Aksels Gesicht.

»Benjamin hat kein Wort gesagt, daß er Besuch von seiner Mutter bekommt«, sagte sie.

»Nein, ich habe ihm keinen Bescheid gegeben«, sagte Dina.

Man konnte stumm daneben stehen. Und sie beide bewachen, während Aksels lange Gestalt von dem Podium herunterkletterte und auf uns zusteuerte. Sein Schatten war ungefähr so erfreulich wie ein Gerichtsverfahren.

Ich war darauf vorbereitet, daß der Augenblick für immer in das Leben hineingegossen wurde. Im Alter, wenn ich es je erlebte, würden Annas, Dinas und Aksels aus dem Zusammenhang gerissene Worte notwendige Bruchstücke sein: »Jetzt wissen wir, wer wir sind.« – »Du bist also Benjamins Anna.« – »Feuer und Wasser.«

Danach ging alles sehr schnell.

Aksel, der Dinas Hände ergriff und sich lächerlich untertänig vor ihr verbeugte. Als ob er eine ausgeschnittene Figur aus einem pathetischen Ritterspiel wäre.

Anfangs wollte ich unbedingt herauskriegen, ob Anna etwas erzählt hatte. Von uns. Falls ja, spielte er immerhin ein gewagtes Spiel, indes er auf eine Gelegenheit wartete, Hackfleisch aus mir zu machen.

Aber er flüsterte mir zu, als wir hinter Anna und Dina hergingen: »So was, daß sie einfach gekommen ist! Sei du nur still, was du für eine Mutter hast! Wir begleiten sie nach Berlin!«

Aber noch konnte ich nicht sicher sein, daß er von Anna und mir nichts wußte. Ich hatte das Gefühl, daß die beiden, Anna und er, eine Abmachung getroffen hatten: sich zu rächen, indem sie mich entlarvten. In Dinas Beisein.

Damit wurde alles zerstört. Dina war plötzlich eine Frau, die hergekommen war, um Aksels Zeuge zu sein. Sie wurde der Mittelpunkt.

23. Kapitel

Der Abend wurde ein makaberer Maskenball. Gesang und Diskussionen wechselten sich ab.

Dina diskutierte mit meinen Freunden über Bismarcks Niederträchtigkeit! Mit reifer Dekadenz. Erzählte kurze Episoden über die Depression und den Wahnsinn in Paris, bevor Napoleon III. gefangengenommen wurde.

Ich dachte daran, daß sie mit mir nicht über diese Dinge hatte sprechen wollen. Sie zitierte pfiffige Schmähverse über preußische Heerführer. Auf deutsch! Wir saßen im Kreis um Körbe und Flaschen. Einer hieß Jens und war zusammen mit Aksel und mir fertig geworden. Er war mehr Aksels Freund als meiner und wohnte im Valkendorf. Hatte einen Hang zu Grübeleien. Er schien manchmal ein wenig abwesend zu sein. Aber in fachlichen Disputen, bei denen er reden mußte, war er eine Eins.

Claus Clausen stammte aus einer Kaufmannsfamilie, offensichtlich ohne Sorgen und ausgestattet mit dem besten Bariton der Universität. Ich hatte das Gefühl, daß er heute abend Sophies Kavalier war.

Anna sagte nicht viel. Ich weiß nicht, wie es mir gelungen war, aber sie saß zwischen Sophie und mir. Trug sie die Maske als Aksels etwas vernachlässigte Verlobte? Ab und zu beugte sie sich zu ihrer Schwester und flüsterte etwas, das ich nicht verstand.

Eine Fackel beleuchtete ihr rechtes Fußgelenk. Ich dachte, daß sie wohl den Rock herunterziehen würde. Aber sie tat es nicht. Im Gegenteil. Einmal reckte sie den Körper hinüber zu Sophie, und der Rock kroch über die Waden.

Aksels Maske hatte ich bisher nie gesehen. Sie war eine mit Honig gefüllte Schüssel, um Dina anzulocken.

Zwischen einem lichten Geschöpf, das sie Janna nannten, und Claus saß ein langer, dunkler Jurastudent mit eifrigen Augen. Otto. Er hatte einen imponierenden Bart, in Anbetracht dessen, daß er noch so jung war. Und er gehörte zu denen, die mehr herumbummelten als studierten. Man konnte gut über ihn die Achseln zucken. Aber er hatte die plumpe, scheinbar naive Art, die die Leute oft glauben läßt, daß Streber ungefährlich seien.

Jetzt geriet er beinahe in Ekstase über Dinas satirische Verse. Er wollte, daß sie die Verse über Bismarck wiederholte, der die Nächte benutzte, um zu hassen, und von dem man sich vorstellen konnte, daß er ein schlechter Liebhaber war.

Dina meinte lächelnd, daß es genug sei. Da fing Otto an, von Georg Brandes' skandalöser Liebe zu der viel älteren Caroline David zu erzählen. Das Thema verschaffte ihm volle Aufmerksamkeit. Es war die bekannte Geschichte, daß die Frau Mann und Kind verließ und zu Brandes' Doktordisputation über »Die französische Ästhetik der Gegenwart« kam. Das Ganze hörte sich so an, als ob sie die Sache im Laufe eines Nachmittags erledigt hätte, während andere ein Schläfchen hielten.

Anna unterbrach ihn wütend: »Hör auf! Brandes hat uns Mills Buch ›Die Unterdrückung der Frauen‹ gegeben. Ohne seine Übersetzung hätte ich nicht gewußt, daß es existiert! Und jetzt soll sogar hier in Kopenhagen eine Frauenvereinigung gegründet werden! Habt ihr davon gehört?«

»Deswegen brauchen wir uns nicht damit abzufinden, daß er ein ruchloses Leben mit einer alten Frau führt! Und daß er in Versammlungen spricht und Selbstmord und Ehebruch heraufbeschwört! Pfui!« sagte die süße Janna und legte die Hand auf Ottos Arm. Sie war die Tochter eines bekannten Konditormeisters und glich einem Stück Torte. Mit Verzierungen und Glasur auf dem Marzipan.

Eine Weile drehte sich die Diskussion um die Frage, welche ethischen Forderungen man an bekannte Männer stellen konnte. An diejenigen, die ein Beispiel für uns alle sein sollten. Janna war streng und meinte, daß man an solche Männer höhere Anforderungen stellen müsse als an gewöhnliche Sterbliche. Claus war der Ansicht, daß dies typisches Weibergeschwätz sei. Darauf war die Torte beleidigt und sagte, daß sie das Thema nicht aufs Tapet gebracht habe.

Sophie verteidigte sie und meinte, daß Claus immer einen

Unterschied zwischen Weibergeschwätz und einer akademischen Diskussion machen würde, aber es sei eine unbestreitbare Tatsache, daß Studenten mehr sangen und tranken als diskutierten.

Die Sachlichkeit erreichte ihren Höhepunkt, als der Jurastudent ausrief: »Aber man braucht doch nicht die Dinge so deutlich beim Namen zu nennen, wie dieser Brandes es tut.«

Während des Gesprächs hatte Dina immer den beobachtet, der gerade das Wort hatte. Mit dem gleichen Blick, mit dem sie alles rund um die Marktbuden beobachtet hatte. Zum Schluß sagte sie: »Ach so! Eine verheiratete Dame kam und hörte zu, wie das junge Genie Georg Brandes französische Ästhetik erörterte. Saß die Dame nur in der Unterwäsche da?«

»O nein«, sagte Janna bestürzt.

»Ich muß sagen, daß ihr in Kopenhagen große Themen diskutiert! Paßt auf, daß Herr Brandes dessen nicht überdrüssig wird und ... nach Berlin zieht!«

Es entstand eine peinliche Stille. Und Sophie fing fieberhaft an davon zu reden, daß man tanzen sollte.

Ich bemerkte die Blicke, die Aksel auf Dina warf. Auch wenn ich es nicht wollte, zog es mich an. Es war, wie wenn man an dunklen Herbstabenden zum Sommerstall ging. Oder den Dienstleuten in der Scheune auflauerte, nachdem das Heu eingefahren war. Er merkte, daß ich ihn ansah. Da forderte er Anna auf.

Ich sah sie unter den Lampen. Sie paßten gut zueinander. Aber sie hatte mir gehört! Im Valkendorf. Nur mir.

Die Röcke. Die Fußgelenke mit der gestickten Blume auf den Strümpfen. Die Strumpfkante. Der Atem. Der Duft. Ich saß im Gras und dachte daran. An die Kraft. Den Sog. In sie hineinzufinden. Hinein.

Als sie zurückkamen, konnte ich sehen, daß zwischen ihnen nicht alles so war, wie es sein sollte. Ich vermochte die infame explodierende Freude nicht zu zügeln, sprang einfach hoch und bat sie zum Tanz.

Sie war noch etwas außer Atem. Aber die Maske war aufgesetzt, die unbekümmerte, nichtsahnende.

»Ich müßte eine Ballkarte dabeihaben«, sagte sie mit lauter, gekünstelter Stimme.

Aber sie ging mit mir. Wir gingen an dem knisternden Feuer auf der Anhöhe vorbei. Ein paar Männer machten mit Wassereimern die Runde und paßten auf. Gelächter und Rufe von den Körpern, die sich in der Dunkelheit bewegten, mischten sich mit der Musik und dem Prasseln des Feuers.

Ich schwamm mit ihr fort. Alles war möglich! Man konnte sich vorstellen, daß ein Morgen nicht existierte. Nur diese Nacht. St. Hans.

Ich gab acht, daß wir möglichst nicht im Blickfeld von Aksel und den anderen waren. Ihr Körper duftete. Oder war es der Holunder?

Ich tanzte mit Anna, während die Kraft ihr eigenes Leben lebte. Sich ausbreitete. Den Kopf erfüllte. Die Leiste. Die Arme, die sie hielten, verhärteten sich. Sie war weich. Ich konnte nicht verbergen, daß das Glied dicht an ihr hart wurde. Sie zog sich nicht zurück.

Ich sagte ihren Namen. Immer wieder. Kam auf nichts anderes.

Rund um uns trugen die Menschen ihre Freudenmasken. Sie machten die Geräusche dazu. Sie lachten. Kicherten. Kokettierten. Die Lampen schwankten im Wind. Das Feuer sandte Funken und Rauch in den matten Himmel. Die Musik verband die Menschen. Sie waren Würmer, die sich umeinander schlängelten. Sich anklammerten und wegstießen.

Ich war bereits in Anna. Sie verstand es. Sie hörte auf und kam aus dem Rhythmus. Ich brachte es nicht fertig, mich zu schämen. Wollte sie haben! Anna sollte mein sein! Mit ihrem nackten goldenen Gesicht.

»Sag es! Was du im Valkendorf gesagt hast!« flüsterte sie.

Ich verstand nicht sofort. Hatte vergessen. Spürte nur die Kraft, die alles andere beiseite schob. Sie hatte nur ein Ziel. Ich wollte sie von den anderen fortziehen. In den Wald. Wollte mich bei ihr vergessen. Hinein in sie. Sofort.

»Du sollst das Schöne sagen, das du mir gesagt hast«, schluchzte sie auf.

Ich hörte die Erwartung in ihrer Stimme. Zwischen all den wogenden Würmerkörpern.

Da fiel mein Blick auf Aksel und Dina, die zusammen tanzten. Es war eine Nacht für Hexen und Dämonen. Teuflisch stark war die Nacht. Und grün. Zu grün.

Dinas Haare waren unter dem Hut hervorgeglitten. Ihre Röcke flogen. Aksels Arm um ihre Taille. Sie legte den Kopf zurück und lachte. Lachte Aksel an!

In einer aufwallenden Erinnerung wußte ich, daß ich es früher gesehen hatte. Wann? Vor mehreren Leben? Dem Leben des Russen? Meinem Leben?

Ich war dem nicht gewachsen. Es wurde zu häßlich. Ich selbst machte es scheußlich. Aber es half nichts. Ich begann zu hassen. Alle. Dina. Aksel. Sie waren im Weg. Unentbehrlich. Aber im Weg.

»Sag mir das Schöne, das du mir im Valkendorf gesagt hast«, bat Anna wieder.

Ihre Arme banden mich an die Erde. Mein Kopf war ein hohler Baumstamm. Ich vermochte mich nicht an die Worte aus Salomos Hohemlied zu erinnern. Sie wollte ein paar Worte von mir haben. Konnte ich ihr nicht ein paar Worte geben? Sie wartete. Sie sah mich an. Aber ich brachte es nicht fertig. Stand nur da und drückte sie an mich. Dicht, dicht.

Da wandte sie das Gesicht ab. Als ob sie sich über mein steinhartes Glied schämen müßte.

Ich versuchte, sie durch die Volksmenge mit mir zu ziehen. Nicht zu den anderen. Nicht zu der idiotischen Studentengruppe. Zu ihrem Gesang. Den Gläsern. Der Leere.

»Wir gehen ein Stück für uns allein«, sagte ich atemlos.

»Nein«, sagte sie kurz.

Ich hätte ihr wohl die Worte sagen sollen. Statt dessen nahm ich sie am Arm und führte sie durch die Menge.

Ich weiß nicht, woher sie kam. Plötzlich war sie da. Eine kalte Wut.

»Hast du noch mehr auf der Ballkarte als Aksel und mich?« knurrte ich.

Erstaunt blieb sie stehen.

»Warum bist du so unverschämt?« sagte sie.

»Ich sollte nicht hiersein«, sagte ich.

»Ich auch nicht.«

»Wir gehen hinein, in den Wald ... dort ... ein Pfad!«

»Sei nicht blöd!« sagte sie und zog mich weiter, während sie über die Schulter zurückschaute.

Ich sah mich mit Funken und Ruß über dem Feuer schweben. Enttäuschung. Scham.

»Entschuldigung!« hörte ich mich sagen.

Wir blieben stehen, als eine ganze Gesellschaft vom Lande mit klappernden Holzschuhen vorbei wollte. Dann gingen wir weiter, und sie schaute wieder zurück und sagte: »Sie ist schön. Deine Mutter.«

Ich nahm mich zusammen.

»Ja.«

»Ich glaube, Aksel mag sie!« sagte sie und drehte sich noch einmal um.

»Ja.«

Als wir fast bei den anderen angelangt waren, sagte sie: »Willst du mich nicht fragen, ob ich sie mag?«

»Magst du sie?«

»Ja. Aber du machst es zunichte.«

»Wieso?«

»Du bist so wütend. Als ob du es deiner Mutter nicht gönnst, daß jemand sie mag. Du scheinst niemandem etwas zu gönnen.«

Was sollte man antworten?

Als wir uns unter die Lampen zu den anderen setzten, versuchte ich, sie wieder zu besänftigen. Legte den Schal um ihre Schultern. Aber sie zog ihn mit einer ungeduldigen Bewegung fort. Ich konnte ihr Gesicht nicht sehen.

Es dauerte eine Ewigkeit, bis Aksel und Dina zurückkamen. Und als sie kamen, lösten sie sich beinahe auf vor lauter Vertraulichkeit und Lachen.

Plötzlich hörte ich meine eigene triumphierende Stimme: »Wir haben darüber gesprochen, Anna und ich!«

Ich hörte selbst, daß es verrückt war. Aber wir spielten so vielerlei Arten von Männerspielen, Aksel und ich. Wir waren Freunde. Alte Freunde. Besonders an St. Hans. Ich würde es beweisen!

»Wir haben darüber gesprochen, Anna und ich«, wiederholte ich etwas gedämpfter, »ihr sollt im August nach Nordland kommen. Nach Reinsnes!«

Dina saß gestützt auf Aksels Arm. Ihre Röcke flossen über.

Ich sah Anna nicht an.

»Das muß ja eine phantastische Hochzeitsreise werden!« sagte die süße Janna.

»Wer heiratet wen? Das ist mir etwas unklar«, rief Claus ironisch.

Aksel überhörte die Beleidigung völlig und sagte zu mir gewandt: »Ausgezeichnet, aber du mußt Dina Grønelv noch überreden, daß sie auch kommt!«

Es bebte irgendwo hinter der ruhigen Stimme. Verstanden wir uns endlich?

»Ich fahre voraus und bestelle mein Haus«, sagte ich so unbeschwert wie möglich.

»Nein, das müssen andere machen. Wir wollen dich als Reisebegleitung haben. Nicht wahr, Anna?«

Aber Anna antwortete nicht. Sie stand auf. Kurz darauf war sie zwischen den Bäumen verschwunden. Die Stille nach ihr verstopfte die Poren meines ganzen Körpers. Das Glied war ein kleiner Hund an den Schenkeln.

Dinas Röcke raschelten. Als auch sie aufstand, sagte sie leise, aber deutlich: »Es ist spät geworden. Vielen Dank für den schönen Abend!«

Sie beugte sich zu Aksel hinunter und sagte etwas, das ich nicht verstehen konnte. Er stand schnell auf. Ich zwang mich zu einem Lächeln.

Da legte sie die Hand auf meinen Arm.

»Geh Anna nach. Sieh zu, daß sie gut nach Hause kommt. Nicht wahr?«

Verwirrt erhob ich mich. Aber Dina war bereits mit Aksel gegangen. Ich hatte vergessen, wie sie die Dinge immer regelte.

Es herrschte allgemeiner Aufbruch. Alle dachten nur das eine. Anna war weggelaufen. Vor was? Janna und Sophie verstauten die Gläser und die Essensreste in die Körbe. Sophie mürrisch schweigsam und Janna nervös klappernd. Die anderen versuchten über Alltägliches zu reden. Otto versuchte sich mit einem Witz über die Hexennacht.

Ich hatte das Gefühl, Fieber zu haben. Taumelte davon, um Anna zu suchen. Nach einer halben Stunde gab ich es auf und ging zurück. Sie war noch nicht gekommen.

Sophie stand allein da mit einem Korb. Die anderen waren gegangen, um einen Wagen zu ergattern. Sie schimpfte ganz allgemein auf die Männer und auf Aksel und mich im besonderen. Aksel hatte auf Ehre und Gewissen versprochen, daß er sie vor Mitternacht sicher nach Hause bringen würde. Jetzt war es schon weit nach zwölf. Aksel und Anna waren in verschiedene Richtungen davongelaufen. Und sie, Sophie, war allein mit den ganzen Sachen.

Ich nahm den Korb in die eine Hand und ihren Arm in die andere. Sie beantwortete es damit, daß sie mir mit dem Sonnenschirm drohte und anfing zu weinen.

Ich ließ mich ausschimpfen.

Wir fanden Anna bei der Quelle. Eine versteinerte Gestalt in hellen Gewändern. Ein modernes Gespenst. Sie weinte nicht. Sie blickte mich argwöhnisch an. Wie einen Feind.

Sophie flehte sie an mitzukommen. Ich flehte sie an mitzukommen.

»Ich werde einen Wagen suchen«, sagte ich, während ich mich fragte, ob ich genug Geld hatte, um den Kutscher zu bezahlen.

Anna schüttelte den Kopf und machte eine Bewegung mit dem Mund, als ob sie mich anspucken wollte. Die Scham saß im ganzen Körper. Aber das Hirn arbeitete.

»Laß uns eine Weile allein«, flüsterte ich Sophie zu.

Sie zog sich ein Stück zurück. Aber nur so weit, daß sie jedes Wort, das gesprochen wurde, noch gut hören konnte.

»Du kannst mir nicht das anlasten, was Aksel sagt oder tut«, sagte ich so ruhig, wie es mir möglich war.

Sie antwortete nicht. Stampfte nur mit dem Fuß auf.

»Ich bedaure, daß ich das gesagt habe ... daß ich mit dir darüber gesprochen hätte, nach Reinsnes zu fahren.«

»Du bist ein Ungeheuer!« fauchte sie.

»Nun ja ...«

»Du hast überhaupt kein Schamgefühl! Ich will dich nie mehr sehen! Keinen von euch! Ich werde euch erzählen, was ihr seid. Aksel und du. Ihr seid Parasiten! Ihr lebt davon, Frauen zu kompromittieren. Freßt uns mit Haut und Haaren und schleudert die Reste in den Rinnstein! Ihr haltet nichts heilig und nehmt nichts ernst! Möge es euch noch ganz, ganz schlecht gehen!«

»Anna. Ich bitte um Entschuldigung. Ich bringe dich jetzt nach Hause. Dann bist du mich los, für immer.«

»Ja, ja, laßt uns gehen«, psalmodierte eine verzweifelte Sophie und kam aus den Büschen hervor.

Wäre ich nicht so außer mir gewesen, dann hätte ich vielleicht über eine so restlos idiotische Szene lachen können. Aksels Szene? Aksels Rache, weil er glaubte, daß er verloren hatte? Oder war es meine Rache? Meine Szene, weil ich verloren hatte?

Der Wagen rumpelte durch die Nacht. Unter dunklen Bäumen. Manchmal hörte ich das Meer. Der Schaum leckte dort draußen in der Dunkelheit. Der Himmel war voller Sterne.

Ich konnte mir vorstellen, daß sie mit ihm zum Blocksberg fuhr. Sie nahm Aksel mit zum Blocksberg!

Ich war nach vorne zum Kutscher verbannt worden. Warum hatte ich nur diese blödsinnige Lüge aufgetischt?

Ich drehte mich zu Anna um. Durch den Lärm der Räder und der Hufe, ohne mich darum zu kümmern, daß der Kutscher und Sophie es hörten, rief ich: »Bist du mir böse? Oder Aksel? Bitte! Was ist los, Anna?«

Es war peinlich. Sie wird nie mehr mit mir reden, dachte ich. Sie wird in der Store Kongensgade aus dem Wagen steigen und ins Haus gehen. Und dann fort, fort! Ich saß noch immer verrenkt zum Rücksitz.

»Ich werde dir erzählen, was los ist, Kandidat Grønelv!« hörte ich durch die Nacht. »Ich werde es dir erzählen, auch wenn es zu spät ist. Du bist so feige, daß du nicht einzugestehen wagst, daß du mich liebst. Ihr werft um mich eine Münze, Kopf oder Zahl, und jeder gewinnt ein übers andere Mal! Das ist eine schöne Geschichte, Kandidat Grønelv! Es ist, Gott helfe uns allen, eine schöne Geschichte! Geh dorthin, wo du zu Hause bist. Erspare es mir, dich noch einmal zu sehen! Denn ich schäme mich der Gefühle, die ich für dich empfinde.«

»Kein Mensch führt sich so auf«, schluchzte Sophie.

Ich wollte über den Kutschbock springen und Anna an mich drücken. Ich wollte ihr beweisen, daß sie sich irrte. Daß alles wieder gut werden würde. Daß ich sie lieben würde bis zu meinem Tod. Wenn sie mir nur glaubte. Aber ich sagte nichts. Denn sie hatte recht.

Wir waren bis zur Store Kongensgade gekommen. Die Fenster des Wohnzimmers waren gefährlich erleuchtet.

»Sie sind noch auf«, sagte Sophie ängstlich.

»Ich gehe mit euch hinauf und erkläre, warum es so spät geworden ist«, sagte ich.

»Nein, hör auf«, schnaubte Anna.

Ich antwortete nicht. Sondern bezahlte den Kutscher mit dem, was ich hatte. Er wurde ärgerlich, als er es sah, aber ich drehte mich schnell um und trug den Korb ins Haus. Wir näherten uns dem Löwen in der zweiten Etage.

Der Professor stolzierte in einem wattierten Schlafrock umher. Er polterte los, faßte sich aber allmählich. Ich erklärte, so gut es ging, daß Aksel verhindert war. Daß wir aufgehalten worden waren, weil wir keinen Wagen auftreiben konnten. Als er sich überzeugen ließ, ohne zu fragen, warum Aksel verhindert war, bat ich ihn, mit ihm reden zu dürfen. Allein.

»Es ist reichlich spät für Gespräche«, sagte er. Aber er zündete die Lampe an und bedeutete den Damen, das Zimmer zu verlassen.

Sophie schlich mit einem bleichen Lächeln an mir vorbei. Anna wandte sich zu ihrem Vater und protestierte: »Er hat nichts zu sagen, was ich nicht auch hören kann!«

»Anna!« sagte der Vater kurz und wies zur Tür.

Mich sah sie nicht an. Ich spürte nur den warmen Atem, als sie an mir vorbeistrich.

Der Professor ging zu einem Schrank, nahm zwei Schnapsgläser heraus und füllte sie aus einer Flasche. Ich plagte mich mit einem Husten, der sich festgesetzt hatte. Der Hustenreiz wollte und wollte sich auch nicht legen.

»Nun?« sagte er. »Heraus mit der Sprache. Was gibt's?«

Ich hustete noch einmal. Schluckte einen kleinen Mundvoll Schnaps und legte los.

»Aksel und ich sind Rivalen! Wegen Anna. Es ist schwer für Anna. Aksel und ich sind während der ganzen Studienzeit Freunde gewesen. Das macht das Ganze so unmöglich. Meine Mutter ist plötzlich gekommen. Ich habe sie seit vielen Jahren nicht gesehen. Es ist so verwirrend. Aber es ist keine Entschuldigung dafür, daß ich mich heute abend mehrmals dumm benommen habe. Anna ist böse.«

»Was hat der Kandidat denn Dummes gemacht?«

»Ich war unhöflich zu Anna.«

Er betrachtete mich, als ob er dabei wäre, eine Diagnose zu stellen, aber sich nicht ganz entschließen könnte.

»Sie haben die Damen nach Hause gebracht ...«

»Nun ja, das gehörte sich ja wohl.«

»Und Aksel?«

Was sollte ich sagen? Daß er zusammen mit meiner Mutter in ein einsames Bootshaus gegangen war? Nein.

»Anna war böse auf ihn.«

»Warum?«

»Eigentlich war sie ja auf mich böse.«

Er stopfte seine Pfeife und zündete sie an. Die Wangen wurden ganz hohl, während er damit beschäftigt war.

»Haben Sie ernsthafte Absichten, junger Mediziner? Sind Sie deshalb hergekommen?«

So was! Diese Wendung hätte ich mir denken können.

»Das nützt sicher nichts«, sagte ich.

»Das ist ja eine törichte Einstellung.«

Hätte ich gesagt, daß ich Anna in Aksels Bett verführt hatte, dann hätte er mich vielleicht rausgeworfen. Oder er hätte gesagt, daß wir, zum Teufel, heiraten sollten. Hätte ich von dem Kind erzählt, hätte er vielleicht mehr Verständnis gezeigt, aber mich trotzdem rausgeworfen.

Hätte ich einen von diesen Punkten erwähnt, wäre ich mutig gewesen.

Ich sagte nichts von alledem.

Trotzdem trank ich mehrere Gläser. Der Professor hielt mit. Ich war ein Sünder. Aber der Professor war kein Pfarrer, er war Chirurg. Kein Pfui war zu hören.

Es war Tag geworden, und die roten Plüschmöbel wurden allzu sichtbar. Ich konnte sehen, daß sie dort abgenutzt waren, wo die Leute hauptsächlich saßen. Der Ohrensessel hatte einen deutlichen Fettstreifen auf den Armlehnen. Ein etwas heruntergekommener, gemütlicher, intellektueller Raum. Nicht so bürgerlich, wie er mir beim ersten Mal vorgekommen war.

»Was will der junge Grønelv nun machen?« sagte er schließlich. Als ob er noch ein kleines Detail brauchte, um mir mitteilen zu können, was mir fehlte.

»Ich möchte nur, daß der Herr Professor, der Anna nahesteht ...«

»Sie wollen also, daß ich ein gutes Wort für Sie einlege?«

»Nein, nein! Das ist unmöglich.«

»Da sind wir uns also einig. Und was weiter?«

»Welchen Rat können Sie mir geben, Herr Professor?«

»Fahren Sie nach Hause nach Norwegen. Geben Sie Anna eine Chance zu vergessen. Heiratet sie Aksel, ist es für alle Beteiligten das beste. Frauenzimmer haben ihren eigenen Kopf. Anna hat außerdem einen starken Willen. Sie hat sich bereits ein halbes Jahr in London ertrotzt. Aber wenn Sie es ernst meinen, sprechen Sie sich mit Aksel aus! Ich habe noch nie eine so idiotische Verwicklung gesehen. Ihr seid doch erwachsene Männer! Fertig, um hinaus in die Welt zu gehen und den Arztberuf auszuüben«, sagte er und unterdrückte ein Gähnen.

»Glaubt der Herr Professor an die Liebe?« fragte ich.

Ich begegnete seinem Blick. Es blitzte eine Art Lächeln auf. Nicht unfreundlich. Während er das Glas zwischen den Fingern drehte, sagte er: »Tja, die Liebe ... Ich gehe davon aus, daß Sie Ihre eigenen Gedanken meinen, die Sie sich darüber gemacht haben. Ich weiß nicht sehr viel von Ihnen. Daß Sie hergekommen sind, um mit mir zu reden, spricht für Sie, auch wenn der Zeitpunkt ein wenig ungewöhnlich ist ... Aber ich kann nicht entscheiden, ob es aus Liebe geschieht. Ich weiß nicht, ob Sie Schulden haben. Ob Sie eine Frau versorgen können. Weiß nicht, ob Anna sich in Ihrer winterdunklen Heimat da oben wohl fühlen würde. Aber ... ich werde mich nicht widersetzen, falls sie es will. Das wird indessen ihre Mutter tun. Aber Anna ist hartnäckig. Fürchterlich hartnäckig. Das kann Ihr Schicksal werden. Das ist es, was ich zur Zeit über die Liebe weiß.«

Er lächelte, während er das Glas leerte.

»Jetzt müssen wir sehen, daß wir ein wenig Schlaf bekommen. Die Welt wird nicht in einer Nacht erlöst«, fügte er hinzu und reichte mir die Hand.

Da stand sie in der Tür. Ihr goldenes Gesicht war fahl, mit tiefen Furchen. Die Augen waren weit geöffnet.

»Anna! Du bist nicht im Bett?« rief der Professor aus.

»Ich habe jedes Wort gehört«, sagte sie.

»Wirklich? Der Lauscher an der Wand? Und nun?« sagte er.

»Ihr feilscht um meine Zukunft, als ob ich ein Möbelstück wäre.«

»Na, na«, kam es von dem Professor.

»Ich will nicht in die Nordländer. Weder dorthin reisen noch mich dorthin verheiraten! Die Intrigen der Männer sind mir zu erbärmlich! Zu langweilig. Hört ihr! Ich will auch nicht in Aksels Pfarrersfamilie kommen! Ich will wieder nach London und etwas anderes sehen als das hier.«

Es war die St.-Hans-Hexe! Die ganze Gestalt befand sich im Zustand der Auflösung. Das elegante, korrekte Kleid war zerknittert. Das Haar in Unordnung. Die Füße schauten nackt unter dem Rock hervor. Die Spitzen am Hals und den Ärmeln hingen herunter. Als ob sie im Nachttau oder Regen draußen gewesen wäre. Die schlanken Finger waren fest um die kräftigen Daumen geballt. Sie hielt die Fäuste wie einen Schild vor sich. Ihre Brüste waren Blasebälge, die schwer arbeiteten. Zogen sich zurück und kamen wieder.

Ich hatte sie noch nie so schön gesehen.

»Ich gebe euch zehn Minuten, um alles in Ordnung zu bringen. Dann komme ich und lasse Sie hinaus«, sagte der Professor und ging aus dem Zimmer.

»Könntest du trotzdem mit mir fahren?« bat ich, noch ehe er die Tür geschlossen hatte.

Sie maß mich. Schluckte.

»Kannst du dir vorstellen, mit mir in Verbindung zu bleiben, wenn ich fahre?«

»Ich weiß nicht. Ich habe euch satt. Alle beide. Unreife Jungs!«

Ich versuchte, ihre Hände zu fassen. Aber sie wich zurück. Streckte eine flache Hand wie zum Schutz aus.

»Was ich dir nicht vergeben kann, ist die Geschichte mit dieser Karna, und daß du mir nichts erzählt hast«, sagte sie.

Ich hörte, daß sie absolut nicht weinen wollte.

Der rote Samt riß sich von den Möbeln los und preßte sich in meinen Hals. Mitten im Ersticken fühlte ich mich todmüde. Da war etwas. Vielleicht war es sogar Erleichterung, was ich fühlte. Erleichterung darüber, daß sie nicht weinte, sondern mich ausschimpfte. Daß sie sich nicht an mich klammerte und sagte: Nimm mich mit!

Jedenfalls gab ich ihr in aller Ehrbarkeit die Hand, als der Professor ins Zimmer kam.

Als er mich herausließ, merkte ich, daß er alles mißverstanden hatte. Er sagte: »Ich habe es die ganze Zeit gesehen. Wie es anfing. Schon gleich bei Ihrem ersten Besuch. Ich hatte auf Aksel und Anna gehofft. Es war so korrekt. Und einfach. Aber

Anna ist so ... Sie werden es mit ihr nicht leicht haben, junger Mann. Anna ist stolz für euch beide. Deshalb lohnt es sich nicht für Sie, stolz zu sein.«

Es gab keinen Grund, ihm zu widersprechen.

24. Kapitel

Ich weiß nicht, was im Bootshaus geschah. Denn ich ging direkt zur Bredgade. Ich schlief sogar allmählich ein. Aksel und Anna? Anna und ich? Aksel und Dina? Anna und Aksel?

Was hätte ich tun können? Ich war so müde. Wie müde kann man werden? Von dem, was man selbst angerichtet hat?

Es vergingen drei Tage und drei Nächte. Ich hatte mir zwei große Kisten beschafft, um meine Bücher und die wenigen Habseligkeiten zu packen. Sie standen aufeinandergestapelt in der Ecke neben der Tür. Braun. Solide. Ich saß mit einer Pfeife auf dem Bett, und die Kirchenuhren hatten gerade dreimal geschlagen. Da hörte ich, daß sie irgendwo im Haus mit Madame Frederiksen sprach.

Dann stand sie in der Tür. Strahlte Kraft aus. Die Farben waren klar. Die Bewegungen waren weich. Ihre Düfte füllten den Raum. Leicht und schwer zugleich. Salz und Gewürze. Der Stallgeruch war in Berlin verflogen.

Ich wußte, ich konnte nicht damit rechnen, daß sie ihr Leben vor mir übertünchte.

Die Tage im Bootshaus waren auch vorbei. Waren sie überhaupt jemals gewesen? Oder hatte ich sie mir nur ausgedacht, weil ich sie so verzweifelt brauchte?

»Ich habe deinen Sack und das Cello mitgenommen. Bat den Kutscher, die Sachen in den Hof zu stellen«, sagte sie.

Ich nickte.

»Wie ging es?« fragte sie geradeheraus.

»Womit?« Ich sprach absichtlich dänisch.

»Anna?«

»Nicht so gut«, sagte ich.

»Aber du hast sie doch gefunden und nach Hause gebracht?«

»Ja. Und du? Hast du Aksel nach Hause gebracht?«

Sie war bis zum Bett gekommen. Jetzt drehte sie sich auf dem Absatz um. Als ob sie die Zäune um sich inspizierte. Ich war über ihre Grenzen gegangen.

Sie war genau wie früher. Aber ich war es nicht. Ich war

kein kleiner Junge mehr, den sie mit festem Griff im Nacken packen konnte, wenn Wut und Enttäuschung mich übermannten. Ich war der fertige cand. med. Benjamin Grønelv. Ich unterstand nicht ihrem Willen.

»Nein, im Gegenteil«, sagte sie und kehrte sich wieder mir zu. Glasklare Augen, die kreisrunde Wellen aussandten. Sie trafen mich.

Ich schwieg. Aber ich hielt ihrem Blick stand.

In der Stille, die entstanden war, dachte ich, daß ihr Bild sich jetzt für immer bei mir einbrennt. Genau dieser Augenblick. Was auch geschehen mag, ich muß es mit mir tragen.

Sie saß ganz ruhig. Hielt den Nacken so, als ob sie einen schweren Wasserkrug auf den Kopf gesetzt hätte. Die Bewegung war mehr weich als schroff, aber sie sagte: Versuche nicht, mich zu beugen!

Ihre Nase hatte ich im Profil. Das Gesicht zeichnete sich scharf ab. Der weiche Spalt zwischen Kinn und Unterlippe war ein Widerspruch. Während sie sich noch im Schöpfungsprozeß befand und noch nicht ihre Form gefunden hatte, war dort jemand mit einem Finger entlanggefahren und hatte in aller Liebe einen Abdruck hinterlassen. Die Furchen am Mund und zwischen den Augenbrauen machten die Gesichtszüge weicher, als ich sie in Erinnerung hatte. Aber an was erinnerte ich mich eigentlich? Hatte ich ein klares Bild von ihr gehabt?

»Hast du gesprochen? Mit Anna?«

Ich schüttelte den Kopf.

»Ich bin zusammen mit Anna und Sophie gefahren. Ja. Wir saßen im gleichen Wagen. Anna hat mich ausgeschimpft.«

»Hatte sie Grund dazu?«

»Ja, ich nehme an.«

»Sind das Dinge, über die du reden möchtest?«

»Ich hatte gelogen, ehe sie wegrannte. Ich hatte gesagt, daß Aksel und ich abgesprochen hätten, sie sollten nach Reinsnes kommen. Ich verstehe nicht, warum ich ...«

»Aber sie hat doch nicht nur deswegen mit dir geschimpft?«

»Nein.«

Sie wartete, während sie mich beobachtete.

»Ich war ja da. Aksel war nicht da ... Er führte sich nicht gerade so auf, als ob er verlobt wäre.«

Man konnte es ihr wohl ein wenig zurückgeben. Sie zuckte die Achseln.

»Nein, das kann man nicht behaupten. Aber es war für dich ja eine gute Gelegenheit.«

»Hier geht es nicht um Kaufen und Verkaufen!«

Sie betrachtete mich eingehend. Von Kopf bis Fuß.

»Nicht für Anna, nein. Aber für dich? Für Aksel?«

»Mach es nicht so häßlich.«

»Es ist nicht schön. Ihr seid ungefähr gleich gut. Aksel und du. Und Anna bemüht sich nachzukommen. Irgend etwas sagt mir, daß sie ein besserer Kaufmann werden kann als jeder von euch beiden ...«

»Dina! Zieh Anna nicht in den Schmutz!«

»Du irrst dich, lieber Benjamin, ich versuche sie sichtbar zu machen. Wird sie in den Schmutz gezogen, dann glaube ich, mußt du in dich gehen. Die Augen, die sie sehen, müssen sie reinigen.«

Sie sah sich plötzlich im Zimmer um und wechselte das Thema, als ob das Gespräch beendet wäre.

»Die Kisten? Du packst?«

»Ja.«

»Du fährst?«

»Ja, bald. Du nicht?«

Sie antwortete nicht. Drehte eine Runde durch das Zimmer, bevor sie sich an den Tisch beim Fenster setzte. Das Licht in ihrem Rücken ließ das Gesicht dunkel erscheinen.

»Du denkst also nicht daran, Anna zu bitten, dich nach Reinsnes zu begleiten?«

»Ich habe es getan«, sagte ich.

»Was hat sie gesagt?«

»Sie hat keine Antwort gegeben.«

»Aber sie hat auch nicht nein gesagt?«

»Nein ...«

»Liegt dir etwas an ihr?«

Ich nickte.

»Plagst du dich mit deiner Ehre? Aksel?«

»Nein, eine Zeitlang habe ich es ... geglaubt.«

»Hast du Angst, daß sie sich nicht wohl fühlt? Daß sie wieder abreist? Daß es ihr zu armselig ist da oben? Du hast ja auch lange gedacht, daß es *dir* zu armselig ist. Nicht wahr? Du zögerst ...«

Ich zwang mich, ihrem Blick zu begegnen. Aber hatte keine Lust zu antworten. Trotzdem zischte ich durch die Zähne: »Nein, du bist nicht die Richtige, um ...«

»Nein«, unterbrach sie mich schnell und blätterte in einem Buch, das auf der oberen Kiste lag.

»Hast du Angst, daß sie dich wieder verläßt?«

Ich antwortete nicht.

»Hast du Angst, daß sie dich verläßt?«

»Ja!« sagte ich wütend.

»Ich weiß nicht, warum ich es sage ... Ich glaube nicht, daß ich es selbst herausgefunden habe ... Aber es gibt zwei Dinge, die wir wissen. Das eine ist der Tod. Das andere ist der Umstand, daß wir verlassen werden. Auf irgendeine Weise verlassen.«

Dies dachte ich: Der schlimmste Mangel an der menschlichen Intelligenz ist die Tatsache, daß sie dem Auge blind vertraut – und die Leere und die weißen Flecken mit anderen Sinnen kompensiert. So sehen wir auch immer nur die eine Seite der Welt. Die äußere. Im Kleinen wie im Großen. Und weil wir es gewohnt sind, unser Augenmaß zu benutzen, vergessen wir die anderen Seiten. Ich wußte wenig von Dinas Innenseite.

Aber ich sagte: »Tödlich verlassen.«

»Was meinst du?«

»Um selbst davonzukommen, hast du dich entschieden, diejenige zu sein, die verließ.«

»Für dich kann es so aussehen.«

»War die Entscheidung richtig?«

»Es treffen nur die eine Entscheidung, die sich der Gefahr bewußt sind, die falsche Entscheidung treffen zu können.«

»Und die anderen?«

»Sie tun nichts. Und alles, was sie bekommen, gehört nicht ihnen.«

Plötzlich sagte ich: »Deshalb hast du es getan? Leo?«

Ich hörte, daß sie versuchte, etwas zu sagen. Ich wartete. Daß sie damit fertig würde. Es dauerte seine Zeit.

»Für mich bedeutete es ... verlassen zu werden«, sagte sie langsam.

»Und du hast gesehen, daß es eine falsche Entscheidung war«, sagte ich nach einer Weile.

Sie antwortete nicht. Sie stand auf und begann im Zimmer umherzugehen, während sie an dem äußersten Glied des Zeigefingers zog. Es knackte häßlich.

Sie hörte hinten bei der Wand auf. Einen Augenblick blieb sie mit der Stirn gegen die Wand stehen. Dann warf sie den Kopf zurück und schrie: »Ich habe es gesehen! Ich habe es gesehen!«

Sie glitt an der Wand herunter und blieb auf dem Boden, die Arme um die Knie geschlungen, sitzen.

Ich hätte zu ihr hingehen können. Hätte mich zu ihr setzen können. Aber sie war so fern. Nicht zu erreichen.

»Komm, Benjamin«, flüsterte sie von der Wand her. »Komm!«

Endlich sagte sie es.

Sie umarmte mich. Lange.

»Aksel?« fragte ich.

Sie lächelte ein wenig.

»Er schafft es.«

»Du hast dich entschieden, ihn Anna wegzunehmen«, sagte ich.

Sie sah mich an, als ob sie abschätzte, was ich ertragen konnte. Dann sagte sie kurz: »Ja.«

»War es meinetwegen?« fragte ich.

»Nein, um meinetwillen«, sagte sie rasch.

Wir saßen noch auf dem Boden. Man begann den Rücken zu spüren.

»Ich fahre heute abend nach Berlin«, sagte sie.

Ich nickte. Ein kleiner Vogel versuchte, sich auf den Fensterladen zu setzen. Der Sterz wippte ein unruhiges, ungeduldiges Schattenmuster auf ihren Kopf. Man hörte ein leichtes Kratzen am Fensterrahmen. Sie wandte das Gesicht zu dem Geräusch. Ich hielt die Luft an. Genau das hatte ich schon früher erlebt.

Der Vogel flog davon, und sie wandte sich zu mir.

»Aber zunächst ist da noch etwas ... Ich möchte, daß wir zusammen dorthin gehen ... Zu deinem Kind.«

Wir spazierten zur Store Strandstræde. Durch die Toreinfahrt, deren wackelige Tür schrie, auch wenn man sie noch so vorsichtig bewegte. Der Hof war nicht einladender, als er es sonst zu sein pflegte. Stand wie eine Kulisse um uns. Ein Krähenschloß. Wo die Menschen in ihrer Wohnungsnot ihre ganze Klugheit und Erfindungsgabe benutzt hatten, um anzubauen, zu erweitern und Halt für Fußbodenbretter zu finden. In die Höhe und in die Breite. Es sah so aus, als ob alles auf uns herabstürzen würde, wenn wir nur darauf pusteten. Ein sinnreiches System von Treppen – mit und ohne Geländer, Absätzen, Vorsprüngen und Umgängen. Alles lehnte sich aneinander wie in einer lebensnotwendigen Symbiose. Man hatte das Gefühl von einem Kartenhaus, so daß das Ganze zusammenfallen würde, falls man auch nur das kleinste Brettchen entfernte.

Wäscheleinen waren kreuz und quer zwischen den Umgängen gespannt und zeigten uns graue und verschlissene Laken und unaussprechliche Kleidungsstücke, notdürftig getarnt von Röcken und Kissen. Das Licht spielte in unebenen Fensterscheiben und machte die Geräusche farbig. Das Privatleben der Menschen überfiel uns aus unzähligen offenen Fenstern. Das Licht versuchte, so gut es ging, Farben und Schatten gegeneinander einzusetzen, um den Armutsstempel zu mildern. Man schien die Welt durch ein farbiges Glas zu sehen.

Eine große, ausgemergelte Katze schlich um Dinas Beine. Es war mir peinlich. Als ob alles dort mir gehörte. Als ob ich verantwortlich wäre für den Dreck und den Verfall. In einer Ecke standen Körbe, Kartons und Kisten voller Schrott und Abfall, die seit Tagen nicht weggefahren worden waren.

Einmal hatte ich geglaubt, daß dieser Hof schwer von Lust war.

Karna!

Die Großmutter hatte versucht, die Kellerwohnung, wo die Ameisen zwischen den Türrahmen hin und her liefen, mit einem Blumenkasten voll roter Geranien ein wenig zu verschönern. Die ganze Pracht hing trotzig an ein paar krummen Haken unter dem einzigen Fenster der Wohnung.

Als ich anklopfte, wäre ich am liebsten wieder gegangen. Ich bereute, daß ich nachgegeben und Dina hierher mitgenommen hatte.

Wir standen an Karnas Bett und schauten auf den winzigen, halbnackten Körper. Dina streckte der Faust des kleinen Wesens da unten in den Windeln die Hand hin. Die Großmutter erzählte die Leidensgeschichte mit rasender Geschwindigkeit. Ich war schon aufs Schafott gelegt. Das Beil war auf dem Weg nach unten. Ich hörte bereits das kreischende Geräusch von herausgefordertem Eisen.

»Wie alt ist sie jetzt?« fragte Dina und sah Karnas Großmutter an.

»Genau zwei Monate«, antwortete ich.

Sie sahen mich beide an. Das konnten sie gerne tun. An einige Daten erinnert man sich.

Ich konnte mir vorstellen, daß Dina plötzlich die Fassung verlieren würde, wie es schon vorher an diesem Tag passiert war, als wir auf dem Boden saßen. Ich konnte mir sogar vorstellen, daß sie das Kind aus dem Bett reißen würde und erklären, daß sie es mitnehmen wolle. Ihm ein Heim geben. Denn damit würde sie das Opfer bringen, das uns beide befreite. Leben für Leben. Leo für das Kind. Ich wußte, daß Frauen solche Dinge machten.

Aber sie machte es nicht.

Das Kind wachte auf und fuchtelte in der Luft, bis es den Finger fand, den ich ihm hingestreckt hatte. Wie ein Tier, das nur nachts sehen kann und seinen Instinkt und seine Fühler benutzt, wenn der Tag zu plötzlich kommt. Die Kleine drückte zu und hielt fest, während sie mich mit weit offenen Augen anstarrte.

Ich hatte sie lange nicht gesehen. Aber jetzt sah ich sie: das eine Auge spielte ins Blaue, das andere ins Braune!

Und Tomas kam mir entgegen. Auf Reinsnes, die Äcker herunter. Kletterte mühsam über Großmutters Geranien und zum Fenster herein. Schleppte sich über den Fußboden mit dem alten, eingewachsenen Schmutz in den Ritzen. Er trug Pfähle auf dem Nacken. Trug schwer daran. Der Nacken war bis zum Boden gebeugt. Verzweifelt versuchte er, mich unter den roten, lockigen Haaren anzusehen. Die Schläfen waren etwas ergraut. Er wollte mir sicher etwas sagen. Aber er gab es auf. Immer wieder. Der Stapel mit den Pfählen fing an zu kippen und wollte jedesmal herunterfallen, wenn er sich aufrichtete, um mir sein Gesicht zu zeigen. Er war lebendig. Fürchterlich lebendig. Schweiß und Erde. Er sah nicht zu Dina. Er sah zu mir. Wollte mir etwas sagen, aber schaffte es nicht.

Ich war sechs oder sieben Jahre alt. Ging hinter Tomas auf einem Pfad draußen im Gelände. Der Pfad führte zum Sommerstall. Es duftete süß nach reifen Blaubeeren. Beim Sommerstall wuchsen immer besonders große Beeren. Weil die Tiere hier hinmachten, hatte ich gelernt. Blaue Büschel hingen an ihren Zweigen über den Pfad. Den Hang hinauf. Glänzend von Tau oder Regen. Oder groß und matt im Schatten. Gott hatte gerade sie auserwählt und ihnen einen Samtüberzug gegeben. Ich zog sie im Gehen auf einen Strohhalm auf. In dem Duft konnte man sicher sein. Man brauchte nicht einmal froh zu sein. Nur sicher. Tomas' Rücken warf große Schatten, in denen ich mich verstecken konnte. Zwischen seinen Beinen flimmerte das Licht. Taktfest und ruckartig. Von einer Seite zur anderen. Immer auf dem Weg in einen neuen Tag hinein.

Die Düfte waren der Tag selbst. Die Blaubeeren entlang dem Viehpfad waren der Tag. Er kam vom Meer, wenn ich im Niedrigwasser watete, mit einem kitzelnden, salzigen Wind in der Nase. Der Tag stand still, wenn ich in den Stall schlüpfte, wo der Duft des Heus intensiv aus dem Loch im Heuboden nach unten drang.

Ich stand an Karnas Bett und dachte: Was tue ich, Benjamin Grønelv, hier in der Store Strandstræde?

Mein Gehirn machte einen Abdruck von dieser einfachen Frage, während der Geruch des Kleinkindes schrecklich deutlich war.

Ich stand mittendrin. Und mein Leben wurde winzig klein und selbstverständlich.

Die Großmutter hatte Dina empfangen, als ob sie eine Königin ins Haus bekäme. Sie wartete auf mit Portwein in kleinen Gläsern, die am Rand leicht angeschlagen waren.

Sie hatte sicher Hoffnung geschöpft. Daß Dina das arme Würmchen mitnehmen würde. Sie hatte hochrote Backen, als sie erzählte, daß sie ihre Enkelkinder, nachdem sie die Mutter verloren hatten, allein großgezogen habe. Sie sprach von sich selbst, als ob sie bereits an Altersschwäche gestorben wäre. Flocht einige Bemerkungen ein, daß die Welt hart war zu denen, die nicht die Mittel oder die Gesundheit besaßen, um sich der Ihren anzunehmen.

»Sie verträgt jetzt Milch mit Wasser vermischt«, versicherte sie. »Sie ist gesund wie ein Fisch!« fügte sie hinzu. Und kurz darauf: »Sie wächst schnell ... braucht was zum Anziehen ... weiß mir nicht zu helfen ... nette Menschen wachsen nicht auf den Bäumen ... sie hat alle Haare verloren, das arme Ding ... sie waren schwarz und lockig, wie Engelshaare, als sie kam ... lagen wie gestickt auf dem Kopf ... Die gnädige Frau hätte es sehen sollen ... es war so unbegreiflich ... arme Karna ... unbegreiflich ...«

»Gleicht sie Karna?« fragte Dina.

Die Großmutter ging zur Kommode und holte ein Bild von Karna. Sie saß unter Glas und lächelte. Es war irreführend. Karna lächelte so selten.

»Wie soll sie heißen?« fragte Dina und betrachtete die Photographie eingehend.

Die Luft war stickig, und ich merkte, daß ich es nicht aushielt. Trotzdem hielt ich es aus.

Dina gab sich nicht als Retter zu erkennen. Sie stand da mit dieser gegenwärtigen, kühlen Distanz, die sie wie eine Haut umgab. War anwesend mit einer gewissen unnahbaren Verletzlichkeit. Dennoch stand sie außerhalb. Meine Träume von einer Mutter als einem bereuenden, bußfertigen Menschen lagen zerstört im Staub. Sie war eine Frau, die sich zufällig über Karnas Bett gebeugt hatte und die Kleine hochnahm und sie in meine Arme legte. Vorsichtig.

»Sie hat in die Windeln gemacht«, sagte Karnas Großmutter mit einer Stimme, als ob es meine Schuld wäre, weil ich sie zufällig in den Armen hielt.

Da lachte ich. Ich hielt das stinkende Kind in den Armen und wußte nicht, was ich mit ihm anstellen sollte. Aber ich lachte. Ich hatte mich bereits entschieden. Es war Wahnsinn! Und wahrscheinlich war es die erste Entscheidung, die ich jemals getroffen hatte.

Wir waren wieder in der Bredgade und standen an der Tür, um zum Bahnhof zu fahren. Dina mit der Reisetasche und ich mit ihrem Koffer. Da griff ich mit der freien Hand nach dem Cellokasten und sagte: »Du mußt das Cello mitnehmen, Dina!«

Sie starrte es an.

»Nein!« sagte sie.

»Doch! Ich nehme die kleine Karna mit und Hjertruds Buch. Du nimmst das Cello. Dann sind wir quitt.«

Der Wagen, der uns holen sollte, polterte in den Hof. Zögernd nahm sie den Cellokasten.

»Schon gut. Sei gesegnet, Benjamin! Dann sind wir quitt«, sagte sie und drehte mir schnell den Rücken zu.

Es war alles so zerbrechlich. Sie hatte das Cello zwischen den Knien und starrte während der Fahrt auf die Hausdächer. Ich mußte an eine einsame Rentierkuh mit ihrem Kalb denken, die eines Tages im Frühjahr herunter nach Reinsnes kam. Es lag noch viel Schnee. Sie streifte am Waldrand entlang, um Laub zu suchen. Scheu. Mit schnellen Bewegungen. Immer unterwegs. Von einer Gefahr zur anderen? Die Menschen?

Ich half ihr aus dem Wagen und durch den Bogengang in den Bahnhof. Die Dachkonstruktion war eine Hülle über uns. Durch einen Halbkreis weit vorne konnten die Züge ein- und ausfahren. Von dort fuhren sie gleich in den Himmel.

Die Geräusche: Stimmen, Trillerpfeifen, Kisten, die über den Boden geschleift wurden. Alles war sinnloser Lärm aus einer anderen Welt. Als es pfiff und der Zug sich in Bewegung setzte, rief sie durch den Lärm, während sie versuchte, meine Hände durch das offene Fenster zu fassen: »Sei gesegnet, Benjamin.«

Dann war sie fort.

Ich sah sie. Sie saß irgendwo unter einer hohen, grauen Brücke und spielte Cello, indes die Welt um sie herum barst. Sie hob den Kopf und sprach mit mir.

»Benjamin, du kannst mich gerne verurteilen. Hart, wenn du willst. Es ist bestimmt. Liebe ist Trauer. Diese Erkenntnis hat mich alles gelehrt, was ich kann. Die Musik . . .«

»Aber die Menschen, Dina? Und ich?«

»Ich trage dich mit mir.«

Sie beugte sich vor und verbarg das Gesicht. Die Bewegungen waren leicht und frei. Die Schultern weich. Die Finger und das Handgelenk eine Verlängerung der Saiten. Die Töne sprangen aus dem Instrument.

»Die Trauer soll dein Instrument sein. Benutze es! Es ist dir auferlegt, und du wirst sehen, wer du bist!«

Der Himmel klarte auf. Das Licht färbte die Brücke rötlich. Ich schloß die Augen. Fühlte mich müde.

»Haydns Cellokonzert, Benjamin. Ob das Orchester dahinter klein oder groß ist, ich muß alles spielen! Es geht um das Leben!«

Sie war jetzt so dicht bei mir. Es raschelte schwach in den weiten Ärmeln. Der Stoff rutschte locker an ihren Armen hinauf, wenn sie den Bogen bewegte. Machte sie abwechselnd nackt und angezogen.

Das Cello besaß Dinas Schoß. Ich klammerte mich statt dessen an ihr Knie. Legte die Wange auf den Kleiderstoff und spürte, wie die Musik sich durch ihren Körper und ihre Knochen fortpflanzte. Zu mir. Jetzt gehört sie mir.

Ich stellte mir vor, daß sie jetzt sagen würde, Benjamin sei zu groß, um sich an das Knie seiner Mutter zu klammern. Aber sie ließ mich gewähren. Hatte genug mit sich zu tun. Sie lauschte intensiv in ihre eigenen Töne hinein.

Dann setzte das Orchester ein. Ich wußte nicht, daß es existierte. In meinem eigenen Kopf. Ich spürte, wie die Trommelfelle platzten. Das Blut tröpfelte aus den Gehörgängen. Es tropfte auf uns beide, im Takt mit der Musik. Der Schmerz brachte Linderung.

Dann war es vorüber.

Ich ließ los.

EPILOG

Als du heimkehrtest vom Berge Morija, da brauchtest du keine Lobrede, die dich trösten konnte für das Verlorene; denn du gewannst ja alles und behieltst Isaak, war es nicht so?
(Johannes de Silentio: *Furcht und Zittern*)

Ich blieb unter dem mächtigen Schild des Daches stehen und starrte den Waggons nach. Der Himmel dort vorne war ein blaugrauer Halbmond, der sie und die rauchspeiende Schlange schluckte, die sich mit roher Kraft aus meinem kleinen Leben wand.

Als ich mich endlich umdrehte, stand Aksel ein paar Schritte vor mir und sah mich mit einem irren Ausdruck an.

»Nun?« sagte ich.

»Sie wollte nicht, daß ich herkomme.«

»Nein?«

»Sie wollte dir allein adieu sagen.«

Ich antwortete nicht. Bewegte mich langsam dem Ausgang zu. Er kam mit. Ich hatte Mitleid mit ihm. Oder mit mir selbst. Ich wußte, was dahintersteckte, wenn die Leute so etwas sagen wie: Sie wollte nicht, daß ich herkomme.

Später, als wir in der Vestergade in einem kleinen Keller bei einem Glas saßen, sagte er vor sich hin.

»Es ist bestimmt Schluß ... mit dem Spiel.«

»Ja«, sagte ich nur.

»Ich werde auch reisen«, sagte er.

»Nach Hause?«

»Berlin.«

Irgend etwas stürzte in meinem Kopf von einem Regal herunter.

»Nein!« sagte ich bestimmt.

»Doch!«

»Das kannst du nicht!« sagte ich entschieden.

»Ich werde es dir beweisen!«

»Es kostet dich womöglich ...«

»Ich kann doppelt so lange allein leben wie wir beide zusammen – von dem Geld, das ich bekommen habe. Außerdem finde ich schon eine Arbeit.«

Ich versuchte, ihn zu packen.

»Nein, das nicht. Nicht so. Ich meine – nicht das Geld!«

Er grinste mir ins Gesicht.

Ich mußte ihn davon abbringen.

»Sie ist gefährlich!« sagte ich töricht.

»Natürlich ist sie gefährlich«, sagte er vernarrt.

»Sie erträgt es nicht ... verlassen zu werden.«

Er sah mich neugierig an. Dann kam es.

»Ich habe geglaubt, du würdest es nicht ertragen, verlassen zu werden«, sagte er zögernd.

»Das stimmt. Aber *sie* ist gefährlich.«

Mußte ich es sagen? Ihn davor bewahren, nach Berlin zu reisen und ein gekrümmter Nagel zu werden? Ich sollte ihm sagen: Sie erschießt solche wie dich, die nur kommen, um zu lernen und zu spielen!

»Sie hat nicht das gleiche Verhältnis zu Recht und Unrecht, wie man es auf deinem Pfarrhof hat, Aksel ... verstehst du ...?«

»Hätte sie es gehabt, wären wir nicht miteinander bekannt geworden!« rief er fröhlich.

Ich atmete tief ein. Viel Luft. Ich brauchte einen ganzen Orkan.

»Er war größer als du, viel älter und klüger«, keuchte ich.

»Wer?«

»Der Russe.«

»Der Russe?«

»Der Mann, den sie erschossen hat! Er begriff nicht, daß sie es nicht ertragen konnte, verlassen zu werden.«

Da war es geschehen. Ich hatte ihr eine Fallgrube gegraben. Bei Aksel. Sie würde wahrscheinlich eine Weile unter dichtem grünem Laub verborgen sein. Bis es zu spät für sie war, sich zu retten. Einmal, wenn der Mond über fremde Hausdächer in Berlin tanzte, würde sie hineinstürzen. Und bereits im Fall würde sie wissen: Das hat Benjamin getan.

Vor mir saß ein kräftiger blonder Mann mit weit aufgerissenen Augen und fuhr mit der Zungenspitze über die Lippen. Lange, dann sagte er mit mühsam unterdrücktem Zorn: »Das hast du dir nur ausgedacht, Benjamin, damit ich mich von ihr fernhalte!«

Mir fiel auf, daß er nicht zu sagen vermochte »von deiner Mutter«, er sagte »ihr«. Das hätte ich auch so gemacht, dachte ich und antwortete: »Nein, im Gegenteil. Seit meinem zwölften Lebensjahr habe ich mir viel Seltsames ausgedacht, um niemandem die Wahrheit sagen zu müssen.«

Ich sah ihm an, daß er versuchte, sich die Konsequenzen von dem, was ich gesagt hatte, vorzustellen. Aber es gelang ihm nicht.

»Sei es, wie es sei. Ich fahre zu ihr!« sagte er entschlossen.

»Es floß viel Blut. Ebensoviel wie bei Karna. Aber da war es der Kopf. Der Mann lag im Heidekraut. Ich habe ihn gesehen. Es war ein so schöner Herbsttag. Sonne«, sagte ich zur Erklärung.

»Hör doch auf!«

»Es war aber so«, bekräftigte ich.

Es wurde still.

»Ich habe sie eigentlich das ganze Leben gekannt. Nicht nur die wenigen Tage ... Weißt du das?« sagte er ruhig. Es lag beinahe etwas – Demütiges über dem blonden Mann.

»Hat sie ...? Weiß es jemand?« fügte er hinzu.

»Du und ich.«

Er saß nur da.

»Du hättest es nicht sagen sollen!« sagte er endlich.

»Nein.«

»Ich kann sie nicht einfach verschwinden lassen. Du sollst sie mir nicht vermiesen! Hörst du!« sagte er etwas weniger demütig.

»Ich habe es jedenfalls versucht!«

Er legte seinen Löwenkopf zurück und schlürfte den Schaum von dem Boden des Bierseidels in sich hinein.

»Fahr nicht!« bat ich.

»Sei nicht kindisch!« sagte er.

»Du kennst sie erst ein paar Tage!«

»Ich habe immer auf sie gewartet!«

»Du bist kindisch. Hörst du das nicht selbst?« versuchte ich ihn umzustimmen.

»Jedenfalls ist es meine eigene Angelegenheit«, sagte er wütend.

»Fahr nicht!« bettelte ich.

»Ich kann es nicht lassen!«

»Es ist Wahnsinn!«

»Dann laß mich den Wahnsinn erleben«, tobte er auf mich hernieder. »Laß mich in Ruhe mit deiner Moral und deinen Vorschriften! Hörst du? *Du* sollst, verdammt noch mal, deinen Mund halten!«

»Und Anna?«

»Genau! Ich habe ihr einen Brief geschrieben und ihr alles Gute gewünscht, was auch immer aus ihr wird.«

»Sehr schön von dir«, sagte ich säuerlich.

»Findest du?« fragte er ebenso säuerlich.

Wir blieben sitzen wie zwei erschöpfte Hafenarbeiter nach der Schicht. Mit hängenden Armen.

»Ich muß dir noch etwas sagen. Du kannst mich gerne an die Wand klatschen. Ich muß es dir dennoch sagen!«

»Ja, ich kann es mir denken.«

Er versuchte es mit seinem alten breiten Lächeln. Es wirkte nicht.

»Anna?«

»Ich weiß es«, sagte er.

»Was weißt du?«

»In meinem Zimmer. Im Valkendorf.«

»Hat sie es dir erzählt?«

»Nein. Das war nicht nötig. Meine halbgerauchten Zigarren und ihr Haarkamm lagen da.«

Es verging eine Weile.

»Du hast so getan, als ob nichts wäre, im Vergnügungspark«, sagte ich.

»Wirklich?«

»Es war ekelhaft!« rief ich aus.

»Wie war es?« fragte er.

Ich spürte, daß mein Gesicht kochte.

»Wie war sie? Anna?« fragte er noch einmal.

»Darüber kann ich mit dir nicht reden«, sagte ich trübe.

»Das ist verständlich! Ober! Wir möchten noch ein Bier!«

Ich hielt es für besser, mich in sein Gespräch nicht einzumischen, bevor es nötig wurde.

»Nimmst du Anna mit?« fragte er mit frischem Bierschaum im Bart.

»Nein. Das Kind!«

Er runzelte die Stirn und glotzte.

»Halt die Klappe, Mann!«

Und etwas später murmelte er gleichsam zu sich selbst: »Wie soll denn das gehen? Das Kind? Was willst du mit ihm anfangen?«

»Bitte ... sei so gut ...«, bat ich.

»Ja.«

Eine Meute Hafenarbeiter kam hereingestürzt. Sie hatten Lohn bekommen und besaßen die Welt.

Ich entschloß mich, ihn fahren zu lassen. Ich nickte.

»Na gut. Ich werde dich vermissen«, sagte ich sentimental. Man konnte sich eine Stimme voller Rost und altem Blut vorstellen. Sie hatte sicher viele Jahre unter der fetten Erde auf dem Schlachtfeld von Düppel gelegen. Jetzt war sie ausgegraben worden. Nicht besonders heldenhaft.

Er nickte. Sein Gesicht war in den letzten vierundzwanzig Stunden gewachsen. Es war so groß.

»Ich weiß noch, wie ich dich das erste Mal traf ... Du hattest solchen Appetit auf rohe Eier ...«

Ich fuhr mir über das Gesicht. Es rann. Das ganze haarfeine Kloakennetz. All der fein bemessene Abfall, den der Kreislauf in Gang setzte. Die Schlagader aus den Studententagen. Der Gesang unter den Baumkronen im Hof des Regensen. All die sündigen Nächte. Die Nacht bei der Madame im Peder Madsens Gang. Und der Nachmittag, als ich in seinem Bett versagte. Jetzt hatte er die Abrechnung bekommen. Wir waren quitt.

Alles, was wir nicht imstande waren zu geben. Ich mußte es stoppen. Jetzt.

Deshalb sagte ich: »Wir hatten Spaß. Viel Spaß!«

»Ja, es ist jetzt Schluß mit dem Spiel ...«, murmelte er. Nach einer Weile sagte er: »Du gleichst ihr. Aber sie ist schöner.«

Ich hörte, wie es in dem Knorpel knirschte, als ich ausholte und ihm eins mit der Faust auf die Nase gab. Er schielte ein wenig, dann schlug er zurück. Hart.

Nach ein paar Sekunden hatte ich die Hände voller Nasenblut. Es tat gut. Wir grinsten uns an. Ich wußte, daß ich den steinharten Schlag seiner Faust für den Rest meines Lebens spüren würde.

Am 15. August las man auf Mutter Karens Bauernkalender: »Heute zieht sich der Lebenssaft zurück in die Baumwurzeln.«

Anders saß im Kontor und dachte daran, daß der Sommer lange hielt. Er war gesegnet mit Ostwind und Sonne. Anders war gerade von Bergen nach Hause gekommen, und ein Teil von ihm schwamm noch draußen zwischen Meer und Himmel.

Er hatte die Weste aufgeknöpft, und das Hemd war am Hals offen.

Hanna kam hastig zur Tür herein. Sie war seit langem unentbehrlich im Laden. Jetzt fegte sie in großer Eile herein und drückte ihm ein Telegramm in die Hand.

Anders erhob sich vom Stuhl und blickte auf das zusammengefaltete Papier. Blinzelte. Dann brach er es auf und versuchte zu lesen. Blinzelte noch einmal. Die Zeichen verschwammen vor seinen Augen. Er hielt das Papier abwechselnd dicht an die Augen, in mittlere Entfernung und sehr weit weg. Endlich gab er es auf und holte die Gläser hervor, wie er es nannte. Danach las er das Telegramm mit Andacht.

»Schicke mir ein Frauenzimmer entgegen. Meine kleine, mutterlose Tochter und ich brauchen Hilfe. Ankomme Bergen 7. September, wenn Gott und Wetter wollen. Gehe in unser gewohntes Logis. Alles Gute! Benjamin.«

Anders setzte sich wieder ordentlich auf einen Stuhl. Schob sich ein wenig weg von dem alten Schreibtisch, um Zeit zu gewinnen. Die Brille ins Etui. Ein Bein über das andere. Die freie Hand fuhr durch den weißen Haarschopf, ehe sie sich ruhig in den Schoß legte. Aber plötzlich lachte er laut und jungenhaft, während er ein kräftiges Kinn vorstreckte. Dann erhob er sich und ging in den Laden. Dort blieb er breitbeinig in der Mitte stehen und las das Telegramm vor.

Der Verkäufer stand in einer weißen Wolke über die Mehlschublade gebeugt, die Blechschaufel bereit zur Tat. Hanna stand mit der großen Schneiderschere da. Bereit, fünf Meter Leinen für eine Frau von den Inseln abzuschneiden. Die Schere fiel herunter. Durch eine Säule der niedrigstehenden Sonne.

Dann rief Anders mit der gleichen Stimme, mit der er ankündigte, daß alles bereit war, um den Hering einzuschließen. Froh, ruhig und konzentriert: »Bei meiner sündigen Seele, was für ein Glück, daß es den Telegraphen gibt! Wo ist die Frau, die den nächsten Dampfer nach Bergen nimmt?«

Karna! Soll ich dir von Mutter Karen erzählen? Wie ihr Duft mich begleitet hat. Und ihr Vergrößerungsglas. Ich habe es noch. Es ist nicht nötig, daß sie meine Großmutter ist. Wenn ich sie mit mir tragen kann. Ich habe schon unsere Bücherkisten gepackt. Sie sollen nach Reinsnes.

Es ist seltsam, daß ich so wenig weiß. Ich weiß nichts von der Liebe. Hörst du? Es ist sicher mein Fehler. Du hast es vielleicht gesehen, als du geboren wurdest. Karna!

Ich nehme dich mit. Trage dich. Glaubst du, daß es möglich ist, Karna? Daß es kein verdammtes Opfer ist? Aber daß es mich retten kann?

Glaubst du, es ist wahr, daß es eine Zeit für alles gibt?

Wie ist es möglich, so schnell zu vergessen, Karna? Aus was für einem Stoff sind wir gemacht, daß wir alles vergessen? Das Lazarett? Die Körper? Die Schlachtfelder? Wir haben Stümpfe verbunden. Oder wir sahen die Männer verbluten. Hat mich das verändert? Karna! Hat es uns um eine Haaresbreite näher an die Liebe gebracht? Wenn nicht: Wofür war es dann gut? Hast du einen Schädel, gefüllt mit Zeitungspapier, gesehen?

Ich will deine Geburt nicht vergessen. Aber vielleicht habe

ich sie schon vergessen. Weil es so grausam war. So schön. Der rote Strom, den du verursacht hast, ließ mich dich vergessen. Ich bekam solche Angst, daß ich dich vergaß, Karna! Kannst du das verstehen? Sogar die Trauer ließ mich dich vergessen. Weil ich allein da hindurch mußte. Glaubst du, ich schaffe es, mich durch alles hindurch an dich zu erinnern? So daß ich dir von den Haaren deiner Mutter erzählen kann. Daß Löcher in ihren Schuhen waren. Und daß der Schirm kaputt war.

Glaubst du, daß ich es über mich bringe, dir von meinem Versagen zu erzählen? Ich glaube nicht, daß ich es vermag. Habe es bestimmt aufgegeben, ehe ich angefangen habe. Begreifst du, daß man so feige sein kann? Und dennoch weiß ich, daß ich nicht schlecht bin. Ich bin nicht schlecht. Hörst du? Aber der Mensch vergißt so schnell.

Deshalb weiß ich nichts von der Liebe. Ich habe sie gefühlt. Mit Eisen und Blut in allen Fußspuren. Ich weiß es. Und trotzdem vergesse ich es.

Ich wäre gern allen Sorgen mit dir entgangen. Ich habe dich bereits mehrmals vergessen. Dich vergessen vor Trauer. Dich vergessen vor Freude. Dich vergessen, weil ich nicht daran zu denken vermochte, daß ich deine Mutter getötet habe. Ich trage euch mit mir.

Du hältst mich fest, wenn ich dir die Hand hinstrecke.

Noch fragst du nicht, wer ich bin.

Glaubst du, daß ich alles vergessen habe an dem Tag, da du mich fragst?